The Broken Window

링컨 라임 시리즈 Vol.8

JEFFERY DEAVER

The Broken Window

브로큰 윈도

제프리 디버 지음
유소영 옮김

RHK
알에이치코리아

"제프리 디버의 여덟 번째 링컨 라임 시리즈는 데이터 과다의 시대에
일어난 신분 도용 범죄를 이야기한다. 책을 덮는 순간 온라인
접속 자체가 두려울 만큼 현실적인 소설."
– 글로브 앤드 메일

"과거의 시리즈도 훌륭하지만 이번 링컨 라임과 아멜리아 색스의
새로운 모험담은 확실히 한층 더 진일보했다."
– 엔터테인먼트 위클리

"제프리 디버는 현대 사회에 발생할 수 있는 모든 범죄들을 연구하고
링컨 라임을 통해 해결책을 제시한다."
– 뉴욕 타임스

"진정한 서스펜스와 스릴을 아는 거장 제프리 디버의 최고작이자
링컨 라임 시리즈의 정점."
– 키커스 리뷰

"여덟 편의 시리즈 동안 너무나 잘 구축된 캐릭터 덕분에
이야기가 스스로 만들어지고 있다는 착각까지 든다.
아무도 디버처럼 쓸 수 없을 것이다."
– 북리스트

"링컨 라임의 오랜 팬들은 시리즈와 함께 진화해온 링컨 라임 캐릭터
자체를 즐거워할 것이다. 그러나 캐릭터를 떼어놓고 보아도
《브로큰 윈도》의 스토리라인과 시사성은 독보적인 위치에 있다."
– 퍼블리셔스 위클리

"링컨 라임 시리즈 중 가장 긴 분량임에도 불구하고 《브로큰 윈도》에는
군더더기가 하나도 없다. 신중하고 신중하고 또 신중한 작품이다."
– 모스틀리픽션

"제프리 디버는 또다시 굉장한 작품을 써냈다.
《브로큰 윈도》는 한 치의 오차도 없는 컴퓨터처럼 움직이는 소설이다."
– 이브닝 스탠다드

"현대 탐정 소설의 위대한 계보를 잇는 링컨 라임 시리즈가 돌아왔다.
디버는 결코 당신을 실망시키는 법이 없다. 이 작품 또한 마찬가지다."
– 인디펜던트 온 선데이

"현대 사회라는 거대한 데이터베이스 안에서 개인이라는 존재가
얼마나 취약한지 절감하게 만드는 작품. 아찔한 느낌만이 감돈다."
– 라이브러리 저널

Contents

사랑하는 친구,
문자로 표현된 글에게

제1부
공통점
5 월 1 2 일 목 요 일

사생활 침해 사례의 대부분은 엄청난 개인적 비밀 노출이 아니라
수많은 작은 사실들의 공개로 인해 발생하게 될 것이다⋯.
한 마리는 그저 성가신 존재일 뿐이지만 떼로 모이면
치명적일 수도 있는 아프리카 꿀벌처럼.

- 로버트 오해로 주니어 〈숨을 곳은 없다〉

01 낯선 얼굴

뭔가 신경에 거슬렸지만 무엇인지 정확히 집어 말할 수는 없었다.

몸 어딘가에 반복적으로 찾아오는 희미한 통증처럼.

아파트까지 오는 내내 등 뒤에서 따라오는 남자처럼…. 혹시 아까 지하철에서 계속 흘끗거리던 그 사람 아닌가?

침대 쪽으로 슬그머니 다가오다가 사라진 새까만 점처럼. 검은 독거미인가?

그때 거실 소파에 앉은 손님이 이쪽을 쳐다보며 미소를 지었다. 앨리스 샌더슨은 걱정거리를 잊어버렸다. 사실 걱정거리라고 할 수도 없었다. 아서는 생각도 건전하고 몸도 탄탄하지만 무엇보다 미소가 아름다웠다. 그 점이 훨씬 중요했다.

"와인 한 잔 줄까요?"

앨리스는 작은 주방으로 들어가며 물었다.

"네, 아무거나 좋습니다."

"한데 이것도 재미있네요. 평일에 농땡이라. 다 큰 어른 둘이서. 좋아요."

"자유를 즐기자. 좋죠."

창밖 도로 건너편에는 천연, 혹은 칠이 되어 있는 브라운스톤 저택들이 늘어서 있었다. 맨해튼 스카이라인 일부도 쾌적한 평일 봄날의 공기 속에서 아련하게 보였다. 뉴욕치고는 신선한 공기가 길 저편 이탈리아 음식점에서 마늘과 오레가노 향을 싣고 흘러들어왔다. 둘 다 가장 좋아하는 음식이 이탈리아 음식이었다—몇 주 전 소호의 와인 시음회에서 처음 만난 뒤 발견한 여러 공통점 중 하나였다. 4월 말, 40명 정도의 사람들 사이에서 유럽의 와인에 대한 소믈리에의 강의를 듣던 앨리스는 어떤 스페인산 레드 와인에 대해 묻는 남자의 목소리를 들었다.

앨리스는 혼자 조용히 웃음을 내뱉었다. 하필 그 와인을 한 상자 가지고 있었던 것이다(지금은 거의 비어 있지만). 잘 알려지지 않은 포도밭에서 빚은 와인이었다. 최고의 리오하 와인은 아닐지 몰라도 소중한 추억을 되살리게 해주는 와인이었다. 프랑스인 애인과 스페인에서 일주일을 지내며 이 와인을 엄청나게 마신 적이 있었다. 완벽한 연애, 얼마 전 남자 친구와 헤어진 이십대 후반의 여인에게 무엇보다 필요한 것이었다. 휴가 동안의 불같은 만남은 열정적이고 강렬했으며, 당연히 오래가지 않았다. 그 때문에 더욱 좋았다.

앨리스는 그 와인을 언급한 남자가 누구인지 보려고 몸을 내밀었다. 정장 차림의 평범한 남자였다. 시음회에 나온 와인 몇 잔을 마신 뒤 대담해진 앨리스는 안주 한 접시를 들고 방을 가로질러 가서 그 와인에 어떻게 관심을 갖게 됐는지 남자에게 물어보았다.

그는 몇 년 전 헤어진 여자 친구와 스페인 여행을 가서 이 와인을 즐겼다고 대답했다. 두 사람은 탁자에 앉아서 잠시 이야기를 나누었다. 아서는 앨리스가 좋아하는 음식과 스포츠를 좋아하는 것 같았다. 둘 다 조깅을 하고, 매일 아침 값비싼 헬스클럽에서 한 시간 동안 운동을 했다.

"하지만 옷은 제이시페니에서 제일 싼 반바지와 티셔츠를 찾아 입습니다. 유명 디자이너 옷은 별로입니다…."

그는 이렇게 말하더니 앨리스에게 모욕이 되었을 수도 있다는 것을 깨닫고 얼굴을 붉혔다.

하지만 앨리스는 웃었다. 그녀 역시 운동복에 관한 한 비슷한 소비 습관을 갖고 있었다(가족을 만나러 저지에 갈 때는 타깃에서 운동복을 샀다). 하지만 너무 들이대는 게 아닌가 싶어 그 사실을 털어놓고 싶은 충동을 억눌렀다. 두 사람은 대도시 특유의 연애 공식대로 시작했다. 공통점은 무엇인가. 식당에 점수를 매기고, 〈당신의 열정에 재갈을 물려라〉 경험을 비교하고, 정신과 의사에 대해 불만을 털어놓았다.

몇 번의 데이트가 이어졌다. 아서는 재미있고 신사적이었다. 약간 뻣뻣하고 때로 수줍음도 타는 내성적인 성격이기도 했지만 앨리스는 그의 말을 빌리면, 패션업계에서 일하는 오래된 여자 친구와 지옥 같은 결별을 겪은 지 얼마 되지 않아서 그런 거라고 생각했다. 게다가 업무량도 지독히 많았다. 그는 맨해튼의 비즈니스맨이었다. 자유 시간이 거의 없었다.

잘될까?

아직 남자 친구는 아니었다. 하지만 같이 시간을 보내기에 훨씬 더 나쁜 사람들도 많다. 가장 최근의 데이트에서 키스했을 때, 앨리스는 아, 이거야, 하는 나직한 전율을 느꼈다. 화학 반응. 오늘 밤은 어쩌면 그 반응이 어느 정도인지 정확히 알려줄지도 모른다. 특별히 오늘의 데이트를 위해 버도프에서 구입한 달라붙는 분홍색 옷을 아서가 몰래—자기는 몰래 그런다고 생각했겠지—훔쳐보는 것도 눈에 띄었다. 앨리스는 오늘 밤의 키스가 다른 것으로 이어질 때를 대비해 침실에 준비도 해두었다.

문득 희미한 불편함, 거미에 대한 걱정이 다시 엄습했다.

도대체 무엇 때문에 이렇게 신경이 쓰이는 걸까?

아까 우편 배달원이 소포를 가져왔을 때 느꼈던 불쾌감이 그냥 조금 남아 있는 거겠지. 박박 민 머리, 짙은 눈썹, 담배 냄새, 강한

동유럽 억양. 앨리스가 서류에 서명할 때, 배달원은 누가 봐도 희롱이라고 느낄 정도의 노골적인 시선으로 그녀를 훑어보더니 물 한 잔을 달라고 했다. 마지못해 물을 갖다주었더니, 거실 한가운데로 들어와서는 앨리스의 음향기기를 쳐다보았다.

앨리스는 찾아올 사람이 있다며 그를 내보냈다. 배달원은 푸대접이 불쾌하다는 듯 눈살을 찌푸리며 떠났다. 앨리스는 창밖을 내다보았다. 배달원은 10분이나 지나서야 주차해둔 밴을 타고 떠났다.

그동안 아파트에서 뭘 했을까? 염탐….

"무슨 생각을 그렇게 하고 있어요?"

"미안해요."

앨리스는 웃으며 소파로 돌아서서 아서 옆에 앉았다. 무릎이 잠시 스쳤다. 배달원 생각은 사라졌다. 두 사람은 잔을 부딪쳤다. 그들은 주요 분야에서 잘 맞았다. 정치(둘 다 민주당에 거의 같은 액수를 후원했고, 전국 라디오 방송사 후원금 모집 때도 돈을 냈다), 영화, 음식, 여행. 둘 다 타락한 프로테스탄트였다.

무릎이 다시 닿았다. 순간, 아서는 자기 무릎으로 앨리스의 무릎을 유혹적으로 문질렀다. 그가 미소를 지으며 물었다.

"아, 당신이 산 그 그림 말인데, 프레스콧? 받았어요?"

앨리스는 눈을 빛내며 고개를 끄덕였다.

"네, 이제 내 집에도 하비 프레스콧이 있어요."

앨리스 샌더슨은 맨해튼 기준으로 부자는 아니지만 투자 솜씨가 좋고 열정적으로 사랑하는 분야에는 돈을 아낌없이 썼다. 프레스콧의 그림은 초창기부터 지켜보았다. 가족을 포토리얼리즘 형식으로 재현하는 것이 전문인 화가인데, 작품에 등장하는 가정은 실존하는 가족이 아니라 작가가 창조해낸 것이었다. 홀어버이 가정, 혼혈 가정, 게이 가정 등. 앨리스가 감당할 수 있는 가격으로 시장에 나오는 작품은 사실 전혀 없었다. 하지만 앨리스는 가끔 그의 작품을 판매하는 미술관에 고객으로 등록되어 있었다. 그런데 지난달 서부의 어느 미술관에서 그의 초기 캔버스 작품이 15만 달러에 나올지도 모른다는 소식을 전해주었다. 앨리스는 투자금을 헐어 현금을 마련했다.

오늘 배달받은 소포가 바로 그 그림이었다. 그러나 배달원에 대한 걱정이 불쑥 들면서 그림을 소장했다는 기쁨은 다시 빛이 바랬다. 그 남자의 체취와 탐욕스러운 눈빛이 떠올랐다. 앨리스는 커튼을 좀 더 걷어야겠다는 핑계를 대고 일어서서 바깥을 내다보았다. 배달 트럭은 물론 길모퉁이에 서서 아파트를 올려다보는 스킨헤드도 없었다. 커튼을 닫고 창문을 잠글까도 생각했지만, 그러면 너무 과민해 보여서 그에게 설명을 해야 할 것 같았다.

앨리스는 아서 쪽으로 돌아서서 벽을 둘러보며 작은 아파트 어디에 그림을 걸어야 할지 모르겠다고 말했다. 짧은 환상이 스쳤다. 아서가 토요일 밤을 이 집에서 보내고, 일요일에 늦은 아침을 먹은 뒤 그림에 딱 어울리는 공간을 찾아주는 환상.

앨리스의 목소리는 기쁨과 자신감에 가득 차 있었다.

"그림을 보고 싶어요?"

"그럼요."

그들은 일어섰다. 침실로 향하는데, 바깥 복도에서 발소리가 들린 것 같았다. 다른 입주자들은 모두 직장에 있을 시각이었다.

배달원일까?

뭐, 그래도 혼자는 아니잖아.

그들은 침실 문으로 다가갔다.

검은 독거미가 덮친 것은 바로 그때였다.

불현듯 지금껏 신경이 쓰였던 게 무엇인지 깨달았던 것이다. 그것은 배달원과는 아무 상관이 없었다. 아니, 바로 아서였다. 어제 이야기를 나누면서, 아서는 프레스콧이 언제 도착하느냐고 물었다.

앨리스는 그림이 올 거라고만 했지, 화가의 이름은 말한 적이 없었다. 그녀는 침실 문 앞에서 걸음을 늦추었다. 손에 땀이 배었다. 직접 말하지도 않았는데 그림에 대해 알고 있다면, 혹시 앨리스의 사생활과 관련된 다른 사실들도 알고 있을지 모른다. 두 사람의 그토록 많은 공통점이 전부 거짓이었다면? 앨리스가 스페인 와인을 좋아한다는 것을 그가 미리 알고 있었다면? 시음회에 참가한 것도 앨리스에게 접근하기 위해서였다면? 둘 다 알고 있던 그 모든 식당, 여행지, 텔레비전 프로그램….

맙소사! 알게 된 지 겨우 몇 주밖에 안 된 남자를 침실로 데려가고 있다니. 완전 무장해제 상태로….

숨이 가빠졌다…. 몸이 떨렸다.

"아, 그림이 정말 아름답군요."

아서가 앨리스 어깨너머를 바라보며 속삭였다.

아서의 침착하고 기분 좋은 목소리를 들은 앨리스는 속으로 웃었다. 미친 것 아니야? 내가 프레스콧이란 이름을 아서한테 말해준 거겠지. 앨리스는 불안감을 떨쳐냈다. 진정해. 너무 오래 혼자 산 거야. 아서의 미소와 농담을 떠올려봐. 우린 사고방식도 비슷해.

긴장 풀어.

희미한 웃음. 앨리스는 가로 60센티미터, 세로 60센티미터 크기의 캔버스를 바라보았다. 잔잔한 색채, 저녁 식탁에 둘러앉은 여섯 명의 사람. 즐거운 표정을 한 사람, 생각에 잠긴 사람, 근심스러운 얼굴을 하고 있는 사람.

"대단하군요."

"구성도 대단하지만, 정말 완벽하게 포착해낸 건 표정이에요. 안 그래요?"

앨리스는 아서에게 돌아섰다.

순간, 그녀의 얼굴에서 미소가 사라졌다.

"그건 뭐예요, 아서? 뭐하는 거예요?"

아서는 베이지색 천장갑을 낀 채 주머니에 손을 집어넣고 있었다. 앨리스는 그의 눈을 바라보았다. 주름 잡힌 미간 아래 검은 총구처럼 차가워진 눈빛. 그것은 낯선 사람의 얼굴이었다.

제2부

트랜잭션

5 월 2 2 일 일 요 일

인간의 신체를 해부해서 장기별로 팔면 총 4.5달러의
가치가 있다는 말을 흔히 한다.
인간의 디지털 정체성은 그보다 훨씬 더 값비싸다.

– 로버트 오해로 주니어 〈숨을 곳은 없다〉

02 1급 살인

  추적 경로는 스코츠데일에서 샌안토니오, 트럭과 부산한 가족 차량으로 가득 찬 델라웨어 주 95번 주간고속도로변 휴게소를 차례로 지나 마침내 런던이라는 말도 안 되는 목적지로 이어졌다.

  이 길을 지나간 사냥감은? 링컨 라임이 한동안 뒤쫓아온 전문살인범, 끔찍한 범죄를 막을 수는 있었으나 간발의 차이로 경찰 수사망에서 '왈츠 추듯이' 도주한 인물이었다. 라임은 씁쓸한 말투로 이렇게 말했다.

  "월요일 아침 출근해야 하는 관광객처럼 잽싸게 시내를 빠져나갔군."

  범인의 흔적은 먼지처럼 바짝 말라 있었고, 경찰과 FBI는 범인이 숨어 있는 장소나 다음 범죄 계획에 대한 단서를 전혀 얻을 수 없었다. 그러나 몇 주 전 라임은 애리조나 주의 한 정보원에게서 그자가 스코츠데일에서 발생한 미 육군 병사에 대한 살인사건 용의자라는 사실을 알아냈다. 단서로 볼 때 범인은 동쪽으로 도주했을 가능성이 높았다. 텍사스 주, 이어서 델라웨어 주.

  본명일 수도 있고 가명일 수도 있으나 범인의 이름은 리처드 로건이었다. 미국이나 캐나다 서부 출신일 가능성이 높았다. 집중 검색 결과 리처드 로건이라는 이름은 여러 명 나왔지만, 범인의 프로파일에 들어맞는 사람은 없었다.

그러다 우연의 폭발적인 일치로(링컨 라임은 '행운'이라는 단어를 절대 쓰려 하지 않았다) 유럽 범죄정보센터와 인터폴을 통해 미국인 전문살인범이 영국에서 청부살인을 의뢰받았다는 사실을 알아낼 수 있었다. 범인은 군인 신분증과 정보를 얻어내기 위해 애리조나에서 사람을 죽이고 텍사스에서 공범을 만난 뒤 동부 해안의 한 트럭 휴게소에서 계약금을 받았다. 히스로 공항으로 날아간 그는 현재 영국 어딘가 알려지지 않은 곳에 있었다.

리처드 로건의 '고위층에서 의뢰한 거액의 청부살인' 대상은 난민수용소를 운영하다가 에이즈 치료약을 밀매해 그 수익을 무기 구매에 사용하는 엄청난 음모를 우연히 알게 된 아프리카 출신의 프로테스탄트 목사였다. 목사는 나이지리아와 라이베리아에서 암살 위기를 세 번이나 넘겼다. 심지어 육중한 머신건으로 무장한 이탈리아 경찰이 철저히 수색해 놓치는 것이 거의 없는 밀라노 말펜사 공항의 환승 대합실에서도 한 번 위기를 넘긴 뒤 보안요원의 경호를 받으며 런던에 도착했다.

새뮤얼 G. 굿라이트 목사(라임은 성직자에게 이보다 더 어울리는 이름은 상상할 수 없었다)는 현재 런던 시경 본부인 스코틀랜드 야드에서 파견된 경찰들의 세심한 경호 아래 런던의 한 안가에 머무르며 치료약을 팔아 무기를 밀수입하는 점조직을 수사하는 영국 및 해외 정보기관들에게 협조하고 있었다.

라임과 런던 시경의 롱허스트 경감은 여러 대륙을 넘나드는 보안 위성통신과 이메일을 이용해 범인을 함정에 빠뜨릴 작전을 세워놓았다. 로건이 짠 정교한 음모에 걸맞게 닮은 사람들도 동원했고, 정보원 조직을 거느린 남아프리카 출신의 전설적인 전직 무기상도 결정적인 도움을 주었다. 대니 크루거는 다른 비즈니스맨들이 에

어컨이나 기침약을 팔듯이 효율적이고 냉정하게 무기 수십만 점을 팔아온 사람이었다. 그러나 작년 다푸르를 여행할 때 자신이 거래한 장난감들이 초래한 학살극을 목격하고 심한 충격을 받은 이후, 무기 거래를 그만두고 영국에 정착했다. 기타 MI5 요원, FBI 런던지부 요원, 프랑스 판 CIA인 '해외정보국' 요원 한 사람도 수사에 참여했다.

그들은 로건이 영국 내 어느 지역에 숨어서 청부살인을 계획하고 있는지조차 모르고 있었다. 하지만 다혈질인 대니 크루거는 살인범이 앞으로 며칠 뒤 무슨 일을 저지를 거라는 정보를 입수했다. 아직 국제 지하조직에 연줄을 많이 갖고 있는 크루거는 굿라이트 목사와 경찰 당국이 만나는 '비밀 장소'에 대한 허위 정보를 흘려놓았다. 그 건물에는 완전히 노출된 정원이 딸려 있어서 목사를 저격하기에 안성맞춤이었다.

동시에 로건의 위치를 파악하고 검거할 수 있는 최적의 장소이기도 했다. 경비 체제가 가동되었고, 무장경찰과 MI5, FBI 요원은 스물네 시간 비상에 들어갔다.

라임은 지금 센트럴 파크 웨스트에 위치한 자신의 타운하우스 1층에서 배터리로 가동하는 빨간색 휠체어에 앉아 있었다. 거실은 예전처럼 고풍스러운 빅토리아풍이 아니라 소도시의 웬만한 실험실보다 더 크고 장비도 잘 갖추어진 법과학 연구실이었다. 라임은 지난 며칠 동안 틈이 나는 대로 하던 일을 계속하고 있었다. 단축버튼 2번을 누르면 영국과 곧장 연결되는 전화만 뚫어지게 쳐다보고 있었던 것이다.

"전화 작동되는 거 맞지?"

"작동 안 될 이유라도 있습니까?"

간호사 톰이 음절을 뚝뚝 끊는 말투로 되물었고, 라임은 그것을 억눌린 한숨으로 받아들였다.

"몰라. 회로 과부하라든지, 전화선이 번개에 맞는다든지. 별별

일이 다 생길 수 있잖아.”

“그럼 직접 걸어보시면 되겠네요. 확인도 할 겸.”

“명령.”

라임은 다양한 육체적 기능을 대신해주는 컴퓨터 환경제어장치 ECU에 달린 음성인식 시스템을 작동시켰다. 링컨 라임은 전신마비 환자였다. 오래전 사건현장에서 일어난 사고로 부러진 목 아래쪽, 두개골 하부 근처의 제4경추부터는 제한된 운동 능력밖에 남아 있지 않았다.

“전화번호부.”

다이얼 톤이 스피커를 가득 채우더니 삐삐삐, 하는 소리가 뒤따랐다. 전화가 고장 난 것보다 더 화가 났다. 롱허스트 경감은 왜 전화를 안 하는 거야? 라임은 쏘아붙였다.

“명령. 통화 종료.”

“잘되는 것 같은데요.”

톰이 휠체어 컵홀더에 커피 머그잔을 내려놓자 라임은 진한 음료를 빨대로 빨아 마셨다. 그리고 장식장에 놓인 글렌모렌지 싱글몰트 위스키 18년산 병을 쳐다보았다. 가까운 곳에 있지만 늘 그렇듯 라임의 손에는 닿지 않았다.

“아침입니다.”

톰이 말했다.

“당연히 아침이지. 내 눈에도 보여. 자네가 말하지 않아도…. 단지….”

안 그래도 라임은 이 문제로 젊은 간호사를 괴롭힐 핑계를 찾고 있었다.

“내 기억에는 간밤에 좀 일찍 끝낸 것 같은데. 텀블러 두 잔이었잖아. 안 마신 거나 마찬가지야.”

“세 잔이었습니다.”

“내용물을 합산해보면 말이야, 세제곱센티미터 단위로, 작은 잔

두 잔 분량이었어.”

좀스럽게 구는 것은 그 자체가 알코올처럼 중독성이 있다.

“아침에는 스카치 안 됩니다.”

“생각을 맑게 하는 데 도움이 돼.”

“안 그렇습니다.”

“맞는다니까. 좀 더 창조적인 생각에도 도움이 되고.”

“그것도 안 그렇습니다.”

톰은 완벽하게 다린 셔츠와 타이, 바지 차림이었다. 옷은 예전보다 구김이 덜했다. 전신마비 환자 간호는 대부분 육체노동이다. 그러나 ‘완벽한 운전 경험’을 보장한다는 라임의 새 의자 인버케어 TDX는 펼쳐서 사실상 침대로 전환할 수 있기 때문에 톰의 일을 훨씬 수월하게 해주었다. 낮은 계단도 오를 수 있고, 중년 남자가 조깅하는 속도로 달릴 수도 있었다.

“난 스카치를 마시고 싶다고 말하는 것뿐이야. 끝. 난 내 욕구를 분명하게 말했어. 어때?”

“안 됩니다.”

라임은 코웃음을 치고 다시 전화기를 쳐다보았다.

“그자가 달아난다면….”

목소리가 잦아들었다.

“모두가 다 하는 걸 자넨 왜 안 해?”

“무슨 말이죠, 링컨?”

날씬한 젊은이 톰은 벌써 몇 년째 라임을 돕고 있었다. 여러 번 해고당하기도 했고, 스스로 그만둔 적도 있었다. 그러나 톰은 여전히 라임 곁을 지키고 있었다. 인내심, 혹은 고집불통에 대한 증명이라고나 할까.

“내가 ‘그자가 달아난다면….’이라고 하면 자네는 ‘아, 그럴 리가 없습니다. 걱정 마세요.’ 이렇게 대꾸해야지. 그래야 내 마음이 놓이지 않겠어? 사람들은 그렇게 응답해. 자기가 전혀 모르는 일이라도 상대를 안심시켜주려 한다고."

"그게 뭐 어때서요? 말하지 않았지만, 말할 수도 있었던 것을 가지고 말다툼을 하자는 겁니까? 아내가 길에서 예쁜 여자를 봤는데, 남편이 같이 있었다면 틀림없이 그 여자를 쳐다봤을 거라고 남편한테 화를 내는 것과 뭐가 다르죠?"

"그건 내 알 바 아니고."

라임은 로건을 잡기 위한 영국 내 작전에 정신을 뺏긴 채 멍하니 중얼거렸다. 허점은 없나? 보안은? 정보가 새서 범인의 귀에 들어갈 염려는 없나?

전화벨이 울렸다. 발신자 정보 상자가 라임 옆의 평면 스크린 모니터에 떴다. 라임은 런던이 아닌 집 근처 국번을 보고 실망했다. '빅 빌딩.' 맨해튼 다운타운의 경찰 본부를 일컫는 경찰의 속어였다.

"명령. 전화 받기."

딸깍.

"뭐야? 저기압인가?"

8킬로미터 밖에서 투덜거리는 목소리가 들려왔다.

"영국에서 아직 소식이 없어."

"뭐야, 스물네 시간 대기하는 거야?"

론 셀리토 형사가 물었다.

"로건이 사라졌어. 그자가 언제 움직일지 몰라."

"애 키우는 것 같구만."

"맘대로 생각해. 용건이 뭐야? 전화 언제 걸려올지 모르니까 빨리 끊어."

"온갖 비싼 장비란 장비는 다 갖다놓았으면서 대기 전화 신호 기능은 없나?"

"론."

"좋아. 자네가 알아야 할 일이 있어서. 일주일 전 목요일에 강도 살인사건이 있었어. 피해자는 그리니치빌리지에 살던 여자야. 앨

리스 샌더슨. 범인은 피해자를 칼로 찌르고 그림 몇 점을 훔쳐갔
어. 범인은 잡혔고."

왜 이런 사건으로 전화를 했지? 흔해빠진 사건이고 범인도 잡혔
는데.

"증거 문제가 있나?"

"아니."

"한데 내가 왜 관심을 가져야 하지?"

"담당 형사가 30분 전에 전화를 받았는데."

"핵심만, 론. 핵심만."

라임은 영국에서 범인을 잡기 위한 작전을 상세히 적어놓은 화이
트보드를 응시하고 있었다. 정교한 계획이었다.

위태로운 계획이기도 했다.

셀리토의 말이 라임의 상념을 깨뜨렸다.

"정말 유감인데, 링컨. 범인이 자네 사촌이야. 아서 라임. 1급 살
인. 25년형은 넉넉한데, 검사는 물증도 확실하다고 해."

03 도난당한 그림

"오랜만이에요."

주디 라임은 연구실에 앉아 있었다. 두 손을 한데 모은 채 창백한 얼굴로 라임의 눈을 제외한 다른 곳에 시선을 주지 않으려고 애썼다.

라임은 자신의 신체 상태에 대한 반응 중에서 특히 화가 치밀어 오르는 두 가지가 있었다. 마치 라임의 장애를 외면하려는 듯 안절부절못하는 것, 혹은 마치 함께 전장을 헤쳐 나온 전우라도 되는 양 친구인 척 농담을 하고 허물없는 말투를 툭툭 던지는 것. 라임 앞에서 말을 꺼내기 전에 신중하게 단어를 고르는 주디의 태도는 정확히 첫 번째 부류에 속했다. 하지만 그녀도 가족에 속하는 만큼 라임은 전화기 쪽으로 시선을 돌리지 않으려고 애쓰며 참을성을 발휘했다.

"오랜만입니다."

톰은 라임이 늘 잊곤 하는 사회적 예절을 챙겼다. 하지만 커피 잔은 주디 앞 탁자 위에 소도구처럼 놓여 있었다. 주디는 커피 잔에 손도 대지 않았다. 라임은 위스키를 간절하게 한 번 더 오랫동안 쳐다보았지만, 톰은 그의 눈길을 무시해버렸다.

매력적인 검은 머리 여인은 지난번—사고가 나기 2년 전—만

낳을 때보다 몸이 더 탄탄하고 좋아진 것 같았다. 주디는 간신히 라임의 얼굴을 보며 말했다.

"그간 찾아오지 않아서 미안해요. 정말이에요. 오고 싶었는데."

사고가 나기 전에 사교적인 방문을 못해서 미안하다는 것이 아니라, 사고 뒤 병문안을 못 와서 미안하다는 뜻이었다. 극한의 재난에서 생존한 사람은 대화에서 말로 표현되지 않은 것도 언어처럼 분명하게 읽을 수 있다.

"꽃은 받았어요?"

사고 이후, 라임은 약물 치료, 육체적 고통은 물론 상상할 수조차 없는 현실, 즉 다시는 걷지 못한다는 사실과 심리적 레슬링을 벌이느라 제정신이 아니었다. 가족들이 보낸 꽃은 기억나지 않았지만 분명 보내기는 했을 것이다. 많은 사람들이 꽃을 보냈다. 꽃은 쉽지만 병문안은 힘들다.

"네. 고맙습니다."

침묵. 자신도 모르게 번개처럼 라임의 다리로 향하는 시선. 사람들은 걷지 못하면 다리에 무슨 문제가 있다고 생각한다. 아니, 다리는 멀쩡하다. 다리한테 일을 시키는 부분이 문제다.

"좋아 보이는데요."

라임은 자신이 좋아 보이는지 안 좋아 보이는지 몰랐다. 별로 생각해본 적이 없었다.

"이혼했다고 들었어요."

"네."

"유감이에요."

왜? 라임은 속으로 되물었다. 하지만 이건 냉소적으로 한 번 해본 생각이었다. 그는 유감 표시를 받아들인다는 뜻으로 고개를 한 번 끄덕여 보였다.

"블레인은 어떻게 지내요?"

"롱아일랜드에 삽니다. 재혼했어요. 자주 연락하는 사이는 아닙니다. 아이가 없으면 보통 그렇게 되지요."

"보스턴에서는 참 즐거웠는데. 둘이 함께 주말에 왔었잖아요."

미소 아닌 미소. 얼굴에 그려 붙인 가면.

"좋았죠. 네."

뉴잉글랜드에서 보낸 주말. 쇼핑, 남쪽 케이프코드까지의 드라이브, 해변에서의 피크닉. 정말 멋진 곳이라고 생각했던 기억이 났다. 라임은 해변의 녹색 바위를 보면서, 브레인스토밍을 한 뒤 뉴욕시경 감식반 데이터베이스용으로 뉴욕 시 인근에서 해조류 수집을 시작해야겠다고 마음먹었다. 그리고 일주일 동안 차를 몰고 도심 지역을 돌아다니며 샘플을 채취했다.

아서와 주디를 만나러 간 그 여행길에서 라임과 블레인은 한 번도 싸우지 않았다. 집으로 돌아오는 길 역시 좋았다. 코네티컷의 한 여관에서 하룻밤 묵은 날, 인동덩굴 향내가 가득한 객실 뒤쪽 테라스에서 사랑을 나누던 기억이 났다.

그 방문이 사촌과의 마지막 대면이었다. 한 번 잠깐 대화를 나누기는 했지만 전화로였다. 그러다 사고가 났고, 이후 연락이 끊겼다.

"아서는 지금 나락에 빠져 있는 거나 마찬가지예요."

주디는 민망한 듯한 웃음소리를 내며 말을 이었다.

"우리가 뉴저지로 이사한 건 알죠?"

"그래요?"

"아서는 프린스턴에서 학생들을 가르쳤는데, 해고당했어요."

"어쩌다가?"

"조교 겸 연구원이었는데, 학교에서 전임교수 임용계약을 안 해줬어요. 아서는 정치적인 문제 때문이라고 해요. 알다시피 대학 내부의 권력 구조요."

아서의 아버지 헨리 라임은 시카고 대학의 저명한 물리학 교수였다. 상아탑은 라임 가문의 그쪽 집안에서는 존중받는 진로였다. 고등학교 때 아서와 링컨은 대학에서의 연구 및 교직 생활과 민간 직장의 장점에 대해 의논하고 했다.

"대학에서는 사회에 진지한 기여를 할 수 있어."

금지되어 있는 맥주 두 캔을 나눠 마시며 아서는 이렇게 말했다. 그리고 라임이 으레 내뱉던 다음의 대사를 듣고도 애써 심각한 표정을 유지했다.

"물론이지. 게다가 예쁜 조교가 들어올 수도 있잖아."

아서가 대학 쪽으로 진로를 정했을 때, 라임은 놀라지 않았다.

"조교를 계속할 수도 있었지만, 그냥 그만뒀어요. 화가 나서요. 곧 다른 직장을 구할 수 있을 거라고 생각했는데, 그게 잘 안 됐어요. 한동안 실직 상태로 있다가 개인 회사에 들어갔죠. 의료 장비 제작사."

다시 무의식적인 시선. 이번에는 정교한 휠체어 쪽이었다. 주디는 엄청난 불경죄라도 저질렀다는 듯 얼굴을 붉혔다.

"꿈꾸던 일은 아니었죠. 아서는 그간 별로 행복하지 못했어요. 찾아오고 싶었을 테지만, 자기 인생이 안 풀리다보니 민망했을 거예요. 당신은 이렇게 유명인사가 됐는데 말예요."

주디는 마침내 커피 한 모금을 마셨다.

"당신 둘은 공통점이 참 많았어요. 형제처럼 지냈잖아요. 보스턴에서 해주신 이야기가 기억나요. 밤새도록 안 자고 웃으면서 이야기를 나눴죠. 아서에 대해 내가 미처 몰랐던 이야기들. 시아버지도 살아 계셨을 때 늘 당신 이야기를 하셨어요."

"그래요? 편지는 가끔 주고받았습니다. 사실, 돌아가시기 며칠 전에도 편지를 받았지요."

삼촌에 얽힌 잊을 수 없는 추억은 많았지만, 특히 한 가지 인상이 뇌리에 남았다. 키가 크고 대머리에 얼굴이 불그스레한 남자가 크리스마스이브 저녁 식탁에서 허리를 뒤로 젖힌 채 호탕하게 웃으며 10여 명의 식구 모두를 당황스럽게 만드는 광경이었다. 물론 헨리 라임 자신과 인내심 많은 그의 아내, 곧바로 같이 웃음을 터뜨리곤 했던 어린 링컨은 예외였다. 라임은 삼촌을 아주 좋아했다. 그래서 50킬로미터 정도 떨어진 일리노이 주 에번스턴 미시건 호숫가에 살던 아서네 집에 자주 찾아가곤 했다.

하지만 지금은 향수에 젖고 싶은 기분이 아니었다. 라임은 문 열리는 소리가 들리고 일곱 개의 단호한 발소리가 문지방에서 양탄자 위로 이어지자 마음이 놓였다. 누구인지 알려주는 걸음걸이였다. 잠시 후, 청바지와 검은 티셔츠, 자주색 블라우스 차림의 키 크고 날씬한 빨강 머리가 연구실로 들어왔다. 셔츠 자락은 빠져나와 있고, 엉덩이 위쪽에 찬 검은색 글록 권총이 비죽 보였다.

아멜리아 색스가 미소를 지으며 라임의 입술에 키스하는 순간, 주디의 신체언어 반응이 라임의 시야에 들어왔다. 의미는 분명했다. 하지만 라임은 주디가 무엇 때문에 당황했는지 궁금했다. 교제하는 사람이 있는지 물어보지 않은 실수 때문일까, 혹은 장애인은 이성 관계를, 적어도 경찰학교에 입학하기 전 모델로 활동했던, 색스처럼 매력적인 사람하고는 이성 관계를 가질 수 없을 거라고 생각했기 때문일까?

라임은 두 사람을 소개했다. 색스는 아서 라임이 체포된 사연을 걱정스럽게 듣더니 주디에게 이런 상황을 잘 견뎌내고 있는지 물은 다음 이렇게 말했다.

"아이는 있으신가요?"

그제야 라임은 주디를 관찰하느라 조카에 대해 물어보지 못한 결례를 범했다는 사실을 깨달았다. 아들이 하나 있었는데, 이름도 기억나지 않았다. 그런데 이야기를 들어보니 가족이 불어나 있었다. 고등학교에 다니는 아서 주니어 외에도 두 명이나 더.

"아홉 살 난 헨리. 그리고 딸 메도. 여섯 살이에요."

"메도?"

색스가 놀란 듯 물었다. 라임은 그 이유를 알 수가 없었다.

주디는 당황스럽게 웃었다.

"게다가 우린 저지에 살죠. 하지만 텔레비전 드라마하고는 관계 없어요. 그 드라마를 본 적도 없을 때 낳았거든요."

텔레비전 드라마?

주디가 짧은 침묵을 깨뜨렸다.

"당신 전화번호를 알아내려고 왜 그 경찰한테 연락했는지 궁금 하시겠죠. 하지만 우선 내가 여기에 온 걸 아서에게는 알리지 않았 으면 해요."

"알리지 말라고요?"

"사실, 솔직히 말하면, 나 혼자서는 이런 생각을 못했을 거예요. 너무 걱정이 돼서 잠도 못 자고, 제대로 생각도 할 수 없었거든요. 그런데 며칠 전 구치소에서 아서하고 이야기를 하는데, 그 사람이 그랬어요. '당신이 무슨 생각을 하는지 아는데, 링컨한테는 연락 하지 마. 그냥 신원 파악에 실수가 있어서 생긴 일일 뿐이야. 우리 끼리 충분히 오해를 풀 수 있어. 연락 안 하겠다고 약속해.' 아서는 당신한테 짐이 되고 싶지 않은 거예요. …아서 성격 아시잖아요. 너무 착하고, 늘 다른 사람 입장을 생각하고."

라임은 고개를 끄덕였다.

"하지만 그 생각을 하면 할수록 그래야겠다는 판단이 들더군요. 연줄을 이용하거나 옳지 않은 일을 해달라는 건 아니지만, 전화 몇 통 해주는 건 가능할 것 같아서요. 당신 생각을 말씀해주세요."

라임은 빅 빌딩에서 그 일을 어떻게 생각할지 너무나 잘 알았다. 뉴욕시경 법과학 자문위원으로서 라임의 업무는 어떤 경로로든 진 실에 접근하는 것이다. 하지만 간부들은 라임이 용의자의 무죄를 밝히는 것보다 기소하는 것을 더 좋아한다.

"자료철을 좀 훑어봤는데요…."

"자료철?"

"아서가 가족 스크랩북을 만들어요. 신문에 난 당신 사건들도 모 아뒀어요. 수십 개나. 정말 대단한 일을 하셨더군요."

"아, 난 그저 공무원일 뿐입니다."

마침내 주디가 솔직한 감정을 내보였다. 라임의 눈을 바라보며 미소를 지은 것이다.

"아서는 당신의 겸손을 단 한순간도 믿지 않는다고 했어요."

"그래요?"

"당신 자신이 그걸 믿지 않는다면서요."

색스는 킥킥 웃었다.

라임도 픽 웃었다. 그 정도면 솔직한 응답으로 통할 거라 생각하고. 그러고는 이내 진지해졌다.

"내가 얼마나 도움이 될지는 모르겠지만, 상황을 말씀해주세요."

"일주일 전 목요일이었어요. 12일. 아서는 목요일에 일찍 퇴근해요. 집으로 오는 길에 주립공원에서 장거리 달리기를 하죠. 달리는 걸 좋아해서요."

몇 달 터울인 두 소년이 보도나 중서부 지방의 집 근처 누렇게 물들어가는 들판을 달리곤 하던 기억이 났다. 숨이 차서 잠시 멈추면 메뚜기가 달아나고, 땀에 젖은 살갗에는 모기가 달라붙었다. 몸은 아서 쪽이 더 좋아 보였지만, 링컨은 학교 육상 대표팀이었다.

라임은 추억을 밀어놓고 주디의 말에 정신을 집중했다.

"3시 30분 정도에 사무실을 나서서 달리기를 한 뒤 7시나 7시 30분쯤 집에 왔어요. 평소와 다른 점은 없었어요. 행동이 이상하지도 않았고. 샤워를 하고 저녁을 먹었죠. 한데 다음 날, 경찰이 집으로 들이닥쳤어요. 뉴욕 경찰 둘, 뉴저지 경찰 하나. 아서한테 질문을 하더니 자동차를 살펴봤어요. 그러곤 혈흔을 발견했다는 거예요…."

주디의 목소리에는 그 힘든 아침에 느꼈을 충격이 고스란히 담겨 있었다.

"경찰이 집을 수색하고 물건들을 가져갔어요. 그러곤 다시 돌아와서 아서를 체포했어요. 살인 혐의로."

'살인'이라는 단어가 힘들게 입 밖으로 나왔다. 색스가 물었다.

"정확히 무슨 짓을 저질렀다던가요?"

"여자 하나를 죽이고, 희귀한 그림을 훔쳤대요."

주디는 분한 듯 코웃음을 쳤다.

"그림을 훔쳐? 뭣하러? 살인이라니? 아서는 평생 한 번도 남에게 해를 끼친 적이 없는 사람이에요. 그럴 수가 없는 사람이라고요."

"발견했다는 혈흔은? 유전자 감식은 해봤대요?"

"아, 네. 했대요. 피해자의 혈액과 일치한 것 같아요. 하지만 그런 실험도 틀릴 수 있는 거잖아요."

"가끔은."

라임은 대답했다. 가끔은, 아주 가끔은.

"진짜 살인범이 피를 일부러 묻혀놨을 수도 있고요."

"그림 말인데, 아서가 그 그림에 관심을 보인 적은 있나요?"

색스가 물었다. 주디는 왼쪽 손목에 찬 두꺼운 흑백 플라스틱 팔찌를 흔들었다.

"아서도 같은 화가의 그림을 소장한 적이 있어요. 그 그림을 좋아했어요. 하지만 실직하는 바람에 팔아야 했죠."

"그림은 발견됐어요?"

"발견되지 않았어요."

"그런데 그림이 도난당했다는 걸 어떻게 알죠?"

"피해자가 살해당한 시간 전후로 한 남자가 그 여자 아파트에서 그림을 들고 나가는 걸 본 목격자가 있대요. 아, 뭔가 끔찍하게 꼬여버린 거예요. 우연의 일치로…. 그렇게밖에는 볼 수가 없어요. 신기한 우연의 일치."

목소리가 갈라졌다.

"아서하고 피해자는 아는 사이였나요?"

"처음에는 모른다고 하더니, 다시 생각해보니 만났을 수도 있겠다고 하더군요. 아서가 가끔 찾아가는 미술관에서. 한데 자기 기억에는 이야기를 나눠본 적이 없대요."

주디의 시선이 영국에서의 로건 검거 작전에 대해 쓰여 있는 화이트보드 쪽으로 향했다.

라임은 아서와 함께했던 다른 추억을 떠올렸다.

저 나무까지 달려. …아니, 이 엄살쟁이야…. 저쪽 단풍나무. 둥치에 손을 짚는 거야! 셋을 세면 출발. 하나… 둘… 출발!

셋이라고 해야지!

"다른 게 더 있죠, 주디? 말해봐요."

색스가 주디의 눈에서 뭔가를 읽은 모양이었다.

"그냥 걱정이 돼서 죽겠어요. 아이들도 걱정되고. 애들한테는 악몽이에요. 이웃들은 우릴 테러리스트 취급해요."

"강요하는 것 같아서 미안하지만, 우리가 사실 관계를 빠짐없이 알고 있는 게 중요해요."

얼굴이 다시 붉어졌다. 주디는 무릎을 틀어쥐었다. 라임과 색스는 캘리포니아 수사국 요원 캐스린 댄스와 친구 사이였다. 그녀는 동작학, 즉 신체언어 전문가였다. 라임은 그런 기법을 법과학적 측면에서 부차적인 것으로 간주했다. 하지만 댄스를 존중하게 된 뒤로는 그녀의 전문 분야에 대해 좀 더 잘 알게 되었다. 지금 라임은 주디 라임에게서 스트레스가 샘솟는다는 것을 쉽게 꿰뚫어볼 수 있었다. 색스가 재촉했다.

"말해봐요."

"경찰이 다른 증거도 발견했다는데…. 아니, 진짜 증거는 아니고요. 단서 같은 게 아니라…. 경찰은 어쩌면 아서와 그 여자가 서로 사귀는 사이였을 수도 있다고 생각해요."

"당신 생각은 어때요?"

"난 그렇게 생각하지 않아요."

부드러운 동사를 사용하는 것이 눈에 띄었다. 살인과 절도 혐의에 대한 것만큼 단호한 부정은 아니었다. 사실이 아니기를 간절히 바라고는 있지만, 어쩌면 라임이 방금 내린 결론과 같은 결론에 이른 것 같았다. 피해자와 연인 관계였다면 아서에게 유리할 것이라는. 같이 자는 사람보다는 모르는 사람을 터는 것이 쉽다. 그래도 아내이자 어머니로서 주디는 다른 해답이 나오기를 염원하고 있었다.

주디가 문득 시선을 들었다. 그러곤 아까보다 덜 조심스러운 시선으로 라임이 앉아 있는 휠체어와 그 밖에 그의 삶을 규정짓는 장치들을 둘러보았다.

"무슨 일이 있었건, 아서는 그 여자를 '죽이지' 않았어요. 그건 내 영혼을 걸고 확신해요. …당신이 혹시 해줄 수 있는 일이 없을까요?"

라임과 색스는 시선을 교환했다. 라임은 말했다.

"미안하지만, 주디, 지금은 아주 큰 사건을 해결하는 중이라서. 아주 위험한 살인마를 거의 잡기 직전까지 왔습니다. 그 일에서 손을 뗄 수가 없어요."

"그러시라는 게 아니에요. 그냥 뭔가 조금이라도. 달리 제가 할 수 있는 일이 없어서 그래요."

입술이 떨리고 있었다.

"전화를 몇 통 걸고, 도움될 만한 게 있는지 알아볼 수는 있습니다. 당신 변호사를 통해 얻을 수 없는 정보까지 제가 알아내드릴 수는 없지만, 유죄일 가능성이 어느 정도인지 내 생각을 솔직하게 말씀드릴 수는 있어요."

"아, 고마워요, 링컨."

"변호사는 누굽니까?"

주디는 이름과 전화번호를 알려주었다. 라임도 아는, 유명하고 수임료도 비싼 형사 피고 전문 변호사였다. 그러나 수임한 사건이 너무 많고, 강력범죄보다는 경제사범 쪽 경험이 더 많은 사람이었다.

색스는 검사에 대해 물어보았다.

"번하드 그로스맨. 전화번호도 알려드릴게요."

"그건 됐어요. 내가 갖고 있으니까. 전에 같이 일한 적이 있어요.

말이 통하는 사람이죠. 당신 남편에게 유죄인정 교섭을 제의했죠?"

"맞아요. 변호사는 받아들이라고 했어요. 하지만 아서가 거절했어요. 계속해서 이건 그냥 실수니까, 모두 바로잡힐 거라고만 해요. 하지만 항상 그렇게 되는 건 아니잖아요? 무고한 사람이 교도소에 가는 일도 있잖아요?"

그래, 맞아. 라임은 생각했다. 그리고 말했다.

"전화 몇 통 걸어보겠습니다."

주디는 일어섰다.

"그동안 못 챙겨드려서 얼마나 죄송한지 모르실 거예요. 변명의 여지가 없네요."

놀랍게도 주디 라임은 휠체어를 향해 똑바로 다가오더니 허리를 굽혀 라임의 얼굴에 뺨을 댔다. 초조한 땀 냄새와 독특한 향 두 가지가 났다. 방취제와 헤어스프레이 같았다. 향수는 아니었다. 향수를 뿌리는 타입은 아니었다.

"고마워요, 링컨."

주디는 문으로 걸어가다 말고 멈춰 서서 두 사람을 향해 말했다.

"그 여자하고 아서에 대해 무엇을 알아내든지, 전 괜찮아요. 제가 관심 있는 건 오로지 그 사람이 감옥에 안 가는 것뿐이에요."

"할 수 있는 데까지 해보죠. 뭔가 확실한 걸 알아내면 연락하겠습니다."

색스는 주디를 배웅해주었다.

색스가 돌아오자 라임이 말했다.

"일단 변호사한테 연락해보자고."

"유감이에요, 라임."

라임은 미간을 찌푸렸다. 색스가 덧붙였다.

"그냥, 당신한테 힘든 일일 것 같아서."

"뭐가?"

"가까운 친척이 살인 혐의로 잡혔으니까요."

라임은 어깨를 으쓱했다. 그가 할 수 있는 몇 안 되는 몸짓 중 하나였다.

"테드 번디도 누군가의 아들이었지. 사촌이었을 거고."

"그래도요."

색스는 수화기를 집어 들었다. 하지만 부재중이라 변호사의 자동응답기에 용건을 남겼다. 라임은 지금 그 변호사가 어떤 골프장 몇 번 홀에 있을지 궁금했다.

휴일을 즐기지 않고 시내 사무실에 나와 있던 지방검사보 그로스맨은 바로 연락이 닿았다. 그는 용의자의 성(姓) 라임에서 미처 링컨을 떠올리지 못했던 모양이다.

"유감이군, 링컨."

그는 진심으로 말했다.

"하지만 솔직히, 증거가 너무 확실해. 그냥 하는 말이 아니야. 빈틈이 있으면 그렇다고 할 텐데, 없어. 배심원도 유죄로 판단할 거야. 유죄인정 교섭을 하라고 설득하는 게 당사자한테 훨씬 좋을 거야. 난 아마 12년쯤 구형할 거고."

12년에 가석방 금지. 아서를 죽이겠다는 거군. 라임은 생각했다.

색스가 말했다.

"감사합니다."

검사보는 내일부터 복잡한 재판이 시작되기 때문에 지금은 더 이야기할 시간이 없다고 덧붙였다. 그러고는 원한다면 이번 주 내로 다시 전화하겠다고 했다.

그래도 담당 형사의 이름은 알려주었다. 보비 래그레인지였다.

"아는 사람이에요."

색스는 형사의 집으로 전화를 걸며 말했다. 자동응답기가 전화를 받았다. 하지만 휴대전화로 다시 걸어보니 곧장 받았다.

"래그레인지요."

바람 소리와 철썩이는 물소리가 들리는 걸 보니, 이 청명하고 따뜻한 날에 형사가 무엇을 하고 있는지 알 수 있었다.

색스는 신원을 밝혔다.

"아, 어떻게 지내나, 아멜리아? 정보원 전화를 기다리는 중이야. 레드훅에서 사건이 벌어질 거라고 해서."

그럼, 낚싯배 위는 아니군.

"빨리 끊어야겠군요."

"이해해줘. 스피커폰이군."

"형사님, 링컨 라임입니다."

잠시 침묵.

"아, 네."

링컨 라임의 전화를 받게 되면 사람들은 주의력을 단시간에 극대화시킨다. 라임은 사촌에 대해 설명했다.

"잠깐… 라임이라, 재미있는 성이라고 생각은 했습니다만. 흔치 않은 성이니까요. 한데 친척일지도 모른다는 건 미처 생각을 못했습니다. 당신 이야기는 하지도 않던데요. 심문할 때도요. 사촌이라니. 정말, 유감입니다."

"형사님, 그 사건에 간섭하고 싶지는 않습니다. 그냥 연락을 해서 상황을 알아보겠다고 했습니다. 지방검사보한테 사건이 넘어갔다는 건 알고 있습니다. 방금 그쪽하고 통화를 했거든요."

"검거는 정당했습니다. 난 5년 동안 살인사건을 맡았습니다. 순찰과 경관이 조직폭력단 살인을 목격한 건을 제외하면 이번은 내가 본 것 중에서 가장 명백한 사건입니다."

"어떻게 된 겁니까? 아서의 아내한테서는 대강의 내용만 들었습니다."

경찰이 범죄를 복기할 때 사용하는 딱딱한 목소리. 감정이 제거된 말투였다.

"당신 사촌은 일찍 퇴근했습니다. 그리고 빌리지에 사는 앨리스 샌더슨이라는 여자의 아파트로 갔는데, 그 여자도 일찍 퇴근했습니다. 그가 얼마나 오래 그 아파트에 있었는지는 확실히 모르지만, 6시경 여자는 칼에 찔려 사망했고, 회화 한 점이 도난당했습니다."

"희귀한 그림이라지요?"

"네. 하지만 반 고흐 급은 아닙니다."

"화가가 누굽니까?"

"프레스콧이라는 사람. 아, 그리고 우편 전단지가 있더군요. 몇몇 미술관에서 당신 사촌한테 프레스콧에 대한 정보를 보낸 거였습니다. 이것도 아서에게 불리하게 작용했지요."

"5월 12일에 대해 더 자세히 말씀해주시죠."

"6시경 한 목격자가 비명 소리를 들었고, 몇 분 뒤 남자 한 명이 그림을 들고 나와 길가에 세워둔 연청색 메르세데스에 싣는 것을 보았답니다. 자동차는 재빨리 현장을 떠났습니다. 목격자는 번호판 첫 세 글자만 기억했습니다. 등록된 주(州) 이름은 몰랐지만, 뉴욕 시내의 차량을 샅샅이 조회해봤습니다. 그리고 범위를 좁혀서 차량 소유주를 만나봤는데, 그중 한 사람이 당신 사촌이었습니다. 나와 내 파트너가 저지로 가서 그 사람하고 이야기를 했죠. 규정대로 관할경찰도 대동했습니다. 자동차 뒷문과 뒷자리에 혈흔 같은 게 있었습니다. 시트 밑에는 피 묻은 걸레가 있었고요. 피해자 아파트에 있던 수건하고도 일치했습니다."

"유전자 검사 결과는?"

"피해자의 혈액이었습니다."

"목격자가 얼굴을 보고 그를 지목하던가요?"

"아니, 익명이었습니다. 공중전화로 걸었는데, 이름을 밝히지 않으려고 했습니다. 사건에 엮이기 싫다면서. 하지만 목격자도 필요 없었습니다. 현장이 워낙 확실했으니까요. 현관에서 발자국을 땄는데, 당신 사촌이 신었던 것과 같은 종류의 신이었고, 명백한 미량증거물도 있었습니다."

"이동식별 증거물(class evidence)?"

"네. 면도 크림 흔적, 스낵 칩, 차고에 있던 정원 비료. 피해자의 아파트에서 발견된 것과 정확히 일치했습니다."

아니, 일치했다고 하면 안 되지. 라임은 생각했다. 증거물은 몇 가지로 분류할 수 있다. '개별화'할 수 있는 증거물이란 DNA나 지문처럼 출처가 단일한 것을 말한다. 반면 '이동식별' 증거물이란 어떤 특성을 공유하는 유사 물질이지만 반드시 출처가 단일하다고는 할 수 없다. 양탄자 섬유 같은 것이 여기에 속한다. 범죄현장에서 발견된 혈액의 DNA는 용의자의 혈액과 정확히 '동일하다'고 말할 수 있다. 그러나 현장의 양탄자 섬유는 용의자의 집에서 발견된 섬유와 '동일 물질'이라고 말할 수 있을 뿐 용의자가 과연 현장에 있었는지를 판단하는 것은 배심원의 몫이다.

"아서가 피해자와 면식이 있었는지 여부는 어떻게 생각하세요?"

색스가 물었다.

"본인은 몰랐다고 하는데, 피해자가 쓴 메모 두 개가 발견됐어. 하나는 사무실, 하나는 집에서. 하나는 '아서-술'이었고, 다른 하나는 그냥 '아서'였어. 다른 내용은 없고. 아, 그리고 피해자의 전화번호부에도 그의 이름이 있었어."

라임은 미간을 찌푸렸다.

"그 사람 전화번호?"

"아닙니다. 선불제 휴대전화. 등록되지 않은."

"친구 이상이었다고 생각하는 겁니까?"

"그런 생각이 들었지요. 안 그러면 왜 집이나 사무실 전화번호를 알려주지 않고 선불제 전화번호만 알려주었겠습니까?"

형사는 웃으며 말을 이었다.

"피해자는 신경도 쓰지 않은 것 같습니다. 사람들이 묻지도 않고 받아들이는 걸 보면 놀랄 때가 많다니까요."

별로 놀랄 일은 아니지. 라임은 생각했다.

"전화기는?"

"발견되지 않았습니다."

"그럼 피해자가 이혼을 종용해서 죽였다고 생각하는 겁니까?"

"검사는 그렇게 주장할 겁니다. 그 비슷하게."

라임은 자신이 알고 있는 사촌과 이 정보를 대조해보았다. 하지만 10년 이상 만나지 못한 사람이다. 긍정도 부정도 할 수 없었다.

색스가 물었다.

"범행 동기가 있는 다른 사람은 없나요?"

"없어. 가족과 친구들 말로는 피해자가 종종 데이트를 했지만 모두 아주 가벼운 관계였다고 하더군. 헤어지면서 갈등을 겪은 일도 없어. 그 친구 아내인 주디가 범인이 아닐까 생각도 해봤지만, 범행 당시 다른 곳에 있었어."

"아서는 알리바이가 없습니까?"

"네. 본인은 달리기를 했다고 주장하지만 증명해줄 사람이 없습니다. 클린턴 주립공원. 넓은 곳이죠. 사람도 없고."

"궁금해서 그러는데, 심문할 때 아서의 태도는 어떻던가요?"

색스가 물었다. 래그레인지는 웃었다.

"마침 잘 물었어. 이번 사건에서 제일 이상한 부분이거든. 마치 홀린 사람 같았어. 완전히 넋이 나간 것 같았지. 나도 사람을 많이 체포해봤고, 그중에는 프로도 있었어. 조직 범죄자 말이야. 한데 이 친구는 무고한 사람인 척하는 데는 단연 일인자야. 대단한 배우야. 원래부터 그랬습니까, 라임 씨?"

라임은 대답하지 않았다.

"그림은 어떻게 됐습니까?"

잠시 침묵.

"그게 문젠데요. 발견되지 않았습니다. 용의자의 집에도, 차고에도 없었습니다. 감식반 말로는 자동차 뒷자리와 차고에서 흙이 발견됐는데, 그 친구가 매일 밤 조깅을 하는 집 근처 주립공원의 흙과 일치한다고 하더군요. 어딘가에 묻은 게 아닌가 생각됩니다."

"질문이 있습니다, 형사님."

라임이 말했다. 수화기 너머에서 잠시 침묵이 흐르더니, 알아들을 수 없는 목소리와 울부짖는 바람 소리가 다시 들려왔다.

"말씀하시죠."

"제가 기록을 볼 수 있을까요?"

"기록?"

질문은 아니었다. 잠깐 생각할 시간을 벌려는 것이었다.

"이건 명백한 사건입니다. 우린 규정대로 수사했습니다."

색스가 말했다.

"그 점은 조금도 의심하지 않아요. 한데 그 사람이 유죄인정 교섭을 거부했다고 들어서요."

"아, 받아들이라고 설득하려고? 알겠어. 그게 그 친구한테는 최선일 거야. 음, 내가 가진 건 복사본인데, 다른 것하고 증거물은 모두 검사가 갖고 있어. 하지만 보고서는 구해주지. 하루 이틀만 기다려. 됐지?"

라임은 고개를 저었다. 색스는 형사에게 말했다.

"기록과에 전화해서 내가 직접 가서 보고서를 볼 거라고 말해주시면 안 될까요?"

다시 바람 소리가 스피커를 가득 채우더니 갑자기 그쳤다. 래그레인지가 실내로 들어간 모양이었다.

"그래, 알았어. 지금 전화를 걸어놓지."

"고마워요."

"뭘. 행운을 빌어."

전화를 끊은 뒤, 라임은 잠시 미소를 지었다.

"좋은 수법이었어. 유죄인정 교섭을 끌어들인 거."

"관객부터 파악해야 하는 법이죠."

색스는 가방을 어깨에 메고 문으로 향했다.

04 함정

색스는 대중교통을 이용하거나 교통신호를 지킬 때보다 훨씬 빨리 경찰 본부에서 돌아왔다. 라임은 그녀가 1969년식 카마로 SS 대시보드에 경광등을 붙이고 달려왔다는 걸 알고 있었다. 라임이 택한 휠체어 색과 맞추기 위해 몇 년 전 타는 듯 붉은 빨강색으로 칠한 차였다. 십대 아이들처럼 색스는 아직도 늘 커다란 엔진을 돌리고 타이어 고무를 태울 만한 핑계만 찾고 있었다.

"전부 다 복사해 왔어요."

색스는 두꺼운 폴더를 들고 방으로 들어왔다. 그러곤 작업대 위에 파일을 얹으며 눈살을 찌푸렸다.

"괜찮아?"

아멜리아 색스는 평생 관절염을 앓고 있다. 글루코사민, 콘드로이틴, 애드빌, 혹은 나프로신을 젤리처럼 입에 털어놓고 다녔지만, 경찰 간부들이 혹시 알게 되면 책상 뒤에 처박힐까봐 자신의 상태를 인정하는 일은 거의 없었다. 라임과 둘이 있을 때조차 통증을 솔직하게 털어놓지 않았다. 하지만 오늘은 인정했다.

"다른 날보다 좀 심하네요."

"앉지 그래?"

색스는 고개를 저었다.

"좋아. 뭐가 있지?"

"수사보고서, 증거물 목록, 사진 자료. 비디오는 없어요. 그건 검사한테 있어요."

"모두 적어봐. 사건현장하고 아서의 집부터 보고 싶어."

색스는 실험실 안에 비치된 수십 개의 화이트보드 중 하나로 다가가 라임이 바라보는 가운데 정보를 적기 시작했다.

앨리스 샌더슨 살인사건

앨리스 샌더슨의 아파트

- 알로에 함유 에지 어드밴스트 젤 면도 크림 흔적
- 무지방 바비큐 맛 프링글스로 밝혀진 과자 조각
- 시카고 커틀러리제 칼(살해 도구)
- 트루그로 비료
- 앨튼 이지워크 신발 자국. 크기 10½
- 라텍스 장갑 조각
- 전화번호부에 '아서' 항목과 선불제 휴대전화 번호. 현재는 폐쇄. 추적 불가(불륜 가능성?)
- 쪽지 두 장: '아서 – 술'(사무실), '아서'(집)
- 목격자가 연청색 메르세데스 목격. 번호판에 NLP라고 적혀 있음

아서 라임의 차

- 2004년식 연청색 메르세데스 세단, C클래스, 뉴저지 번호판 NLP745, 아서 라임 앞으로 등록되어 있음
- 자동차 문, 뒷자석에 혈흔(DNA는 피해자와 일치)

- 피 묻은 걸레. 피해자의 아파트에서 동일한 것이 발견되었음(DNA는 피해자와 일치)
- 클린턴 주립공원의 흙과 유사한 성분의 흙

아서 라임의 집

- 알로에 함유 에지 어드밴스트 젤 면도 크림, 일차 범행현장에서 발견한 것과 같은 종류
- 무지방 바비큐 맛 프링글스 칩
- 트루그로 비료(차고)
- 클린턴 주립공원 흙과 유사한 흙이 묻은 삽(차고)
- 시카고 커틀러리제 칼, 살해 도구와 같은 종류.
- 앨튼 이지워크 신발, 크기 10½, 일차 범행현장에서 발견된 것과 유사한 밑창모양
- 보스턴 윌콕스 미술관과 카멜 앤더슨-빌링스 미술관에서 보낸 우편 전단. 하비 프레스콧 전시회 정보 수록.
- 세이프핸드 라텍스 장갑 상자. 일차 범행현장에서 발견된 조각과 유사한 고무 성분(차고)

"휴, 이 정도면 상당히 결정적인데요, 라임."

색스는 뒤로 물러서며 엉덩이에 손을 짚었다.

"그리고 선불제 휴대전화를 사용했다? '아서'라는 이름을 언급했고. 하지만 사는 곳이나 일하는 곳 주소는 없다. 이건 불륜일 가능성이 있고…. 다른 내용은?"

"없어요. 사진밖에."

"테이프로 붙여."

라임은 차트를 훑어보며 지시했다. 직접 현장감식을 하지 못한 것이 답답했다. 여느 때처럼 아멜리아 색스를 통해 마이크/헤드세트와 색스가 몸에 부착한 고해상도 비디오카메라로 현장을 보지 못했다는 뜻이다. 감식내용은 충실하기는 한 것 같았지만 탁월하지는 못했다. 범행현장이 아닌 다른 방의 사진은 없었다. 그리고 칼은… 침대 밑에 놓인 피 묻은 흉기 사진. 한 경찰이 사진을 잘 찍기 위해 침대보를 들어 올리는 장면이었다. 침대보가 드리워져 있을 때는 칼이 보이지 않았을까(그렇다면 논리적으로 볼 때 범행 당시 범인이 당황해서 잃어버렸다는 뜻이다)? 혹은 보였을까? 그랬다면 증거물을 심기 위해 의도적으로 놓아두었다는 뜻이다.

라임은 바닥에 놓인 포장 재료를 찍은 사진을 관찰했다. 프레스콧 그림을 쌌던 포장지일 것이다.

"뭔가 이상해."

라임은 중얼거렸다. 화이트보드 쪽에 서 있던 색스가 돌아보았다. 라임은 말을 이었다.

"그림 말이야."

"그림이 왜요?"

"래그레인지는 두 가지 동기를 제시했어. 첫째, 거추장스러운 앨리스를 죽여 없애기 위해 그림 도둑으로 위장했을 가능성."

"맞아요."

"하지만 도둑질을 하다 우발적으로 발생한 살인처럼 위장하려고 했을 때, 영리한 범인이라면 그 집 안에서 하필 자신과 연관될 수 있는 유일한 물건을 훔치지는 않을 거야. 아서는 프레스콧 그림 한 점을 갖고 있었어. 우편 전단지도 받았고."

"그렇죠, 라임. 말이 안 돼요."

"둘째, 정말 그림이 갖고 싶었는데 돈이 없었던 거라면. 그렇다면 주인을 살해하기보다는 낮에 집을 비운 동안 들어가서 훔쳐내는 것이 훨씬 더 안전하지."

비록 유죄냐 무죄냐를 추정하는 근거로 크게 믿음을 두지는 않았지만, 사촌이 보였다는 태도 역시 마음에 걸렸다.

"결백한 척한 게 아닐 수도 있어. 정말 결백할 수도 있다고…. 증거가 상당히 결정적이라고 했지? 아냐, '너무' 결정적이야."

라임은 속으로 생각했다. 아서가 유죄가 아니라고 가정해보자. 그가 범인이 아니라면 결론은 심각하다. 이건 단순히 신원 파악을 잘못한 사건이 아니기 때문이다. 증거가 너무 완벽하게 들어맞는다. 피해자의 혈흔이 아서의 차에서 나왔다는 결정적인 증거까지 있다. 아서가 결백하다면, 누군가가 그에게 죄를 뒤집어씌우기 위해 상당한 노력을 한 것이 분명하다.

"그가 함정에 빠진 것 같다는 생각이 드는데."

"왜요?"

"동기? 그건 지금 신경 쓸 일이 아니야. 지금 던져야 할 질문은 '어떻게'이지. 거기에 대한 해답을 찾으면 '누가'를 알아낼 실마리가 나올 거야. 그 과정에서 '왜'에 대한 해답을 얻을 수도 있겠지만, 그건 우선순위가 아니야. 그러니까, 누군가 다른 사람, 미스터 엑스가 앨리스 샌더슨을 살해하고 그림을 훔친 뒤 아서에게 뒤집어씌웠다는 가정에서 시작해보자고. 자, 색스, 어떻게 그렇게 할 수 있었을까?"

색스는 얼굴을 찡그리며—또 관절염 때문이었다—앉았다. 그리고 잠시 생각하더니 입을 열었다.

"미스터 엑스는 아서와 앨리스를 오랫동안 관찰했어요. 두 사람이 미술에 관심을 갖고 있다는 것도 알았겠죠. 그래서 미술관에서 그들을 만나게 한 뒤 신원을 알아냈어요."

"미스터 엑스는 앨리스가 프레스콧 그림을 갖고 있다는 것을 알고 있었어. 그도 그 그림을 갖고 싶었지만 돈이 없었지."

"맞아요."

색스는 증거물 차트 쪽으로 고개를 끄덕여 보이며 말을 이었다.

"범인은 아서의 집에 침입해서 그가 프링글스, 에지 면도 크림, 트루그로 비료, 시카고 커틀러리 칼을 갖고 있다는 걸 알아냈어요. 그리고 그 물건들을 현장에 심기 위해 훔쳤어요. 현장에 발자국을 남기기 위해 아서의 신발도 봐두었죠. 주립공원의 흙도 아서의 삽에 묻혀놓고…."

"자, 이제 5월 12일로 가보자구. 미스터 엑스는 아서가 목요일이면 늘 일찍 퇴근해 사람 없는 공원에서 달리기를 한다는 것을 알아냈어. 그 시간에는 알리바이가 없다는 뜻이지. 엑스는 피해자의 아파트로 가서 살인을 저지르고 그림을 훔친 뒤, 비명이 들렸고 한 남자가 아서의 것으로 보이는 차로 그림을 가져가는 것을 보았다, 자동차 번호까지 일부 보았다고 공중전화로 경찰에 신고했어. 그런 다음 뉴저지에 있는 아서의 집으로 가서 혈흔과 흙, 걸레, 삽을 놓아둔 거야."

전화벨이 울렸다. 아서의 변호사였다. 변호사는 피곤한 목소리로 지방검사보가 설명했던 모든 내용을 다시 되풀이했다. 도움이 될 만한 내용은 전혀 없었다. 오히려 유죄인정 교섭을 하도록 아서를 설득해달라고 여러 번 말했다.

"유죄 판결은 확실합니다. 아서를 도와주세요. 내가 15년형을 받게 해드리겠습니다."

"감옥에서 15년이면 아서는 파멸입니다."

"종신형보다는 낮지 않습니까."

라임은 냉랭하게 작별 인사를 하고 전화를 끊었다. 그리고 다시 증거물 차트를 응시했다. 그때 뭔가가 떠올랐다.

"왜 그래요, 라임?"

색스는 라임의 시선이 천장을 향하는 것을 보고 물었다.

"범인은 전에도 이런 짓을 한 적이 있겠지?"

"무슨 뜻이에요?"

"목표, 즉 범행 동기가 그림을 훔치는 것이었다면, 분명 일회성 범행은 아니야. 이건 1000만 달러쯤 챙기고 영원히 사라질 수 있는 르누아르 같은 그림이 아니라는 거지. 뭔가 사업 냄새가 나. 범인은 수사망에서 벗어날 수 있는 교묘한 방법을 알아냈어. 누군가가 막기 전에는 계속할 거야."

"네, 좋은 지적이네요. 그럼, 다른 그림들이 도난당하는지 잘 감시해야겠군요."

"아니. 왜 그림만 훔쳐야 하지? 어떤 물건이든 가능해. 하지만 한 가지 공통점이 있어."

색스는 미간을 찌푸린 다음 대답했다.

"살인."

"그거야. 다른 사람한테 죄를 뒤집어씌워야 하기 때문에 피해자를 살해해야만 하는 거야. 살아 있으면 자신을 알아볼 테니까. 강력반에 연락해. 필요하면 집으로라도. 동일한 범행 시나리오를 찾는다고. 절도 같은 범행을 동반하면서 피해자가 살해당하고 강력한 정황 증거가 있는 경우."

"조작된 유전자 증거도요."

"좋아."

라임은 제대로 감을 잡은 건지도 모른다는 생각에 흥분해서 말했다.

"범인이 이 공식에 충실했다면 911로 용의자의 신원에 관한 정보를 알려준 익명의 목격자도 있었을 거야."

색스는 연구실 구석에 있는 책상으로 가서 전화를 걸었다.

라임은 휠체어에 머리를 기댄 채 전화를 거는 파트너를 바라보았다. 손톱에 말라붙은 핏자국이 눈에 띄었다. 귀 위에는 곧게 편 빨강 머리에 반쯤 가려진 상처가 있었다. 색스는 두피를 긁는다든지, 손톱을 물어뜯는다든지, 자신의 몸에 자잘한 상처를 내는 일이 잦았다. 습관이기도 하고, 스트레스의 징후이기도 했다.

색스는 고개를 끄덕이더니 생각에 집중한 눈빛으로 뭔가를 적었다. 라임의 심장 박동도—비록 직접 느낄 수는 없지만—빨라졌다. 뭔가 중요한 것을 알아낸 것이다. 펜이 다 된 모양이었다. 색스는 펜을 바닥에 던지고 사격대회에서 권총을 뽑듯 다른 펜을 신속하게 뽑았다.

10분 뒤, 그녀는 전화를 끊었다.

"라임, 이걸 알아냈어요."

색스는 휠체어 옆 등나무 의자에 앉았다.

"플린트록과 통화를 했는데요."

"아, 잘 골랐군."

의도적이든 아니든 구식 총을 지칭하는 별명으로 불리는 조셉 플린트록은 라임이 신참이었을 때부터 강력반 형사였다. 성질 까다로운 이 늙은 형사는 오랫동안 경찰에 몸담은 까닭에 뉴욕 시 및 인근에서 발생한 거의 모든 살인사건을 잘 알고 있었다. 손자의 재롱을 보아야 할 나이에 플린트록은 일요일 근무를 하고 있었다. 하지만 라임은 놀라지 않았다.

"자세히 설명했더니 곧바로 그런 시나리오에 맞는 사건 두 개를 떠올리던데요. 하나는 5만 달러 상당의 희귀 주화 절도사건, 하나는 강간사건."

"강간?"

그렇다면 좀 더 깊고 훨씬 골치 아픈 요소가 더해지는 셈이다.

"네. 둘 다 익명의 목격자가 범행을 신고해서 범인의 신원을 확인하는 데 결정적인 정보를 제공했어요. 이번 범인이 당신 사촌의 차량을 신고한 것처럼."

"둘 다 남성이었겠지."

"맞아요. 시에서 포상금을 제의했지만 둘 다 나타나지 않았대요."

"증거는?"

"플린트록도 아주 정확하게 기억은 못하는데, 미량증거와 정황증거가 아주 결정적이었다네요. 당신 사촌 경우와 똑같이. 현장과 용의자의 집에서 다섯, 혹은 여섯 가지 이동식별 증거물이 나왔어요. 두 사건 다 피해자의 혈흔이 용의자의 집 안에 있던 깔개나 옷가지에서 발견되었고요."

"강간사건에서는 체액이 검출되지 않았겠지."

강간범이 검거되는 경우, 대부분 3S를 남기기 때문에 결정적인 증거가 된다. 정액(semen), 타액(saliva) 그리고 땀(sweat).

"네, 없었어요."

"그리고 익명의 신고자는 차량번호 일부를 기억했고?"

색스는 메모를 보았다.

"네. 어떻게 알았어요?"

"범인은 시간을 벌어야 했기 때문이지. 차량번호 전체를 알려줬다면, 경찰이 함정에 빠진 사람의 집으로 곧장 갈 테니 그곳에 가짜증거를 심을 시간이 없잖아."

살인범은 모든 것을 염두에 두고 일을 벌였다.

"용의자는 일체의 범행을 부정했고?"

"네. 전적으로. 배심원의 판단에 운명을 맡겼지만, 졌어요."

"아니, 아니, 아니. 전부 너무 우연이 많아. 보고 싶은 게 있는데….'"

"기결사건보관소에서 파일을 찾아달라고 부탁해뒀어요."

라임은 웃었다. 흔히 그렇듯 그보다 한 발 앞섰다. 몇 년 전 두 사람이 처음 만났을 때가 떠올랐다. 색스는 환멸을 느끼고 경찰이라는 직업을 포기하려던 순찰 경관이었고, 라임은 그보다 더 큰 것을 포기하려던 참이었다. 그 뒤로 둘 다 얼마나 먼 길을 왔는지.

라임은 마이크에 대고 말했다.

"명령 입력, 셀리토에게 전화."

들뜬 기분이었다. 특유의 전율, 사냥을 시작할 때의 스릴이 느껴졌다. 빌어먹을, 전화 좀 받아. 라임은 짜증스럽게 생각했다. 영국 생각은 어느새 날아가고 없었다.

"어이, 링컨."

셀리토의 브루클린 억양이 방을 가득 채웠다.

"무슨 일로⋯."

"들어봐. 문제가 있어."

"여긴 좀 바빠."

라임의 예전 파트너 론 셀리토 형사는 요즘 그리 좋은 기분이 아니었다. 그간 담당해온 대형 특수수사 사건이 암초를 만난 것이다. 브라이튼 비치에서 러시아 마피아 두목의 행동대장 블라디미르 디엔코가 공갈 및 살인 혐의로 기소되었다. 라임도 감식 업무 일부를 도왔다. 한데 지난 금요일 증인들이 증언을 거부하거나 사라지면서 디엔코와 세 명의 공범에 대한 재판이 기각되는 충격적인 일이 벌어진 것이다. 그 바람에 셀리토와 FBI 요원들은 새로운 증인과 정보원을 찾느라 주말 내내 일을 해야 했다.

"빨리 끊을게."

라임은 자신과 색스가 사촌에 대해 알아낸 사실과 강간 및 주화 절도사건에 대해 설명했다.

"유사한 두 개의 사건? 희한하군. 사촌은 뭐라고 하던가?"

"아직 통화를 못했어. 하지만 모든 혐의를 부정하고 있어. 좀 들여다봐줬으면 해."

"들여다봐주다니? 그건 무슨 뜻이야?"

"난 아서가 했다고 생각하지 않아."

"자네 사촌이잖아. 당연히 자넨 그 친구가 했다고 생각 안 하겠지. 그래도 뭔가 구체적인 단서는 있어야 하잖아."

"아직 없어. 그래서 도움을 부탁하는 거야. 사람이 필요해."

"난 브라이튼 비치에서 디엔코 사건 때문에 정신이 없어. 자네가 오히려 날 도와줘야 할 형편이라고. 아니지, 자넨 영국인들이랑 홍차 마시느라 바쁘지."

"대형사건일 가능성이 있어, 론. 가짜 증거를 심어놓은 다른 사건이 겨우 두 건? 아냐. 틀림없이 더 있어. 관용구를 얼마나 좋아하는지 아니까 말인데, 론, '완전 범죄 해결하기'라고 하면 흥미가 동하지 않나?"

"그런 절을 아무리 들이대도 할 수 없어, 링컨. 난 바빠."

"이건 절이 아니라 구야, 론. 주어와 술어가 있는 게 절이라고."

"어쨌든. 난 러시안 커넥션을 회복하기 위해 애쓰고 있어. 시 쪽도, 연방 쪽도 이번 일을 언짢게 생각한다구."

"양쪽 모두에 깊은 조의를 표하네. 다른 사건에 할당해달라고 해."

"그건 살인사건이야. 난 대형사건 소속이라고."

뉴욕시경 대형사건팀은 살인사건을 수사하지 않는다. 하지만 셀리토의 핑계를 들은 라임의 입술에 냉소가 떠올랐다.

"원할 때는 언제든지 살인사건을 맡아왔잖아. 언제부터 부서 규칙이 자네한테 그렇게 중요했지?"

"이렇게 하지."

셀리토는 중얼거리듯 말했다.

"오늘 출근한 경감이 하나 있어. 다운타운에. 조 맬로이. 알아?"

"아니."

"내가 알아요. 일 잘하는 사람이죠."

색스가 말했다.

"안녕, 아멜리아. 오늘 한랭전선은 잘 견디고 계신가?"

색스는 웃었다. 라임은 투덜거렸다.

"재미있군, 론. 그 친구는 누구야?"

"영리해. 타협을 몰라. 유머 감각도 없어. 자네가 좋아할 거야."

"오늘은 코미디언이 많군."

라임은 중얼거렸다.

"일 잘해. 그리고 십자군이야. 아내가 5~6년 전 강도한테 살해당했거든."

색스는 미간을 찌푸렸다.

"그건 미처 몰랐는데요."

"그래. 그 친구는 자기 일에 150퍼센트의 정성을 쏟아 붓고 있어. 언젠가 위층 구석자리 사무실로 올라갈 거라고들 하지. 옆집까지 가던가."

옆집이란 시청을 뜻했다. 셀리토는 말을 이었다.

"전화를 해보고 자네한테 사람을 좀 할당할 수 있는지 알아볼게."

"난 자네를 할당해줬으면 좋겠는데."

"그건 안 돼, 링컨. 난 빌어먹을 잠복 중이야. 악몽 같다고. 그래도 일이 진척되는 대로 연락은 주고…."

"끊어, 론. …명령 입력, 전화 끊어."

"당신이 먼저 끊었어요."

색스가 말했다. 라임은 투덜거리며 맬로이에게 전화를 걸었다. 이번에도 자동응답기가 전화를 받으면 속이 터질 것 같았다.

하지만 두 번째 벨이 울리자 상대가 전화를 받았다. 이번에도 일요일에 일하는 고참 경찰이라. 흠, 라임 역시 자주 그렇게 일하다가 그 대가로 이혼 서류를 받았다.

"맬로이입니다."

라임은 신원을 밝혔다.

잠시 머뭇거림.

"아, 링컨… 직접 만난 적은 없는 것 같은데. 하지만 물론 누구신지는 알고 있습니다."

"당신네 형사 아멜리아 색스도 여기 같이 있습니다. 스피커폰입니다, 조."

"색스 형사, 잘 지냈나."

딱딱한 목소리였다.

"뭐 도울 일이라도 있습니까?"

라임은 사건의 개요와 아서가 함정에 빠졌다고 생각하는 근거를 설명했다.

"당신 사촌? 유감입니다."

하지만 진심으로 유감스러워하는 목소리는 아니었다. 라임이 자신에게 사건에 개입해서 형량을 줄여달라고 청탁하려는 것은 아닌지 걱정스러울 것이다. 으흠, 잘되면 부적절한 수사 개입. 최악의 경우에는 내사과 수사와 언론의 주목을 받겠군. 반면 뉴욕시경에 값으로 따질 수 없는 기여를 하고 있는 사람을 돕지 못하겠다는 것도 모양이 이상하다. 게다가 장애인. 공무원 사회에서는 정치적 공정성이 위력을 발휘한다.

하지만 라임의 부탁은 당연히 한층 복잡했다. 라임은 덧붙였다.

"동일한 범인이 다른 범죄를 저질렀을 가능성도 상당합니다."

라임은 주화 도난사건과 강간사건에 대해 자세히 설명했다.

그렇다면 무고한 시민이 하나도 아니고 셋씩이나 맬로이가 몸담고 있는 뉴욕시경에 의해 체포되었다는 뜻이다. 즉, 세 건의 범죄가 실제로 해결되지도 않은 채 넘어갔으며, 진짜 범인은 아직도 거리를 활보하고 있다는 얘기다. 대민 관계에 심각한 손상을 입힐 수도 있는 일이다.

"음. 희한하군요. 내 말은, 흔치 않은 유형이라는 뜻입니다. 사촌에 대한 의리는 이해합니다만….."

"난 진실에 대해 의리를 가진 사람입니다, 조."

라임은 오만하게 들릴 수 있다는 것도 개의치 않고 대꾸했다.

"흠…."

"경찰 두 명만 붙여주면 됩니다. 해당 사건들의 증거를 다시 검토할 수 있도록. 심부름도 좀 시키고."

"알겠습니다. …한데 링컨, 지금 현재는 그런 일에 배정할 만한 인력이 없습니다. 하지만 내일 부서장님께 말씀드려보겠습니다."

"혹시 지금 바로 전화하면 안 됩니까?"

다시 머뭇거림.

"아뇨. 오늘은 다른 일로 바쁘십니다."

아침 겸 점심, 바비큐. 일요일 낮의 〈영 프랑켄슈타인〉이나 〈스팸어롯〉 관람.

"내일 회의 때 이 문제를 보고하겠습니다. 흥미로운 상황이군요. 하지만 나나 다른 사람이 연락하기 전에는 먼저 움직이지 마십시오."

"알겠습니다."

전화가 끊겼다. 라임과 색스는 아주 오랫동안 침묵을 지켰다.

흥미로운 상황이라….

라임은 화이트보드를 응시했다. 그 위에는 마치 기지개를 켜다 총에 맞아 죽은 것 같은 시체의 사진이 있었다.

색스가 침묵을 깨뜨렸다.

"론은 뭘 하고 있는지 궁금하네요."

"알아보는 게 좋겠지?"

라임은 드물게 보이는 솔직한 미소를 지었다.

색스는 전화기를 꺼내 단축 버튼을 누른 뒤 '스피커'로 돌렸다. 젊은 목소리가 지지직거리며 흘러나왔다.

"네, 형사님."

벌써 몇 년째 이름을 불러달라고 했지만, 젊은 순찰 경관 론 풀라스키는 좀처럼 그렇게 하지 못했다.

"스피커폰이야, 풀라스키."

라임이 말했다.

"네, 선생님."

'선생님'이라는 호칭이 거슬렸지만, 지금 고쳐줄 생각은 없었다. 풀라스키가 물었다.

"어떻게 지내십니까?"

"그게 중요해? 지금 뭐하지? 바로 지금 말이야. 중요한 일인가?"

"바로 지금요?"

"방금 그렇게 물은 것 같은데."

"설거지 중입니다. 제니와 저의 형, 형수하고 같이 막 일요일 점심을 먹었습니다. 아이들을 데리고 농산물 시장에 갔습니다. 정말 재미있더군요. 혹시 색스 형사님과 같이 거기 가보신 적…."

"그럼 집이군. 별다른 일은 없고."

"아, 네. 설거지합니다."

"그대로 두고 이쪽으로 와."

민간인 신분인 라임은 뉴욕시경의 누구에게도, 심지어 교통 경찰에게도 명령을 내릴 권한이 없었다.

그러나 색스는 3급 형사였다. 풀라스키에게 도와달라고 직접 명령할 수는 없지만, 공식적으로 인력 배정을 요구할 수는 있다.

"자네가 필요해, 론. 내일도 필요할 것 같은데."

론 풀라스키는 라임과 색스, 셀리토와 함께 자주 일했다. 라임은 유명인사 비슷한 법과학 형사의 수사팀에 뽑혔다는 사실 덕분에 뉴욕시경 내에서 젊은 론의 지위가 상당히 올라갔다는 소식을 듣고 실소를 금할 수 없었던 적이 있었다. 상관은 별말 없이 풀라스키를 며칠 빌려줄 것이다. 맬로이나 다른 사람한테 연락해서 이번 일이 공식적으로는 사건도 아니라는 사실만 알아내지 않는다면.

풀라스키는 지구대 상관의 이름을 색스에게 알려준 다음 물었다.

"아, 혹시 셀리토 반장님도 이번 사건에 투입됩니까? 그쪽에 전화해서 같이 움직일까요?"

"아니."

라임과 색스는 동시에 대답했다.

잠시 침묵이 흐른 뒤, 풀라스키는 자신 없는 목소리로 말했다.

"어, 그러면, 최대한 빨리 그쪽으로 가겠습니다. 한데 잔을 다 닦고 가면 안 될까요? 제니가 물 얼룩을 워낙 싫어해서요."

05 트랜잭션

일요일이 최고다.

대부분의 일요일에는 좋아하는 것을 할 자유가 있기 때문이다.

나는 물건을 수집한다.

상상할 수 있는 모든 것들을. 마음이 끌리고 배낭이나 트렁크 안에 넣을 수 있는 것이라면 뭐든지 수집한다. 좀도둑이라고 말하는 사람도 있겠지만, 그렇지 않다. 그런 쥐새끼들은 훔친 장소에 뭔가를 남긴다. 내가 일단 뭔가를 찾아내면, 그건 내 것이다. 나는 절대 놓치지 않는다. 절대.

일요일은 내가 가장 좋아하는 날이다. 일반인들, 이 놀라운 도시를 거주지로 삼고 있는 열여섯 자리 숫자들의 휴식일이기 때문이다. 남자, 여자, 아이, 변호사, 미술가, 자전거족, 요리사, 도둑, 아내, 정부(情婦)(나는 DVD도 수집한다), 정치가, 달리기족, 큐레이터…. 이들이 여가로 즐기는 취미의 숫자도 놀랍다.

그들은 행복한 영양처럼 도심과 뉴저지, 롱아일랜드의 공원 그리고 업스테이트 뉴욕을 누빈다.

그리고 나는 자유롭게 그들을 사냥한다.

아침 겸 점심, 영화 감상, 골프 초대 등 일요일에 할 수 있는 온갖 따분한 여가 생활을 마다하고 지금 내가 하려는 일도 바로 그것이다. 아, 영양들에게 언제나 인기 있는 예배도 빼놓을 수 없다. 물론 교회에 갔다가 아까 말했던 아침 겸 점심을 즐기거나 아홉 홀을 돌면서 골프를 칠 수 있는 경우에만 말이다.

사냥….

지금 나는 머릿속에 수집해놓은 기억 중에서 가장 최근에 있었던 트랜잭션을 끄집어내 생각하고 있다. 젊은 앨리스 샌더슨과의 트랜잭션. 일련번호 3895-0967-7524-3630. 외모도 좋았다, 아주 훌륭했다. 물론 칼을 쓰기 전에는.

가슴을 강조하는 멋진 분홍색 드레스 차림으로 엉덩이를 흔들던 앨리스 3895(몸 사이즈는 38-26-36 정도로 기억하지만, 이건 약간 과장이다). 예뻤다. 아시아풍 꽃향기가 풍기는 향수.

앨리스에 대한 내 계획은 그녀가 시장에서 운 좋게(아니, 결과적으로는 액운이었다) 낡은 하비 프레스콧의 그림과는 부분적인 관계밖에 없다. 배달받은 것을 확인하고 나면, 덕트 테이프를 꺼낸 다음 침실에서 몇 시간 보낼 생각이었다. 한데 앨리스가 모든 걸 망쳤다. 등 뒤에서 다가가는 순간, 돌아서서 악몽 같은 비명을 질렀던 것이다. 토마토 껍질처럼 목을 그은 뒤 아름다운 프레스콧 그림을 들고 몰래 나오는 수밖에 없었다. 그러니까, 창문으로.

아니, 나는 몸에 딱 달라붙는 분홍색 드레스 차림으로 피부에서 찻집 같은 꽃향기를 풍기던 앨리스 3895 생각을 지울 수가 없다. 그러니까 기본적으로, 나는 여자가 필요하다.

보도를 따라 걸으며 선글라스 너머로 뉴욕 시민들을 바라본다. 반면 그들은 날 정말로 보고 있는 것이 아니다. 의도대로다. 난 투명인간이 되도록 몸단장을 한다. 투명인간이 되기에 맨해튼만큼 좋은 곳은 없다.

모퉁이를 돌고, 골목을 지나치고, 물건을 산 뒤—물론 현금이다

—예전에는 공업 지역이었지만 주거지 겸 상업 지구로 차츰 바뀌고 있는 소호 근처의 인적 없는 동네로 접어든다. 여기는 조용하다. 그게 좋다. 한동안 주목하고 있던 뉴욕 시민 마이라 와인버그 9834-4452-6740-3418과의 트랜잭션을 위해서는 평화로운 분위기가 필요하다.

마이라 9834. 나는 당신을 아주 잘 알고 있다. 데이터가 모든 것을 말해준다(아, 또 그 논란: 데이터는 단수인가, 복수인가? 미리엄 웹스터 사전에는 둘 다 옳다고 나와 있다. 혼자 있을 때 나는 보통 순수주의자다. 데이터는 복수다. 그러나 밖에 나가면 나는 사회 대부분의 구성원이 그렇듯 단수로 처리하기 위해 아주 노력하며, 실수하지 않기를 바란다. 언어는 강이다. 강물은 원하는 곳으로 흐른다. 물살을 거슬러 헤엄치면 남의 눈에 띈다. 그것이야말로 내가 세상에서 제일 원치 않는 일이다).

자, 마이라 9834의 데이터. 그리니치빌리지 웨이벌리 플레이스 거주. 건물주는 퇴거 명령을 받아내서 건물을 다가구 주택으로 팔려는 계획을 가지고 있다(나는 이 정보를 알고 있지만 불쌍한 세입자들은 아직 모른다. 수입이나 신용 정보로 미루어볼 때 대부분은 대책 없이 쫓겨나야 한다).

아름답고 이국적인 검은 머리의 마이라 9834는 뉴욕 대학을 졸업한 뒤 몇 년째 뉴욕의 한 광고회사에서 일하고 있다. 어머니는 아직 살아 있지만 아버지는 세상을 떠났다. 뺑소니 사고. 오랜 세월이 흘렀는데도 사건은 아직 미결로 남아 있다. 경찰은 이런 범죄에 대해 전력을 다해 수사하지 않는다.

현재 마이라 9834는 남자 친구가 없는 상태이며, 친구 관계도 문제가 있는 게 분명하다. 얼마 전에 지나간 서른두 번째 생일은 웨스트 4번가에 있는 중국 음식점 후난 다이너스티에서(나쁜 선택은 아니다) 주문한 무슈포크 1인분과 케이머스 코넌드럼 화이트 와인으로(비싼 가격에 파는 빌리지 와인스에서 28달러를 주고 샀다) 축하했다. 그리고 다음 토요일에는 가족 및 지인들과 함께 롱아일랜드로 여행을 떠나 돈도 많이 쓰고 〈뉴스데이〉에서 격찬한 가든 시티 식당에서 브루넬로 와인도 넉넉히 마셨으니, 외로웠던 저녁 식사도 보상이 되었을 것이다.

마이라 9834는 빅토리아 시크리트 티셔츠 차림으로 잠을 잔다. 밖으로 나갈 때 입기에는 너무 큰 사이즈의 티셔츠가 다섯 장 있다는 점에서 유추한 사실이다. 엔텐만 대니시 페이스트리(저지방 제품은 절대 고르지 않는다. 나는 이 점에서 그녀가 자랑스럽다)와 집에서 직접 뽑는 스타벅스 생각에 일찌감치 잠에서 깬다. 커피숍에는 거의 가지 않는다. 이 점은 안타깝다. 나는 점찍어둔 영양을 직접 관찰하는 것을 좋아하는데, 스타벅스는 세상에서 관찰하기에 가장 좋은 곳 중 하나다. 그녀는 8시 20분쯤 아파트를 나서서 미드타운으로 출근한다. 메이플, 리드 앤드 서머스 광고회사에서 기획자로 일하고 있다.

계속 걸음을 옮긴다. 이 일요일, 나는 특징 없는 야구 모자를 쓰고 길을 걷고 있다(야구 모자는 도심 지역 남성 모자의 87.3퍼센트를 차지한다). 늘 그렇듯 눈을 내리깔고. 50킬로미터 상공의 위성이 설마 당신의 웃는 얼굴을 찍을 수 있을까 의심한다면, 다시 생각해보라. 세계 각지의 10여 개 서버 어딘가에는 고공에서 찍은 당신의 사진이 수백 장 저장되어 있다. 셔터를 누르는 순간, 풍선 광고나 양털 모양의 구름을 올려다보다가 햇빛 때문에 눈을 찡그리고 있는 정도라면 그나마 다행이다.

내 수집열의 대상에는 이러한 일상적인 사실들은 물론 관심을 갖게 된 시민들의 정신세계도 포함되며, 마이라 9834도 예외는 아니다. 그녀는 퇴근 후 종종 친구와 술을 마시는데 자기가 계산을 자주, 내가 볼 때는 지나치게 자주 한다. 분명 사랑을 돈으로 사고 있는 것이다. 안 그런가, 닥터 필? 질풍노도의 시절에는 여드름이 났던 것 같다. 박피술을 하려는 것인지(내가 봤을 때는 전혀 필요가 없는데도), 밤에 출몰하는 닌자처럼 여드름이 생기지 못하도록 정기적으로 확인하려는 것인지 아직도 가끔 피부과에 다닌다. 비용은 많이 들지 않는다.

여자 친구들과 코스모폴리탄 석 잔을 마시거나 헬스클럽을 다녀온 뒤에는, 집에서 여기저기 전화를 걸고 컴퓨터를 하고 프리미엄이 아닌 기본 케이블 채널을 즐긴다(그녀의 시청 습관을 추적하는 것도 재미있다. 그녀의 프로그램 선택은 극도의 충성심을 보여준다. 시트콤 〈사인펠드〉가 방송사를 옮겼을 때는 채널을 따라 옮겼고, 잭 바우어와 밤을 보내기 위해 데이트도 두 번이나 날렸다).

이후는 취침 시간인데, 가끔은 잠시 다른 일을 하기도 한다(더블 A 건전지를 묶음으로 사놓는 것을 보면 충전 가능 디지털 카메라와 아이팟을 사용한다는 것을 알 수 있다).

물론 이런 것은 평일의 생활에 관한 데이터다. 하지만 오늘은 찬란한 일요일. 일요일은 다르다. 마이라 9834가 애지중지하는 값비싼 자전거를 타고 도시의 거리를 누비러 나가는 것이 이날이다.

코스는 다양하다. 센트럴 파크는 당연하고, 리버사이드 파크와 브루클린의 프로스펙트 파크도 마찬가지다. 그러나 어느 길로 달리든 자전거 타기가 끝날 때쯤 마이라 9834는 어김없이 특정한 장소에 들른다. 브로드웨이에 있는 허드슨 구르메 델리이다. 그다음에는 자전거로 가장 빨리 갈 수 있는 코스를 거쳐 음식과 샤워가 유혹하는 집으로 향한다. 정신없는 다운타운의 교통 상황 때문에 내가 지금 서 있는 바로 이 지점을 지나치게 되는 것이다.

나는 모리와 스텔라 그리진스키 소유의 1층 집으로 통하는 마당 앞에 있다(상상해보라. 10년 전 물가로 27만 8000달러에 매입한 집이다). 하지만 그리진스키 부부는 스칸디나비아에서 봄철 크루즈 여행을 즐기느라 집을 비웠다. 우편물도 끊겼고, 식물에 물을 주거나 애완동물을 돌보는 사람도 고용하지 않았다. 경보 장치도 없다.

아직 마이라 9834는 보이지 않는다. 흠, 중간에 다른 일이 있나? 내가 틀렸을 수도 있다.

그러나 그런 일은 거의 없다.

5분이 고통스럽게 지나간다. 나는 하비 프레스콧 그림의 영상을 머릿속 수집품 목록에서 끄집어낸다. 한동안 감상하다가 다시 꽂아놓는다. 주위를 둘러보다 저쪽에 있는 꽉 찬 쓰레기통 안에는 과연 어떤 보물이 들어 있을지 침을 흘리며 헤집어보고 싶은 충동을 참는다.

으슥한 그늘 밑에 머물러라. 감시망에서 벗어나라. 특히 이런 때는. 그리고 어떤 일이 있어도 창문을 피하라. 관음의 유혹이 얼마나 강한지, 이쪽에서 볼 때는 내 모습만 비치거나 빛이 반사되는 유리 반대쪽에서 얼마나 많은 사람이 나를 쳐다보고 있을지 모른다.

어디 있지? 어디?

곧 트랜잭션을 하지 못하면….

그때, 아, 심장이 쿵 하고 울리며 그녀가 눈에 띈다. 마이라 9834. 아름다운 다리로 페달을 밟으며, 천천히, 낮은 기어로 다가온다. 1020달러짜리 자전거. 내가 처음 샀던 자동차보다 비싸다.

아, 자전거 복장이 몸에 달라붙는다. 내 숨이 가빠온다. 그녀가 간절히 필요하다.

거리 양옆을 둘러본다. 10미터 떨어진 곳에서 점점 다가오는 여자 하나뿐, 거리는 비어 있다. 나는 푸드 엠포리엄 봉투를 달랑거리며, 전원을 끈 휴대전화 플립을 열고 귀에 갖다 댄다. 다시 그녀 쪽으로 시선을 돌린다. 차도 쪽으로 다가가며 짐짓 통화를 하는 척한다. 그녀가 지나가도록 잠시 멈춰 선다. 미간을 찡그리며 올려다본다. 그리고 미소 짓는다.

"마이라?"

그녀가 속도를 늦춘다. 자전거 운동복이 너무 꽉 낀다. 자제하자, 자제하자. 자연스럽게 행동하자.

도로 쪽으로 난 텅 빈 창문들 안에는 아무도 없다. 지나가는 차도 없다.

"마이라 와인버그?"

끽 하는 자전거 브레이크 소리.

"안녕하세요."

이렇게 인사하고 아는 척을 하면 사람들은 민망한 상황을 피하기 위해 무슨 짓이든 한다.

나는 성숙한 비즈니스맨 역할에 완전히 빠져들어 가상의 친구에게 다시 전화하겠다고 말한 뒤 플립을 닫으며 그녀에게 다가간다.

그녀가 대답한다.

"죄송합니다만…."

미소와 찡그림.

"누구신지…?"

"마이크. 오길비에 근무하는 광고기획자입니다 우리가 전에 어디서… 맞아, 그렇지. 데이비드에서 내셔널 푸드 광고를 찍었을 때지요. 두 번째 스튜디오요. 거기에 갔다가 당신을 만났는데… 그친구 이름이 뭐더라? 리치. 그쪽 팀이 우리보다 나은 주방장을 구했었지요."

이제야 마음에서 우러나오는 미소.

"아, 그렇군요."

데이비드와 내셔널 푸드, 리치, 사진작가 스튜디오에 온 주방장을 기억한 것이다. 그러나 나는 기억 못한다. 나는 거기에 없었기 때문이다. 마이크라는 사람 역시 존재하지 않지만, 그런 것에도 신경 쓰지 않는다. 그녀의 죽은 아버지 이름과 일치하기 때문이다.

"만나서 반갑습니다."

나는 '하필 이런 우연의 일치가.'라는 뜻의 미소를 한껏 지어 보인다.

"근처에 사십니까?"

"그리니치빌리지요. 그쪽은요?"

그리진스키 집 쪽을 턱으로 가리킨다.

"저깁니다."

"이야, 멋있는 집이군요."

나는 그녀의 일에 대해 묻고, 그녀도 내 일에 대해 묻는다. 그러다 나는 얼굴을 찡그린다.

"들어가야겠습니다. 레몬을 사러 급히 나왔거든요."

레몬이 든 봉투를 들어 보인다.

"사람들이 기다리고 있습니다…."

뭔가 좋은 생각이 떠올랐다는 듯 말끝을 흐린다.

"아, 혹시 다른 일정이 있으신지 모르지만, 늦은 아침을 먹으려고 하는데, 같이 드시겠습니까?"

"아, 고맙습니다. 한데 차림이 이래서."

"괜찮습니다. 제 파트너와 저는 지금껏 '건강 걷기 대회'를 하다 왔습니다."

살짝 기발한 암시를 곁들인다. 순전히 임기응변이다.

"우린 훨씬 더 땀투성이입니다. 격식을 차리지 않는 자리예요. 재미있을 겁니다. 톰슨의 광고기획자도 와 있습니다. 버스턴 사람도 두 명 있고요. 미남이지만 동성애자는 아닙니다."

안타깝다는 듯 어깨를 으쓱해 보인다.

"깜짝 손님도 있습니다. 지금은 누군지 말씀 못 드리겠군요."

"음…."

"오십시오. 시원한 코스모폴리탄 한 잔 드셔야 할 것 같은데…. 촬영장에서 우리 둘 다 제일 좋아하는 칵테일이 그거라고 하지 않았던가요?"

06 맨해튼 구치소

묘지.

물론 이제는 1800년대의 본래 모습대로 공동묘지 같은 곳은 아니다. 건물은 오래전에 사라졌지만, 아직도 사람들은 이곳을 이야기할 때 그 별명을 사용한다. 맨해튼 구치소. 바로 아서 라임이 앉아 있는 곳이다. 체포된 이후 심장은 계속 규칙적으로 쿵, 쿵, 쿵 하며 절망적으로 울렸다.

그러나 묘지, 맨해튼 구치소, 버나드 케릭 센터(전직 경찰서장과 교도소장이 불꽃 속에서 산화하기 전까지 잠시 이렇게 불리기도 했다), 어떤 이름으로 불리든, 아서에게 이곳은 그저 지옥일 뿐이었다.

완전한 지옥.

다른 사람들과 똑같은 오렌지색 죄수복을 입고 있었지만, 동료 범죄자와 아서 사이의 공통점은 그뿐이었다. 키 180센티미터, 몸무게 86킬로그램, 갈색 머리를 회사원처럼 짧게 깎은 아서는 여기서 재판을 기다리는 다른 사람들과 너무나도 달랐다. 우람한 몸집에 잉크를 칠하지도 않았고(아서는 그것이 문신을 뜻하는 속어라는 것을 알게 되었다), 빡빡머리도 아니고, 지능이 낮지도 않았으며, 흑인도, 라틴계도 아니었다. 아서와 닮은 범죄자들, 화이트칼라 범죄로 기소된 사업가들은 보통 재판이 열릴 때까지 '공동묘지'에서 지내지 않는다. 그런 사람들은 보석으로 풀려난다. 그들이 어떤 범행을 저질렀건, 아서에게 선고된 보석금 200만 달러 정도의 액수는 아니었다.

그래서 5월 13일부터 공동묘지는 아서의 집이 되었다. 그의 인생에서 가장 길고 고통스러운 기간이었다.

가장 당혹스러운 기간이기도 했다.

자신이 죽였다는 여자를 만난 적이 있는지는 모르겠지만, 기억조차 나지 않았다. 맞다. 그 여자가 둘러보았다는 소호의 미술관에 가기는 했다. 그러나 그녀와 이야기를 나눈 기억은 없다. 하비 프레스콧의 그림을 좋아한 것도 사실이다. 실직한 뒤 그림을 팔아야 할 때는 정말 안타까웠다. 하지만 훔치다니? 사람을 죽이다니? 다들 미쳤나? 내가 어디를 봐서 살인범처럼 보인단 말인가?

아서에게 그것은 수수께끼였다. 수학에서 페르마의 정리를 증명하는 것과 마찬가지로 설명을 들은 뒤에도 이해가 되지 않았다. 내 차에 혈흔이? 이건 당연히 함정이다. 심지어 경찰이 범행을 저지른 것이 아닌가 하는 생각도 들었다.

묘지에서 열흘을 지내고 나니 O. J. 심슨의 변명조차 덜 모호하게 느껴졌다. 왜, 왜, 왜? 누가 이런 음모를 꾸몄을까? 프린스턴 대학에서 해고당했을 때 쓴 분노에 찬 편지들이 떠올랐다. 어떤 사람들은 어리석고 속 좁고 위협적이기도 했다. 아니, 학계에는 불안정한 사람들이 많다. 혹시 자신이 말썽을 부려서 복수를 한 것인지도 모른다. 강의 시간에 접근하던 여학생도 떠올랐다. 그때 그는 싫다고, 불륜은 싫다고 거절했다. 여학생은 펄펄 뛰었다.

치명적인 유혹….

경찰이 그녀를 조사해서 살인 배후가 아니라는 결론을 내렸다면, 과연 알리바이를 입증하는 데 노력을 얼마나 기울였을까?

아서는 넓은 휴게실과 근처에 있는 수십 명의 콘(con)을 둘러보았다. 콘은 재소자를 뜻하는 교도소 내 은어였다. 처음에는 다들 그를 호기심 어린 눈으로 바라보았다. 살인 혐의로 체포되었다는 사실이 알려졌을 때는 잠시 주가가 오르는 듯했다. 하지만 피해자가 그의 마약을 훔치려고 했거나 불륜을 저지른 것이 아니라는 사실에 주가는 곧 추락했다. 그들에게 여자를 죽여도 되는 합당한 이유는 이 둘뿐이었다.

그가 그저 어리석은 짓을 저지른 백인들 중 하나에 지나지 않는다는 사실이 밝혀지자 생활은 고달파졌다.

밀치기, 도발하기, 우유팩 빼앗기. 중학교 시절과 마찬가지였다. 교도소 내 성문제는 사람들이 생각하는 것과 달랐다. 적어도 여기는 그랬다. 다들 체포된 지 얼마 안 된 사람들이라 한동안은 죄수복 안에 물건을 얌전하게 놓아둘 수 있었다. 그러나 아서의 새 '친구들'은 모두 그가 25년 형에서 종신형 사이를 선고받고 아티카 교도소 같은 곳에 가게 되면 처녀성도 오래 간직 못할 거라고 생각했다.

네 번 얼굴에 주먹질을 당했고, 두 번 발에 걸려 넘어졌다. 미치광이 아킬라 산체스는 아서를 바닥에 때려눕히고 얼굴에서 땀을 뚝뚝 흘리며 따분함에 찌든 교도관들이 떼어놓을 때까지 스페인어가 섞인 영어로 뭐라 고함을 지르기도 했다.

두 번 바지에 오줌을 지렸고 수없이 구역질을 했다. 그는 강간할 가치조차 없는 벌레, 인간쓰레기일 뿐이었다.

일단은 그랬다.

심장이 끊임없이 쿵쿵거려 금방이라도 터질 것만 같았다. 아버지 헨리 라임도 그렇게 죽었다. 하지만 그가 죽은 곳은 공동묘지처럼 천한 곳이 아니라 일리노이 주 하이드 파크의 위풍당당한 대학 교정이었다.

어떻게 이런 일이 일어났을까? 증인과 증거…. 도무지 이해할 수 없었다.

"유죄인정 교섭을 하시죠, 라임 씨. 저는 그쪽을 추천하겠습니다."

지방검사보는 이렇게 말했다. 변호사도 마찬가지였다.

"내 눈에는 어떻게 될지 환히 보여, 아서. GPS 지도를 보듯이 읽을 수 있단 말이야. 어떤 일이 벌어질지 정확히 이야기해줄 수 있다고. 사형은 아니야. 올버니에서는 죽어도 사형제 찬성 법을 못 만들지. 미안, 눈치 없는 농담이었어. 어쨌든 25년 형은 받게 돼. 내가 15년까지 줄여줄 수 있어. 그렇게 해."

"하지만 내가 죽이지 않았어."

"흠. 자네 주장은 아무에게도 의미가 없어, 아서."

"내가 안 죽였다고!"

"흠."

"난 유죄인정 못해. 배심원은 이해할 거야. 날 보면 알 거야, 살인범이 아니라는 걸."

잠시 침묵이 흘렀다.

"좋아."

하지만 전혀 좋지 않다는 얼굴이었다. 시간당 600달러 이상을 벌고 있지만 짜증난 기색이 역력했다. 그 많은 돈을 도대체 어디서 마련해야 하나? 난….

그때 문득 고개를 드니 라틴계 재소자 둘이 그를 뜯어보고 있었다. 그를 바라보는 얼굴에는 아무런 표정도 없었다. 우호적인 표정도, 도전적인 표정도, 호전적인 표정도 아니었다. 그냥 호기심 어린 얼굴이었다.

두 사람이 다가오는 동안, 아서는 일어날지 그대로 있을지 잠시 갈등했다. 그대로 있자. 눈은 깔고.

아서는 눈을 깔았다. 둘 가운데 하나가 아서 앞에 섰다. 닳아빠진 러닝슈즈가 시야에 들어왔다.

다른 하나는 등 뒤로 돌아갔다.

죽겠구나. 아서는 직감했다. 이왕 죽일 거면 빨리 끝내줘.

"이봐."

등 뒤의 남자가 높은 목소리로 말했다.

아서는 앞에 서 있는 남자를 올려다보았다. 충혈된 눈, 커다란 귀걸이, 고르지 않은 치아. 말을 할 수가 없었다.

"이봐."

목소리가 다시 들려왔다.

아서는 침을 삼켰다. 그러고 싶지 않았지만 어쩔 수가 없었다.

"너한테 말하고 있잖아. 나랑 내 친구가. 예의가 없네. 까칠하게 굴 거야?"

"미안해. 그냥 좀… 안녕."

"그래. 하는 일은 뭐야?"

높은 목소리가 등 뒤에서 다시 물었다.

"나는…."

머리가 얼어붙었다. 뭐라고 해야 하지?

"과학자야."

귀걸이를 한 남자가 물었다.

"제기랄, 과학자? 뭘 하는데? 로켓 같은 거 만드나?"

둘 다 웃었다.

"아니, 의료 장비를 만들어."

"'준비 끝.' 이러면 감전시켜 죽이는 사형 도구 같은 거 말이야? ER 드라마에 나오는 거?"

"아니, 복잡한 거야."

귀걸이가 눈살을 찌푸렸다. 아서는 얼른 덧붙였다.

"그런 뜻은 아니고, 당신들이 이해를 못 할 거라는 게 아니라, 그냥 설명하기가 힘들다는 거야. 투석기 품질관리 시스템인데…."

높은 목소리가 물었다.

"돈 많이 벌겠네? 잡혀왔을 때 멋진 슈트를 입고 있었다고 들었는데."

"어… 모르겠어. 노드스트롬에서 산 옷이야."

"노드스트롬. 노드스트롬이 뭐야?"

"가게."

아서가 다시 귀걸이를 한 남자의 발을 내려다보는 순간, 높은 목소리의 남자가 말을 이었다.

"그러니까, 돈은 잘 버냐고? 얼마나 벌어?"

"난…."

"모르겠다고 말하려는 거지?"

"난…."

사실이었다.

"얼마나 벌어?"

"글쎄…. 여섯 자리 정도."

"젠장."

액수가 많다는 건지 적다는 건지 알 수 없었다.

그때 높은 목소리가 웃었다.

"식구도 있나?"

"가족들에 대해서는 이야기하고 싶지 않아."

아서는 도전적으로 대답했다.

"식구가 있냐고?"

아서 라임은 가까운 벽 쪽으로 시선을 돌렸다. 콘크리트 벽돌 사이의 모르타르에 못 하나가 비죽 솟아 있었다. 오래전에 내렸거나 도난당한 간판을 걸기 위해 박았던 것인 듯했다.

"날 그냥 내버려둬. 이야기하고 싶지 않아."

아서는 목소리에 힘을 주려고 애썼다. 그러나 정작 흘러나온 것은 댄스파티에서 공부벌레한테 춤 신청을 받은 계집애 같은 목소리였다.

"우린 그냥 정중한 대화를 하자는 거야."

뭐라는 거야? 정중한 대화?

문득 이런 생각이 들었다. 하긴 저쪽은 정말 기분 좋게 이야기나

하자는 건지도 모르지. 어쩌면 뒤를 봐주는 친구로 삼을 수 있을지도 몰라. 지금은 한 사람이라도 친구를 만들어야 하는 시기야. 만회할 수 있을까?

"미안해. 그냥, 이 모든 게 내겐 정말 이상한 일이라서. 한 번도 이런 말썽에 휘말린 적이 없었어. 그냥…."

"마누라는 뭐해? 그쪽도 과학자야? 영리한가?"

"난…."

하려던 말이 날아가고 말았다.

"가슴은 큰가?"

"항문에다 해봤어?"

"잘 들어, 과학자 나리. 이렇게 하자구. 영리한 당신 마누라한테 은행에서 돈을 찾으라고 해. 1만 달러 정도. 그걸 브롱크스에 사는 내 사촌한테 갖다주는 거야. 그러면…."

높은 목소리가 잦아들었다.

키는 190센티미터, 근육과 지방질로 다져진 육중한 덩치의 흑인 재소자 하나가 죄수복 소매를 말아 올린 채 세 사람 쪽으로 다가오고 있었다. 그가 눈을 험악하게 부라리며 라틴계 두 사람을 바라보았다.

"이봐, 치와와들. 빨리 꺼져."

아서 라임은 얼어붙었다. 누가 총질을 시작한다 해도 꼼짝할 수 없을 것이다. 금속탐지기가 엄중히 감시하고 있는 공간이지만, 그런 일이 생긴다 해도 놀랄 것 같지 않았다.

"시끄러, 검둥아."

귀걸이가 말했다.

"똥 같은 놈."

높은 목소리가 이렇게 말하자 흑인은 웃음을 터뜨리더니 귀걸이를 팔로 감싸 안고는 뭐라 속삭이며 밀어냈다. 라틴계의 눈이 멍해졌다. 그가 동료에게 고갯짓했다. 두 사람은 짐짓 성난 표정을 지으며 구석으로 물러났다. 아서가 그렇게 겁을 먹지만 않았다면 재미있게 생각할 만한 장면이었다―어린 시절 자기보다 더 센 놈한테 당한 학교 깡패를 연상시키는.

흑인이 몸을 죽 뻗었다. 관절 두둑거리는 소리가 들렸다. 심장이 더 요란하게 쿵쿵거렸다. 기도 비슷한 생각이 뇌리를 스쳤다. 지금 당장 심장 혈관이라도 막혀서 죽었으면.

"고마워."

"집어치워. 아까 그 둘, 병신들이야. 앞뒤 분간도 못하고. 무슨 말인지 알지?"

아니, 전혀 몰랐다. 하지만 아서 라임은 말했다.

"내 이름은 아서야."

"빌어먹을 네 이름은 알아. 모든 사람이 여기 있는 모든 것을 알고 있지. 너만 빼고. 너만 모른다고."

하지만 아서 라임이 아는 것, 확실하게 아는 것이 있었다. 자신이 죽은 목숨이라는 사실. 그래서 그는 말했다.

"그래, 그럼 네가 누군지 말해봐, 개자식아."

커다란 얼굴이 이쪽을 돌아보았다. 땀과 담배 냄새가 풍겼다. 가족이, 먼저 아이들이, 다음으로 주디의 얼굴이 떠올랐다. 부모님, 먼저 어머니가, 다음으로 아버지가 떠올랐다. 놀랍게도 그다음에는 사촌 링컨이 생각났다. 십대 시절의 어느 여름날, 일리노이의 뜨거운 운동장에서 달리기 경주를 하던 모습이었다.

저 참나무까지 누가 먼저 달려가는지 시합하자. 보이지, 저기 저 나무. 셋 세면 출발이다. 준비됐어? 하나, 둘, 셋, 출발!

흑인은 그냥 고개를 돌리더니 실내 반대쪽에 있는 다른 흑인에게로 향했다. 그들은 주먹을 서로 부딪쳤고, 아서 라임은 어느새 잊혀진 존재가 되었다.

그 두 사람의 친밀한 모습을 보고 있자니 아서는 점점 더 외로웠다. 눈을 감고 고개를 숙였다. 아서 라임은 과학자였다. 생명은 자연선택의 과정을 통해 진화한다고 믿었다. 거기에 신의 의지가 개입할 여지는 없었다. 그러나 겨울 파도처럼 혹독한 우울증에 사로잡힌 아서는 실재하지만 눈에 보이지 않는 중력처럼, 어떤 인과응보의 시스템이 작용해 평생 자신이 저지른 나쁜 짓을 벌하는 것은 아닌가 하는 생각이 들었다. 아, 좋은 일도 많이 했다. 아이들을 키웠고, 열린 가치와 관용으로 가르쳤고, 아내에게 좋은 동반자가 되어주었고, 아내가 암 진단을 받았을 때도 도와줬고, 세상을 풍요롭게 만드는 과학에 기여도 했다.

그러나 나쁜 짓도 했다. 늘 그렇기 마련이다.

냄새 나는 오렌지색 죄수복 차림으로 앉은 채 아서는 올바른 생각과 맹세만 한다면 정의라는 저울의 반대쪽으로 돌아갈 수 있을 거라고, 가족과 자신의 인생을 다시 찾을 수 있을 거라고 다짐하려 애썼다. 올바른 영혼과 의지만 있다면, 그 뜨겁고 먼지 자욱한 운동장에서 참나무를 향해 있는 힘껏 달려 링컨을 이겼던 그때처럼 숨 가쁜 노력을 통해 운명을 이길 수 있을 거라고.

어쩌면 구원받을 수 있을 거라고. 어쩌면….

"비켜."

부드러운 목소리였지만, 아서는 퍼뜩 놀랐다. 머리가 푸석푸석하고 온몸에 문신을 새긴 백인 죄수 하나가 약기운이 빠져나간 듯 몸을 부들부들 떨며 어느새 등 뒤에 서 있었다. 다른 의자도 있건만 굳이 아서가 앉아 있는 의자를 바라보았다. 눈빛은 노골적으로 적의를 드러내고 있었다.

순간적인 희망은—도덕적 정의를 구현하는 과학적이고 계측 가능한 시스템이 있을지도 모른다는—사라졌다. 이 작지만 위험하고 비정상적인 사내의 입에서 흘러나온 단 한마디가 그 희망을 죽여버렸다. 비켜….

눈물을 참으려고 애쓰며, 아서 라임은 일어섰다.

07 런던 경시청

전화벨이 울렸다. 집중력이 흐트러져 짜증이 났다. 링컨 라임은 미지의 범인이 증거물을 연출한 수법에 대해 생각하던 터라 주의가 산만해지는 것을 원치 않았다.

그러나 순간 기억이 되살아났다. 발신자 주소에 영국 국가 번호 44가 떠 있었던 것이다. 라임은 즉시 명령했다.

"명령. 전화 받아."

달칵.

"네, 롱허스트 경감님?"

허물없는 호칭은 포기하기로 했다. 런던시경과의 관계는 어느 정도 격식이 필요하다.

"라임 형사님, 안녕하세요. 여긴 진전이 좀 있습니다."

"말씀하시죠."

"대니 크루거가 전에 같이 일하던 무기밀매상에게서 들었다는데요, 리처드 로건이 런던을 떠난 건 맨체스터에서 뭔가 받아올 것이 있기 때문인 것 같습니다. 무엇인지 정확히는 모르지만, 맨체스터에서 무기 암거래가 활발하게 이루어지고 있는 것은 사실이니까요."

"그의 소재가 정확히 어디쯤인지 짚이는 데는?"

"대니가 계속 알아보고 있는 중입니다. 런던으로 오기 전에 거기서 잡을 수 있으면 좋을 텐데 말입니다."

"대니는 조용히 움직이고 있나요?"

새끼손가락에 금반지를 끼고 놀랄 정도로 배가 튀어나온, 덩치 크고 목소리 크고 가무잡잡한 남아프리카 사람을 회상 회의에서 본 기억이 났다. 다푸르 관련 사건을 맡았을 때, 대니 크루거와 남아프리카공화국의 비극적인 갈등에 대해 이야기한 적도 있었다.

"아, 자기 일은 잘 알아서 하는 사람입니다. 필요할 때는 눈에 띄지 않게 움직일 줄 알아요. 상황에 따라서는 사냥개처럼 집요하게 덤빌 줄도 알고요. 방법만 있다면 어떻게든 알아낼 겁니다. 저희는 맨체스터 경찰과 협력해서 검거팀을 꾸리는 중입니다. 좀 더 자세한 상황을 알게 되면 다시 연락드리겠습니다."

라임은 감사 인사를 하고 전화를 끊었다.

"우리가 잡을 거예요, 라임."

색스가 말했다. 단순히 라임을 위해서 한 말은 아니었다. 색스 역시 로건을 찾는 데 관심이 많았다. 그녀 자신도 로건의 음모 때문에 죽을 뻔한 적이 있었기 때문이다.

색스는 전화를 걸었다. 그리고 잠시 귀를 기울이더니 10분 안에 가겠다고 했다.

"플린트록이 말한 유사 사건 기록이 준비됐대요. 가서 가져올게요…. 참, 팸이 들를지도 몰라요."

"뭐하러?"

"맨해튼에서 친구와 함께 공부하고 있어요. 그것도 남자 친구."

"잘됐군. 누구지?"

"같은 학교 친구. 얼른 만나보고 싶네요. 요즘 온통 그 친구 얘기뿐이거든요. 팸의 인생에도 괜찮은 사람들이 있어야 하는데. 그런데 너무 빨리 가까워지는 게 불안해요. 직접 만나보고 문초를 해봐야겠어요."

색스는 방을 나갔다. 라임은 고개를 끄덕였지만 마음은 다른 곳에 가 있었다. 앨리스 샌더슨 사건 관련 정보가 적혀 있는 화이트보드를 응시하던 라임은 다시 전화 명령을 내렸다.

"네?"

왈츠 음악을 배경으로 부드러운 남자 목소리가 들렸다.

"멜, 자네야?"

"링컨?"

"그 음악은 뭐야? 지금 어디야?"

"뉴잉글랜드 볼룸댄스 경연대회요."

멜 쿠퍼가 대답했다. 라임은 한숨을 쉬었다. 설거지, 낮 할인 영화, 볼룸댄스. 그는 일요일이 싫었다.

"자네가 필요해. 사건이 생겼어. 유일무이한 사건이야."

"당신한테는 모든 사건이 다 그렇죠, 링컨."

"문법적 오류는 눈감아줬으면 하는데, 이번 일은 다른 사건보다 더 유일무이해. 올 수 있나? 뉴잉글랜드라고 했는데, 혹시 보스턴이나 메인에 있는 건 아니겠지."

"미드타운입니다. 사실 할 일은 없어요. 그레타와 난 방금 탈락했거든요. 로지 탤벗과 브라이언 마셜이 우승할 겁니다. 말도 안 돼요."

쿠퍼는 상당히 중요한 일이라는 듯 말했다.

"얼마나 서둘러야 합니까?"

"지금 당장 와."

쿠퍼는 킬킬 웃었다.

"얼마나 오랫동안 제가 필요하신데요?"

"한동안."

"오늘 밤 6시경까지? 아니면 수요일까지?"

"자네 상관한테 전화해서 업무 배치를 이쪽으로 돌려달라고 하는 게 낫겠어. 나도 수요일 이상 걸리지 않았으면 하는 마음이야."

"상관이 담당 형사의 이름을 대라고 할 텐데요. 수사 책임자가 누굽니까? 론?"

"이런 식으로 표현하면 어떨까. 약간 모호하게 둘러대."

"흠, 링컨. 제가 경찰 신분이란 건 기억하시죠? '모호하게' 라는 단어는 안 통합니다. '대단히 정확하게' 가 먹히죠."

"정확하게 말하면 담당 형사가 없어."

"링컨 혼자 하는 수사예요?"

못 미덥다는 듯한 목소리였다.

"그렇지는 않아. 아멜리아도 있고, 론 풀라스키도 있어."

"그게 답니까?"

"그리고 자네."

"알겠습니다. 범인은 누굽니까?"

"사실 범인은 이미 감옥에 있어. 두 사람이 기소되었고, 한 사람은 재판을 기다리고 있지."

"한데 올바른 범인을 잡아들인 것 같지 않다는 거군요."

"그런 셈이지."

뉴욕시경 감식반 형사 멜 쿠퍼는 연구 전문이었다. 경찰 내에서 가장 탁월할 뿐 아니라 가장 눈치 빠른 사람 중 하나였다.

"그러니까, 제 윗사람들이 엉터리로 수사해서 엉뚱한 사람을 잡아들인 과정을 밝혀내고, 비싼 돈 들여서 진짜 범인을 체포하는 수사 세 건을 새로 시작하자고 설득하는 걸 도와달라는 말씀이지요. 게다가 진짜 범인 역시 법망을 무사히 빠져나갈 수 없다는 걸 알게 되면 그리 좋은 반응을 보이진 않을 거고요. 이건 패-패-패 상황 아닙니까, 링컨?"

"여자 친구한테 나 대신 미안하다고 전해줘, 멜. 빨리 이리 와."

진홍색 카마로 SS를 향해 절반쯤 다가가던 색스는 누군가의 목소리를 들었다.

"안녕, 아멜리아!"

돌아보니 긴 밤색 머리에 붉은 부분 염색을 하고 양쪽 귀에 피어싱을 몇 개 한 예쁜 십대 소녀가 서 있었다. 등에는 천 가방 두 개를 메고 있었다. 옅은 주근깨가 잔뜩 난 얼굴은 행복감으로 가득 찼다.

"가는 거예요?"

"큰 사건이 생겼어. 시내로 가는데, 태워줄까?"

"네. 시청에서 전철을 타야 해요."

팸은 차에 올랐다.

"공부는 어때?"

"알잖아요."

"남자 친구는 어디 있어?"

색스는 주위를 둘러보았다.

"방금 헤어졌어요."

스튜어트 에버렛은 팸이 다니고 있는 맨해튼 고등학교 학생이었다. 둘은 몇 달 전부터 사귀고 있었다. 같은 수업을 듣다가 알게 된 뒤 곧장 책과 음악을 사랑한다는 공통점을 발견하게 되었다. 교내 시(詩) 클럽에도 같이 가입했다. 색스는 그 점에 마음이 놓였다. 최소한 오토바이족이나 우악스러운 운동선수 같은 부류는 아니었으니까.

팸은 교과서가 들어 있는 가방 하나를 뒷자리에 던져놓고 다른 가방을 열었다. 머리가 복슬복슬한 개 한 마리가 밖을 내다보았다.

"안녕, 잭슨."

색스는 개의 머리를 톡톡 두드려주었다.

작은 하바네즈종인 잭슨은 오로지 개 간식통 목적으로 장착해둔 컵 홀더에서 색스가 꺼내준 밀크본 과자를 덥석 물었다. 색스의 과속과 코너링 습관으로는 액체를 컵 안에 보관하는 게 불가능했다.

"스튜어트가 여기까지 데려다주지 않았어? 신사적인 태도는 아닌데?"

"축구 경기가 있대요. 스포츠를 좋아하는 편이거든요. 남자들은 대부분 다 그런가요?"

색스는 자동차 대열에 끼어들며 삐딱하게 웃었다.

"그래."

남자와 스포츠에 훤한 이 나이 또래의 소녀에게는 어울리지 않는 질문인지도 몰랐다. 그러나 팸 윌러비는 보통 소녀들과 달랐다. 아버지는 그 애가 아주 어렸을 때 유엔 평화유지군 작전에 투입되었다 세상을 떠났고, 정신적으로 불안정한 어머니는 우익 정치 및 종교 지하조직에 투신해 점차 극렬하게 변해갔다. 어머니는 지금 살인죄로 종신형을 선고받고 복역 중이었다(몇 년 전 여섯 명이 사망한 유엔 본부 폭탄 테러사건을 저지른 사람이 바로 팸의 어머니였다). 아멜리아 색스와 팸은 색스가 연쇄살인범을 뒤쫓는 과정에서 만났다. 색스가 연쇄살인범으로부터 팸을 구해냈던 것이다. 팸은 이후 자취를 감추었는데, 얼마 전 색스는 아주 우연히 그 애를 또다시 구하게 되었다.

반사회적인 가정에서 해방된 팸은 브루클린의 한 가정에 입양되었다—물론 색스가 마치 대통령의 안전을 책임지는 경호요원처럼 입양할 부부에 대한 뒷조사를 미리 마친 뒤였다. 팸은 새 가족과 행복하게 지냈다. 그러나 두 사람은 그 뒤로도 자주 어울리며 가깝게 지냈다. 양어머니는 팸보다 어린 다섯 아이를 돌보느라 일손이 부족한 경우가 많았기 때문에 색스가 언니 노릇을 해주었다.

두 사람 모두에게 잘된 일이었다. 색스는 늘 아이를 원했다. 그러나 복잡한 사정이 있었다. 첫 남자 친구와 진지하게 동거할 당시 가정을 꾸릴 계획도 세웠지만, 동료 경찰이었던 그 남자는 알고 보니 최악의 선택이었다(금품 갈취, 폭행 그리고 결국 감옥행). 이후 줄곧 혼자 지내다 링컨 라임을 만난 뒤 연인 사이가 되었다. 라임은 아이를 갖지 않았지만 좋은 남자로서 공정하고 영리했으며, 냉혹한 직업 정신과 가정생활을 분리할 줄 알았다. 그렇지 못한 남자들이 많다.

그러나 인생의 이 시점에서 가정을 꾸리는 건 힘들 것 같았다. 둘

다 경찰 업무의 위험과 막대한 업무량, 공통적으로 느끼는 쉼 없는 에너지, 라임의 불안정한 향후 건강 상태와 싸워야 했다. 또한 둘 다 극복해야 할 육체적 장애를 갖고 있었다. 알고 보니 문제는 라임이 아닌 색스 쪽에 있었다(라임은 아버지가 될 능력을 완벽하게 갖추었다).

그래도 일단은 팸과의 관계 정도로 충분했다. 색스는 자신의 역할을 즐기며 진지하게 받아들였다. 아이는 어른을 신뢰하지 못하는 경계심을 조금씩 떨쳐가고 있었다. 라임 역시 팸이 곁에 있으면 진심으로 즐거워했다. 현재 라임은 팸이 우익 지하단체에서 겪은 경험에 대한 '포로 생활'이란 책을 구상하는 데 도움을 주고 있었다. 톰은 팸이 오프라에 출연할 기회가 있을지도 모른다고 말하기도 했다.

색스는 택시를 추월하며 말했다.

"아까 대답 안 했지. 공부는 어때?"

"좋아요."

"목요일 시험 준비는 다 됐어?"

"됐어요. 문제없어요."

색스는 웃었다.

"너 오늘 책 한 번도 안 펼쳐봤지?"

"아멜리아, 제발. 날이 이렇게 맑잖아요! 일주일 내내 우중충했는데. 외출을 안 할 수 없었다구요."

본능적으로는 기말시험에서 좋은 성적을 받는 것이 얼마나 중요한지 일깨워주고 싶었다. 팸은 지능지수가 높고 엄청난 독서 욕구를 지닌 영리한 소녀였지만, 남다른 교육 배경 탓에 좋은 대학에 들어가는 것은 벅찬 일이었다. 그러나 팸이 워낙 행복해 보여서 안쓰러운 마음이 앞섰다.

"그래서 뭘 했어?"

"그냥 걸었어요. 할렘까지 쭉. 저수지 근처까지 갔어요. 아, 보트하우스 옆에서 연주회를 하고 있었는데, 그냥 커버밴드였지만 콜드플레이를 끝내주게 연주하더라고요….”

팸은 생각을 더듬었다.

“스튜어트랑 이야기만 했어요. 그냥 이런저런 이야기. 만약 물어보본다면, 그게 제일 재미있었어요.”

아멜리아 색스는 반박할 수가 없었다.

“그 친구 멋있니?”

“네. 아주 멋있어.”

“사진 있어?”

“아멜리아! 그건 너무 유치해요.”

“이번 사건이 끝나면 같이 저녁 먹을까? 셋이서?”

“네? 정말 만나고 싶어요?”

“너랑 사귀는 남자는 널 감시하는 사람이 있다는 걸 명심해야 할거야. 총과 수갑을 차고. 자, 개 단단히 잡아. 지금부터 제대로 달린다.”

색스는 거칠게 기어를 바꾸고 액셀을 밟았다. 둔탁한 검정색 아스팔트 위로 순식간에 고무 탄 자국 두 줄이 찍혔다.

08 미확인 용의자

아멜리아 색스가 이곳 라임의 집에서 가끔 밤이나 주말을 보내게 된 이후, 빅토리아풍의 타운하우스에는 이런저런 변화가 생겼다. 사고 이후 색스를 만나기 전 라임 혼자 살 때도 집은 상당히 깔끔한 편이었지만—간호사나 가정부가 해고당했느냐 그렇지 않느냐에 따라 달랐다—'아늑하다'는 표현은 어울리지 않았다. 벽에 개인적인 물건은—뉴욕시경 감식반장으로 화려하게 재직할 당시 받았던 자격증, 학위증, 상장, 메달 등—전혀 걸려 있지 않았다. 부모님인 테디와 앤, 혹은 헨리 삼촌의 가족사진 같은 것도 없었다.

색스는 늘 그게 못마땅했다.

"당신 과거, 당신 가족은 중요한 존재예요. 당신은 당신의 역사를 지우고 있다고요, 라임."

라임은 색스의 아파트를 본 적이 없지만—장애인은 출입 불가능한 건물이었다—분명 색스의 역사를 증명해줄 물건이 집 안에 빼곡히 들어차 있을 것이다. 물론 사진은 많이 보았다. 그리 자주 웃지 않던 예쁜 소녀 시절의 아멜리아 색스(주근깨는 사라진 지 오래였다), 공구를 손에 들고 찍은 고등학교 시절, 씩 웃고 있는 경찰관 아버지와 엄한 어머니 중간에 서 있는 대학 시절, 세상 물정에 밝고 세련된 차가운 눈빛을 한(그러나 라임은 그 눈빛이 모델을 단순한 옷걸이로 취급하는 시선에 대한 경멸이라는 것을 알고 있었다) 잡지 및 광고 모델 시절.

다른 사진도 수백 장은 보았다. 대부분 코닥 똑딱이 카메라를 손에 든 남자, 색스의 아버지가 찍은 사진들이었다.

휑한 벽면을 눈여겨본 색스는 가정부조차, 톰조차 손대지 않던 곳으로 향했다. 지하실의 상자, 라임의 예전 인생에 대한 증거가 담겨 있는 수십 개의 짐짝, 두 번째 아내에게 전처에 대한 이야기를 함구하듯 꽁꽁 숨겨놓은 기념품. 그중 많은 자격증과 학위증, 가족 사진이 지금은 벽면과 벽난로 선반을 채우고 있었다.

지금 라임이 바라보는 사진도 그중 하나였다. 학교 대표팀 경기를 막 끝낸 뒤 육상 연습복 차림으로 찍은, 날씬한 십대 시절의 사진이었다. 헝클어진 머리와 톰 크루즈를 연상케 하는 우뚝한 코. 방금 1.6킬로미터 달리기를 마친 뒤 양손으로 무릎을 짚고 허리를 굽힌 자세였다. 라임은 단거리 선수가 아니었다. 그는 장거리 달리기의 서정성과 우아함이 좋았다. 그는 달리기를 '과정'이라고 생각했다. 때로 결승점을 지난 뒤에 계속 달린 적도 있었다.

그때 가족들도 관람석에 있었을 것이다. 아버지와 삼촌은 약간 떨어진 곳이긴 해도 둘 다 시카고 교외에 살았다. 링컨의 집은 당시 부분적으로 농지가 남아 있던 넓은 서쪽 평지에 있었고, 무신경한 개발업자와 무시무시한 토네이도의 표적이 되곤 했다. 반면 헨리 라임의 집은 표적에서 비켜난 에번스턴 호숫가에 있었다.

헨리 삼촌은 시카고 대학에서 고급물리학을 가르치기 위해 일주일에 두 번 시내로 통근했다. 기차를 한 번 갈아타고 시카고 시내의 사회적 계급 경계선을 넘나드는 긴 통근길이었다. 그의 아내 폴라는 노스웨스턴 대학에서 강의를 하고 있었다. 자식은 모두 셋이었다. 로버트, 마리, 아서. 모두 과학자의 이름을 따서 지은 이름이었는데, 그중 오펜하이머와 퀴리가 가장 유명했다. 아서는 1942년 시카고 대학의 운동장 지하에 있는 연구실에서 핵연쇄반응 실험에 성공한 아서 콤프턴의 이름을 따서 지은 것이다. 아이들은 모두 좋은 학교에 다녔다. 로버트는 노스웨스턴 의대, 마리는 버클리, 아서는 MIT로 갔다.

로버트는 몇 해 전 유럽에서 산업 재해로 세상을 떠났다. 마리는 중국에서 환경 관련 일을 하고 있다. 부모님 세대에서는 네 분 중 한 분만 살아 있었다. 폴라 숙모. 그분은 60년 전의 일은 또렷이 기억하지만 최근에 일어난 일은 단편적으로만 뒤죽박죽 기억하는 상태로 양로원에서 살고 있다.

라임은 자신의 사진을 물끄러미 바라보았다. 육상 경기의 추억이 떠오르니 시선을 돌릴 수가 없었다. 헨리 라임 교수는 강의 시간에 상대의 의견에 동의할 때는 항상 보일락 말락 한쪽 눈썹만 추켜세우는 사람이었다. 그러나 운동장에 나오면 늘 관람석에서 벌떡 일어나 휘파람을 불고 "좀 더, 좀 더, 좀 더, 넌 할 수 있어!"라고 링컨을 향해 고래고래 고함을 지르며 결승점을 가장 먼저 통과하라고 독려하곤 했다(실제로 그런 경우가 많았다).

경기가 끝난 뒤에는 아마 아서와 어울렸을 것이다. 형제들과의 터울 때문에 외톨이였던 아서와 라임은 늘 붙어 다녔다. 로버트와 마리는 아서보다 상당히 나이가 많았고, 링컨은 외아들이었다.

그래서 링컨과 아서는 서로를 형제처럼 여겼다. 주말과 여름방학이면 주로 아서의 코벳을 타고 모험을 떠났다(헨리 삼촌은 교수로 재직하면서도 라임의 아버지보다 몇 배는 더 돈을 많이 벌었다. 아버지 역시 과학자였지만 앞에 나서는 것을 불편해했다). 두 소년의 외출은 전형적인 십대의 모험이었다 ― 여자애, 야구, 영화, 말다툼, 버거와 피자, 몰래 맥주 마시기, 세상 이치 설명하기. 다시 여자.

새 TDX 휠체어에 앉은 라임은 자신과 아서가 경기 직후 정확히 어디로 갔는지 궁금했다.

아서, 내 형제나 다름없는 사촌….

라임의 등뼈가 썩은 나뭇조각처럼 부러진 뒤 단 한 번도 찾아오지 않았던.

왜, 아서? 이유를 말해줘….

그러나 추억은 타운하우스 현관 초인종이 울리면서 흩어졌다. 톰이 현관으로 나갔다. 잠시 후, 홀쭉한 몸매에 머리 벗겨진 남자가 턱시도 차림으로 방에 들어섰다. 멜 쿠퍼는 두꺼운 안경을 콧등 위로 밀어 올리며 라임에게 고개를 끄덕해 보였다.

"좋은 오후입니다."

"웬 정장?"

라임은 턱시도를 턱으로 가리키며 물었다.

"댄스 경기에 참가했다고 했잖아요. 결승에 진출했으면 여기 못 왔을 겁니다."

멜은 재킷과 보타이를 벗고 프릴이 달린 셔츠 소매를 걷어 올렸다.

"그래, 뭡니까? 말씀하신 '유일무이한' 사건이라는 게."

라임은 상황을 설명했다.

"사촌 일은 유감입니다, 링컨. 사촌 이야기는 한 번도 안 하셨던 것 같은데요."

"범행 수법은 어떻게 생각해?"

"그게 사실이라면 탁월한 수법이군요."

쿠퍼는 앨리스 샌더슨 살인사건 증거물 차트를 응시했다.

"무슨 아이디어 있나?"

"음, 사촌의 집에서 나온 증거물 절반은 차와 차고에서 발견된 겁니다. 집 안보다 증거를 심어두기가 훨씬 쉽지요."

"내 생각도 정확히 그거야."

초인종이 다시 울렸다. 잠시 후, 혼자 돌아오는 조수의 발소리가 들렸다. 누가 소포를 보냈나. 그러나 퍼뜩 일요일이라는 것을 깨달았다. 손님은 사복에 운동화 차림일 테니 현관 바닥에서 소리가 날 리 없다.

정확한 추측이었다.

젊은 론 풀라스키가 문간을 돌아 들어오더니 수줍게 인사했다. 경관이 된 지 몇 년째였기 때문에 이제는 신참이 아니었다. 그러나 늘 신참처럼 보였다. 특히 라임에게는 늘 신참이었다. 앞으로도 영원히 그럴 것이다.

신발은 소리가 안 나는 나이키였고, 청바지 위에는 아주 알록달록한 하와이 셔츠를 입고 있었다. 금발은 세련된 스타일로 비죽 세웠고, 이마에는 흉터가 뚜렷이 남아 있었다. 라임과 함께 일한 첫 사건에서 치명적인 부상을 당한 흔적이었다. 뇌손상을 입고 경찰을 그만둘 뻔할 정도로 심한 폭행이었다. 하지만 라임을 보고 용기를 얻은 풀라스키는 재활을 통해 부상을 극복하고 뉴욕시경을 떠나지 않기로 결심했다(라임 본인에게는 말하지 않고 색스에게만 그 얘기를 털어놓은 적이 있었다. 하지만 색스가 대신 전해주었다).

풀라스키는 쿠퍼의 턱시도를 보고 눈을 깜빡이더니 두 사람에게 인사말을 건넸다.

"접시는 티끌 하나 없이 닦았나, 풀라스키? 꽃에 물은? 남은 음식은 비닐에 잘 싸뒀어?"

"전화 받고 곧바로 출발했습니다."

세 사람이 사건을 검토하고 있는데, 문간에서 색스의 목소리가 들렸다.

"이건 무슨 가장무도회도 아니고."

색스는 쿠퍼의 턱시도와 풀라스키의 알록달록한 셔츠를 바라보고 있었다. 그녀가 쿠퍼에게 말했다.

"말쑥해 보이는데요. 턱시도 입은 사람한테는 이렇게 말해줘야 하는 거죠? 말쑥하다?"

"슬프지만 '준결승 진출자' 라는 단어밖에 안 떠오르는데요."

"그레타가 실망하지 않았어요?"

쿠퍼는 스칸디나비아계 미인인 여자 친구가 "친구들과 어울리며 아콰비트로 슬픔을 씻어내고 있다."고 말했다.

"그레타의 고향에서 즐겨 마시는 술이죠. 한데 솔직히 마실 게 못 돼요."

"어머니는요?"

쿠퍼는 어머니와 같이 살고 있었다. 퀸스의 터줏대감인 활기찬 여인이었다.

"잘 계십니다. 보트하우스에 점심을 먹으러 나가셨어요."

색스는 풀라스키의 아내와 두 아이의 안부도 물은 뒤 덧붙였다.

"일요일인데 나와줘서 고마워."

그러고는 라임을 향해 돌아섰다.

"우리가 얼마나 고마워하는지 이야기 안 했어요?"

"했지."

라임은 중얼거린 뒤 말을 이었다.

"자, 다시 일을 시작해볼까…. 그래, 그건 뭐지?"

라임은 색스가 들고 온 커다란 갈색 서류철에 시선을 주었다.

"희귀 주화 절도사건과 강간사건의 증거물 목록하고 사진이에요."

"실제 증거물은 어디 있어?"

"롱아일랜드 증거물보관소에 있어요."

"음, 어디 보자구."

색스는 라임의 사촌 파일을 보며 했던 것과 마찬가지로 마커를 집어 들고 다른 화이트보드에 적기 시작했다.

살인/절도 - 3월 27일

3월 27일
- 범행 : 살인, 희귀 주화 6상자 도난
- 사인 : 많은 자상으로 인한 혈액 손실과 쇼크
- 장소 : 브루클린 베이리지
- 피해자 : 하워드 슈워츠
- 용의자 : 랜들 펨버튼

피해자의 집에서 나온 증거물 목록
- 기름때
- 마른 헤어스프레이 조각
- 폴리에스테르 섬유
- 모직 섬유
- $9\frac{1}{2}$ 배스 운동화 족적

- 황갈색 조끼 차림의 남자가 검정색 혼다 어코드를 타고 도주하는 것을 목격했다는 신고가 있었음

용의자의 집에서 나온 증거물 목록
- 테라스에 있던 우산에 묻은 기름때가 피해자의 집에서 발견된 것과 일치했음
- 9½ 배스 운동화 한 켤레
- 현장에서 발견된 조각과 동일한 클레롤 헤어스프레이
- 칼/손잡이에 끼어 있던 미량증거물
- 범행현장이나 용의자의 집에서 발견되지 않은 먼지
- 낡은 마분지 조각

- 칼/날에 묻은 미량증거물
- 피해자의 혈액, 일치했음
- 용의자는 2004년식 검정색 혼다 어코드를 소유하고 있음
- 피해자 소유의 주화 한 점 발견
- 컬버튼 아웃도어 조끼, 황갈색, 범행현장에서 발견된 폴리에스테르 섬유와 일치
- 차 안에 있던 모직 담요, 범행현장에서 발견된 모직 섬유와 일치
- 기타 : 재판 전, 수사관들은 뉴욕 시내 및 인터넷의 대형 주화 거래상을 탐문했음. 도난당한 주화를 매매하려는 시도는 없었음

살인/강간—4월 18일

4월 18일
- 범행 : 살인, 강간
- 사인 : 교살
- 장소 : 브루클린
- 피해자 : 리타 모스코네
- 용의자 : 조셉 나이틀리

피해자의 아파트에서 나온 증거물
- 콜게이트–팜올리브 소프트소프 손비누 성분
- 콘돔 윤활제
- 밧줄 섬유
- 덕트 테이프에 붙어 있던 먼지, 아파트 안에서 발견되지 않은 성분.
- 덕트 테이프, 아메리칸 어드히시브 제품.
- 라텍스 조각
- 모직/폴리에스테르 섬유, 검정색
- 피해자의 몸에서 나온 담배(아래 내용 참조)

용의자의 집에서 나온 증거물
- 피해자의 집에서 발견된 것과 동일한 윤활제를 함유한 듀렉스 콘돔
- 밧줄 다발, 범행현장에서 발견된 것과 동일한 섬유
- 피해자의 혈흔이 묻은 것과 같은 밧줄 60센티미터, 인형 머리 섬유로 추정되는 5센티미터 길이의 BASF B35 나일론 6
- 콜게이트–팜올리브 소프트소프
- 덕트 테이프, 아메리칸 어드히시브 제품
- 라텍스 장갑, 범행현장에서 발견된 조각과 일치
- 남자 양말, 모직–폴리에스테르 섬유, 범행현장에서 발견된 섬유와 일치, 차고에서 피해자의 혈흔이 묻은 동일한 양말이 발견됨
- 태리턴 담배회사에서 생산된 담배(아래 내용 참조)

"범인이 주화를 훔쳤다면 자기가 갖고 있을 거야. '범행현장이나 용의자의 집에서 발견되지 않은 먼지'라…. 이건 아마 범인의 집에서 묻었겠지. 한데 무슨 종류의 먼지지? 분석도 안 했나?"

라임은 고개를 저었다.

"좋아. 사진을 봐야겠어. 어디 있지?"

"여기 있어요. 잠깐만요."

색스는 테이프를 찾은 다음 복사한 사진을 세 번째 화이트보드에
붙였다. 라임은 휠체어를 끌고 다가가서 눈을 가늘게 뜨고 범행현
장에서 찍은 수십 장의 사진을 올려다보았다. 주화 수집가가 살던
집은 깔끔했고, 범인의 집은 그보다 덜 깔끔했다. 싱크대 아래에서
주화와 칼이 발견된 주방은 어수선했고, 식탁 위에는 더러운 접시
와 식품 포장재가 널려 있었다. 우편물도 한 뭉치 쌓여 있었는데,
대부분 광고물이었다.

"다음. 넘어가자구."

라임은 목소리에 조바심이 묻어나지 않도록 애쓰며 재촉했다.

"범인이 피 묻은 양말을 버리지 않고 고이 집으로 가져갔다고?
말도 안 돼. 조작된 증거야."

라임은 내용을 다시 훑어보았다.

"'아래 내용 참조'는 뭐지?"

색스는 참조하라는 내용을 찾아냈다. 담당 형사가 사건에서 문제
가 될 수 있는 내용을 검사에게 몇 단락 써 보낸 것이었다. 색스가
내용을 라임에게 보여주며 말했다.

"알리바이가 있었어요. 배심원은 믿지 않았고."

스탠:

변호인이 제기할 수 있는 몇 가지 작은 문제
- 증거물 오염 가능성 문제 : 유사한 담배 가루가 범행현장과 범인의 집에서 발견되
  었으나 피해자와 용의자 모두 담배를 피우지 않았다. 출동 경찰 및 감식반 요원에
  게 질문했으나 담배를 떨어뜨린 적이 없다고 확언했다.
- 피해자의 혈흔 외에는 유전자를 대조할 자료가 없다.
- 용의자는 알리바이를 가지고 있다. 사건 당시 자기 집 밖, 6.4킬로미터 정도 떨어
  진 곳에서 본 목격자가 있다. 목격자는 가끔 용의자에게서 돈을 받는 노숙자이다.

라임이 물었다.

"자넨 어떻게 생각하나, 멜?"

"제 가설 그대롭니다. 모두 너무 수월하게 잘 들어맞아요."

풀라스키도 고개를 끄덕였다.

"헤어스프레이, 비누, 섬유, 윤활제…. 전부 다 그렇습니다."

쿠퍼는 말을 이었다.

"증거를 연출하기 딱 좋은 소재들이죠. 유전자도 보십시오. 범행 현장에서 용의자의 혈흔이 발견된 것이 아니라, 용의자의 집에서 피해자의 혈흔이 나왔죠. 이쪽이 증거를 심기가 훨씬 쉽거든요."

라임은 천천히 차트를 계속 훑어보았다. 색스가 덧붙였다.

"증거물이 전부 다 들어맞지는 않아요. 낡은 마분지와 먼지…. 이건 양쪽 현장과 관계없는 것들이에요."

라임이 말했다.

"담배도 그렇지. 피해자도, 억울한 용의자도 담배를 피우지 않았어. 진짜 범인이 흘렸을 가능성이 있다는 이야기야."

풀라스키가 물었다.

"인형 머리는요? 범인에게 아이가 있을까요?"

라임이 지시했다.

"저쪽 사진을 붙여. 어디 보자고."

다른 현장들과 마찬가지로 피해자의 아파트, 범인의 집, 차고가 감식반의 손에 의해 꼼꼼하게 기록으로 남아 있었다. 라임은 사진을 훑어보았다.

"인형은 없어. 장난감이 전혀 없군. 진범한테 아이가 있거나 주변에 장난감이 많을 가능성이 있어. 또 흡연자이거나 담배를 쉽게 접할 수 있는 환경일 거야. 좋아. 아, 여기 또 뭐가 있군. 프로파일 차트를 만들지. 지금까지는 진범을 '미스터 엑스'라고 불렀지만, 이제 뭔가 다른 이름을 붙여줘야 할 텐데…. 오늘이 며칠이지?"

"5월 22일입니다."

풀라스키가 대답했다.

"좋아. 미확인 용의자 522번. 색스…."

라임은 화이트보드를 턱으로 가리켰다.

"프로파일을 시작하자구."

미확인 용의자 522 프로파일
- 남성
- 흡연자이거나 흡연자와 함께 거주, 혹은 흡연자와 일하거나 담배가 있는 환경에서 지냄
- 아이가 있거나 아이 근처에 거주, 혹은 아이 근처에서 일하거나 장난감이 있는 환경에서 지냄
- 미술, 주화에 관심이 있다?

연출되지 않은 증거
- 먼지
- 낡은 마분지
- 인형 머리카락, BASF B35 나일론 6
- 태리턴 담배회사의 담배

음, 이만하면 보잘것없지만 시작은 된 거지. 라임은 생각했다.

"론하고 맬로이한테 전화할까요?"

색스가 물었다. 라임은 코웃음을 쳤다.

"전화해서 무슨 말을 하려고?"

라임은 차트를 턱으로 가리켰다.

"그랬다가는 우리의 작은 비밀 수사도 당장 막을 내리고 말겠지."

"공식 수사가 아니라는 말씀입니까?"

풀라스키가 물었다. 색스가 대답했다.

"지하 조직에 들어온 걸 환영해."

젊은 경찰은 이 말에 멍하니 생각에 잠겼다.

"우리가 변장한 것도 그 때문이잖아."

쿠퍼가 턱시도 바지 위에 두른 검은색 새틴 허리띠를 가리키며 덧붙였다. 윙크도 한 것 같았지만, 두꺼운 안경 때문에 라임에게는 잘 보이지 않았다.

"이제 뭘 해야 하죠?"

"색스, 퀸스 감식반에 전화해. 내 사촌 관련 사건에 대한 증거물

은 우리가 확보할 수 없어. 재판을 앞두고 있으니 모든 증거물은 검사가 보관 중일 거야. 하지만 증거물보관소에 이전 사건들에 대한 증거물을 좀 보내달라고 할 만한 사람이 있는지 알아봐. 강간과 주화 절도사건 말이야. 먼지, 마분지, 밧줄이 필요해. 그리고 풀라스키, 자넨 본부로 가서 지난 6개월간 발생한 살인사건 자료를 모두 찾아봐."

"모두 다요?"

"시장이 도시 정화 작업을 끝냈잖아. 못 들었나? 여기가 디트로이트나 워싱턴이 아닌 걸 다행으로 생각해. 플린트록이 이 두 사건을 기억해냈는데, 분명 다른 사건이 또 있을 거야. 살인 이전에 절도나 강간 같은 게 동반된 사건을 찾아봐. 분명한 이동식별 증거물과 범죄 직후 익명의 신고 전화가 있었던 건으로. 아, 용의자는 결백을 주장했어."

"예, 알겠습니다."

"우리는요?"

멜 쿠퍼가 물었다.

"우린 기다려야지."

라임은 중얼거렸다. 마치 음란한 단어이기라도 하듯.

09 열여섯 자리 숫자

훌륭한 트랜잭션.

난 지금 만족스럽다. 행복하고 충만한 기분으로 거리를 걷는다. 방금 소장 목록에 끼워 넣은 영상들을 한 장씩 넘겨본다. 마이라 9834의 모습들. 시각적 이미지들은 내 기억 안에 저장되어 있다. 다른 이미지들은 디지털 테이프 레코더로 기록해놓았다.

주변의 열여섯 자리 숫자들을 바라보며 길을 걷는다.

보도를 따라 줄지어 걷는 그들. 자동차, 버스, 택시, 트럭을 메운 그들. 창문 너머로, 내가 자신을 관찰하고 있다는 것을 꿈에도 모르는 그들을 본다.

열여섯 자리 숫자들…. 아, 인간을 이런 식으로 부르는 것은 나뿐만이 아니다. 전혀 그렇지 않다. 업계에서는 흔한 약어다. 하지만 인간을 열여섯 자리 숫자로 생각하는 것을 '선호'하는 사람은, 이 개념에 편안함을 느끼는 사람은 아마 내가 유일할 것이다.

열여섯 자리 숫자는 이름보다 훨씬 정확하고 효율적이다. 이름은 나를 초조하게 한다. 그건 좋지 않다. 내가 초조해지면 나에게도, 다른 사람들에게도 좋지 않다. 이름…. 아, 끔찍하다. 예를 들어 존스와 브라운이라는 성은 각각 미국 인구의 약 6퍼센트를 차지한다. 무어는 3퍼센트, 다들 좋아하는 스미스는 말도 안 되는 1퍼센트다. 미국 안에 거의 300만 명의 스미스가 있다는 얘기다(그렇다면 이름은 어떨까? 존? 아니. 존은 2위, 3.2퍼센트다. 1위는 3.3퍼센트를 차지하는 제임스다).

그러니 조합을 생각해보자. 누군가가 '제임스 스미스'라고 말하는 것을 듣는다고 치자. 음, 수십만 명 중에서 어느 제임스 스미스를 말하는 거지? 이건 살아 있는 사람만 계산한 것이다. 역사상 존재했던 모든 제임스 스미스를 합해보라.

맙소사. 생각만 해도 미칠 것 같다. 초조하다….

자칫 실수했을 때 결과는 심각해질 수 있다. 1938년의 베를린이라고 해보자. 빌헬름 프랑켈은 유대인 빌헬름 프랑켈인가, 백인 빌헬름 프랑켈인가? 둘 사이에는 엄청난 차이가 있다. 갈색 셔츠를 입은 군인들은 신원 추적의 천재들이었다(그들은 컴퓨터까지 사용했다!).

이름은 실수를 낳는다. 실수는 노이즈(noise, 잡음)다. 노이즈는 오염이다. 오염은 제거되어야 한다.

앨리스 샌더슨은 수십 명 넘게 있겠지만, 프레스콧의 그림 〈미국의 가족〉을 내가 소장할 수 있도록 자기 목숨을 희생한 앨리스 3895는 단 하나뿐이다.

마이라 와인버그. 이런 이름은 그리 많지 않겠지. 그러나 한 사람 이상은 분명 존재한다. 하지만 마이라 9834만이 내게 만족감을 주기 위해 자신을 희생했다.

드리온 윌리엄스라는 이름은 많겠지만, 내가 범죄를 자유롭게 거듭할 수 있도록 그녀를 강간하고 죽인 죄로 종신형을 살게 될 사람은 6832-5794-8891-0923뿐이다.

나는 지금 한 시간 정도 숙고한 끝에 그 불쌍한 사내에게 강간/살인죄를 뒤집어씌우기에 충분한 증거물을 가지고 그의 집으로 가는 길이다(실제로는 그의 여자 친구 집이라고 들었다).

드리온 6832….

911에는 이미 전화를 했다. 흑인 남자가 운전하는 낡은 베이지색 다지 승용차가 현장에서 도주했다고 신고한 트랜잭션이다.

"그 남자의 손을 봤어요! 온통 피투성이였어요! 당장 사람을 보내세요! 끔찍한 비명 소리가 났어요!"

당신은 얼마나 완벽한 용의자인가, 드리온 6832. 강간범의 절반 가량은 알코올이나 마약을 복용하고 범행을 저지른다(요즘엔 맥주를 적당히 마시지만, 그는 몇 년 전 알코올 중독 재활 프로그램에 다녔다). 강간 피해자 대다수는 강간범과 아는 사이다(드리온 6832는 죽은 마이라 9834가 정기적으로 물건을 사던 식료품 가게에서 목공 일을 한 적이 있다. 따라서 설사 모르는 사이였다 할지라도 본 적이 있다고 추정할 수 있다).

대부분의 강간범은 30세 미만이다(드리온 6832도 정확히 그 정도 연령이다). 마약상이나 마약 중독자와 달리, 가정 폭력 외에는 전과가 많지 않다. 또 여자 친구를 폭행해 유죄 판결을 받은 적이 있다. 얼마나 완벽한가? 대부분의 강간범은 사회적 하층 계급 출신이며 경제적으로 무능력하다(그는 몇 달째 실직 상태다).

그러니 배심원 여러분, 강간 이틀 전 피고인이 피해자의 시체 옆에서 발견된 두 개의 콘돔과 동일한 제품인 트로얀 엔츠 콘돔 한 상자를 샀다는 점을 주목하시기 바랍니다(실제 사용된 콘돔—내가 사용한 것—은 물론 오래전에 사라졌다. 유전자 분석에 걸리면 아주 위험하다. 요즘 뉴욕 시는 강간범뿐만 아니라 모든 중범죄자의 유전자를 저장하고 있기 때문이다. 영국에서는 곧 애완견이 도로에 똥을 싸거나 불법 유턴을 해서 소환장만 발부받아도 타액 샘플을 채취하게 될 것이다).

경찰이 숙제를 착실히 했다면 이 점도 염두에 둘지 모른다. 드리온 6832는 이라크에 참전한 전투병이었는데, 제대할 때 그가 소지했던 45구경 권총의 행방이 묘연했다. 총이 없어서 반납하지 못했던 것이다. 전투 중 '분실'한 것으로 처리되었다.

한데 수상하게도 몇 년 뒤 45구경 실탄을 구입했다.

경찰이 이 사실을 알아낸다면, 쉽게 알아낼 수 있겠지만, 용의자가 무기를 가지고 있다는 결론을 내릴지도 모른다. 조금만 더 파들어가면, 그가 재향군인병원에서 외상 후 스트레스 장애로 치료를 받은 적이 있다는 사실도 알아낼 것이다.

심리적으로 불안정한, 무기를 소지한 용의자?

경찰이 먼저 발포할 가능성이 크지 않을까?

희망을 갖자. 선택한 열여섯 자리 숫자에 대해 늘 완벽한 확신을 가질 수는 없다. 예상치 못한 알리바이가 튀어나올 수도 있다. 멍청한 배심원도. 드리온 6832는 오늘 중으로 시체 포대에 들어가는 신세가 될 수도 있다. 안 될 것도 없지. 하느님이 내게 초조함을 내려주셨으니, 그 대가로 약간의 행운을 누릴 자격은 있지 않은가? 내 인생도 항상 쉽지만은 않단 말이다.

브루클린에 있는 그의 집까지는 걸어서 30분 정도 걸린다. 나는 아직도 마이라 9834와의 트랜잭션에 대한 만족감에 훈훈하게 젖어 산책을 즐긴다. 배낭의 무게가 등을 묵직하게 누른다. 안에는 현장에 심을 증거물과 드리온 6832의 족적을 남길 신발뿐만 아니라 오늘 거리를 배회하며 찾아낸 보물이 가득 들어 있다. 주머니에는 슬프게도 마이라 9834에게서 쟁취한 작은 기념품, 손톱 조각만 들어 있다. 좀 더 개성적인 것이었다면 더 좋았겠지만, 맨해튼에서 살인은 큰 사건이므로 없어진 것들이 많은 주의를 끌게 마련이다.

나는 배낭의 삼박자 리듬을 즐기며 걸음을 약간 재촉한다. 청명한 봄날의 일요일, 그리고 마이라 9834와의 트랜잭션의 기억을 즐긴다.

아마도 뉴욕 시에서 가장 위험한 인간인 나는 무적의 불사신이고, 내게 해를 끼칠 수 있는 모든 열여섯 자리 숫자들에게는 투명인간 같은 존재라는 사실을 알고 있다는 데서 오는 완벽한 평온함을 즐기며.

불빛이 주의를 끌었다. 도로에서 반짝이는 불빛.

붉은색. 다시 반짝. 파란색.

드리온 윌리엄스의 손에서 전화기가 축 늘어졌다. 한때 고용주였지만 사업이 실패하자 빚만 남기고 도주한 남자를 찾기 위해 친구에게 전화를 걸고 있는 참이었다. 그가 가장 믿음직스러운 직원이던 드리온 윌리엄스에게 진 빚은 4000달러 이상이었다.

"리온."

수화기 너머에서 남자가 말했다.

"나도 그 자식이 어디 있는지 몰라. 나도 그놈한테…."

"다시 걸게."

딸깍. 덩치 큰 남자는 손바닥에 땀이 흥건한 채 지난 토요일 재니스와 함께 달았던 커튼 사이로 밖을 내다보았다(그녀에게 돈을 내게 했다는 것이 너무나, 너무나, 너무나 기분 나빴다―실직 상태라는 게 죽기보다 싫었다). 불빛은 경찰차 두 대의 경광등이었다. 형사 둘이 차에서 내리더니 외투 단추를 끌렀다. 봄 날씨가 따뜻해서 그러는 게 아니었다. 자동차는 교차로를 차단하기 위해 달려갔다.

그들은 조심스럽게 주위를 둘러보더니―그저 우연의 일치였으면 했던 마지막 희망을 산산조각 내고―윌리엄스의 베이지색 다지로 다가가 자동차 번호를 적고 차 안을 들여다보았다. 한 사람이 무전기에 대고 뭐라 말했다.

윌리엄스의 눈꺼풀이 절망으로 내려앉았다. 폐에서 넌더리나는 한숨이 새어 나왔다.

또 저질렀구나. 또.

작년에 섹시할 뿐만 아니라 영리하고 친절한 여자와 사귄 적이 있었다. 아니, 처음에는 그런 줄 알았다. 진지하게 교제를 시작한 뒤 얼마 지나지 않아 성질 더러운 마녀로 돌변했다. 변덕스럽고, 질투심 많고, 복수심 많은. 불안정한 여자…. 넉 달 정도 사귀는 동안, 그는 인생 최악의 나날을 보냈다. 그녀의 아이들을 어머니에게서 보호하는 일도 떠맡아야 했다.

한데 선행은 그를 감옥으로 보냈다. 어느 날 저녁, 레티시아는 병을 깨끗이 닦지 않았다며 딸에게 주먹을 휘둘렀다. 윌리엄스는 본능적으로 레티시아의 팔을 붙잡았다. 그 사이 아이는 흐느끼며 도망을 쳤다. 그는 레티시아를 진정시켰다. 문제는 거기서 일단락된 듯했다. 한데 몇 시간 뒤, 포치에 앉아 아이들을 어떻게 어머니에게서 떼어내 친아버지에게라도 보낼까 고민하고 있는데, 경찰이 들이닥쳐 그를 체포했다.

레티시아는 그의 손에 잡혔던 팔에 난 멍을 들이대며 폭행을 당했다고 주장했다. 윌리엄스는 어안이 벙벙했다. 상황을 설명했지만, 경찰은 그를 체포했다. 사건은 재판까지 갔다. 딸이 증언을 하겠다고 했지만 윌리엄스는 차마 자기를 변호하기 위해 아이를 법정에 세울 수 없었다. 그는 결국 유죄 판결에 사회봉사 명령을 받았다.

그러나 윌리엄스는 재판 도중 레티시아의 잔인함을 증언했다. 검사는 그의 말을 믿고 사회복지부에 여자의 이름을 넘겼다. 사회복지사가 아동 복지 상황을 조사하러 그녀의 집을 찾아갔고, 아이들은 친아버지의 손에 맡겨졌다.

그 후 레티시아는 윌리엄스를 협박하기 시작했다. 협박은 오랫동안 계속되었다. 그러다 몇 달 전 갑자기 레티시아가 사라졌고, 이제 겨우 마음을 놓던 참이었다….

한데 또. 레티시아가 꾸민 짓이 분명했다.

하느님, 예수님. 제가 얼마나 더 시련을 겪어야 하나요?

다시 밖을 내다보았다. 안 돼! 형사들은 총을 뽑아들고 있었다!

전율이 온몸을 휩쓸었다. 정말 자기 아이를 해치고 나한테 뒤집어씌운 건가! 충분히 그럴 만한 여자였다.

손이 떨렸다. 넓적한 얼굴 위로 눈물이 걷잡을 수 없이 흘러내렸다. 사막 전쟁 당시, 고개를 돌리는 순간 웃고 있던 앨라배마 주 출신 동료가 이라크 군의 로켓추진 수류탄으로 인해 한순간 핏덩어리로 변해버리는 것을 목격했을 때 그를 강타했던 공포가 엄습했다.

그전까지만 해도 그럭저럭 괜찮았다. 총에 맞은 적도 있고, 총알에서 튄 모래 세례를 받은 적도 있고, 더위에 실신한 적도 있었다. 하지만 제이슨이 '무생물'로 변해버리는 것을 목격한 순간은 뿌리부터 그를 뒤흔들었다. 그 이후 끈질기게 시달리던 외상 후 스트레스 증후군이 돌연 고개를 들었다.

절대적인, 무기력한 공포.

"안 돼, 안 돼, 안 돼."

숨 쉬는 것이 힘들었다. 나아졌다고 생각해 몇 달 전부터 약 복용도 중지했다. 그러나 형사들이 흩어져 집을 포위하는 것을 보는 순간, 드리온 윌리엄스의 머릿속에는 한 가지 생각밖에 떠오르지 않았다. 나가! 도망쳐!

일단 멀리 떨어지는 것이 급선무였다. 재니스가 자신과 아무 관계도 없다는 것을 보여주려면, 그가 진심으로 사랑하는 두 사람, 그녀와 그녀의 아들을 살리려면, 자신이 사라져야 했다. 그는 현관문의 체인과 데드볼트를 내리고, 위층으로 달려가 가방을 찾은 다음 생각나는 대로 던져 넣었다. 논리도 없었다. 면도기는 빼고 면도 크림만, 셔츠는 빼고 속옷만, 양말은 빼고 신발만.

그리고 벽장에서 마지막 하나를 꺼냈다.

군용 권총. 콜트 45구경이었다. 실탄은 들어 있지 않았다. 사람을 쏜다는 생각은 해본 적도 없지만, 경찰의 포위망을 뚫고 지나가거나 필요할 때 차를 강탈하려면 위협용으로 쓸모가 있을 것이다.

머릿속에는 한 가지 생각밖에 없었다. 도망가! 뛰어!

윌리엄스는 식스 플랙스 공원으로 여행을 갔을 때 재니스와 자신 그리고 그녀의 아들과 함께 찍은 사진을 마지막으로 바라보았다. 다시 눈물이 흘러내렸다. 그는 눈물을 훔치고 가방을 어깨에 멘 뒤 묵직한 권총 손잡이를 쥐고 계단을 내려가기 시작했다.

10 비밀 작전

"전방 저격수 준비됐나?"

전직 훈련교관이자 현 뉴욕 응급기동대(ESU)—뉴욕시경의 SWAT 팀—대장 보 하우먼은 드리온 윌리엄스가 사는 단독주택의 좁은 뒷마당이 훤히 내려다보이는 건물을 가리켰다. 완벽한 사격 위치였다.

"네. 조니는 집 뒤쪽을 지키고 있습니다."

옆에 서 있던 경관이 말했다.

"좋아."

희끗희끗해지는 머리카락을 짧게 자른, 가죽처럼 강인한 하우먼은 ESU 검거팀 두 명을 각자 위치로 보냈다.

"사람들 눈에 띄지 않도록."

이곳에서 그리 멀지 않은 자기 집 뒷마당에서 작년에 사놓은 석탄에 불을 붙이려고 애쓰던 보 하우먼은 강간살인사건이 발생했는데 용의자에 대한 확실한 단서가 있다는 보고를 들었다. 그는 불붙이는 일을 아들에게 맡기고 장비를 갖춰 입은 뒤 오늘의 첫 맥주 캔을 따지 않은 것에 하느님께 감사하며 집을 뛰쳐나왔다. 한두 캔 정도 마셨어도 운전은 했겠지만, 그는 여덟 시간 이상 지나지 않으면 절대 총을 쏘지 않았다.

이 화창한 일요일, 총격전이 벌어질 가능성도 있었다.

무전기가 지지직거리고 헤드세트에서 목소리가 흘러나왔다.

"수색 및 감시팀, 본부에 알린다."

수색 및 감시팀은 두 번째 저격수와 함께 길 건너에 있었다.

"본부다. 말해라."

"열 반응이 감지됩니다. 누가 안에 있을 수도 있습니다. 소리는 안 잡힙니다."

있을 수도 있다고? 하우먼은 짜증이 났다. 그는 감지 장비 예산을 본 적이 있었다. 그 정도면 신발 크기나 오늘 아침 이를 닦았는지 어땠는지까지는 아니더라도, 안에 사람이 있는지 없는지 정도는 확실하게 알려줘야 할 거 아닌가.

"다시 확인해."

영원처럼 느껴지는 시간이 흐르고, 목소리가 들려왔다.

"수색 및 감시 1팀. 안에는 단 한 사람뿐입니다. 창문을 통해 육안으로 확인도 했습니다. 분명 대장님이 나눠주신 자동차등록국 사진에서 본 드리온 윌리엄스입니다."

"좋아. 물러나."

하우먼은 거의 눈에 띄지 않게 집 주위에 배치한 기동대 2팀에게 알렸다.

"자, 설명할 시간은 많지 않다. 잘 들어라. 범인은 강간살인범이다. 가급적 생포하되 놓치기에는 너무 위험한 범인이다. 적대적인 행동을 보이면 발포해도 좋다."

"B팀. 알겠습니다. 작전 배치 완료. 골목과 북쪽으로 난 거리, 뒷문을 모두 확보했습니다."

"A팀. 알겠습니다. 우리는 현관문 쪽에서 남쪽과 동쪽으로 난 거리를 모두 확보했습니다."

"저격수, 사격 명령 들었나?"

"들었습니다."

대원들은 '준비 완료(lock and load)' 라고 덧붙였다. 하우먼은 이 표현이 거슬렸다. 노리쇠를 뒤로 당겨서 탄창을 고정(lock)해야 하는 구식 M-1 군용 라이플에나 해당되는 얘기였기 때문이다. 현대식 라이플은 장전(load)하기 위해 고정할 필요가 없다. 하지만 지금은 설교를 늘어놓을 때가 아니었다.

하우먼은 글록 총집 끈을 풀고 집 뒤 골목으로 들어섰다. 대장과 마찬가지로 느긋한 봄날의 일요일이 순식간에 극적으로 바뀌어버린 부하들이 뒤따라 집결했다.

그때 이어폰에서 목소리가 지지직거리며 흘러나왔다.

"수색 정찰 2팀. 본부 나와라. 뭔가 발견했다."

드리온 윌리엄스는 무릎을 꿇고 조심스럽게 문틈으로—나무가 갈라져서 고치려고 생각했던 틈이다—밖을 내다보았다. 경찰은 이제 없었다.

아니. 그는 정정했다. 눈에 보이지 않을 뿐이다. 큰 차이다. 수풀 속에서 쇠나 유리 같은 게 번쩍이는 빛이 언뜻 보였다. 이웃이 수집하는 괴상한 요정이나 사슴 모양 장식물일 수도 있다.

총을 든 경찰일 수도.

그는 가방을 짊어지고 집 뒤쪽으로 살금살금 기어갔다. 다시 밖을 내다보았다. 이번에는 공포 반응을 억누르려고 애쓰며 과감하게 창문 밖을 내다보았다.

뒷마당과 그 뒤쪽 골목은 비어 있었다.

그러나 그는 다시 정정했다—비어 있는 것처럼 보인다.

외상 후 스트레스 증후군이 다시 엄습했다. 문밖으로 뛰쳐나가 총으로 눈에 보이는 사람들을 닥치는 대로 협박하고, 비키라고 소리치며 골목을 질주하고 싶은 충동이 일었다.

그는 혼란스러워하며 충동적으로 손잡이를 향해 손을 뻗었다.

안 돼…. 영리하게 행동하자.

그는 물러앉아 벽에 머리를 대고 호흡을 진정시키려 애썼다.

잠시 후, 마음을 진정시킨 그는 다른 방법을 시도해보기로 결정했다. 지하실에 작은 옆마당으로 이어지는 창문이 있다. 3미터 정도의 잔디밭을 사이에 두고 이 집하고 비슷하게 생긴 이웃집 지하실 창이 맞은편에 있다. 윙 씨 가족은 주말이라 여행 중이다―식물에 물을 대신 주기로 해서 알고 있다. 안으로 살짝 들어가서 위층으로 올라간 다음 뒷문으로 나갈 수 있을 것이다. 운이 좋다면 경찰이 옆마당까지는 지키고 있지 않을 것이다. 골목을 타고 큰 도로로 나가서 지하철을 향해 뛰면 된다.

대단한 계획은 아니지만, 여기서 그냥 기다리는 것보다는 확률이 높다. 다시 눈물이 흘렀다. 공포가 엄습했다.

그만 해, 병사. 힘을 내.

그는 일어서서 비틀거리며 계단을 따라 지하실로 내려갔다.

재빨리 나가자. 경찰이 언제든지 앞문을 박차고 들이닥칠 거야.

창문의 걸쇠를 올리고 밖으로 나갔다. 윙 씨네 집 지하실 창문을 향해 기어가며 오른쪽을 보았다. 순간, 몸이 그 자리에 얼어붙었다.

맙소사, 하느님 아버지….

경찰, 남자 형사 하나와 여자 형사 하나가 각각 오른손에 총을 든 채 허리를 굽히고 좁은 옆마당을 따라 들어오고 있었다. 이쪽을 보고 있지는 않았다. 뒷문과 골목 쪽을 바라보고 있었다.

공포가 다시 엄습했다. 콜트를 꺼내 들고 협박할까. 앉으라고 한 다음 수갑을 채우고 무전기를 빼앗을까. 그러고 싶지는 않았다. 그것은 진짜 범죄다. 그러나 선택의 여지가 없었다. 저쪽은 내가 뭔가 끔찍한 짓을 저질렀다고 확신하고 있는 게 분명하다. 그래, 총을 빼앗고 도망치자. 어쩌면 근처에 형사들이 타고 온 차가 있을지도 모른다. 자동차 열쇠를 빼앗자.

보이지는 않지만 엄호하는 사람이 있다면? 저격수 같은 사람?

뭐, 그런 위험은 감수해야 한다.

그는 조용히 가방을 내려놓고 총을 향해 손을 뻗었다.

여자 형사가 이쪽으로 돌아선 것은 바로 그때였다. 윌리엄스는 헉 하고 숨을 들이쉬었다. 나는 죽었다.

재니스, 사랑해….

그러나 여자 형사는 종이 한 장을 보더니, 눈을 가늘게 뜨고 그를 내려다보았다.

"드리온 윌리엄스?"

목소리가 목에 걸렸다.

"저는…."

그는 어깨를 축 늘어뜨리고 고개를 끄덕였다. 형사의 아름다운 얼굴과 포니테일로 묶은 빨강 머리, 차가운 눈빛밖에 보이지 않았다.

형사가 목에 건 배지를 들어 보였다.

"우리는 경찰입니다. 집에서 어떻게 나오셨습니까?"

그러곤 창문을 보더니 고개를 끄덕였다.

"윌리엄스 씨, 우린 지금 작전 중입니다. 다시 안으로 들어가시죠. 거기가 더 안전할 겁니다."

"저는…."

공포에 목소리가 갈라졌다.

"저는…."

형사는 고집스럽게 말을 이었다.

"빨리 들어가세요. 모든 일이 해결되면 따라가겠습니다. 조용히 계시고요. 다시 집을 나올 생각은 마십시오. 부탁드립니다."

"그러죠. 저는… 알겠습니다."

윌리엄스는 가방을 놔둔 채 다시 창문으로 돌아섰다.

형사가 무전기에 대고 말했다.

"색스입니다. 경계 반경을 넓히겠어요, 보. 그자는 아주 조심스럽게 행동할 거예요."

도대체 무슨 일이 벌어지고 있는 거지? 하지만 생각하는 데 시간을 낭비하지는 않았다. 윌리엄스는 겨우 지하실로 다시 기어들어가 위층으로 향했다. 그러곤 곧장 욕실로 들어갔다. 변기 뒤뚜껑을 열고 총을 안에다 넣었다. 다시 한 번 밖을 내다보려고 창가로 다가갔다. 그러다 우뚝 멈추었다. 그리고 다시 욕실로 뛰어가 변기에 대고 심하게 구역질을 하기 시작했다.

이렇게 날씨 좋은 날—게다가 마이라 9834 일을 방금 끝내고 나서—이런 말은 이상할 수도 있지만, 나는 사무실에서 일하는 것이 그립다.

우선, 나는 일하는 것을 좋아한다. 늘 그랬다. 그 분위기, 주위를 둘러싼 열여섯 자리 숫자들과의 가족 같은 동지애가 즐겁다.

생산적인 일을 하고 있다는 느낌도 좋다. 숨 가쁘게 돌아가는 뉴욕의 산업계에 종사하고 있다는 느낌(사람들은 '첨단'이라는 표현을 자주 쓰는데, 그 말은 싫다. 대기업 특유의 언어, 그 자체가 전형적인 기업적 표현이다. 아니, 위대한 지도자는—루스벨트, 트루먼, 카이사르, 히틀러—단순한 수사를 망토처럼 몸에 두를 필요가 없다).

무엇보다 중요한 것은 일이 취미생활을 돕는다는 것이다. 아니, 그 이상이다. 필수적이다.

개인적으로 내 상황은 좋다. 아주 좋다. 보통은 원할 때마다 외출할 수 있다. 일정을 약간 조절하면 주중에도 취미생활에 시간을 낼 수 있다. 나의 사회적인 모습만 본다면—직업적인 얼굴 말이다—내가 본질적으로 얼마나 다른 사람인지 감히 의심조차 못할 것이다. 이것도 점잖은 표현이다.

나는 주말에도 자주 출근을 하고, 이때가 내가 가장 즐기는 시간 중 하나다. 마이라 9834 같은 아름다운 여자와 트랜잭션을 하거나 그림 또는 만화, 주화, 희귀한 도자기 같은 것을 손에 넣느라 바쁘지 않다면 말이다. 열여섯 자리 숫자들이 거의 없는 명절이나 토요일, 혹은 일요일에도 넓은 사무실은 서서히 사회를 전진하게 하는, 대담한 신세계를 향해 나아가게 하는 백색 소음으로 가득 차 있다.

아, 골동품점이 있군. 멈춰 서서 유리창 너머를 바라본다. 마음에 드는 사진과 기념품 접시, 컵, 포스터가 눈에 띈다. 드리온 6832의 집과 너무 가깝기 때문에 슬프게도 다시 돌아와서 쇼핑할 수는 없을 것이다. 누군가가 나와 '강간범' 사이의 연관성을 알아낼 확률은 극히 적지만 조금이라도 위험을 감수할 필요는 없다(나는 가게나 중고 상에서만 물건을 산다. 이베이는 구경하면 재미있지만, 온라인으로 물건을 산다? 미친 짓이다). 아직은 현금이 가장 좋다. 그러나 돈에도 곧 다른 모든 것과 마찬가지로 꼬리표가 붙을 것이다. 지폐에 전자추적기(RFID)라. 어떤 나라에서는 이미 시행되고 있다. 은행은 당신이 어떤 20달러짜리 지폐를 어떤 현금인출기 또는 은행에서 인출했는지 알게 될 것이다. 그 돈을 코카콜라를 마시는 데 썼는지, 정부한테 줄 브래지어를 사는 데 썼는지, 살인청부업자에게 계약금으로 주었는지도 알게 될 것이다. 가끔은 금화 시대로 돌아가야 한다는 생각마저 든다.

감시망에서 벗어나자.

아, 불쌍한 드리온 6832. 운전면허증 사진을 통해 공무원의 카메라를 순하게 바라보는 그의 얼굴을 보았다. 경찰이 문을 두드리고 강간 및 살인 혐의로 체포영장을 들이밀 때 그의 얼굴에 어떤 표정이 떠오를지 상상이 갔다. 그 일이 벌어질 때 여자 친구 재니스 9810과 그녀의 열 살 난 아들도 집에 있다면, 그가 얼마나 더 겁에 질린 표정을 지을지 눈에 선하다. 눈물도 흘릴까.

나는 세 블록 떨어진 곳에 있다. 그리고….

아, 잠깐…. 이상한 점이 있다.

나무로 가득 찬 샛길에 새 크라운 빅토리아 두 대가 서 있다. 이 동네에 저런 차가, 저렇게 깨끗한 상태로 눈에 띌 확률은 통계적으로 극히 적다. 똑같은 차가 두 대 있는 것도 특히 드문 일이고, 정확히 병렬로 선 채 주변의 다른 차들과 달리 낙엽 조각이나 꽃가루가 전혀 묻지 않은 점도 그렇다. 도착한 지 얼마 안 된 차다.

평범한 행인의 호기심을 가장하고 차 안을 들여다본다. 경찰차다. 가정 폭력이나 평범한 절도사건에 대한 일반적인 출동 절차하고는 다르다. 통계적으로 이런 경범죄는 브루클린의 이 일대에서 자주 일어나지만, 데이터로 볼 때 하루 중 이 시간, 술이 등장하기 전 시간에는 거의 발생하지 않는다. 그런 경우라면 경찰 마크 없는 경찰차가 이렇게 숨어 있지도 않을 것이다. 청색과 흰색이 선명한 경찰차가 잘 보이는 곳에 세워져 있을 것이다. 생각해보자. 여기는 드리온 6832의 집에서 세 블록 떨어진 곳이다…. 이 점을 염두에 두어야 한다. 지휘자가 경찰들에게 이렇게 말했을 가능성도 배제할 수는 없다.

그자는 강간범이다. 위험인물이다. 10분 뒤에 들어간다. 차를 세 블록 밖에 세우고 여기 집결하라. 신속하게.

나는 아무렇지도 않은 척 가장 가까운 골목 안을 들여다본다. 이런, 여긴 더하다. 그늘 속에 뉴욕시경 ESU 차량이 세워져 있다. 경찰기동대다. 경찰이 드리온 6832 같은 사람을 체포할 때 지원 병력으로 종종 출동하는 부대다. 하지만 무슨 수로 이렇게 빨리 도착했을까? 나는 겨우 30분 전에 911로 전화를 했는데(위험은 늘 따르지만, 트랜잭션 후 너무 늦게 전화를 하면 비명 소리를 듣거나 수상한 사람을 보았다는 신고를 왜 이제야 하는지 의심받을 수도 있다).

그렇다면 경찰이 여기 와 있다는 사실은 두 가지로 설명할 수 있다. 가장 논리적인 답은 내가 익명으로 신고를 한 뒤, 그들이 시내에 있는 5년 넘은 모든 베이지색 다지 자동차를 데이터베이스에서 검색해(어제부로 총 1357대였다), 운 좋게 이 집을 찾아낸 것이다. 내가 차고에 심으려던 증거물 없이도 드리온 6832가 마이라 9834를 강간하고 살해한 범인이라 확신하고, 지금 그를 체포하는 중이거나 잠복해서 그가 돌아오기를 기다리는 중이다.

다른 하나의 해답이 사실이라면, 이건 정말 골치 아프다. 드리온 6832가 함정에 빠졌다는 것을 경찰이 알아낸 것이다. 그들은 '나를' 기다리고 있다.

땀이 솟는다. 좋지 않다, 좋지 않다, 좋지 않다….

당황하지 말자. 보물은 안전하다. '벽장'은 안전하다. 긴장 풀자.

그래도 무슨 일이 일어났는지는 어떻게든 알아내야 한다. 경찰이 여기 와 있는 것이 드리온 6832나 나와 관계없는 비틀린 우연의 장난일 뿐이라면, 계획대로 증거물을 심고 벽장으로 돌아가자.

그러나 저들이 나에 대해 알아냈다면 다른 사건들 역시 밝혀질 수 있다. 랜들 6794, 리타 2907, 아서 3480….

눈 위로 모자를 좀 더 깊숙이 눌러쓴 채—선글라스는 코 위로 잔뜩 밀어올리고—나는 경로를 완전히 바꾸어 걷는다. 그 집 주위를 넓게 돌아 골목과 정원과 뒷마당을 차례로 지나간다. 고맙게도 경찰이 세워놓은 크라운 빅토리아를 등대 삼아 안전 지역인 반경 세 블록 거리를 유지한다.

반원형으로 돌아가니, 고속도로로 이어진 풀 덮인 제방이 나온다. 그 위로 올라간다. 드리온 6832가 사는 블록 안에 있는 집들의 작은 뒷마당과 포치가 한눈에 들어온다. 나는 그 집을 찾기 위해 블록 안의 집들을 하나씩 세기 시작한다.

그러나 그럴 필요도 없다. 골목을 사이에 두고 그 집 맞은편에 있는 2층집 지붕에 경찰 하나가 뚜렷이 보인다. 라이플을 들고 있다. 저격수다! 망원경을 든 경찰 하나가 더 있다. 제복이나 평상복 차림의 경찰 여러 명이 집 옆 수풀 속에 몸을 숨기고 있다.

그때 경찰 두 명이 이쪽을 가리킨다. 길 건너 집 꼭대기에 또 다른 경찰이 하나 보인다. 그도 이쪽을 가리키고 있다. 나는 190센티미터에 100킬로그램이 나가지도 않고 흑단처럼 검은 피부도 아니다. 따라서 저들은 드리온 6832를 기다리는 것이 아니다. 저들은 나를 기다리고 있었다.

손이 떨리기 시작한다. 배낭에 증거물을 넣은 채 저 안으로 바로 들어갔다면 어떻게 됐을까.

10여 명의 다른 경찰들이 각자 자동차로, 혹은 이쪽을 향해 뛰기 시작한다. 마치 늑대처럼 달린다. 나는 겁에 질린 채 돌아서서 숨을 몰아쉬며 허둥지둥 제방을 올라간다. 미처 꼭대기에 다다르기도 전에 사이렌 소리가 울린다.

안 돼, 안 돼! 내 보물들, 내 벽장….

4차선 고속도로는 자동차로 붐빈다. 차들이 속도를 낼 수 없으니 다행이다. 고개를 숙인 채로도 쉽게 자동차 사이를 뚫고 지나갈 수 있다. 아무도 내 얼굴을 분명하게 보지 못했을 것이다. 그런 다음 경계벽을 넘어 반대쪽 제방으로 몸을 구른다. 수집 이력과 기타 활동 덕분에 내 몸은 좋은 편이다. 곧이어 가장 가까운 지하철을 향해 빠른 속도로 달린다. 단 한 번 멈춰 서서 면장갑을 끼고 배낭에서 내가 심으려던 증거물이 든 비닐봉투를 꺼내 휴지통에 밀어 넣는다. 저것과 함께 잡히면 안 된다. 절대로. 지하철에서 반 블록 떨어진 곳까지 달려가 식당 뒤쪽의 골목으로 들어간다. 양면 재킷을 뒤집어 입고, 모자를 바꿔 쓰고, 배낭은 쇼핑백 안에 집어넣고, 다시 도로로 나온다.

마침내 지하철에 들어왔다. 고맙게도 기차가 진입하는 듯 곰팡내 나는 바람이 훅 불어온다. 육중한 차체의 천둥 같은 울림, 쇠와 쇠가 마찰하는 날카로운 소리.

그러나 개찰구에 다다르기 전, 나는 멈춘다. 애초의 충격은 가셨지만, 초조감이 그 자리를 차지했다. 아직은 떠날 수 없다.

문제의 심각성을 새삼 깨닫는다. 경찰은 내 신원은 모를지 몰라도, 내가 하려던 일은 꿰뚫어보았다.

즉, 저들이 내게서 뭔가를 빼앗으려 한다는 뜻이다. 내 보물, 내 벽장… 모든 것을.

이는 용납할 수 없다.

나는 CCTV 카메라에 잡히지 않도록 조심하며 자연스럽게 계단을 다시 올라간다. 가방을 뒤적이며 지하철역을 나선다.

"어디지?"

라임의 음성이 아멜리아 색스의 이어폰에서 흘러나왔다.

"그자는 도대체 어디 있는 거야?"

"우리를 보고 달아났어요."

"분명 그자였나?"

"확실해요. 정찰팀이 몇 블록 떨어진 곳에서 목격했어요. 형사들 자동차를 보고 경로를 바꾼 것 같아요. 그자가 우릴 지켜보고 있는 걸 봤어요. 추적팀이 뒤쫓는 중이에요."

색스는 풀라스키, 보 하우먼, 다른 ESU 대원 여섯 명과 함께 드리온 윌리엄스의 집 앞마당에 서 있었다. 감식반 대원들과 정복 경관 몇 명이 도주로에서 증거를 찾고 목격자를 탐문했다.

"그자가 자동차를 갖고 있었던 흔적은 없나?"

"모르겠어요. 우리가 봤을 때는 아니에요."

"젠장. 뭔가 알아내면 연락해."

"그러면…."

딸깍.

색스는 풀라스키를 향해 얼굴을 찌푸렸다. 풀라스키는 핸디토키를 귀에 대고 추적팀의 무전을 들었다. 보 하우먼도 귀를 기울이고 있었다. 들리는 내용으로 미루어보건대, 추적은 별 소득이 없는 것 같았다. 고속도로에서는 그를 본 사람도, 보았다 해도 기꺼이 협조하려 하는 사람도 없었다. 집 쪽으로 돌아서자 커튼이 쳐진 창가에서 매우 걱정스럽고 혼란스러운 표정으로 바깥을 내다보고 있는 드리온 윌리엄스의 모습이 보였다.

522의 무고한 희생자가 될 위험에서 윌리엄스를 구해낸 것은 순전한 우연과 훌륭한 수사 능력이 합해진 결과였다.

모두가 론 풀라스키 덕분이었다. 알록달록한 하와이 셔츠 차림의 이 젊은 경찰은 라임이 지시한 대로 했다. 즉각 경찰 본부로 달려가 522의 범행 수법과 일치하는 다른 사건을 찾기 시작한 것이다. 파일은 발견할 수 없었지만, 한 강력반 형사와 이야기하는 도중 익명의 신고가 들어왔다는 보고를 접했다. 어떤 남자가 소호 근처의 한 아파트에서 비명 소리를 듣고, 흑인 남자가 낡은 베이지색 다지 자동차로 도망치는 것을 보았다는 것이다. 경관이 출동했고, 강간 살해를 당한 마이라 와인버그라는 젊은 여자가 발견되었다.

익명의 전화라는 이야기를 듣고 다른 사건을 떠올린 풀라스키는 즉각 라임에게 그 사실을 알렸다. 라임은 522가 이번 사건을 저질렀다면 그동안 해온 수법대로, 즉 희생양에게 죄를 뒤집어씌울 증거물을 심을 것이라고 생각했다. 우선 시내에 있는 1300대 이상의 낡은 베이지색 다지 자동차 중에서 522가 사용할 만한 차가 어느 것인지 알아내야만 했다. 물론 이 사건의 범인이 522가 아닐 수도 있지만, 그렇더라도 어쨌든 강간살인범 하나는 잡을 수 있는 셈이었다.

라임의 지시에 따라 멜 쿠퍼는 자동차등록국 기록과 범죄 기록을 대조해 교통법규 위반 이상의 전과가 있는 아프리카계 미국인 일곱 명을 찾아냈다. 그중 한 사람이 가장 그럴듯해 보였다. 여성에 대한 폭행 전과. 드리온 윌리엄스는 완벽한 희생양이었다.

우연과 수사 능력.

체포 작전 허가를 받으려면, 부서장이나 그 이상의 직급이 필요하다. 조 맬로이 경감은 아직 522 비밀 작전을 전혀 몰랐기 때문에 라임은 론 셀리토에게 전화를 했다. 셀리토는 투덜거리면서도 하우먼에게 연락해 ESU가 출동할 수 있도록 해주었다.

아멜리아 색스는 풀라스키와 윌리엄스의 집으로 출동한 기동대에 합류했다. 수색 및 감시팀은 윌리엄스만 집 안에 있고 522는 없다는 사실을 확인해주었다. 범인이 증거물을 심기 위해 도착하면 곧장 체포할 수 있도록 검거팀이 배치되었다. 즉석에서 급히 기획한 작전이라 아슬아슬했다. 결과적으로 실패했지만, 그래도 무고한 사람이 강간살인범으로 체포되는 것을 막았고, 어쩌면 진범을 찾아내는 데 단서가 될 만한 증거도 확보할 수 있을 것이다.

"아직 없어요?"

색스는 대원들과 교신을 끝낸 하우먼에게 물었다.

"없어."

그때 하우먼의 무전기가 다시 지지직거리더니 요란한 목소리가 들려왔다.

"1팀. 우리는 고속도로 건너편에 있다. 범인은 깨끗하게 도주한 것으로 보인다. 지하철로 간 것 같다."

"젠장."

색스는 중얼거렸다.

하우먼은 얼굴을 찌푸렸지만 아무 말도 하지 않았다. 경찰이 말을 이었다.

"그러나 우리는 범인이 도주했을 것으로 판단되는 경로를 추적했다. 가는 도중 휴지통에 증거물을 버렸을 가능성이 있다."

색스가 대답했다.

"그거 좋군. 어디지?"

색스는 경찰이 불러주는 주소를 받아 적었다.

"현장을 봉쇄하라고 해. 10분 안에 갈 테니까."

그런 뒤 색스는 계단을 올라가 문을 두드렸다. 드리온 윌리엄스가 문을 열었다.

"죄송하지만 설명드릴 시간이 없는데요, 저희가 잡으려던 범인이 당신 집으로 왔습니다."

"제 집으로요?"

"저희 생각은 그렇습니다. 하지만 범인은 도망쳤습니다."

색스는 마이라 와인버그에 대해 설명했다.

"맙소사…. 죽었다고요?"

"그렇습니다."

"안됐군요. 정말 유감입니다."

"아는 분입니까?"

"아뇨. 들어본 적도 없습니다."

"저희는 범인이 범행을 당신한테 뒤집어씌우려 했을 가능성이 있다고 보고 있습니다."

"저한테? 왜요?"

"모르겠습니다. 좀 더 수사가 진척된 뒤에 다시 말씀을 듣도록 하겠습니다."

"그러시지요."

윌리엄스는 집과 휴대전화 번호를 알려주고는 눈살을 찌푸렸다.

"물어봐도 됩니까? 내가 범인이 아니라고 확신하고 계신 것 같은데, 어떻게 알았습니까?"

"당신 자동차하고 차고. 경찰이 수색했는데, 살인현장에서 나온 증거물을 전혀 찾을 수 없었습니다. 범인은 분명 당신한테 죄를 뒤집어씌울 만한 증거를 심으려고 했을 겁니다. 그가 증거를 심은 뒤에 우리가 도착했다면, 당신도 문제가 생겼을 겁니다."

색스는 덧붙였다.

"아, 한 가지 더, 윌리엄스 씨."

"뭐죠, 형사님?"

"혹시 관심이 있을 것 같아 알려드리는 건데, 뉴욕 시에서는 미등록 총기를 소유하는 게 아주 중대한 범죄라는 것 알고 계십니까?"

"어디서 들어본 것 같습니다."

"한 가지 더 알려드리자면, 관할 지구대는 사면(赦免) 정책을 시행하고 있습니다. 자발적으로 총기를 반납하면 아무것도 묻지 않습니다…. 그럼, 편히 계십시오. 좋은 주말 되시길 바랍니다."

"고맙습니다."

11 위험인물

나는 여자 경찰이 내가 증거물을 버린 휴지통을 뒤지는 것을 바라보고 있다. 처음에는 절망했지만, 곧 그럴 필요가 없다는 것을 깨달았다. 그들이 나에 대해 알아낼 정도로 영리하다면, 휴지통 역시 쉽게 찾아낼 수 있었을 테니까.

내 얼굴을 잘 보지는 못했겠지만, 그래도 아주 조심하고 있다. 물론 현장에 있지는 않다. 나는 길 건너 식당에서 햄버거를 억지로 밀어 넣으며 물을 마시고 있다. 경찰은 '반범죄(Anti-Crime)'라고 적힌 제복을 입고 있는데, 이 문구는 언제 봐도 우습다. 다른 부서는 그러면 '친범죄'인가. 반범죄과 경찰은 목격자를 찾기 위해, 때로는 현장으로 돌아오는 범인을 잡기 위해 사복 차림으로 현장을 돌아다닌다. 대부분의 범죄자들이 현장으로 돌아간다. 어리석거나 비이성적으로 행동하기 때문이다. 그러나 내가 여기 온 데는 두 가지 명확한 이유가 있다. 첫째, 내게 문제가 생겼다는 사실을 깨달았기 때문이다. 문제를 안고는 살아갈 수 없으므로 해결책이 필요하다. 또한 정보가 없으면 문제를 해결할 수 없다. 이미 몇 가지는 알아냈다.

한 예로, 나를 뒤쫓는 사람 몇몇을 알아냈다. 흰 비닐 점프슈트 차림으로 내가 데이터에 집중하듯 현장에 집중하고 있는 저 빨강 머리 여자 경찰이 그중 하나다.

그녀가 봉투 몇 개를 들고 노란 테이프를 두른 현장에서 나온다. 회색 플라스틱 상자 안에 봉투를 넣고 흰색 슈트를 벗는다. 오늘 오후의 재난으로 인한 공포가 아직 완전히 가시지 않았지만, 몸에 붙는 청바지 차림의 그녀를 바라보고 있노라니 마이라 9834와의 트랜잭션에 대한 만족감도 빛이 바래고 속이 쓰려온다.

경찰 병력은 각자 자동차로 돌아가고, 여자 경찰이 전화를 건다.

나는 계산을 하고, 맑은 일요일 늦은 오후의 여느 손님들처럼 태연하게 식당을 나선다.

아, 내가 여기 온 두 번째 이유?

아주 단순하다. 내 보물을 지키고, 내 인생을 지키기 위해서다. 즉, '저들'을 물러가게 하기 위해서 필요한 일이라면 무엇이든지 하겠다는 뜻이다.

"522가 휴지통에 버린 게 뭐지?"

핸즈프리 전화에서 라임의 목소리가 흘러나왔다.

"많지는 않아요. 하지만 그자가 버린 건 확실해요. 피 묻은 종이 수건, 비닐봉투의 축축한 피. 윌리엄스의 자동차나 차고에 묻히려던 거겠죠. 유전자 대조를 위해 이미 실험실로 표본을 보냈어요. 컴퓨터로 출력한 피해자의 사진. 덕트 테이프 한 묶음. 홈 디포 제품이에요. 그리고 운동화 한 짝. 새것 같아요."

"한 짝?"

"네. 오른쪽."

"현장에 족적을 남기기 위해 윌리엄스의 집에서 훔친 거겠지. 범인을 본 사람은?"

"저격수 한 사람과 수색 및 감시팀 두 사람. 하지만 가까운 거리가 아니었어요. 백인, 혹은 연한 피부색. 체격은 보통. 황갈색 모자와 선글라스, 배낭 차림. 나이와 머리색은 알 수 없음.”

“그뿐이야?”

“네.”

“음, 증거물을 즉시 이쪽으로 보내. 자네는 와인버그 강간현장을 수색하고. 자네가 도착할 때까지 현장을 보존하고 있을 거야.”

“단서가 하나 더 있어요, 라임.”

“그래?”

“그자가 버린 비닐봉투 바닥에 포스트잇이 한 장 붙어 있어요. 범인이 분명 봉투는 버릴 생각이었겠지만, 쪽지도 같이 버릴 생각이었는지 모르겠네요.”

“뭔데?”

“임대 호텔 객실 번호. 맨해튼 어퍼이스트사이드. 거기를 확인해봐야겠어요.”

“522의 주소라고 생각해?”

“아뇨. 안내 데스크에 전화해봤는데, 그 방 손님은 하루 종일 안에 있었대요. 이름은 로버트 조겐슨.”

“음, 강간현장을 수색해, 색스.”

“론을 보내요. 그도 충분히 할 수 있어요.”

“자네가 직접 했으면 좋겠는데.”

“전 조겐슨하고 522 사이에 무슨 관계가 있는지 알아봐야겠어요. 지금 즉시.”

라임은 색스의 주장을 반박할 수 없었다. 둘 다 풀라스키에게 격자형 현장 수색—격자형으로 사건현장을 돌아다니며 증거물을 수색하는 것이 가장 완벽하다는 뜻에서 라임이 만든 표현이다—교육을 단단히 시켰다.

풀라스키에게 상관이자 부모 같은 감정을 느끼고 있는 라임도 그가 살인현장을 처음으로 혼자 수색할 때가 곧 올 거라는 사실을 알고 있었다.

"좋아. 포스트잇에서 무슨 단서가 나오길 바라야지."

라임은 덧붙이지 않을 수 없었다.

"시간을 낭비하는 건 아니겠지."

색스는 웃었다.

"그건 늘 희망 사항 아닌가요, 라임?"

"풀라스키한데 실수하지 말라고 전해."

전화를 끊고, 라임은 쿠퍼에게 증거물이 오는 중이라고 말했다. 그리고 증거물 차트를 바라보며 중얼거렸다.

"도망쳤다…."

라임은 톰에게 얼마 안 되는 522의 인상착의 내역을 화이트보드에 적으라고 지시했다.

백인, 혹은 연한 피부색….

저게 무슨 도움이 될까?

아멜리아 색스는 주차해둔 카마로 앞자리에 문을 열어둔 채 앉아 있었다. 오래된 가죽과 기름 냄새가 밴 차 안에 늦은 오후의 봄 공기가 불어왔다. 그녀는 현장 수색 보고서를 쓰기 위해 대충 메모를 하는 중이었다. 현장 수색을 마치고 나면 항상 가능한 한 빨리 이렇게 기록으로 남긴다. 인간은 짧은 시간 동안 놀랄 정도로 많은 것을 잊어버린다. 색깔도 변하고, 오른쪽은 왼쪽으로, 문과 창문이 한쪽 벽에서 다른 쪽 벽으로 옮겨가거나 아예 사라져버리기도 한다.

잠시 펜이 멎었다. 이번 사건의 기묘한 점들에 다시금 신경이 쓰였다. 도대체 살인자는 어떻게 그토록 무고한 사람에게 끔찍한 강간살인죄를 뒤집어씌우기 직전까지 올 수 있었을까? 이런 범인은 접한 적이 없었다. 경찰 수사에 혼선을 초래하려고 증거물을 연출하는 것은 드물지 않지만, 이번 범인은 경찰을 엉뚱한 방향으로 이끄는 데 천재적인 솜씨를 갖고 있었다.

색스가 자동차를 세워둔 도로는 쓰레기통이 있던 곳에서 두 블록 떨어진, 으슥하고 인적 없는 곳이었다.

뭔가 움직이는 것이 눈에 띄었다. 522 생각에 불안감이 스쳤다. 고개를 들어 백미러를 보니 누군가가 이쪽으로 걸어오고 있었다. 색스는 눈을 가늘게 뜨고 남자를 주의 깊게 관찰했다. 하지만 위험한 상대는 아닌 것 같았다. 깔끔한 사업가 차림이었다. 한 손에 테이크아웃 봉투를 들고 미소를 지으며 휴대전화로 통화하고 있었다. 중국 식당이나 멕시코 식당에 저녁을 사러 나온 전형적인 동네 주민이었다.

색스는 다시 필기를 시작했다.

이윽고 메모를 끝내고 서류가방에 집어넣었다. 순간 뭔가 이상한 느낌이 들었다. 아까 보도를 걷고 있던 남자는 벌써 카마로를 지나쳐 갔어야 한다. 한데 생각해보니 옆을 지나가지 않았다. 건물 안으로 들어갔나? 색스는 남자가 있던 보도 쪽을 돌아보았다.

안 돼!

차 뒤쪽, 왼쪽 보도 위에 있는 테이크아웃 봉투가 눈에 들어왔다. 그냥 소품일 뿐이었어!

반사적으로 글록을 향해 손을 뻗었다. 그러나 미처 총을 빼들기 전, 오른쪽 차 문이 벌컥 열렸다. 색스는 눈을 가늘게 뜬 채 자신의 얼굴을 향해 권총을 겨누고 있는 범인의 얼굴을 바라보았다.

초인종이 울리고, 잠시 후 특유의 발소리가 들려왔다. 묵직한 소리였다.

"들어와, 론."

론 셀리토 형사는 인사 대신 고개를 끄덕여 보였다. 땅딸막한 몸에 청바지와 진보라색 아이조드 셔츠를 입고 운동화를 신었다. 라임은 놀랐다. 캐주얼한 차림의 셀리토를 거의 본 적이 없었던 것이다. 그가 심하게 구겨지지 않은 옷을 갖고 있다는 사실 또한 놀라웠다. 마치 방금 뜨거운 다리미 밑에서 나온 옷 같았다. 허리띠를 파묻을 정도로 불룩 튀어나온 배 부위에서 셔츠 자락이 몇 군데 팽팽하게 당겨져 있고, 비번일 때 등에 차는 권총을 제대로 숨기지 못해서 불룩 튀어나온 것만 빼면 완벽했다.

"도망쳤다면서."

라임은 내뱉었다.

"완벽하게 사라졌어."

덩치 큰 남자의 몸무게 밑에서 마루가 삐걱거렸다. 셀리토가 증거물 차트 쪽으로 다가갔다.

"범인을 이렇게 부르나? 522?"

"5월 22일이야. 러시아 사건은 어떻게 됐어?"

셀리토는 대답하지 않고 말을 이었다.

"미스터 522가 뒤에 뭘 좀 남겼나?"

"이제 알아낼 참이야. 현장에 심으려던 증거물 봉투를 버리고 갔어. 지금 오는 중이야."

"친절하시군."

"아이스티? 커피?"

톰이 물었다. 셀리토가 중얼거렸다.

"그래, 고마워. 커피. 저지방 우유 있나?"

"2퍼센트요."

"좋아. 지난번에 먹었던 그 쿠키는? 초코 칩 말이야."

"오트밀뿐입니다."

"그것도 좋아."

"멜? 뭐 드릴까요?"

톰이 멜에게 물었다.

"관찰대 근처에서 뭘 먹거나 마시면 고함을 지르는 분이 있어서."

멜이 대꾸했다. 라임이 쏘아붙였다.

"변호사들이 오염된 증거물을 배제하는 취향을 가진 건 내 잘못이 아니야. 규칙을 만든 건 내가 아니라고."

셀리토가 말했다.

"기분이 여전히 안 좋은 모양인데. 런던 일은 어떻게 되어가고 있나?"

"나도 그 문제는 이야기하고 싶지 않아."

"음, 기분을 더 좋게 해줄 문제가 하나 더 있어."

"맬로이?"

"그래. 아멜리아가 현장을 수색하고, 내가 ESU 작전을 승인했다는 이야기를 들은 모양이야. 처음에는 디엔코 사건인 줄 알고 좋아했는데, 그게 아닌 걸 알고 심기가 불편해졌어. 자네랑 관련이 있는지 묻더군. 이봐, 링컨, 자넬 위해서라면 주먹 한 대쯤 맞아줄 수는 있지만, 총알은 못 맞아. 자네 이름을 불었어. …아, 고마워."

셀리토는 과자를 들고 온 톰에게 고개를 끄덕였다. 톰은 쿠퍼에게서 멀지 않은 탁자 위에 비슷한 쟁반을 놓았다. 쿠퍼는 라텍스 장갑을 끼고 쿠키 하나를 집어 들었다. 라임이 얼른 말했다.

"괜찮다면 스카치 한 잔만."

"안 됩니다."

톰은 그렇게 말하고 사라졌다.

라임은 얼굴을 찌푸리며 말했다.

"나도 ESU가 개입하는 순간, 맬로이가 알아챌 거라고 생각했어. 하지만 이젠 심각한 사건이라는 게 드러났으니 간부가 협조를 해줘야 해. 어떻게 하지?"

"빨리 생각해내는 게 좋을 거야. 우리한테 전화하라고 했으니까. 30분 전에."

셀리토는 커피를 한 모금 마신 뒤, 4분의 1 정도 남은 쿠키를 다 먹지 않겠다는 결심을 한 듯 마지못해 내려놓았다.

"우린 간부의 협조가 필요해. 나가서 이자를 찾을 수사팀이 필요하다고."

"그럼, 전화하지. 준비됐나?"

"그래, 그래."

셀리토는 전화를 걸고 스피커폰 버튼을 눌렀다. 라임이 말했다.

"볼륨을 낮춰. 시끄러워질 것 같으니까."

"맬로이입니다."

바람 소리, 여러 사람의 목소리, 접시 혹은 잔 부딪치는 소리가 들렸다. 야외 식당에 있는 것 같았다.

"경감님, 링컨 라임하고 같이 있습니다. 스피커폰입니다."

"그래, 도대체 무슨 일이야? 그 ESU 작전이 링컨 라임이 전에 나한테 전화해서 얘기했던 사건 때문이라고 미리 말해주었을 수도 있잖나. 내일까지 작전에 대한 결정은 모두 미루라고 했다는 거 몰랐어?"

"셀리토는 몰랐습니다."

라임이 대신 대답했다. 셀리토가 투덜거렸다.

"나도 알고 있었다고."

"서로 감싸주려는 우정은 감동적이지만, 문제는 왜 나한테 얘기하지 않았느냐는 거야."

셀리토가 대답했다.

"강간살인범을 잡을 좋은 기회였습니다. 시간을 끌 수 없다고 판단했습니다."

"난 어린애가 아니야, 반장. 자넨 나한테 사건을 설명하고, 결정은 내가 내리는 거야. 순서가 그렇게 되는 거라고."

"죄송합니다, 경감님. 하지만 당시엔 올바른 결정이었습니다."

잠시 침묵.

"한데 범인이 도망쳤다면서."

"그렇습니다."

라임이 대답했다.

"어떻게?"

"최대한 빨리 체포팀을 꾸렸지만, 잠복이 완벽하지 못했습니다. 용의자는 우리가 생각했던 것보다 더 가까이 있었습니다. 아마 경찰차나 수사팀 중 누군가를 본 것 같습니다. 증거물을 버리고 도주했습니다."

"증거물은 퀸스 실험실로 갔소, 그쪽으로 갔소?"

라임은 셀리토를 흘끗 보았다. 뉴욕시경 같은 조직에서 고위직에 오르려면 경험과 추진력이 있어야 하고 두뇌 회전이 빨라야 한다. 맬로이는 이미 반발 정도 앞서 있었다. 라임은 대답했다.

"내가 이쪽으로 보내달라고 했습니다, 조."

이번에는 스피커 너머에서 침묵 대신 한숨이 흘러나왔다. 마치 포기했다는 듯.

"링컨, 이게 어떤 문제인지 당신도 알 거요."

이해관계 상충이지. 라임은 생각했다.

"이건 뉴욕시경 자문으로서 당신의 역할과 당신 사촌의 무죄를 증명하려는 의도 사이의 명백한 이해관계 상충입니다. 게다가 불법적인 체포도 있었다는 뜻이 됩니다."

"그런 일은 애당초 벌어졌습니다. 게다가 불법적인 유죄 판결 두 건도 있었지요."

라임은 플린트록이 이야기해준 강간사건과 주화 절도사건을 다시 맬로이에게 일깨워주었다.

"유사한 사건이 더 있다 해도 놀랄 일은 아니지만요. …로카르의 법칙을 압니까, 조?"

"경찰 아카데미에서 가르치는, 당신의 책에 실린 내용 아니오?"

프랑스 범죄학자 에드몽 로카르는 범행이 발생할 때는 언제나 범인과 현장, 혹은 피해자 사이에 증거물 교환이 발생한다고 주장했다. 로카르는 특히 먼지를 주목했지만, 이 법칙은 증거물의 다양한 성분이나 유형에도 똑같이 적용된다. 그 관련성을 발견하기가 힘들기는 하지만 분명 존재한다.

"로카르의 법칙은 우리 업무의 지침입니다, 조. 한데 이 범인은 그 법칙을 무기로 사용하고 있어요. 이게 그자의 범행 수법입니다.

그자는 다른 사람이 범인으로 유죄 판결을 받기 때문에 살인을 하고도 유유히 빠져나가고 있습니다. 그자는 어디를 노려야 하는지, 어떤 종류의 증거물을 언제 심어야 하는지 정확히 알고 있습니다. 현장감식반, 형사, 실험실 인력, 검사, 판사…. 모든 사람을 이용하고 있습니다. 공범으로 만들고 있지요. 이건 내 사촌과는 관계없는 일입니다, 조. 이건 아주 위험한 범인을 막는 일입니다."

이번에는 한숨 대신 침묵이 흘렀다.

"좋아, 승인하지요."

셀리토가 한쪽 눈썹을 추켜세웠다.

"단, 조건이 있습니다. 사건의 모든 진척 상황을 나한테 알려야 합니다. '모든 상황'이라고 했습니다."

"그러죠."

"그리고 론, 한 번만 더 나한테 솔직하게 말하지 않으면 예산과로 옮겨버리겠어. 알겠나?"

"예, 경감님. 알겠습니다."

"그리고 자넨 지금 링컨의 사건을 맡고 있으니까, 블라디미르 디엔코 사건은 다시 할당하겠네."

"피티 히메네즈가 잘 알고 있습니다. 저보다 현장 수사를 더 많이 했고, 함정 수사도 직접 기획했습니다."

"정보원은 델레이가 데리고 있고. 그렇지? 연방 수사권도?"

"맞습니다."

"좋아. 자넨 거기서 손 떼. 한시적으로. 그리고 용의자에 대한 서류를 정식으로 작성하게. 즉, 자네가 비밀리에 이미 시작한 사건에 대한 서류를 보내란 말이야. 그리고 잘 들어. 난 결백한 사람이 유죄 판결을 받고 있다는 걸 문제 삼자는 게 아니야. 그 사람이 누구라도. 자네도 그래야 해. 그 문제는 논외로 둬. 자네가 수사하는 범죄는 오늘 오후에 발생한 강도살인 한 건이야. 그걸로 끝. 범행 수법으로 볼 때 해당 용의자가 다른 사람에게 범행을 떠넘기려 시도

했을 수는 있으나, 자네가 말할 수 있는 건 거기까지고, 그게 문제로 대두될 때만 언급해. 절대 독단으로 이슈화하지 말고, 절대, 절대로 언론에 말하지 마."

"언론에는 이야기하지 않습니다."

라임이 말했다. 피할 수만 있으면 누가 상대하겠나? 그는 말을 이었다.

"하지만 그자의 범행 방식을 알아내기 위해 관련 사건들을 조사해야 합니다."

"하지 말라고는 하지 않았습니다."

경감은 단호하지만 거칠지 않은 어조로 대답했다.

"상황을 계속 알려주십시오."

그러곤 전화를 끊었다.

"흠, 이제 정식으로 사건이 생겼군."

셀리토는 이렇게 말하고 마침내 남은 쿠키에 항복했다. 그리고 커피 한 모금과 함께 깨끗이 삼켰다.

사복 차림의 남자 셋이 도로변에 서 있었고, 아멜리아 색스는 카마로의 문을 열어젖히고 총구를 들이댄 단단한 체구의 남자와 이야기를 하고 있었다. 그는 522가 아니라 마약수사국 소속 연방요원이었다.

"아직 상황을 파악하는 중입니다."

요원은 이렇게 말하고, 마약수사국 브루클린 지부장인 자기 상관을 돌아보았다. 지부장이 말했다.

"조금 있으면 자세한 걸 알게 될 겁니다."

아까 색스는 차에서 천천히 손을 들며 자기 신분을 경찰이라고 밝혔다. 요원은 색스의 총을 빼앗고 신원을 두 번 확인했다. 그러곤 고개를 저으며 총을 돌려주었다.

"알 수 없는 일이군."

요원은 사과를 했지만 표정에는 미안한 기색이 전혀 없었다. 그저 어리둥절한 표정만 지을 뿐이었다. 그리고 잠시 후, 그의 상관과 다른 요원 둘이 도착했다.

지부장은 전화를 받더니 잠시 귀를 기울였다. 그런 뒤 휴대전화를 끄고 상황을 설명했다. 색스와 비슷한 인상착의를 한 여자가 방금 총으로 사람을 쏘았는데, 마약 관련 분쟁 같다고 누군가가 공중전화로 신고를 했다는 것이다.

"마침 여기서 작전을 진행 중이었습니다. 마약상 및 공급책 암살 사건을 수사하느라."

그러곤 방금 색스를 체포하려 한 요원 쪽으로 고갯짓을 했다.

"앤소니는 여기서 한 블록 떨어진 곳에 삽니다. 수사 책임자가 체포팀을 파견하기 전에 일단 상황을 파악하라고 보낸 겁니다."

앤소니가 덧붙였다.

"출발하시려는 것 같아서 낡은 테이크아웃 봉투를 들고 움직였던 겁니다. 휴…."

앤소니는 그제야 자신이 저지를 뻔한 실수가 얼마나 컸던 것인지 실감이 나는 모양이었다. 얼굴이 하얗게 질려 있었다. 색스는 글록이 방아쇠에 조금만 힘을 줘도 발사된다는 사실을 떠올렸다. 간발의 차이로 총에 맞을 뻔한 것이다.

"여기서 뭘 하고 계셨습니까?"

지부장이 물었다.

"강간살인사건이 발생했어요."

색스는 522가 엉뚱한 사람에게 죄를 뒤집어씌운다는 상황은 설명하지 않았다.

"아마 범인이 날 보고 추격을 늦추기 위해 허위 신고를 한 것 같네요."

아니면 엉겁결에 발생한 총격전에서 날 죽게 하려고 했든지.

연방요원은 미간을 찌푸리며 고개를 저었다. 색스가 물었다.

"왜요?"

"상당히 영리한 놈이란 생각이 들어서요. 대부분 그렇겠지만 뉴욕시경에 신고했다면, 그쪽에서는 당신 작전과 당신의 신원을 알고 있을 테니까요. 그래서 대신 우리한테 전화한 겁니다. 우리는 당신이 총격을 벌인 줄만 알고 있으니, 당신이 총을 꺼내면 언제든 발사할 준비를 갖추고 조심스럽게 접근할 것 아니겠습니까."

그러곤 다시 얼굴을 찌푸렸다.

"영리해요. 아주 무섭기도 하고요."

앤소니는 여전히 하얗게 질린 얼굴로 덧붙였다.

요원들이 떠난 후, 색스는 전화를 걸었다.

라임이 전화를 받자 그녀는 사고 경위에 대해 설명했다. 라임은 잠시 생각에 잠긴 뒤 말했다.

"연방요원에게 신고했다고?"

"네."

"그쪽에서 마약 작전이 진행되고 있다는 것까지 알고 있었던 것 같군. 자네를 잡으려 했던 요원이 근처에 산다는 것도."

"그건 알았을 리가 없어요."

"그럴 수도 있지. 하지만 그자는 한 가지만은 확실히 알고 있었어."

"뭐죠?"

"자네가 어디 있는지. 즉, 지켜보고 있었다는 뜻이야. 조심해, 색스."

라임은 셀리토에게 범인이 브루클린에서 색스에게 함정을 팠다는 사실을 말해주었다.

"그자가?"

"그런 것 같아."

범인이 마약 작전에 대한 정보를 어떻게 손에 넣을 수 있었을까에 대한 이야기를 하고 있는데 —유용한 결론은 나오지 않았다— 전화가 진동했다. 라임은 발신자 번호를 보고 얼른 받았다.

"경감님."

롱허스트의 목소리가 스피커를 채웠다.

"라임 형사님, 어떠세요?"

"좋습니다."

"다행이군요. 알려드릴 사항이 있어서요. 로건의 은신처를 찾아냈습니다. 맨체스터가 아니라 그 근처 올덤이었어요. 맨체스터 동쪽."

그녀는 리처드 로건으로 보이는 사람이 총기 부품 구매에 대해 문의했다는 소식을 대니 크루거의 정보원에게서 들었다고 말해주었다.

"총 자체는 아니었어요. 하지만 총기를 수리할 수 있는 부품이 있다면 조립할 수도 있겠죠."

"라이플?"

"네. 대구경."

"신원은?"

"아직. 하지만 로건은 미군 출신으로 추정됩니다. 실탄을 할인가로 얻어줄 수 있다고 약속한 모양이더군요. 군수품 내역과 명세에 대한 군의 공식 서류도 갖고 있는 것 같아요."

"런던에서 대규모 총격전이 벌어질 수도 있겠군요."

"그렇지요. 그리고 은신처 말인데요, 올덤의 인도인 거주지에 정보원들이 있습니다. 믿을 만한 사람들이죠. 시 외곽에 미국인 한 사람이 오래된 집을 빌려서 살고 있다는 소문을 들었다는군요. 주소는 알아냈는데, 아직 수색은 하지 않았습니다. 할 수도 있었지만, 우선 당신하고 통화를 해보는 게 좋을 것 같아서요."

롱허스트는 말을 이었다.

"한데 형사님, 직감상 로건은 우리가 자기 은신처를 알아냈다는 걸 아직 모르고 있는 것 같아요. 그 안에 유용한 증거물이 있을 겁니다. MI5 쪽에 연락해서 비싼 장난감을 빌려왔는데요, 고해상도 비디오카메라요. 그걸 몸에 달고 집 안을 수색하면 당신이 현장을 직접 보는 것처럼 둘러볼 수 있을 텐데, 어떻게 생각하세요? 40분 뒤에 도착할 겁니다."

출입구와 서랍장, 화장실, 벽장, 매트리스 등을 포함해서 은신처를 제대로 수색한다…. 그러려면 밤새도록 걸릴 것이다.

왜 하필 지금이지? 라임은 522가 진짜 위험인물이라고 확신했다. 게다가 범행 간격을 볼 때―이전의 사건들과 라임의 사촌 사건 그리고 오늘 발생한 살인―범행이 점차 가속화되고 있는 것 같았다. 가장 최근에 발생한 일이 특히 마음에 걸렸다. 522가 경찰을 노리고 있다는 점, 색스가 거의 총에 맞을 뻔했다는 점.

할까, 말까?

잠시 괴로운 갈등에 시달리던 라임은 결론을 내렸다.

"경감님, 정말 미안하지만 이곳에서 갑자기 일이 생겼습니다. 연속살인사건이 일어나고 있어요. 이쪽에 집중을 해야겠습니다."

"그렇군요."

침착한 영국식 자제력.

"사건은 경감님 손에 맡겨야 할 것 같습니다."

"알겠습니다, 형사님. 이해합니다."

"모든 결정은 알아서 내려도 좋습니다."

"믿어주셔서 감사합니다. 우리가 작전을 진행하고, 경과를 알려드리죠. 이제 끊어야겠네요."

"행운을 빕니다."

"그쪽도요."

사냥에서 물러선다는 것은, 특히 이런 사냥감을 놓고 물러선다는 것은 라임에게 힘든 일이었다.

하지만 결정은 끝났다. 이제 522가 그의 유일한 사냥감이었다.

"멜, 전화해서 브루클린 증거물이 도대체 어디쯤 오고 있는지 알아봐."

12 명의 도용 희생자

이런, 이것 놀랍군.

어퍼이스트사이드의 주소지와 로버트 조겐슨이 정형외과 의사라는 사실 때문에, 아멜리아 색스는 포스트잇에 적혀 있는 헨더슨 하우스 레지던스 호텔이 이것보다는 훨씬 좋은 곳일 거라고 생각했다.

하지만 이곳은 마약 중독자와 술주정뱅이가 드나드는 역겨운 사창가였다. 어울리지도 않고 곰팡내 나는 가구가 놓인 로비에서는 마늘과 싸구려 소독약, 쓸모없는 공기청정제, 시큼한 사람의 체취가 풍겼다. 대부분의 노숙자 쉼터도 이보다는 쾌적할 것이다.

색스는 때 묻은 현관에 멈춰 서서 주변을 둘러보았다. 522가 어딘가에서 지켜보고 있을지 모른다는 느낌과 브루클린 연방요원들을 능숙하게 함정에 빠뜨린 솜씨 때문에 조금 불안했다. 그녀는 신중하게 도로를 살펴보았다. 아무도 이쪽에는 크게 신경을 쓰는 것 같지 않았다. 그러나 살인범이 드리온 윌리엄스의 집 근처에 있었는데도 그자를 완전히 놓쳤다. 색스는 길 건너 버려진 건물을 관찰했다. 저 먼지 낀 창문 너머에서 누군가가 쳐다보고 있는 건 아닐까.

아니면 저기! 2층에 있는 커다란 깨진 유리창 너머 어둠 속에서

무언가가 움직인 것 같았다. 얼굴인가? 지붕에 뚫린 구멍으로 새어
든 햇빛인가?

색스는 좀 더 가까이 다가가서 조심스럽게 건물을 훑어보았다.
그러나 사람은 없었다. 잘못 본 것 같았다. 색스는 호텔 쪽으로 돌
아서서 호흡을 억누르며 안으로 들어섰다. 볼품없게 살찐 프런트
직원에게 배지를 보여주었다. 경찰이 왔는데도 놀라거나 당황하는
기색이 조금도 없었다. 직원은 엘리베이터 위치를 알려주었다. 문
이 열리자 코를 찌르는 악취가 흘러나왔다. 좋아, 계단으로 가자.

관절염을 앓는 무릎의 통증 때문에 얼굴을 찌푸리며, 색스는 6층
으로 난 문을 열고 들어가서 672호를 찾았다. 노크를 한 뒤 옆으로
비켜섰다.

"경찰입니다. 조겐슨 씨? 문 좀 열어주십시오."

그가 범인과 어떤 관계인지 아직 모르기 때문에 손을 태양처럼
믿음직스러운 글록 권총 손잡이 쪽으로 가져갔다.

대답은 없었지만, 문구멍 위의 쇠덮개 소리가 들린 것 같았다.

"경찰입니다."

색스는 반복했다.

"신분증을 문 밑으로 넣어보시오."

목소리가 들렸다. 색스는 그렇게 했다.

잠시 후, 체인 여러 개가 풀렸다. 데드볼트 자물쇠도 풀렸다. 문
이 살짝 열리다가 안전대에 걸려 멈췄다. 문틈은 체인이 걸려 있을
때보다 넓었지만, 사람이 드나들 정도는 아니었다.

중년 남자의 머리가 나타났다. 머리는 길고 지저분했으며, 얼굴
은 헝클어진 수염투성이였다. 눈빛은 침착하지 못했다.

"로버트 조겐슨 씨?"

남자는 색스의 얼굴을 바라보다 시선을 다시 신분증 쪽으로 가져
가더니 빛이 투과하지도 않는 신분증을 뒤집어서 불빛에 비춰보았
다. 그러곤 신분증을 돌려주고 안전대를 풀었다. 문이 열렸다. 남

자가 색스의 등 뒤 복도를 둘러보고는 들어오라는 손짓을 했다. 색스는 손을 총 옆에 둔 채 조심스럽게 들어갔다. 방과 벽장을 확인했다. 다른 사람은 없고, 남자는 총도 지니고 있지 않았다.

"로버트 조겐슨 씨?"

색스는 다시 물었다.

남자가 고개를 끄덕였다.

색스는 서글픈 방을 좀 더 자세히 둘러보았다. 침대와 책상, 의자, 안락의자, 초라한 소파가 보였다. 진회색 양탄자에는 얼룩이 묻어 있었다. 램프에서 흘러나오는 노란 불빛이 희미하게 방을 비추고, 커튼은 쳐져 있었다. 소지품은 커다란 슈트케이스 네 개와 운동용 가방 하나가 전부였다. 부엌은 따로 없고, 거실 한쪽에 소형 냉장고와 전자레인지 두 개가 있었다. 커피포트도 보였다. 음식은 주로 수프와 라면이었다. 100개쯤 되는 마닐라 파일 폴더가 벽에 반듯하게 세워져 있었다.

입고 있는 옷은 잘 나가던 시기에 장만한 것 같았다. 비싸 보였지만 낡아서 해지고 얼룩이 졌다. 화려해 보이는 신발 굽도 닳았다. 추측하건대, 마약이나 알코올 문제로 의사 직업을 잃은 것 같았다.

지금 남자는 묘한 일에 열중하고 있었다. 커다란 하드커버 교과서를 찢고 있었던 것이다. 책상에 부착된 S자 형 스탠드 위에는 흠집 난 확대경이 놓여 있었다. 남자는 종이를 가느다랗게 잘라 끈을 만들고 있었다.

어쩌면 정신병 때문에 이런 지경이 됐는지도 모른다.

"편지 때문에 오셨군. 때가 됐다고 생각했어."

"편지?"

남자가 색스를 수상하다는 듯 쳐다보았다.

"그것 때문에 온 게 아닌가?"

"편지에 대해서는 아는 바가 없습니다만."

"내가 워싱턴에 편지를 보냈는데. 하지만 당신들은 늘 이야기하

지. 안 그래? 당신네, 법을 집행하는 사람들. 공공의 안전을 수호하
는 사람들. 당신들은 이야기하지. 이야기하고말고. 다들 하니까.
범죄자 데이터베이스니 뭐니 하는…."

"도대체 무슨 말씀인지 모르겠네요."

남자는 색스를 믿는 것 같았다.

"음, 그러면…."

그의 눈이 커지더니 색스의 엉덩이 쪽을 내려다보았다.

"잠깐, 휴대전화 켜놨소?"

"네."

"하느님 맙소사! 도대체 왜 이래?"

"저는…."

"차라리 벌거벗고 거리를 달리면서 만나는 사람마다 당신 주소
를 알려주는 게 낫지. 배터리를 빼. 그냥 끄는 걸로는 안 돼. 배터
리를 빼라고!"

"그럴 수는 없습니다."

"빼. 싫으면 지금 당장 나가. 전자수첩도. 무선호출기도."

그것만은 물러설 수 없다는 태도였다. 하지만 색스는 단호하게
말했다.

"전자수첩은 안 됩니다. 전화하고 무선호출기는 그렇게 하죠."

"좋아."

남자는 투덜거리듯 말하고 몸을 앞으로 내밀었다. 색스는 휴대전
화와 무선호출기의 배터리를 빼고, 전자수첩의 전원을 껐다. 그런
다음 신분증을 요구했다. 조겐슨은 잠시 망설이다가 운전면허증을
꺼냈다. 주소는 코네티컷 주 그리니치. 인근에서 가장 부유한 도시
중 하나였다.

"제가 여기에 온 건 편지하고는 상관이 없습니다, 조겐슨 씨. 질
문할 게 있어요. 오래 걸리진 않을 겁니다."

그는 더러운 소파를 가리킨 뒤, 삐걱거리는 책상 의자에 앉았다.

그러곤 마치 자기도 어쩔 수 없다는 듯 책 쪽으로 돌아앉아 면도칼로 책등을 잘라내기 시작했다. 칼을 다루는 빠르고 정확한 솜씨가 전문가 같았다. 색스는 두 사람 사이에 책상이 있고, 자신이 총을 사용하는 데 방해되는 물건이 없다는 게 다행스러웠다.

"조겐슨 씨, 제가 온 건 오늘 아침 발생한 범죄 때문입니다."

"아, 그러시겠지."

그는 입술을 오므리더니 다시 색스를 흘끗 보았다. 표정은 분명했다. 체념과 혐오.

"이번에는 또 내가 무슨 짓을 했다는 거지?"

이번에는 또?

"강간살인입니다. 하지만 당신이 범행과 관련이 없다는 건 알고 있습니다. 여기 계셨으니까요."

독기 어린 미소.

"아, 날 감시하고 계셨군. 왜 안 그랬겠어."

그러곤 문득 얼굴을 찌푸렸다.

"빌어먹을!"

분해하던 책등 조각에서 뭔가를 발견했는지, 혹은 있을 거라고 생각했던 게 없는 것 같았다. 그는 책등 조각을 쓰레기통 안에 던져 넣었다. 입구가 반쯤 열린 쓰레기봉투가 눈에 띄었다. 안에는 옷가지, 책, 신문, 역시 잘게 잘린 작은 박스의 잔해가 들어 있었다. 문득 전자레인지 쪽으로 시선을 주니, 그 안에도 책이 들어 있었다.

세균 공포증인가. 색스는 추측했다.

그가 색스의 시선을 보았다.

"전자레인지에 돌리는 게 죽이는 데는 최고지."

"박테리아? 바이러스?"

조겐슨은 농담이라도 들은 듯 웃음을 터뜨렸다. 그러곤 앞에 놓인 책을 턱으로 가리켰다.

"정말 찾기 힘들 때도 있어. 하지만 찾아야 해. 적이 어떻게 생겼는지 알아야 하니까.”

그러곤 다시 전자레인지 쪽을 가리켰다.

“그들은 곧 박멸하기도 힘든 것들을 만들기 시작할 거야. 아, 내 말 믿어.”

그들… 그들…. 색스는 몇 년 동안 순찰과에 있었다. 타임스퀘어가 타임스퀘어이던 시절, 디즈니랜드 노스로 바뀌기 이전, 그곳은 색스의 관할 구역이었다. 그곳에서 색스 경관은 노숙자와 정신질환을 앓는 사람을 많이 경험했다. 그녀는 이 남자에게서 편집증, 심지어 정신분열 증세까지 읽어낼 수 있었다.

“드리온 윌리엄스라는 사람을 아십니까?”

“몰라.”

색스는 다른 피해자와 라임의 사촌을 포함한 무고한 용의자들의 이름도 댔다.

“아니, 아무도 들어본 적 없어.”

솔직하게 대답하는 것 같았다. 그는 거의 30초가량 책에만 정신을 집중했다. 종이를 한 장 찢더니 다시 얼굴을 찡그리며 들어 올렸다. 다시 내던졌다.

“조겐슨 씨, 이 객실 번호가 오늘 발생한 범행현장 근처에서 발견된 쪽지에 적혀 있었어요.”

칼을 쥔 손이 얼어붙었다. 그리고 공포로 가득 찬, 타는 듯한 눈으로 색스를 바라보았다. 남자가 숨을 죽이며 물었다.

“어디서? 어디서 찾았지?”

“브루클린의 쓰레기통 안에서. 증거물에 붙어 있었습니다. 살인범이 버렸을 가능성이 있어요.”

그는 들릴락 말락 속삭이듯 말했다.

“이름을 알고 있나? 어떻게 생겼지? 말해줘!”

그는 반쯤 일어섰다. 얼굴이 붉게 달아올랐다. 입술이 부들부들 떨렸다.

"진정하세요, 조겐슨 씨. 진정하세요. 쪽지를 남긴 게 범인인지 아직 확실하지 않습니다."

"아, 그놈이야. 틀림없어. 그 개자식!"

그러곤 몸을 앞으로 내밀었다.

"이름은 알고 있나?"

"아뇨."

"말해줘, 빌어먹을! 날 위해 제발 하나라도 해달라고. 괴롭히지만 말고."

색스는 단호하게 말했다.

"제가 도울 수 있다면 돕겠습니다. 하지만 우선 진정하셔야 합니다. 지금 말씀하시는 그 사람이 누구죠?"

그는 칼을 떨어뜨리고 의자에 다시 앉더니 어깨를 축 늘어뜨렸다. 쓰라린 미소가 얼굴에 퍼졌다.

"누구? 누구? 하느님이지, 물론."

"하느님?"

"난 욥이야. 욥을 알아? 하느님이 괴롭혔던 불쌍한 남자. 그가 겪은 온갖 시련을 알고 있나? 내가 겪은 것들에 비하면 그 정도는 아무것도 아니야. …분명 그자가 맞아. 내가 지금 어디 있는지 알아내서, 그 쪽지에 적어놓은 거야. 도망쳤다고 생각했는데, 그자가 다시 날 찾아냈어."

언뜻 눈물이 비친 것 같았다. 색스는 물었다.

"도대체 무슨 말씀을 하시는 겁니까? 제발, 저한테 말씀해주세요."

조겐슨은 얼굴을 문질렀다.

"좋아. …몇 년 전 나는 코네티컷에서 개업의로 일하고 있었어. 아내하고 착한 아이도 둘 있었지. 은행에 돈도 있고, 은퇴 계획도 착실했고, 별장도 있었어. 편안한 삶이었지. 난 행복했어. 그런데 이상한 일이 일어났어. 처음에는 별일 아니었지. 항공 마일리지를 쌓기 위해 새 신용카드를 신청했어. 1년에 30만 달러를 벌고 있었거든. 신용카드 대금이나 대출 상환도 평생 밀린 적이 없었어. 한데 거절당했지. 난 무슨 착오일 거라고 생각했어. 내가 6개월간 세 번이나 이사를 해서 신용 위험군으로 분류됐다는 거야. 난 이사한 적이 없었는데도. 누군가 내 이름, 사회보장번호, 신용카드 정보를 도용해서 내 이름으로 아파트를 빌렸던 거야. 그리고 집세도 내지 않았어. 게다가 거의 10만 달러에 달하는 물건을 구입해서 그 주소로 배달까지 시켰더군."

"명의 도용?"

"아, 제대로 걸렸지. 하느님이 내 이름으로 신용카드를 만들어서 엄청난 금액을 사용하고 각기 다른 주소로 명세서를 보내게 했어. 당연히 지불도 하지 않았지. 하나를 해결하면 다른 곳에서 또 터졌어. 내 정보도 계속 알아내고 있었어. 하느님은 모든 걸 알고 계신다고! 내 어머니의 결혼 전 성, 생일, 내가 처음 키운 개 이름, 내가 처음 산 차… 비밀번호를 만들 때 은행에서 요구하는 정보. 모두 다. 내 전화번호, 사무실 번호까지 알아냈어. 전화 요금이 1만 달러 가까이 나왔어. 어떻게? 모스크바나 싱가포르, 시드니 같은 곳의 날씨나 시간 안내 번호로 전화를 걸고는 수화기를 몇 시간 동안 내려놓는 거야."

"왜요?"

"왜냐고? 자기가 하느님이니까. 난 욥이고…. 그 개자식이 내 이름으로 집을 샀다고! 집 한 채를 몽땅! 그리고 돈도 안 냈어. 대리징수회사의 변호사가 뉴욕에 있는 내 병원을 추적해서 37만 달러나 되는 채무 상환 계획을 알려달라고 전화했을 때, 그 사실을 알았지. 하느님은 온라인 도박 빚도 25만 달러 졌어. 그자가 내 앞으로 엉터리 손해배상 청구를 거는 바람에 의료보험회사에서도 계약이 끊겼어. 보험이 없으니 병원에서 일할 수도 없고, 아무 데서도 보험을 받아주지 않았어. 집을 팔아야 했고, 마지막 한 푼까지 내가 졌다는 빚을 갚는 데 들어갔어. 그때는 총액이 200만 달러였지."

"200만?"

조겐슨은 잠시 눈을 감았다.

"한데 상황이 더 나빠졌어. 그 모든 일을 겪으면서도 아내는 내 곁을 지켜줬어. 힘들었지만 날 떠나지 않았지. …그런데 하느님이 내 이름으로 병원에서 근무하던 예전 간호사들한테 선물을, 값비싼 선물을 보냈어. 내 신용카드로, 쪽지에 유혹하는 문구를 써 넣어서. 그중 한 여자가 집으로 전화를 걸어 고맙다, 주말에 같이 떠나자는 메시지를 남겼어. 딸이 그 메시지를 들었지. 딸은 엉엉 울면서 아내한테 알렸어. 아내는 내가 결백하다고 믿어줬지만, 결국 넉 달 전에 날 떠나서 콜로라도에 있는 언니 집으로 갔지."

"안됐군요."

"안됐다고? 아, 정말 고마워. 하지만 아직 끝나지 않았어. 아내가 떠난 직후, 영장이 들이닥치기 시작했지. 내 이름으로 된 신용카드와 위조 운전면허증으로 산 총이 이스트 뉴욕, 뉴헤이븐, 용커스에서 발생한 무장 강도사건에 사용되었다는 거야. 점원 한 사람이 심각한 부상을 입었지. 뉴욕 수사국에서 날 체포했어. 결국에는 날 풀어줬지만, 내 기록에는 전과가 남았어. 영원히 없어지지 않을 거야. 그다음에는 마약수사국에서 내 수표가 밀수 의약품을 구입하는 데 사용되었다고 날 체포했어."

그는 말을 이었다.

"맞아, 난 한동안 감옥에도 있었어. 아니, 내가 아니지. 하느님이 내 이름으로 만든 위조 신용카드와 운전면허증을 판 누군가지. 물론 완전히 다른 사람이지. 그 친구 진짜 이름은 대체 뭘까? 어쨌든 정부 기록상으로는 코네티컷 주 그리니치에 거주했던 로버트 새뮤얼 조겐슨, 사회보장번호 923674182가 복역한 것으로 되어 있어. 내 기록에도 적혔어. 영원히."

"경찰에 연락해서 수사를 하게 하셨어야죠."

그는 코웃음을 쳤다.

"무슨 소리. 당신도 경찰이잖아. 이런 일이 경찰 업무에서 우선순위 몇 번째쯤 들어가는지 알잖아? 교통법규 위반 바로 위쯤이라고."

"우리한테 도움이 될 만한 정보는 없나요? 그자에 대한 것? 나이, 인종, 교육, 주거지 같은 것."

"아니, 없어. 어딜 봐도 단 한 사람, 나뿐이었어. 그는 내 모든 걸 빼앗아갔어. …아, 사람들은 안전 장치가 있다고들 하지. 보호 장치가. 헛소리야. 그래, 신용카드를 분실했을 때, 어느 정도는 보호를 받을 수 있을지도 모르지. 하지만 누가 내 인생을 망치려고 작정한다면, 대책은 없어. 사람들은 컴퓨터에 들어 있는 기록만 믿어. 컴퓨터에서 내가 빚을 졌다고 하면, 난 빚을 진 거야. 컴퓨터에서 내가 신용 위험군이라고 하면, 나는 신용 위험군인 거야. 컴퓨터에서 내가 신용불량자라고 하면, 백만장자라도 신용불량자인 거야. 사람들은 데이터를 믿어. 진실은 아랑곳없이."

그는 말을 이었다.

"아, 내가 가장 최근에 가졌던 직업이 뭔지 아나?"

그러곤 일어나서 벽장을 열었다. 패스트푸드 체인점 제복이 나왔다. 조겐슨은 책상으로 돌아와서 다시 책을 자르며 중얼거렸다.

"꼭 찾아내고 말 테다, 개자식."

그리고 색스를 올려다보았다.

"최악이 뭔지 알고 싶나?"

색스는 고개를 끄덕였다.

"하느님은 자기가 내 이름으로 빌린 아파트에서 살지도 않았어. 불법 약물 배달을 받은 적도 없고, 배송받은 온갖 물건들에 손도 안 댔어. 경찰이 모든 걸 회수했지. 자기가 산 아름다운 집에서 살지도 않았다고. 알겠나? 그의 유일한 목적은 오직 날 괴롭히려는 거였어. 그는 하느님이야. 나는 욥이고."

책상 위의 사진이 눈에 띄었다. 조겐슨과 비슷한 또래의 금발 머리 여자가 십대 소녀와 어린 소년에게 팔을 두르고 있었다. 배경의 집은 아주 좋았다. 만약 이 모든 짓의 배후에 522가 있다면, 왜 그 자가 한 남자의 인생을 망가뜨리기 위해 이렇게까지 했는지 궁금했다. 피해자에게 접근하고 결백한 사람에게 대신 죄를 씌우는 수법을 시도해본 것일까? 로버트 조겐슨을 실험쥐 삼아?

혹시 522는 잔인한 사이코패스일까? 그가 조겐슨에게 한 짓은 직접적인 성관계 없는 강간이라고 할 수도 있다.

"사실 만한 다른 곳을 알아보는 게 좋겠어요, 조겐슨 씨."

체념한 듯한 미소.

"알아. 그래야 더 안전하지. 그나마 더 찾기 힘들게."

아버지가 자주 사용하던 표현이 떠올랐다. 색스는 그 말이 자신의 인생관을 잘 요약해준다고 생각했다.

움직이고 있으면 잡히지 않아….

조겐슨이 책 쪽으로 고갯짓을 했다.

"내가 여기 있다는 걸 그놈이 어떻게 알아냈는지 알아? 이거야. 직감이 있어. 모든 것이 내가 이걸 산 직후에 시작됐어. 난 여기에 모든 해답이 있다고 생각해. 갈기갈기 분해했는데도 소용없어. 보시다시피. 틀림없이 이 안에 답이 있을 거야. 틀림없어!"

"정확히 뭘 찾고 계시는 거죠?"

"몰라?"

"모르겠어요."

"당연히 추적 장치지. 보통 책 안이나 옷 같은 데 넣잖아. 조만간 거의 모든 물건 안에 그런 장치가 붙을 거야."

세균 공포증은 아니었군.

"전자레인지가 추적 장치를 파괴하나요?"

색스는 맞장구를 치는 척 말을 받았다.

"대부분. 안테나도 부술 수 있지만, 요즘은 너무 작게 나와. 거의 현미경으로 봐야 식별될 정도로."

조겐슨은 입을 다물었다. 색스는 그가 무슨 생각에 잠겨 자신을 뚫어지게 바라보고 있다는 것을 깨달았다. 그가 마침내 입을 열었다.

"당신이 가져."

"뭘요?"

"책."

그의 시선이 미친 듯이 방 안을 헤집었다.

"그 안에 분명 답이 있어. 나한테 일어난 그 모든 일의 해답이⋯. 제발! 당신은 눈을 굴리지 않고 내 말을 들어준 유일한 사람이야. 날 미친놈처럼 보지 않은 유일한 사람."

그러곤 몸을 앞으로 내밀었다.

"당신도 그자를 나만큼 잡고 싶겠지. 그쪽에는 온갖 장비가 다 있잖아. 주사전자현미경이니, 센서니⋯. 당신들은 찾아낼 수 있어! 그러면 그자를 찾을 단서가 생기겠지. 그래!"

그가 색스에게 책을 내밀었다.

"음, 뭘 찾으라는 건지 모르겠는데요."

그가 동감한다는 듯 고개를 끄덕였다.

"아, 말 안 해도 알고 있어. 그게 문제지. 늘 바뀌니까. 그들은 항상 우리보다 한 발 앞서 있어. 하지만 제발⋯."

그들⋯.

색스는 책을 집어든 다음 비닐 증거물 봉투에 넣고 기록 카드를 작성할지 잠시 망설였다. 라임의 타운하우스에 가져가면 얼마나 요란하게 조롱을 해댈지 궁금했다. 그냥 가져가는 게 좋을 것 같았다.

조겐슨은 몸을 내밀고 색스의 손을 꽉 잡았다.

"고마워."

그러곤 다시 울기 시작했다.

"이사하실 건가요?"

색스는 물었다. 그는 그러겠다며 로어이스트사이드에 있는 다른 호텔 이름을 댔다.

"적지 마. 아무한테도 말하지 마. 전화 통화를 할 때도 내 이름은 말하지 마. 그들이 늘 듣고 있거든."

"그… 하느님에 대해 뭐든지 생각나는 게 있으면 전화 주세요."

색스는 그에게 명함을 건넸다.

그는 명함에 적힌 내용을 외운 뒤 찢었다. 욕실로 들어가 절반만 변기에 내렸다. 그러고는 호기심 가득한 색스의 눈을 보고 말했다.

"나머지 반은 다음에 내릴 거야. 한꺼번에 전부 내리는 건 우편함에 청구서를 넣고 빨간 깃발을 꽂는 거나 마찬가지로 어리석은 짓이지. 사람들은 그렇게 어리석다니까."

그리고 색스에게 몸을 기댄 채 문까지 갔다. 빨지 않은 옷가지에서 악취가 풍겼다. 붉게 충혈된 눈으로 색스를 뚫어지게 바라보았다.

"경관, 잘 들어. 당신이 엉덩이에 큰 총을 차고 있다는 거 알아. 하지만 총도 그자 같은 놈한테는 아무 소용이 없어. 그자를 쏘려면 일단 가까이 접근해야겠지. 하지만 저쪽은 가까이 다가올 필요가 없어. 그자는 어딘가 컴컴한 방에 앉아서 와인을 마시며 당신 인생을 산산조각 낼 수 있다고."

그러곤 색스의 손에 들린 책을 턱으로 가리키며 덧붙였다.

"이제 그 책은 당신 거니까, 당신도 감염된 거야."

13 회색 도시

나는 뉴스를 계속 확인하고 있다―요즘은 정보를 효율적으로 얻는 방법이 너무나 많다. 아직 빨강 머리 경찰이 브루클린에서 동료를 총으로 쏘았다는 소식은 없다.

하지만 최소한 저들도 겁을 먹었다.

지금쯤 초조할 것이다.

잘된 일이다. 왜 나만 그래야 하는가?

걸음을 옮기며, 나는 생각한다. 어떻게 이런 일이 일어났을까? 도대체 어떻게 이런 일이 일어날 수 있는가?

이건 좋지 않다, 이건 좋지 않다, 이건….

그들은 내가 뭘 하려는지, 내 목표물이 누구인지 정확히 알고 있는 것 같았다.

내가 바로 그 순간 드리온 6832의 집을 향해 가고 있다는 사실도.

어떻게 알았을까?

데이터를 검색하고, 치환하고, 분석한다. 아니, 어떻게 그들이 그렇게 할 수 있었는지 이해할 수 없다.

아직은. 좀 더 생각해야 한다.

정보가 충분하지 않다. 데이터가 없는데 어떻게 결론을 도출할 수 있겠는가? 어떻게?

아, 천천히, 천천히. 나는 자신에게 말한다. 열여섯 자리 숫자들이 빠르게 걸어갈 때, 그들은 데이터를 흘리고 온갖 종류의 정보를 드러낸다. 최소한 영리한 사람들에게는, 추론 능력이 있는 사람들에게는.

회색 도시의 거리를 오르내린다. 일요일은 더 이상 아름답지 않다. 망쳐버린, 지긋지긋한 날이다. 따가운 햇볕은 부옇게 오염되어 있다. 도시는 차갑고, 그 변두리는 너덜너덜하다. 열여섯 자리 숫자들은 오만하고 건방지며 사람을 조롱하는 듯하다.

그들 모두가 싫다!

하지만 고개를 숙인 채 오늘을 즐기는 척한다.

무엇보다 생각을 하자. 분석하자. 문제에 부딪쳤을 때 컴퓨터는 데이터를 어떻게 분석하는가?

생각하자. 자, 그들은 나를 어떻게 찾아냈을까?

한 블록, 두 블록, 세 블록, 네 블록….

해답은 없다. 단 하나의 결론뿐. 그들은 유능하다.

또 다른 의문─정확히 '그들'은 누구인가? 아마도….

끔찍한 생각이 머리를 때린다. 제발, 안 돼…. 나는 멈춰 서서 배낭을 뒤진다. 아니, 아니, 아니, 없다! 증거물 봉투에 붙여놓은 포스트잇! 전부 다 버리기 전에 따로 떼어놓는 것을 잊어버렸다. 내가 가장 좋아하는 열여섯 자리, 내 애완견, 한때 세상 사람들에게 로버트 조겐슨이라는 이름으로 알려졌던 3694-8938-5330-2498의 주소. 얼마 전 그가 숨기 위해 다시 도망친 주소를 알아내 포스트잇에 적어놓았는데. 주소를 외우고 쪽지를 버리지 않았다는 데 화가 치민다.

나 자신이 싫다. 모든 것이 싫다. 어떻게 그렇게 경솔할 수 있었을까?

울고 싶다. 외치고 싶다.

내 로버트 3694! 2년 동안 나의 기니피그이자 생체실험 도구였던 인간. 공식 기록, 명의 도난, 신용카드….

무엇보다도 그를 망가뜨리는 것은 엄청난 쾌감이었다. 뭐라 표현할 수 없는 오르가슴. 코카인이나 헤로인 같았다. 완벽하게 정상적인, 행복한 한 가정의 가장을, 따뜻하고 유능한 의사를 망가뜨리는 것은.

음, 모험을 할 수는 없다. 누군가가 쪽지를 찾아내 그에게 연락을 했다고 봐야 한다. 그는 도망칠 것이다. 이제 놓아주어야 한다.

오늘 나는 다른 무언가를 빼앗겼다. 그 순간 내 기분은 형언할 수 없다. 그것은 불같은 고통, 눈 먼 공황 상태와 같은 공포, 어느 때고 가물가물 보이는 땅에 부딪힐 수 있다는 것을 알면서 추락하는 느낌. 단지 아직 그 순간이 오지 않았을 뿐….

나는 휴일을 맞아 거리를 배회하는 열여섯 자리 숫자들, 영양 떼 사이를 뚫고 비척비척 걸음을 옮긴다. 내 행복은 부서졌고, 평온함도 사라졌다. 몇 시간 전만 해도 모든 사람을 다정한 호기심, 혹은 욕망의 눈으로 바라보았으나 지금은 그저 누군가에게 다가가서 내 여든아홉 개의 면도칼 중 하나로 토마토 껍질처럼 얄팍하고 창백한 살점을 도려내고 싶을 뿐이다.

1800년대 후반의 크루시우스 브러더스 모델도 좋다. 특히 날이 길고 멋진 수사슴 뿔 손잡이가 달려 있는 이 칼은 내 수집품의 자부심이다.

"증거물, 멜. 이제 살펴보자구."

라임은 드리온 윌리엄스의 집 근처 쓰레기통에서 수거한 것들을 가리켰다.

"지문은?"

쿠퍼가 지문을 채취한 첫 번째 물건은 비닐봉투였다―522가 현장에 심으려 했던 증거물이 든 큰 봉투와 아직도 마르지 않은 피 그리고 종이수건이 든 작은 봉투였다. 그러나 봉투에는 지문이 없었다. 비닐은 지문을 워낙 잘 보존하기 때문에 실망스러웠다(잠재지문도 아니고, 특별한 화학약품이나 조명 없이 육안으로 바로 관찰할 수 있는 경우도 많다). 쿠퍼는 용의자가 면장갑을 끼고 비닐을 만졌다는 증거를 찾아냈다―경험 많은 범인들은 장갑 안쪽에서 지문을 효율적으로 검출할 수 있는 라텍스 장갑보다 면장갑을 선호한다.

멜 쿠퍼는 다양한 스프레이와 가변광원을 이용해 나머지 물건들을 검사했다. 하지만 거기에도 지문은 없었다.

라임은 522가 배후에 있다고 판단되는 사건들과 이번 사건에 두 가지 부류의 증거물이 존재한다는 점에서 대부분의 사건과 다르다는 사실을 깨달았다. 첫째, 드리온 윌리엄스에게 죄를 뒤집어씌우기 위해 범인이 현장에 심으려 했던 가짜 증거. 범인은 분명 이 증거물이 자신과 연관되지 않도록 주의했을 것이다. 둘째, 범인이 우연히 남긴, 범인의 주거지를 찾는 데 단서가 될 수 있는 진짜 증거물―담배나 인형 머리카락 같은 것.

피 묻은 종이수건과 마르지 않은 피는 첫 번째 부류, 현장에 남기려고 의도한 증거에 속한다. 마찬가지로, 윌리엄스의 차고나 자동차에 심으려 했던 덕트 테이프는 분명 마이라 와인버그의 입을 막거나 몸을 묶는 데 사용한 테이프 조각과 일치할 것이다. 그러나 522는 자기 집에 있을 때 거기서 미량증거물이 묻지 않도록 조심스럽게 보관했을 것이다.

사이즈 13짜리 슈어트랙 러닝슈즈는 아마 윌리엄스의 집에 심으려 했던 것은 아니겠지만, 윌리엄스의 신발과 비슷한 족적을 남기기 위해 사용한 것이 분명하다는 점에서 마찬가지로 연출된 증거물에 속한다. 멜 쿠퍼는 신발을 검사해서 약간의 미량증거물을 찾아냈다. 밑창의 홈에서 맥주가 발견되었다. 라임이 몇 년 전 뉴욕시경을 위해 구축한 발효주 성분 데이터베이스에 따르면, 밀러 제품일 가능성이 가장 높았다. 이는 연출된 증거, 혹은 진짜 증거 어느 쪽이든 가능하다. 풀라스키가 마이라 와인버그 범행현장에서 채취한 것들과 대조해봐야 확실히 알 수 있을 것이다.

봉투 안에는 컴퓨터로 출력한 마이라의 사진도 들어 있었다. 아마 윌리엄스가 온라인으로 그녀를 스토킹했다는 인상을 주기 위해 넣었으리라. 그러니 이것 역시 연출된 증거물이다. 그래도 라임은 쿠퍼에게 꼼꼼하게 확인해보라고 지시했다. 하지만 닌히드린 테스트에서도 지문은 검출되지 않았다. 현미경 관찰과 화학 성분 분석 결과 추적이 불가능한 일반 용지였다. 프린트는 휴렛패커드 레이저 토너로 했지만 역시 브랜드 명 외에는 추적이 불가능했다.

그러나 유용할지도 모르는 정보 한 가지가 있었다. 라임과 쿠퍼는 종이에 묻어 있는 물질을 발견했다. 스타키보트리스 카르타룸 곰팡이였다. 바로 악명 높은 '새집 증후군'을 일으키는 곰팡이다. 발견된 양이 워낙 적었기 때문에 522가 의도적으로 심은 증거일 가능성은 희박했다. 범인의 주거지나 직장에서 묻었을 가능성이 더 높았다. 거의 실내에서만 발견되는 이 곰팡이가 있다는 사실은 그의 집이나 일터 일부가 어둡고 축축하다는 것을 뜻한다. 곰팡이는 마른 곳에서는 번식할 수 없다.

역시 의도적으로 연출된 증거가 아닐 가능성이 높은 포스트잇은 3M 브랜드였다. 아주 값싼 일반 용품은 아니지만 그래도 추적은 불가능했다. 여기에서도 곰팡이 포자 몇 개 외에는 미량증거물이 전혀 나오지 않았다. 최소한 포스트잇의 출처가 522일 가능성이 높다는 점은 확인할 수 있었다. 잉크는 미국 전역의 수많은 가게에서 파는 일회용 펜이었다.

증거는 그것뿐이었다. 하지만 쿠퍼가 결과를 정리하고 있는데, 라임이 의학적 분석을 자주 의뢰하는 외부 연구실 연구원이 봉투에 묻은 혈액을 분석한 결과 마이라 와인버그의 혈액과 일치한다고 알려주었다.

셀리토가 전화를 받더니 잠시 통화한 뒤 끊었다.

"마약수사국이 아멜리아를 신고한 공중전화를 추적했대. 신고자를 본 사람은 없고. 고속도로에서도 달려가는 사람을 본 목격자는 없고. 가장 가까운 지하철역에서 탐문했지만 범인이 도망치던 시각 수상한 점은 없었대."

"음, 수상한 짓을 할 리가 없잖아. 탐문했던 친구들은 도대체 무슨 생각을 한 거야? 도주하는 살인범이 개찰구를 뛰어넘거나 옷을 벗고 슈퍼맨 복장으로 갈아입기라도 할 줄 알았나?"

"저쪽에서 한 말만 그대로 전한 거야, 링컨."

링컨은 얼굴을 찡그리며 톰에게 조사 결과를 화이트보드에 적으라고 지시했다.

드리온 윌리엄스의 집 인근 도로

- 비닐봉투 3개, 냉동실용 지프락 형태, 1 갤런 용량
- 사이즈 13 슈어트랙 러닝슈즈 오른쪽. 밑창에 말라붙은 맥주(밀러 브랜드로 추정). 닳은 자국은 없음. 기타 미량증거물은 검출되지 않았음. 범행현장에 족적을 남기기 위해 산 것?
- 비닐봉투 안에 든 피 묻은 종이수건. 분석 결과 피해자의 혈흔으로 확인
- 헨더슨 하우스 레지던스 672호의 주소가 적힌 포스트잇 투숙객은 로버트 조겐슨. 쪽지와 펜 추적 불가. 종이 추적 불가. 종이에서 스타키보트리스 카르타룸 곰팡이 검출
- 컴퓨터로 출력한 피해자의 컬러 사진. 휴렛패커드 프린터 잉크. 그 외 정보는 추적 불가. 종이 추적 불가. 종이에서 스타키보트리스 카르타룸 곰팡이 검출
- 덕트 테이프, 홈 디포 가정용 브랜드. 특정장소 추적 불가
- 지문 없음

초인종이 울리더니, 론 풀라스키가 마이라 와인버그 살해현장에서 채취한 증거물 비닐봉투가 든 우유 상자 두 개를 갖고 들어왔다.

라임은 풀라스키의 표정이 변한 것을 알아차렸다. 얼굴이 굳어 있었다. 풀라스키는 몸을 움츠리거나 혼란스러운 얼굴을 하거나 때로 자랑스러운 표정을 짓기도 했지만—얼굴을 붉힐 때도 있었다—지금은 눈빛이 공허해 보였다. 좀 전의 단호한 눈빛과는 전혀 달랐다. 그는 라임을 향해 고개를 끄덕이더니 음울하게 관찰대 쪽

으로 다가가 상자를 쿠퍼에게 넘기고 증거물 카드를 건넸다. 쿠퍼는 카드에 서명했다.

풀라스키는 물러서서 톰이 만든 화이트보드를 쳐다보았다. 하와이 셔츠 자락이 삐져나온 청바지 주머니에 두 손을 찌른 채 읽고 있지만, 단 한 글자도 눈에 들어오지 않는 기색이 역력했다.

"괜찮나, 풀라스키?"

"네."

이번엔 셀리토가 말했다.

"안 괜찮아 보이는데."

"아뇨. 아무것도 아닙니다."

하지만 사실이 아니었다. 난생처음 단독으로 살인현장을 수색하면서 뭔가 충격을 받은 게 분명했다.

이윽고 신참이 말했다.

"그냥 누워 있더군요. 얼굴을 위로 하고, 천장을 바라보면서. 마치 살아서 뭔가를 찾고 있는 것 같았어요. 뭔가 궁금하다는 듯이 얼굴을 찡그리고. 덮어놨을 줄 알았는데."

"뭐야, 안 덮는다는 거 알잖아."

셀리토가 중얼거렸다. 풀라스키는 창밖을 내다보았다.

"문제는…. 네, 바보 같은 생각인데, 제니를 약간 닮았더군요."

제니는 그의 아내였다.

"묘한 기분이었어요."

링컨 라임과 아멜리아 색스는 업무에 관한 한 여러 가지로 비슷한 점이 많았다. 범행현장을 수색할 때는 감정이입이 필요하며, 그래야 범인과 피해자가 경험한 것을 느낄 수 있다고 생각하는 것도 그랬다. 그것이 현장을 좀 더 잘 이해하고 놓칠지도 모를 증거물을 찾는 데 도움을 준다.

이런 기술을 가진 사람은, 비록 정신적 후유증이 상당할지라도, 현장 수색의 달인이 된다.

그러나 라임과 색스는 한 가지 중요한 점에서 서로 달랐다. 색스는 범죄의 끔찍함에 무감각해지지 않는 것이 중요하다고 생각했다. 현장에 갔을 때 그리고 그 이후에도 항상 그 끔찍함을 느껴야 한다. 그렇지 않으면, 심장이 단단해지면, 우리가 뒤쫓는 사람들 속의 어두운 세계로 이끌려가게 된다고 색스는 말했다. 반면 라임은 최대한 냉정해야 한다고 생각했다. 비극적인 현실을 한쪽으로 차갑게 밀어놓아야만 최대한 좋은 경찰이 될 수 있으며, 앞으로 일어날지도 모를 비극을 좀 더 효율적으로 막을 수 있다고 믿었다("시체는 더 이상 인간이 아니야." 라임은 신참에게 이렇게 설교했다. "증거 공급원일 뿐이지. 아주 좋은.").

라임은 풀라스키가 자신과 더 비슷해질 수 있는 잠재력을 가졌다고 믿었지만, 일을 갓 시작한 지금 그는 아멜리아 색스 쪽에 더 가까웠다. 라임은 풀라스키에게 연민을 느꼈지만, 당장은 해결해야 할 사건이 있었다. 그런 뒤 오늘 밤 아내를 끌어안고 말없이 그녀와 닮은 여자의 죽음을 애도하면 된다.

라임은 퉁명스럽게 물었다.

"듣고 있나, 풀라스키?"

"네. 괜찮습니다."

그렇지 않을 것이다. 그러나 라임은 본론으로 들어갔다.

"시체 수색은 했나?"

풀라스키는 고개를 끄덕였다.

"파견 의사가 와 있었습니다. 같이했습니다. 그 사람한테도 신발에 고무 밴드를 착용하라고 했습니다."

현장감식 요원은 발자국이 혼동되는 것을 막기 위해 신발에 고무 밴드를 착용해야 한다는 것이 라임의 원칙이었다. 감식원의 머리카락, 피부 세포, 기타 미량증거물로 인한 오염을 막아주는 비닐후드 점프슈트를 입고 있을 때도 마찬가지였다.

"좋아."

라임은 우유 상자 쪽을 돌아보았다.

"시작하자구. 우리는 범인의 계획 하나를 망쳤어. 상대는 화가 나서 다른 상대를 노리고 있을지도 몰라. 어쩌면 멕시코행 비행기 티켓을 끊었을지도 모르지. 어느 쪽이든, 우리는 빨리 움직여야 해."

젊은 경찰은 수첩을 펼쳤다.

"저는⋯."

"톰, 이리 들어와. 톰, 대체 어디 있는 거야?"

"아, 대령했습니다, 링컨."

조수는 쾌활한 미소를 지으며 방으로 들어왔다.

"그렇게 정중한 부탁이시라면 언제든 기꺼이 만사를 제쳐놓지요."

"자네가 또 필요해. 새 차트."

"그러십니까?"

"부탁하네."

"마음에도 없는 말씀을."

"톰!"

"알겠습니다."

"마이라 와인버그 범행현장."

톰은 제목을 쓴 뒤, 마커를 든 채 이어서 쓸 준비를 했다. 라임이 물었다.

"자, 풀라스키, 피해자의 아파트가 아니었다고?"

"그렇습니다. 어떤 부부 소유였습니다. 부부는 크루즈 여행 중입니다. 연락이 닿았는데, 마이라 와인버그라는 이름은 들어본 적도 없답니다. 아, 직접 통화하셨어야 했는데, 정말 충격을 받은 목소리더군요. 자기 집에서 죽은 사람이 도대체 누군지 전혀 모르니. 범인은 자물쇠를 부수고 안으로 들어갔습니다."

"그렇다면 빈 집이고, 경보 장치가 없다는 걸 알고 있었다는 이야기군요. 흥미로운데요."

쿠퍼가 말했다. 셀리토는 고개를 저었다.

"어떻게 생각하나? 그냥 단순히 범행 장소로 고른 걸까?"

"정말 인적이 드문 동네였습니다."

풀라스키가 말했다.

"피해자는 뭘 하고 있었지? 자네 생각을 말해봐."

"바깥에 피해자의 자전거가 있었습니다. 주머니에 크립토나이트 열쇠가 들어 있었는데, 자전거에 맞더군요."

"자전거를 타고 있었다…. 미리 경로를 확인해서 몇 시에 거기까지 온다는 걸 알고 있었을지도 모르지. 부부가 집을 비우기 때문에 마음 놓고 범행을 저지를 수 있다는 것도 알고 있었을 거야…. 좋아, 신참, 자네가 찾아온 걸 설명해봐. 톰, 부탁드리는데, 좀 적어주실 수 있을까."

"너무 노력하시는데요."

"흥. 사인은?"

라임은 풀라스키에게 물었다.

"부검을 신속하게 해달라고 법의국 파견 의사에게 말했습니다."

셀리토는 퉁명스럽게 웃었다.

"그러니까 뭐라던가?"

"'뭐, 그러지.' 이랬던 것 같습니다. 무슨 다른 말도 했고요."

"그런 요구를 하려면 자네가 더 높은 자리까지 올라가야 해. 하지만 노력은 가상하군. 예비 분석 결과는?"

풀라스키는 수첩을 내려다보았다.

"머리를 여러 차례 얻어맞았습니다. 의사는 반항을 못하게 하기 위해서였을 거라고 생각하더군요."

젊은 경찰은 몇 년 전 자신이 당한 비슷한 폭행을 떠올렸는지 잠시 침묵을 지켰다. 그리고 말을 이었다.

"사인은 교살입니다. 눈과 눈꺼풀 안쪽에 점상출혈이 있었습니다. 점상출혈이란…."

"알고 있어, 신참."

"아, 네. 그렇죠. 그리고 두피와 안면 정맥 확장. 이게 살인 도구입니다."

신참은 120센티미터 길이의 밧줄이 든 비닐봉투를 들어 올렸다.

"뭘?"

쿠퍼는 밧줄을 받아 깨끗하고 커다란 신문용지 위에 대고 털었다. 결과물을 관찰하더니 금세 섬유 샘플 몇 개를 채취했다.

"뭐지?"

라임은 성급하게 물었다.

"확인 중입니다."

신참은 다시 수첩으로 눈을 돌렸다.

"강간은 질과 항문 성교였습니다. 의사는 사후에 이루어졌을 거라고 생각하더군요."

"특이한 자세는 아니었나?"

"아뇨…. 하지만 눈에 띄는 게 있었습니다. 손톱이 단 한 개만 빼고 다 길었습니다. 하나만 아주 짧게 잘려 있었습니다."

"혈흔도?"

"네. 속살까지 바짝 깎았습니다. 의사는 죽기 전에 깎은 거라고 했습니다."

그렇다면 522는 사디스트 기질이 있군. 라임은 생각했다.

"고통을 좋아한다…. 다른 현장 사진을 확인해봐. 예전 강간사건 사진."

풀라스키는 얼른 사진을 찾으러 갔다. 여러 장을 뒤적거리더니 한 장을 찾아 들여다보았다.

"이것 보십시오! 네, 여기서도 손톱을 깎았습니다. 같은 손가락입니다."

"범인은 기념품을 좋아해. 좋은 소식이군."

풀라스키는 열심히 고개를 끄덕였다.

"게다가 생각해보니, 결혼반지를 끼는 손가락입니다. 어쩌면 범인의 과거와 관련이 있을지도 모릅니다. 아내가 그를 떠났다든지, 어머니나 어머니 같은 존재에게 무시를 당했다든지…."

"좋은 지적이야, 풀라스키. 듣고 보니… 잊은 게 있군."

"뭔데요?"

"오늘 아침, 수사를 시작하기 전에 자네 별점 운세 확인했나?"

"별점…?"

"아, 누가 찻잔에 잎을 띄워서 점을 본다고 했더라? 잊어버렸군."

셀리토가 킬킬거렸다. 풀라스키는 얼굴을 붉혔다. 라임은 쏘아붙였다.

"심리 프로파일링은 도움이 안 돼. 손톱에서 도움이 되는 정보는 범행현장과 522가 유전자로 연결될 수 있는 단서를 갖고 있다는 사실이야. 기념품을 채취하는 데 어떤 도구를 사용했는지 알 수 있다면, 구입처를 추적해서 그자를 찾을 수 있다는 점도 잊으면 안 되고. 증거야, 신참. 심리학적인 헛소리가 아니라."

"알겠습니다, 형사님. 이해했습니다."

"링컨이라고 불러."

"예, 그러죠."

"밧줄은, 멜?"

쿠퍼는 섬유 데이터베이스를 죽 스크롤했다.

"일반적인 마섬유입니다. 국내 수천 곳의 소매점에서 판매하는 겁니다."

그리고 성분 분석을 실시했다.

"미량증거물은 없습니다."

젠장.

"다른 건, 풀라스키?"

셀리토가 물었다.

풀라스키는 목록을 읽어 내려갔다. 피해자의 손을 묶고, 피부를 파들어가 출혈을 일으킨 낚싯줄. 입을 막은 덕트 테이프. 테이프는 물론 홈 디포 제품으로 522가 휴지통에 버린 롤에서 뜯어낸 것이었다. 우툴두툴한 끝 모양이 완벽하게 일치했다. 풀라스키는 비닐봉투를 들어 보이며 뜯지 않은 콘돔 두 개가 시체 옆에서 발견되었다고 설명했다. 트로얀 엔츠 제품이었다.

"이건 체액입니다."

멜 쿠퍼가 비닐 증거물 봉투를 받아 질과 항문의 체액을 확인했다. 법의국에서 좀 더 자세한 부검을 하겠지만, 성분 분석 결과 콘돔에 사용되는 것과 유사한 살정제를 함유한 윤활제가 검출되었다. 현장에서는 정액이 발견되지 않았다.

러닝슈즈 족적이 발견된 바닥을 닦아낸 면봉에서는 맥주가 발견되었다. 밀러 제품이었다. 정전기로 족적 영상을 떠보니 당연히 사이즈 13 슈어트랙 러닝슈즈 오른쪽. 522가 휴지통에 버린 신발이었다.

"집에 맥주가 있었나? 부엌하고 식품 창고는 확인했어?"

"네, 했습니다. 없었습니다."

론 셀리토는 고개를 끄덕였다.

"드리온이 즐겨 마시는 맥주가 밀러라는 데 10달러 걸지."

"그 내기는 안 받겠어, 론. 다른 건?"

풀라스키는 피해자의 귀 바로 위쪽에서 발견한 갈색 조각이 들어 있는 비닐 봉투를 집어 들었다. 분석 결과 담배 가루였다.

"어떤 놈이지, 멜?"

관찰해보니 일반 궐련에 사용하는 잘게 썬 조각이었지만, 데이터베이스에 있는 태리턴 담배 샘플과는 달랐다. 링컨 라임은 금연법을 비난하는 미국 내 몇 안 되는 비흡연자 중 한 사람이었다. 담뱃잎과 재는 범죄자와 범행현장을 연결하는 훌륭한 과학수사 도구이기 때문이다. 쿠퍼도 제품명을 알아내지 못했다. 하지만 심하게 마른 상태로 보아 오래된 것이라는 결론을 내렸다.

"마이라는 담배를 피웠나? 집주인은?"

"그런 흔적은 발견하지 못했습니다. 늘 말씀하시는 대로 했습니다. 현장에 도착하자마자 냄새를 맡아봤죠. 담배 냄새는 나지 않았습니다."

"좋아."

지금까지의 수색 내용은 만족스러웠다.

"지문 쪽은?"

"집주인의 지문 표본을 채취했니다. 약장과 침대 옆 테이블에 놓인 물건에서요."

"대충 하진 않았군. 내 책을 제대로 읽었어."

라임은 대조 가능한 표본 지문을 현장에서 채취하는 것이 얼마나 중요한지, 그런 지문은 어디서 채취하는 것이 가장 좋은지에 대해 자신이 쓴 과학수사 교과서에서 여러 단락을 할애했다.

"그렇습니다."

"기분 좋군. 저작권료는 냈나?"

"형의 책을 빌렸습니다."

풀라스키의 쌍둥이 형은 그리니치빌리지 제6지구대 소속 경찰이었다.

"자네 형이 냈겠군."

표본 지문을 확인해보니, 아파트에서 발견된 지문 대부분은 집주인 부부의 것이었다. 다른 것들은 손님이 남긴 것 같았지만, 522가 부주의로 남긴 것일 가능성도 배제할 수 없었다. 쿠퍼는 모든 지문을 스캔해서 통합지문인식시스템(IAFIS)에 입력했다. 결과는 곧 나올 것이다.

"좋아. 말해봐, 풀라스키. 현장의 인상은 어땠나?"

예상 못한 질문인 것 같았다.

"인상이요?"

"저건 나무야."

라임은 눈으로 증거물 봉투를 가리켰다.

"숲에 대해서는 어떻게 생각하지?"

젊은 경찰은 생각했다.

"음, 무슨 생각이 들긴 했습니다만. 바보 같은 생각이라."

"자네가 바보 같은 이론을 들고 나오면 제일 먼저 그렇다고 말해주는 사람이 나잖아, 신참."

"음, 처음 도착했을 때, 몸싸움 흔적이 좀 이상하다고 느꼈습니다."

"무슨 뜻이지?"

"그러니까, 자전거는 아파트 바깥 가로등에 묶여 있었습니다. 이상하다는 생각을 전혀 하지 않고 피해자가 직접 세운 것처럼요."

"그럼, 범인이 길에서 여자를 그냥 끌고 간 건 아니군."

"맞습니다. 그리고 아파트에 들어가려면 대문을 열고 긴 통로를 지나야 현관문이 나옵니다. 통로는 아주 좁고 집주인이 놔둔 물건들로 가득 차 있었습니다. 항아리, 캔, 스포츠 용품, 재활용품, 정원용 공구. 하지만 흐트러진 흔적은 전혀 없었습니다."

풀라스키는 다른 사진을 두드렸다.

"한데 집 안을 보면… 몸싸움이 시작된 건 이곳입니다. 탁자와 꽃병. 현관문 바로 옆."

목소리가 다시 낮아졌다.

"피해자가 아주 심하게 반항한 것 같습니다."

라임은 고개를 끄덕였다.

"좋아. 522는 피해자를 잘 구슬려서 아파트로 데려갔어. 피해자는 자전거를 묶어놓고 통로를 지나 범인과 함께 아파트로 들어갔고. 그리고 현관에 도착한 다음에야 범인이 거짓말을 했다는 걸 깨닫고 나가려 했던 거야."

라임은 생각에 잠겼다.

"그렇다면 522는 마이라가 안심하고 믿어도 된다고 생각할 정도로 그녀에 대해 충분히 알고 있었을 거야…. 그렇지, 생각해봐. 그자는 모든 정보를 다 갖고 있었어. 상대가 어떤 사람인지, 무엇을 사는지, 언제 휴가를 가는지, 경보 장치가 있는지, 몇 시에 어디로 가는지…. 나쁘지 않아, 신참. 범인에 대해 구체적인 정보가 생겼으니까."

풀라스키는 미소를 억누르려고 애썼다.

쿠퍼의 컴퓨터에서 딩동 소리가 났다. 그가 화면을 읽었다.

"일치하는 지문은 없습니다. 단 하나도."

라임은 어깨를 으쓱했지만 놀라지는 않았다.

"흥미롭군. 그자는 많은 것을 알고 있었어. 누가 드리온 윌리엄스한테 전화를 걸어봐. 522가 연출한 증거가 모두 옳은지."

셀리토가 잠깐 통화를 해보니, 맞았다. 윌리엄스는 사이즈 13 슈어트랙 러닝슈즈를 신고, 트로얀 엔츠 콘돔을 정기적으로 구입하고, 40파운드짜리 낚싯줄을 갖고 있고, 밀러 맥주를 마시고, 최근 덕트 테이프와 마섬유로 된 밧줄을 사러 홈 디포에 간 적이 있었다.

예전 강간사건에 대한 증거물 차트를 훑어보니, 당시 522가 사용한 콘돔은 듀렉스 제품이었다. 조셉 나이틀리가 그 제품을 샀기 때문에 범인도 같은 브랜드를 이용한 것이다.

라임은 스피커폰으로 윌리엄스에게 물었다.

"혹시 신발 한 짝을 잃어버렸습니까?"

"아뇨."

셀리토가 말했다.

"그럼, 범인이 신발 한 켤레를 구입한 거군요. 당신이 갖고 있는 것과 같은 종류, 같은 사이즈로. 어떻게 알았을까요? 최근 누가 집에 들어온 적 있습니까? 차고에서 당신 자동차나 쓰레기통을 뒤졌다든지. 혹은 최근에 도둑을 맞은 적은 없습니까?"

"아뇨. 확실히 없습니다. 실직 상태라 거의 매일 제가 집을 보거든요. 그런 일이 있었다면 제가 알았을 겁니다. 그리 좋은 동네가 아니라서 집에 경보 장치가 있습니다. 항상 켜둡니다."

라임은 고맙다고 말한 뒤 전화를 끊었다.

그러곤 고개를 뒤로 젖히고 차트를 응시하며 적을 내용을 톰에게 불러주었다.

마이라 와인버그 범행현장

- 사인: 교살, 최종 부검 결과를 기다리는 중
- 신체 손상이나 특이한 자세는 없으나 왼손 약지 손톱이 잘려나갔음. 기념품일 가능성이 있음. 죽기 전에 잘랐을 가능성이 높음
- 콘돔 윤활제, 트로얀 엔츠
- 뜯지 않은 콘돔 2개, 트로얀 엔츠
- 사용한 콘돔이나 체액은 발견되지 않음
- 바닥에 밀러 맥주 흔적(범행현장이 아닌 곳에서 묻은 것)
- 40파운드 모노필라멘트 낚싯줄, 일반적인 물건
- 120센티미터 길이의 갈색 마섬유 밧줄(MW)
- 입을 막은 덕트 테이프
- 담배 가루, 오래된 것, 상표는 알 수 없음
- 족적, 슈어트랙 남성용 러닝슈즈, 사이즈 13
- 지문은 없음

라임은 물었다.

"범인이 911에 전화를 했지? 다지를 신고하려고?"

"그래."

셀리토가 대답했다.

"그 신고 전화에 대해 알아봐. 뭐라고 했는지, 목소리는 어땠는지."

"예전 사건에서 걸려온 전화도 알아봐야지. 자네 사촌 사건, 주화 도난사건, 예전 강간사건."

"좋아, 그렇지. 미처 생각을 못했군."

셀리토는 통신센터에 연락했다. 녹음된 911 전화의 보존 기간은 다양하다. 셀리토는 정보를 요청했다. 10분 뒤 연락이 왔다. 아서 사건과 오늘 벌어진 살인사건의 신고 전화는 아직 시스템에 남아 있어서 wav 파일을 쿠퍼의 이메일 주소로 보내주겠다고 했다. 예전 사건은 시디로 저장해서 문서보관소에 보관 중이라 찾으려면 며칠이 걸리지만, 정식으로 요청을 해두겠다고 했다.

오디오 파일이 도착하자 쿠퍼는 파일을 열어 재생했다. 비명 소리가 들린 주소로 빨리 가보라고 경찰한테 말하는 남자의 목소리였다. 그는 도주 차량에 대해서도 설명했다. 두 파일 모두 목소리가 동일했다.

"성문은? 용의자를 잡으면 대조할 수 있게요."

쿠퍼가 물었다. 성문은 과학수사계에서 거짓말탐지기보다 신빙

성이 높으며 판사에 따라 일부 법정에서는 증거로 채택하기도 한다. 하지만 라임은 고개를 저었다.

"잘 들어봐. 박스를 사용해 이야기하고 있어. 모르겠나?"

'박스(box)'란 목소리를 변조하는 기구다. 다스 베이더(영화 〈스타워즈〉에 나오는 인물 – 옮긴이)처럼 이상한 목소리를 만들지는 않는다. 음색은 약간 공허하지만 평범하다. 안내 전화나 고객 서비스센터에서 직원의 목소리를 통일하기 위해 많이 사용한다.

그때 문이 열리며 아멜리아 색스가 겨드랑이에 커다란 물건을 낀 채 거실로 들어왔다. 무슨 물건인지는 알아볼 수 없었다. 색스는 고개를 끄덕이고, 증거물 차트를 쳐다보며 풀라스키에게 말했다.

"잘한 것 같은데."

"감사합니다."

라임은 색스가 들고 있는 것이 책이라는 것을 깨달았다. 반쯤은 분리되어 있는 것 같았다.

"그건 대체 뭐야?"

"우리의 의사 친구, 리처드 조겐슨이 보내는 선물이에요."

"뭐지? 증거물?"

"글쎄요. 정말 묘한 경험이었어요. 그 사람하고 이야기한 것 말이에요."

"묘하다니, 무슨 소리야, 아멜리아?"

셀리토가 물었다.

"케네디 암살의 배후에 배트보이(batboy), 엘비스, 외계인이 있다고 생각해보세요. 그 정도로 묘했어요."

피식 웃음을 내뱉는 풀라스키를 향해 라임은 무시무시한 시선을 던졌다.

14 대역

색스는 신원을 도용당하고 인생이 망가진 불쌍한 남자 이야기를 들려주었다. 원수를 '하느님'으로, 자신을 '욥'으로 묘사하는 남자.

정신이 온전하지 않은 것은 분명했다. '묘하다'는 표현으로도 부족했다. 그러나 설령 일부만 진실이라 해도, 마음이 아파서 듣고 있기 힘든 이야기였다. 완전히 넝마가 된 인생, 이유 없는 범죄.

그때 색스의 말이 라임의 주의를 끌었다.

"조겐슨은 2년 전 자기가 이 책을 산 순간부터 그자가 자신을 뒤쫓았다고 믿고 있어요. 그자는 조겐슨이 하는 모든 일을 알고 있는 것 같아요."

"모든 일을 알고 있다."

라임은 증거물 차트를 바라보며 되풀이했다.

"몇 분 전 우리도 바로 그 이야기를 했어. 피해자와 무고한 죄인에 대해 필요한 모든 정보를 손에 넣는다."

라임은 아까까지 한 이야기를 색스에게 들려주었다. 색스는 멜 쿠퍼에게 책을 건네며 조겐슨이 그 안에 추적 장치가 있다고 믿는다는 사실을 알려주었다.

"추적 장치?"

라임은 코웃음을 쳤다.

"올리버 스톤 영화를 너무 많이 봤나보군…. 좋아, 원한다면 검사해봐. 하지만 진짜 단서는 간과하지 말자구."

색스는 조겐슨이 피해를 입었던 여러 관할 경찰서에 전화를 걸어봤다. 하지만 별다른 성과는 없었다. 신원 도용은 분명 있었다. 플로리다의 한 경찰이 물었다.

"그런데 이런 일이 얼마나 많이 일어나는지 아십니까? 가짜 주소를 찾아서 출동해도, 우리가 도착할 때는 이미 비어 있기 십상입니다. 피해자의 계좌로 청구한 물품을 몽땅 들고 멕시코나 몬태나로 도망치지요."

대부분 조겐슨의 사연을 알고 있었고("그 사람 정말 편지를 많이 썼습니다.") 안된 일이라고 생각했다. 하지만 배후 인물이나 범죄 조직을 찾아낼 만한 구체적인 단서가 전혀 없고, 원하는 만큼 충분한 시간을 사건에 쏟을 수도 없었다.

"인력이 100명 더 있다 해도 진전이 없을 수도 있습니다."

전화를 끊은 뒤, 색스는 522가 조겐슨의 주소를 알고 있으니 누군가가 전화를 걸거나 찾아와서 그에 대해 물어보면 즉각 알려달라고 호텔 직원에게 말해두었다고 설명했다. 그렇게 해주면 도시 위생과에 호텔을 고발하지 않겠다는 단서도 달았다.

"잘했어. 법규 위반을 미리 알고 있었나?"

"직원이 광속으로 그러겠다고 하는 걸 보고 알았죠."

색스는 풀라스키가 소호 근처 아파트에서 가져온 증거물 쪽으로 다가가서 훑어보았다.

"떠오르는 생각 있나, 아멜리아?"

셀리토가 물었다. 색스는 일어선 채 한쪽 손톱으로 다른 쪽 손톱을 뜯으며 이질적인 단서들 속에서 논리를 찾아내려고 애썼다.

"이건 어디서 구했을까?"

색스는 마이라 와인버그의 사진이 든 비닐봉투를 집어 들었다.
피해자는 즐겁고 행복한 표정으로 자신을 찍는 카메라를 바라보고
있었다.

"알아내야 해요."

좋은 지적이군. 522가 어느 웹사이트에서 다운로드받았으려니
생각했을 뿐, 라임도 사진의 출처에 대해서는 깊이 생각해보지 않
았다. 단서를 얻어낼 수 있는 매개로서 종이 자체에 더 관심이 있었
던 것이다.

사진 속의 마이라 와인버그는 꽃이 핀 나무 옆에 서서 얼굴에 미
소를 띤 채 카메라를 바라보고 있었다. 손에는 분홍색 음료가 든 마
티니 잔을 들고 있었다.

라임은 풀라스키가 다시 착잡한 시선으로 사진을 바라보는 것을
눈치 챘다.

제니를 약간 닮았더군요….

독특한 테두리와 사진 오른쪽의 편지 글씨 같은 것이 프레임 밖
으로 이어진 게 라임의 눈에 띄었다.

"사진은 온라인에서 얻었을 거야. 드리온 윌리엄스가 그녀를 스
토킹한 것처럼 보이게 하려고."

셀리토가 말했다.

"다운로드받은 사이트를 알면 그자를 추적할 수 있을지도 몰라.
어디서 받았는지 어떻게 알아내지?"

"구글에서 이름을 검색해봐."

라임이 말했다. 쿠퍼가 검색해보니 열 건 정도가 나왔다. 대여섯
건은 다른 마이라 와인버그였다. 피해자와 관련된 것들은 모두 전
문 분야 관련 단체였다. 하지만 522가 출력한 사진과 비슷한 것은
없었다.

색스가 말했다.

"좋은 생각이 있어요. 내 컴퓨터 전문가한테 전화해볼게요."

"누구? 컴퓨터 범죄국에 있는 그 친구?"

셀리토가 물었다.

"아뇨. 그 친구보다 더 솜씨 좋은 사람이에요."

색스는 전화기를 들고 번호를 눌렀다.

"안녕, 패미. 어디니? …잘됐네. 일이 생겼어. 온라인에 접속해서 웹 채팅방으로 들어가. 대화는 전화로 하고."

색스는 쿠퍼를 돌아보았다.

"웹캠 켤 수 있죠, 멜?"

쿠퍼가 키보드를 두드리자 잠시 후 브루클린의 양부모 집에 있는 팸의 방이 모니터를 가득 채웠다. 의자에 앉는 예쁜 십대 소녀의 얼굴이 나타났다. 광각 렌즈 때문에 영상은 약간 비틀려 보였다.

"안녕, 팸."

"안녕하세요, 쿠퍼 아저씨."

경쾌한 음성이 스피커폰을 통해 흘러나왔다.

"내가 할게요."

색스는 쿠퍼 대신 키보드 앞에 앉았다.

"팸, 우리가 사진을 한 장 찾았는데, 인터넷에서 다운받은 것 같아. 한 번 보고 어딘지 알면 말해줄래?"

"그러죠."

색스는 웹캠 앞에 사진을 들이댔다.

"번쩍거려요. 비닐을 벗기면 안 돼요?"

색스는 라텍스 장갑을 끼고 조심스럽게 종이를 꺼내 다시 들어 올렸다.

"좀 낫네요. 아, 아워월드(OurWorld)에서 받은 거예요."

"그게 뭐야?"

"인맥 네트워크 사이트예요. 페이스북(Facebook)이나 마이스페이스(MySpace)처럼. 요즘 뜨는 새 사이트예요. 다들 그걸 써요."

"그 사이트 알아요, 라임?"

색스가 물었다.

라임은 고개를 끄덕였다. 묘하게 최근에 그것에 관해 생각해봤다. 네트워크 사이트와 '세컨드 라이프' 같은 가상현실에 대한 〈뉴욕타임스〉 기사를 읽은 적이 있었다. 사람들이 바깥세상에서 지내는 시간이 점점 줄어들고, 아바타니 인맥 네트워크 사이트, 재택근무 등을 통해 가상세계에서 점점 더 많은 시간을 보내고 있다는 사실을 알고 놀랐다. 요즘 십대들은 미국 역사상 그 어떤 시기보다 야외 활동에 소비하는 시간이 적은 것 같았다. 씁쓸한 점은, 정작 라임 자신은 신체 상태를 호전시키는 규칙적인 운동과 달라진 마음가짐 덕분에 가상세계보다는 바깥세상으로 더 많이 나가고 있다는 사실이었다. 장애인과 정상인 사이의 경계가 흐려지고 있다고나 할까.

색스는 팸에게 물었다.

"그 사이트에서 받은 게 확실해?"

"네. 특별한 테두리 처리를 하거든요. 자세히 보면 그냥 선이 아니에요. 지구 비슷한 구체가 계속 이어져요."

라임은 자세히 들여다보았다. 과연, 테두리는 팸이 묘사한 그대로였다. 그는 아워월드에 대해 언급한 신문기사를 떠올리며 물었다.

"안녕, 팸⋯. 거기 회원이 많지. 안 그래?"

"아, 안녕하세요, 라임 아저씨. 네. 아마 3000만, 4000만 명 정도. 그건 누구 영역이에요?"

"영역?"

색스가 물었다.

"거기서는 개인 페이지를 그렇게 불러요. 누구누구 '영역'이라고. 그 여자는 누구예요?"

"오늘 살해당한 사람이야."

색스는 아무렇지도 않게 대답했다.

"아까 너한테 말한 그 사건의 피해자."

라임이라면 십대 소녀에게 살인사건 이야기를 하지 않을 것이다.

하지만 이건 색스의 일이다. 어디까지 말하고 어디부터 말하지 말아야 하는지 잘 알고 있을 것이다.

"저런, 안됐네요."

동정심이 우러나는 목소리였지만, 차가운 진실에 충격을 받거나 당황한 것 같지는 않았다.

라임이 물었다.

"팸, 아무나 로그인해서 네 영역에 들어갈 수 있니?"

"음, 가입을 해야 해요. 하지만 글을 올리고 싶지 않거나 자기 영역을 갖고 싶지 않으면 그냥 둘러보는 방법도 있어요."

"그러면 이 사진을 출력한 사람은 컴퓨터를 잘 안다고 할 수 있겠군."

"네, 그럴 거예요. 하지만 그 사람이 사진을 출력한 건 아니에요."

"뭐?"

"인쇄나 다운로드는 못 받아요. 프린트 스크린 명령으로도 안 돼요. 스토커를 방지하기 위해서 시스템 자체에 필터 장치가 돼 있거든요. 그건 못 깨요. 저작권이 걸려 있는 책을 온라인에서 보호하는 프로그램이랑 비슷한 거예요."

"그러면 사진을 어디서 얻었을까?"

팸은 웃었다.

"아, 잘생긴 남자애나 특이한 차림으로 다니는 여자애 사진을 손에 넣고 싶을 때, 우리 학교 애들이 다들 하는 대로 했겠죠. 그냥 스크린을 카메라로 찍는 거예요. 다들 그렇게 해요."

"그렇군."

라임은 고개를 저으며 말했다.

"미처 그 생각은 못했어."

"걱정 마세요, 라임 아저씨. 눈에 보이는 해답을 놓치는 일은 자주 있잖아요."

색스는 라임을 보았다. 라임은 소녀의 위로에 미소를 지었다.

"좋아, 팸. 고맙다. 다음에 보자꾸나."

"안녕!"

"자, 우리 친구의 초상화를 좀 더 채워보자구."

색스는 마커를 집어 들고 화이트보드로 다가갔다.

미확인 용의자 522 프로파일

- 남성
- 흡연자이거나 흡연자와 함께 거주, 혹은 흡연자와 일하거나 담배가 있는 환경에서 지냄
- 아이가 있거나 아이 근처에 거주, 혹은 아이 근처에서 일하거나 장난감이 있는 환경에서 지냄
- 미술, 주화에 관심이 있다?
- 백인, 혹은 연한 피부색
- 보통 체격
- 힘이 셈–피해자의 목을 조를 수 있을 만큼
- 음성 변조 장치를 사용함
- 컴퓨터를 잘 다룸: 아워월드에 대해 알고 있음. 다른 인맥 네트워크 사이트는?
- 피해자의 기념품을 보관함. 사디스트?
- 주거지/직장의 일부는 어둡고 축축한 곳

연출되지 않은 증거

- 먼지
- 낡은 마분지
- 인형 머리카락, BASF B35 나일론 6
- 태리턴 담배회사의 담배
- 태리턴이 아닌 오래된 담배, 상표는 알 수 없음
- 스타키보트리스 카르타룸 곰팡이

라임이 내용을 훑어보고 있는데, 멜 쿠퍼의 웃음소리가 들렸다.

"이런, 이런, 이런."

"뭐야?"

"이거 재미있는데요."

"정확하게 말해. 재미있는 건 필요 없어. 난 사실이 필요해."

"그래도 재미있습니다."

쿠퍼는 면도칼로 자른 로버트 조겐슨의 책등에 밝은 빛을 비추고 있었다.

"추적 장치 이야기를 듣고 그 의사가 미쳤다고 생각하셨죠? 음, 이게 뭘까요? 정말 올리버 스톤 영화라고 해도 되겠는데요. 정말 이 안에 뭐가 있습니다. 책등 테이프 안에요."

"정말요?"

색스는 고개를 저었다.

"난 그 사람이 미치광이라고 생각했는데."

"어디 한 번 보여줘."

라임은 의심이 잠시 수그러들고 호기심이 고개를 들었다.

쿠퍼는 작은 고해상도 카메라를 관찰대 가까이 옮기더니 적외선을 책에 대고 쏘았다. 테이프 밑에 미세한 선 네 개가 엇갈린 사각형 모양으로 드러났다.

"끄집어내."

쿠퍼는 조심스럽게 테이프를 절개하고 마치 컴퓨터 회로처럼 생긴 2.5센티미터 길이의 코팅된 종이 같은 것을 꺼냈다. 일련번호와 제조사 이름인 'DMS, inc.'도 적혀 있었다.

셀리토가 물었다.

"이게 뭐야? 정말 추적 장치야?"

"어떻게 작동하는 건지는 모르겠어요. 배터리나 파워도 없습니다."

쿠퍼가 말했다.

"멜, 회사를 찾아봐."

기업 검색을 해보니 회사는 보스턴 외곽에 본사가 있는 '데이터 매니지먼트 시스템스'였다. 멜이 회사 소개를 읽었다. 회사 내에 RFID 태그, 즉 무선주파수인식장치라 불리는 이런 작은 장비를 제조하는 부서가 있었다.

"들어본 적이 있습니다. CNN에 나왔어요."

풀라스키가 말했다. 라임은 빈정거리듯 말했다.

"아, 법과학 전문 채널 말인가?"

"아니, 그건 〈CSI〉지."

셀리토가 말했다. 론 풀라스키는 다시 웃음을 터뜨리려다 라임의 무서운 시선을 받고 조용해졌다. 색스가 물었다.

"이게 뭘 하는 거죠?"

"재미있군요."

"또, 재미있다…."

"대충 말하면, 프로그램이 가능하고 스캐너로 읽을 수 있는 칩입니다. 배터리는 필요 없습니다. 안테나가 무선주파수를 잡아내는데, 그걸로 작동이 가능하죠."

색스가 말했다.

"조겐슨이 이걸 해체하면서 안테나 부순다는 이야기를 했어요. 전자레인지에 넣으면 파괴할 수 있다고도 했고요. 한데 이건… 박멸할 수가 없다고. 그렇게 말했어요."

쿠퍼가 말을 이었다.

"공장이나 소매점에서 제품 정리를 할 때 이걸 사용합니다. 몇 년 뒤에는 미국 내에서 판매하는 거의 모든 제품마다 RFID 태그가 달릴 겁니다. 대형 매장에서는 이미 제품을 구입하기 전에 의무적으로 요구하고 있고요."

색스는 웃었다.

"조겐슨이 바로 그런 말을 했어요. 생각했던 것처럼 황당무계한 미치광이는 아닐지 모르겠는데요."

"모든 제품에?"

라임이 물었다.

"네. 제품이 어디 있는지, 재고가 얼마나 남았는지, 어떤 제품이 다른 것보다 더 빨리 팔리는지, 재입고 시기는 언제인지, 언제 주문해야 할지 알기 위해서죠. 바코드를 직접 확인하지 않고 승객의 짐이 어디 있는지 알 수 있도록 항공사에서 수화물 관리에 사용하기도 합니다. 신용카드, 운전면허증, 직원증에도 사용되죠. 이런 용도로 사용되는 건 '스마트카드'라고 불립니다."

"조겐슨이 내 신분증을 요구했어요. 정말 자세히 보더군요. 그 태그 때문에 그랬던 것 같아요."

"없는 곳이 없습니다."

쿠퍼가 말을 이었다.

"식료품 가게에서 사용하는 할인카드, 항공 마일리지 카드, 도로 요금소의 패스카드 등등."

색스는 증거물 보드 쪽으로 고갯짓을 했다.

"생각해봐요, 라임. 조겐슨은 자기가 '하느님'이라고 부르는 그 사람이 자기 삶의 모든 걸 알고 있다고 했어요. 신원을 도용할 수 있을 정도로. 그의 이름으로 물건을 사고, 대출을 받고, 신용카드를 만들고, 그가 어디 있는지 알아낼 수 있을 정도로."

라임은 사냥이 한 단계 진척되고 있다는 희열을 느꼈다.

"522는 피해자에게 가까이 접근해서 방어벽 안을 들여다볼 수 있을 정도로 상대를 알고 있었어. 대역의 집에 있는 것과 똑같은 증거를 심을 수 있을 정도로."

셀리토가 덧붙였다.

"그리고 범행 시각에 대역이 어디 있는지 정확히 알고 있었지. 알리바이를 만들 수 없도록."

색스는 작은 태그를 쳐다보았다.

"조겐슨은 이 책이 손에 들어온 뒤로 자기 인생이 망가지기 시작했다고 말했어요."

"어디서 샀지? 영수증이나 가격표는 없나, 멜?"

"없습니다. 있었어도 잘라낸 것 같아요."

"조겐슨한테 전화해. 여기로 불러."

색스는 전화기를 꺼내 방금 그를 만난 호텔 번호를 눌렀다. 미간에 주름이 잡혔다. 프런트 직원에게 물었다.

"벌써요?"

예감이 좋지 않아. 라임은 생각했다. 색스는 전화를 끊었다.

"방을 비웠대요. 하지만 그 사람이 어디로 갔는지 알아요."

색스는 메모지를 꺼낸 다음 다시 전화를 걸었다. 잠시 통화한 뒤, 한숨을 쉬며 전화를 끊었다. 조겐슨은 그 호텔에도 투숙하지 않았다. 예약 전화조차 걸지 않았다.

"휴대전화 번호는 있나?"

"휴대전화는 없어요. 못 믿겠다고 했어요. 하지만 내 번호를 알고 있으니, 운이 좋다면 전화를 걸겠죠."

색스는 작은 장비 쪽으로 다가갔다.

"멜, 선을 끊어요. 안테나."

"네?"

"조겐슨이 이제 우리가 이 책을 갖게 됐으니 우리도 감염된 거라고 했어요. 잘라요."

쿠퍼는 어깨를 으쓱하며 라임을 보았다. 라임은 말도 안 되는 소리라고 생각했다. 하지만 아멜리아 색스는 쉽게 겁을 먹는 성격이 아니다.

"그래, 그렇게 해. 증거물 카드에 기록만 해놔. '증거물 안전 조치.' 이렇게."

폭탄이나 총기류에 주로 사용하는 표현이었다.

라임은 RFID에 더 이상 관심을 두지 않고 고개를 들었다.

"좋아. 그 사람한테서 연락이 올 때까지 생각이나 하지. …이봐, 다들 뭐라고 말 좀 해봐. 아이디어가 필요하다고! 이번 범인은 사람들에 대한 정보를 쉽게 손에 넣을 수 있어. 어떻게? 그자는 대역이 구입한 모든 물건을 알고 있어. 낚싯줄, 부엌칼, 면도 크림, 비료, 콘돔, 덕트 테이프, 밧줄, 맥주. 지금까지 최소한 피해자는 넷, 대역도 넷. 범인은 모든 사람을 따라다닐 수 없고, 모든 사람의 집에 들어갈 수도 없어."

"대형 할인매장 점원일 수도 있겠군요."

쿠퍼가 말했다.

"하지만 드리온은 몇몇 증거물을 홈 디포에서 샀어. 거기서는 콘돔이나 음식물을 살 수 없다고."

"어쩌면 522가 신용카드회사에서 일하는 것 아닐까요? 그러면 사람들이 뭘 사는지 알 수 있잖아요."

풀라스키가 말했다.

"나쁘지 않아, 신참. 하지만 피해자가 현금으로 물건을 산 경우도 있어."

놀랍게도 톰이 한 가지 해답을 제시했다. 주머니에서 열쇠고리를 꺼내며 톰이 말했다.

"아까 멜이 할인카드 이야기를 했잖아요."

그러곤 열쇠고리에 달린 작은 플라스틱 카드를 들어 보였다. 하나는 A&P, 하나는 푸드 엠포리엄 카드였다.

"이 카드를 긁으면 할인을 받습니다. 현금으로 계산해도 매장에서는 제가 뭘 샀는지 알 수 있어요."

라임이 말했다.

"좋아. 하지만 그래서 어떻다는 거지? 피해자와 대역들이 물건을 산 곳은 수십 군데라고."

"아."

라임은 색스 쪽으로 시선을 돌렸다. 색스는 얼굴에 희미한 미소를 지으며 증거물 보드를 보고 있었다.

"알아낸 것 같아요."

"뭔데?"

라임은 법과학 법칙을 영리하게 적용한 해답을 기대했다. 하지만 색스는 간단하게 말했다.

"신발. 해답은 신발에 있어요."

15 데이터 마이닝

"사람들이 '일반적으로' 무엇을 사는지 아는 것만으로는 부족해요."

색스는 말을 이었다.

"모든 피해자와 대역들이 '정확히' 무엇을 사는지 알아야 하는 문제죠. 세 건의 범죄를 봐요. 당신 사촌 사건, 마이라 와인버그 사건, 주화 도난사건. 522는 대역이 신었던 신발의 종류만 아는 게 아니었어요. 사이즈까지 알았죠."

라임이 말했다.

"좋아. 드리온 윌리엄스와 아서가 신발을 어디서 샀는지 알아봐."

주디 라임과 윌리엄스에게 급히 전화를 해보니, 우편 주문을 통해 신발을 구입했다는 것을 알 수 있었다. 하나는 카탈로그 주문, 하나는 웹사이트를 통한 주문이었지만, 둘 다 제조사에서 직접 배송되었다.

"좋아. 회사 하나를 골라서 전화해보고, 신발업이 어떻게 돌아가는지 알아봐. 동전을 던져."

슈어트랙이 이겼다. 전화 네 통 만에 회사하고 관련된 사람과 통화할 수 있었다. 그것도 사장 겸 CEO였다.

물 튀기는 소리, 아이들 웃음소리가 들려왔다. 상대가 머뭇거리며 물었다.

"범죄입니까?"

"개인적으로 직접 관련되신 건 아닙니다."

라임은 상대를 안심시켰다.

"증거물 중에 귀사의 제품이 있어서요."

"신발에 폭탄을 넣어서 비행기를 폭파시키려 했던 그 사건 같은 건 아닙니까?"

상대는 이 화제를 입에 올리는 것이 마치 국가 기밀 누설이라도 된다는 듯 이내 입을 다물었다.

라임은 상황을 설명했다. 살인범이 피해자의 개인 정보를 얻어내고 있는데, 그중에 슈어트랙 신발과 자신의 사촌이 신던 앨튼, 또 다른 대역의 배스 운동화가 있었다….

"소매점을 통해 판매하십니까?"

"아뇨. 온라인 판매만 합니다."

"경쟁사와 정보 공유도 하십니까? 고객에 대한 정보 말입니다."

망설임. 잠시 기다리던 라임이 침묵을 깼다.

"여보세요?"

"아, 정보는 공유할 수 없습니다. 그건 반독점법 위반입니다."

"음, 누군가가 슈어트랙 신발 고객에 대한 정보를 얻어내려면 어떻게 해야 할까요?"

"그건 말씀드리기 곤란합니다."

라임은 얼굴을 찌푸렸다.

색스가 말했다.

"선생님, 우리가 쫓는 범인은 강간살인범입니다. 범인이 귀사 고객에 대한 정보를 어떻게 알아냈을지 짚이는 거라도 있으십니까?"

"글쎄요."

론 셀리토가 험악하게 끼어들었다.

"그럼 영장을 받아서 그쪽 기록을 한줄 한줄 다 파보면 되겠구만."

라임이 선호하는 교묘한 방식은 아니지만, 이번에는 우격다짐이 통했다. 상대는 재빨리 입을 열었다.

"잠깐만, 잠깐만. 짚이는 데가 있습니다."

"뭐요?"

셀리토가 다그쳤다.

"어쩌면 그는…. 좋습니다. 범인이 다른 여러 회사의 정보를 갖고 있었다면, 아마 데이터 마이너에게서 얻어냈을 겁니다."

"그게 뭐죠?"

라임이 물었다.

침묵. 이번에는 놀라서 침묵하는 것 같았다.

"정말 못 들어보셨습니까?"

라임은 눈을 굴렸다.

"네. 그게 뭡니까?"

"말 그대롭니다. 정보서비스회사죠. 고객의 정보를 수집하는 곳입니다. 구매 내역, 집, 자동차, 신용 기록. 고객의 모든 정보를 수집하죠. 그리고 이 정보를 분석해서 팝니다. 제조사가 시장의 트렌드를 알아내고, 새 고객을 발굴하고, 메일링 리스트를 알아내고, 광고 계획을 세우는 데 도움이 되죠."

그들에 대한 모든 것….

라임은 생각했다. 여기서 뭔가 나올 것 같은데.

"그 서비스회사는 RFID 칩으로 정보를 얻어냅니까?"

"그럼요. 가장 큰 데이터원 중 하나입니다."

"귀사는 어느 데이터 마이닝 회사를 이용하시죠?"

"음, 글쎄요. 여러 군데 있습니다."

신중한 목소리였다.

"저희는 그걸 정말 알아야 합니다."

색스는 셀리토가 연기한 나쁜 경찰 대신 좋은 경찰 역할을 맡았다.

"더 이상 사람이 다쳐서는 안 됩니다. 범인은 대단히 위험한 인물입니다."

상대는 갈등하며 한숨을 푹 쉬었다.

"음, SSD가 주거래처라고 해야겠죠. 상당히 큰 곳입니다. 하지만 혹시 그 회사 사람이 범행과 관련이 있다고 생각하신다면, 그건 불가능한 일입니다. 거긴 세상에서 가장 큰 회사예요. 보안 장치도 있고…."

"본사가 어디죠?"

색스가 물었다. 다시 망설임. 말해, 젠장. 라임은 생각했다.

"뉴욕 시입니다."

522의 활동 무대다. 라임과 색스의 시선이 마주쳤다. 라임은 미소를 지었다. 희망이 보였다.

"뉴욕 근처에 다른 회사는 없습니까?"

"네. 액시엄, 익스페리언, 초이스포인트 같은 다른 대형 회사는 이 근처가 아닙니다. 하지만 내 말을 믿으세요. SSD 내부인이 관련되었을 리 없습니다. 맹세할 수 있습니다."

"SSD는 무엇의 약자죠?"

"전략시스템스데이터코프(Strategic Systems Datacorp)."

"거래 창구가 있습니까?"

"특별히 따로 있지는 않습니다."

그는 재빨리 대답했다. 지나치게 빨랐다.

"없어요?"

"음, 거래하는 판매원들이 있습니다. 지금은 이름이 생각나지 않는데, 확인해서 알려드리겠습니다."

"경영자는 누굽니까?"

다시 머뭇거림.

"앤드루 스털링이라고 합니다. 설립자이자 CEO죠. 저, 제가 보증하지만 그 회사 사람들이 불법적인 일을 했을 리 없습니다. 불가능합니다.”

그때 라임은 뭔가 깨달았다. 그는 두려워하고 있었다. 상대는 경찰도, SSD 자체도 아니었다.

“무엇 때문에 걱정을 하십니까?”

“그냥….”

그는 고백하듯 말했다.

“우리 회사는 그쪽이 없으면 제대로 안 돌아갑니다. 사실상… 동업 관계거든요.”

그럴듯한 단어였지만, 말투로 미루어보건대 ‘극도로 의존하고 있다’는 뜻인 것 같았다. 색스가 말했다.

“비밀은 지켜드리겠습니다.”

“감사합니다. 정말, 감사합니다.”

안도하는 기색이 역력했다.

색스는 협조해준 데 대해 정중하게 고맙다는 인사를 했다. 셀리토가 눈동자를 굴렸다. 톰이 말했다.

“SSD는 모르지만, 데이터 마이닝은 들어본 적 있습니다. 21세기 최고의 사업이라고 하더군요.”

라임은 증거물 차트로 시선을 돌렸다.

“그러니까 522가 SSD에서 일하거나 그 회사 고객 중 하나라면 면도 크림, 밧줄, 콘돔, 낚싯줄 등 연출할 수 있는 모든 증거물을 누가 구입했는지 알아낼 수 있겠군.”

그때 다른 생각이 머리를 스쳤다.

“아까 신발회사 사장이 거기서 메일링 리스트 데이터도 판매한다고 했지? 아서는 프레스콧의 그림에 대한 우편 광고물을 받았어. 기억나? 522가 메일링 리스트를 통해 알아냈을 수도 있어. 앨리스 샌더슨도 어떤 명단에 있었을 거야.”

“그리고 보세요. 이 현장 사진.”

색스는 화이트보드로 다가가서 주화 도난사건 현장 사진 몇 장을 가리켰다. 우편 광고물이 탁자와 바닥에 눈에 띄게 놓여 있었다.

풀라스키가 말했다.

"그리고 저… 쿠퍼 형사님이 아까 이지패스를 말씀하셨잖아요. 만약 SSD가 그 카드 데이터도 분석한다면, 범인은 라임 형사님의 사촌이 정확히 몇 시에 시내에 있고, 몇 시에 집에 돌아오는지 알아낼 수 있었을 겁니다."

"맙소사!"

셀리토가 내뱉었다.

"그게 사실이라면 엄청난 범행 수법을 발굴한 거로군."

"데이터 마이닝에 대해 좀 더 알아봐, 멜. 구글로. SSD가 뉴욕 근처에 있는 유일한 회사인지 확실하게 알고 싶어."

쿠퍼는 키보드를 몇 번 두드린 다음 대답했다.

"흠. 데이터 마이닝으로 검색되는 문서가 2000만 건 이상인데요."

"2000만?"

한 시간 동안 수사팀은 쿠퍼가 미국 내 최대 데이터 마이닝 회사 목록을 여섯 군데로 줄여나가는 것을 지켜보았다. 그는 회사 홈페이지 및 기타 정보를 수백 장 다운로드했다.

다양한 데이터 마이닝 회사 고객과 522 사건에서 증거로 이용된 제품을 대조해보니, 모든 정보를 공통적으로 다루는 유일한 회사는 바로 SSD였다. 뉴욕 시내, 혹은 인근에 본사를 두고 있는 회사도 SSD 하나뿐이었다.

"원하시면 홍보 책자를 다운로드하겠습니다."

"좋아, 멜. 어디 보자구."

색스는 라임 옆에 앉아서 스크린을 들여다보았다.

SSD 웹사이트가 떴다. 맨 위에 회사 로고가 찍혀 있었다. 단 하나밖에 없는 창문에서 사방에 불빛을 비추는 감시탑 형태의 디자인이었다.

전략시스템스데이터코프

기회의 창을 찾으세요.

'지식은 힘이다.' 21세기의 가장 가치 있는 상품은 정보입니다. SSD는 지식을 이용해 전략을 수립하고, 목표를 정비하고, 현대 사회에서 마주치는 수많은 도전을 극복할 수 있는 해법을 도출하는 선구자입니다. 미국 및 해외에서 4000개 이상의 클라이언트가 이용하는 SSD는 업계의 표준을 제시하는 탁월한 정보 서비스 제공자입니다.

데이터베이스

'이너서클'은 미국 내 2억 8000만 명과 해외에 거주하는 1억 3000만 명의 핵심 정보를 보유한 세계 최대의 사설 데이터베이스입니다. 이너서클은 본사가 보유한 사상 최대의 강력한 상용 컴퓨터 시스템인 초병렬컴퓨터네트워크(MPCAN)를 기반으로 하고 있습니다.

이너서클에는 현재 500페타바이트, 즉 문서로 1조 페이지 이상의 정보가 저장되어 있으며, 곧 엑사바이트 단위로 성장할 것입니다. 5엑사바이트는 역사상 모든 인류가 언급한 모든 내용을 문서로 저장할 수 있을 만큼 엄청난 용량입니다.

우리는 다양한 개인 및 공공 정보를 보유하고 있습니다. 전화번호, 주소, 자동차등록, 면허 정보, 구매 내역 및 취향, 여행 내역, 정부 기록 및 인구 통계, 신용 및 수입 내역, 이외에도 수많은 정보가 있습니다. 우리는 이들 데이터를 빛의 속도로, 당신의 특별한 요구에 부합하도록 가공해 쉽게 이해할 수 있고 즉시 이용할 수 있는 형태로 넘겨드립니다.

이너서클은 하루 수십만 건의 속도로 성장하고 있습니다.

도구

• 워치타워. 세계에서 가장 광범위한 데이터베이스 관리 시스템. 전략 수립의 동반자 워치타워는 목표를 설정하고, 이너서클에서 가장 의미 있는 데이터를 추출해 1년 365일 하루 24시간 번개처럼 빠르고 안전한 서버를 통해 당신의 책상에 필승 전략을 가져다드립니다. 워치타워는 SQL이 설정한 기준을 충족시킬 뿐 아니라 이를 넘어섭니다.

- 엑스펙테이션, 최신 인공지능과 모델링 기술에 기반한 행동 예측 소프트웨어. 제조사, 서비스 제공자, 도매상, 소매상… 시장이 어디로 갈지, 고객이 미래에 무엇을 원할지 궁금하십니까? 엑스펙테이션은 당신을 위한 제품입니다. 법집행 기관도 주목하십시오. 엑스펙테이션이 있으면 범죄가 언제, 어디서 발생할지뿐만 아니라 누가 범죄를 저지를 가능성이 높은지 알 수 있습니다.

- 포트(불명확한 관계 찾기 도구), 겉보기에 연관성이 없는 수백만 개의 사실을 분석해 인간의 힘으로는 발견할 수 없는 연관성을 찾아내는 유일무이하고 혁명적인 제품. 시장에 대해(혹은 경쟁사에 대해) 더 많은 것을 알고자 하는 민간 회사나 어려운 형사사건을 다루는 법집행 기관에 포트가 힘이 되어드리겠습니다!

- 컨슈머 초이스, 추적 소프트웨어와 장비는 귀사의 광고와 마케팅 프로그램, 신상품 및 기획 중인 상품에 대한 소비자의 정확한 반응을 확인할 수 있도록 해드립니다. 주관적인 소비자 그룹의 의견은 이제 잊으십시오. 이제 생체 측정 추적 장비를 통해 당신의 기획에 대한 개인의 진정한 반응을, 심지어 관찰되고 있다는 사실조차 모르는 상태에서 수집하고 분석할 수 있습니다.

- 허브 오버뷰, 정보 통합 소프트웨어. 조직 내부의 데이터베이스는 물론, 적절한 상황일 경우 타 회사의 데이터베이스까지 쉽고 간편하게 관리할 수 있도록 도와드립니다.

- 세이프가드, 보안 및 개인인증 소프트웨어 서비스. 테러 위협, 기업인 납치, 산업 스파이, 직원 및 고객의 절도 행위가 염려되십니까. 세이프가드는 당신의 시설을 안전하게 지켜드리고 핵심 사업에 역량을 집중할 수 있도록 도와드립니다. 이 부문에는 세계 최고의 신원 확인, 보안, 약물 검사 업체가 참여하고 있으며, 세계 각지의 기업 및 정부를 고객으로 보유하고 있습니다. SSD 세이프가드 부문은 생체 확인 하드웨어와 소프트웨어 시장의 선두주자 Bio-Chek도 보유하고 있습니다.

- 나노큐어, 의료 연구 소프트웨어와 서비스. 질병의 진단과 치료를 위한 미생물 지능 시스템의 세계에 오신 것을 환영합니다. 우리의 나노 기술자들은 많은 의료진과 협력 체계를 갖추어 오늘날 인류가 직면한 일반적인 건강 문제에 대한 해결책을 추구하고 있습니다. 유전자 관련 문제에 대한 감시에서부터 끈질기고 치명적인 질병을 감지하고 치료하는 데 도움을 주는 주사용 표지를 개발하는 데 이르기까지 우리의 나노큐어 부서는 건강한 사회를 만들기 위해 일하고 있습니다.

- 온 트라이얼, 민사소송 지원 시스템 및 서비스. 생산물 책임부터 반독점 소송까지 온-트라이얼은 문서 작성과 증인 조서 및 증거물 관리를 효율화합니다.

- 퍼블릭슈어, 경찰 지원 소프트웨어. 해외, 연방, 주, 시 데이터베이스가 보유한 범죄 정보 및 관련 공공 기록을 통합 관리하는 유일한 시스템입니다. 퍼블릭슈어는 사무실이나 순찰차 컴퓨터, PDA, 혹은 휴대전화로 몇 초 만에 검색 결과를 전송해 수사관들이 사건을 신속하게 마무리 짓는 것을 돕고 현장 경찰의 준비 체제와 안전을 향상시킵니다.

- 에듀서브, 학술 지원 소프트웨어 및 서비스. 아이들의 학습 내용을 관리하는 것은 성공적인 사회를 만들어나가는 데 필수적인 일입니다. 에듀서브는 유치원부터 12학년 사이의 학교위원회와 교사들이 가장 효율적으로 자원을 활용할 수 있도록 돕고 최소의 세금으로 최고의 교육을 보장하는 서비스를 제공합니다.

라임은 믿기지 않는다는 듯 웃었다.

"522가 이 모든 정보에 접근할 수 있다면… 뭐, 모든 것을 아는 사나이로군."

멜 쿠퍼가 말했다.

"아, 들어보십시오. 저는 지금 SSD가 소유한 회사 내역을 보고 있습니다. 그중 어떤 회사가 있는지 맞혀보시죠."

"아까 그 이니셜이 뭐였더라? 그 회사겠지. DMS. 책 안에 들어 있던 RFID 태그 제조사. 맞지?"

"네. 맞습니다."

일동은 한동안 말이 없었다. 라임은 방 안의 모든 사람이 컴퓨터 스크린에서 반짝이는 SSD 로고를 바라보고 있다는 것을 알아챘다.

셀리토가 차트를 바라보며 입을 열었다.

"그럼, 이제 어떻게 해야 하지?"

"감시?"

풀라스키가 제안했다. 셀리토가 대답했다.

"그게 좋겠군. 수색 및 감시팀에 연락해서 팀을 꾸리겠네."

라임은 냉소적인 시선을 던졌다.

"직원이 몇 명쯤 되려나. 1000명이나 되는 회사를 감시해?"

라임은 고개를 젓고 물었다.

"오컴의 면도날을 알고 있나, 론?"

"오컴이 누구야? 이발사야?"

"철학자야. 면도날은 은유지. 현상에 대한 불필요한 설명을 제거한다는 뜻이야. 다양한 가능성이 있을 때는 거의 언제나 가장 단순한 것이 올바른 해답이라는 게 그의 이론이지."

"그래서 자네의 단순한 이론은 뭐지, 라임?"

라임은 홍보 책자를 바라보며 색스에게 말했다.

"자네하고 풀라스키가 내일 아침 SSD를 찾아가보는 게 좋겠어."

"가서 뭘 하죠?"

라임은 어깨를 으쓱했다.

"거기서 일하는 사람 중에 살인마가 있는지 물어봐."

16 벽장

아, 마침내 집이다.

나는 문을 닫는다.

바깥세상을 걸어 잠근다.

심호흡을 한 뒤 소파 위에 배낭을 놓고 티끌 하나 없는 주방으로 가서 생수를 마신다. 지금 흥분제는 필요 없다.

다시 초조감.

타운하우스는 좋은 집이다. 세계대전 전에 지어졌고, 크다(나처럼 사는 사람에게는, 온갖 수집품을 고려할 때 이런 집이 필요하다). 완벽한 집을 찾는 것은 쉽지 않다. 시간이 좀 걸렸다. 하지만 나는 여기 있다. 거의 눈에 띄지 않는다. 뉴욕에서는 사실상 익명으로 살아가는 것이 우스울 정도로 쉽다. 이 얼마나 멋진 도시인가! 그물망에서 벗어나는 것이 이곳에서는 존재의 기본 양식이다. 이곳에서는 남의 눈에 띄기 위해서 싸워야 한다. 물론 많은 열여섯 자리 숫자들이 그렇게 하고 있다. 그러나 세상에는 언제나 바보가 넘쳐나는 법.

그래도, 잘 들어, 겉모습은 갖춰야 한다. 타운하우스 앞쪽에 있는 방들은 단순하고 세련된 취향으로 꾸며져 있다(고마워, 스칸디나비아).

여기서 사람들과 어울리는 일은 별로 없지만, 그래도 평범한 외양은 필요하다. 실제 세상에서 기능해야 한다. 그렇지 않으면 열여섯 자리 숫자들은 뭔가 수상하다, 저 사람은 겉보기와 다른 사람이다, 라고 의심하기 시작한다.

일단 그렇게 되면 누군가가 몰래 들어와서 '벽장'을 열어보고 모든 것을 빼앗아가는 것은 시간문제다. 지금껏 그토록 열심히 일해온 모든 것을.

모든 것.

그것이야말로 최악 중의 최악이다.

그러니 '벽장'은 비밀을 유지해야 한다. 태양이 비추는 달의 반구처럼 반대쪽 인생을 환하게 유지하는 동안에도, '보물'은 커튼이 드리운, 혹은 막힌 창문 안에 감춰두어야 한다. 그물망에서 벗어나려면 별도의 생활 공간을 찾는 것이 가장 좋다. 내가 한 대로 하라. 아무리 신경을 긁어대더라도, 덴마크풍의 현대적 분위기가 나는 정상 생활은 질서 있게 유지하라.

평범한 집을 가져야 한다. 모든 사람이 갖고 있으니.

동료나 친구들과 유쾌한 관계를 유지하라. 모든 사람이 그렇게 하고 있으니.

때로는 데이트를 하고 밤을 보내자고 유혹하며 연기를 하라.

그 역시 모든 사람이 하고 있으니. 외투 주머니에 녹음기와 칼을 넣은 채 감언이설로 여자의 침실까지 들어가서 미소를 짓고, 우리는 영혼의 짝이다, 이렇게 공통점이 많지 않느냐고 속삭일 때만큼 흥분되지 않는다 해도.

이제, 창문의 블라인드를 내리고 거실 뒤쪽으로 향한다.

와, 정말 깔끔한 공간이네요…. 밖에서 볼 때보다 넓어요.

네. 그렇더군요.

아, 거실에 문이 있네요. 저 안에는 뭐가 있나요?

아, 저기요? 그냥 창고입니다. 벽장이지요. 볼 건 없습니다. 와인드실까요?

데비 샌드라 수전 브렌다, 지금 내가 향하는 곳. 진정한 나의 집이다. '벽장.' 나는 이렇게 부른다. 중세 성채의 최종 방어 지점인 본성과 같은 곳, 중앙부의 성소다. 다른 모든 것이 실패했을 때, 왕과 그의 일가는 본성으로 후퇴했다.

나는 마술의 문을 지나 본성으로 들어간다. 실제로 여기는 벽장이다. 안에는 옷이 걸려 있고 신발 상자가 있다. 그러나 옷을 한쪽으로 밀면 두 번째 문이 나온다. 문 건너편에는 집의 나머지 구조가 펼쳐진다. 끔찍한 스웨덴 미니멀리즘으로 치장한 앞면보다 훨씬, 훨씬 넓다.

나의 벽장….

이제 나는 벽장에 들어가 등 뒤로 문을 잠그고 불을 켠다.

긴장을 풀어보려고 한다. 그러나 오늘 같은 하루, 재앙을 겪은 뒤라 초조함을 떨쳐내는 것이 쉽지 않다.

좋지 않다 좋지 않다 좋지 않다….

나는 책상 의자에 주저앉아 컴퓨터를 켜고 내 앞에 걸린 앨리스 3895 협찬 프레스콧 그림을 바라본다. 저 감각이라니! 가족 구성원의 눈은 매혹적이다. 프레스콧은 한 사람 한 사람 서로 다른 눈빛을 그려 넣었다. 모두 혈연관계라는 것은 분명하다. 그런 의미에서 표정도 비슷하다. 동시에 마치 각자 다른 가족으로서의 생활을 상상하듯 서로 다르다. 행복한 표정, 걱정스러운 표정, 화난 표정, 신비스러운 표정, 지배자의 표정, 지배당하는 자의 표정.

가족이란 이런 것이다.

그럴 것이다.

나는 배낭을 열고 오늘 획득한 보물을 꺼낸다. 양철 깡통, 연필 세트, 낡은 치즈 강판. 이런 걸 왜 버리지? 앞으로 몇 주 동안 사용할 실용적인 물건들도 꺼내놓는다. 사람들이 무심하게 버린 신용 카드 사용내역서, 신용카드 영수증, 전화요금 영수증…. 바보들.

소장품에 들어갈 물건이 하나 더 있지만, 테이프 녹음기는 나중으로 미루자. 아주 대단한 물건은 아니다. 손톱을 떼어내는 순간 마이라 9834가 목청껏 지르는 비명 소리가 덕트 테이프에 막혔기 때문이다(나는 행인들이 들을까 걱정되었다). 모든 소장품이 왕관에 박힌 보석이 될 수는 없는 법. 특별 수집품이 빛을 발하려면 평범한 물건도 있어야 한다.

그런 다음 벽장 안을 돌아다니며 적당한 장소에 보물을 놓는다.

밖에서 볼 때보다 넓어요….

오늘까지 내가 소장한 신문은 7403점, 잡지는 3234점(물론 〈내셔널 지오그래픽〉은 기본이다), 성냥갑은 4235점…. 숫자는 그만두자. 외투걸이, 주방용품, 도시락 통, 소다수 병, 빈 시리얼 상자, 가위, 면도기, 구두 주걱과 구두 골, 단추, 커프스링크 상자, 빗, 손목시계, 옷, 유용한 도구와 오래전 사용이 중단된 도구. 알록달록한 축음기용 음반, 검정색 음반, 병, 장난감, 잼 병, 양초, 양초꽂이, 사탕 접시, 무기. 목록은 끝없이 계속된다.

벽장은 박물관처럼 도합, 딱 그 숫자다, 열여섯 개 관으로 구성되어 있으며, 유쾌한 장난감(그 하우디 두디 인형은 상당히 무섭다)이 진열된 방부터 내게는 보물이지만 대부분의 사람은 불쾌하게 느낄 물건들이 진열된 방까지 다양하다. 오늘 오후처럼 다양한 트랜잭션에서 얻어낸 머리카락과 손톱 조각, 오그라든 기념품들. 나는 마이라 9834의 손톱을 눈에 잘 띄는 곳에다 놓는다. 보통 이 과정은 나를 다시 흥분시킬 정도의 쾌감을 가져다주지만, 지금 이 순간은 우울하고 빛이 바랜 느낌이다.

그들이 정말 싫다….

나는 보물에서 쾌감을 전혀 얻지 못한 채 떨리는 손으로 시가 상자를 닫는다.

싫다 싫다 싫다….

컴퓨터로 돌아와서 생각에 잠긴다. 어쩌면 위험은 없을지도 모른다. 저들이 드리온 6832의 집을 찾아낸 것은 그저 묘한 우연의 일치였을지도 모른다.

하지만 나는 조금의 위험도 감수할 수 없다.

문제: 지금 나를 갉아먹고 있는, 보물을 빼앗길 수도 있다는 위험.

해결책: 브루클린에서 시작한 행동을 한다. 반격한다. 위협 요소를 제거한다.

나를 뒤쫓는 것들을 포함해 대부분의 열여섯 자리 숫자들은 이해하지 못한다. '그들'의 한심한 약점은 바로 이거다—나는 생명을 빼앗는 행위에 윤리적으로 잘못된 점이 전혀 없다는 불변의 진실을 믿는다. 나는 우리가 일시적으로 끌고 다니는 저 피부와 신체 기관이 담긴 봉투와는 완전히 독립적인 영원한 존재가 있다는 사실을 알고 있기 때문이다. 증거도 있다. 당신이 태어나는 순간부터 축적된, 당신에 대한 저 모든 데이터를 보라. 수천 개의 공간에 저장되고, 복사되고, 백업된, 눈에 보이지 않고 파괴할 수도 없는 저 데이터야말로 영원하다. 모든 육신이 그렇듯이, 우리의 육신이 간 뒤에도, 데이터는 영원하다.

이것이 불멸하는 영혼이 아니라면, 나는 다른 것을 알지 못한다.

17 가족

　침실은 조용했다.

　라임은 톰이 오랜 파트너인 피터 호딘스와 일요일 밤을 함께 보낼 수 있도록 집에 보냈다. 라임은 조수에게 온갖 험한 말을 하곤 했다. 그 자신도 어쩔 수 없었고, 때로는 자책감을 느끼기도 했다. 하지만 그는 보상하려 노력했고, 오늘 밤처럼 아멜리아 색스가 자고 갈 때면 톰을 일부러 내쫓았다. 젊은 톰에게는 이 타운하우스에서 성질 더러운 장애인을 돌보는 것 외에도 자신만의 인생이 필요했다.

　욕실에서 달각거리는 소리가 들렸다. 여자가 침대에 들 준비를 하는 소리였다. 유리잔 부딪히는 소리, 플라스틱 뚜껑 닫는 소리, 향수 뿌리는 소리, 물 흐르는 소리, 습한 욕실 공기에서 흘러나오는 향기.

　그는 이런 순간이 좋았다. 이런 순간은 '과거'를 연상시켰다.

　상념은 실험실 아래층에 있는 사진들로 흘러갔다. 링컨이 육상복 차림으로 찍은 사진 옆에는 흑백 사진이 하나 있었다. 호리호리한 몸에 정장을 걸친 이십대 남자 둘이 나란히 서 있는 모습이었다. 포

187 가족

옹할지 말지 망설이듯 팔을 **빳빳하게** 서로 걸친 채.

라임의 아버지와 삼촌이었다.

라임은 삼촌 생각을 종종 했다. 아버지 생각은 그다지 많이 하지 않았다. 평생 그랬다. 아니, 테디 라임에게 문제가 있었던 것은 아니다. 형제 중 동생이었던 아버지는 종종 수줍음도 타고 사교성이 없는 성격이었다. 그는 오전 9시부터 오후 5시까지 여러 사무실에서 숫자와 씨름하는 일을 사랑했고, 독서를 사랑했다. 저녁마다 낡고 푹신한 안락의자에 앉아 책을 읽었고, 어머니 앤은 바느질을 하거나 텔레비전을 봤다. 테디가 좋아하는 분야는 역사, 특히 미국 남북전쟁이었다. 아마 아들에게 링컨이라는 이름을 붙인 것도 그런 취향 때문일 것이다.

아버지와 아들은 기분 좋게 공존했지만, 라임은 부자가 단둘이 있을 때 흐르던 어색한 침묵을 기억했다. 걱정거리는 한편으로는 흥미의 대상이다. 도전은 살아 있다는 느낌을 준다. 하지만 테디는 걱정하지도, 도전하지도 않았다.

하지만 헨리 삼촌은 도전했다. 거침없이.

같은 방에 있으면 몇 분 지나지 않아 삼촌의 관심은 마치 헤드라이트처럼 링컨에게 쏠리곤 했다. 농담이 날아오고, 이런저런 잡담, 최근 가족들의 소식이 뒤따랐다. 그리고 항상 질문이 쏟아졌다. 진심으로 알고 싶어서 던지는 질문도 있었다. 하지만 대부분은 논쟁을 요구하는 질문이었다. 아, 헨리 삼촌은 지적인 창검술을 얼마나 좋아했는지 모른다. 움츠러들 때도, 얼굴이 붉어질 때도, 화가 치밀어 오를 때도 있었다. 하지만 드물게 삼촌이 칭찬을 하면, 정말 칭찬받을 자격이 있다는 뜻이었기 때문에 자부심이 가슴을 가득 채웠다. 헨리 삼촌의 입에서 마음에 없는 칭찬이나 공허한 격려가 나오는 일은 없었다.

"거의 다 왔어. 좀 더 생각해! 답은 네 안에 있다. 아인슈타인은 너보다 조금 더 컸을 때 모든 중요한 업적을 이루어냈다."

올바른 답을 제시했을 때는 인정한다는 뜻으로 한쪽 눈썹을 추켜세우는 축복을 받을 수 있었고, 이는 웨스팅하우스 과학경시대회 우승에 버금가는 영광이었다. 그러나 논리에 오류가 있거나 틀린 전제, 감정적인 비판, 왜곡된 사실 관계가 있을 때는…. 요점은 상대를 이기는 것이 아니었다. 그의 유일한 목적은 진실에 다가가는 것, 그 과정을 라임에게 이해시키는 것이었다. 일단 라임의 논리를 완전히 박살내놓고 그 이유를 이해시키고 나면, 상황은 끝이 났다.

이제 네가 어디서 틀렸는지 알겠니? 잘못된 가정에 근거해서 온도를 계산했잖아. 그렇지! 자, 전화를 좀 걸어볼까. 사람들을 모아서 토요일에 화이트삭스 경기나 보러 가자꾸나. 야구장 핫도그가 먹고 싶은데, 10월에 코미스키 파크에서는 절대 못 산다.

링컨은 지적인 대결을 즐겼고, 삼촌의 세미나나 비공식 대학 토론회에 참석하기 위해 종종 하이드 파크까지 차를 몰기도 했다. 늘 다른 활동을 하느라 바빴던 아서보다 오히려 라임이 자주 다녔다.

삼촌이 아직 살아 있다면, 지금 분명 라임의 방에 들어와서 움직이지 않는 몸에는 눈길도 주지 않고 가스크로마토그래프를 가리키며 불쑥 말했을 것이다. "저 쓸모없는 건 뭐하러 아직 돌리는 거냐?" 그리고 증거물 보드 맞은편에 앉아서 라임의 522 사건 수사 방식에 대해 질문하기 시작할 것이다.

그래, 하지만 이 사람이 그런 식으로 행동하는 게 논리적일까? 네 전제를 나한테 한 번 더 말해보거라.

아까 떠올랐던 밤이 다시 생각났다. 에번스턴에 있는 삼촌 집에서 보낸 고등학교 3학년 때의 크리스마스이브. 참석한 사람은 헨리와 폴라, 사촌 로버트, 아서, 마리. 테디와 앤은 링컨을 데려왔고, 다른 고모와 삼촌, 다른 사촌들도 와 있었다. 이웃도 한두 명 있었다.

링컨과 아서는 저녁 내내 아래층에서 당구를 치며 내년 가을과 대학생활의 계획에 대해 이야기하고 있었다. 링컨의 마음은 MIT에 가 있었다. 아서도 마찬가지로 거기 갈 계획이었다. 둘 다 입학 가능성은 자신만만했기 때문에, 그날 밤 주제는 한 기숙사에서 살 것인지 캠퍼스 밖의 아파트를 얻을 것인지 여부였다(남자들끼리의 우정이냐, 편안함이냐).

미시건 호수가 철썩거리고 뒤뜰의 헐벗은 회색 나뭇가지 사이로 바람이 부는 저녁, 온 가족은 식당의 커다란 테이블에 모였다. 헨리는 예리한 눈빛으로 희미한 미소를 띤 채 좌중에 오가는 모든 대화를 귀담아 들으며 수업을 진행할 때처럼 식탁 분위기를 이끌었다. 농담과 일화를 이야기하고, 손님들의 생활에 대해 묻기도 했다. 관심을 가지며 귀를 기울이고, 때로는 상대를 교묘히 조종하기도 했다.

"마리, 다들 모였으니 조지타운 대학의 펠로십 이야기를 해봐라. 우리 모두 너한테 정말 좋을 거라고 동의했었지. 제리도 멋진 차를 타고 주말에 찾아올 수 있고. 한데 지원 마감이 언제더라? 얼마 남지 않은 것 같은데."

연한 금발 머리 딸은 아버지의 눈을 피하며 크리스마스와 기말시험 때문에 아직 서류 작성을 마치지 못했다고 대답했다. 하지만 그렇게 할 거라고, 당연히 그렇게 할 거라고 대답했다.

헨리의 의도는 물론 딸과 약혼자가 다시 6개월이나 떨어져 지내는 것을 감수하고라도 그렇게 하겠다고 여러 증인들 앞에서 약속을 받아내는 것이었다.

라임은 늘 삼촌이 법정 변호사나 정치가였다면 정말 탁월했을 거라고 믿었다.

남은 칠면조와 민스파이가 깨끗이 치워지고 그랑마르니에, 커피, 차가 나오자 헨리는 모두를 거실로 안내했다. 커다란 트리가 한쪽을 차지하고, 벽난로에는 불꽃이 활활 타올랐다. 하버드 교수로서 박사 학위를 세 개나 가지고 있던 할아버지의 근엄한 초상화가 벽에 걸려 있었다.

이제 퀴즈 시간이었다.

헨리가 과학 문제를 내면 가장 먼저 맞히는 사람이 1점을 따는 방식이었다. 헨리가 고른 1등부터 3등에게는 폴라가 정성스럽게 포장한 상품을 주기로 했다.

팽팽한 긴장이 감돌고—헨리가 좌중을 주도하면 늘 이런 분위기였다—사람들은 진지하게 경쟁했다. 링컨의 아버지는 화학 문제라면 자신이 있었다. 또 숫자와 관련된 주제가 나오면 헨리가 미처 질문을 마치기도 전에 비상근 수학 교사인 링컨의 어머니가 대답을 하곤 했다. 그러나 유력한 우승 후보는 사촌형제들이었다. 로버트, 마리, 링컨, 아서 그리고 마리의 약혼자.

8시가 가까워지고 퀴즈 시합이 끝날 때쯤 되자 사람들은 문자 그대로 의자 끝에 엉덩이만 걸치고 앉았다. 한 문제마다 순위가 바뀌었다. 손바닥은 땀으로 축축했다. 폴라의 시계로 채 몇 분이 남지 않았을 때, 링컨은 연거푸 세 문제를 맞히고 우승을 차지했다. 마리가 2등, 아서가 3등이었다.

링컨은 좌중의 박수를 받으며 배우처럼 짐짓 허리를 굽혀 절하고 삼촌에게서 1등상을 받았다. 진녹색 포장지를 풀었을 때의 놀라움은 아직도 잊을 수가 없다. 상품은 투명한 플라스틱 박스 안에 든 2.5센티미터 크기의 정육면체 콘크리트였다. 물론 단순한 장난으로 준 상품은 아니었다. 링컨이 손에 든 것은 사촌과 이름이 같은 과학자 아서 콤프턴과 엔리코 페르미가 최초의 핵연쇄반응을 연구했던 시카고 대학의 스태그 필드 조각이었다. 1950년 운동장을 철거할 때 헨리 삼촌이 손에 넣은 것 같았다. 링컨은 역사적 가치가 있는 상품에 대단히 감동했고, 자신이 진지하게 경쟁에 임했다는 사실이 기뻤다. 그 돌은 아직도 마분지 상자에 담겨 지하실 어딘가에 보관되어 있을 것이다.

그러나 상품에 감탄하고 있을 시간이 없었다.

그날 밤 늦게 아드리아나와 데이트 약속이 있었기 때문이다.

식구들이 예기치 않게 머릿속에 찾아왔듯이 아름다운 빨강 머리

체조 선수에 대한 기억도 생생하게 살아났다.

아드리아나 발레스카—그단스크 출신 이민 2세였기 때문에 첫 W는 약한 V로 발음했다—는 링컨이 다니던 고등학교 진학상담실에서 일했다. 3학년 초에 어떤 지원서를 제출하러 간 라임은 그녀의 책상에서 여러 번 읽은 흔적이 뚜렷한 하인라인의 소설 《낯선 땅의 이방인》을 발견했다. 두 사람은 여러 모로 동의하고 때로 논쟁도 하면서 한 시간 동안 그 책에 대해 이야기를 나누었다. 그날 라임은 화학 수업을 빼먹었다. 하지만 상관없었다. 우선순위는 우선순위니까.

그녀는 키가 크고 날씬했다. 눈에 띄지 않는 치아교정기를 끼고, 보송보송한 스웨터와 통 넓은 청바지를 주로 입는 매력적인 여자였다. 미소는 활기찬 느낌부터 유혹적인 느낌까지 다양했다. 그들은 곧 데이트를 시작했다. 양쪽 다 진지한 관계는 처음이었다. 서로의 스포츠 모임에 참석하기도 하고, 아트 인스티튜트의 손 전시관(Thorne Rooms), 올드타운의 재즈 클럽을 찾아가기도 하고, 때로는 비좁은 그녀의 셰비 몬자(Chevy Monza) 뒷자리에서 뒹굴기도 했다. 라임의 달리기 실력으로는 집에서 아드리아나의 집까지 잠깐 뛰면 갈 수 있는 거리였다. 하지만 그럴 수는 없었기에—땀투성이가 된 모습으로 나타날 수는 없지 않은가—그녀를 만날 때면 식구들의 자동차를 빌렸다.

그들은 몇 시간이고 이야기를 나누곤 했다. 헨리 삼촌과 그랬듯이. 그리고 두 사람은 관계를 맺었다.

물론 장애물도 있었다. 라임은 다음 해에 보스턴에 있는 대학으로 떠나고, 아드리아나는 샌디에이고에서 생물학을 공부하며 동물원에서 일할 예정이었다. 하지만 이런 것들은 그저 곤란한 사정이었을 뿐 링컨 라임은 그때도 지금과 마찬가지로 사정이라는 것을 변명으로 받아들이지 않는 사람이었다.

나중에—사고 후 그리고 블레인과 이혼한 후—라임은 아드리아

나와 헤어지지 않았다면 어떻게 되었을까 생각해보곤 했다. 그 크리스마스이브 날 밤, 라임은 거의 청혼할 단계까지 갔다. 반지 대신 '다른 종류의 돌'—삼촌이 과학상식 퀴즈 우승상으로 준 것—을 선물할 생각이었다.

하지만 날씨 때문에 포기했다. 서로를 꼭 껴안고 벤치에 앉아 있는 동안, 고요한 중서부의 하늘에서 눈이 무시무시하게 쏟아지기 시작했다. 몇 분 만에 머리카락과 코트가 축축하고 흰 담요로 뒤덮였다. 아드리아나와 링컨이 겨우 각자의 집으로 돌아가자마자 도로는 통행금지가 되었다. 그날 밤, 링컨은 침대에 누워서 콘크리트가 든 플라스틱 상자를 옆에 놓고 청혼할 대사를 연습했다.

하지만 청혼은 끝내 하지 못했다. 여러 가지 사건들이, 눈에 보이지 않는 원자가 냉랭한 운동장 지하에서 핵분열을 일으켜 세상을 영원히 바꾸어버렸듯이, 겉보기에는 사소한 사건들이 두 사람의 삶에 끼어들어 둘의 인생을 다른 방향으로 보내버린 것이다.

모든 것이 달라졌을 텐데….

긴 빨강 머리를 빗는 색스의 모습이 보였다. 링컨은 한참 동안 그녀를 바라보았다. 오늘 밤 자고 가는 것이 기뻤다—평소보다 더. 라임과 색스는 서로 떨어져서 지내지 못하는 그런 사이는 아니었다. 그들은 강인하고 독립적이어서 종종 떨어져 지내는 것을 더 좋아할 때도 있었다. 그러나 오늘 밤 라임은 그녀가 여기 있어주기를 바랐다. 자신 옆에 누운 그녀의 몸을, 더욱 강렬한 감각을—느낄 수 있는 부위가 몇 군데밖에 없으므로—즐기고 싶었다.

색스에 대한 그의 사랑은 컴퓨터에 연결된 트레드밀과 일렉트롤로직 자전거 운동을 더욱 열심히 하게 해주는 원동력 중 하나였다. 언젠가 의학이 결승선을 통과하기만 한다면—그를 다시 걷게 해준다면—근육도 완벽하게 준비되어 있어야 한다. 그런 날이 올 때까지 몸 상태를 향상시켜줄 수 있는 새 수술도 고려 중이었다. 실험적이고 논란도 많은 '말초신경 경로 변경'이라는 기술이다. 오랫동안 사람들의 입에 오르내렸지만—이따금 시도되기도 한다—긍정적인 수술 사례는 그리 많지 않다. 최근 외국 의사들이 수술을 성공적으로 마쳤다는 보도가 있었지만, 미국 의학계에서는 아직 삼가고 있는 입장이다. 부상 부위 위쪽의 신경과 아래쪽 신경을 이어주는 수술인데, 홍수로 무너진 다리 옆에 우회로를 만드는 것과 같다고 할 수 있다.

성공 사례는 대부분 라임보다 손상 정도가 덜한 환자들이었다. 하지만 결과는 놀라웠다. 방광 기능 조절 능력을 되찾고, 사지를 움직일 수 있고, 심지어 걷기까지 했다. 라임의 경우 걷는 게 불가능할 것이다. 그러나 이 분야의 선구자인 한 일본인 의사와 아이비리그의 한 대학 병원 동료와 이야기해보니 개선될 희망이 어느 정도는 보였다. 팔과 손, 방광의 감각과 움직임이 회복될지도 모른다.

성관계도.

마비 환자, 심지어 전신마비 환자도 얼마든지 성관계를 가질 수 있다. 정신적인 자극일 때는—매력적인 남자나 여자를 볼 때—뇌에서 내려가는 명령이 망가진 척추 부위를 통과하지 못한다. 그러나 신체는 놀라운 메커니즘을 갖고 있다. 부상 부위 아래쪽에 스스로 알아서 마법처럼 작동하는 신경 다발이 있다. 해당 부위에 작은 자극을 주면 아무리 심각하게 마비된 사람도 사랑을 나눌 수 있는 경우가 많다.

욕실 불이 꺼졌다. 색스의 실루엣이 다가오더니, 오래전 그녀가 세상에서 가장 편안한 곳이라고 했던 침대로 올라왔다.

"나는⋯."

색스의 입술이 그의 입술을 막는 바람에 목소리가 막혔다.

"뭐라고 했어요?"

색스는 속삭이며 입술을 그의 턱으로 가져가고 이어서 목으로 향했다.

라임은 잊어버렸다.

"잊어버렸어."

라임은 색스의 귀를 입술로 살짝 물었다. 담요가 벗겨지는 것이 느껴졌다. 색스 쪽에서는 상당한 노력이 필요한 일이었다. 톰은 마치 훈련교관이 두려운 병사처럼 침대를 정돈했기 때문이다. 하지만 담요는 곧 발치 쪽으로 밀려났다. 색스의 티셔츠도 그 위에 던져졌다.

색스는 다시 그에게 키스했다. 그도 열렬히 키스했다.

그때 색스의 전화벨이 울렸다.

"아, 난 못 들었어요."

네 번 벨이 울린 뒤, 고맙게도 음성사서함으로 연결되었다. 그러나 잠시 후 벨이 다시 울렸다.

"당신 어머니인지도 몰라."

라임이 말했다.

로즈 색스는 심장질환으로 치료를 받고 있었다. 경과는 좋았지만, 최근에 다시 증상이 나타났다.

색스는 짜증을 내며 휴대전화를 열었다. 파란 액정 불빛이 두 사람의 몸을 비쳤다. 발신자 번호를 확인한 색스가 말했다.

"팸이군. 받아야겠어요."

"그래."

"안녕. 무슨 일이야?"

이쪽의 대화 내용만 들어도 뭔가 잘못되었다는 것을 알아챌 수 있었다.

"좋아…. 알았어…. 한데 여긴 링컨 아저씨 집이야. 지금 올래?"

색스는 라임을 돌아보았다. 라임은 그러라는 뜻으로 고개를 끄덕였다.

"알았어, 팸. 안 자고 있을게. 그래."

색스는 전화를 끊었다.

"무슨 일인데?"

"모르겠어요. 말을 안 해요. 그냥 오늘 밤에 댄과 이니드의 집에 아이 둘이 긴급 피신을 왔대요. 그래서 큰 애들은 같은 방을 쓰고 팸은 나가야 했다는데, 내 집에 혼자 있기가 싫대요."

"난 괜찮아. 알잖아."

색스는 침대에 누워 입술을 열심히 움직였다. 그리고 속삭였다.

"계산을 해봤어요. 팸은 가방을 싸고 차를 차고에서 빼내야 하니까…. 여기 도착하려면 45분은 걸릴 거예요. 아직 시간이 많아요."

색스는 몸을 숙여 다시 키스했다.

바로 그때 초인종이 요란하게 울리고, 인터콤이 지지직거렸다.

"라임 아저씨? 아멜리아? 팸이에요. 문 좀 열어주세요."

라임은 웃었다.

"우리 집 현관에서 걸었나본데."

팸과 색스는 위층 침실에 앉아 있었다.

팸이 자고 가고 싶을 때 항상 쓰는 방이었다. 봉제인형 한두 개는 선반에 방치되어 있지만(어머니와 양아버지가 FBI에 쫓기고 있으면 장난감이 큰 의미가 없는 유년기를 보낼 수밖에 없다), 책과 시디는 수백 권이나 있었다. 톰 덕분에 깨끗한 속옷과 티셔츠, 양말은 늘 많았다. 시리우스 위성 라디오 세트와 디스크 플레이어 그리고 러닝슈즈. 팸은 센트럴 파크 저수지를 둘러싼 2.5킬로미터 도로를 자주 달렸다. 그냥 달리는 것이 좋아서, 절박한 욕구 때문에 달렸다.

팸은 침대에 앉아서 발가락 사이에 솜을 끼운 채 발톱에 금색 매니큐어를 조심스럽게 발랐다. 팸의 어머니는 매니큐어와 화장을 못하게 했지만("그리스도에 대한 사랑으로"), 극우 지하 단체에서 빠져나온 이후 팸은 빨간 부분 염색이라든지 세 구멍 피어싱 같은 작은 치장으로 외모를 가꾸곤 했다. 지나치게 탐닉하지는 않아서 색스는 마음이 놓였다. 이상한 일에 빠져들 이유가 많은 사람으로 따지자면, 파멜라 윌러비만 한 사람도 없을 것이다.

색스는 의자에 앉은 채 발을 들어 올렸다. 발톱에는 아무것도 칠하지 않았다. 짚 냄새, 흙냄새, 이슬에 젖은 나뭇잎 냄새, 배기가스 등이 복잡하게 섞인 센트럴 파크의 봄 향기가 산들바람에 실려 작은 방 안으로 스며들었다. 색스는 핫초코를 한 모금 마셨다.

"앗, 뜨거워. 불어가며 마셔라."

팸은 컵에 입김을 후후 불더니 맛을 보았다.

"좋네요. 뜨겁긴 하네요."

그러곤 다시 발톱 손질에 몰두했다. 오늘 낮에 본 표정에 비해 어두운 얼굴이었다.

"그걸 뭐라고 부르는지 아니?"

색스는 손가락으로 발을 가리키며 물었다.

"발? 발가락?"

"아니. 그 바닥 말이야."

"그야 발바닥, 발가락 바닥이라고 하겠죠."

두 사람은 웃었다.

"족저(plantar)라고 해. 거기에도 손가락처럼 지문이 있어. 링컨은 사람을 맨발로 차서 의식을 잃게 한 범인한테 발바닥 지문으로 유죄를 입증한 적이 있어. 딱 한 번 발이 빗나가서 문을 찼는데, 거기에 지문이 남았지."

"멋지네요. 책을 한 권 더 쓰셔도 되겠는데요."

"나도 그렇게 생각해. 그래, 무슨 일이야?"

"스튜어트가요…."

"계속해."

"여기 오지 말았어야 했는데. 바보처럼."

"말해봐. 난 경찰이야. 취조해서 알아낼 수도 있어."

"그냥, 에밀리가 전화를 했어요. 일요일에는 전화한 적이 없는 애라서 무슨 일이 있구나 싶었죠. 처음에는 말을 안 하려고 하더니 털어놓더라고요. 오늘 스튜어트가 다른 애랑 있는 걸 봤다고. 학교 여자애요. 축구 끝나고. 나한테는 바로 집에 간다고 그랬거든요."

"음, 정확히 뭘 하고 있었지? 그냥 이야기만? 그건 문제될 게 없잖아."

"에밀리 말로는, 잘 모르겠지만, 스튜어트가 그 애를 껴안으려는 것 같았대요. 그러다 다른 사람이 보니까 재빨리 걸어갔대요. 둘이. 숨으려는 것처럼."

반쯤 끝낸 발가락 공사가 중간에 멈췄다.

"난 정말, 정말 스튜어트가 좋아요. 더 이상 날 안 만나겠다고 하면 끔찍할 것 같아요."

색스와 팸은 함께 상담을 받아본 적이 있었다. 그때 색스는 팸의 동의하에 잠시 혼자서 카운슬러와 이야기를 나누었다. 카운슬러는 팸이 반사회적 성향을 가진 부모에게서 오랫동안 속박을 당한 경험뿐만 아니라 양아버지가 경찰을 죽이려는 과정에서 자기의 목숨을 희생하려 했던 사건으로 인해 오랫동안 외상 후 스트레스 장애를 겪을 거라고 했다. 스튜어트 에버렛과의 이런 경험 역시 대부분의 사람에게는 사소한 일이지만 팸의 마음속에서는 크게 증폭되어 파괴적인 영향을 미칠 수도 있다. 카운슬러는 팸의 두려움을 부추기지 말되 간과하지도 말라고 조언했다. 하나하나 자세히 살피고 분석하라고.

"둘이 다른 사람을 사귀는 문제에 대해 얘기해본 적 있어?"

"스튜어트는… 음, 한 달 전쯤에는 없다고 했어요. 나도 그렇고요. 나도 그 애한테 그렇게 말했어요."

"다른 정보는 없어?"

"정보요?"

"아, 그러니까, 다른 친구들이 뭐라고 한 적은 없어?"

"아뇨."

"스튜어트의 친구 중에 알고 지내는 애 있어?"

"조금. 하지만 그런 걸 물어볼 수는 없어요. 촌스럽잖아요."

색스는 미소를 지었다.

"그럼 간첩 노릇은 안 되겠구나. 음, 네가 그냥 스튜어트한테 물어봐. 단도직입적으로."

"그렇게 생각해요?"

"난 그렇게 생각해."

"정말 그 애를 사귀다고 그러면요?"

"그러면 솔직히 말해줘서 고맙다고 해야지. 좋은 징조니까. 그런 다음에 그 나쁜 년을 차도록 설득하는 거야."

두 사람은 웃었다.

"나는 한 번에 한 사람만 사귀고 싶다. 이렇게 말해."

색스 안에서 고개를 든 모성 본능이 얼른 덧붙였다.

"우린 결혼이나 동거에 대해 얘기하는 게 아니야. 그냥 데이트에 대해서만 얘기하는 거야."

팸은 얼른 고개를 끄덕였다.

"아, 그럼요!"

색스는 마음을 놓고 말을 이었다.

"내가 사귀고 싶은 사람은 너라고 이야기해. 그리고 너한테도 같은 걸 바란다고 해. 우리한테는 중요한 뭔가가 있다, 서로 마음이 통한다, 말이 통한다, 그런 관계는 흔치 않다. 이렇게 말해."

"아멜리아하고 라임 아저씨처럼요."

"응, 비슷해. 하지만 그 애가 원하지 않으면, 깨끗이 끝내."

"아니, 그건 안 돼요."

팸은 얼굴을 찌푸렸다.

"아니, 내 얘기는 그렇게 말하라는 거야. 네가 그러면 나도 다른 사람을 만날 거라고. 그 애도 양쪽 다 가질 수는 없는 거잖아."

"알겠어요. 하지만 스튜어트가 그러자고 하면요?"

팸의 얼굴이 어두워졌다.

색스는 웃으며 고개를 저었다.

"그래, 허풍이 통하지 않으면 난감하겠지. 하지만 내 생각에, 스튜어트는 안 그럴 거야."

"좋아요. 내일 수업 마치고 만나야겠어요. 솔직하게 얘기할게요."

"나한테도 전화해서 알려줘."

색스는 일어나며 매니큐어 병을 들고 뚜껑을 닫았다.

"그만 자. 늦었어."

"발톱. 아직 안 끝났어요."

"발가락 보이는 신만 안 신으면 돼."

"아멜리아?"

색스는 문간에서 멈춰 섰다.

"라임 아저씨하고 결혼할 거예요?"

색스는 미소를 짓고 문을 닫았다.

제3부

점쟁이

5월 23일 월요일

컴퓨터는 기업이 수집한 방대한 고객 정보를 분석해
섬뜩할 정도로 정확하게 행동을 예측한다.
예측 분석이라고 불리는 이 자동화된 마법의 수정구는 미국 내에서만
23억 달러 규모의 산업으로 성장했으며,
2008년까지 30억 달러 규모에 도달할 것으로 예상된다.

– 〈시카고 트리뷴〉

18 그레이 록

상당히 크군….

아멜리아 색스는 하늘 높이 솟은 전략시스템스데이터코프 로비에 앉아 SSD의 데이터 마이닝 조직에 대한 신발회사 사장의 설명이 상당히, 그러니까, 점잖은 표현이었다는 것을 실감했다.

미드타운에 자리 잡은 빌딩은 30층 높이의 뾰족하고 육중한 회색 석조 건물로, 벽면은 운모가 반짝거리는 매끈한 화강암이었다. 창문은 세로로 좁은 틈처럼 나 있었는데, 이 정도 위치와 높이라면 근사한 도시 전망을 누릴 수 있다는 점을 감안할 때 의외였다. '그레이 록(Gray Rock)'이라고도 불리는 이 건물은 색스에게도 익숙했지만 소유주가 누구인지는 미처 모르고 있었다.

색스와 론 풀라스키는—사복이 아니라 각각 군청색 정장과 군청색 제복 차림이었다—런던, 부에노스아이레스, 뭄바이, 싱가포르, 베이징, 두바이, 시드니, 도쿄 등 세계 각지의 SSD 지사가 표시된 거대한 벽을 마주보고 있었다.

정말 크군….

지사 목록 위에는 회사 로고가 그려져 있었다. 감시탑에 난 창문.

로버트 조겐슨이 머물던 호텔 건너편의 방치된 건물 유리창이 떠올라 소름이 오싹 끼쳤다. 브루클린 연방요원과의 사건에 대해 링컨 라임이 했던 말도 떠올랐다.

그자는 자네가 어디 있는지 정확히 알고 있었어. 즉, 지켜보고 있었다는 뜻이야. 조심해, 색스.

로비를 둘러보니, 대여섯 명의 직원들이 기다리고 있었다. 그중 몇 명은 불편한 기색이 역력했다. 신발회사 사장이 SSD와 동업 관계를 잃을지도 모른다고 걱정했던 말이 떠올랐다. 그때 사람들의 머리가 마치 한 덩어리처럼 일제히 안내원 뒤쪽을 향해 돌아갔다. 젊고 키 작은 한 남자가 로비로 들어오더니 흑백 양탄자를 가로질러 색스와 풀라스키를 향해 곧장 다가왔다. 자세는 완벽하고, 보폭은 넓었다. 머리카락이 엷은 갈색인 남자가 고개를 끄덕이고 미소를 지으며 로비 안의 모든 사람들을 향해 빠르게 인사를 건넸다.

대통령 후보 같군. 그것이 색스의 첫인상이었다.

그러나 남자는 걸음을 멈추지 않고 두 사람에게 다가왔다.

"안녕하십니까? 제가 앤드루 스털링입니다."

"색스 형사입니다. 이쪽은 풀라스키 경관."

스털링은 색스보다 키가 상당히 작았지만, 몸은 꽤 탄탄하고 어깨도 넓었다. 티끌 하나 없는 흰 셔츠의 소매와 깃이 풀을 먹여 빳빳했다. 팔은 근육질 같고, 재킷은 몸에 딱 맞았다. 장신구는 없었다. 녹색 눈가에 주름이 잡히면서, 사람 좋은 미소가 얼굴에 퍼졌다.

"제 사무실로 가시죠."

이렇게 큰 회사의 사장이 부하 직원을 시켜 접견실로 안내하게 하지 않고 직접 나오다니….

스털링은 넓고 조용한 복도를 성큼성큼 걸었다. 마주치는 모든 직원들에게 인사를 하고 주말이 어땠는지 묻기도 했다. 그가 즐거운 주말을 보냈다는 보고에 웃음을 짓고, 가족이 아팠다거나 경기가 취소되었다는 소식에 얼굴을 찌푸릴 때마다 직원들은 황송해했다. 직원 수십 명에게 스털링은 일일이 개인적인 인사를 건넸다.

"안녕, 토니."

스털링은 폐기한 서류 조각을 커다란 비닐봉투에 넣고 있는 관리인에게 말했다.

"경기 봤나?"

"아뇨, 앤드루. 못 봤습니다. 할 일이 많아서요."

"우리도 주 5일 근무를 해야 할까봐."

스털링은 농담을 던지기도 했다.

"저도 한 표 던지죠."

그들은 계속 복도를 걸었다.

색스가 알고 있는 뉴욕시경의 경찰을 꼽아도 5분 동안 걸으면서 스털링이 인사를 건넨 사람 수에는 못 미칠 것 같았다.

실내 장식은 간소했다. 작고 세련된 사진과 스케치—컬러는 없었다—가 티끌 한 점 없는 흰 벽에 드문드문 걸려 있었다. 가구 역시 흑백이고, 단순했다. 값비싼 이케아였다. 나름대로 메시지를 전달하는 방식이겠지만, 색스에게는 황량하게 느껴졌다.

걸음을 옮기면서, 색스는 지난밤 팸에게 잘 자라고 인사한 뒤 알아낸 정보를 되새겨보았다. 인터넷 여기저기에서 긁어모은 스털링의 인적 사항은 빈약했다. 대단히 은둔적 성향이 있는 사람이었다— 빌 게이츠라기보다는 하워드 휴즈 쪽에 가까웠다. 초기 기록은 수수께끼였다. 어린 시절이나 부모에 대한 정보는 전혀 없었다. 열일곱 살에 처음 일을 시작한 이후 방문 판매부터 텔레마케팅, 마침내 컴퓨터에 이르기까지, 주로 세일즈에 종사하면서 점점 더 크고 비싼 물건을 팔게 된 사연이 단편적으로 언론에 소개되었을 뿐이다. 본인이 언론에 밝힌 대로 '야간 학교에서 학사 과정 7/8을 수료한' 아이는 어느덧 성공적인 세일즈맨이 되어 있었다. 이후 대학으로 돌아가서 나머지 학사 과정을 채우고, 컴퓨터과학과 공학 석사 과정을 짧은 시간에 마쳤다. 기사는 온통 호레이쇼 앨저풍의 성공 신화였고, 비즈니스맨으로서의 능력과 위상을 강조하는 일화만 소개되어 있었다.

그러다 중국 공산당 독재자 같은 어투로 이십대에 '위대한 각성'이 찾아왔다고 말했다. 많은 컴퓨터를 팔고는 있었지만 그래도 만족할 정도는 아니었다. 왜 좀 더 성공할 수 없을까? 그는 게으르지 않았다. 멍청하지도 않았다.

그러다 문득 문제를 깨달았다. 비효율적이었던 것이다.

많은 세일즈맨들이 그랬다.

스털링은 컴퓨터 프로그래밍을 배우고 하루 열여덟 시간씩 몇 주 동안 어두운 방 안에서 소프트웨어를 개발했다. 그리고 자신의 모든 것을 담보로 회사를 차렸다. 시각에 따라 바보스럽다고도, 탁월하다고도 할 수 있는 발상이었다. 가장 소중한 자산을 회사가 소유하는 것이 아니라 수백만 명의 다른 사람들이, 그것도 대부분 공짜로 소유하는 것이다—바로 자기 자신에 대한 정보를. 스털링은 다양한 서비스 및 상품 시장의 잠재 고객이 담긴 데이터베이스를 구축하기 시작했다. 고객이 위치한 지역의 인구 분포, 수입, 결혼 여부, 그들의 경제적·법적 및 납세 상황, 그 외 개인적인 그리고 직업적인 수많은 정보를 사거나, 훔치거나, 찾아냈다. "내가 갖지 못한 정보가 하나라도 있다면 그것도 얻고 싶다." 스털링은 기자에게 이렇게 말했다.

워치타워 데이터베이스 관리 시스템의 초창기 버전인 그의 소프트웨어는 당시 유명했던 SQL 프로그램을 훌쩍 뛰어넘는 혁신적인 것이었다. 워치타워는 어떤 고객이 방문할 가치가 있는지, 그들을 어떻게 유혹해야 하는지, 그럴 가치가 없는 고객은 누구인지 몇 분 안에 판단해냈다(가치 없는 고객의 이름도 다른 회사에는 나름의 마케팅 대상이 될 수 있으므로 팔 수 있었다).

회사는 공상과학 영화에 나오는 괴물처럼 성장했다. 스털링은 회사 이름을 SSD로 바꾸고, 맨해튼으로 이전했다. 그리고 정보업계의 작은 회사를 모아 자신의 제국에 흡수하기 시작했다. 사생활 보호 관련 단체에는 인기가 없었지만 SSD에는 엔론 같은 잡음이 전혀 없었다. 직원들은 월급을 받으려면 그만큼 일을 해야 했지만—월스트리트 특유의 엄청난 보너스를 받는 사람은 아무도 없었다—회사가 이익을 내면 직원에게도 그 이익이 돌아갔다. SSD는 학비와 주택 장만 보조금, 자녀를 위한 인턴 프로그램 등을 제공했다. 아이를 낳으면 남녀 모두 1년의 출산 휴가도 보장받았다. 회사는 직원을 가족처럼 여기는 분위기로 유명했고, 스털링은 직원의 배우자와 부모, 자녀의 취업을 권장했다. 매달 직원의 사기 진작을 위한 단합 대회를 후원하기도 했다.

CEO는 자신의 사생활에 대해 침묵을 지켰다. 하지만 담배와 술을 하지 않는 것으로 알려져 있고 그의 입에서 욕설이 나오는 것을 들어본 사람은 아무도 없었다. 검소하게 생활했고, 놀랄 정도로 적은 월급을 받았다. 재산은 대부분 SSD 주식으로 갖고 있었다. 뉴욕 사교계에도 드나들지 않았다. 빠른 자동차, 개인 비행기도 없었다. SSD 직원의 가정을 존중하는 것과 걸맞지 않게 두 번 이혼했고 현재는 미혼이었다. 젊었을 때 낳은 아이들에 대한 논란도 있었다. 주택이 여러 채 있지만, 집의 위치는 공개하지 않았다. 어쩌면 데이터의 힘을 아는 만큼, 그 위험 역시 알고 있기 때문일 것이다.

긴 복도 끝에 도착한 스털링, 색스, 풀라스키는 비서 두 사람이 각자 완벽하게 정리된 서류 다발, 파일 폴더, 인쇄물이 가득 쌓인 책상 앞에서 근무하는 비서실에 들어섰다. 지금은 보수적인 정장 차림의 젊고 잘생긴 남자 비서 한 사람만 자리를 지키고 있었다. 명판에는 '마틴 코일'이라고 적혀 있었다. 그의 작업 공간이 가장 깔끔했다. 등 뒤의 많은 책조차 크기 순서대로 배열되어 있었다.

"앤드루."

비서는 아직 소개받지 않은 경찰을 무시하고 먼저 상관에게 인사를 건넸다.

"컴퓨터에 전화 메시지가 있습니다."

"고마워."

스털링이 다른 쪽 책상을 쳐다보았다.

"제레미는 기자간담회가 열릴 식당을 둘러보러 갔나?"

"식당은 오늘 아침에 둘러봤고, 지금은 법률회사에 서류를 전해 주러 갔습니다. 그 다른 문제 때문에."

스털링이 개인 비서를 두 명이나 데리고 있는 게 놀라웠다. 한 사람은 내근 업무, 한 사람은 외근 업무를 전담하는 것 같았다. 뉴욕시경 형사들은 비서가 있더라도 여러 명이 한 사람을 공동으로 쓴다.

그들은 스털링의 집무실로 들어갔다. 회사 안에서 본 다른 사무실보다 그리 크지 않았다. 벽에는 장식물이 전혀 없었다. SSD 로고는 비록 창문에서 훔쳐보는 듯한 감시탑이지만, 앤드루 스털링의 사무실에 난 창문에는 커튼이 쳐져 있어 화려한 도시의 전경이 차단되어 있었다. 색스는 폐쇄공포증이 은근히 고개를 들었다.

스털링은 가죽 회전의자가 아닌 단순한 나무의자에 앉았다. 그리고 두 경찰에게 쿠션이 달린 비슷한 의자를 권했다. 등 뒤의 낮은 책꽂이에는 책이 가득 차 있었다. 하지만 이상하게도 책등이 바깥쪽이 아니라 위쪽을 향하도록 꽂혀 있었다. 사무실에 들어오는 손님은 스털링 옆을 지나가며 내려다보거나 책을 빼보지 않으면 제목이 뭔지 알 수 없을 터였다.

CEO는 주전자와 대여섯 개의 뒤집힌 유리잔 쪽을 턱으로 가리켰다.

"물입니다. 혹시 커피나 차를 원하시면 대령하라고 하겠습니다."

대령해? 색스는 누가 실제로 이 단어를 쓰는 것을 들어본 적이 없었다.

"아뇨, 감사합니다."

풀라스키도 고개를 저었다.

"실례지만 잠깐만 기다리십시오."

스털링은 전화기를 들고 번호를 눌렀다.

"앤디? 전화했었니?"

말투로 보아 가까운 사람 같지만, 분명 어떤 문제로 업무상 건 전화였다. 그러나 스털링은 감정을 드러내지 않고 말했다.

"아, 그래야 할 거야. 우리는 그 숫자가 필요해. 너도 알겠지만, 그들이 가만있지 않을 거야. 언제라도 손을 쓸 거라고…. 좋아."

전화를 끊고는 자신을 찬찬히 관찰하고 있는 색스를 보았다.

"내 아들이 회사에서 일합니다."

그러곤 책상 위에 놓인 사진을 가리켰다. CEO를 닮은 젊고 잘생긴 청년과 함께 찍은 사진이었다. 직원 단합 대회 같은 자리에 참석했는지 둘 다 SSD 티셔츠 차림이었다. 나란히 서 있었지만, 육체적 접촉은 없었다. 둘 다 얼굴에 웃음기가 없었다.

사생활과 관련된 의문 하나는 해결된 셈이었다.

"자."

스털링이 녹색 눈동자를 색스에게로 향했다.

"한데 무슨 일입니까? 범죄라고 하셨는데."

색스는 설명했다.

"지난 몇 달간 뉴욕 시내에서 몇 건의 살인사건이 있었습니다. 누군가가 이 회사 컴퓨터의 정보를 이용해 피해자에게 접근한 다음 살해하고, 무고한 사람에게 죄를 뒤집어씌웠을 가능성이 있다고 생각됩니다."

모든 것을 아는 사나이….

"정보?"

진심에서 우러나온 듯한 걱정스러운 표정이었다. 동시에 난감한 것 같기도 했다.

"어떻게 그런 일이 있을 수 있는지 모르겠지만, 더 들어봅시다."

"살인자는 피해자가 사용하는 제품을 정확히 알아내서, 무고한 사람이 살인과 관련이 있는 것처럼 보이게 하기 위해 그 물건을 그들의 집에 증거로 갖다놓았습니다."

때로 녹색 눈동자 위의 눈썹을 찡그렸다. 스털링은 그림과 주화 도난사건, 성폭행사건에 대해 듣더니 정말 근심스러운 표정을 지었다.

"끔찍한 일이군요…."

그러곤 착잡한 얼굴로 색스에게서 시선을 돌렸다.

"강간?"

색스는 단호하게 고개를 끄덕인 뒤, 뉴욕 시내에서 범인이 이용한 모든 정보를 손에 넣을 수 있는 회사는 SSD 하나뿐이라고 설명했다.

스털링은 천천히 고개를 끄덕이며 얼굴을 문질렀다.

"말씀은 알겠습니다만… 자기가 노리는 사람들을 미행해서 뭘 샀는지 알아내는 게 범인 입장에서는 더 쉽지 않을까요? 아니면 컴퓨터를 해킹하거나, 우편함을 열어보거나, 집에 침입하거나, 길에서 자동차 번호판을 적거나."

"바로 그게 문제입니다. 그럴 수도 있지요. 하지만 범인은 필요한 정보를 얻기 위해 그 모든 일을 해야 했을 겁니다. 그자는 최소한 네 건의 범행을 저질렀는데, 저희는 더 있을 거라고 생각합니다만, 그건 범행 대상 네 사람과 죄를 뒤집어씌울 대역 네 사람에 대한 최신 정보를 알아내야 한다는 뜻입니다. 그 정도 정보를 얻는 가장 효율적인 방법은 데이터 마이닝 회사를 거치는 거지요."

스털링은 미묘하게 찡그리며 살짝 웃었다.

색스는 미간을 찌푸리고 머리를 한쪽으로 기울였다.

스털링이 말했다.

" '데이터 마이닝 회사'라는 호칭이 잘못된 건 아닙니다. 언론에서 즐겨 사용하니까, 누구나 그렇게 말하지요."

2000만 건의 검색 건수….

"하지만 저는 SSD를 지식 서비스 제공자라고 부르는 걸 더 좋아

합니다. 인터넷 서비스 제공자처럼."

　묘한 기분이 들었다. 스털링은 색스의 말에 거의 상처를 받은 듯한 말투였다. 다시는 그렇게 부르지 않겠다고 말해주고 싶었다.

　스털링은 잘 정돈된 책상 위에 서류 한 묶음을 펼쳤다. 언뜻 백지로 보였지만, 다시 보니 모두 윗면이 아래로 가 있었다.

　"음, 진심입니다. SSD 내부의 누군가가 관련돼 있나면, 저 역시 당신들 못지않게 찾아내고 싶습니다. 저희에게는 큰 타격이니까요. 언론, 최근에는 의회까지 지식 서비스 제공자와 그리 관계가 좋지 않습니다."

　"우선, 범인은 대부분의 물건을 현금으로 샀을 거라고 생각됩니다."

　스털링은 고개를 끄덕였다.

　"자신의 흔적은 남기고 싶지 않았겠지요."

　"맞습니다. 하지만 신발은 우편 주문, 혹은 온라인 주문으로 샀습니다. 뉴욕 지역에서 이 사이즈를 구매한 고객의 목록을 갖고 계십니까?"

　색스는 앨튼, 배스, 슈어트랙 신발 목록을 건넸다.

　"동일인이 이 신발을 모두 샀을 겁니다."

　"기간은?"

　"석 달."

　스털링은 전화를 걸었다. 잠시 통화를 하고, 60초 후에 컴퓨터 스크린으로 시선을 주었다. 색스가 볼 수 있도록 스크린을 돌렸다. 하지만 상품 정보와 부호가 줄줄이 나열되어 있어 무슨 내용인지 알아볼 수가 없었다. CEO는 고개를 저었다.

　"대략적으로 앨튼은 800, 배스는 1200, 슈어트랙은 200켤레 팔렸습니다. 하지만 전부 다 산 사람은 없습니다. 두 가지를 산 사람도 없고요."

　라임은 범인이 SSD 내부 정보를 이용했다 해도 흔적을 지웠을 거라고 예측했다. 하지만 이 단서에서 어떤 정보가 나오기를 기대했다. 색스는 숫자를 바라보며 혹시 범인이 로버트 조겐슨을 이용해 완벽하게 익힌 명의 도용 기법을 신발 주문에도 적용한 게 아닌가 싶었다.

"유감입니다."

색스는 고개를 끄덕였다.

스털링은 낡은 은제 펜 뚜껑을 열고 메모장을 끌어당겼다. 그리고 정확한 필체로 색스가 알아볼 수 없는 메모를 적더니 가만히 쳐다보다가 혼자 고개를 끄덕였다.

"문제는 침입자, 직원, 우리 고객, 혹은 해커일 거라고 생각하시겠지요? 맞습니까?"

론 풀라스키가 색스를 힐끗 보고 말했다.

"맞습니다."

"좋습니다. 어디 한 번 파헤쳐봅시다."

그러곤 세이코 시계를 확인했다.

"다른 직원을 좀 부르겠습니다. 몇 분 정도 걸릴 겁니다. 매주 월요일 이 시간쯤에는 '영혼의 원' 모임이 있거든요."

"영혼의 원?"

"각 부서장이 이끄는 팀 미팅입니다. 곧 끝날 겁니다. 정각 8시에 시작하는데, 어떤 모임은 좀 더 오래 걸리기도 합니다. 부서장에 따라서. 명령, 인터콤, 마틴."

색스는 혼자 웃었다. 링컨 라임이 사용하는 것과 같은 종류의 음성인식 시스템이었기 때문이다.

"네, 앤드루?"

책상 위의 작은 상자에서 목소리가 흘러나왔다.

"보안과에 있는 톰하고 샘을 만나야겠어. 지금 '영혼의 원' 참석 중인가?"

"아뇨, 앤드루. 샘은 이번 주 내내 워싱턴에 가 있는데요. 금요일이나 돼야 올 겁니다. 마크라고, 샘의 조수가 있습니다만."

"그럼, 그 친구를 불러."

"알겠습니다."

"명령, 인터콤, 전화 끊어."

스털링이 색스를 보며 말했다.

"잠깐만 기다리십시오."

색스는 애드루 스털링이 누군가를 소환하면 상당히 빨리 달려올 거라고 생각했다. 그는 뭔가를 더 메모했다. 그동안 색스는 벽에 걸린 로고를 보았다. 그가 메모를 끝내자, 색스는 말했다.

"궁금해서 그러는데요, 탑과 창문 말이에요, 무슨 의미가 있는 겁니까?"

"한편으로는 단순히 데이터를 관찰한다는 의미가 있습니다. 하지만 두 번째 의미가 있지요."

스털링은 설명할 기회가 와서 기쁜 듯 미소를 지었다.

"사회철학에서 부서진 창문이라는 개념을 아십니까?"

"아뇨."

"저는 몇 년 전에 그걸 알게 된 뒤로 잊은 적이 없습니다. 사회를 개선하기 위해서는 작은 일에 집중해야 한다는 개념이지요. 작은 것들을 잘 통제하거나 고치면, 더 큰 변화가 뒤따른다는 겁니다. 범죄 문제와 저소득층 공동주택지구를 생각해봅시다. 경찰 순찰과 보안 카메라를 늘리는 데 몇 백만 달러를 쏟아 부어도 건물이 황폐하고 위험하면 그곳은 여전히 황폐하고 위험하겠죠. 그러나 수백만 달러를 쏟아 붓는 대신 수천 달러를 들여 창문을 고치고, 페인트 칠을 하고, 복도 청소를 해보십시오. 겉치레에 불과한 것처럼 보일지 몰라도, 사람들은 알아봅니다. 자신이 사는 곳에 자부심을 갖게 되는 겁니다. 위협이 되는 사람들과 자기 집을 가꾸지 않는 사람들을 신고하게 되겠지요. 잘 아시리라 믿습니다만, 뉴욕에서 1990년대에 추진했던 범죄 소탕 운동이 그런 개념이었습니다. 효과가 있었지요."

"앤드루? 톰하고 마크가 와 있습니다."

마틴의 음성이 인터콤에서 흘러나왔다. 스털링이 말했다.

"들여보내."

그러곤 메모하던 종이를 자기 앞에 똑바로 놓고, 색스를 향해 냉혹한 미소를 지었다.

"우리의 창문을 몰래 들여다보는 사람이 있는지 알아봅시다."

19 방화벽

초인종이 울리더니, 톰이 헝클어진 갈색 머리에 청바지, 낡은 갈색 스포츠코트, 위어드 알 얀코빅 티셔츠 차림의 삼십대 초반 남자를 안내했다.

요즘은 컴퓨터를 능숙하게 다루지 못하면 과학수사에 몸담을 수 없지만 라임과 쿠퍼는 자신의 한계를 알고 있었다. 522 사건에 디지털 분야가 연루되었다는 것이 분명해지자 셀리토는 뉴욕시경 컴퓨터범죄과에 지원을 요청했다. 컴퓨터범죄과는 형사 32명과 지원 인력으로 구성된 엘리트 수사팀이다.

로드니 차닉이 방 안으로 들어오더니 마치 컴퓨터에게 인사하듯 가장 가까이 있는 모니터를 보고 한마디 건넸다. "안녕." 마찬가지로 라임 쪽을 보면서도 그의 육체적인 상태에는 아랑곳하지 않고, 팔걸이에 부착된 무선 환경제어 시스템에만 관심을 보였다. 감탄한 것 같았다.

"쉬는 날인가?"

셀리토가 물었다. 날렵한 젊은이의 복장이 마음에 들지 않는다는 기색이 역력했다. 라임은 셀리토가 구식에 연연해한다는 것을 알고 있었다. 경찰은 적절한 복장을 갖춰야 한다는 사고방식 말이다.

"쉬는 날이요?"

차닉은 셀리토의 빈정거림을 눈치채지 못하고 대꾸했다.

"아뇨. 제가 왜 하루를 쉬어야 하죠?"

"그냥 궁금해서."

"흠. 그래, 무슨 일입니까?"

"함정이 필요해."

무작정 SSD에 들어가서 살인범에 대해 물어보자는 링컨 라임의 생각은 보기만큼 순진한 것은 아니었다. 회사 웹사이트에서 SSD의 퍼블릭슈어 부문이 경찰서를 지원한다는 정보를 읽는 순간, 뉴욕시경도 SSD의 고객일 거라는 직감이 들었던 것이다. 만약 그렇다면 범인은 뉴욕시경 내 파일에도 접근할 수 있을 것이다. 전화 한 통으로 과연 시경도 고객이라는 사실이 밝혀졌다. 퍼블릭슈어 소프트웨어와 SSD 컨설턴트는 뉴욕 시에 데이터 관리 서비스를 제공하고 있었고 그중에는 사건 정보와 보고서, 기록 통합 작업도 포함되어 있었다. 경관이 거리에서 수배자를 확인하거나 혹은 살인사건에 처음 배정된 형사가 사건 기록을 찾아보면 퍼블릭슈어는 몇 분 안에 책상이나 경찰차 컴퓨터, 혹은 PDA나 휴대전화로 정보를 전송한다.

색스와 풀라스키를 SSD로 보내서 피해자와 대역에 대한 데이터 파일에 접근할 수 있는 사람이 누구인지 물어보면, 522는 경찰이 자신을 쫓고 있다는 사실을 알고 보고서를 읽기 위해 퍼블릭슈어를 통해 뉴욕시경 시스템에 접근하려 할 것이다. 그러면 이쪽은 파일에 접속한 사람을 추적할 수 있다.

라임이 상황을 설명하자 차닉은 마치 매일같이 이런 함정을 파는 사람처럼 무심히 고개를 끄덕였다. 하지만 범인이 접근했을지도 모르는 회사가 SSD라는 것을 알고 깜짝 놀랐다.

"SSD? 세상에서 제일 큰 데이터 마이닝 회사잖아요. 지구상 모든 인간의 정보를 다 갖고 있는 곳인데."

"그게 문제가 되나?"

태평스러운 컴퓨터광의 태도가 흔들렸다. 그는 나직하게 대답했다.

"아니기를 바라야죠."

차닉은 작업을 시작하면서 자신의 계획을 설명했다. 사건 관련 파일에서 522가 알아서는 안 되는 정보를 모두 제거하고, 민감한 파일은 인터넷 접속이 안 되는 컴퓨터로 수동 전송한다. 그런 다음 경보장치가 달린 시각추적 프로그램을 뉴욕시경 서버에 올라가 있는 '마이라 와인버그 성폭행/살인사건' 파일 앞에 넣는다. 거기에 범인을 유혹하기 위해 서브파일을 덧붙인다. 서브파일에는 '용의자의 소재', '법과학적 분석', '증인' 등의 제목으로 일반적인 감식 절차에 대한 정보만 넣는다. 해킹이든 허가된 경로를 통해서든 누군가가 이 파일에 접근하면, 그 사람의 ISP와 물리적 위치가 즉각 차닉에게 날아온다. 파일을 확인한 사람이 합법적인 권한을 지닌 경찰인지, 외부인인지 곧바로 알아볼 수 있는 것이다. 외부인일 경우, 차닉은 라임이나 셀리토에게 그 사실을 알리고, 셀리토는 ESU 팀을 즉각 그 위치로 파견한다. 범인이 데이터를 해독하는 동안 시스템 안에서 오랜 시간을 보내도록 해야 검거 확률이 높아지기 때문에 SSD에 대한 공개된 정보 등 불필요한 자료도 대량 포함시킬 것이다.

"얼마나 걸릴까?"

"15분, 20분 정도."

"좋아. 작업이 끝나면 외부에서 해킹이 가능한지도 알아봐."

"SSD를요?"

"응."

"흠. 거기는 방화벽 안에 방화벽, 그 방화벽 안에 또 방화벽이 있을 텐데요."

"그래도 알아야 해."

"한데 회사 내부인이 살인범이라면, 회사에 직접 전화해서 협력을 요청하는 건 안 되겠네요?"

"그렇지."

차닉의 얼굴이 어두워졌다.

"차라리 제가 그냥 해킹을 시도해볼게요."

"합법적으로 할 수 있나?"

"애매해요. 난 그냥 방화벽만 테스트해볼게요. 범죄는 아니에요. 시스템 안에 실제로 침입해서 그 시스템을 망가뜨리고, 난처하게 언론의 이목을 끌고, 우리 모두가 감옥에 가지만 않으면."

그러곤 불길하게 덧붙였다.

"더 나쁠 수도 있어요."

"좋아. 하지만 일단은 함정이 우선이야. 당장 시작해."

라임은 시계를 보았다. 색스와 풀라스키가 이미 '그레이 록' 내부에 사건에 대한 소문을 퍼뜨리고 있을 것이다.

차닉은 가방에서 묵직한 노트북을 꺼내 옆에 있는 탁자에 올려놓았다.

"혹시 먹을 게…. 아, 감사합니다."

때맞춰 톰이 커피 주전자와 컵을 가져왔이다.

"안 그래도 부탁드리려고 했어요. 설탕 듬뿍, 우유는 됐습니다. 경찰이긴 해도 제가 좀 괴짜라서. 잠이라는 놈하고는 영 친하지가 않아요."

그러곤 서 있는 톰 앞에서 설탕을 붓고 젓더니 절반쯤 들이켰다. 톰이 잔을 다시 채워주었다.

"고맙습니다. 자, 여긴 뭐가 있을까?"

차닉은 쿠퍼가 앉아 있는 워크스테이션 쪽을 돌아보았다.

"어이쿠."

"어이쿠?"

"1.5MBP 케이블 모뎀을 쓰세요? 요즘은 컴퓨터 스크린이 컬러로 나오고요, 인터넷이란 것도 있습니다."

"재미있군."

라임은 중얼거렸다.

"사건이 끝나면 저한테 말씀하세요. 선도 좀 갈고 LAN으로 바꿔드릴게요. FE로 해드리죠."

위어드 알, FE, LAN….

차닉은 색깔이 든 안경을 꺼내 쓰고 자기 컴퓨터를 라임의 컴퓨터 포트에 꽂은 뒤 키보드를 두드리기 시작했다. 글자가 닳아 없어진 키도 있고, 터치패드는 땀으로 얼룩져 있었다. 키보드에는 빵가루가 잔뜩 내려앉아 있었다.

셀리토가 라임에게 보내는 시선은 이렇게 말하는 것 같았다. 아무리 희한한 인간이라도 쓸모는 있는 법이지.

앤드루 스털링의 사무실로 호출된 두 사람 중 첫 번째는 마르고 표정이 없는 중년 남자였다. 퇴직한 경찰 같은 인상이었다. 좀 더 젊고 조심성이 많은 두 번째 사람은 전형적인 대기업 관리직 스타일이었다. 시트콤 〈프레이저〉에 나오는 금발 머리 동생과 비슷했다.

첫 번째는 색스의 짐작이 거의 옳았다. 그는 전직 경찰이 아니라 FBI 출신으로서 현재 SSD 보안 책임자로 있는 톰 오데이였다. 두 번째는 감찰과(監察科) 차장 마크 휘트콤이었다.

스털링이 말했다.

"톰을 비롯한 보안과 직원들은 외부인이 회사에 해를 끼치지 못하도록 하는 역할을 합니다. 마크의 부서는 반대로 우리 회사가 사회에 나쁜 일을 하지 못하도록 감독하는 일을 맡고 있지요. 우리는 지뢰밭을 걷고 있습니다. SSD에 대해 조사를 하셨다면, 우리가 수백 가지 사생활 보장 관련 연방법 및 주법을 지켜야 한다는 것을 아실 겁니다. 개인 정보 남용 및 도용에 관한 그레이엄-리치-블라일리법, 공정신용정보유통법, 건강보험정보공유법, 운전자사생활보호법. 기타 주법도 수없이 많습니다. 감찰과는 규칙이 무엇인지 우리에게 알려주고, 그 선 안에서 활동하도록 감독합니다."

좋군. 색스는 생각했다. 이 두 사람은 522 수사에 대한 소문을 퍼뜨리고 뉴욕시경 서버에 설치한 함정에 살인범이 걸려들도록 하는데 적임자라고 할 수 있었다.

마크 휘트콤이 노란 수첩에 낙서를 하며 말했다.

"마이클 무어가 데이터 제공업체에 관한 영화를 만들게 되면, 우리가 주인공으로 등장하는 일이 없도록 막아야죠."

"농담 마."

스털링은 웃으며 말했지만, 얼굴에는 진심에서 우러나오는 걱정이 역력했다. 그가 색스에게 물었다.

"조금 전 말씀하신 걸 이 친구들한테 알려줘도 되겠습니까?"

"그러시죠."

스털링은 간략하고 명확하게 요점을 전달했다. 모든 정보, 심지어 증거물의 특정 상표 이름까지 잊지 않고 있었다.

휘트콤은 이야기를 들으며 미간을 찡그렸다. 오데이는 웃음기 없는 얼굴로 말없이 들었다. 색스는 FBI 특유의 자제력은 훈련되는 것이 아니라 타고나는 것이라고 생각했다.

스털링은 단호하게 말했다.

"자, 이게 우리가 당면한 문제야. 어떤 식으로든 SSD가 관련되어 있다면, 나는 꼭 알아야 하고 해결책도 있어야겠어. 위험인자는 네 부류로 추렸네. 해커, 외부 침입자, 직원, 고객. 자네 생각은?"

전직 FBI 오데이가 색스에게 말했다.

"음, 우선 해커부터 말씀드리죠. 우리는 업계 최고의 방화벽을 갖고 있습니다. 마이크로소프트나 선(Sun)보다 좋지요. 인터넷 보안은 보스턴의 ICS를 이용합니다. 우리 회사는 아케이드 게임의 오리사냥감과 같지요. 세계 모든 해커가 우리 보안을 뚫고 싶어 합니다. 5년 전 뉴욕으로 본사를 옮긴 이래 성공한 사람은 아무도 없습니다. 10분, 15분 정도 관리 서버를 뚫고 들어온 사람은 있었습다. 하지만 이너서클은 단 한 건도 없었습니다. 그 살인범이 범행에 필요한 정보를 얻으려면 거기를 뚫어야 하지요. 하나만 뚫어서도 안 됩니다. 최소한 세 개, 네 개 정도의 독립된 서버를 뚫어야 합니다."

스털링이 덧붙였다.

"외부 침입자 역시 불가능한 건 마찬가집니다. 건물 수변에는 대통령경호국이 사용하는 보호장치가 설치되어 있지요. 상근 보안요원은 15명, 시간제 요원은 20명입니다. 게다가 이너서클 서버 근처에는 방문객 출입이 금지되어 있습니다. 출입자는 모두 기록하게되어 있고, 고객조차도 회사 안을 자유롭게 돌아다닐 수 없습니다."

색스와 풀라스키가 로비로 올라올 때에도 경비 한 사람이 안내해주었다. 상대가 경찰이라고 해서 경계심을 조금도 늦추지 않는, 재미없는 젊은 남자였다.

오데이가 덧붙였다.

"3년 전 단 한 번 사고가 있었습니다만, 이후로는 전혀 없습니다."

그러곤 스털링을 힐끗 보았다.

"기자 말입니다."

CEO는 고개를 끄덕였다.

"뉴욕 어느 신문의 유명 기자였지요. 명의 도난에 관한 기사를 준비하다가 우리를 악마의 화신이라고 생각하게 된 겁니다. 액시엄, 초이스포인트는 현명하게도 그를 아예 본사 안에 들이지 않았지요. 그러나 저는 언론의 자유를 믿는 사람이라 그를 만나줬습니다. …그런데 휴게실에 갔다가 길을 잃었다는 거예요. 그러곤 멀쩡한 태도로 이리로 돌아왔습니다. 한데 뭔가 이상했죠. 보안과 직원들이 서류가방을 뒤져보니 카메라가 나왔습니다. 기밀로 보호되는 회사 전략 사진과 비밀번호까지 들어 있었습니다."

오데이가 말했다.

"그 기자는 해고되었을 뿐 아니라 불법 침입에 관한 형사법에 따라 기소되었습니다. 주 교도소에서 6개월 실형을 살았지요. 그 이후로는 기자로서 꾸준한 직장을 못 갖고 있는 걸로 압니다."

스털링은 고개를 약간 숙이고 색스에게 말했다.

"우리는 보안을 아주, 아주 중요한 문제로 생각합니다."

그때 젊은 남자가 문간에 나타났다. 처음에는 비서 마틴인 줄 알았는데, 체격과 검은색 정장이 비슷할 뿐 다른 사람이었다.

"앤드루, 방해해서 죄송합니다."

"아, 제레미."

두 번째 비서였다. 그는 제복을 입은 풀라스키와 색스를 차례로 보았지만, 마틴과 마찬가지로 소개를 해주지 않자 상관 외에 사무실 안에 있는 모든 사람을 무시했다. 스털링이 말했다.

"카펜터. 난 오늘 그 사람을 만나야 해."

"알겠습니다, 앤드루."

비서가 나간 뒤, 색스가 물었다.

"직원은요? 규정 위반 문제를 일으킨 직원은 없습니까?"

"우리는 직원들의 배경을 면밀히 조사합니다. 교통법규 위반 외에 전과가 있는 사람은 뽑지 않습니다. 배경 조사는 우리 회사의 전문 분야 중 하나죠. 설령 직원 중 누군가가 이너서클에 들어오려 한다 해도, 데이터를 훔치는 것은 불가능할 겁니다. 마크, 보관실에 대해 말씀드리게."

"그러죠, 앤드루."

마크가 색스에게 말했다.

"우리는 콘크리트 방화벽을 가지고 있습니다."

"전 기술에 문외한이라서요."

색스가 말하자 휘트콤은 웃었다.

"아뇨, 이건 아주 쉬운 기술입니다. 문자 그대로 콘크리트죠. 바닥과 벽에 바르는. 우리는 데이터를 받으면 그걸 나누어서 물리적으로 서로 분리된 공간에 저장합니다. SSD가 어떻게 운영되는지 알려드리면, 이해하기가 쉬우실 겁니다. 우리는 데이터가 회사의 주요 자산이라는 전제를 갖고 출발합니다. 누군가가 이너서클을 복제하면, 우리는 일주일 내에 회사 문을 닫아야 합니다. 그러니 첫째, '우리의 자산을 보호하라.' 여기서는 이렇게 표현하지요. 그러면 이 모든 데이터는 어디서 오느냐? 공급원은 수없이 많습니다. 신용카드회사, 은행, 정부기록보관소, 소매점, 온라인 상점, 법원 서기, 자동차등록국, 병원, 보험회사. 우리는 데이터가 생성되는 각각의 사건들을 '트랜잭션'이라고 부릅니다. 여덟 자리 번호로 건 전화 한 통화, 자동차 등록, 건강보험료 청구, 소송 제기, 출생, 결혼, 구매, 상품 반환, 민원…. 경찰업계에서 트랜잭션은 강간, 강도, 살인 등 어떤 종류이든 각각의 범죄를 가리키겠죠. 정식 수사 시작, 배심원 선택, 재판, 유죄 판결. 이 모든 게 트랜잭션입니다."

휘트콤이 말을 이었다.

"어떤 한 트랜잭션에 대한 데이터가 SSD로 올 때마다 그 데이터는 우선 입고센터로 가서 평가를 거치게 됩니다. 우리는 보안을 위해 인물의 이름을 분리하고 코드로 대체하는 데이터 마스크(data mask) 규칙을 갖추고 있습니다."

"사회보장번호?"

순간, 스털링의 얼굴에 알 수 없는 표정이 스쳤다.

"아, 아닙니다. 그건 오로지 정부 퇴직연금을 위해 생성된 번호지요. 오래전에. 어쩌다 신원 확인 수단으로 사용하게 된 겁니다. 부정확하고, 훔치거나 돈으로 사기도 쉽습니다. 위험하고요. 집 안에 실탄이 든 총을 두는 것과 다름없습니다. 우리 코드는 열여섯 자리 번호입니다. 미국 성인의 98퍼센트가 SSD 코드를 가지고 있습니다. 현재는 출생 신고가 이루어지는 순간 모든 아동에게 자동으로 코드가 부여됩니다."

"왜 열여섯 자리입니까?"

풀라스키가 물었다.

"확장될 여유가 많으니까요. 숫자가 모자라서 코드를 부여하지 못할까봐 걱정하지 않아도 되지요. 거의 10의 18승 개의 코드를 할당할 수 있습니다. SSD의 코드가 다 떨어지기 전에, 먼저 지구에 사람 살 땅이 모자랄걸요. 코드는 시스템을 훨씬 더 안전하게 해주고, 이름이나 사회보장번호보다 데이터 처리 속도도 빨라집니다. 게다가 코드를 쓰면 인간적인 요소가 중화되기 때문에 편견을 배제할 수 있습니다. 아돌프나 브리트니, 샤킬라, 디에고 같은 사람은 직접 만나지 않더라도, 그 이름 때문에 심리적으로 선입견이 생기지 않습니까. 숫자는 그런 편견을 제거합니다. 효율성도 향상시키고요. 계속하게, 마크."

"그러죠, 앤드루. 이름을 코드로 대체하고 나면, 입고센터는 트랜잭션을 평가하고, 어디에 속해야 하는지 결정하고, 분리된 세 영역 중 하나 이상의 영역으로 보냅니다. 데이터 보관실이죠. 보관실 A는 개인의 생활방식 데이터를 저장하는 곳입니다. 보관실 B는 재정 관련 데이터죠. 급여 이력, 은행 거래, 신용 평가, 보험 등이 여기에 속합니다. 보관실 C는 공공기관 및 정부기관의 자료 및 기록입니다."

스털링이 다시 말을 받았다.

"그다음에는 데이터를 청소합니다. 불순물을 걸러내고 균일하게 만들죠. 예를 들어, 성별이 '여성'이라고 표기되는 양식도 있고, '여'라고 표시되는 양식도 있습니다. '1'로 표기하는 경우도 있고, '0'으로 표기하는 경우도 있고요. 일관성이 있어야 합니다. 노이즈도 제거합니다. 노이즈란 오염된 데이터를 말합니다. 오류일 수도 있고, 세부 항목이 너무 많을 수도, 너무 적을 수도 있지요. 노이즈는 오염물이고, 오염물은 제거되어야 합니다."

스털링은 힘주어 말했다. 다시금 얼굴에 감정이 스쳤다.

"청소된 데이터는 고객이 점쟁이를 필요로 할 때까지 보관실 안에 보관되지요."

"무슨 뜻입니까?"

풀라스키가 물었다. 스털링이 설명했다.

"1970년대의 컴퓨터 데이터베이스 소프트웨어는 과거의 실적 분석을 기업에 제공했습니다. 1990년대 들어서는 데이터가 특정 시점의 실적을 보여주게 되었지요. 한결 유용해진 겁니다. 현재 우리는 소비자가 '앞으로' 무엇을 할 것인지 예측하고, 이 정보를 고객이 이용할 수 있도록 안내합니다."

색스가 말했다.

"그럼 단순히 미래를 예측하는 게 아니죠. 바꾸려고 하는 거지."

"바로 그겁니다. 하지만 점쟁이를 찾아가는 것도 결국 그런 이유가 아니라면 무엇 때문이겠습니까?"

침착한, 즐거운 듯한 눈빛이었다. 하지만 색스는 어제 브루클린에서 연방요원과 마주친 사건이 떠올라 불편한 기분이 들었다. 522의 행동은 방금 스털링이 설명한 대로였다. 요원과 색스 사이의 총격전을 예측한 것이다.

스털링이 손짓을 하자 휘트콤이 말을 받았다.

"좋습니다. 이제 이름이 제거되고 숫자만 붙은 데이터는 독립된 세 보관실로 들어가는데, 개별 보관실은 서로 다른 보안 구역에 해당되고, 서로 다른 층에 있습니다. 공공기관 데이터 보관실에서 일하는 직원은 생활양식 데이터 보관실이나 재정 문제 데이터 보관실에 접근할 수 없습니다. 데이터 보관실의 직원은 입고센터의 정보에 접근할 수 없기 때문에, 열여섯 자리 코드를 통해 개인의 이름 및 주소를 알아낼 수 없습니다."

스털링이 말했다.

"아까 톰이 해커는 독립된 데이터 보관실을 모두 뚫어야 한다고 했던 게 이런 뜻입니다."

오데이가 덧붙였다.

"우리는 스물네 시간 항상 감시합니다. 권한 없는 사람이 물리적으로 보관실에 들어가려고 하면 즉각 알 수 있습니다. 그런 경우 현장에서 해고되고, 체포될 수도 있습니다. 보관실 내부 컴퓨터에서는 아무것도 다운로드받을 수 없습니다. 포트가 없으니까요. 어떻게 서버에 침입해서 장치를 연결한다 해도 갖고 나갈 수가 없습니다. 출입자는 모두 몸수색을 합니다. 모든 직원, 사무원, 보안요원, 소방대원, 관리인. 심지어 앤드루도요. 데이터 보관실과 입고센터의 모든 입구와 출구에는 금속탐지기와 고밀도 물질감지기가 설치되어 있습니다. 비상구도 마찬가집니다."

휘트콤이 말을 받았다.

"게다가 자기장 생성기를 지나가야 합니다. 소지하고 있는 모든 매체의 디지털 데이터를 삭제하는 기계죠. 아이팟, 전화, 하드 드라이브. 단 1킬로바이트의 정보도 가지고 빠져나갈 수 없습니다."

색스가 말했다.

"그럼, 그 보관실에서 데이터를 훔쳐낸다는 건 해커든, 침입자든, 내부 직원이든 거의 불가능에 가깝겠군요."

스털링이 고개를 끄덕였다.

"데이터는 우리의 유일한 자산입니다. 우리는 데이터를 깊은 신앙심을 갖고 수호하지요."

"다른 시나리오. 고객 쪽에서 일하는 인물은 어떨까요?"

"톰이 말씀드렸다시피, 범행 수법대로라면 그자는 모든 피해자와 죄를 뒤집어쓸 대역에 대한 이너서클 자료에 접근했어야 합니다."

"그렇죠."

스털링은 교수처럼 두 손을 들어 올렸다.

"하지만 고객은 이너서클 자료에 접근할 권한이 없습니다. 원하지도 않고요. 이너서클에는 고객에게 쓸모없는 원자료만 들어 있을 뿐입니다. 고객이 원하는 것은 우리의 데이터 '분석' 이지요. 고객은 워치타워나—우리가 특허를 갖고 있는 데이터베이스 관리 시스템입니다—익스펙테이션, 포트 같은 다른 프로그램에 접속합니다. 그 프로그램이 이너서클을 검색해서, 필요한 데이터를 찾고, 이를 사용 가능한 양식으로 출력하지요. 마이닝(mining, 채굴)의 원래 뜻을 생각하면 아시겠지만, 워치타워는 엄청난 양의 흙과 돌을 걸러 금괴를 찾아내는 역할을 하는 겁니다."

"하지만 고객이 예를 들어, 구매자 목록을 많이 사들이면, 범행을 저지를 수 있을 만큼 피해자에 대해 많은 데이터를 얻을 수 있지 않을까요?"

색스는 아까 스털링에게 보여준 증거물 목록 쪽으로 고갯짓을 했다.

"같은 종류의 면도 크림과 콘돔, 덕트 테이프, 러닝슈즈 등을 산 모든 사람의 목록을 구한다든지 하면 말입니다."

스털링은 한쪽 눈썹을 추켜세웠다.

"흠, 엄청난 노동이겠지만, 이론적으로 가능하기는 하지요. …좋습니다. 피해자의 이름이 포함된 데이터를 구매한 우리 고객의 명단을 뽑아드리겠습니다. 과거… 석 달 동안? 여섯 달?"

"그게 좋겠습니다."

색스는 서류가방을 뒤져—스털링의 책상 위보다 훨씬 어질러져 있었다—피해자와 대역의 명단을 건넸다.

"우리는 계약상 정보를 공유할 권리를 가지고 있습니다. 법적으로는 문제가 되지 않지만, 전부 취합하려면 몇 시간 걸립니다."

"고맙습니다. 마지막으로 직원에 대해 질문 드리고 싶은데… 보관실에 출입하는 것이 허가되지 않더라도, 사무실에서 자료를 다운로드받을 수는 없습니까?"

SSD 직원이 범인일 수도 있다는 뜻을 내포하고 있었지만, 그래도 스털링은 이 질문에 감탄한 듯 고개를 끄덕였다.

"대부분의 직원은 그럴 수 없습니다. 말씀드렸다시피, 우리는 데이터를 보호해야 하니까요. 하지만 '무제한 접근 권한'을 가진 사람이 몇 명 있습니다."

휘트콤이 미소를 지었다.

"앤드루, 그 사람들이 누군지 밝히는 건 좀⋯."

"문제가 있다면, 가능한 한 모든 해법을 찾아봐야지."

휘트콤이 색스와 풀라스키에게 말했다.

"무제한 접근 권한은 고위직들이 갖고 있습니다. 오랫동안 회사와 함께한 사람들이지요. 우리는 가족이나 마찬가집니다. 파티를 열고, 단합대회를 갖고⋯."

스털링은 한 손을 들어 말을 막았다.

"그쪽도 찾아봐야 해, 마크. 어떤 대가를 치르든 뿌리를 뽑고 싶어. 난 해답을 원해."

"무제한 접근 권한을 가진 사람이 누구죠?"

색스가 물었다. 스털링은 어깨를 으쓱했다.

"저도 가지고 있습니다. 세일즈담당 이사, 기술담당 이사. 인력관리 이사도 아마 데이터 취합 권한이 있을 텐데, 실제로 한 적은 없을 겁니다. 마크의 상관인 감찰과장도 있습니다."

그러곤 이름을 하나하나 불러주었다.

색스가 휘트콤을 보자 그는 고개를 저었다.

"저는 아닙니다."

오데이도 아니었다. 색스는 제레미와 마틴을 지칭하며 스털링에게 물었다.

"비서들은요?"

"아닙니다. ⋯ 수리공은―기술 인력 말입니다―데이터를 취합할 수 없지만, 접근 권한을 가진 서비스 관리자 두 사람이 있습니다. 한 사람은 주간 근무, 한 사람은 야간 근무를 하죠."

스털링은 이들의 이름도 알려주었다. 색스는 명단을 내려다보며 말했다.

"이들이 결백한지 아닌지 쉽게 알아낼 방법이 있어요."

"뭡니까?"

"저희는 일요일 오후에 범인이 어디 있었는지 알고 있습니다. 그 시간에 알리바이가 있는 사람은 혐의를 벗을 수 있겠지요. 모두 만나게 해주십시오. 가능하다면 지금 바로."

"좋습니다."

스털링은 자신의 '문제'에 대한 간결한 '해결책'을 듣고 좋은 생각이라는 듯한 표정을 지었다. 그때 색스는 깨달았다. 오늘 아침 내내 그녀를 볼 때마다, 스털링은 눈을 똑바로 쳐다보았다. 색스가 만난 많은 남자들처럼 몸에 시선을 주거나 유혹하는 눈빛을 던진 적이 단 한 번도 없었던 것이다. 그의 사생활이 궁금했다.

"데이터 보관실의 보안장치를 직접 볼 수 있을까요?"

"그러시죠. 호출기와 전화, PDA만 두고 가시면 됩니다. 저장장치도. 안 그러면 데이터가 모두 지워집니다. 나가실 때 몸수색도 있고요."

"그러죠."

스털링이 오데이에게 고개를 끄덕이자 오데이는 복도로 나가더니 근엄한 경비요원과 함께 들어왔다. 색스와 풀라스키를 아래층 넓은 로비로 데려다준 바로 그 경비였다.

스털링이 출입증 하나를 출력해서 서명한 뒤 경비에게 주자 경비는 앞장서서 색스를 데리고 복도로 나갔다.

색스는 스털링이 자신의 요구를 거절하지 않은 것이 기뻤다. 직접 보관실을 봐야만 하는 숨은 동기가 있었기 때문이다. 수사가 진행되고 있다는 것을 더 많은 사람에게 알릴 뿐 아니라—그래야 미끼를 물을 수 있다—경비에게 보안 규정에 대해 질문함으로써 오데이와 스털링, 휘트콤이 설명한 내용이 맞는지 확인하기 위해서였다.

그러나 경비는 낯선 사람과 이야기하지 말라고 부모님에게 교육받은 아이처럼 거의 말이 없었다.

문을 통과하고, 복도를 지나고, 계단을 내려가고, 다른 계단을 올라갔다. 곧 방향 감각이 완전히 없어졌다. 근육이 떨렸다. 공간은 점점 좁고 어둑어둑하고 폐쇄적으로 변해갔다. 폐쇄공포증이 고개를 들기 시작했다. '그레이 록'의 창문은 모두 워낙 작았다. 하지만 데이터 보관실에서 가까운 이곳은 창문이 아예 없었다. 색스는 심호흡을 했다. 그러나 도움이 되지 않았다.

색스는 경비의 명찰을 보았다.

"존?"

"네."

"창문은 왜 이런 거죠? 아주 작거나, 아예 없네요."

"앤드루는 사람들이 밖에서 패스코드나 사업계획서 같은 정보를 사진으로 찍을까봐 걱정하십니다."

"그래요? 그럴 수도 있나요?"

"모르겠습니다. 가끔 가까운 전망대나 회사 맞은편 건물 창문 같은 곳을 살펴보라는 지시가 내려옵니다. 수상한 사람이 발견된 적은 없습니다만. 그래도 앤드루는 계속하라고 하십니다."

데이터 보관실은 색깔로 분류된 으스스한 공간이었다. 개인 생활양식 데이터 보관실은 청색, 재정 관련 보관실은 적색, 정부 관련 보관실은 녹색이었다. 넓은 공간이었지만, 색스의 폐쇄공포증을 덜어주지는 못했다. 천장은 아주 낮고, 방은 어둑어둑하고, 줄지어 늘어선 컴퓨터 사이의 복도는 좁았다. 짐승의 울부짖음처럼 나직하게 웅웅거리는 소리가 끊임없이 공간을 가득 채웠다. 에어컨이 미친 듯이 돌아갔지만 공기는 답답하고 숨이 막혔다.

색스는 평생 이렇게 많은 컴퓨터를 한꺼번에 본 적이 없었다. 컴퓨터는 모두 커다란 흰색 상자 형태였는데, 신기하게도 숫자나 문자가 아니라 스파이더맨, 배트맨, 바니, 로드러너, 미키마우스 같은 만화 주인공 스티커로 이름을 구분했다.

"스펀지밥?"

색스는 한 컴퓨터를 턱으로 가리켰다.

존이 처음으로 미소를 보였다.

"그것도 앤드루가 생각해낸 보안장치입니다. 우리 회사에는 온라인상에서 SSD나 이너서클에 대한 이야기만 검색해서 확인하는 직원이 따로 있습니다. 혹시 회사 이름과 만화 주인공이 같이 언급되는 경우가 있다면, 누군가 우리 컴퓨터에 지나치게 관심이 많다고 볼 수 있지 않겠습니까. 컴퓨터에 그냥 숫자를 붙이는 것보다 와일 E. 코요테나 슈퍼맨 같은 이름이 눈에 더 잘 띄지요."

"영리하군요."

사람한테는 번호를 매기고 컴퓨터에는 이름을 붙이다니, 아이러니한 일이었다.

그들은 칙칙한 회색으로 칠해진 입고센터에 들어섰다. 데이터 보관실보다 더 좁아서 색스의 폐쇄공포증은 더욱 심해졌다. 보관실도 그랬지만, 유일한 장식물은 환한 창문과 감시탑 로고, 가식적인 미소를 띤 앤드루 스털링의 대형 사진뿐이었다. 사진 아래에는 '당신이 최고!' 라는 문구가 붙어 있었다.

시장점유율이나 회사가 받은 상을 가리킬 수도 있고, 직원의 중요성을 강조하는 슬로건일 수도 있었다. 어쨌든 색스에게는 이 문구가 마치 원치 않는 1등에 올라선 것처럼 불길하게 느껴졌다.

갇혀 있다는 느낌이 점점 증폭되면서 호흡이 가빠졌다.

"기분이 안 좋으시죠?"

경비가 물었다. 색스는 미소를 지었다.

"조금."

"우리도 순찰을 돕니다만, 보관실에서는 아무도 필요 이상 오래 있지 않습니다."

서먹함이 풀리고 존의 입에서 단음절 이상의 말이 나오기 시작한 틈을 타서 색스는 스털링과 다른 사람들이 말한 것이 사실인지 확인하기 위해 보안에 대해 묻기 시작했다.

모두 사실인 것 같았다. 존의 설명도 CEO의 설명과 다르지 않았다. 이 영역 안의 컴퓨터나 워크스테이션에는 데이터를 다운로드할 수 있는 슬롯이나 포트가 없고, 오직 키보드와 모니터뿐이었다.

또 전파가 차단되어 밖으로 무선신호도 보낼 수 없다. 각각의 보관실 안에 있는 데이터는 다른 보관실의 데이터와 입고센터의 데이터를 동시에 갖고 있지 않으면 아무런 소용이 없다. 컴퓨터 모니터에는 보안장치가 별로 없지만, 보관실 안에 들어오려면 신분증과 패스코드, 스캔—즉, 덩치 큰 경비가 모든 움직임을 감시하고 있다는 뜻이다—이 있어야 한다(존이 노골적으로 하고 있는 업무였다).

보관실 밖의 보안 역시 경영진의 말처럼 엄격했다. 보관실 하나를 나갈 때마다 색스와 경비 둘 다 꼼꼼하게 몸수색을 당했고, 금속탐지기와 '데이터 클리어 유닛'이라는 두꺼운 틀을 통과해야 했다. 기계에서 경고음이 흘러나왔다.

"이 시스템을 통과하면 컴퓨터와 드라이브, 휴대전화, 기타 장비의 모든 디지털 데이터가 영구적으로 삭제됩니다."

스털링의 사무실로 돌아가는 길에, 존은 자기가 아는 한 SSD에 불법 침입한 사람은 아무도 없다고 말했다. 그래도 오데이는 침입자를 막기 위한 훈련을 정기적으로 실시한다고 했다. 대부분의 경비가 그렇듯 존은 총을 갖고 있지 않았지만, 스털링은 무장 경비를 적어도 두 사람 하루 24시간 배치하라는 지시를 내렸다고도 했다.

CEO의 사무실로 돌아오니, 풀라스키는 마틴의 책상 옆에 놓인 거대한 가죽 소파에 앉아 있었다. 작은 덩치가 아닌데도, 마치 교장실에 끌려온 학생처럼 위축되어 보였다. 색스가 없는 동안 풀라스키는 무제한 접근 권한을 가진 감찰과장 새뮤얼 브락튼, 즉 휘트콤의 상관에 대해 조사하고 있었다. 워싱턴 D.C.에 체류 중인 그는 어제 살인사건이 발생한 시점에 호텔 식당에서 브런치를 먹고 있었던 것으로 확인되었다. 색스는 이 점을 눈여겨본 뒤, 무제한 접근 권한을 지닌 직원의 명단을 훑어보았다.

앤드루 스털링, 사장, CEO
숀 캐설, 세일즈 및 마케팅 이사
웨인 길레스피, 기술담당 이사

새뮤얼 브락튼, 감찰과장
· 알리바이: 호텔 기록상 워싱턴에 체류 중인 사실이 확인됨
피터 알론조-켐퍼, 인력관리 이사
스티븐 슈래더, 기술 서비스 및 지원 관리자, 주간
파룩 마메다, 기술 서비스 및 지원 관리자, 야간

색스는 스털링에게 말했다.

"가능한 한 빨리 만나보고 싶습니다."

CEO는 비서에게 전화했다. 브락튼 외에는 모두 시내에 있었는데, 슈래더는 입고센터 하드웨어에 문제가 생겨 바빴고, 마메다는 오후 3시 이전에는 회사에 들어오지 못하는 모양이었다. 스털링은 마틴에게 빈 회의실 하나를 내줄 테니 그들 모두를 위층으로 올려보내라고 지시했다.

스털링이 인터콤의 연결을 끊고 말했다.

"됐습니다, 형사님. 이제 형사님께 달렸습니다. 우리의 혐의를 벗겨주시든지… 살인범을 찾아내십시오."

20 미량증거물

로드니 차닉은 함정을 설치하고, 즐겁게 SSD 메인 서버 공략에 들어갔다. 무릎을 아래위로 덜덜 떨고 가끔 휘파람을 불어대는 것이 신경에 거슬렸지만, 라임은 청년을 내버려두었다. 그는 현장을 수색하고 사건에 대한 접근 방식을 고민할 때 스스로에게 이렇게 말하는 것으로 유명했다.

아무리 희한한 것이라도 나름대로 쓸모는 있어….

초인종이 울렸다. 퀸스 감식반 소속 경찰이 선물, 즉 이전에 발생한 범죄에서 나온 증거물을 가지고 왔다. 주화 도난 및 살인사건에 사용된 칼이었다. 나머지 증거물은 '보관소 어딘가'에 있었다. 증거물을 정식으로 요청해뒀지만, 언제 받을 수 있을지, 과연 소재를 파악할 수 있을지조차 알 수 없었다.

라임은 쿠퍼에게 증거물 카드에 서명하도록 했다. 재판은 끝났지만, 규정은 지켜야 한다.

"이상하군. 다른 증거물도 대부분 분실됐어."

게다가 칼은 일반 증거물과 달리 감식반 보관소에 따로 보관되어 있어야 했다.

라임은 차트를 바라보았다.

"칼 손잡이에서 먼지가 발견됐어. 그게 뭔지 알아보자구. 한데 우선, 칼 자체는 어떤 거지?"

쿠퍼는 뉴욕시경 무기 데이터베이스에서 제조사 정보를 찾아보았다.

"중국산, 수천 개 소매점에 대량으로 납품됩니다. 가격노 싸고. 범인은 현금으로 구입했겠지요."

"음, 크게 기대하진 않았어. 먼지로 넘어가."

쿠퍼는 장갑을 끼고 봉투를 열었다. 피해자의 혈흔이 묻어 진갈색으로 변색된 손잡이를 조심스럽게 붓으로 털자 관찰 종이 위에 흰 가루가 떨어졌다.

먼지는 늘 라임을 매혹시켰다. 법과학에서 먼지란 크기 500마이크로미터 이하의 고체 입자를 가리키며 옷이나 가구의 섬유, 인간이나 동물 피부의 비듬, 식물이나 동물의 조각, 마른 배설물 조각, 흙, 기타 다양한 화학 성분이 여기에 포함된다. 어떤 것은 공기 중에 부유하고, 어떤 것은 표면에 빨리 내려앉는다. 먼지는 건강 문제를 일으킬 수도 있고―진폐증처럼―폭발성 때문에 위험할 수도 있으며(곡물 보관소 안의 밀가루를 그 예로 들 수 있다), 심지어 기후에 영향을 미칠 수도 있다.

정전기 및 기타 접착 성분 덕분에, 먼지는 범인에게서 현장으로, 혹은 그 반대로 자주 옮겨가며, 이는 경찰에 극히 유용한 정보가 된다. 뉴욕시경 감식반을 지휘할 때, 라임은 뉴욕 시내 다섯 개 자치구와 뉴저지 및 코네티컷 일부 지역에서 먼지를 수집해 거대한 데이터베이스를 구축했다.

칼 손잡이에 붙은 먼지는 소량이었지만, 멜 쿠퍼는 물질을 구성 성분별로 분리해 가스크로마토그래프/질량분석기(GC/MS)로 검사할 수 있을 만큼의 시료를 채취했다. 시간이 좀 걸렸다. 쿠퍼의 잘못은 아니었다. 마른 남자치고 놀라울 정도로 크고 근육질인 그의 손은 빠르고 효율적으로 움직였다. 느릿느릿 돌아가며 원칙대로 마법을 수행하는 것은 기계였다. 결과를 기다리는 동안, 쿠퍼는 GC/MS가 발견하지 못하는 성분을 알아내기 위해 화학 실험을 따로 실시했다.

마침내 결과가 나오자 멜 쿠퍼는 화이트보드에 그 내용을 써가며 종합적인 분석을 했다.

"좋습니다, 링컨. 질석, 벽토, 합성수지, 유리 파편, 페인트 입자, 광물 면(綿), 유리 섬유, 방해석 입자, 종이 섬유, 석영 입자, 저온 연소 소재, 금속 파편, 백석면, 약간의 화학 물질입니다. 방향족 탄화수소, 파라핀, 올레핀, 나프틴, 옥테인, 폴리염화바이페닐, 디벤조디옥신—이건 잘 안 나오는 건데요—디벤조퓨란. 아, 브롬화 디페닐에테르도 있군요."

"무역센터."

라임이 말했다.

"그렇습니까?"

"맞아."

2001년 붕괴된 세계무역센터 잔해에서 나온 먼지는 그라운드 제로 근처에서 일하는 사람들에게 건강 문제를 유발시켰고, 다양하게 조합된 구성 성분이 최근 뉴스에 보도되기도 했다. 라임은 그 구성 성분을 잘 알고 있었다.

"범인은 다운타운에 있을까요?"

"그럴 수도. 하지만 이 먼지는 다섯 개 자치구에서 모두 발견할 수 있어. 당분간은 물음표로 두자고…."

라임은 얼굴을 찌푸렸다.

"지금까지 나온 프로파일은… 백인이거나 연한 피부색을 지녔을 '수도' 있다. 주화를 수집할 '수도' 있고, 미술을 좋아할 '수도' 있다. 주거지나 업무 장소는 다운타운일 '수도' 있다. 아이가 있을 '수도' 있고, 담배를 피울 '수도' 있고."

그러곤 칼을 흘끗 보았다.

"자세히 보게 해줘."

쿠퍼가 칼을 가져왔다. 라임은 손잡이를 1밀리미터도 빼놓지 않고 꼼꼼히 살폈다. 비록 육체는 불완전했지만, 시력만은 십대 못지않았다.

"저기, 저게 뭐지?"

"어디요?"

"고리와 뼈대 사이."

희끄무레하고 아주 작은 조각이었다. 쿠퍼는 속삭이듯 말했다.

"저게 보이셨습니까? 전 완전히 놓쳤는데요."

쿠퍼는 탐침으로 조각을 뽑아내서 슬라이드 위에 놓은 다음 현미경으로 관찰했다. 우선 저배율에서 시작했다. 주사전자현미경의 마법이 필요하지 않은 이상 4~24배 정도면 충분하다.

"음식 부스러기 같은데요. 찐 겁니다. 오렌지색이고요. 스펙트럼을 보니 기름 같습니다. 정크푸드. 도리토스나 감자칩 같은 거요."

"GC/MS에 돌릴 분량은 안 되지?"

"안 되죠."

"범인이 대역의 집에 그렇게 작은 증거를 심을 의도는 없었을 거야. 이건 522에 대한 진짜 단서 중 하나군."

도대체 뭘까? 사건 당일 점심으로 먹은 걸까?

"맛을 봐야겠어."

"네? 피가 묻었는데요."

"날 말고, 손잡이. 그 조각이 있던 부위만. 뭔지 알고 싶어."

"맛을 볼 정도도 안 됩니다. 이 작은 조각으로요? 잘 보이지도 않는데. 저도 못 봤을 정도로."

"아니, 칼 자체 말이야. 단서가 될 만한 맛이나 향이 남아 있을지도 몰라."

"살인 도구를 핥을 수는 없습니다, 링컨."

"어디 규정에 그렇게 적혀 있기라도 해? 난 그런 거 읽은 기억 안 나는데. 우린 이자에 대한 정보가 필요하다고!"

"어휴… 알겠습니다."

쿠퍼는 칼을 라임의 얼굴 가까이 가져갔다. 라임은 머리를 내밀고 조각이 붙어 있던 부위에 혀를 갖다 댔다.

"맙소사!"

라임은 고개를 뒤로 젖혔다. 쿠퍼는 깜짝 놀라 물었다.

"왜요?"

"물 좀 줘!"

쿠퍼는 칼을 관찰대 위에 던져놓고 톰을 부르러 갔다. 라임은 바닥에 침을 뱉었다. 불에 덴 것처럼 입이 화끈거렸다.

톰이 달려왔다.

"무슨 일입니까?"

"이런… 매워. 물 달라고 했잖아! 방금 핫소스를 먹었다구."

"핫소스? 타바스코 같은 거요?"

"종류는 몰라!"

"음, 물보다는 우유나 요구르트가 좋습니다."

"어쨌든 가져와!"

톰이 요구르트를 가져와 몇 숟가락 먹여주었다. 놀랍게도 통증이 즉시 사라졌다.

"휴. 정말 맵군…. 좋아, 멜. 한 가지 더 알아냈어. 어쩌면. 범인은 칩하고 살사를 좋아해. 아니, 그냥 스낵 푸드와 핫소스로 하자구. 차트에 적어."

쿠퍼가 적는 동안, 라임은 시계를 보고 내뱉었다.

"색스는 도대체 어디 있는 거야?"

"SSD에 갔잖습니까."

쿠퍼는 어리둥절해서 물었다.

"그건 알고 있어. 도대체 왜 아직 돌아오지 않느냐는 말이야….

그리고 톰, 요구르트 좀 더 갖다줘!"

미확인 용의자 522 프로파일

- 남성
- 흡연자이거나 흡연자와 함께 거주, 혹은 흡연자와 일하거나 담배가 있는 환경에 서 지냄
- 아이가 있거나 아이 근처에 거주, 혹은 아이 근처에서 일하거나 장난감이 있는 환경에서 지냄
- 미술, 주화에 관심이 있다?
- 백인, 혹은 연한 피부색
- 보통 체격
- 힘이 셈–피해자의 목을 조를 수 있을 만큼
- 음성 변조 장치를 사용함
- 컴퓨터를 잘 다룸: 아워월드에 대해 알고 있음. 다른 인맥 네트워크 사이트는?
- 피해자의 기념품을 보관함. 사디스트?

- 주거지/직장의 일부는 어둡고 축축한 곳
- 맨해튼 다운타운, 혹은 그 근처에 산다?
- 스낵 푸드/핫소스를 먹음

연출되지 않은 증거

- 먼지
- 낡은 마분지
- 인형 머리카락, BASF B35 나일론 6
- 태리턴 담배회사의 담배
- 태리턴이 아닌 오래된 담배, 상표는 알 수 없음
- 스타키보트리스 카르타룸 곰팡이
- 세계무역센터 잔해에서 나온 먼지, 맨해튼 다운타운에 주거지/직장이 있을 가능성
- 핫소스를 뿌린 스낵 푸드

21 용의자

색스와 풀라스키가 안내된 회의실은 스털링의 사무실만큼이나 단순했다. 회사 전체의 실내장식 기조를 표현할 수 있는 단어로는 '금욕풍'이 좋을 것 같았다.

스털링은 직접 두 사람을 회의실까지 안내한 다음, 창문이 달린 감시탑 로고 바로 아래 있는 의자 두 개를 가리켰다.

"특별 대우를 기대하지는 않습니다. 무제한 접근 권한이 있으니, 저 역시 용의자지요. 하지만 어제는 알리바이가 있습니다. 하루 종일 롱아일랜드에 있었습니다. 자주 그러는데요, 대형 할인점이나 회원제 쇼핑몰에 가서 사람들이 뭘 사는지, 어떻게 사는지, 하루 중 몇 시에 사는지 관찰하러 나가곤 합니다. 저는 언제나 사업을 좀 더 효율적으로 이끌 수 있는 방법을 찾습니다. 고객의 요구를 모르면 그럴 수가 없지요."

"누굴 만나셨습니까?"

"전혀. 저는 제가 누구인지 절대 밝히지 않습니다. 평상시 그대로를 보고 싶으니까요. 결점이든 뭐든 모두 다. 하지만 제 차의 이지패스 기록을 보면 오전 9시쯤 미드타운 터널을 서쪽에서 동쪽으로 지나 오후 5시 30분쯤 돌아왔다고 기록되어 있을 겁니다. 자동차등록국에서 확인할 수 있습니다."

그러고는 자동차 번호를 알려주었다.

"아, 그리고 어제요? 아들에게 전화를 했습니다. 아들이 웨스트 체스터까지 기차를 타고 가서 자연보호구역 숲에서 하이킹을 했거든요. 혼자 갔기 때문에 잘 있는지 확인하고 싶었습니다. 전화를 건 시간은 오후 2시쯤입니다. 제 햄프턴 집에서 전화를 건 기록이 남아 있을 겁니다. 아니면 아들 휴대전화에서 수신 번호를 보셔도 되고요. 날짜와 시간이 찍혀 있을 겁니다. 아들의 내선 번호는 7187입니다."

색스는 내선 번호와 스털링의 여름 별장 전화번호를 나란히 적은 다음 고맙다고 말했다. '외근용' 비서 제레미가 들어와 사장에게 귓속말로 속삭였다.

"볼일이 생겼습니다. 필요하신 게 있으면 뭐든 말씀해주십시오."

몇 분 뒤, 첫 번째 용의자가 도착했다. 숀 캐설. 세일즈 및 마케팅 이사였다. 삼십대 중반 정도, 상당히 젊지만 지금까지 SSD에서 40세가 넘는 사람은 몇 명 못 본 것 같았다. 데이터 분야는 새로운 실리콘 밸리, 젊은 기업가의 세상인 듯했다.

캐설은 긴 얼굴에 전형적인 미남형이고, 탄탄한 팔, 넓은 어깨가 운동선수 같은 체격이었다. 그는 SSD '제복', 즉 군청색 정장 차림이었다. 흰 셔츠는 깨끗했고, 커프스에는 묵직한 금제 링크가 달려 있었다. 노란 타이는 두꺼운 실크였다. 곱슬머리, 발그레한 피부. 흔들리지 않는 눈빛이 안경 너머로 색스를 바라보았다. 색스는 '돌체 앤드 가바나'에서 안경테까지 나오는지 미처 모르고 있었다.

"안녕하세요."

"안녕하십니까, 저는 색스 형사, 이쪽은 풀라스키 경관입니다. 앉으시죠."

색스는 캐설과 악수를 나누었다. 그는 풀라스키보다 색스의 손을 더 오래 단단히 쥐었다.

"형사님이라고요?"

세일즈 이사는 풀라스키에게는 조금의 관심도 보이지 않았다.

"그렇습니다. 신분증을 보여드릴까요?"

"아뇨, 괜찮습니다."

"음, 그냥 여기 직원 몇 분에 대한 정보만 얻으면 됩니다. 마이라 와인버그라는 사람을 알고 계십니까?"

"아뇨. 그래야 합니까?"

"살인사건 피해자입니다."

"아."

눈빛이 흔들리고, 세련된 표정이 순간 사라졌다.

"범죄가 어쩌고 하는 이야기는 들었는데. 살인인 줄은 몰랐습니다. 유감이군요. 여기 직원입니까?"

"아뇨. 하지만 살인범이 이 회사 컴퓨터에 있는 정보에 접근했을 가능성이 있습니다. 이너서클 무제한 접근 권한을 갖고 계시다고 들었는데요, 혹시 당신 밑에서 일하는 누군가가 특정 개인의 자료를 취합했을 가능성이 있을까요?"

그는 고개를 저었다.

"벽장을 만들려면 패스코드 세 개가 필요합니다. 혹은 생체 측정과 패스코드 하나."

"벽장?"

그는 잠시 망설였다.

"아, 개인에 대해 취합한 자료를 우리는 그렇게 부릅니다. 지식서비스업에서는 약어를 많이 사용하지요."

벽장 속의 비밀이란 말이군.

"하지만 제 패스코드는 아무도 알아낼 수 없습니다. 모두들 패스코드는 대단히 주의해서 비밀로 관리하니까요. 앤드루가 늘 강조하는 것이기도 하고요."

캐설은 안경을 벗었다. 그리고 마치 마법처럼 어느새 검은색 천을 손에 쥐고 안경을 닦았다.

"앤드루는 다른 사람의 패스코드를 허락받고 이용한 사람도 해고했습니다. 그 자리에서."

그러곤 안경 닦는 일에 잠시 몰두하다가 시선을 들었다.

"한데 솔직히 말씀하시죠. 궁금하신 긴 패스코드가 아니라 알리바이 아닙니까? 맞죠?"

"그것도 알고 싶습니다. 어제 정오부터 오후 4시 사이에 어디 계셨습니까?"

"달리기를 했습니다. 미니 3종경기를 대비해서 연습 중이거든요. …형사님도 달리기를 좋아하실 것 같은데. 몸이 운동선수 같으십니다."

가만히 서서 8미터나 15미터 전방에 있는 과녁에 구멍을 내는 것도 운동이라면, 그렇다고 할 수 있겠지.

"그 사실을 증명해줄 사람이 있나요?"

"형사님 몸이 운동선수 같다는 거요? 제 눈에는 확실한데요."

미소. 때로 장단을 맞춰주는 게 좋을 때도 있다. 풀라스키는 불편한 듯 몸을 움직였지만—캐설은 그를 재미있다는 듯 쳐다보았다—색스는 아무 말도 하지 않았다. 색스에게는 자신의 명예를 대신 지켜줄 사람이 필요하지 않았다.

캐설은 정복 경찰을 곁눈질하며 말을 이었다.

"아니, 유감스럽지만 없습니다. 친구랑 함께 잤는데, 그녀는 9시 30분쯤 집을 나갔습니다. 이러면 제가 용의자가 됩니까?"

풀라스키가 말했다.

"일단은 정보만 얻는 겁니다."

"그래요?"

캐설은 아이를 대하듯 짐짓 사근사근하게 말했다.

"그러니까, 이 말씀이죠? 사실만 필요해, 사실만."

오래된 텔레비전 쇼의 대사였다. 어떤 프로그램인지는 기억나지 않았다.

색스는 다른 살인사건이 벌어졌을 때 그가 어디에 있었는지 물어보았다. 주화 도난, 이전의 강간, 프레스콧 그림을 가지고 있던 여자. 캐설은 다시 안경을 쓰고 기억나지 않는다고 대답했다. 아주 느긋한 태도였다.

"데이터 보관실에는 얼마나 자주 들어가십니까?"

"일주일에 한 번 정도."

"정보를 꺼내오기도 합니까?"

그는 얼굴을 약간 찡그렸다.

"음…. 그건 못합니다. 보안 시스템상 불가능합니다."

"개인 통합 자료는 얼마나 자주 다운받으시나요?"

"한 번도 안 한 것 같은데요. 그건 그냥 원자료입니다. 노이즈가 너무 많아서 업무에는 도움이 안 됩니다."

"좋습니다. 시간 내주셔서 감사합니다. 일단은 이 정도로 충분합니다."

미소와 장난기가 사라졌다.

"이게 문제입니까? 제가 걱정하던 것이?"

"지금은 그냥 예비 수사 단계입니다."

"아, 아무것도 보여주시지 않는군."

캐설은 풀라스키를 힐끗 보더니 말을 이었다.

"자기 패는 보여주지 않는 법이죠. 안 그렇습니까, 프라이데이 형사님?"

아, 그거군. 색스는 그제야 깨달았다. 〈드래그넷〉. 오래전 아버지와 함께 재방송을 보곤 했던 옛날 경찰 드라마.

캐설이 나간 뒤, 다른 직원이 들어왔다. 회사 기술 부문—소프트웨어와 하드웨어—을 책임지는 웨인 길레스피였다. 첫눈에는 색스가 가지고 있는 컴퓨터광에 대한 선입견에 잘 맞아떨어지지 않는 사람이었다. 피부는 갈색으로 그을렸고, 몸도 탄탄했다. 값비싼 은, 혹은 백금 팔찌를 끼고 있었다. 악수를 해보니 손의 힘도 셌다. 하지만 좀 더 자세히 관찰해보니, 졸업 사진 찍는 날 엄마가 입혀준 대로 차려입은 아이 같은 전형적인 기술자 부류였다. 키가 작고 마른 몸매에 정장은 구깃구깃하고, 타이 매듭은 엉터리였다. 신발은 닳았고, 들쭉날쭉한 손톱도 제대로 다듬지 않았다. 머리도 끝을 좀 잘라야 할 것 같았다. 대기업 임원 역할을 맡고는 있지만, 컴퓨터와 함께 어두운 방에 틀어박혀 있는 것을 백배는 더 좋아할 듯했다.

캐설과 달리 길레스피는 신경질적이었다. 끊임없이 손을 움직이며 허리에 찬 전자기기 세 개—블랙베리, PDA, 정교한 휴대전화—를 만지작거렸다. 시선이 마주치는 것도 피했고, 세일즈 이사와 마찬가지로 결혼반지는 없었다. 하지만 여자한테 치근덕거리는 것은 상상조차 못 할 사람이었다. 어쩌면 스털링은 회사 고위직으로 미혼 남성을 선호하는지도 모른다. 야심만만한 귀족보다 왕자가 나은 법이니까.

길레스피는 경찰이 왜 왔는지 캐설보다 더 들은 게 없는 것 같았다. 색스가 범행에 대해 설명하자 즉시 주의를 집중했다.

"재미있군요. 네. 재미있어요. 대단합니다. 정보를 피아노로 쳐서 범행을 연주하다니."

"정보를, 뭐요?"

길레스피는 신경질적으로 손가락을 퉁겼다.

"정보를 찾는다는 뜻입니다. 수집한다고요."

사람들이 살해당했다는 점에 대해서는 아무런 반응이 없었다. 연기일까? 진짜 범인이라면 두려움과 동정심을 꾸며낼 것이다.

색스는 그가 일요일에 어디 있었는지 물어보았다. 그는 알리바이는 없지만 집에서 방대한 코드를 디버깅하고 롤플레이 컴퓨터 게임을 했다는 이야기를 길게 늘어놓기 시작했다.

"그러면 어제 온라인에 접속한 기록이 있겠군요."

잠시 망설임.

"아, 그냥 연습이라서요. 접속은 안 했습니다. 문득 시계를 보니 너무 늦었더군요. 수면 상태에 푹 빠지면, 다른 건 완전히 사라지지요."

"수면 상태요?"

길레스피는 자신이 외계어를 말했다는 사실을 깨달은 듯했다.

"아, 게임에 푹 파묻혔다는 뜻입니다. 나머지 세상이 잠들었다, 이렇게."

그 역시 마이라 와인버그를 몰랐다. 또 자신의 패스코드를 알아낼 사람은 아무도 없을 것이라고 단언했다.

"제 패스코드를 알아내는 건 순전히 운이죠. 무작위로 생성한 열여섯 자리 문자열이니까요. 절대 적어놓지도 않습니다. 다행히 기억력이 좋아서요."

길레스피는 컴퓨터 앞에서는 항상 '시스템 안에' 들어가 있다고 말하며 방어적으로 덧붙였다.

"제 일이 그런 거라서요."

그러나 개인의 통합 정보를 다운로드한 적이 있느냐고 묻자 이상하다는 듯 미간을 찡그렸다.

"그걸, 어, 뭐하러요? 아무개 씨가 지난주에 동네 식료품 가게에서 뭘 샀는지 모조리 읽는다. 허… 저는 할 일이 많은 사람입니다."

데이터 보관실 안에서 많은 시간을 보낸다는 것도 인정했다. 색스가 얼른 빠져나오고 싶어 했던 공간에 있는 것이 좋고 편안하다는 인상이었다.

다른 살인사건이 벌어진 시각에 자신이 어디 있었는지 기억하지도 못했다. 색스는 그에게 고맙다고 말했다. 그는 문을 나서기도 전에 허리에서 PDA를 꺼내 색스가 열 손가락으로 치는 것보다 더 빠르게 엄지손가락 두 개만 가지고 메시지를 입력하기 시작했다.

다음 용의자가 도착하기를 기다리는 동안, 색스는 풀라스키에게 물었다.

"어때?"

"음, 캐설은 마음에 안 듭니다."

"나도 그래."

"하지만 522라기엔 너무 밉살스러워요. 여피 스타일이랄까. 그 정도로 자의식 강한 사람이 살인을 한다면 충동적으로 저지르지 않았을까요. …길레스피는 잘 모르겠습니다. 마이라가 죽었다고 했을 때 놀란 것 같았지만, 정말 그랬는지는 모르겠어요. 게다가 '피아노'니, '수면'이니 하는 말투 말입니다, 그게 뭔지 아십니까? 길거리 속어입니다. '피아노'는 손가락으로 더듬더듬하면서 코카인을 찾는다는 뜻이죠. '수면'은 헤로인이나 진정제에 취한다는 뜻이고요. 잘사는 집 애들이 할렘이나 브롱크스 마약상한테서 약을 얻을 때 아는 척해 보이려고 그런 식으로 말하죠."

"길레스피가 마약 중독이라고 생각해?"

"음, 안절부절못하는 것 같더군요. 하지만 솔직한 인상은…."

"말해봐."

"마약 중독자라기보다…."

풀라스키는 손으로 주위를 가리키며 말을 이었다.

"데이터 중독자 같습니다."

생각해보니 맞는 말 같았다. SSD의 분위기는 은근히 기분 나쁘게 중독성이 있었다. 으스스하고 방향 감각을 혼란시키는. 실제로 진통제에 취한 것 같은 기분이었다.

다시 한 남자가 문간에 나타났다. 젊고 말쑥하고 피부색이 연한 흑인. 인력관리 이사 피터 알론조-켐퍼였다. 그는 데이터 보관실에는 거의 들어가지 않지만, 저마다 자기 작업 공간에서 일하는 직원을 만날 수 있는 위치에 있었다. 직원 관련 문제로 가끔 이너서클에 접속하기도 하지만, SSD 직원의 원자료를 열람하기 위해서일 뿐 일반인의 것은 단 한 번도 보지 않았다고 했다.

실제로 '벽장'에 접근하기는 했군. 스털링이 그에 대해 했던 말과는 달랐다.

열정적인 성격의 알론조-켐퍼는 얼굴에 의례적인 미소를 띤 채 자주 화제를 돌려가며 단조로운 말투로 대답했다. 그가 전달하고자 하는 핵심적인 내용은 스털링—언제나 호칭은 '앤드루'였다—이 세상에서 '가장 친절하고, 가장 사려 깊은 보스'라는 점이었다. 스털링 또는 무엇이 됐든 'SSD의 이상'을 배신하는 것은 꿈도 꾸지 못할 일이며, 신성한 회사 내부에 범죄자가 있다는 것은 상상조차 할 수 없는 일이라고 말했다.

그의 찬양은 지루하기까지 했다.

화제가 개인숭배에서 벗어난 뒤, 지난 일요일에는 하루 종일 아내와 함께 있었다고 했다(지금까지 만나본 직원 중 유일하게 기혼이었다). 앨리스 샌더슨이 죽은 날에는 얼마 전 돌아가신 어머니의 집을 청소하느라 브롱크스에 가 있었다며, 혼자 갔지만 찾아보면 목격한 사람이 있을 것이라고 했다. 다른 살인사건이 발생한 시각에는 어디 있었는지 기억하지 못했다.

면담을 끝낸 뒤, 경비가 들어오더니 색스와 풀라스키를 다시 스털링의 비서실로 데려갔다. CEO는 자기 집무실에서 자신과 비슷한 또래의, 진한 금발 머리를 잘 빗어 넘긴 탄탄한 몸매의 남자와 이야기하고 있었다. 남자는 딱딱한 나무의자에 구부정한 자세로 앉아 있었다. SSD 직원은 아니었다. 폴로셔츠와 스포츠 재킷 차림이었다. 스털링이 고개를 들고 색스를 보았다. 그러고는 미팅이 끝났는지 일어서서 남자를 밖으로 안내했다.

색스는 손님이 들고 있는 서류뭉치를 쳐다보았다. 맨 위에 적혀 있는 '어소시에이트 웨어하우징'이라는 이름이 그의 회사인 듯했다.

"마틴, 카펜터 씨를 모셔다드릴 차는 불렀나?"

"네, 앤드루."

"우리 모두 한편이야. 안 그래, 밥?"

"네, 앤드루."

스털링보다 키가 훨씬 큰 카펜터는 CEO와 음울하게 악수를 나눈 뒤 돌아서서 비서실을 나갔다. 경비 한 사람이 그와 동행했다.

색스와 풀라스키는 스털링을 따라 그의 집무실로 들어갔다.

"뭘 좀 찾아내셨습니까?"

"확실한 건 아직 없어요. 알리바이가 있는 사람도 있고, 없는 사람도 있습니다. 수사를 계속 진행하면서 다른 증거나 목격자가 나오는지 봐야겠어요. 한 가지 궁금한 게 있는데요, 개인 통합 자료를 한 부 얻을 수 있을까요? 이름은 아서 라임입니다."

"누군데요?"

"무고하게 죄를 뒤집어쓴 것으로 보이는 대역 중 한 사람입니다."

"그러죠."

스털링은 책상에 앉아 키보드 옆의 판독기를 엄지손가락으로 건드렸다. 그리고 키보드를 두드리더니 잠시 가만히 앉아 스크린을 주시했다. 다시 키보드를 두드리자 서류가 출력되기 시작했다. 스털링은 30페이지 정도의 문서를 색스에게 건넸다. 아서 라임의 '벽장'이었다.

음, 쉽군. 색스는 생각했다. 그녀는 컴퓨터를 턱으로 가리키며 말했다.

"방금 이 문서를 출력한 기록도 이 안에 남나요?"

"기록? 아, 아닙니다. 내부 다운로드는 기록되지 않습니다."

그러곤 다시 메모를 보았다.

"마틴에게 고객 명단을 뽑으라고 했습니다. 두세 시간 걸릴 겁니다."

다시 비서실로 나오자 숀 캐설이 안으로 들어왔다. 얼굴에는 웃음기가 없었다.

"고객 명단을 뽑으라니 무슨 소립니까, 앤드루? 그걸 저 사람들한테 주자고요?"

"맞아, 숀."

"왜 고객입니까?"

풀라스키가 대답했다.

"SSD의 고객사에서 일하는 사람이 범행에 사용된 정보를 얻었을
지도 모르기 때문입니다."

젊은 남자는 코웃음을 쳤다.

"당연히 그런 생각을 하셨겠죠. …한데 왜요? 그쪽에서는 이너서클
에 직접 접속할 수 없는데. 그들은 벽장을 다운로드할 수 없습니다."

"정보가 들어 있는 메일링 리스트를 샀을 수도 있습니다."

"메일링 리스트? 당신이 말한 모든 정보를 통합하려면, 그 고객
이 시스템에 얼마나 많이 들어와야 하는지 압니까? 풀타임 직원한
테 맡겨야 하는 일이라구요. 생각해보십시오."

풀라스키는 얼굴을 붉히고 시선을 내리깔았다.

"음…."

마틴의 책상 옆에 서 있던 감찰과의 마크 휘트콤이 말했다.

"숀, 그분은 이 일이 어떻게 돌아가는지 모르시잖아."

"음, 마크. 이건 논리적으로 생각해보면 알 수 있는 일이야. 안
그래? 각각의 고객은 메일링 리스트 수백 개를 사야 해. 그들이 목
표로 하는 열여섯 자리 숫자의 벽장엔 대략 300에서 400개의 목록
이 있을 거라고."

"열여섯 자리 숫자?"

색스가 물었다.

"'사람'이라는 뜻입니다."

그는 '그레이 록' 바깥세상의 인류를 가리키듯 좁은 창문 쪽을
모호하게 가리켰다.

"우리가 사용하는 코드 때문에 그렇게 부르죠."

약자. 벽장, 열여섯 자리, 피아노…. 노골적인 경멸은 아닐지라
도, 우월감이 느껴지는 업계 은어들이었다.

그때 스털링이 냉랭하게 말했다.

"진실을 찾기 위해 할 수 있는 모든 일을 해야 해."

캐설은 고개를 저었다.

"그래도 고객은 아닙니다, 앤드루. 범행에 감히 우리 데이터를 쓸 사람은 없습니다. 자살 행위나 마찬가지인데요."

"숀, SSD가 이 일과 관련이 있다면 우린 알아야 해."

"좋습니다, 앤드루. 최선이라고 생각하면 그렇게 하세요."

숀 캐설은 풀라스키를 무시하고, 치근덕거리는 기색이라곤 전혀 없는 차가운 미소를 색스에게 던진 뒤 사무실을 나갔다. 색스는 스털링에게 말했다.

"그 고객 명단은 기술 관리인들을 만나러 다시 올 때 받겠습니다."

CEO가 마틴에게 다시 지시를 내리는 동안, 색스는 마크 휘트콤이 풀라스키에게 속삭이는 말을 들었다.

"캐설은 신경 쓰지 마십시오. 그 사람하고 길레스피는 이 업계의 샛별입니다. 젊은 무법자죠. 그들에게 난 방해물일 뿐입니다. 당신도 그렇고."

"괜찮습니다."

젊은 경찰은 애매하게 대답했다. 하지만 속으로는 고마워하고 있는 것이 눈에 보였다. 자신감만 있으면 완벽할 텐데, 라고 색스는 생각했다.

휘트콤이 비서실을 나간 뒤, 두 경찰은 스털링에게 작별 인사를 했다.

돌아서는데, CEO가 색스의 팔에 가볍게 손을 올리며 말했다.

"말씀드릴 게 있습니다, 형사님."

색스는 다시 돌아섰다. 스털링은 두 팔을 양옆으로 내리고 두 발을 벌린 채 강렬한 녹색 눈으로 색스를 쳐다보고 있었다. 최면을 거는 듯한, 집중력 있는 눈빛에서 시선을 돌릴 수가 없었다.

"제가 돈을 벌기 위해 지식 서비스업계에 몸담고 있다는 건 부정하지 않겠습니다. 하지만 제가 이 일을 하는 것은 사회를 개선하기 위해서이기도 합니다. 우리가 하는 일을 생각해보십시오. SSD 덕분에 부모님이 저축한 돈으로 난생처음 버젓한 옷과 좋은 크리스마스 선물을 받게 될 아이들을. SSD가 신용을 예측했기 때문에 대출해줄 은행을 찾아 처음으로 집을 살 수 있게 된 젊은 부부를. 우리 알고리듬이 신용카드 사용 패턴의 오류를 읽어낸 덕분에 검거된 명의 도용범을. 아이가 매 순간 어디 있는지 부모님에게 알려주는, 손목이나 시계에 부착된 RFID 태그를. 스스로 깨닫기도 전에 당뇨병을 진단해주는 스마트 변기를 말입니다."

스털링은 말을 이었다.

"형사님 분야를 예로 들어볼까요. 살인사건을 수사한다고 칩시다. 살인에 사용된 칼에 코카인이 묻어 있습니다. 우리의 퍼블릭슈어 프로그램은 지난 20년 동안, 특정 지역에서, 범행을 저지를 때 칼을 사용했으며 코카인으로 체포된 적이 있는 전과자가 누구인지, 그 사람이 오른손잡이인지 왼손잡이인지, 신발 크기는 얼마인지 알려줍니다. 요청하기도 전에 그 사람의 지문과 사진, 자세한 범행 수법, 특이 사항, 과거에 사용했던 변장, 독특한 음성 패턴, 기타 수십 가지 특성이 화면에 뜹니다. 그 특정 상표의 칼을 산 사람이 누구인지, 아니, 어쩌면 심지어 범행에 사용된 바로 그 칼을 산 사람이 누구인지도 알 수 있습니다. 어쩌면 구매자가 범행 당시 어디에 있었는지, 또 지금은 어디에 있는지도 알 수 있을지 모르죠. 시스템이 그자를 찾아내지 못하면, 알려진 공범의 집에 있을 확률을 계산해주고 공범의 지문과 특이 사항도 알려줄 수 있습니다. 이 모든 데이터 꾸러미가 20초 안에 전송됩니다. 우리 사회는 도움이 필요합니다, 형사님. 깨진 창문 기억하십니까? SSD는 우리 사회를 돕기 위해 존재합니다."

그러고는 미소를 지으며 말했다.

"지금까지는 서론입니다. 이제 본론을 말씀드리죠. 외부에 새어나가지 않도록 수사해주실 것을 부탁드립니다. 저도 할 수 있는 일은 뭐든지 하겠습니다. 특히 SSD의 누군가가 범인일지도 모르니까 말이죠. 하지만 회사에 허점이 생겼다, 보안이 허술하다는 소문이 돌기 시작하면, 경쟁사와 비판자들이 당장 물고 늘어질 겁니다. 그 것도 심하게. 그렇게 되면 최대한 많은 창문을 고쳐서 좀 더 나은 세상을 만들고자 하는 SSD의 업무에도 큰 차질이 생길 수 있습니다. 동의하십니까?"

문득 비밀리에 범인이 함정에 빠지도록 소문을 퍼뜨리는 이중 임무에 미안한 마음이 들었다. 아멜리아 색스는 그의 시선을 피하지 않으려고 애쓰며 대답했다.

"전적으로 동의합니다."

"좋습니다. 자, 마틴, 손님들을 밖으로 모셔드리게."

22 깨진 창문

"깨진 창문?"

색스는 SSD 로고에 대해 라임에게 설명하고 있었다.

"마음에 드는데."

"그래요?"

"그래. 생각해봐. 우리가 하는 일에 대한 은유이기도 해. 우리도 큰 해답으로 우릴 이끌어줄 작은 증거물을 찾잖아."

셀리토는 구석에 앉은 채 컴퓨터 외에는 안중에도 없이 휘파람을 불고 있는 로드니 차닉 쪽으로 고갯짓을 했다.

"저 티셔츠 차림의 친구가 함정을 깔았어. 지금은 시스템에 해킹을 시도하고 있고."

그러곤 차닉을 향해 소리쳤다.

"진전이 있나, 경관?"

"흠. 이 친구들, 일은 제대로 하는 사람들인데요. 하지만 저도 몇 가지 재주가 있죠."

색스는 아무도 이너서클에 침입할 수 없을 거라고 했던 보안과장의 말을 들려주었다.

"그럴수록 게임이 더욱 흥미진진한 법이죠."

차닉이 말했다. 그러곤 커피 한 잔을 비우고 다시 나직하게 휘파람을 불기 시작했다. 색스는 스털링과 그의 회사에 대해, 데이터 마이닝 프로세스에 대해 설명했다. 톰이 어제 말해준 것도 있고 예비조사도 했지만, 라임은 그때까지 이 업계의 규모가 얼마나 큰지 깨닫지 못하고 있었다.

"수상한 행동은 하던가? 스털링이란 자 말이야."

셀리토가 물었다. 라임은 쓸데없는 질문이 불만스러워 신음 소리를 냈다.

"아뇨. 협조적이었어요. 우리한테도 다행인 것은, 정말 믿음이 강하더군요. 데이터가 그의 하느님이에요. 회사를 위험에 빠뜨리는 것은 무엇이든지 뿌리 뽑고 싶어 해요."

색스는 SSD의 철통같은 보안, 세 데이터 보관실에 모두 접근할 수 있는 사람은 극히 적다는 것, 안에 들어간다 해도 데이터를 훔치는 것은 불가능하다는 점을 설명했다.

"단 한 번 기자가 침입한 적이 있었대요. 기업 비밀을 훔치려던 것은 아니고, 단지 기사를 쓰기 위해. 실형을 살고, 기자 생명도 끝났다고 하더군요."

"복수심이 강한가?"

색스는 생각해보았다.

"아뇨. 보호하려는 의지로 봐야 할 것 같아요. …직원으로 넘어가서, 개인의 통합 자료에 접근할 수 있는 사람은 대부분 만나봤어요. 어제 오후의 알리바이가 확실하지 않은 사람이 몇 있어요. 아, 다운로드 기록을 남기느냐고 물어봤는데, 안 남긴대요. 피해자와 대역의 데이터를 구매한 고객 명단도 곧 들어올 거예요."

"하지만 수사가 진행되고 있다는 사실과 마이라 와인버그라는 이름을 모든 사람에게 알리는 게 핵심이야."

"물론이죠."

색스는 가방에서 서류를 꺼냈다. 아서의 통합 자료였다.

"도움이 될지도 몰라요. 안 되더라도, 당신은 관심이 있을 것 같아서. 사촌이 뭘 하고 지냈는지."

색스는 서류에서 스테이플을 제거하고 라임 옆의 독서대에 얹었다. 페이지를 자동으로 넘겨주는 장치였다.

라임은 서류를 힐끗 보더니 다시 차트로 시선을 주었다.

"읽고 싶지 않아요?"

"나중에."

색스는 다시 가방에서 서류를 꺼냈다.

"이건 개인 통합 자료에 접근할 수 있는 SSD 직원 명단이에요. 그들은 '벽장'이라고 부르더군요."

"비밀이 담겨 있다는 뜻?"

"그렇죠. 풀라스키가 그 사람들의 알리바이를 확인하러 갔어요. 나중에 기술담당 관리자 두 사람을 만나러 다시 가야 하는데, 지금까지 알아낸 건 이 정도예요."

색스는 화이트보드에 이름과 관련 내용을 적었다.

- 앤드루 스털링, 사장, CEO
  - 알리바이 : 롱아일랜드, 확인 필요
- 숀 캐설, 세일즈 및 마케팅 이사
  - 알리바이 없음
- 웨인 길레스피, 기술담당 이사
  - 알리바이 없음
- 새뮤얼 브락튼, 감찰과장
  - 알리바이 : 호텔 기록상 워싱턴에 체류 중인 사실이 확인됨
- 피터 알론조-켐퍼, 인력관리 이사
  - 알리바이 : 아내와 함께 있었음. 확인 필요
- 스티븐 슈레더, 기술 서비스 및 지원 관리자, 주간
  - 면담 예정
- 파룩 마메다, 기술 서비스 및 지원 관리자, 야간
  - 면담 예정
- SSD 고객(?)
  - 스털링에게서 목록을 받을 예정

"멜? NCIC와 법무부에 확인해봐."

쿠퍼는 국가범죄정보센터와 뉴욕시경 내 정보센터, 법무부 강력

범체포프로그램 데이터베이스에서 이름을 검색했다.

"잠깐… 뭐가 나오는데요."

"뭐죠?"

색스는 컴퓨터 앞으로 다가갔다.

"알론조 켐퍼, 펜실베이니아 소년원, 25년 전 폭행죄, 기록은 아직 비공개군요."

"나이는 맞을 거예요. 서른다섯 살 정도니까. 연한 피부색이고요."

색스는 522 프로파일 차트를 턱으로 가리켰다.

"기록을 공개해달라고 해. 최소한 같은 사람인지는 확인해봐야지."

"제가 한 번 알아보죠."

쿠퍼는 키보드를 더 두드렸다. 라임은 용의자 명단을 가리켰다.

"다른 사람들은 검색된 게 없나?"

"네. 그것뿐입니다."

쿠퍼는 여러 주와 연방 데이터베이스를 검색하고 전문 단체 몇 군데를 확인했다. 그러곤 어깨를 으쓱하며 말했다.

"켐퍼는 UC 헤이스팅스에 다녔습니다. 펜실베이니아와 관련된 내용은 없는데요. 외톨이 같습니다. 대학 증명서를 제외하면, 가입한 조직은 전국 인력관리전문인연합뿐입니다. 2년 전 기술위원회에 들어갔지만 활동 사항은 그다지 없습니다. …아, 여기 소년원 정보가 있군요. 구치소에서 다른 아이를 때려…. 아."

"뭐야?"

"그 사람이 아니네요. 하이픈이 없습니다. 이름이 달라요. 소년범 이름은 알론조, 성은 켐퍼인데."

그러곤 차트를 확인했다.

"SSD 직원은 이름이 피터, 성이 알론조-켐퍼. 제가 입력을 잘못했습니다. 하이픈을 넣었다면 아예 안 나왔을 텐데. 죄송합니다."

"대단한 잘못도 아니군."

라임은 어깨를 으쓱했다. 데이터의 특징을 새삼 깨닫게 해준 거

라고 라임은 생각했다. 용의자로 보이는 사람이 등장했고 쿠퍼가
찾아낸 정보에서도 범인 같은 특징이 나왔는데―외톨이 같다는
표현―단 한 번의 사소한 키보드 실수로 빚어진 완전히 잘못된 단
서였다니…. 쿠퍼가 실수를 깨닫지 못했다면, 켐퍼와 엉터리 단서
를 깊게 파고들었을 수도 있다.

색스가 라임 옆에 앉았다. 라임은 그녀의 눈을 보며 물었다.

"왜 그래?"

"재미있네요. 거기에서 돌아오니 마치 마법이 풀린 기분이에요.
외부인의 의견을 듣고 싶어요. SSD에 대해서. 거기 있을 때는 객관
성을 잃어버렸거든요. …균형 감각을 없애는 곳이에요."

"어떻게?"

셀리토가 물었다.

"라스베이거스 가봤어요?"

셀리토는 전부인하고 가본 적이 있다고 대답했다. 라임은 피식
웃었다.

"라스베이거스, 거기서 중요한 건 내가 약점을 얼마나 갖고 있느
냐지. 뭐하러 돈을 내버리러 가?"

색스는 말을 이었다.

"그곳은 카지노 같아요. 바깥세상은 존재하지 않아요. 창문도 작
거나 아예 없고. 휴식 시간의 잡담도 없고, 아무도 웃지 않아요. 모두
가 자기 일에 완전히 몰두하죠. 마치 다른 세상에 온 것 같더군요."

"그래서 그 회사에 대한 다른 사람의 의견을 듣고 싶다고?"

셀리토가 물었다.

"네."

"기자?"

라임이 제안했다. 톰의 파트너 피터 호딘스는 전직 〈뉴욕타임스〉
기자였고, 지금은 정치와 사회에 관한 논픽션 작가로 활동하고 있
었다. 아마 데이터 마이닝 업계를 취재하는 경제부 기자를 알고 있

을 것이다. 하지만 색스는 고개를 저었다.

"아뇨. 그 회사와 직접적인 관계를 가졌던 사람. 퇴직한 사원도 좋고요."

"좋아. 론, 실업과(失業科)에 전화 한 번 걸어봐."

"알았어."

셀리토는 뉴욕 주정부 실업과에 전화를 걸었다. 10분 정도 이 사무실에서 저 사무실로 전화를 연결하더니 마침내 SSD 기술과장으로 재직했던 사람의 이름을 알아냈다. 오랫동안 데이터 마이너로 일하다가 1년 반 전에 해고당한 사람이었다. 이름은 캘빈 게디스. 맨해튼에 살고 있었다. 셀리토는 자세한 인적 사항을 적어서 색스에게 건네주었다. 색스는 게디스에게 전화를 걸어 한 시간 뒤에 만나기로 약속했다.

라임은 이번 만남에 별다른 의미를 두지 않았다. 어떤 수사든 모든 사태에 대비해야 한다. 그러나 게디스 같은 단서나 풀라스키가 고위직 임원들의 알리바이를 확인하는 것은 불투명한 유리창에 비친 영상, 즉 진실 자체가 아니라 진실에 대한 암시일 뿐이다. 살인범이 누구인지 진정한 해답을 알려줄 단서는, 아무리 빈약하다 해도 구체적인 증거물뿐이다. 그는 다시 차트 쪽을 돌아보았다.

움직이자….

아서 라임은 라틴계 재소자들에게 더 이상 겁을 먹지 않기로 했다. 어차피 그들은 아서를 무시하고 있었다. 그리고 아서는 덩치 큰 흑인이 위협적인 존재가 아니라는 것을 알고 있었다.

신경 쓰이는 것은 문신을 새긴 백인 남자였다. 아서 라임은 그 트위커―필로폰 중독자를 이렇게 부르는 모양이었다―가 무척 두려웠다. 이름은 믹이었다. 믹은 부들부들 떠는 손으로 멍든 피부를 긁고, 섬뜩한 흰자위는 끓는 물속의 기포처럼 불안정했다. 혼자 중얼거리기도 했다.

아서는 어제 내내 그를 피하려고 애썼다. 간밤에는 뜬눈으로 밤을 지새웠다. 간헐적으로 밀려오는 우울증이 물러가면 제발 믹을 없애달라고, 오늘 바로 재판이 열려 내 인생에서 사라지게 해달라고 기도했다. 하지만 그런 행운은 없었다. 오늘 아침에도 그는 어김없이 나타나 아서 곁을 맴돌았다. 계속 이쪽을 쳐다보며 이렇게 중얼거리기도 했다.

"너랑 나랑."

아서는 등골을 타고 꼬리뼈까지 소름이 쫙 끼쳤다.

라틴계들조차 믹을 괴롭히고 싶은 생각은 없는 것 같았다. 구치소 안에 어떤 법칙이 있는지도 모른다. 옳고 그름을 판단하는, 성문화되지 않은 규칙이. 이 문신투성이 깡마른 마약 중독자 같은 녀석은 그런 규칙을 따르지 않아도 되고, 이곳의 모든 사람이 그 점을 알고 있는 것만 같았다.

모든 사람이 여기 있는 모든 것을 알고 있지. 너만 빼고. 너만 모른다고.

한 번은 마치 아서를 알아본 듯 웃으면서 이쪽을 바라보며 일어서려다 한순간에 잊어버린 듯 다시 앉아서 손톱으로 엄지손가락을 파기도 했다.

"이봐, 뉴저지 친구."

귓가에 목소리가 들렸다. 아서는 소스라치게 놀랐다.

덩치 큰 흑인이 어느새 등 뒤에 와 있었다. 그가 아서 옆에 앉았다. 의자가 삐걱거렸다.

"앤트원. 앤트원 존슨."

나도 주먹을 맞부딪혀야 하나? 바보짓하지 마. 아서는 생각하며 고개만 끄덕였다.

"아서…."

"알아."

존슨은 믹을 흘끗 본 뒤 아서에게 말했다.

"저 마약쟁이는 완전히 맛이 갔어. 필로폰은 절대 하지 마. 영원히 골로 가."

그러고는 잠시 뜸을 들였다가 말했다.

"넌 머리가 좋다고?"

"그런 셈이야."

"그런 셈이란 게 무슨 뜻이야?"

게임에 휘말리지 말자.

"물리학 학위가 있어. 화학도 있고. MIT에 다녔어."

"미트?"

"아니, 학교야."

"좋은 데야?"

"상당히 좋아."

"그럼 과학을 잘 알겠네? 화학, 물리, 뭐 이런 거?"

이번 질문은 아서에게서 금품을 갈취하려 했던 라틴계 두 명과 전혀 느낌이 달랐다. 존슨은 정말 관심이 있는 것 같았다.

"어떤 것들은."

그러자 덩치 큰 사내가 물었다.

"그럼 폭탄 만드는 법도 알겠군. 저 빌어먹을 벽도 무너뜨릴 만큼 큰 놈으로."

"난…."

심장이 전보다 더 세게 쿵쿵거렸다.

"음…."

앤트원 존슨이 웃으며 말했다.

"속았지."

"난…."

"너, 나한테 속았어."

"아."

아서는 웃음이 나왔다. 심장이 지금 당장 폭발할지, 나중까지 버틸지 궁금했다. 아버지의 유전자 모두를 물려받지는 않았지만, 심장동맥 질환은 혹시 딸려오지 않았을까?

믹이 혼잣말로 뭐라 중얼거리더니 갑자기 오른쪽 팔꿈치에 엄청난 관심을 보이며 박박 긁기 시작했다.

존슨과 아서는 그쪽을 쳐다보았다.

트위커….

존슨이 말했다.

"이봐, 뉴저지 친구. 한 가지 물어보자."

"그래."

"우리 엄마는 종교를 믿었어. 한 번은 성경 말씀이 옳다고 하더군. 거기 쓰여 있는 내용이 다 정확하다는 거야. 좋아, 한데 들어봐. 성경 안에 공룡이 어디 있어? 하느님은 남자와 여자와 땅과 강과 당나귀와 뱀을 만들었어. 한데 공룡을 만들었다는 말은 어디 있지? 화석은 보이잖아. 그러니까, 진짜 있었다는 얘기지. 뭐가 진실이야?"

아서 라임은 믹을 쳐다보았다. 그리고 벽에 박힌 못으로 시선을 돌렸다. 손바닥에서 땀이 났다. 구치소에서 일어날 수 있는 온갖 일들 중 하필 과학자의 윤리적 입장을 고수해서 천지창조를 부정했다고 살해당하는 건 아닐까. 젠장, 집어치워.

"지구가 겨우 6000년밖에 안 됐다는 주장은 알려진 모든 과학적 법칙에, 지구상의 모든 현대 문명세계에서 알려진 법칙에 부합되지 않아. 차라리 네 몸에 날개가 돋아서 저 창문으로 날아갈 수 있다고 하지."

흑인이 얼굴을 찌푸렸다.

난 죽었다.

존슨은 강렬한 눈빛으로 아서를 쳐다보더니 이내 고개를 끄덕였다.

"나도 알고 있어. 말이 안 되잖아. 6000년이라니. 젠장."

"관련된 책을 알려줄 수도 있어. 리처드 도킨스라는 작가가 있는

데…."

"책은 필요 없어. 네 말이니까 맞겠지, 뉴저지 친구."

정말 주먹이라도 맞대고 싶은 기분이었다. 하지만 아서는 참았다. 대신 이렇게 물었다.

"네 어머니한테 그런 말을 하면 뭐라고 하실까?"

존슨이 둥글고 검은 얼굴을 놀란 듯 찡그렸다.

"엄마한테는 말 안 해. 큰일 나지. 엄마하고 싸우면 못 이겨."

아버지도 마찬가지라고 아서는 생각했다.

존슨이 갑자기 심각하게 물었다.

"이봐. 네가 여기 잡혀온 짓을 네가 안 했다는 게 맞아?"

"맞아."

"그런데 잡혀왔다고?"

"그래."

"어떻게 그런 일이 있을 수 있어?"

"나도 궁금해. 체포된 뒤로 계속 생각했어. 그 생각만. 그자가 어떻게 그런 짓을 했을까?"

"그자라니?"

"진짜 살인범."

"아, 영화 〈도망자〉에서처럼. O. J.나."

"경찰이 내가 범행을 저질렀다는 온갖 증거를 찾아냈어. 진짜 살인범은 나에 대해 모든 걸 알고 있었어. 내 자동차, 내가 사는 곳, 내 일정. 내가 무슨 물건을 샀는지도 알았어. 그걸 증거물로 범죄 현장에 놓아뒀지. 분명 그렇게 한 거야."

앤트원 존슨은 잠시 생각하다 웃었다.

"야, 그건 네 잘못이지."

"무슨 소리야?"

"물건을 샀으니까 그렇게 됐지. 그냥 훔쳤어야지. 그러면 아무도 네가 뭘 샀는지 모르잖아."

23 어둠의 세계

또 다른 로비.

하지만 SSD의 로비와는 아주 달랐다.

아멜리아 색스는 이렇게 지저분한 공간을 본 적이 없었다. 순찰 경관 시절 가정폭력 신고를 받고 헬스키친의 마약 중독자 사이를 지나다닐 때나 보았을까. 하지만 그때도 그중 많은 사람들은 품위를 갖추고 있었다. 아니, 그러기 위해 노력했다. 이곳을 보니 몸이 저절로 움츠러들었다. 뉴욕 첼시 지구의 옛 피아노 공장 건물을 쓰고 있는 비영리 단체 '프라이버시 나우' 야말로 지저분하기로는 으뜸이었다.

컴퓨터 출력물 더미, 책—대부분 법률 서적과 누렇게 뜬 정부 규제 법규—신문, 잡지. 종이 상자 안에도 비슷한 것들이 쌓여 있었다. 전화번호부. 연방 관보.

그리고 먼지. 엄청난 먼지였다.

청바지에 해진 스웨터 차림의 안내원이 낡은 컴퓨터 키보드를 미친 듯이 두드리며 핸즈프리 전화기에 대고 나지막이 말하고 있었다. 청바지와 티셔츠, 혹은 코듀로이와 주름진 셔츠 차림의 근심 가득한 사람들이 복도를 지나 사무실로 들어와서 파일을 교환하거나 전화 메시지 쪽지를 집어 들고 사라졌다.

싸구려 인쇄물과 포스터가 벽을 가득 메우고 있었다.

서점 : 정부가 고객의 책을 태우기 전에 고객의 영수증을 태워라!!!

구겨진 사각형 아트보드에는 전체주의 사회를 그린 조지 오웰의 소설 《1984》에 나오는 유명한 글귀가 적혀 있었다.

빅브라더가 당신을 지켜보고 있다.

색스 맞은편의 더러운 벽에는 다음과 같은 글이 눈에 띄게 붙어 있었다.

프라이버시 전쟁에 임하는 게릴라를 위한 가이드

- 사회보장번호를 공개하지 마세요.
- 전화번호를 공개하지 마세요.
- 쇼핑하러 가기 전에 고객카드를 교환하세요.
- 설문조사에 자원하지 마세요.
- 무차별적 광고물을 가능한 한 거부하세요.
- 제품등록카드를 적지 마세요.
- '보증' 카드를 적지 마세요. 없어도 제품 보증을 받을 수 있습니다. 카드는 단순한 정보 수집 도구일 뿐입니다!
- 명심하세요. 나치의 가장 위험한 무기는 정보였습니다.
- 가능한 한 '그물망' 에서 멀어지세요.

내용을 읽고 있는데, 칠 벗겨진 문이 열리더니 키 작고 열정적으로 생긴 남자가 다가와서 악수를 나눈 뒤 자기 사무실로 안내했다. 사무실은 로비보다도 더 지저분했다.

SSD에 재직했던 캘빈 게디스는 지금 이 프라이버시 권리 단체에서 일하고 있었다.

"저는 어둠의 세계로 넘어갔습니다."

게디스가 미소를 지으며 말했다. SSD 스타일의 보수적인 옷차림을 벗어던진 그는 타이를 매지 않은 노란 버튼다운 셔츠와 청바지, 러닝슈즈 차림이었다.

하지만 살인사건 이야기를 듣자 유쾌한 미소가 금세 사라졌다. 그는 단호한 눈빛으로 정신을 집중하며 속삭였다.

"네. 이런 일이 언젠가 일어날 줄 알고 있었습니다. 분명 알고 있었어요."

과학기술을 전공한 게디스는 실리콘 밸리에 있던 SSD의 전신, 즉 스털링의 첫 회사에 입사해 코드 작성하는 일을 했다. SSD는 급성장했고, 그도 뉴욕으로 건너와 풍족한 생활을 했다.

하지만 점차 회의가 들기 시작했다.

"분명 문제가 있었습니다. 당시에는 데이터를 암호화하지 않았기 때문에 심각한 명의 도용 사건도 발생했습니다. 몇 사람이 자살했죠. 스토커 두 사람이 이너서클에서 정보를 얻기 위해 고객 이름으로 가입한 적도 있었죠. 그들이 스토킹하던 여자 두 명이 폭행을 당했고, 그중 한 사람은 거의 죽을 뻔했습니다. 양육권 분쟁을 벌이던 부모가 우리 데이터로 전 배우자의 집을 알아내 아이를 납치하기도 했습니다. 힘들었어요. 난 마치 원자폭탄을 만드는 데 참여했다가 후회한 과학자 같은 기분이 들었습니다. 회사에 좀 더 많은 규제를 도입하려고 애썼죠. 그게 윗사람에게는 내가 'SSD의 이상'이라는 걸 믿지 않는 것으로 보인 겁니다."

"스털링?"

"궁극적으로는 그렇죠. 그 사람이 직접 날 해고한 건 아닙니다. 앤드루는 자기 손을 더럽히는 일이 없습니다. 불쾌한 일은 다른 사람을 시키죠. 그렇기 때문에 본인은 세상에서 가장 멋지고 친절한 사장으로 보일 수 있는 겁니다. …현실적으로도 더러운 일은 다른 사람이 해야 자신이 연루되었다는 증거가 적어지지 않겠습니까.

…음, SSD를 나온 뒤, 나는 프라이버시 나우에 들어왔습니다."

그는 프라이버시 나우가 EPIC, 즉 전자사생활보호센터와 비슷한 조직이라고 설명했다. 프라이버시 나우는 정부에서부터 기업, 금융기관, 컴퓨터 생산자, 전화회사, 데이터 브로커 및 마이너(miner)에 이르기까지 개인의 사생활에 대한 모든 위협에 저항한다. 워싱턴에 로비를 하고, 감시 프로그램을 밝혀내기 위해 정보자유법을 근거로 정부를 고소하고, 프라이버시 및 정보 공개 법규를 따르지 않는 개별 기업을 고소하기도 한다.

색스는 로드니 차닉이 설치한 함정에 대해서는 언급하지 않고, 개인 자료를 통합해서 열람할 수 있는 SSD 고객이나 직원을 찾고 있다고 말했다.

"보안은 아주 빈틈이 없는 것 같더군요. 하지만 그건 스틸링과 회사 직원들 말이고. 외부인의 의견이 듣고 싶었어요."

"기꺼이 돕지요."

"마크 휘트콤은 콘크리트 방화벽으로 데이터를 나누어놓는다고 설명하더군요."

"휘트콤이 누구죠?"

"그 회사 감찰과 소속이에요."

"들어본 적이 없는데. 새 부서군요."

"회사 내의 소비자 보호 운동가 같은 존재죠. 모든 정부 규제를 준수하도록 감독하는."

게디스는 재미있다는 표정을 짓고는 이렇게 덧붙였다.

"그건 앤드루 스틸링의 선한 가슴에서 나온 게 아닙니다. 하도 자주 소송을 당하니까, 일반인과 의회에 좋게 보이고 싶었겠죠. 스틸링은 어쩔 수 없는 경우가 아니면 한 발짝도 물러서지 않는 사람입니다. …하지만 데이터 보관실에 관한 이야기는 사실입니다. 스틸링은 데이터를 성배처럼 취급하지요. 해킹으로 뚫고 들어간다? 아마 불가능할 겁니다. 물리적으로 침입해서 데이터를 훔칠 수 있는 방법도 없습니다."

"이너서클에 접속해서 개인 통합 자료를 얻을 수 있는 사람은 극소수라고 했어요. 당신이 아는 한, 이것도 사실인가요?"

"아, 네. 접근권을 갖고 있는 사람이 몇 명 있습니다. 하지만 나머지에게는 없습니다. 저 역시 전혀 없었고. 처음부터 그 회사에 있었지만요.

"혹시 짚이는 데는 없으신가요? 과거에 문제가 있었던 직원이라든지, 폭력적이라든지?"

"벌써 몇 년 전 일입니다. 게다가 누가 특별히 위험하다고 생각해본 적은 없습니다. 한데, 솔직히 말해서, 스털링은 자기 회사를 마치 무슨 행복한 대가족처럼 포장하는 걸 좋아하지만, 저는 거기 있는 동안 제대로 알고 지낸 사람이 아무도 없습니다."

"이 사람들은요?"

색스는 용의자 명단을 보여주었다. 게디스는 명단을 훑어보았다.

"길레스피하고는 같이 일했습니다. 캐설도 알고요. 둘 다 별로 좋아하지는 않았습니다. 1990년대의 실리콘 밸리처럼 데이터 마이닝의 상승세를 잘 탔죠. 거물입니다. 나머지는 모릅니다."

게디스가 문득 색스를 빤히 쳐다보았다.

"그럼, 여기도 갔다 오셨군요."

그러고는 차가운 미소를 지으며 물었다.

"앤드루를 어떻게 생각하시죠?"

스털링에 대해 받은 인상을 간략한 말로 정리하려니 생각이 얽혔다. 마침내 색스는 말했다.

"의지가 강하고, 정중하고, 탐구심이 강하고, 영리하지만…."

목소리가 차츰 기어들어갔다.

"하지만 정말 어떤 인간인지는 모르겠다…."

"맞아요."

"그가 '큰 바위 얼굴'을 내보이기 때문입니다. 오랫동안 같이 일했지만, 저도 그를 잘 모르겠으니까요. 아무도 모릅니다. 바닥을 볼 수가 없어요. 이 표현이 마음에 드는군요. 그게 앤드루입니다. 전 항상 단서를 찾았죠. 그의 책장에서 이상한 것 못 느끼셨습니까?"

"책등을 못 보게 되어 있더군요."

"맞습니다. 제가 몰래 훔쳐본 적이 있는데, 뭐였을까요? 컴퓨터나 프라이버시, 데이터, 사업. 그런 책이 아니었습니다. 주로 역사, 철학, 정치였습니다. 로마제국, 중국 황제, 프랭클린 루스벨트, 존 케네디, 스탈린, 이디 아민, 흐루쇼프. 나치에 대한 책도 많이 읽습니다. 나치처럼 정보를 이용한 사람은 없다, 앤드루는 거리낌 없이 이렇게 말하죠. 컴퓨터가 처음 본격적으로 이용된 것은 인종 추적 때문이었습니다. 그것이 나치가 권력을 강화한 수단이었죠. 스털링 역시 기업 세계에서 같은 수법을 쓰고 있습니다. 회사 이름을 보십시오. SSD? 스털링이 의도적으로 선택했다는 소문도 있습니다만, SS는 나치 친위대죠. SD는 친위대 첩보부대. 스털링의 경쟁자들은 그 약자를 어떻게 풀이하는지 아십니까? 달러를 위해 영혼을 판다(Selling Souls for Dollars)."

게디스는 음울하게 웃었다.

"아, 오해하지 마십시오. 앤드루가 유대인이나 특정 인종을 싫어하는 건 아닙니다. 정치, 국적, 종교, 인종은 그에게 아무 의미도 없지요. 그가 이렇게 말하는 걸 들은 적이 있습니다. '데이터에는 국경이 없다.' 21세기의 권력은 석유나 지정학적 위치가 아닌, 정보에 있다는 얘기죠. 앤드루 스털링은 지구상에서 가장 강력한 인물이 되고 싶어 합니다. …당신한테도 '데이터 마이닝은 신이다.' 이런 연설을 하던가요?"

"인간을 당뇨병에서 구하고, 사람들에게 크리스마스 선물과 집을 살 수 있도록 해주고, 경찰에게 사건을 해결하도록 도움을 주고, 하는 이야기요?"

"그겁니다. 전부 사실입니다. 한데 누군가가 당신의 생활을 현미경처럼 들여다보고 있다면, 과연 그런 혜택이 가치가 있을까요? 몇 달러 절약했으니 상관없다고 할지도 모릅니다. 하지만 컨슈머초이스 (ConsumerChoice) 레이저가 극장에서 당신의 눈을 스캐닝하고, 영화 상영 전에 나가는 광고에 대한 당신의 반응을 녹화하는 게 정말 괜찮습니까? 당신의 자동차 RFID 태그를 통해, 당신이 지난주에 제한 속도가 80킬로미터인 도로에서 최고 시속 160킬로미터로 달렸다는 걸 경찰이 알게 되면 좋겠습니까? 당신 딸이 무슨 속옷을 입는지 낯선 사람이 알게 되면 좋겠습니까? 정확히 당신이 언제 섹스를 하는지?"

"뭐라구요?"

"이너서클은 오늘 오후에 당신이 콘돔을 샀고, 당신 남편이 6시 15분에 지하철 E선을 타고 집에 오는 중이라는 걸 압니다. 아들이 메츠 경기를 구경하러 갔고 딸이 빌리지의 갭 매장에서 옷을 사고 있기 때문에, 당신이 오늘 저녁 집에 혼자 있다는 것도 압니다. 7시 18분에 케이블 텔레비전 포르노를 틀었다는 것도 압니다. 성관계를 끝내고 10시 15분에 중국 음식점에서 맛있는 배달 음식을 시킨 것도 압니다. 모든 정보가 거기 다 들어 있습니다."

게디스는 말을 이었다.

"아, SSD는 당신 아이들이 학교에서 적응을 못하고 있다는 것도 알고, 가정교사나 아동상담서비스에 관한 우편 광고물을 언제 보내야 하는지도 압니다. 당신 남편이 침실에서 문제가 있으면 발기부전치료법에 대한 광고물을 남편에게 몰래 보낼 겁니다. 가족사와 구매 성향, 결근 일자를 통해 자살 가능성이 있는 심리적 상태인지…."

"하지만 그건 좋네요. 카운슬러가 도와줄 테니까."

게디스는 차갑게 웃었다.

"아니죠. 자살 가능성 있는 환자를 상담하는 것은 돈이 안 됩니다. SSD는 그 사람의 이름을 지역 장의업체와 슬픔 치료 전문 심리상담가에게 보냅니다. 총으로 머리를 날려버릴 우울증 환자 한 사람뿐만 아니라 가족까지 모두 고객으로 끌어들이기 위해서. 그러면 돈이 꽤 되지요."

색스는 충격을 받았다.

"'끈 달기'라고 들어보셨습니까?"

"아뇨."

"SSD는 당신 한 사람을 기반으로 네트워크를 구성합니다. 그걸 '색스 형사의 세계'라고 부르죠. 당신을 중심으로, 당신의 애인, 배우자, 부모, 이웃, 동료, 기타 SSD가 알고 있으면 도움이 되고 이윤을 창출할 수 있는 모든 사람이 끈으로 이어지는 거죠. 당신과 조금이라도 관계있는 모든 사람이 끈으로 묶여 있습니다. 그리고 그 사람들 또한 각자 자기 세계를 가지고 수십 명의 사람들과 연결되어 있습니다."

무슨 생각이 떠올랐는지, 그의 눈이 빛났다.

"메타데이터를 아십니까?"

"그게 뭐죠?"

"데이터에 대한 데이터입니다. 컴퓨터로 작성했거나 저장한 모든 문서에는—편지, 파일, 보고서, 법률 문서, 장부, 웹사이트, 이메일, 식료품 목록 등—숨은 데이터가 들어 있습니다. 누가 작성했는지, 어디서 보냈는지, 어떤 내용이 수정되었는지, 누가 언제 수정했는지, 모두 초 단위로 기록되어 있죠. 상관에게 메모를 보낼 때 장난으로 '바보 개자식'이라고 썼다가 지우고 다시 썼다고 칩시다. 그래도 '바보 개자식'이라는 단어는 파일 안에 남아 있습니다."

"정말인가요?"

"그럼요. 일반적인 워드프로세서 파일의 용량은 문서 자체의 텍스트 용량보다 훨씬 큽니다. 나머지는? 메타데이터죠. 워치타워 데이터베이스 관리 프로그램에는 수집한 모든 문서의 메타데이터를 찾아내서 저장하는 역할만 하는 특별 소프트웨어 로봇이 들어 있습니다. 우리는 그걸 '그림자 부서'라고 하죠. 메타데이터는 메인 데이터의 그림자 같은 존재니까요. 보통은 거기에 훨씬 많은 정보가 들어 있습니다."

그림자, 열여섯 자리, 벽장…. 아멜리아 색스에게는 완전히 새로운 세상이었다.

게디스는 자기 말을 잘 들어주는 관객이 생겨 즐거운 것 같았다. 그가 몸을 앞으로 내밀며 말했다.

"SSD에 교육부서가 있다는 걸 아십니까?"

색스는 멜 쿠퍼가 다운로드한 회사 소개에 있던 차트를 떠올렸다.

"네. 에듀서브."

"한데 스털링은 그 얘기를 당신한테 안 하지 않던가요?"

"네."

"아동에 대해 가능한 한 모든 것을 수집하는 것이 그 부서의 주요 기능이라는 걸 알리고 싶지 않았던 겁니다. 유치원부터 시작하지요. 뭘 사는지, 뭘 보는지, 어떤 컴퓨터 사이트에 들어가는지, 성적은 몇 등인지, 학교 건강기록부…. 이건 판매자에게 아주, 아주 귀중한 정보입니다. 한데 에듀서브에서 더 무서운 건 교육청 사람들이 SSD에 와서 학생들의 미래를 예측하는 소프트웨어를 실행한 다음, 그 결과에 따라 커뮤니티를 위해, 조지 오웰식으로 상상해보면, 이 사회를 위해 최선의 교육 프로그램을 짤 수도 있다는 겁니다. 빌리는 성장 환경으로 볼 때 숙련공 훈련을 받아야 한다, 수지는 의사가 되어 공공건강 분야에서 일해야 한다…. 아이들을 조종하면, 미래를 조종할 수 있습니다. 아돌프 히틀러의 또 다른 철학이지요."

게디스는 말을 마치고 웃었다.

"아니, 이제 설교는 그만두겠습니다. …하지만 제가 거기서 견딜 수 없었던 이유는 아시겠지요?"

그러고는 문득 얼굴을 찌푸렸다.

"형사님이 처한 상황을 생각해보니… 예전에 SSD에서 벌어진 사건이 하나 있었습니다. 회사가 뉴욕에 오기 전이었죠. 사람이 죽었습니다. 그냥 우연한 일이겠지만…."

"아뇨. 말씀해주세요."

"초창기에 우린 실제 데이터 수집의 상당 부분을 데이터 사냥꾼에게 하청으로 맡겼습니다."

"어디에 맡겨요?"

"데이터를 얻는 회사나 개인에게요. 특이한 부류죠. 옛날에 금광을 찾아 헤매던 모험가들 비슷하다고 해야 할까요. 데이터는 그런 묘한 유혹을 가지고 있습니다. 사냥 자체에 중독될 수 있어요. 아무리 찾아도 만족하지 못합니다. 아무리 많이 수집해도 더 많이 갖고 싶은 겁니다. 이 친구들은 늘 정보를 수집할 수 있는 새로운 방식을 찾아 헤맵니다. 경쟁심이 강하고 인정사정없죠. 숀 캐설이 그업계에 있었습니다. 데이터 사냥꾼이었죠."

게디스는 말을 이었다.

"어쨌든 그들 중 대단한 사냥꾼 하나가 있었습니다. 작은 회사에서 일하고 있었죠. 콜로라도 주 로키마운틴 데이터 회사… 이름이 뭐였더라?"

게디스는 눈을 가늘게 뜨고 생각했다.

"고든… 뭐였던 것 같은데. 그게 성이었던가. 어쨌든 우리는 그사람이 SSD에서 자기 회사를 인수하는 걸 싫어한다고 들었습니다. SSD와 스털링 본인에 대해 찾을 수 있는 모든 정보를 파헤치고 다닌다고. 유리한 고지를 차지하기 위해서요. 우리는 스털링을 뒷조사해서 인수를 포기하도록 협박하려는 거라고 생각했지요. 앤디스털링. 스털링의 아들도 SSD에서 일한다는 것 알고 계십니까?"

색스는 고개를 끄덕였다.

"우리는 스털링이 오래전에 아들을 버렸는데, 그 아들이 아버지를 찾아냈다는 소문을 들었습니다. 어쩌면 다른 아들인지도 모른다는 소문도 있었죠. 첫 아내, 아니면 여자 친구가 낳은 아들. 그가

비밀에 붙이고 싶었던 아들. 혹시 고든이 그런 지저분한 비밀을 캐
내려 하는 건지도 모른다고 생각했습니다. 어쨌든 스털링과 몇몇
사람들이 로키마운틴 인수에 대해 협상을 벌이는 동안, 그 고든이
란 사람이 죽었습니다. 아마 무슨 사고였을 겁니다. 제가 들은 건
여기까집니다. 저는 거기 없었거든요. 실리콘 밸리에서 프로그램
을 작성하고 있었죠."

"인수는 성사됐나요?"

"네. 앤드루는 원하는 건 뭐든 갖고 맙니다. …살인범에 대해 제
추측을 말씀드릴까요? 바로 앤드루 스털링입니다."

"그 사람은 알리바이가 있어요."

"그렇습니까? 그 사람이 정보의 왕이라는 걸 잊지 마십시오. 데
이터를 통제할 수 있다는 건, 바꿀 수도 있다는 겁니다. 알리바이
를 아주 꼼꼼하게 확인해보셨습니까?"

"지금 하는 중이에요."

"음, 혹시 알리바이가 입증된다 해도, 아랫사람을 시켜서 무슨
일이든 할 수 있는 사람입니다. 무슨 일이든. 아까 말씀드렸듯이,
지저분한 일은 다른 사람이 대신하죠."

"하지만 백만장자잖아요. 주화나 그림을 훔치고 사람을 죽이는
데 무슨 관심이 있겠어요?"

"관심?"

마치 수업을 통 이해하지 못하는 학생에게 설명하는 교수처럼 게
디스의 목소리가 올라갔다.

"그의 관심은 세상에서 가장 강한 사람이 되는 겁니다. 지구상의
모든 사람을 자기 소장품 안에 넣고 싶어 해요. 그리고 경찰과 정부
기관의 고객에게 특히 관심이 많지요. 이너서클을 통해 성공적으
로 해결한 범죄가 많아질수록 국내외 경찰이 더 많이 가입할 테니
까요. 히틀러가 권력을 손에 쥐었을 때 가장 먼저 한 일이 바로 독
일 내 경찰서를 통합하는 것이었습니다. 미국이 이라크에서 겪었

던 가장 큰 문제가 뭡니까? 현지 군대와 경찰을 이용했어야 하는데 해체시켰기 때문에 골치를 앓았죠. 앤드루는 그런 실수를 저지르지 않습니다."

게디스는 웃었다.

"내가 괴짜라고 생각하시죠? 하지만 나는 하루 종일 이런 일에 파묻혀 삽니다. 명심하세요. 누군가가 정말로 매일 일분일초 당신이 하는 모든 일을 감시하고 있다면, 이건 편집증이 아닙니다. 간단히 말해서, 그게 바로 SSD죠."

24 정보 사냥꾼

색스가 돌아올 때까지 기다리는 동안, 링컨 라임은 이전 사건의
—강간과 주화 도난사건—다른 증거물은 행방을 전혀 찾을 수 없
다는 론 셀리토의 설명에 멍하니 귀를 기울이고 있었다.

"정말 희한하단 말이야."

라임도 동의했다.

하지만 그의 신경은 셀리토의 짜증 섞인 상황 설명에서 벗어나
침대 옆 독서대에 놓여 있는 사촌의 SSD 통합 자료 쪽으로 흘러갔
다. 라임은 자료를 무시하려고 애썼다.

그러나 서류가 마치 자석이 바늘을 끌어당기듯 그를 잡아끌었다.
흰 종이 위에 검정색으로 인쇄된 휑한 종이를 바라보며, 라임은 색
스가 말한 대로 어쩌면 그 안에 유용한 정보가 있을지도 모른다고
스스로에게 말했다. 하지만 결국은 솔직히 그냥 궁금하다는 것을
인정했다.

전략시스템스데이터코프
이너서클 개인 통합 자료

아서 로버트 라임
SSD 대상 번호 3480-9021-4966-2083

생활양식

- 문서 1A. 소비자 제품 취향
- 문서 1B. 소비자 서비스 취향
- 문서 1C. 여행
- 문서 1D. 의료
- 문서 1E. 여가 시간 취향

재정/교육/직업

- 문서 2A. 교육 이력
- 문서 2B. 고용 이력/수입
- 문서 2C. 신용 기록/현재 실태와 등급
- 문서 2D. 업무용 제품 및 서비스 취향

정부/법률

- 문서 3A. 주민 정보
- 문서 3B. 유권자 등록
- 문서 3C. 법률 이력
- 문서 3D. 전과
- 문서 3E. 감찰 내역
- 문서 3F. 이민 및 현지화

라임은 독서대에서 종이를 한 장씩 자동으로 넘겨 30페이지 정도 되는 빽빽한 문서를 훑어보았다. 어떤 항목은 내용이 많고, 어떤 항목은 빈약했다. 유권자 등록은 부분적으로 미공개 처리가 되어 있고, 법률적으로 공개를 제한하기 때문인지 감찰 내역과 신용 기록 일부는 별도의 파일을 참조하라고 되어 있었다.

라임은 아서와 그의 가족이('끈으로 묶인 개인' 이라는 으스스한 용어가 사용되었다) 구매한 방대한 소비자 제품 목록에서 눈길을 멈췄다. 이 자료를 읽으면 누구나 앨리스 샌더슨 살해사건을 뒤집어씌울 수 있을 정도로 아서의 구매 습관이나 쇼핑 장소에 대해 충분히 알 수 있을 거라는 점은 의심할 여지가 없었다.

라임은 아서가 몇 년 전 직장을 잃어서인지 컨트리클럽에서 탈퇴했다는 사실을 알게 되었다. 그가 구매한 패키지여행 상품도 눈에 띄었다. 스키를 탔다는 사실이 놀라웠다. 또 다이어트 프로그램에 가입한 것으로 보아 그 혹은 아이들 중 하나가 비만이라는 것도 알 수 있었다. 전 가족의 헬스클럽 회원권도 있었다. 크리스마스 즈음에 뉴저지 쇼핑센터의 한 보석 체인점에서 보석을 할부로 구매한 기록도 있었다. 커다란 세팅에 작은 돌이라. 라임은 생각했다. 상황이 좋아질 때까지는 그걸로 만족했어야겠지.

라임은 취향 중 한 항목에서 웃음을 터뜨렸다. 자신과 마찬가지로 아서도 싱글몰트 위스키를 좋아하는 것 같았다. 그것도 라임이 최근 가장 좋아하게 된 브랜드. 글렌모렌지였다.

자동차는 프리우스와 체로키였다.

하지만 다른 자동차가 떠오르는 순간, 라임의 미소가 흐려졌다. 열일곱 살 생일 때 아서가 부모님에게 받은 빨강색 코르벳이 생각났기 때문이다. 아서가 MIT에 입학할 때 보스턴으로 몰고 간 차였다.

두 소년이 각자 대학을 향해 떠나던 때가 떠올랐다. 아서에게는 의미심장한 순간이었다. 그의 아버지 역시 마찬가지였다. 헨리 라임은 아들이 그렇게 좋은 학교에 입학하게 되어 뛸 듯이 기뻐했다. 그러나 사촌들의 계획은—방을 같이 쓰고, 여자를 놓고 겨루고, 다른 공부벌레들보다 앞서나가고—이루어지지 않았다. 링컨은 MIT에 입학 허가를 받지 못하고, 대신 어바나 샴페인에 있는 일리노이 주립대학에 전액 장학금을 받고 다니게 되었다(스탠리 큐브릭의 〈2001: 스페이스 오디세이〉에 나오는 자기도취적인 컴퓨터 HAL이 탄생한 도시에 있다는 이유로 허세를 부리기도 했다).

테디와 앤은 아들이 같은 주에 있는 학교에 다니게 되어서 기뻐했고, 삼촌도 마찬가지였다. 헨리는 조카에게 자주 시카고로 와서 자신의 연구를 계속 돕고 심지어 가끔 수업 조교도 해달라고 당부했다.

"너하고 아서가 집을 같이 쓰지 못하는 게 유감이구나. 하지만 여름이나 명절에는 만날 수 있겠지. 네 아버지와 나도 보스턴에 한번 여행이라도 가야겠는걸."

"그러시면 좋지요."

링컨은 이렇게 말했다. MIT 입학 허가를 받지 못해서 낙심하기는 했지만 오히려 긍정적인 측면도 있다는 말은 입 밖에 내지 않았다. 라임은 빌어먹을 사촌을 다시는 보고 싶지 않았던 것이다.

모두 그 붉은색 코르벳 때문이었다.

사건은 역사적인 콘크리트 조각을 상품으로 받았던 크리스마스이브 파티 직후, 숨이 막힐 정도로 추웠던 2월의 어느 날에 일어났다. 해가 나오든 구름이 끼든, 2월은 시카고에서 가장 잔인한 달이었다. 링컨은 에번스턴의 노스웨스턴 대학에서 열린 과학경시대회에 출전했다. 대회가 끝난 뒤 청혼할 계획으로 아드리아나에게 같이 가겠느냐고 물었다.

그러나 아드리아나는 같이 가지 못했다. 시카고 중심가에 있는 마셜 필드 백화점의 대형 세일 행사에 마음이 끌려 어머니와 같이 쇼핑을 하러 나갈 예정이라고 했다. 링컨은 실망했지만 더 이상 생각하지 않고 경시대회에 집중했다. 고등부 1등을 차지한 그는 대회가 끝난 뒤 친구들과 함께 실험 도구를 챙겨 밖으로 나왔다. 살을 에는 공기 속에서 손가락은 파랗게 얼고, 입에서는 하얀 김이 흘러나왔다. 그들은 실험 도구를 버스 짐칸에 넣고 출입문을 향해 달려갔다.

그때 누군가가 소리쳤다.

"이야, 저기 봐! 차 끝내주는데."

빨간색 코르벳이 캠퍼스를 질주하고 있었다.

사촌 아서가 운전석에 앉아 있었다. 그건 이상한 일이 아니었다. 그의 가족이 근처에 살았으니까. 링컨을 놀라게 한 것은 아서 옆에 앉은 여자였다. 아드리아나 같았다.

맞나, 아닌가? 확신할 수가 없었다. 옷은 같았다. 갈색 가죽 재킷과 털모자. 링컨이 크리스마스에 선물한 것과 똑같았다.

"링컨, 빨리. 이리 와. 문을 닫아야 해."

하지만 링컨은 그 자리에 선 채 속력을 줄이며 회백색 길모퉁이를 도는 코르벳을 뚫어지게 바라보고 있었다.

아드리아나가 거짓말을 했을까? 결혼까지 생각하는 여자가? 있을 수 없는 일 같았다. 아서와 바람을 피워?

과학적으로 훈련받은 라임은 객관적 사실을 판단하기 시작했다.

사실 1. 아서와 아드리아나는 서로 아는 사이다. 사촌은 몇 달 전 아드리아나가 일하는 링컨의 고등학교 상담실에서 방과 후에 그녀를 만났다. 쉽게 전화번호를 교환할 수 있었을 것이다.

사실 2. 그러고 보니 아서는 요즘 아드리아나의 안부를 묻지 않았다. 이상하다. 서로 여자들에 대해 즐겨 이야기하는 사이인데도, 최근 들어 한 번도 그녀의 이름을 입에 올리지 않았다. 수상했다.

사실 3. 돌이켜보니 아드리아나는 과학경시대회에 못 간다고 할 때 대충 얼버무렸다(장소가 에번스턴이라고 이야기하지 않았으니, 아서가 드라이브를 하자고 했을 때도 망설이지 않았을 것이다). 질투심이 라임을 덮쳤다. 저런 여자에게 스태그 필드의 조각을 주려고 했다니! 현대 과학의 진정한 십자가 같은 물건을! 라임은 아드리아나가 의심스러운 상황에서 약속을 거절한 적이 또 있었는지 돌이켜보았다. 서너 번 있었다.

그래도 라임은 믿기를 거부했다. 뽀드득거리는 눈을 밟고 공중전화로 가서 아드리아나의 집에 전화를 걸어 바꿔달라고 했다.

"저런, 링컨. 친구들 만나러 나갔는데."

아드리아나의 어머니였다. 친구들….

"아, 그럼 나중에 다시 걸겠습니다. …월레스카 부인, 혹시 오늘 아드리아나랑 같이 필즈 세일하는 데 쇼핑하러 가셨나요?"

"아니, 세일은 다음 주야. …저녁 준비를 해야겠구나, 링컨. 옷 따뜻하게 입고. 바깥은 정말 춥구나."

"네, 정말 춥네요."

확실하게 알고 있는 사실이었다. 그는 떨리는 손으로 주입기에 집어넣으려고 몇 번이나 시도하다 눈 위에 떨어뜨린 60센트를 주울 생각도 못 한 채 턱을 덜덜 떨며 공중전화 부스에 얼어붙었다.

"야, 링컨. 빨리 버스 타!"

그날 밤, 라임은 아드리아나에게 전화를 걸었다. 그리고 한동안 아무렇지도 않은 듯 이야기를 나누다 마침내 오늘 하루 어떻게 지냈느냐고 물었다. 아드리아나는 어머니와 같이 쇼핑한 것은 즐거웠는데, 인파는 끔찍했다고 대답했다. 수다스럽고, 산만하고, 자꾸 다른 이야기로 돌리고. 잘못한 것이 있는 티가 역력했다.

그래도 라임은 믿지 않았다.

그래서 예전과 같은 태도를 유지했다. 다음에 아서가 찾아왔을 때, 라임은 사촌이 아래층 거실에 있는 동안 개털 제거기—요즘 현장감식반이 사용하는 것과 비슷했다—를 가지고 밖으로 나가 코르벳 앞자리에서 증거를 수집한 뒤 비닐봉투 안에 넣었다.

그리고 다음 번 아드리아나를 만났을 때 그녀의 모자와 코트에서 모피 샘플을 채취했다. 비참한 기분과 치욕, 민망함이 부글거렸지만, 그래도 라임은 고등학교 과학실에 비치된 복합현미경을 통해 모피를 서로 대조했다. 같았다. 모자에서 나온 모피와 코트의 합성 섬유 둘 다.

결혼까지 생각하던 여자 친구가 바람을 피우고 있었던 것이다.

아서의 차에서 나온 섬유의 양으로 미루어볼 때 한 번 이상 탔던 것이 분명했다.

마침내 일주일 뒤, 그는 두 사람이 같이 차를 타고 있는 것을 목격했다. 이제 의심의 여지가 없었다.

　용서하지도 않았고, 화를 내지도 않았다. 라임은 그냥 손을 뗐다. 차마 담판을 지을 마음이 들지 않았기 때문에, 아드리아나와의 관계가 자연스럽게 멀어지도록 내버려두었다. 몇 번 데이트를 했지만, 분위기는 부자연스러웠고 어색한 침묵만 흘렀다. 더욱 한심했던 것은, 자신이 점점 멀어지는 데 대해 아드리아나가 불쾌해한다는 사실이었다. 빌어먹을. 정말 양다리를 걸칠 수 있다고 생각한 걸까? 바람을 피우고 있으면서도 감히 나한테 화를 내다니….

　라임은 사촌과도 거리를 두었다. 핑계는 기말고사와 육상 대회, MIT 낙방이었다— 전화위복이 아닐 수 없었다.

　두 사람은 이후에도 가족 모임, 졸업식 등에서 가끔 만났지만, 그때는 모든 것이 근본적으로 변해 있었다. 아드리아나에 대해서는 서로 한마디도 하지 않았다. 이후 적어도 몇 년은 그랬다.

　내 인생 전체가 변했어. 네가 아니었으면 모든 게 달라졌을 거야….

　새삼 관자놀이가 지끈거렸다. 손에서 서늘한 기분이 느껴지지는 않았지만 아마 땀이 흐르고 있을 것이다. 그때 아멜리아 색스가 문을 열고 들어오며 힘겨운 상념을 날려주었다.

　"진전 있어요?"

　나쁜 징조다. 캘빈 게디스에게서 뭔가 단서가 나왔다면 다짜고짜 저렇게 묻지 않을 것이다.

　"없어. 론이 알리바이를 확인해 오기만 기다리는 중이야. 로드니가 판 함정에도 아직 아무것도 안 걸렸어."

　색스는 톰이 건넨 커피를 받아들고 쟁반에서 칠면조 샌드위치 절반을 집어 들었다. 론 셀리토가 말했다.

　"참치 샐러드가 좋아. 톰이 직접 만들었어."

　"이거면 돼요."

　색스는 라임 옆에 앉아 샌드위치를 내밀었다. 라임은 식욕이 없어서 머리를 흔들었다.

"당신 사촌은 어떻게 지내요?"

색스가 독서대 위에 펼쳐놓은 문서를 가리키며 물었다.

"사촌?"

"구치소에서 어떻게 지내냐고요. 힘들 텐데."

"이야기할 기회가 없었어."

"민망해서 당신한테 먼저 연락하기 힘들 거예요. 당신이 먼저 전화해요."

"할 거야. 게디스는 어떻게 됐어?"

색스는 별다른 단서가 나오지 않았다고 실토했다.

"프라이버시 침해에 대한 설교가 대부분이었어요."

색스는 무시무시한 실상의 요점만 몇 가지 알려주었다. 매일 수집되는 개인 정보, 사생활 침해, 에듀서브의 위험성, 데이터의 영속성, 컴퓨터 파일의 메타데이터 기록.

"우리한테 유용한 건?"

라임은 신랄하게 물었다.

"두 가지요. 첫째, 그 사람은 스틸링이 결백하다고 생각하지 않아요."

"스틸링은 알리바이가 있다면서."

셀리토가 샌드위치를 하나 더 집어 들면서 말했다.

"직접 저지르지 않았더라도요. 다른 사람을 이용했을 수도 있대요."

"왜? 대기업 CEO잖아. 뭣하러 그런 짓을 하겠어?"

"범죄가 많아질수록, 사회는 스스로를 보호하기 위해 SSD를 더 필요로 하게 될 테니까요. 게디스는 스틸링이 권력을 원한다고 했어요. 데이터의 나폴레옹이라고."

"자기가 개입해서 고칠 수 있도록 창문 부수는 청부업자를 고용한다 이거지."

라임은 인상적이라는 듯 고개를 끄덕였다.

"한데 예상외의 결과가 나왔다…. SSD 데이터베이스가 사건의 배후에 있다는 것을 우리가 알아채리라고는 미처 생각 못했던 거지."

"오래전 SSD가 콜로라도의 한 데이터 회사를 인수했다는 이야기도 해줬어요. 그 회사의 유능한 정보 사냥꾼이 살해당했대요."

"스털링과 살인사건 사이의 연관성은?"

"몰라요. 하지만 알아볼 가치는 있죠. 내가 몇 군데 전화를 걸어볼게요."

초인종이 울리고, 톰이 응답했다. 론 풀라스키가 들어왔다. 굳은 얼굴에 땀을 흘리고 있었다. 라임은 때로 그에게 긴장을 좀 풀라고 얘기해주고 싶을 때가 있었지만, 자기 역시 그러지 못하는 성격이라 위선적인 충고가 될 거라고 생각했다.

신참은 일요일의 알리바이는 대부분 확인했다고 했다.

"이지패스 담당자한테 알아봤는데, 스털링이 말한 시각에 미드타운 터널을 지나간 건 사실이었습니다. 확실하게 해두기 위해 롱아일랜드에서 전화를 한 것도 사실인지 알아보려고 아들과 통화를 시도했지만 외출 중이었습니다."

풀라스키는 말을 이었다.

"그리고… 인력관리 이사 말입니다. 유일한 알리바이는 아내였습니다. 아내는 그의 말대로 증언했지만, 태도가 겁먹은 쥐 같더군요. 말하는 건 남편과 비슷했습니다. SSD는 세상에서 가장 좋은 곳이다, 어쩌고저쩌고."

어떤 경우에도 증인을 신뢰하지 않는 라임은 풀라스키의 설명에 그다지 귀를 기울이지 않았다. 캘리포니아 수사국의 신체언어 및 동작학 전문가 캐스린 댄스에게서 배운 것이 있다면, 경찰에게 진실만을 이야기하고 있다 해도 죄지은 사람처럼 보일 수 있다는 점이다.

색스는 용의자 명단으로 다가가서 새로운 사항을 덧붙였다.

- 앤드루 스털링, 사장, CEO
  - 알리바이 : 롱아일랜드, 확인. 아들의 확인도 기다리는 중
- 숀 캐설, 세일즈 및 마케팅 이사
  - 알리바이 없음
- 웨인 길레스피, 기술담당 이사

- 알리바이 없음
- 새뮤얼 브락튼, 감찰과장
  - 알리바이: 호텔 기록상 워싱턴에 체류 중인 사실이 확인됨
- 피터 알론조-켐퍼, 인력관리 이사
  - 알리바이: 아내와 함께 있었음. 아내가 확인(편향적?)
- 스티븐 슈래더, 기술 서비스 및 지원 관리자, 주간
  - 면담 예정
- 파룩 마메다, 기술 서비스 및 지원 관리자, 야간
  - 면담 예정
- SSD 고객(?)
  - 스털링에게서 목록을 받을 예정
- 앤드루 스털링이 고용한 용의자(?)

색스는 시계를 보았다.

"론, 마메다가 지금쯤 회사에 들어갔을 거야. 가서 그 사람하고 슈래더를 만나볼래? 어제 와인버그가 살해될 당시 어디 있었는지 알아봐. 스털링의 비서도 고객 명단을 준비해놨을 거야. 아직 안 됐으면 준비될 때까지 사무실에 죽치고 있어. 중요한 일인 것처럼. 집요한 사람처럼 보이면 더 좋고."

"SSD로 돌아가라고요?"

"그래."

무슨 이유인지는 몰라도 꺼리고 있군. 라임은 금세 알아챘다.

"알겠습니다. 제니에게 전화해서 집안일 좀 확인하고요."

풀라스키는 전화를 꺼내 단축 번호를 눌렀다.

풀라스키가 전화에 대고 하는 이야기로 미루어, 처음에는 어린 아들과, 다음에는 더욱 말투가 어려지는 것으로 보아 아기인 딸과 이야기한다는 것을 알 수 있었다. 라임은 관심을 껐다.

그때 연구실 전화벨이 울렸다. 발신자 번호의 첫 숫자는 44였다.

아, 잘됐군.

"명령, 전화 받아."

"라임 형사님."

"롱허스트 경감님."

"다른 사건 때문에 바쁘시다는 건 알지만, 경과를 궁금해하실 것 같아서요."

"물론입니다. 말씀하십시오. 굿라이트 목사는 어떻습니까?"

"약간 겁을 먹었지만, 괜찮습니다. 은신처에 새 보안요원이나 경찰을 더 이상 들이지 않겠다고 고집을 부리고 있어요. 몇 주 동안 같이 지냈던 사람만 믿겠답니다."

"그럴 만하지요."

"요원들을 시켜서 접근하는 사람을 모조리 수색하게 했습니다. 전직 SAS, 그쪽 방면에서는 최고죠. …그리고 올덤의 집을 속속들이 수색했는데, 거기서 나온 것을 알려드리고 싶어서요. 미량의 구리와 납, 실탄을 깎거나 갈아낸 성분과 동일합니다. 화약 몇 그레인. 그리고 극히 소량의 수은이 나왔습니다. 저희 탄도 전문가 말로는 덤덤탄(dum-dum bullet)을 만든 것 같다는군요."

"예, 맞습니다. 액체 수은을 코어에 부어서 만들죠. 끔찍한 상해를 입힙니다."

"라이플 리시버(receiver) 윤활제로 사용하는 그리스도 나왔습니다. 싱크대에는 염색한 머리카락이 있었고요. 진회색 섬유 몇 가닥도 나왔습니다. 풀을 먹여서 꽤 두꺼운 면섬유. 데이터베이스를 확인하니 제복 재질이었어요."

"연출된 증거라고 생각하십니까?"

"저희 감식팀은 아니라고 생각해요. 꽤 미세한 증거물이라서요."

금발, 저격수, 제복….

"한데 신경 쓰이는 사건이 생겼습니다. 피커딜리 근처의 한 NGO 사무실에 누군가가 침입하려 했어요. 비정부, 비영리 기구인 동아프리카 지원센터인데요, 굿라이트 목사가 운영하는 곳이죠. 경비가 다가오자 범인은 도망쳤습니다. 열쇠 따기를 도랑에 버리고요. 한데 다행히 길 가던 사람이 그 위치를 봤어요. 요약하자면, 경찰이 열쇠 따기를 찾아내 거기에 묻은 흙을 검사했습니다. 워릭셔에서만 자라는 호프 종류가 함유되어 있더군요. 비터용으로 처리된 호프였어요."

"비터? 맥주 말입니까?"

"네, 에일. 이곳 런던시경에 알코올음료와 그 구성 성분 데이터베이스가 있어요."

내 것과 비슷하겠군. 라임은 생각했다.

"그렇습니까?"

"제가 직접 만들었죠."

"굉장하군요. 그래서요?"

"이 호프를 사용하는 유일한 양조장은 버밍엄 근처에 있어요. 다행히 CCTV에 침입자의 영상이 찍혔고, 호프에 착안해서 버밍엄 CCTV 테이프도 확인해봤어요. 그랬더니 몇 시간 뒤, 뉴스트리트역에 같은 사람이 도착해서 커다란 배낭을 메고 기차에서 내리더군요. 인파 속으로 사라졌어요."

라임은 생각에 잠겼다. 핵심 질문은 이거다. 호프는 수사에 혼선을 초래할 목적으로 일부러 묻힌 것인가? 이런 것은 현장을 직접 관찰하거나 증거물을 봐야만 느낌이 오는 문제다. 하지만 지금은 오로지, 색스의 표현을 빌리자면, 직감뿐이다.

연출한 증거인가, 아닌가? 라임은 결론을 내렸다.

"경감님, 전 믿을 수 없군요. 로건의 이중 함정 같습니다. 전에도 그런 적이 있으니까. 우리가 버밍엄 쪽에 집중하는 동안 런던을 치려는 겁니다."

"그렇게 말씀하셔서 반갑네요, 형사님. 제 생각도 그쪽으로 기울어지고 있었습니다."

"우리가 손발을 잘 맞춰야 합니다. 다른 수사팀은 지금 어디 있습니까?"

"대니 크루거는 부하들과 함께 런던에 있어요. 미국 쪽 FBI도 거기 있고. 프랑스 요원과 인터폴 사람들은 단서를 확인하러 옥스퍼드와 서리에 가 있습니다만, 별다른 성과는 없습니다."

"저라면 모두 버밍엄으로 보내겠습니다. 즉각. 조용히, 하지만 눈에 띄게."

경감이 웃었다.

"로건이 우리가 미끼를 물었다고 생각하도록."

"맞습니다. 우리가 그자를 버밍엄에서 잡을 수 있다고 생각하는 것처럼 믿게 하는 겁니다. 기동대도 보내십시오. 소문도 내고, 런던의 총격 예상 지역에서 감시 병력을 빼내는 것처럼 보이도록 하세요."

"하지만 실제로는 런던의 경비를 강화하고요."

"네. 로건이 무모한 짓을 감행할 거라고 알리십시오. 금발에 회색 제복 차림일 거라고."

"멋지군요, 형사님. 곧 실행하겠습니다."

"상황은 계속 알려주십시오."

"네."

라임이 전화를 끊으라고 명령하는 순간, 방 건너편에서 목소리가 날아왔다.

"이야, SSD 친구들 솜씨가 정말 좋은데요. 첫 번째 기지조차 깰 수가 없어요."

로드니 차닉이었다. 라임은 그를 완전히 잊고 있었다.

차닉은 자리에서 일어나 다른 경찰들 옆으로 다가왔다.

"이너서클은 포트 녹스보다 더 빈틈없어요. 데이터베이스 관리 시스템 워치타워도 마찬가지고요. 슈퍼컴퓨터를 엄청나게 연결하지 않으면 정말 아무도 못 들어갈 것 같습니다. 그런 건 베스트 바이나 라디오색에서 못 사죠."

"그런데?"

라임은 차닉의 얼굴에서 걱정스러운 표정을 읽고 물었다.

"음, SSD는 제가 본 적이 없는 시스템 보안 기술을 갖고 있어요. 상당히 견고합니다. 솔직히, 무서워요. 저는 익명 ID를 썼고, 흔적도 모조리 지웠어요. 한데 저쪽 보안 로봇이 제 시스템에 들어와 빈 공간에서 찾은 걸로 내 정체를 알아내려 하지 뭡니까."

"로드니, 그게 무슨 뜻이지?"

라임은 참을성을 발휘하려고 애썼다.

"빈 공간이라니?"

차닉은 하드 드라이브의 빈 공간에는 데이터 조각, 심지어 지워진 정보도 들어 있다고 설명했다. 소프트웨어를 사용하면 그런 조각을 읽을 수 있는 형태로 재조합할 수 있다. SSD 보안 시스템은 차닉이 자기가 침입한 흔적을 지웠다는 것을 알고, 그의 컴퓨터 안에 몰래 들어와 빈 공간의 데이터를 읽고, 그가 누구인지 알아내려 했다는 것이다.

"소름이 끼치는데요. 방금 우연히 알았습니다. 안 그랬으면….'

차닉은 어깨를 으쓱하고 커피로 마음을 달랬다.

문득 한 가지 생각이 떠올랐다. 생각하면 생각할수록 마음에 드는 발상이었다. 라임은 깡마른 차닉을 쳐다보았다.

"로드니, 혹시 진짜 경찰놀이 해보고 싶은 생각 없나?"

태평스러운 컴퓨터광 특유의 표정이 사라졌다.

"어, 전 그럴 능력도 없고."

셀리토는 남은 샌드위치를 모두 씹어 삼켰다.

"총알이 귓전에서 음속으로 날아가는 소리를 못 들어봤다면, 진짜 세상을 살았다고 할 수 없지."

"잠깐만요, 잠깐만요…. 제가 총이란 걸 쏴본 경험이라고는 롤플레잉 게임이랑…."

"아, 자네가 위험할 일은 없어."

라임의 시선은 휴대전화의 폴더를 닫고 있는 론 풀라스키에게로 향했다. 신참이 이마에 주름을 잡으며 물었다.

"뭔데요?"

25 하늘의 눈

"달리 필요하신 건 없습니까, 경관님?"

론 풀라스키는 SSD 회의실에 앉아서 스털링의 두 번째 비서 제레미 밀스의 표정 없는 얼굴을 쳐다보고 있었다. '외근용' 비서였지. 풀라스키는 그의 이름을 기억했다.

"아뇨, 감사합니다. 한데 스털링 씨가 우리한테 주겠다는 파일이 어떻게 됐는지 한 번 알아봐주십시오. 고객 명단입니다. 마틴이 작업 중일 텐데요."

"앤드루가 회의에서 나오시면 말씀드리겠습니다."

넓은 어깨의 사나이는 방을 한 바퀴 돌며 제니와 풀라스키가 신혼여행을 갔을 때 묵었던 호화 호텔의 급사처럼 에어컨과 조명 스위치를 일일이 점검했다.

그러고 보니 제니가 어제 강간 뒤 살해당한 여자 마이라와 얼마나 닮았는지 다시금 떠올랐다. 머리카락이 놓인 자세, 그가 좋아하는 약간 삐딱한 미소, 그리고….

"경관님?"

풀라스키는 위를 올려다보며 자신이 다른 생각에 빠져 있었다는 걸 깨달았다.

"미안합니다."

비서가 작은 냉장고를 가리키며 그를 바라보고 있었다.

"소다수와 물은 여기 있습니다."

"고맙습니다. 이제 됐습니다."

정신을 집중해. 풀라스키는 스스로를 꾸짖었다. 제니는 잊어버려. 아이도 잊고. 사람들의 목숨이 달린 문제야. 아멜리아가 이런 면담 정도는 나도 해낼 수 있다고 믿어줬잖아. 그러니까 잘해내야 해.

같이 일할까, 신참? 자네가 같이 해줘야겠어.

"전화를 걸고 싶으면 이걸 쓰십시오. 외선은 9번입니다. 그냥 이 버튼을 누르고 번호를 말씀하셔도 됩니다. 음성 인식 기능입니다."

비서가 풀라스키의 휴대전화를 가리키며 덧붙였다.

"여기서는 잘 안 터질 겁니다. 차단장치가 많아서요. 보안 때문에."

"그렇습니까? 알겠습니다."

풀라스키는 기억을 더듬었다. 아까 여기서 누군가가 휴대전화인지, 블랙베리인지를 쓰는 걸 본 것 같은데. 잘 생각나지 않았다.

"직원들을 들어오라고 하겠습니다. 준비가 되셨으면."

"좋습니다."

비서가 복도로 나갔다. 풀라스키는 가방에서 수첩을 꺼냈다. 면담해야 할 직원의 이름을 훑어보았다.

스티븐 슈래더, 기술 서비스 및 지원 관리자, 주간
파룩 마메다, 기술 서비스 및 지원 관리자, 야간

풀라스키는 일어나서 복도를 내다보았다. 관리인 하나가 쓰레기통을 비우고 있었다. 어제도 같은 일을 했던 것이 기억났다. 스털링은 마치 꽉 찬 쓰레기통이 단 하나만 있어도 회사의 명예가 실추된다고 느끼는 것 같았다. 탄탄한 체구의 남자는 풀라스키의 제복을 흘끗 보더니 별다른 반응 없이 다시 기계적으로 자기 일을 하기 시작했다. 티끌 한 점 없는 복도 저쪽 끝을 쳐다보니, 경비 하나가 차려 자세로 서 있었다. 그를 거치지 않고는 화장실도 갈 수 없었다. 풀라스키는 다시 자리로 돌아가 용의자 명단에 남은 두 사람을 기다렸다.

파룩 마메다가 먼저 들어왔다. 중동계의 젊은 남자로 보였다. 대단한 미남이었고, 엄숙한 얼굴에 자신감이 있었다. 풀라스키의 시선도 편안하게 마주보았다. 자신을 5~6년 전 SSD가 인수한 작은 회사 출신이라고 설명했다. 그의 업무는 기술 서비스 직원들을 감독하는 일이었다. 미혼이고 가족은 없으며, 밤에 일하는 것을 좋아했다.

외국 억양이 전혀 없는 것이 의외였다. 풀라스키는 마메다에게 수사에 대해 들었느냐고 물었다. 그는 자세한 내용은 못 들었다고 대답했다. 야간 직원이라 방금 출근했으니 거짓말은 아닌 것 같았다. 앤드루 스털링이 전화를 걸어서 어떤 범죄가 발생했는데, 그 때문에 경찰과 면담을 해야 한다고 전한 것이 그가 아는 내용의 전부였다.

"최근 여러 건의 살인사건이 발생했습니다. 저희는 SSD의 정보가 범행에 이용되었다고 보고 있습니다."

마메다가 미간을 찌푸렸다.

"정보가요?"

"피해자의 소재, 그들이 샀던 물건, 이런 것들 말입니다."

마메다의 다음 질문은 묘하게도 "모든 직원과 이야기해보셨습니까?"였다.

얼마나 이야기하고, 얼마나 숨겨야 하나? 풀라스키는 이런 것을 좀처럼 판단할 수가 없었다. 아멜리아는 면접을 할 때는 기름칠을 잘해야 한다, 대화가 끊기지 않도록 하되 너무 많은 정보를 주지는 말라고 했다. 풀라스키는 머리 부상 이후 스스로 판단력이 흐려졌

다고 느꼈고, 증인이나 목격자에게 뭐라고 말해야 할지 몰라 초조
해하곤 했다.

"전부 다는 아닙니다."

"수상한 몇 사람만 만나는 거군요. 아니면 미리 수상하다고 판단
한 사람들."

마메다의 목소리가 방어적으로 변했다. 턱이 굳었다.

"알겠습니다. 네, 요즘은 이런 일이 많죠."

"우리가 쫓는 사람은 이너서클과 워치타워에 무제한 접근 권한
을 갖고 있는 남자입니다. 이 조건에 부합하는 사람은 모두 만나보
고 있습니다."

풀라스키는 마메다의 걱정을 알아채고 이렇게 덧붙였다.

"국적하고는 아무런 상관이 없습니다."

하지만 이는 빗나간 해명이었다. 마메다가 쏘아붙였다.

"아, 제 국적은 미국입니다. 난 미국 시민이라고요. 당신과 마찬
가지로. 애당초 이 나라 시민 중에 원래 여기 살던 사람은 거의 없
습니다."

"죄송합니다."

마메다는 어깨를 으쓱했다.

"살다보면 그냥 익숙해져야 하는 일이 있게 마련이죠. 불행한 일
입니다. 자유의 땅이 편견의 땅이기도 하다니. 나는…."

갑자기 말꼬리를 흐리며 누가 서 있기라도 한 듯 풀라스키의 등
뒤 위쪽으로 시선을 주었다. 풀라스키는 살짝 돌아보았다. 아무도
없었다. 마메다는 말을 이었다.

"앤드루가 전적으로 협조하라고 했습니다. 그래서 협조하는 겁니
다. 필요하신 게 뭔지 말씀해주시겠습니까? 오늘 저녁은 바쁩니다."

"개인 통합 정보 말입니다. '벽장'이라고 부르는."

"네. 벽장."

"그걸 다운로드받은 적 있습니까?"

"제가 그걸 왜요? 앤드루가 용납하지 않을 겁니다."

재미있군. 앤드루 스털링의 분노가 최우선 방해물이라니. 경찰이나 법원도 아니고.

"없습니까?"

"단 한 번도. 버그가 있거나 데이터가 오염되거나 인터페이스 문제가 생기면, 각 항목의 일부나 헤더를 볼 수는 있지만, 그뿐입니다. 문제를 알아내서 패치 프로그램을 만들거나 디버깅하는 데 필요한 정도만 봅니다."

"누군가가 당신의 패스코드를 알아내서 이너서클에 들어갈 수는 없을까요? 그렇게 해서 개인 통합 자료를 다운로드받을 가능성은?"

마메다는 잠시 사이를 두었다가 대답했다.

"제 패스코드는 안 됩니다. 써놓지 않으니까요."

"데이터 보관실에도 자주 가시죠? 전부 다. 입고센터도요."

"당연하죠. 그게 제 일입니다. 컴퓨터를 수리하고 데이터가 순조롭게 흘러가고 있는지 확인하는 것 말입니다."

"일요일 오후 12시에서 4시 사이에 어디 계셨습니까?"

"아."

마메다는 고개를 끄덕였다.

"이게 본론이군요. 제가 범행현장에 있었느냐, 이겁니까?"

풀라스키는 남자의 검고 화난 눈을 마주보는 것이 힘들었다.

마메다는 당장이라도 화를 내며 자리를 박차고 나갈 것처럼 탁자 위에 두 손을 납작하게 펼쳐 얹었다. 하지만 이내 다시 물러나 앉으며 대답했다.

"아침에는 친구들하고 아침을 먹었습니다. …모스크 친구들이죠. 궁금하실 것 같아 말씀드립니다만."

"저는…."

"그 뒤에는 하루 종일 혼자 있었습니다. 극장에도 갔고요."

"혼자?"

"집중이 잘되니까요. 보통 혼자 갑니다. 〈자파르 파나히〉, 이란 사람이 감독한 영화였습니다. 혹시 본 적….."

그러곤 입술에 힘을 주었다.

"그냥… 신경 쓰지 마십시오."

"표는 갖고 계십니까?"

"아뇨…. 영화를 본 뒤에는 쇼핑을 했습니다. 6시쯤 집에 들어갔고요. 회사에서 내가 필요한지 전화를 해봤는데, 컴퓨터가 다 잘 돌아가고 있다기에 친구하고 저녁을 먹었습니다."

"오후에 신용카드로 산 건 없습니까?"

마메다는 짜증스러운 기색을 보였다.

"윈도쇼핑만 했습니다. 커피하고 샌드위치를 샀는데, 현금으로 냈고…."

그러곤 몸을 앞으로 내밀고 격하게 속삭였다.

"이런 질문은 다른 사람한테 안 한다는 거 알아. 당신들이 우릴 어떻게 보는지도. 당신들은 우리가 여자를 동물처럼 취급한다고 생각하지. 내가 여자를 강간했다고 생각하다니. 그건 야만적인 짓이야. 이건 모욕이라고!"

풀라스키는 힘들게 마메다의 눈을 쳐다보며 말했다.

"음, 선생님, 저희는 이너서클에 접근 권한을 갖고 있는 모든 사람에게 어제 어디 있었는지 물어보고 있습니다. 스털링 씨도 포함해서요. 저희는 저희 할 일을 하는 것뿐입니다."

마메다는 조금 진정했지만, 다른 살인사건 당시 어디 있었는지 묻자 다시 분통을 터뜨렸다.

"모르겠소."

그러곤 더 이상 대답하기를 거부하고 차갑게 고개를 끄덕이더니 밖으로 나갔다.

풀라스키는 방금 있었던 일을 찬찬히 생각해보려고 애썼다. 죄지은 사람처럼, 혹은 결백한 사람처럼 연기한 건가? 알 수 없었다. 그저 상대에게 당했다는 생각만 들 뿐이었다.

좀 더 열심히 생각해. 그는 스스로에게 말했다.

두 번째 직원인 슈래더는 마메다와 정반대였다. 구깃구깃하고 잘 맞지 않는 옷차림이었다. 손에는 잉크가 묻었고 얼뜨기 같은 인상이었다. 올빼미 눈 같은 안경알은 얼룩이 져 있었다. SSD 직원에 어울리는 유형은 아니었다. 마메다가 방어적이었다면, 슈래더는 아무 생각도 없어 보였다. 늦지도 않았는데 늦었다고 사과하고, 패치파일을 디버깅하느라 한참 바빴다고 해명했다. 그리고 마치 컴퓨터 사이언스 학위를 갖고 있는 사람한테 이야기하듯이 자세한 내용을 설명하기 시작했다. 풀라스키는 그의 말을 끊고 본론으로 들어가야 했다.

풀라스키가 살인사건에 대해 이야기하자 슈래더는 상상 속의 키보드라도 두드리듯 손가락을 움찔거리면서 놀란 얼굴로—혹은 놀란 척한 얼굴로—귀를 기울였다. 그러고는 안됐다고 말한 뒤, 풀라스키의 질문에 대한 답변으로 자신은 보관실에 자주 들어가고 자료도 다운받을 수 있지만 그런 적은 한 번도 없다고 했다. 그 역시 자신의 패스코드는 아무도 훔칠 수 없다고 자신 있게 말했다.

일요일에는 알리바이가 있었다. 오후 1시쯤 사무실에 출근했는데, 금요일에 발생한 심각한 문제를 마무리하기 위해서였다. 그 일에 대해 구구절절 설명하기 시작하자 풀라스키는 다시 말을 막았다. 슈래더는 회의실 구석에 있는 컴퓨터로 다가가더니 키보드를 두드린 다음 스크린을 돌려 풀라스키에게 보여주었다. 그의 출근기록부였다. 풀라스키는 일요일의 기록을 확인했다. 오후 12시 58분에 출근해서 5시 이후까지 사무실을 지킨 것으로 되어 있었다.

마이라가 살해당한 시각에 사무실에 있었던 게 확실했기 때문에 풀라스키는 다른 사건에 대해서는 묻지 않았다.

"이 정도면 됐습니다. 감사합니다."

슈래더가 회의실을 나가자 풀라스키는 의자에 몸을 기댄 채 좁은 창밖을 내다보았다. 손바닥에 땀이 배이고, 위장이 꼬이는 것 같았다. 휴대전화를 꺼냈다. 무뚝뚝한 비서 제레미의 말이 맞았다. 전화는 터지지 않았다.

"안녕하십니까."

풀라스키는 깜짝 놀랐다. 숨을 몰아쉬며 고개를 드니 마크 휘트콤이 겨드랑이에 노란색 종이철 몇 개를 끼고 커피 두 잔을 든 채 문간에 서 있었다. 그가 한쪽 눈썹을 추켜세웠다. 옆에는 그보다 약간 나이가 많아 보이지만 벌써 머리카락이 희끗희끗한 사람이 서 있었다. SSD의 제복이나 마찬가지인 흰색 셔츠와 진한 색 정장 차림인 것으로 보아 역시 직원인 것 같았다.

이건 뭐지? 풀라스키는 자연스러운 미소를 지으려고 애쓰며 두 사람에게 들어오라고 말했다.

"론, 이쪽은 제 상관 샘 브락튼입니다."

그들은 악수를 나누었다. 브락튼이 풀라스키를 찬찬히 바라보더니 심술궂은 미소를 지었다.

"워싱턴 워터게이트 호텔 여급한테 내가 있는지 확인해보라고 한 사람이 당신이군요."

"그렇습니다."

"그럼 최소한 저는 용의선상에서 빠졌겠군요. 감찰과에서 필요하신 게 있으면 뭐든지 마크한테 말씀하십시오. 사건은 이 친구한테 대충 들어서 알고 있습니다."

"감사합니다."

"행운을 빕니다."

브락튼은 휘트콤을 남기고 나갔다. 휘트콤이 풀라스키에게 커피를 권했다.

"저요? 감사합니다."

"어떻게 돼갑니까?"

휘트콤이 물었다.

"그럭저럭요."

SSD 임원은 웃으며 이마에 늘어진 머리카락 한 줌을 쓸어 올렸다.

"당신들도 우리 못지않게 애매하군요."

"그런 것 같습니다. 하지만 모두 잘 협조해주셨습니다."

"잘됐군요. 그럼, 끝나셨습니까?"

"스털링 씨가 줄 자료를 기다리는 중입니다."

풀라스키는 커피에 설탕을 넣었다. 초조한 기분에 지나치게 휘젓다가 문득 멈췄다.

휘트콤은 건배라도 하듯 풀라스키를 향해 잔을 들어 보였다. 그러곤 맑고 파란 하늘, 녹색과 갈색으로 풍요로운 도시를 내다보았다.

"이 작은 창문은 참 마음에 안 들어요. 뉴욕 한가운데서 전망을 볼 수 없다니."

"저도 궁금했습니다. 왜 이렇습니까?"

"앤드루가 보안에 워낙 신경을 써요. 사람들이 밖에서 사진을 찍을 수도 있다고."

"정말요?"

"전적으로 편집증적인 것만은 아닙니다. 데이터 마이닝은 많은 돈이 걸린 사업이지요. 규모가 엄청납니다."

"그렇겠지요."

비슷한 높이의 가장 가까운 건물도 네다섯 블록 떨어져 있는데 도대체 창문을 통해 어떤 비밀을 알아낼 수 있다는 건지 의아스러웠다. 휘트콤이 풀라스키에게 물었다.

"시내에 사십니까?"

"네. 퀸스에 삽니다."

"저는 지금은 롱아일랜드로 나갔지만, 아스토리아에서 자랐습니다. 디트마스 대로, 전철역 근처요."

"아, 저희 집이 거기서 세 블록 떨어진 뎁니다."

"그래요? 세인트 팀 성당에 다니십니까?"

"세인트 아그네스요. 팀에도 몇 번 갔지만, 제니가 설교를 싫어 해서요. 죄책감을 너무 많이 심는다고."

휘트콤이 웃었다.

"올브라이트 신부님."

"아, 네. 그분입니다."

"제 형도 필라델피아 경찰인데요, 살인범에게 자백을 얻어내려 면 올브라이트 신부와 같은 방에 넣기만 하면 된다고 합니다. 5분 만 있으면 모든 걸 다 털어놓을 거라고."

"형님이 경찰입니까?"

풀라스키는 웃으며 물었다.

"마약수사대에 있습니다."

"형사?"

"네."

"제 형은 순찰입니다. 빌리지 쪽의 6번 지구대."

"그래요? 둘 다 형이 경찰이라… 그럼, 같이 경찰에 들어간 겁니까?"

"네. 모든 걸 같이했습니다. 쌍둥이거든요."

"재미있네요. 제 형은 세 살 많습니다. 저보다 덩치도 훨씬 크고 요. 저도 신체검사는 통과할 수 있었겠지만, 강도하고 몸싸움하는 게 싫어서."

"몸싸움은 별로 안 합니다. 나쁜 놈과 두뇌 싸움을 주로 하지요. 감찰과에서 하는 일도 비슷할 것 같은데요."

휘트콤이 웃었다.

"네. 비슷합니다."

"제 생각으로는…."

"아, 이게 누구야! 프라이데이 형사."

가슴이 철렁 내려앉는 것을 느끼며 올려다보니, 세련되고 잘생긴 숀 캐설과 최신 용어를 남발하는 그의 동료 웨인 길레스피 기술이 사가 와 있었다. 길레스피가 한 술 더 떴다.

"사실을 좀 더 얻으러 오셨나요? 사실을."

그러고는 경례를 올려붙였다.

휘트콤과 교회 이야기를 해서인지, 문득 형과 함께 학교 남학생들에 맞서 끊임없이 전쟁을 벌이던 가톨릭계 고등학교 포리스트힐스 시절이 생각났다. 돈도 더 많고, 옷도 더 잘 입고, 더 영리하던 그리고 잔인한 야유를 퍼붓던 아이들("야, 저기 돌연변이 형제다!"). 악몽이었다. 풀라스키는 때로 자신이 경찰 일에 뛰어든 것이 오로지 제복과 총이 가져다주는 존경심 때문이 아닐까 생각하곤 했다.

휘트콤의 입술이 굳었다.

"안녕, 마크."

길레스피가 말했다. 캐설이 풀라스키에게 물었다.

"잘돼갑니까, 경관님?"

길을 걸으며 노려보는 시선도 견뎠고, 욕설도 들었고, 침과 벽돌도 피했고, 때론 그냥 맞은 적도 있었다. 그러나 빈정거리는 농담이 오가는 지금 이 순간만큼 불쾌했던 적은 없었다. 웃는 얼굴로, 장난스럽게. 마치 상어가 먹이를 삼키기 전에 잠깐 가지고 놀듯이. 풀라스키는 아까 블랙베리 폰으로 '프라이데이 형사'를 검색해보고 〈드래그넷〉이라는 옛날 텔레비전 형사 영화의 등장인물이라는 것을 알게 되었다. 프라이데이는 영웅이었지만 극도로 고지식하고 촌스러운 인물로 묘사되었다.

작은 액정 화면의 정보를 읽으면서 캐설이 자신을 모욕했다는 것을 깨달은 순간, 귀가 화끈 달아올랐다.

"여기 있습니다."

캐설이 풀라스키에게 보석 케이스에 든 시디를 건넸다.

"도움이 됐으면 합니다."

"뭐죠?"

"피해자들에 대한 정보를 다운로드한 고객의 명단입니다. 원하셨잖습니까?"

"아, 저는 스털링 씨가 올 줄 알았습니다."

"앤드루는 바쁜 사람입니다. 저한테 갖다드리라고 하더군요."

"음, 감사합니다."

길레스피가 말했다.

"요청하신 자료는 다 들어 있습니다. 고객은 300개 이상이고. 각각 최소한 200개 이상의 메일링 리스트가 들어 있습니다."

"내가 그랬잖습니까. 밤을 새도 모자랄 거라고. 우리도 이제 비밀요원 조수 배지 정도는 받을 수 있겠습니까?"

영화 속 프라이데이 형사는 면담 상대에게 모욕을 당하곤 했다….

풀라스키는 내키지 않았지만 미소를 지어 보였다.

"왜들 이래."

휘트콤이 말하자 캐설이 대꾸했다.

"진정해, 휘트콤. 그냥 농담한 걸 가지고. 왜 그리 딱딱해."

길레스피가 물었다.

"자네는 여기서 뭘 하는 거야, 마크? 우리가 무슨 법을 어기는지 또 감시하러 가야 하잖아."

휘트콤은 눈동자를 굴리며 쓴웃음을 지었다. 하지만 풀라스키는 그 역시 당황하고 상처받았다는 것을 알 수 있었다. 풀라스키는 말했다.

"여기서 좀 훑어봐도 되겠습니까? 궁금한 게 있을지도 모르니까요."

"그러십시오."

캐설이 구석의 컴퓨터로 다가가서 접속했다. 그가 시디를 넣고 로딩한 뒤 물러서자 풀라스키는 컴퓨터 앞에 앉았다. 화면에 원하는 작업이 무엇인지 묻는 메시지가 떴다. 당황스럽게도 선택 항목이 많았다. 뭐가 뭔지 알 수가 없었다.

캐설이 어깨너머로 들여다보며 물었다.

"안 열어보실 겁니까?"

"봐야죠. 무슨 프로그램이 제일 좋을까요?"

캐설은 뻔하지 않느냐는 듯 웃으며 말했다.

"선택의 여지도 몇 개 없는데요. 엑셀."

"X-L?"

풀라스키가 물었다. 순간, 귀가 벌겋게 달아올랐다. 그게 싫었다. 너무나 싫었다.

"스프레드시트."

휘트콤이 친절하게 알려주었지만, 풀라스키에게는 전혀 도움이 되지 않았다.

"엑셀을 몰라요?"

길레스피가 몸을 앞으로 내밀더니 손가락이 안 보일 정도로 빠르게 키보드를 쳤다.

프로그램이 실행되고 이름과 주소, 날짜, 시간이 적힌 격자가 떴다.

"스프레드시트를 읽어보신 적은 있죠?"

"네."

"한데 엑셀을 몰라요?"

길레스피가 놀랍다는 듯 눈썹을 추켜세웠다.

"네. 다른 걸 써서요."

이렇게 놀아나는 자신이 미웠다. 그냥 입 닥치고 일만 하자.

캐설이 물었다.

"다른 거? 그래요? 재미있네요."

"알아서 하십시오, 프라이데이 형사. 행운을 빕니다."

길레스피가 철자를 읽었다.

"아, 그건 E-X-C-E-L입니다. 화면에 보이죠? 확인하십시오. 배우기 쉽습니다. 고등학교 애들도 하는데요."

"찾아보겠습니다."

두 사람이 방을 나간 후, 휘트콤이 말했다.

"아까도 말씀드렸지만, 여기서도 저 친구들을 좋아하는 사람은 아무도 없습니다. 하지만 저 두 사람이 없으면 회사가 안 돌아갑니다. 천재거든요."

"우쭐거리고 다니겠군요."

"맞습니다. 자, 일하시게 가봐야겠군요. 괜찮겠습니까?"

"제가 알아서 하겠습니다."

"혹시 이 소굴에 다시 올 일이 있으면, 저한테 들르세요."

"그러죠."

"아스토리아에서 언제 한 번 뵙든지. 커피나 마시죠. 그리스 음식 좋아하십니까?"

"그럼요."

밖에서 즐거운 시간을 보내자는 말에 귀가 솔깃했다. 머리를 다친 뒤로 풀라스키는 사람들이 자신과 함께 있는 것을 즐거워하지 않을 것 같아 여러 친구하고도 멀어졌다. 다른 남자와 어울려 맥주도 마시고 액션 영화도 보고 싶었다. 아내는 그런 것들을 대부분 즐기지 않았다.

음, 나중에 생각하자. 수사가 끝나면.

휘트콤이 나간 뒤, 풀라스키는 주위를 둘러보았다. 근처에는 아무도 없었다. 하지만 마메다가 자신의 등 뒤를 불편한 기색으로 쳐다보던 기억이 났다. 얼마 전 제니와 함께 봤던 라스베이거스 카지노 특집 방송이 생각났다─'하늘의 눈', 즉 보안 카메라가 사방에 달려 있었다. 복도를 지키는 경비와 SSD를 취재하려다 인생을 망쳤다는 기자도 떠올랐다.

흠, 여기는 제발 보안장치가 없어야 할 텐데. 오늘 론 풀라스키는 시디를 받아오고 용의자를 면접하는 것보다 훨씬 중요한 임무를 갖고 있었다. 링컨 라임이 오늘 그를 이곳에 보낸 이유는 뉴욕 시에서 아마도 가장 안전할 컴퓨터 시스템을 뚫고 들어가기 위해서였다.

26 다운로드

39세의 미구엘 아브레라는 '그레이 록' 길 건너편 카페에서 진하고 달콤한 커피를 마시며 최근 우편으로 받은 광고물 책자를 뒤적이고 있었다. 이 역시 최근 그의 인생에서 연달아 생기고 있는 특별한 일들 중 하나였다. 대부분 그냥 이상하거나 짜증스러운 정도였지만, 이번 일은 걱정스러웠다.

그는 책자를 다시 훑어보았다. 그런 뒤 책을 덮고 물러앉아 손목시계를 보았다. 회사로 돌아가야 할 때까지는 아직 10분의 여유가 있었다.

미구엘은 SSD에서 정비 전문가로 불렸지만, 다른 사람에게는 관리인이라고 말하고 다녔다. 이름이 뭐든, 그가 하는 일은 관리인 업무였다. 일도 잘했고, 그 자신도 이 일이 좋았다. 어떻게 불리든 부끄러워할 이유는 없었다.

건물 안에서 휴식 시간을 보낼 수도 있지만, SSD에서 주는 공짜 커피는 맛도 형편없고 진짜 우유나 크림도 없었다. 더구나 그는 잡담을 나누는 성격도 아니고, 한적하게 신문을 읽으며 커피를 마시는 것이 더 좋았다(하지만 담배는 그리웠다. 응급실에 실려 가면서 담배를 포기했고, 비록 하느님은 계약 조건을 지키지 않았지만 어쨌든 담배를 끊었다).

문득 고개를 드니 임원실 쪽을 담당하는 고참 관리인 토니 페트런이 카페에 들어오는 것이 보였다. 두 사람은 서로 고개를 끄덕였다. 미구엘은 그가 이쪽으로 올까봐 겁이 났다. 하지만 페트런은 휴대전화로 이메일과 메시지를 확인하려는지 구석에 혼자 앉았고, 미구엘은 다시 지기 앞으로 온 책자를 님겼다. 그리고 날콤한 커피를 마시며 최근에 일어난 특이한 일들을 다시 생각해보았다.

근무기록부도 그랬다. SSD에서는 회전문을 지나기만 하면 언제 들어왔고 언제 나갔는지 신분증에서 컴퓨터로 정보가 날아간다. 그러나 지난 몇 달 사이 두 번이나 근무 시간이 틀렸다. 그는 일주일에 40시간을 일했고, 항상 40시간치 월급을 받았다. 한데 어쩌다 기록을 보면 숫자가 달랐다. 기록상으로는 실제보다 더 빨리 출근해서 더 빨리 나간 것으로 되어 있었다. 주중에 하루를 쉬고 토요일에 출근한 것으로 기록된 적도 있었다. 하지만 그는 한 번도 그런 적이 없었다. 상관에게 그 이야기를 했더니 어깨만 으쓱했다.

"소프트웨어 버그겠지. 시간을 손해 보지 않았으니 괜찮아."

주거래 계좌의 거래 내역에도 문제가 있었다. 한 달 전 우연히 확인해보니, 놀랍게도 있어야 할 액수보다 잔액이 1만 달러나 더 많았다. 정정하기 위해 은행을 찾아갔지만 정확했다. 지금까지 그런 일이 세 번이나 있었다. 한 번은 차액이 무려 7만 달러였다.

그뿐만이 아니었다. 최근에는 한 회사에서 자신이 신청했다는 담보 대출 신청 건에 대해 전화가 걸려왔다. 하지만 그는 대출을 신청한 적이 없었다. 그는 임대 주택에 살고 있었다. 그와 아내는 집을 살 계획을 가지고 있었다. 하지만 아내와 아들이 자동차 사고로 죽은 뒤로는 집 같은 것을 장만할 마음이 없어졌다.

그는 걱정이 돼서 자신의 신용 기록을 조회했다. 하지만 대출 신청 기록은 없었다. 특이한 점은 전혀 없었지만, 신용 등급이 상당히 올라가 있었다. 이것 역시 이상했다. 하지만 이번 오류에도 특별히 불만은 없었다.

그러나 이 광고물처럼 신경이 쓰인 적은 없었다.

아브레라 씨

알고 계시겠지만, 누구나 인생을 살아가면서 고통스러운 경험을 하고 힘든 상실감을 맛보게 됩니다. 이런 순간 다시 마음을 추스르는 데 어려움을 겪는 것은 충분히 있을 수 있는 일입니다. 때로 어깨를 누르는 짐이 너무나 크다고 생각해 충동적이고 불행한 선택을 떠올리기도 합니다.

저희 '남은 자를 위한 카운슬링 서비스' 는 심각한 상실을 겪은 귀하 같은 분들이 겪는 시련을 잘 이해합니다. 저희 훈련된 직원들은 의학적 치료 및 일대일, 혹은 집단 카운슬링 같은 서비스를 통해 만족감을 드리고 인생은 정말 살아볼 만한 가치가 있다는 것을 일깨움으로써 귀하가 힘든 시간을 이겨내는 데 도움을 줄 것입니다.

미구엘 아브레라는 자살을 생각해본 적이 없었다. 최악의 순간, 18개월 전에 사고를 당한 직후조차도. 스스로 목숨을 끊는다는 것은 생각할 수도 없는 일이었다.

이런 광고물이 날아왔다는 것 자체도 찜찜했지만, 특히 두 가지 측면에서 정말 불길했다. 첫째, 전에 살던 집을 거치지 않고 새 주소로 직접 광고물이 날아왔다는 점. 아내와 아이가 죽었던 병원이나 그가 받았던 카운슬링과 관련된 사람들은 자신이 한 달 전에 이사했다는 사실을 모르고 있었다.

둘째는 마지막 문구였다.

미구엘, 이제 저희에게 도움을 요청하는 중요한 첫발을 내딛으셨으니, 원하시는 시간에 무료 진단 시간을 마련해드리고자 합니다. 망설이지 마십시오. 저희가 도와드리겠습니다!

이런 서비스에 연락하는 첫발 따위는 내딛은 적도 없었다.

도대체 어떻게 내 이름을 알았을까?

음, 그냥 신기한 우연의 일치겠지. 그는 나중에 생각하기로 했다.

SSD로 돌아가야 할 시간이었다. 앤드루 스털링은 세상에서 가장 친절하고 사려 깊은 윗사람이다. 하지만 미구엘은 사장이 모든 직원의 근무 기록을 직접 확인한다는 소문이 사실이라고 믿어 의심치 않았다.

SSD 회의실에 홀로 남은 풀라스키는 휴대전화 액정만 들여다보며 방 안을 미친 듯이 돌아다녔다. 정신을 차려보니 현장을 수색할 때처럼 격자 모양으로 다니고 있었다. 하지만 제레미의 말대로 신호는 잡히지 않았다. 일반 전화를 사용해야 한다. 도청하고 있지는 않을까?

풀라스키는 문득 자신이 링컨 라임을 도와 이번 일을 하겠다고 했지만 인생에서 가족 다음으로 중요한 것을 잃을지도 모르는 심각한 위험에 처해 있다는 것을 깨달았다. 바로 뉴욕시경 경찰이라는 직업이었다. 앤드루 스털링이 얼마나 엄청난 힘을 가진 인물인지 새삼 떠올랐다. 대형 신문사 기자의 인생까지 망친 사람이라면, 젊은 경찰 따위는 말할 것도 없다. 잡히면 당장 체포당할 것이다. 경력도 끝장날 것이다. 형에게는, 부모님에게는 뭐라고 말해야 하나?

링컨 라임에게 화가 치밀었다. 그 사람이 데이터를 훔치자는 계획에 반대하지 않은 이유가 뭘까? 자기가 직접 할 일이 아니니까 그렇지. 아, 그래, 형사님… 말씀이시라면.

이건 완전히 미친 짓이었다.

그때 마이라 와인버그의 시체가 떠올랐다. 위를 쳐다보는 눈, 이마에 흐트러진 머리카락, 제니와 닮은. 순간 풀라스키는 자기도 모르게 몸을 앞으로 내밀고 턱 밑에 수화기를 끼운 채 외선 번호 9를 눌렀다.

"라임입니다."

"형사님, 접니다."

"풀라스키! 도대체 어디 있었어? 전화는 어디서 거는 거야? 발신자 확인 불가 번호잖아."

라임이 대뜸 호통을 쳤다. 풀라스키는 재빨리 말했다.

"이제 겨우 혼자 있게 됐습니다. 여기서는 휴대전화도 안 터지고요."

"그래, 그건 됐고."

"지금 컴퓨터 앞에 있습니다."

"좋아. 로드니 차닉을 연결하지."

훔치려는 물건은 컴퓨터 전문가가 링컨 라임에게 설명한 바로 그 것, 즉 컴퓨터 하드 드라이브의 빈 디스크 공간이었다. 스털링은 직원의 다운로드 내역은 컴퓨터에 기록되지 않는다고 했다. 그러나 SSD 컴퓨터라는 공간 속에 정보가 떠돌아다닌다는 차닉의 이야기를 듣고, 라임은 혹시 파일을 다운로드한 사람에 대한 정보도 있을 수 있는지 물었다.

차닉은 그럴 가능성은 충분하다고 대답했다. 이너서클에 들어가는 것은 불가능하지만—이미 시도해보았다—근무기록표나 다운로드 기록 같은 행정 업무를 처리하는 훨씬 작은 서버가 따로 있을 것이다. 풀라스키가 그 시스템에 들어간다면 차닉의 지시에 따라 빈 공간에서 데이터를 추출할 수 있다. 그러면 차닉은 그 정보를 재조합해서 피해자와 대역의 개인 통합 정보를 다운로드한 직원이 누구인지 알아낼 것이다.

"좋습니다."

차닉의 목소리가 전화기에서 흘러나왔다.

"시스템에 들어갔어요?"

"그들이 준 시디를 읽고 있습니다."

"흠. 수동적 접근 권한만 줬네요. 더 잘해야겠군."

차닉은 이해할 수 없는 명령어를 입력하라며 불러줬다.

"이런 명령을 실행할 권한이 없다는 말만 나와요."

"루트로 들어가봐요."

차닉은 풀라스키에게 더욱 혼란스러운 명령어를 불러주었다. 몇 번이나 잘못 쳤고, 얼굴은 점점 붉어졌다. 글자 순서를 바꾸거나 방향이 다른 슬래시를 입력할 때마다 스스로에게 화가 치밀었다.

머리 부상….

"마우스로 찾으면 안 될까요?"

차닉은 운영 체제가 사용자 친화적인 윈도나 애플이 아니라 유닉스라고 설명했다. 따라서 키보드로 정확하고 길게 명령어를 입력해야 한다.

"아."

마침내 컴퓨터가 풀라스키에게 권한을 부여했다. 자부심이 가슴을 가득 채웠다. 차닉이 말했다.

"이제 드라이브를 꽂으세요."

풀라스키는 주머니에서 80기가바이트 휴대용 하드 드라이브를 꺼내 컴퓨터의 USB 포트에 꽂았다. 그리고 차닉의 지시에 따라 서버의 빈 공간을 파일로 나누고 압축해서 휴대용 드라이브에 저장하는 프로그램을 실행했다.

사용하지 않은 공간의 크기에 따라 몇 분에서 몇 시간까지 걸릴 수도 있었다.

작은 창이 뜨더니 프로그램이 '진행 중'이라는 글만 떴다.

풀라스키는 물러앉아서 아직 화면에 떠 있는 시디의 고객 정보를 훑어보기 시작했다. 그의 눈에는 대부분 외계어였다. SSD 고객의 이름과 주소, 전화번호, 시스템 접근 권한이 있는 사람의 이름은 눈에 잘 띄었지만, 많은 정보가 압축된 메일링 리스트인지 rar. 혹은 zip. 파일로 되어 있었다. 풀라스키는 화면을 맨 끝으로 내렸다. 총 1120페이지였다.

맙소사…. 이걸 다 살펴보고 피해자의 정보를 종합한 고객을 찾아내려면 정말 오래 걸리겠군.

그때 복도에서 회의실 쪽으로 다가오는 목소리가 들렸다.

아, 안 돼. 지금은 안 돼. 그는 윙윙거리는 작은 하드 드라이브를 조심스럽게 바지 주머니에 넣었다. 주머니를 뚫고 지지직거리는 소리가 새어나왔다. 희미했지만, 회의실 반대편까지도 충분히 들릴 것이다. USB 케이블도 눈에 잘 띄었다.

목소리가 한층 가까워졌다.

한 사람은 숀 캐설이었다.

점점 더 가까워졌다…. 제발. 저리 가!

스크린에는 여전히 작은 사각형 창이 떠 있었다. 진행 중….

젠장. 풀라스키는 의자를 앞으로 밀었다. 회의실 안으로 몇 걸음만 들어오면 USB 플러그와 윈도 창을 볼 수 있을 것이다.

그때 갑자기 문간에서 한 남자의 머리가 쑥 나타났다. 캐설이었다.

"안녕, 프라이데이 형사. 잘돼갑니까?"

온몸이 움츠러들었다. 드라이브가 보일 것이다. 안 보일 수가 없다.

"네. 감사합니다."

풀라스키는 케이블과 플러그를 가리기 위해 USB 포트 앞으로 다리를 움직였다. 속셈이 훤히 들여다보일 것만 같았다.

"엑셀은 마음에 듭니까?"

"좋습니다. 아주 마음에 드네요."

"훌륭합니다. 그게 최고죠. 파일을 전환해서 보낼 수도 있습니다. 파워포인트 자주 써요?"

"그렇게 많이는. 아뇨."

"나중에 한 번 써보세요, 형사님. 경찰서장쯤 되면. 엑셀은 가계부 쓸 때 좋습니다. 여기저기 투자 상황을 알고 계셔야지요. 아, 게임도 부록으로 따라갑니다. 마음에 들 겁니다."

풀라스키는 미소를 지었지만 심장은 하드 드라이브 못지않게 요란하게 두근거리고 있었다.

캐설은 윙크를 던지고 사라졌다.

진짜로 엑셀에 게임이 부록으로 따라오면 내가 디스크를 먹는다, 이 오만한 개자식아.

풀라스키는 오늘 아침 제니가 다려준 바지에 손을 닦았다. 아내는 매일같이, 일찍 출근하거나 날이 밝기 전에 임무가 있으면 전날밤에 항상 옷을 다려놓곤 했다.

제발, 하느님. 직장을 잃지 않게 해주세요. 자신과 쌍둥이 형이 경찰 시험을 보던 날이 떠올랐다.

졸업식 날. 경찰 선서식을 할 때 어머니가 울던 모습, 아버지와의 눈빛 교환. 그의 인생 최고의 순간들이었다.

그 모든 게 허사로 돌아가는 걸까? 제기랄. 그래, 라임은 탁월하고, 그 사람만큼 범인을 잡는 데 열정을 쏟는 사람도 없어. 하지만 이렇게 법을 어기다니. 그 사람은 자기 집 의자에 앉아서 기다리기만 하면 되잖아. 아무 손해도 안 보겠지.

왜 나만 희생양이 돼야 하지?

그러면서도 풀라스키는 비밀 업무에 집중했다. 빨리, 빨리. 그는 조각 모음 프로그램을 향해 되뇌었다. 하지만 프로그램은 아직 '진행 중'이라고 말하는 듯 천천히 윙윙거리기만 할 뿐이었다. 영화에서처럼 그래프가 오른쪽으로 차근차근 진행하지도 않고, 카운트다운도 없었다.

작업 중….

"방금 뭐지, 풀라스키?"

라임이 물었다.

"직원이요. 갔습니다."

"어떻게 됐나?"

"괜찮은 것 같습니다."

"같아?"

"음…."

그때 새로운 메시지가 떴다. 작업 완료. 파일을 쓰시겠습니까?

"아. 끝났습니다. 파일을 쓰라는데요."

차닉이 전화를 받았다.

"그게 중요해요. 정확히 제가 하라는 대로 하세요."

차닉이 파일을 만들고, 압축해서, 하드 드라이브로 옮기는 방법을 알려주었다. 풀라스키는 떨리는 손으로 그의 지시대로 했다. 몸이 땀으로 흠뻑 젖었다. 몇 분이면 끝난다.

"이제 흔적을 지워야 해요. 모든 걸 이전대로 되돌려놓는 거죠. 아무도 방금 한 작업을 알아내거나 이쪽을 찾아낼 수 없도록."

차닉은 로그 파일 안으로 들어가 다시 명령어를 치라고 지시했다. 마침내 풀라스키는 작업을 끝냈다.

"됐습니다."

"좋아, 이제 거기서 나와, 신참."

라임이 지시했다.

풀라스키는 전화를 끊고 하드 드라이브를 뽑아 주머니에 넣은 다음 접속을 끊었다. 의자에서 일어나 밖으로 나온 풀라스키는 경비가 좀 더 가까운 곳에 서 있는 걸 보고 놀라서 눈을 깜빡였다. 마치 백화점털이를 점장 사무실로 데려가듯이 아멜리아 바로 뒤를 따라가며 데이터 보관실로 안내한 그 사람이었다.

혹시 봤을까?

"풀라스키 경관님, 앤드루의 사무실로 모셔다드리겠습니다."

얼굴에 웃음기가 없고, 눈에도 아무런 표정이 드러나지 않았다. 그는 풀라스키를 데리고 복도를 지나갔다. 걸음을 옮길 때마다 다리에 쓸리는 하드 드라이브가 마치 불덩이처럼 느껴졌다. 천장으로 시선을 보냈다. 방음 타일이었다. 카메라는 보이지 않았다.

공포가 눈부시게 흰 조명보다 밝게 복도를 채웠다.

그들이 도착하자 스털링은 살펴보던 서류 몇 장을 넘기며 들어오라고 손짓했다.

"필요한 건 다 구하셨습니까?"

"네."

풀라스키는 학교 발표 시간에 앞으로 나온 아이처럼 고객 명단

시디를 들어 보였다.

"아, 좋습니다."

CEO의 영리한 녹색 눈동자가 그를 쳐다보았다.

"수사는 잘되고 있습니까?"

"네. 잘돼갑니다."

풀라스키의 머릿속에 가장 먼저 떠오른 말은 이것뿐이었다. 백치 같은 기분이었다. 아멜리아 색스라면 뭐라고 했을까? 알 수 없었다.

"그래요? 고객 명단에 도움 되는 게 있었습니까?"

"저희가 잘 읽을 수 있는지 확인하려고 방금 살펴봤습니다. 실험 실로 가져가봐야 합니다."

"실험실? 퀸스에 있는? 거기서 수사를 담당합니까?"

"거기서도 하고, 다른 곳도 몇 군데 있습니다."

스털링은 풀라스키의 애매한 대답에 아무 말 없이 유쾌한 미소만 지었다. CEO는 풀라스키보다 키가 10센티미터가량 작았지만, 오 히려 이쪽에서 올려다보는 느낌이 들었다. 스털링은 풀라스키를 데리고 비서실로 향했다.

"필요한 게 또 있으면 알려만 주십시오. 뭐든지 협조하겠습니다."

"감사합니다."

"마틴, 아까 이야기했던 것들 처리해. 풀라스키 형사를 아래층으 로 안내하고."

"아. 혼자 갈 수 있습니다."

"저 친구가 안내할 겁니다. 좋은 저녁 되십시오."

스털링은 자기 사무실로 돌아갔다. 문이 닫혔다.

"잠깐만 기다리십시오."

마틴은 이렇게 말한 뒤, 수화기를 들고 통화 내용이 들리지 않을 정도로 약간 돌아섰다.

풀라스키는 문으로 다가가서 복도 양옆을 살폈다. 한쪽 사무실에 서 사람이 나왔다. 휴대전화에 대고 나직한 목소리로 통화를 하고 있었다. 건물 이쪽은 휴대전화가 잘 통하는 것 같았다. 남자가 풀라스키를 힐끗 보더니 짧게 인사하고 전화를 끊었다.

"실례합니다, 풀라스키 경관님?"

풀라스키는 고개를 끄덕였다.

"앤디 스털링입니다."

아, 스털링 씨 아들이군.

젊은이의 검은색 눈이 풀라스키의 눈을 똑바로 쳐다보았다. 하지만 악수는 머뭇거리는 기색이 느껴졌다.

"저한테 전화하셨지요? 아버지도 저한테 경관님과 통화하라고 메시지를 남기셨습니다."

"네. 맞습니다. 잠깐 시간 있으십니까?"

"뭘 알고 싶으시죠?"

"일요일 오후 특정 인물들의 소재를 확인 중입니다."

"저는 웨스트체스터에서 하이킹을 했습니다. 정오쯤에 자동차를 타고 돌아온 시각은…."

"아, 아뇨. 우리가 관심 있는 건 당신이 아니라 당신 아버지입니다. 롱아일랜드에서 2시경에 당신한테 전화를 거셨다던데."

"아, 네. 맞습니다. 하지만 전화를 안 받았습니다. 하이킹을 멈추고 싶지 않아서요."

그러곤 목소리를 낮췄다.

"앤드루는 일과 여가를 잘 구별할 줄 모릅니다. 혹시 회사에 들어오라고 할지도 모르는데, 전 휴일을 망치고 싶지 않았거든요. 나중에, 3시 30분쯤에 제가 전화를 걸었습니다."

"전화기를 잠깐 봐도 될까요?"

"네, 그러시죠."

그는 휴대전화를 열어서 수신 번호 목록을 보여주었다. 일요일 아침에 걸고 받은 전화는 여러 통이었지만, 오후에는 단 한 통뿐이었다. 색스가 그에게 알려준 번호, 스털링의 롱아일랜드 집이었다.

"네, 됐습니다. 감사합니다."

젊은이의 얼굴에 근심이 어렸다.

"저도 들었는데, 정말 끔찍한 일입니다. 강간살해라고요?"

"맞습니다."

"범인은 곧 잡힐 것 같습니까?"

"단서는 많이 있습니다."

"아, 잘됐군요. 그런 놈들은 줄을 세워서 총으로 쏴버려야 해요."

"시간 내주셔서 감사합니다."

앤디가 저쪽으로 걸어가자 마틴이 나타나 그의 뒷모습을 흘끗 보았다.

"따라오십시오, 풀라스키 경관님."

그러고는 찌푸렸다고 해도 이상하지 않은 미소를 지은 채 엘리베이터로 향했다.

너무 초조해서 정신이 혼미했다. 머릿속에는 디스크 드라이브 생각뿐이었다. 주머니가 불룩 솟아 있는 것이 사람들의 눈에 띌 것만 같았다. 풀라스키는 주절거리기 시작했다.

"마틴… 회사에는 오래 계셨습니까?"

"네."

"컴퓨터 쪽도 잘하시고요?"

느낌이 다른 미소. 하지만 별다른 의미가 없다는 점에서는 예전 미소와 다르지 않았다.

"별로요."

검은색과 흰색의 메마른 복도를 지났다. 풀라스키는 이곳이 싫었다. 목을 조르는 듯한 폐쇄공포증이 엄습했다. 길거리로, 퀸스에, 사우스브롱크스에 나가고 싶었다. 위험하다 해도 상관없었다. 그저 떠나고 싶었다. 고개를 숙인 채 마음껏 달리고 싶었다.

엄습하는 공포.

기자는 해고되었을 뿐 아니라 불법 침입에 관한 형사법에 따라

기소되었습니다. 주 교도소에서 6개월 실형을 살았지요.

방향 감각도 잃어버렸다. 스털링의 사무실로 갈 때와는 다른 경로였다. 마틴은 모퉁이를 돌아 육중한 문을 밀고 지나갔다.

풀라스키는 앞을 가로막고 있는 것을 보고 머뭇거렸다. 표정 없는 경비 세 사람이 진을 치고 있는 보안검색대와 금속탐지기, 엑스레이 장치가 보였기 때문이다. 데이터 보관소는 아니니, 건물 다른 곳에 있는 것처럼 데이터 삭제 시스템은 아닐 것이다. 그러나 휴대용 하드 드라이브는 도저히 무사히 가지고 나갈 수 없을 것 같았다. 아까 아멜리아 색스와 같이 왔을 때는 이런 보안검색대를 거친 적이 없었다. 본 적도 없었다.

"아까는 이런 곳을 안 거쳤던 것 같은데요."

풀라스키는 아무렇지도 않은 척 비서에게 말했다.

"방문객 옆에 직원이 대기하지 않은 상태로 얼마나 오래 체류했느냐에 따라 다릅니다. 컴퓨터가 판단해서 알려주지요."

그러고는 미소를 지으며 덧붙였다.

"개인적으로 받아들이지는 마십시오."

"하. 그럼요."

심장이 쿵쾅거리고, 손바닥이 축축했다. 안 돼, 안 돼! 직장을 잃을 수는 없었다. 그건 있을 수 없는 일이다. 그에게는 너무나 중요한 직장이었다.

이런 일을 하겠다고 나서다니, 내가 도대체 무슨 짓을 한 거지? 제니와 닮은 여자를 죽인 남자를 잡는 일이라고 되뇌어보았다. 목적에 부합한다면 어느 누구라도 거리낌 없이 죽일 수 있는 끔찍한 사람을 잡는 일이라고.

그래도, 이건 옳지 않다.

데이터를 훔치다가 체포되었다고 하면 부모님은 뭐라고 하실까? 형은?

"데이터를 가지고 계십니까, 선생님?"

풀라스키는 시디를 보여주었다. 경비가 포장을 훑어보더니 단축번호를 눌러 어딘가로 전화를 걸었다. 몸이 약간 빳빳해지는 것 같더니 나직한 목소리로 통화를 했다. 그러고는 디스크를 검색대에 있는 컴퓨터에 넣고 화면을 훑어보았다. 시디는 외부 반출이 승인된 물건인 듯했다. 그래도 경비는 엑스레이 기계에 넣어서 보석 케이스와 그 안에 들어 있는 디스크의 영상을 주의 깊게 살폈다. 시니는 컨베이어 벨트를 타고 금속탐지기 반대쪽으로 나왔다.

풀라스키는 앞으로 나아가려 했다. 하지만 세 번째 경비가 그를 제지했다.

"죄송합니다만, 주머니에 있는 물건을 꺼내서 금속은 모두 저기에 올려주시기 바랍니다."

"난 경찰입니다."

풀라스키는 짐짓 우습다는 듯 말했다. 경비는 반복했다.

"정부 납품업체인 관계로 경찰서에서도 우리의 보안 규정을 따르기로 동의했습니다. 규칙은 모든 사람에게 적용됩니다. 상관에게 전화해서 알아보셔도 좋습니다."

이제 독 안에 든 쥐였다.

마틴은 계속 가만히 쳐다보기만 했다.

"벨트 위에 모두 올려놓으십시오."

생각해, 제발. 풀라스키는 스스로에게 분통을 터뜨렸다. 무슨 수를 생각해내라고.

생각해!

허풍으로 밀고 나가는 거야.

안 돼. 난 그렇게 머리가 좋지 않아.

아니, 할 수 있어. 아멜리아 색스라면 어떻게 했을까? 링컨 라임이라면?

풀라스키는 돌아서서 허리를 굽힌 뒤 시간을 끌며 꼼꼼하게 신발끈을 풀었다. 그리고 천천히 신발을 벗었다. 다시 허리를 펴고 잘

닦인 신발을 벨트 위에 올려놓은 다음 총과 실탄, 수갑, 무전기, 동전, 전화, 펜을 플라스틱 쟁반 위에 얹었다.

풀라스키가 금속탐지기를 통과하자 장비는 하드 드라이브를 감지하고 삑 소리를 냈다.

"다른 물건 가지고 계십니까?"

풀라스키는 침을 삼키고 주머니를 두드리며 고개를 저었다.

"없습니다."

"몸을 한 번 훑어보겠습니다."

풀라스키는 앞으로 나섰다. 두 번째 경비가 막대기를 들고 그의 몸을 훑다 말고 가슴에서 멈췄다. 장비에서 요란하게 삑 소리가 났다.

풀라스키는 웃었다.

"아. 죄송합니다."

그러고는 셔츠 단추를 끄르고 방탄조끼를 보여주었다.

"금속 심장 보호대입니다. 풀 메탈 재킷(full-metal-jacket) 라이플 총알 빼고는 다 막아주죠."

"그래도 데저트 이글(Desert Eagle)은 못 막을걸요."

경비가 말했다.

"50구경 권총을 구경할 일은 드물다고 봐야죠."

풀라스키의 농담이 마침내 경비들에게서 웃음을 이끌어냈다. 그는 셔츠를 벗기 시작했다.

"괜찮습니다. 스트립쇼를 하실 필요는 없어요, 경관님."

풀라스키는 떨리는 손으로 단추를 잠갔다. 바로 아래, 언더셔츠와 방탄조끼 사이에 드라이브가 들어 있었다. 신발 끈을 풀기 위해 허리를 굽힐 때 얼른 거기에 쑤셔 넣었던 것이다.

풀라스키는 내놓았던 장비를 도로 챙겼다.

금속탐지기 옆으로 나와 있던 마틴이 앞장서서 다른 문으로 안내했다. 회색 대리석 위에 거대한 워치타워와 창문 로고가 걸려 있는 넓고 황량한 메인 로비가 나왔다.

"좋은 하루 되십시오, 폴라스키 경관님."

마틴은 그렇게 인사한 뒤 돌아섰다.

폴라스키는 떨리는 손을 진정시키려고 애쓰며 육중한 유리문을 향해 걸음을 옮겼다. 일렬로 서서 로비를 감시하고 있는 텔레비전 카메라가 처음으로 눈에 띄었다. 마치 고요하게 벽에 앉은 채 상처 난 짐승이 헐떡거리며 쓰러지기만을 기다리는 독수리 떼 같았다.

27 습격

주디의 친근한 목소리가 눈물이 날 정도로 위안을 주었지만, 아서 라임은 문신을 한 백인, 필로폰 중독자 믹을 머릿속에서 지울 수가 없었다.

믹은 계속 혼자 중얼거리며 5분에 한 번씩 자기 바지 속에 손을 집어넣고, 그 못지않게 자주 아서를 돌아보는 것 같았다.

"여보? 듣고 있어요?"

"미안해."

"할 말이 있어."

변호사, 돈, 아이들. 무슨 이야기든 지금은 감당하기 힘들 것 같았다. 아서 라임은 폭발하기 직전이었다.

"말해."

아서는 체념하고 속삭이듯 말했다.

"링컨을 만나고 왔어요."

"뭐?"

"어쩔 수 없잖아요···. 당신은 변호사를 못 믿는 것 같고, 아서. 손 놓고 있는다고 해결될 문제가 아니에요."

"하지만… 연락하지 말라고 했잖아."

"가족의 운명이 달린 문제예요, 아서. 당신이 싫다고 해서 다가 아니라고요. 나도 있고 애들도 있어요. 진작 이렇게 했어야 하는데."

"링컨이 개입하는 건 싫어. 안 돼. 다시 전화해서, 고맙지만 괜찮다고 해."

"괜찮다고요? 당신 미쳤어요?"

아서는 이따금 아내가 자신보다 더 강하다고 느낄 때가 있었다. 어쩌면 더 영리한 것도 같았다. 아내는 그가 전임교수 임용에서 탈락하고 프린스턴을 뛰쳐나왔을 때 불같이 화를 냈다. 성질부리는 어린애처럼 행동한다고 말하기도 했다. 아내의 말을 들었더라면.

주디는 거칠게 말했다.

"재판 마지막 순간에 존 그리샴이라도 나타나서 당신을 구해줄 것 같죠? 그런 일은 없어요. 맙소사. 아서, 내가 이렇게 뛰어다니는 걸 고마워해야 할 판에."

"고마워."

아서는 얼른 말했다. 다람쥐처럼 입에서 말이 튀어나왔다.

"난 그냥…."

"그냥 뭐요? 거의 죽을 뻔하고, 온몸이 마비돼서 휠체어 생활을 하는 사람이에요. 당신의 결백을 증명하려고 모든 일을 제쳐놨다고요. 도대체 무슨 생각을 하는 거예요? 살인죄로 감옥에 들어가 있는 아버지 밑에서 당신 애들을 자라게 하고 싶어요?"

"그건 아니야."

앨리스 샌더슨. 살해당한 여자와 모르는 사이였다는 자신의 주장을 아내가 정말 믿어줄까 하는 의문이 다시 들었다. 물론 남편이 정말 그 여자를 죽였다고 생각하지는 않겠지만 연인 관계는 아니었을까 궁금할 것이다.

"난 사법제도에 대한 믿음이 있어, 주디."

맙소사. 스스로 생각해도 정말 무기력하게 들렸다.

"링컨도 그 사법제도 안에 있어요, 아서. 당신이 전화해서 고맙다고 해요."

아서는 망설이다 물었다.

"링컨이 뭐래?"

"어제 통화했어요. 당신 신발에 대해 묻더군요. 증거라고. 그 뒤로는 연락이 없었어요."

"만나기도 했어? 전화만 했어?"

"집에 찾아갔어요. 센트럴 파크 웨스트에 살아요. 타운하우스가 정말 좋더군요."

사촌에 대한 수많은 기억이 속사포처럼 머릿속을 스쳤다. 아서는 물었다.

"어때 보였어?"

"못 믿어도 할 수 없지만, 보스턴에서 만났을 때와 그리 다르지 않았어요. 아니, 오히려 지금은 몸이 더 좋아 보였어요."

"걸을 수는 없고?"

"아예 움직이지 못해요. 머리하고 어깨만 움직여요."

"전처는? 블레인하고는 아직도 만난대?"

"아뇨. 다른 사람을 사귀고 있어요. 경찰. 아주 예쁘더군요. 키크고, 빨강 머리. 솔직히 놀랐어요. 그래서는 안 되는데. 그래도 놀랐어요."

키 큰 빨강 머리? 순간, 아드리아나가 떠올랐다. 아서는 그 기억을 밀어내려고 애썼다. 하지만 쉽지 않았다.

이유를 말해봐, 아서. 왜 그랬는지 말해봐.

믹의 사악한 웃음. 그의 손이 다시 바지 속으로 들어갔다. 악의로 가득 찬 눈이 아서를 향해 번득였다.

"미안해, 여보. 전화해줘서 고마워. 링컨한테⋯."

그때 목에 뜨거운 숨결이 느껴졌다.

"이봐, 전화 끊어."

라틴계 죄수가 등 뒤에 서 있었다.

"전화 끊으라고."

"주디, 이제 끊어야겠어. 여긴 전화가 한 대뿐이거든. 시간이 다 됐어."

"사랑해요, 아서."

"나는…."

라틴계가 앞으로 나섰다. 아서는 전화를 끊고 휴게실 구석에 있는 의자로 돌아갔다. 그리고 발 앞의 바닥만, 콩팥 모양으로 긁힌 자국만 응시했다. 바라보고, 또 바라보았다.

그러나 잔뜩 훼손된 바닥도 주의를 집중시키지는 못했다. 아서는 과거를 생각하고 있었다. 수많은 추억들이 아드리아나와 사촌 라임의 뒤를 이었다. …노스쇼어에 있던 부모님의 집, 서쪽 근교에 있던 링컨의 집. 엄격한 제왕이었던 아버지 헨리. 형 로버트, 수줍고 영리했던 마리.

링컨의 아버지 테디도 떠올랐다[테디(시어도어의 애칭-옮긴이)라는 별명에는 재미있는 사연이 있었다. 원래 이름은 시어도어가 아니었다. 아서는 별명이 어떻게 생겼는지 알고 있었지만, 우습게도 링컨은 알고 있을 것 같지 않았다]. 아서는 언제나 테디 삼촌이 좋았다. 상냥한 남자였다. 약간 수줍음을 타고, 약간 조용한. 헨리 라임 같은 형의 그늘에서 자라면 안 그럴 사람이 누가 있겠는가? 때로 링컨이 없을 때면, 아서는 테디와 앤의 집으로 차를 몰고 가곤 했다. 삼촌과 조카는 나무 널이 깔린 작은 거실에서 옛날 영화를 보거나 미국 역사에 대해 이야기했다.

'묘지'의 바닥에 난 자국이 점차 아일랜드 땅덩어리 모양으로 변하기 시작했다. 여기서 도망치고 싶다는 심정으로 눈을 떼지 않고 가만히 바라보고 있으려니, 땅덩어리가 저절로 움직이면서 마법의 구멍을 통해 바깥세상으로 사라졌다.

극한의 절망감만 남았다. 아서 라임은 자신이 얼마나 순진했는지 깨달았다. 마법의 구멍도, 현실의 구멍도 없었다. 그는 링컨이 탁월하다는 것을 알고 있었다. 일반 언론에 나오는 기사는 모두 찾아 읽었다. 심지어 라임이 쓴 과학 전문서적조차도. "특정 나노 입자의 생물학적 영향…."

그러나 그런 링컨도 자신을 위해 해줄 일은 없을 것이다. 사건은 가망이 없고, 그는 평생 감옥에 있어야 할 것이다.

아니, 이번 일에서 링컨은 적절한 역할을 맡았다. 사촌은—자라는 동안 가장 친했던 친척, 의형제—아서 자신이 몰락하는 현장에 있어야만 한다.

아서는 음울한 미소를 지으며 바닥의 긁힌 자국에서 시선을 들었다. 그때 문득 뭔가가 변했다는 것을 깨달았다.

이상했다. 구치소 건물 이쪽에 사람이 없었다.

다들 어디 갔지?

그때 발소리가 다가왔다.

퍼뜩 놀라 올려다보니 누군가가 빠른 걸음으로 발을 질질 끌며 이쪽으로 다가오고 있었다. 그의 친구 앤트원 존슨이었다. 차가운 눈.

아서는 그제야 깨달았다. 등 뒤에서 누군가가 날 공격하고 있다!

당연히 믹이다.

존슨은 날 구하러 오는 것이다.

아서는 발에 힘을 주고 얼른 돌아섰다. 너무나 겁에 질려 울고 싶었다. 마약쟁이를 찾았지만…. 아니, 아무도 없었다.

바로 그 순간 아서는 앤트원 존슨이 자신의 목에 올가미를 두르는 것을 느꼈다. 길게 찢은 옷을 꼬아서 밧줄처럼 직접 만든 것 같았다.

"안 돼. 이게 무슨…."

아서는 몸을 뒤틀었다. 덩치 큰 남자는 그를 의자에서 잡아당겨 못이 비죽 튀어나온 벽으로 끌고 갔다. 아까부터 눈에 띄었던, 바닥에서 2미터 높이에 박힌 못이었다. 아서는 신음하며 경련했다.

"쉿."

존슨이 사람 없는 실내를 둘러보며 속삭였다.

몸부림을 쳤지만 상대는 나무토막, 콘크리트 자루 같았다. 닥치는 대로 상대의 목과 어깨에 주먹을 휘두르는데, 몸이 바닥에서 번쩍 들리는 것이 느껴졌다. 흑인은 그를 들어 올리고 올가미를 못에 걸었다. 그런 뒤 손을 놓고 물러서서 발버둥치는 아서를 지켜보았다.

왜, 왜, 왜? 묻고 싶었지만, 입에서는 젖은 침만 뷔어나왔다. 존슨은 신기한 눈으로 그를 지켜보았다. 분노도, 가학적인 미소도 없었다. 그저 흥미롭다는 듯 쳐다보고만 있을 뿐이었다.

몸이 부들거리고 앞이 캄캄했다. 아서는 그 모든 것이 함정이었다는 것을 깨달았다. 존슨이 라틴계 죄수들에게서 그를 보살펴준 것은 단 한 가지 이유에서였다. 자신이 그를 원했기 때문이다.

"안 돼…."

왜?

흑인은 손을 아래로 내린 채 상체만 앞으로 내밀고 속삭였다.

"난 널 도와주려는 거야. 젠장. 어차피 한두 달이면 네 손으로 하게 될걸. 넌 여기 체질이 아니야. 그러니까 반항하지 마. 그냥 쉽게 포기해. 무슨 말인지 알겠어?"

풀라스키는 SSD에서의 임무를 마치고 돌아와 반들거리는 회색 하드 드라이브를 들어 올렸다.

"잘했어, 신참."

라임이 말했다. 색스는 윙크를 보냈다.

"자네의 첫 비밀 작전이었어."

풀라스키는 씩 웃었다.

"작전 같지가 않던데요. 죄짓는 기분이었습니다."

"이걸 열심히 들여다보면 정당한 이유를 찾을 수 있을 거야."

셀리토가 그를 안심시켰다. 라임은 로드니 차닉에게 말했다.

"열어봐."

차닉은 하드 드라이브를 낡은 랩톱 USB 포트에 꽂은 뒤 화면을 바라보며 자신감 있고 단호한 손길로 키보드를 두드리기 시작했다.

"좋아, 좋아…."

"이름이 나오나? 개인 통합 자료를 다운로드받은 SSD 사람 이름이라도?"

"네?"

차닉은 픽 웃었다.

"이건 그런 식으로 나오는 게 아니에요. 시간이 좀 걸린다구요. 컴퓨터범죄과 메인프레임에 일단 올려서…."

"좀 걸리는 게 얼마쯤이야?"

라임은 투덜거렸다. 차닉은 마치 라임이 장애인이라는 것을 그제야 확인한 듯 다시 눈을 깜빡였다.

"단편화(斷片化: 하나의 파일을 이루는 데이터가 디스크 여기저기에 분산되어 있는 것-옮긴이) 정도에 따라 다르고, 파일의 생성 시기, 할당, 파티션…."

"좋아, 좋아, 좋아. 어쨌든 최선을 다해봐."

셀리토가 물었다.

"또 뭘 찾았지?"

풀라스키는 데이터 보관실에 대한 무제한 접근 권한을 가진 기술자 면담 내용을 설명했다. 앤디 스털링을 만났는데, 살인이 발생한 시각에 그의 아버지가 롱아일랜드에서 전화한 게 사실이었다는 것도 휴대전화를 통해 확인했다고 덧붙였다. 스털링의 알리바이가 증명된 셈이었다. 톰은 용의자 차트를 고쳐 썼다.

- 앤드루 스털링, 사장, CEO
  - 알리바이: 롱아일랜드, 아들이 확인해줌
- 손 캐설, 세일즈 및 마케팅 이사
  - 알리바이 없음
- 웨인 길레스피, 기술담당 이사
  - 알리바이 없음

- 새뮤얼 브락튼, 감찰과장
  - 알리바이 : 호텔 기록상 워싱턴에 체류 중인 사실이 확인됨
- 피터 알론조-켐퍼, 인력관리 이사
  - 알리바이 : 아내와 함께 있었음. 아내가 확인(편향적?)

- 스티븐 슈래더, 기술 서비스 및 지원 관리자, 주간
  - 근무기록부에 따르면 사무실에 있었음
- 파룩 마메다, 기술 서비스 및 지원 관리자, 야간

- 알리바이 없음
- SSD 고객(?)
  - 스털링에게서 목록 확보
- 앤드루 스털링이 고용한 용의자(?)

이제 SSD에서 이너서클에 대한 접근권을 가진 모든 사람이 수사에 대해 알게 되었다. 그러나 뉴욕시경 '마이라 와인버그 살인사건' 파일을 지키는 보안 로봇은 아직 단 한 건의 침입도 알려주지 않았다. 522가 조심하는 걸까? 혹시 함정이 완전히 빗나간 건 아닐까? 범인이 SSD와 관련 있다는 전제 자체가 완전히 잘못된 것 아닐까? 라임은 자신이 스털링과 SSD의 권력에 너무 큰 위압감을 느낀 나머지 다른 용의자가 있을 가능성을 무시한 것은 아닐까 생각했다.

풀라스키가 시디를 꺼냈다.

"이게 고객 목록입니다. 얼른 훑어봤는데, 총 350개 정도 됩니다."

"이런."

라임은 얼굴을 찌푸렸다.

차닉은 디스크를 넣고 스프레드시트에서 파일을 열었다. 라임은 평면 스크린 모니터로 데이터를 훑어보았다. 거의 1000페이지에 달하는 빽빽한 문서였다.

"노이즈."

색스가 말했다. 그리고 스털링에게서 들은 대로 데이터가 오염됐거나 너무 많거나 너무 빈약하면 쓸모가 없다고 설명했다. 차닉은 정보의 늪을 스크롤했다. 어떤 고객이 어떤 데이터 마이닝 목록을 구매했는지…. 정보가 '너무' 많았다. 그때 라임은 한 가지 생각이 떠올랐다.

"거기에 데이터가 다운로드된 시간하고 날짜가 나오나?"

차닉은 화면을 살폈다.

"네."

"범죄 직전에 다운로드받은 고객을 찾아보자구."

"좋은 생각이야, 링컨. 522는 가장 최신 정보를 원했을 거야."

셀리토가 말했다.

차닉은 잠시 생각에 잠겼다.

"그걸 검색해주는 프로그램을 한 번 만들어보죠. 시간은 좀 걸리겠지만, 네, 할 만해요. 범행이 정확히 언제 발생했는지 알려주세요."

"그건 알려줄 수 있지. 멜?"

"네."

멜은 주화 도난사건, 그림 도난사건, 두 건의 강간사건 내역을 모으기 시작했다.

"아, 그 엑셀 프로그램을 쓸 겁니까?"

풀라스키가 차닉에게 물었다.

"맞아요."

"그게 정확히 뭐죠?"

"기본적인 스프레드시트예요. 주로 판매 내역이나 재정 상황을 기록하는 데 쓰죠. 하지만 요즘은 다른 용도로도 많이들 씁니다."

"저도 배울 수 있습니까?"

"그럼요. 강의를 들으면 돼요. 뉴스쿨이나 성인교육기관 같은 데서."

"미리 익혀놨어야 하는데. 배울 수 있는 곳을 알아봐야겠네요."

그제야 라임은 풀라스키가 SSD에 다시 가라고 했을 때 주저한 이유를 알 수 있었다. 라임은 말했다.

"그건 우선순위 아래쪽에 둬, 신참."

"왜 그렇습니까?"

"명심해. 사람들은 자네를 여러 가지 방식으로 괴롭힐 수 있어. 그 사람들이 자네가 모르는 걸 알고 있다고 해서 그쪽이 옳고 자네가 그른 건 아니야. 중요한 건 이거야, 일을 좀 더 잘하기 위해서 그걸 꼭 알아야 하는가? 그렇다면 배워야지. 그렇지 않다면 그건 단순히 사람을 산만하게 할 뿐이야. 집어치워."

젊은 경찰은 웃었다.

"네. 감사합니다."

로드니 차닉은 컴퓨터범죄과 메인프레임을 이용하기 위해 시디와 휴대용 하드 드라이브 그리고 자신의 컴퓨터를 챙겼다.

차닉이 떠난 뒤, 라임은 여전히 몇 년 전 콜로라도에서 살해된 데이터 사냥꾼에 대한 정보를 얻느라 통화 중인 색스 쪽을 바라보았다. 대화 내용은 들리지 않았지만, 분명 연관성 있는 정보를 얻어낸 것 같았다. 머리는 앞으로 숙이고, 입술은 축축이 젖고, 머리카락 한 가닥을 잡아당기고 있었다. 눈빛은 예리하고 집중한 상태였다. 자세는 지극히 요염했다.

쓸데없는 생각이라니. 라임은 생각했다. 사건에만 집중해. 라임은 감정을 떨쳐내려고 애썼다.

하지만 큰 효과는 없었다.

색스가 전화를 끊고 말했다.

"콜로라도 주경찰에서 알려줬어요. 데이터 사냥꾼의 이름은 P. J. 고든. 피터 제임스. 어느 날 산악자전거를 타러 나갔다가 집에 돌아오지 않았대요. 자전거는 낭떠러지 아래에서 심하게 부서진 채 발견되었고요. 깊은 강 옆이었대요. 시체는 한 달쯤 지나 30킬로미터 하류에서 발견되었고요. 유전자 대조로 신원을 확인했대요."

"수사는?"

"그리 깊게 하지는 않은 모양이에요. 그 지역은 젊은 사람들이 자전거나 스키, 스노모빌 사고로 죽는 일이 잦은가봐요. 사고사로 결론이 났대요. 한데 몇 가지 의문점이 있어요. 첫째, 고든은 캘리포니아의 SSD 서버에 침입하려고 했어요. 데이터베이스가 아니라 회사 자체와 직원 관련 파일. 성공했는지는 아무도 몰라요. 로키마운틴 데이터에서 일한 다른 직원들의 소재를 알아봤지만, 연락되는 사람은 없었어요. 스틸링이 회사를 인수한 뒤 데이터베이스만 챙기고 직원들은 다 해고한 것 같아요."

"고든에 대해 알아볼 만한 사람은 달리 전혀 없나?"

"주경찰은 가족도 찾지 못했대요."

라임은 천천히 고개를 끄덕였다.

"좋아. 흥미로운 가정을 한 번 해볼까. 이 고든이란 자는 SSD의 파일을 자기 나름대로 데이터 마이닝해서 522에 대해 뭔가를 알아냈어. 522는 위험에 처했다는 사실을, 자신이 발각될 거라는 사실을 알아차렸지. 그래서 고든을 죽이고 사고로 위장했어. 색스, 콜로라도 경찰이 수사 기록을 갖고 있대?"

색스는 한숨을 쉬었다.

"기록은 보관소에 들어갔어요. 찾아본대요."

"음, 고든이 죽을 당시 SSD에 있던 직원이 누구인지 알아봐."

풀라스키는 SSD의 마크 휘트콤에게 전화를 걸었다. 30분 뒤 휘트콤에게서 연락이 왔다. 그를 통해 인력관리부와 이야기를 해보니 당시에 근무했던 직원은 수십 명이고 숀 캐슬, 웨인 길레스피, 마메다, 슈래더, 스털링의 개인 비서인 마틴도 거기에 포함되었다.

이렇게 숫자가 많다는 것은 피터 고든 사건에서도 별다른 단서가 나오지 않을 거라는 뜻이었다. 하지만 콜로라도 주경찰의 수사 기록을 확보하면 그중 한 사람을 지목할 만한 증거가 나올지 모른다.

라임이 목록을 바라보고 있는데, 셀리토의 전화가 울렸다.

라임은 전화를 받고 통화하는 셀리토의 몸이 굳어지는 것을 눈치챘다.

"뭐라고?"

셀리토는 라임에게 눈길을 주며 물었다.

"이런 젠장. 어떻게 된 거야? …알아내는 대로 곧바로 전화해."

셀리토는 전화를 끊었다. 입술은 굳게 닫혔고, 찌푸린 표정이 얼굴을 스쳤다.

"링컨, 유감이야. 자네 사촌이 구치소 안에서 습격을 당했어. 누군가가 자네 사촌을 죽이려고 했대."

색스는 라임 쪽으로 다가가서 어깨에 손을 얹었다. 라임은 그녀의 몸짓에서 놀란 기색을 느낄 수 있었다.

"아서는 어떻대?"

"소장이 다시 전화 주기로 했어. 그곳 응급실에 있다는데, 아직
은 아무것도 알 수 없다는군."

28 노이즈

"안녕하세요?"

톰의 안내로 타운하우스 홀로 들어서며, 팸 윌러비가 미소를 지었다. 아이가 인사를 건네자 수사팀은 아서 라임의 끔찍한 소식에도 불구하고 웃음을 보였다. 톰이 오늘 학교에서는 어땠느냐고 물었다.

"좋았어요. 아주 재미있었어요."

팸은 대답한 다음 목소리를 낮추고 물었다.

"아멜리아, 잠깐 시간 돼요?"

색스가 돌아보자 라임은 팸 쪽으로 턱을 끄덕였다. 소식이 들어올 때까지는 아서를 위해 할 수 있는 일이 없으니 가봐도 좋다는 뜻이었다.

색스는 팸과 함께 복도로 나갔다. 젊은 애들은 재미있어. 색스는 생각했다, 얼굴에 모든 게 다 쓰여 있으니. 무엇 때문인지는 알 수 없더라도 최소한 기분이 어떤지는 알 수 있다. 팸의 문제에 관한 한 때로는 상대의 감정과 생각을 읽는 캐스린 댄스의 기술을 배우고 싶다는 생각이 들기도 했다. 하지만 오늘 오후 팸은 투명할 정도로 행복해 보였다.

"바쁘신 건 알아요."

"괜찮아."

두 사람은 타운하우스 현관 맞은편 응접실로 향했다.

"그래서?"

색스는 둘만 아는 이야기라도 하듯 비밀스럽게 미소를 지었다.

"좋아요. 아멜리아가 하라는 대로 했어요. 스튜어트한테 그냥 다른 여자에 대해 물어봤죠."

"그랬더니?"

"날 만나기 전에 사귀던 애래요. 얼마 전에 나한테도 이야기했었거든요. 그냥 길에서 우연히 만나 잠시 이야기를 한 게 전부래요. 좀 귀찮게 달라붙는 스타일이라. 사귈 때도 그래서 만나기 싫어졌대요. 에밀리가 봤을 때는 마침 그 애가 달라붙어서 떨쳐내려고 했던 거래요. 그뿐이에요. 전부 다 그냥, 깨끗하게 해결됐어요."

"이야, 축하해. 그럼 이제 적군은 완전히 물러간 거네?"

"아, 네. 사실일 거예요. 스튜어트는 그 애랑 데이트할 수 없을 테니까. 그러면 일자리를 잃을 수도—."

팸의 말이 갑자기 툭 끊겼다. 그 애가 말실수를 했다는 것은 심문 전문가가 아니라도 알 수 있었다.

"일자리를 잃어? 무슨 일?"

"음. 아멜리아도 알잖아요."

"몰라, 팸. 무슨 일자리를 잃어?"

팸은 얼굴을 붉히며 발치의 동양풍 양탄자를 내려다보았다.

"그러니까, 올해 그 애가 스튜어트 반이거든요."

"스튜어트가 선생님이야?"

"그런 셈이죠."

"너희 학교?"

"지금은 아니에요. 제퍼슨 고등학교. 작년에 만났거든요. 그러니까 이제 우리는 괜찮…."

"잠깐, 팸…."

색스는 기억을 더듬어보았다.

"스튜어트는 너희 학교라면서."

"우리 학교에서 만났다고 했죠."

"시(詩) 클럽에서?"

"그게…."

색스는 얼굴을 찡그리며 말했다.

"지도교사였구나. 축구도 코치를 하는 거고. 선수가 아니라."

"난 정확히 거짓말을 한 적은 없어요."

당황하지 말자. 색스는 스스로에게 말했다. 그래서는 도움이 되지 않는다.

"음, 팸. 이건…."

이게 무슨 일이지? 물어볼 게 너무나 많았다. 색스는 우선 떠오르는 첫 번째 질문을 던졌다.

"몇 살이야?"

"모르겠어요. 그렇게 나이가 많지는 않아요."

팸이 고개를 들었다. 시선은 딱딱했다. 반항적이고, 퉁하고, 고집부리는 모습을 본 적은 있었다. 하지만 팸의 이런 태도는 처음이었다. 함정에 빠져 방어적인 자세를 취하는, 한 마리 야생동물 같았다.

"팸?"

"음, 마흔한 살 정도."

당황하지 말자는 다짐이 무너지기 시작했다.

도대체 어떻게 해야 할까? 아멜리아 색스는 항상 아이를 원했지만—아버지와 함께 보낸 멋진 어린 시절의 추억 때문이다—부모 노릇이라는 힘든 일에 대해 깊이 생각해본 적은 없었다.

'이성적으로 대하라.' 이 지침을 따라야 한다고 색스는 스스로에게 말했다. 하지만 이 역시 '당황하지 말자.'와 마찬가지로 별다른 효력이 없었다.

"음, 팸…."

"무슨 말 하실지 알아요. 하지만 우린 그런 사이 아니에요."

믿을 수 없었다. 남자와 여자가 함께 있으면… 어느 정도는 항상 그런 사이다. 하지만 지금 성적인 관계를 생각할 수는 없었다. 그랬다가는 공황 상태에 기름을 부어 이성도 날아가고 말 것이다.

"그 사람은 달라요. 우린 서로 통하는 게 있어요. 학교 남자애들은 스포츠나 비디오 게임밖에 모르거든요. 정말 따분해요."

"팸, 시를 읽고 연극을 보러 다니는 남자애들도 많아. 시 클럽에 그런 애들 없었니?"

"달라요…. 난 내가 겪은 일을 아무한테도 말 안 해요. 알잖아요, 엄마 일이랑 모든 것들. 하지만 스튜어트한테는 이야기했어요. 물론 이해해줬고요. 스튜어트도 힘든 일을 겪었대요. 내 나이 때 아버지가 살해당했어요. 늘 두세 가지 일을 하면서 힘들게 학교에 다녔대요."

"이건 좋은 생각이 아니야, 팸. 지금 네가 상상할 수도 없는 문제가 많아."

"나한테 잘해줘요. 나도 그 사람하고 같이 있는 게 좋고요. 그게 가장 중요한 거 아닌가요?"

"그것도 중요하지만, 그게 전부는 아니야."

팸은 반항적으로 팔짱을 꼈다.

"그리고 지금 현재 네 선생님이 아니라 해도, 이건 정말 큰 문제가 될 수 있어."

왠지 모르지만, 이런 말을 한다는 것 자체가 이미 대화에서 밀린 것 같다는 느낌이 들었다.

"그 사람은 내가 위험을 감수할 가치가 있다고 했어요."

프로이드가 아니라도 알 수 있는 문제였다. 어렸을 때 아버지가 살해당하고 어머니와 양아버지는 테러리스트였던 소녀…. 관심을 가져주는, 연상의 남자에게 끌리는 건 당연하다.

"왜 그래요, 아멜리아. 결혼하겠다는 것도 아닌데. 그냥 데이트만 하는 거라고요."

"그럼 잠깐 시간을 가지는 게 어떨까? 한 달이라도. 다른 남자도 만나보고. 그런 다음 생각해보는 거야."

구차하군. 색스는 생각했다. 실패가 뻔히 눈에 보이는 우회 작전이었다.

과장된 찡그림.

"아니. 내가 왜 그래야 해요? 우리 반 여자애들처럼 남자 친구라면 아무나 좋다고 안달이 난 것도 아닌데."

"팸, 네가 그 사람한테 특별한 감정을 갖고 있다는 건 알겠어. 하지만 시간을 좀 두라는 거야. 난 네가 상처받는 걸 원치 않아. 세상에 멋진 남자는 얼마든지 있어. 너한테 더 잘 어울리는 사람, 결국에는 널 더 행복하게 해줄 수 있는 사람."

"난 그 사람과 헤어지지 않을 거예요. 난 그를 사랑해요. 그도 나를 사랑하고요."

팸은 책을 챙겨들고 차갑게 말했다.

"가봐야겠어요. 숙제를 해야 해요."

그러고는 문을 향해 걸음을 옮기다 문득 멈추더니 돌아섰다. 그리고 속삭이듯 말했다.

"라임 아저씨랑 사귀기 시작했을 때, 어리석은 생각이라고 한 사람 없었어요? 휠체어에 묶인 사람 말고 다른 사람도 있지 않느냐고. 세상에 '멋진 남자'는 얼마든지 있다고. 분명 있었을걸요."

팸은 잠깐 색스의 눈을 쳐다보더니 돌아서서 문을 닫고 나갔다.

그래, 똑같은 말을 누군가가 아멜리아 색스에게 한 적이 있었다. 사실상 똑같은 표현으로.

바로 색스의 어머니가 아니면 누구겠는가?

미구엘 아브레라 5465-9842-4591-0243. 올바른 기업 용어로 '보수 전문가'는 여느 때와 똑같이 오후 5시경 회사를 출발했다. 지금은 퀸스의 집 근처에서 지하철을 내렸고, 나는 바로 뒤에서 그를 따라 걷는다.

평정을 유지하기 위해 노력한다. 하지만 쉽지가 않다.

그들은—경찰—가끼이, 아주 가까이 접근했나! 선에는 단 한 번도 없었던 일이다! 그 오랜 수집가 인생에서, 많은 열여섯 자리 숫자들을 죽이고, 많은 인생을 파괴하고, 내가 저지른 일로 많은 사람을 감옥에 보냈지만, 이렇게까지 내게 접근한 사람은 없었다. 경찰이 의심한다는 것을 알게 된 이후, 겉으로는 침착하게 행동하는 데 성공했다. 하지만 속으로는 '저들이' 아는 것과 '저들이' 모르는 것을 밝혀줄 금괴를 찾아 미친 듯이 데이터를 훑어보고 상황을 분석했다. 내가 얼마나 큰 위험에 처해 있는지. 그러나 답을 얻을 수 없다.

데이터에 노이즈가 너무 많다!

오염….

최근 내가 어떻게 행동했는지 훑어본다. 나는 신중을 기했다. 데이터는 분명 나한테 불리하게 작용할 수 있다. 저들은 시안화물의 아몬드 향을 풍기는 파란 모르포 나비를 벨벳 판에 핀으로 고정시키듯 나를 포착해낼 수 있다. 그러나 우리 내부인들은 보호용으로 데이터를 이용할 수 있다. 데이터는 삭제할 수 있고, 다듬을 수 있고, 왜곡할 수 있다. 의도적으로 노이즈를 첨가할 수도 있다. 데이터 세트 A를 데이터 세트 X 옆에 배치해 A와 X가 실제보다 더 유사해 보이도록 할 수 있다. 혹은 더 어렵게.

우리는 극히 단순한 방법으로 속일 수 있다. RFID를 예로 들어보자. 스마트 패스 송신기를 서류가방에 슬쩍 넣어두면, 주말 내내 당신의 자동차가 차고 안에 있었다 해도 10여 곳을 돌아다닌 것처럼 보이게 할 수 있다. 혹은 직원 카드를 봉투에 넣어 사무실에 배달되도록 한 뒤, 네 시간쯤 지나서 사람을 시켜 식당으로 우편물 꾸러미를 갖다달라고 할 수도 있다. 아, 깜빡 잊고 안 가져왔군. 고마워. 점심 살게…. 그러면 데이터는 어떻게 나올까? 문제의 시간 동안 누군가의 식어가는 시체 옆에 서서 면도칼을 닦고 있었다 해도, 기록상으로는 사무실에서 열심히 일했던 것으로 나온다. 여기, 이게 제 근무 기록입니다, 경관…. 우리는 데이터를 신뢰하지만, 인간의 눈은 신뢰하지 않는다. 내가 습득한 기술은 열 가지가 넘는다.

이제는 좀 더 극단적인 방법 중 하나에 의지해야 한다.

앞에서 걷던 미구엘 5465가 멈춰 서서 술집을 쳐다본다. 나는 그가 술을 거의 마시지 않는다는 것을 알고 있다. 설령 세르베자 한 잔 정도 마시러 들어간다 해도 오늘 저녁의 내 계획을 망칠 정도로 시간이 크게 어긋나지는 않을 것이다. 하지만 그는 술을 단념하고 고개를 옆으로 돌린 채 계속 길을 걷는다. 이제 살날이 한 시간도 채 남지 않았다는 점을 생각할 때, 그가 자신의 욕구에 항복해 알코올을 탐닉하지 않은 게 미안하기까지 하다.

29 공동묘지

마침내 구치소에서 전화가 왔다.

론 셀리토는 고개를 끄덕이며 귀를 기울였다.

"고마워."

셀리토는 전화를 끊고 말했다.

"아서는 괜찮을 거래. 다쳤지만 심하진 않은가봐."

"하느님, 감사합니다."

색스가 속삭였다. 라임이 물었다.

"어떻게 된 거야?"

"아는 사람이 없어. 범인은 앤트원 존슨. 유괴죄로 연방법원에 기소됐대. 관련 주법정의 재판을 기다리느라 '무덤'에 와 있대. 그 냥 순간적으로 저지른 뒤, 스스로 목을 맨 것처럼 보이게 하려고 한 것 같다는데…. 존슨은 처음에는 부인했지만, 나중에는 아서가 죽 고 싶다고, 도와달라고 자기한테 부탁했다고 주장하고 있다는군."

"경비가 때맞춰서 그를 발견한 거야?"

"아니, 좀 이상해. 다른 재소자가 존슨 뒤를 따라갔나봐. 믹 갈렌 타. 필로폰과 헤로인 전과 2범. 덩치가 존슨의 반밖에 안 되는 놈인

데 그자를 때려눕히고 아서를 벽에서 내려줬대. 거의 폭동이 일어
날 뻔했다는군."

그때 전화가 울렸다. 지역 번호가 201이었다.

주디 라임이었다.

라임은 전화를 받았다.

"들으셨어요, 링컨?"

목소리가 불안정했다.

"네, 들었습니다."

"왜 그런 짓을 했을까요? 왜?"

"감옥이 원래 그렇습니다. 거기는 다른 세상입니다."

"하지만 임시로 있는 곳이잖아요, 링컨. 구치소예요. 살인으로
유죄 판결을 받고 교도소에 들어갔다면 이해가 됐을 거예요. 하지
만 거기는 대부분 재판을 기다리는 사람들 아닌가요?"

"맞습니다."

"자기 재판에 불리하게 작용할 텐데, 거기서 다른 사람을 죽이려
고 할 이유가 있나요?"

"나도 모르겠습니다, 주디. 말이 안 되죠. 남편과는 통화하셨습
니까?"

"그이가 허락을 받고 전화했는데, 말을 잘 못하더라고요. 목을
다쳤대요. 하지만 심하진 않은가봐요. 하루 이틀 병원에 있어야 한
대요."

"잘됐군요."

라임은 말을 이었다.

"잘 들어요, 주디. 정보를 좀 더 얻은 다음에 전화하려고 했는
데… 아서가 결백하다는 걸 증명할 수 있을 것 같습니다. 누군가 다
른 사람이 배후에 있는 것 같아요. 범인이 어제 다른 사람을 또 죽
였는데, 아마 샌더슨 살인사건도 그자가 저질렀다는 걸 증명할 수
있을 겁니다."

"맙소사! 정말이에요? 도대체 누구죠, 링컨?"

얼음장 위를 걷는 듯한 말투가 사라졌다. 조심스럽게 말을 고르거나 상대를 불쾌하게 할까봐 걱정하지도 않았다. 주디 라임은 지난 스물네 시간 동안 한층 강인해졌다.

"지금 우리가 알아내려는 게 바로 그겁니다."

라임은 색스를 흘긋 본 다음, 다시 스피커폰 쪽을 돌아보았다.

"아서는 피해자하고 어떤 관계도 없었던 것 같아요. 전혀."

"정말…."

주디는 말끝을 흐렸다.

"확신하세요?"

색스가 옆에서 이름을 밝히고 대신 대답했다.

"맞아요, 주디."

전화기 너머에서 숨을 들이쉬는 소리가 들렸다.

"변호사한테 연락해야 할까요?"

"변호사가 할 수 있는 일은 없습니다. 지금은 아서가 아직 구금된 상태니까요."

"아서한테 전화해서 이야기해도 되나요?"

라임은 망설였다.

"그러시죠."

"그이가 당신에 대해 물었어요, 링컨. 병원에서."

"그래요?"

아멜리아 색스가 자신을 바라보고 있는 게 느껴졌다.

"네. 결과가 어떻게 되든, 도와줘서 고맙다고 했어요."

모든 게 달라졌을 거야….

"이제 끊어야 합니다, 주디. 할 일이 많아요. 나중에 다시 연락드리겠습니다."

"고마워요, 링컨. 거기 계신 분들 모두요. 부디 하느님의 은총이 있기를."

잠시 망설임.

"안녕, 주디."

굳이 음성 명령을 사용하지 않았다. 라임은 오른손 검지로 전화를 끊었다. 왼손 약지의 움직임이 더 자유로웠지만, 오른손 역시 한 마리 뱀처럼 빠르게 움직였다.

미구엘 5465는 비극의 생존자이자 믿을 만한 직원이다. 롱아일랜드에 사는 여동생 부부를 규칙적으로 찾아간다. 그리고 웨스턴 유니언을 통해 멕시코에 있는 어머니와 여동생에게 돈을 보낸다. 아내와 자식이 죽은 1년 뒤, 환락가로 유명한 브루클린의 한 동네 현금인출기에서 소중한 400달러를 뽑았다. 하지만 그는 단념했다. 돈은 다음 날 다시 계좌로 들어갔다. 괜히 현금인출기 이용료 2.5달러만 지불한 셈이다.

나는 미구엘 5465에 대해 데이터베이스에 있는 대부분의 열여섯 자리 숫자보다 더 많은 것을 알고 있다. 그가 나의 비상 탈출구이기 때문이다.

지금 나한테 간절히 필요한 게 바로 그것이다.

지난 1년간 나를 대신할 사람으로 그를 점찍어왔다. 그가 죽고 나면 부지런한 경찰은 상황을 짜 맞추기 시작할 것이다. 아, 드디어 살인마/강간범/주화 및 미술품 도둑을 찾았다! 유서에는 가족의 죽음 때문에 절망해서 살인에 빠져들었다고 적혀 있다. 주머니 안의 케이스에는 피해자 마이라 와인버그의 손톱도 들어 있다.

또 뭐가 있는지 보자. 상당한 돈이 개인 계좌를 거쳐 수수께끼처럼 사라졌다. 미구엘 5465는 연봉이 4만 6000달러에 지나지 않으면서도 롱아일랜드의 집을 사기 위해 계약금만 50만 달러라는 거액의 담보 대출을 조회했다. 미술품 거래 웹사이트에 들어가서 프레스콧 그림에 대해 묻기도 했다. 그의 아파트 건물 지하실에는 밀러 맥주 다섯 팩, 트로얀 엔츠 콘돔, 에지 면도 크림, 아워월드에서 찾아낸 와인버그의 사진이 있다. 게다가 해킹에 대한 책, 패스코드 크랙 프로그램이 담긴 휴대용 드라이브도 숨겨져 있다. 우울증을 앓고 있으며, 지난주에는 자살 카운슬링 서비스센터에 광고 책자를 요청하기도 했다.

그리고 범행이 발생한 시각에 사무실을 비운 것으로 작성된 근무 기록부가 있다.

이 정도면 끝이다.

내 주머니에는 그의 유서도 있다. 그가 취소한 수표와 대출 서류를 복사해서 필체를 비슷하게 모방한 것이다. 온라인에서 얼마든지 찾을 수 있고 쉽게 스캔 가능한 문서들이다. 유서는 한 달 전쯤 그가 동네 가게에서 구입한 것과 비슷한 종이에 씌어 있고, 잉크도 그가 여러 자루 갖고 있는 펜과 같은 제품이다.

경찰도 주요 데이터 공급업체인 SSD에 대한 대규모 수사는 절대 원하지 않을 것이다. 따라서 사건은 여기서 끝이다. 그는 죽고, 수사는 종료된다. 그러면 나는 내 벽장으로 돌아가 내가 저지른 실수를 복기하고, 앞으로 어떻게 하면 좀 더 영리하게 활동할 수 있을지 연구한다.

이 정도라면 누구나 겪을 수 있는 인생의 교훈 아닌가?

자살 자체로 돌아가보자. 나는 구글 어스(Google Earth)를 보고 기본 예측 프로그램을 돌렸다. 프로그램은 그가 SSD를 나선 뒤 어떤 경로로 지하철역에서 집까지 갈 것인지 알려주었다. 미구엘 5465는 바로 옆에 고속도로가 있는, 퀸스의 이 작은 공원을 통과하는 길을 선택할 가능성이 가장 높았다. 짜증스럽게 속도를 높이는 차량과 디젤 매연으로 인한 탁한 공기 때문에 공원에는 보통 사람이 없다. 나는 재빨리 그의 등 뒤로 다가가서—내 얼굴을 알아보고 경계하면 안 되니까—BB탄을 채운 쇠파이프로 머리를 대여섯 대 갈긴다. 그런 다음 유서와 손톱이 든 상자를 그의 주머니에 넣고, 시체를 난간으로 끌고 가서 15미터 아래 있는 고속도로로 던진다.

지금 미구엘 5465는 상점을 둘러보며 천천히 걷고 있다. 나는 10미터 뒤쯤에서 고개를 숙인 채 집으로 돌아가는 수십 명의 다른 직장인처럼 일과 후의 음악에 취해 걸어간다. 비록 내 아이팟은 꺼져 있지만(음악은 내가 수집하지 않는 대상 중 하나다).

이제 공원까지 한 블록 남았다. 나는….

아니, 잠깐. 뭔가 이상하다. 그가 공원을 향해 방향을 틀지 않는다. 한 한국 음식점에서 멈춰 서더니 꽃을 산 뒤, 상업 지구를 지나 인적이 드문 동네로 향한다.

내 지식 기반을 통해 그의 행동을 분석한다. 예측이 빗나가고 있다.

여자 친구? 친척?

그의 인생에 어떻게 내가 모르는 것이 있을 수 있단 말인가?

노이즈다. 싫다!

아니, 아니. 좋지 않다. 여자 친구에게 꽃을 주는 것 자체가 자살 충동을 않는 살인마와 어울리지 않는다.

미구엘 5465는 계속해서 보도를 걷는다. 풀을 깎아낸 봄날의 정원과 라일락 향기, 개 오줌 냄새가 향긋하다.

아, 이제 알았다. 나는 긴장을 푼다.

관리인이 공동묘지 문으로 들어선다.

그렇지. 죽은 아내와 자식. 잘하고 있다. 예측은 유효하다. 잠시 지체되는 것뿐이다. 집으로 가려면 여전히 공원을 통과해야 할 것이다. 아내에게 마지막 작별인사라. 더 잘된 일일 수도 있다. 당신이 없는 동안 강간하고 살인한 걸 용서해줘, 여보.

나는 안전거리를 유지하며 아무 소리도 내지 않고 따라간다. 신발에는 고무 밑창을 깔았다.

미구엘 5465는 두 사람이 함께 묻힌 묘지로 곧장 향한다. 그러곤 성호를 그은 다음 기도를 올리며 무릎을 꿇는다. 각각 다르게 시든 네 개의 꽃다발 옆에 꽃을 놓는다. 공동묘지는 왜 데이터망에 걸려 들지 않았을까?

그렇지. 꽃을 현금으로 샀기 때문이다.

그가 일어나서 다시 걷기 시작한다.

심호흡을 하며 뒤를 따라간다.

그때 누군가의 목소리가 들렸다.

"실례합니다."

순간, 나는 얼어붙는다. 내게 말을 걸고 있는 남자 쪽으로 천천히 돌아선다. 묘지 관리인 같다. 남자가 짧고 촉촉하게 젖은 카펫처럼 깔린 잔디를 소리 없이 밟으며 다가온다. 내 얼굴에서 오른손 쪽으로 시선을 돌린다. 나는 주머니에 오른손을 집어넣는다. 내가 끼고 있는 베이지색 천장갑을 보았을 수도, 못 보았을 수도 있다.

"네."

내가 말한다.

"저기 수풀에 계신 걸 봤습니다만."

어떻게 대답하지?

"수풀이요?"

남자의 눈빛에서 죽은 사람들의 보호자 같은 느낌이 든다.

"누구를 찾아오셨습니까?"

작업복 앞에 이름이 적혀 있지만 잘 보이지 않는다. 스토니? 무슨 이름이 저런가? 나는 분노에 사로잡힌다. 이건 '저들'의 잘못이다…. 저들, 나를 뒤쫓는 자들! 그들이 나를 방심하게 만들었다. 나는 온갖 노이즈와 오염 때문에 혼탁해져 있다! 나는 저들이 싫다 싫다 싫다….

나는 동정 섞인 미소를 지어 보인다.

"미구엘의 친구입니다."

"아, 카멜라와 후안을 아셨습니까?"

"네, 그렇습니다."

스토니, 아니, 스탠리인가? 남자는 미구엘 5465가 묘지를 떠났는데도 왜 내가 아직 여기 있는지 의아한 모양이다. 자세를 바꾼다.

맞아, 스토니군…. 그의 손이 엉덩이에 찬 무전기 쪽으로 다가간다. 묘비에 적혀 있던 이름이 기억나지 않는다. 미구엘의 아내가로사고, 아들이 호세 아니었던가? 덫에 걸려들었다.

타인의 영리함은 정말 짜증스럽다.

스토니가 무전기를 흘끗 쳐다본다. 고개를 드는 순간, 칼은 벌써그의 가슴에 반쯤 들어가 있다. 조심스럽게 뼈를 피해 한 번, 두번, 세 번, 찌른다. 조심하지 않으면 손가락을 삘 수도 있다. 경험으로 배웠다. 아주 아프다.

그러나 묘지 관리인은 생각보다 민첩하다. 나에게 덤벼들며 상처를 움켜쥐지 않은 손으로 내 옷깃을 붙잡는다. 한데 엉켜 뒹군다. 밀고 당기며 묘지 사이에서 죽음의 춤을 춘다. 마침내 그의 손에서 힘이 빠지고, 등을 바닥에 댄 채 묘지 관리소를 향해 뱀처럼 이어진 아스팔트 위에 쓰러진다. 그의 손이 무전기에 닿는 순간, 칼을 그의 목에 댄다.

슥, 슥. 두 번 조용히 긋는다. 동맥, 혹은 정맥, 혹은 둘 다 찢어지고, 하늘을 향해 피가 높이 솟구친다.

나는 쏟아지는 피를 피한다.

"안 돼, 안 돼, 왜? 왜!"

관리인이 상처 쪽으로 손을 뻗는다. 고맙게도 방해물이 없어져 목 반대쪽도 찌를 수 있게 됐다. 슥, 슥, 멈출 수가 없다. 쓸데없는 짓이지만, 내 계획을 틀어놓은 '그들'에 대해 분노가 끓어오른다. 그들은 나로 하여금 비상 탈출구 미구엘 5465를 사용하게 만들었다. 그리고 이제는 집중력을 흩뜨려놓기까지 했다. 나는 부주의했다.

목을 계속 긋는다. 그리고 마침내 물러선다. 경련을 일으키며 부들거리는 다리로 몇 번 헛발질을 하던 관리인은 30초 후 의식을 잃는다. 60초 후, 생명은 죽음으로 변했다.

나는 이 악몽 앞에서 멍한 상태로 숨을 몰아쉬며 그 자리에 서 있다. 몸을 웅크린 채, 가련한 동물 같은 기분으로.

그들, 경찰은 내가 한 짓이라는 걸 알 것이다. 데이터에 모두 나와 있다. SSD 직원의 가족묘지 앞에서 발생한 살인사건. 묘지 관리인과 몸싸움까지 벌였으니 분명 영리한 경찰이 나를 다른 범죄와 연결시킬 만한 증거가 남았을 것이다. 뒤처리를 할 시간은 없다.

그들은 내가 미구엘 5465를 죽이고 자살로 위장하기 위해 미행하다 묘지 관리인의 방해를 받았다는 걸 알아낼 것이다.

그때 무전기가 지지직거린다. 누군가가 스토니를 찾고 있다. 놀란 목소리는 아니다. 단순한 질문이다. 하지만 대답이 없으니 곧 찾아 나설 것이다.

나는 얼른 돌아서서 그 자리를 떠난다. 슬픔에 잠긴, 앞으로 어떤 미래가 펼쳐질지 알 수 없는 문상객처럼.

생각해보면, 지금 내가 바로 그런 꼴이다.

30 검은 실루엣

또 다른 살인사건.

522가 저질렀다는 것은 의심의 여지가 없었다.

라임과 셀리토는 뉴욕 시내에서 살인사건이 발생하면 즉각 알려달라고 요청해둔 상태였다. 형사국에서 전화가 왔을 때, 피해자인 묘지 관리인이 SSD 직원의 아내와 아이 묘지 옆에서 살해당했고, 직원을 거기까지 미행한 사람의 소행일 가능성이 높다는 것을 질문 몇 개로 곧 알아낼 수 있었다. 우연의 일치가 너무 많았다.

직원, 즉 건물 관리인은 용의자가 아니다. 그는 묘지 밖에서 다른 문상객과 이야기를 나누다 묘지 관리인의 비명을 들었다고 했다.

"그렇군."

라임은 고개를 끄덕였다.

"좋아, 풀라스키?"

"네."

"SSD에 연락해서 지난 두 시간 동안 용의자 명단에 있는 사람들이 어디 있었는지 파악해."

"알겠습니다."

이번에도 절제된 미소. 정말 그 회사가 싫은 모양이다.

"그리고 색스…."

"저는 묘지 사건현장을 수색하고 올게요."

색스는 말이 떨어지기도 전에 문으로 향했다.

색스와 풀라스키가 나간 뒤, 라임은 뉴욕시경 컴퓨터범죄과의 로드니 치닉에게 전화했다. 그리고 방금 발생한 살인사건에 대해 설명한 다음 말했다.

"범인은 우리가 어디까지 알아냈는지, 그것에 관한 정보를 간절히 얻고 싶을 거야. 함정에 걸린 건 있나?"

"경찰서 밖에서 접속한 사람은 없어요. 딱 한 건. 경찰본부의 맬로이 경감 사무실에서요. 20분 동안 파일을 읽다가 나갔어요."

맬로이? 라임은 속으로 웃었다. 셀리토가 지시대로 계속 경과보고를 했지만, 경감도 수사관의 본능을 억제하지 못하고 최대한 많은 정보를 모으는 게 분명했다. 어쩌면 자기가 조언을 해주고 싶은지도 모른다. 나중에 전화해서 함정에 대해 설명하고 가짜 파일에는 도움되는 정보가 없다고 알려줘야 할 것 같았다.

치닉이 말을 이었다.

"거기는 괜찮을 거라고 생각해서 전화를 안 드렸는데요."

"괜찮아."

라임은 전화를 끊었다. 그리고 한참 동안 증거물 보드를 응시했다.

"론, 한 가지 생각이 있어."

"뭔데?"

"범인은 항상 우리보다 한 발 앞서 있어. 지금까지 우리는 이자를 다른 범인과 똑같이 취급했지. 하지만 이자는 그렇지 않아."

모든 것을 아는 사나이….

"약간 다른 걸 시도해보고 싶은데, 도움이 필요해."

"누구 도움?"

"다운타운."

"다운타운은 넓잖아. 정확히 어디?"

"맬로이. 그리고 시청 쪽도."

"시청? 뭣하러? 거기서 자네 전화를 받기나 할 것 같아?"

"안 받을 수 없을걸."

"그럴 이유라도 있나?"

"자네가 설득해야 해, 론. 우린 뭔가 이자한테 대항할 무기가 필요해. 자네라야 할 수 있어."

"정확히 어떻게 하라고?"

"전문가가 필요해."

"어떤 전문가?"

"컴퓨터."

"로드니가 있잖아."

"내가 생각하는 건 엄밀히 말해서 그 친구가 아니야."

남자는 칼에 찔려 죽었다.

효율적으로 그러나 불필요할 정도로 많이. 가슴을 먼저 찌른 다음 난폭하게 그은 상처였다. 색스는 분노라고 판단했다. 이런 점은 522의 또 다른 측면이다. 다른 현장에서도 많이 봤다. 힘이 넘치고 겨냥이 정확하지 않은 자상은 범인이 자제력을 잃었다는 뜻이다.

수사관들에게는 호재다. 감정적인 범인은 부주의해지기 때문이다. 좀 더 공공연히 범행을 저지르고, 자제력 있는 범인보다 더 많은 증거를 남긴다. 그러나 순찰 경관 시절에 배웠지만, 훨씬 위험해진다는 단점도 있다. 522처럼 광적이고 위험한 사람은 자신이 의도한 목표물과 무고한 행인, 경찰을 구분하지 않는다.

어떤 위협—어떤 불편함—에도 즉각, 전력으로 대응한다. 논리를 내버린다.

현장감식반 옆에 놓인 눈부신 할로겐 전등이 묘지에 초현실적인 빛을 드리웠다. 색스는 피해자를 내려다보았다. 등을 땅에 대고,

발은 단말마의 순간에 경련을 일으킨 그대로 벌린 채였다. 시체에서 시작된 엄청난 핏물이 포리스트힐스 메모리얼 가든의 아스팔트 도로와 그 너머 잔디밭 가장자리를 적시고 있었다.

탐문을 벌였지만 목격자는 없었다. SSD 관리인 미구엘 아브레라 역시 별다른 정보를 주지는 못했다. 그는 자신이 살인범의 목표물이었다는 사실과 친구가 죽었다는 사실 때문에 심한 충격에 빠져 있었다. 아내와 아이의 묘지에 자주 들렀기 때문에 묘지 관리인과 잘 아는 사이였다. 그날 밤 미구엘은 지하철에서 언뜻 누군가가 따라오고 있다는 느낌을 받았다. 누가 따라오는지 보기 위해 술집 유리창에 비친 거리를 잠깐 확인하기도 했다. 하지만 아무도 보이지 않아서 그대로 묘지로 향했다.

흰 작업복으로 갈아입은 색스는 퀸스 감식반에서 나온 경찰 두 사람에게 사진을 찍고 비디오를 촬영하라고 지시했다. 그리고 자신은 시체를 관찰하고, 현장 수색을 시작했다. 오늘은 특히 꼼꼼하게 진행했다. 이곳은 중요한 현장이었다. 살인은 신속하고 격렬했으며—묘지 관리인이 범인을 놀라게 한 것이 분명했다—몸싸움을 벌인 흔적이 있었다. 범인과 그의 집, 혹은 일터에 대한 정보를 알려줄 만한 단서가 남아 있을 가능성이 크다는 뜻이다.

색스는 격자형 수색을 시작했다—한쪽 방향으로 한발 한발 진행하면서 수색하다 직각으로 방향을 바꾸어 같은 방식으로 같은 지역을 수색하는 것을 말한다.

절반쯤 수색하다 색스는 갑자기 멈췄다.

무슨 소리가 들렸다. 분명 쇠와 쇠가 부딪히는 소리였다. 총알을 장전하는 소리? 칼날 펴는 소리?

뒤로 휙 돌아섰지만, 보이는 것은 땅거미가 내리덮인 묘지뿐이었다. 아멜리아 색스는 귀신을 믿지 않았다. 오히려 이런 묘지에 오면 평화롭고 안온한 느낌이 들었다. 하지만 지금은 이가 덜덜 부딪히고 라텍스 장갑 안의 손바닥에 땀이 배었다.

시체 쪽으로 돌아서는 순간, 근처에서 빛이 깜빡였다. 숨을 훅 들이쉬었다. 수풀 너머에 있는 가로등일까? 522가 손에 칼을 쥐고 다가오는 걸까?

통제할 수 없는 상황….

범인이 이미 한 번 자신을 죽이려다—드리온 윌리엄스의 집 근처에서 연방요원을 이용한 함정—실패했다는 사실을 떠올리지 않을 수 없었다. 어쩌면 그때 못 다한 일을 끝내려는 것인지도 모른다.

색스는 다시 임무를 수행했다. 그러나 증거물을 거의 다 수집한 순간, 다시금 몸을 떨었다. 움직임. 이번에는 저 멀리 불빛이 미치지 않는 곳 그러나 순찰 경관들이 출입을 통제시킨 묘지 안쪽이었다. 색스는 환한 불빛 속에서 눈을 가늘게 뜨고 그쪽을 쳐다보았다. 나뭇가지 사이로 부는 산들바람 소린가? 또는 짐승?

평생 경찰로 봉직했고 세상 물정에 밝은 아버지는 이렇게 말한 적이 있었다. "시체는 잊어버려, 에이미. 시체는 널 해치지 않는다. 그들을 죽게 만든 자들을 걱정해."

"꼼꼼하게 수색하되 등 뒤를 조심하라."는 라임의 경고도 들렸다.

아멜리아 색스는 육감을, 흔히 초자연적 현상이라고 하는 것들을 믿지 않았다. 그녀에게 있어 자연계는 너무나 놀라운 곳이었지만, 인간의 감각과 사고 과정 또한 무척이나 복잡하고 강력하기 때문에 초인적인 힘에 의지하지 않고도 민감한 추론을 이끌어낼 수 있었다.

색스는 누군가가 있다고 확신했다.

수색 반경을 벗어난 색스는 글록 권총을 엉덩이에 찼다. 그리고 긴급하게 총을 뽑아야 할 경우에 대비해 손잡이를 몇 번 두드려보았다. 다시 수색 반경 안으로 돌아가 증거물 수집을 끝낸 다음, 조금 전 그 방향으로 얼른 돌아섰다.

불빛 때문에 앞이 잘 보이지 않았다. 하지만 색스는 누군가가 화장장 건물 뒤에 숨어서 이쪽을 관찰하고 있다고 확신했다. 묘지 일꾼일 수도 있지만 더 이상 지체할 수는 없었다. 권총 손잡이로 손을 가져간 채 5미터쯤 다가갔다. 희미한 불빛 속에서는 흰 점프슈트가 좋은 과녁이 되겠지만, 옷을 벗는 데 시간을 낭비할 수는 없었다.

글록을 빼들고 재빨리 수풀을 가로지른 다음 관절염으로 욱신거리는 통증을 이기며 사람의 형체를 향해 달려갔다. 그러다 우뚝 멈춰 서서 눈을 가늘게 뜨고 아까 인기척이 느껴졌던 화장장 뒷문 쪽을 찬찬히 살펴보았다. 순간, 자신에 대해 분노가 치밀었다. 묘지밖 가로등 불빛에 검은 실루엣을 드러낸 남자는 다름 아닌 경찰이었다. 순찰 경관의 모자 윤곽이 보이고, 따분한 듯 구부정하게 서 있는 경비 업무 특유의 자세도 눈에 띄었다. 색스는 소리를 높였다.

"경관! 거기서 누구 못 봤나?"

"아뇨, 색스 형사님. 못 봤습니다."

"고마워."

색스는 증거물 수집을 마무리한 다음 현장을 법의관에게 넘겨주었다. 자동차로 돌아온 색스는 트렁크를 열고 점프슈트를 벗으며 퀸스 감식반에서 나온 다른 경찰들과 이야기를 나누었다. 그들은 이미 흰 작업복을 벗은 상태였다. 그때 감식반원 하나가 눈살을 찌푸리더니 뭔가를 찾는 듯 주위를 두리번거렸다.

"뭐 잊어버린 거라도 있나?"

색스는 물었다. 경찰이 얼굴을 잔뜩 찌푸렸다.

"네. 바로 여기 있었는데. 제 모자."

순간, 색스는 얼어붙었다.

"뭐?"

"없어졌습니다."

젠장. 색스는 점프슈트를 트렁크에 던져 넣고 현장을 지휘하는 관할 지구대 경위에게 달려갔다. 그리고 숨찬 목소리로 물었다.

"뒷문은 누가 지켰죠?"

"저기? 아뇨. 신경 쓰지 않았습니다. 현장 전체를 봉쇄했기 때문에…."

빌어먹을. 색스는 돌아서서 글록을 손에 든 채 뒷문을 향해 달려 가며 가까이 있는 경찰들에게 외쳤다.

"범인이 여기 있다! 화장장 옆. 서둘러!"

색스는 오래된 빨간색 벽돌 건물 앞에서 멈췄다. 열린 문이 도로 로 이어져 있었다. 주변을 얼른 살펴보았지만 522의 흔적은 없었 다. 색스는 도로 쪽으로 나가서 얼른 밖을 내다보고 오른쪽 왼쪽을 살폈다. 자동차들, 호기심 어린 구경꾼들—수십 명이 넘었다. 하 지만 용의자는 사라지고 없었다.

화장장 뒷문 쪽으로 돌아가서 보니 경찰 모자가 근처에 놓여 있 었다. '관은 여기에 두시오.' 라는 표지판 옆이었다. 색스는 모자를 집어 증거물 봉투 안에 넣은 뒤 다른 경찰들에게 돌아갔다. 관할 지 구대 경위는 범인을 본 사람이 있는지 찾기 위해 인근에 경찰을 풀 었다. 색스는 다시 자동차로 향했다. 범인은 물론 지금쯤 멀리 도 망쳤겠지만 으스스한 불안감을 떨쳐버릴 수가 없었다. 색스가 화 장장 쪽으로 다가가는 것을 보고도 도망치지 않고 태연하게 그 자 리에 서 있었다는 사실 때문에 더욱 그랬다.

그리고 가장 소름끼치는 것은 색스의 이름을 부르던, 그 태연한 목소리였다.

"하겠대?"

라임이 '전문가 계획' 이라고 명명한 작전을 시작하기 위해 맬로 이 경감과 부시장 론 스코트를 만나러 다운타운에 갔던 셀리토가 문으로 들어서는 것을 보고, 라임은 얼른 물었다.

"썩 내켜 하지는 않아. 돈도 많이 들고…."

"헛소리. 전화 연결해."

"잠깐만, 잠깐만. 한다고 했어. 지금 준비 중이야. 그냥 투덜대더 라고."

"동의했다는 이야기부터 했어야지. 얼마나 투덜댔는지는 궁금하지 않아."

"자세한 내용은 조 맬로이가 연락한다고 했어."

오후 9시 30분경, 아멜리아 색스가 묘지 관리인 살해현장에서 수집한 증거물을 들고 들어왔다.

"그자가 거기 있었어요."

라임은 순간 무슨 뜻인지 이해하지 못했다.

"522요. 공동묘지에. 우릴 보고 있었어요."

"이런 젠장."

셀리토가 내뱉었다.

"내가 그 사실을 깨달았을 땐 이미 사라지고 없었어요."

색스는 범인이 경관 모자로 변장을 하고 현장에서 자신을 지켜보았다고 설명했다.

"빌어먹을! 뭣 때문에 그랬을까?"

라임은 나지막이 대답했다.

"정보지. 더 많이 알수록 그자는 더 많은 힘을 갖게 되고, 우리는 더 많은 약점을 갖게 될 테니까…."

"탐문은 해봤나?"

셀리토가 물었다.

"관할서 수사팀이 했어요. 아무도 못 봤대요."

"그자는 모든 걸 알고 있어. 우리는 아무것도 모르고."

색스가 박스를 푸는 동안, 라임은 그녀가 꺼내는 증거물 봉투를 일일이 지켜보았다.

"몸싸움을 했어요. 좋은 미량증거물이 있을 가능성이 많아요."

"그래야지."

"관리인 아브레라와 이야기를 해봤어요. 지난 한 달 동안 이상한 일이 자꾸 생겼대요. 근무기록부가 변경되고, 계좌에 넣지도 않은 돈이 들어가고."

쿠퍼가 어깨를 으쓱했다.

"조겐슨처럼 명의 도용일까요?"

라임이 대답했다.

"아니, 아니. 522가 그에게 범행을 뒤집어씌우려 했다는 데 걸겠어. 자살 같은 걸로 위장해서. 유서도 넣어두고…. 아내하고 아이의 묘였나?"

"맞아요."

"그렇군. 그는 절망에 빠져 있다. 자살할 생각이다. 모든 범행을 유서로 고백한다. 우리는 수사를 종료한다. 한데 묘지 관리인이 그 와중에 방해를 한 거야. 이제 522는 궁지에 몰려 있어. 같은 범행을 두 번 시도할 수는 없지. 이제 우리도 가짜 자살이라고 생각할 테니까. 범인은 다른 걸 시도하려 할 거야. 그게 뭘까?"

쿠퍼는 증거물을 검토하기 시작했다.

"모자에는 머리카락이 없습니다. 미량증거물도 전혀. …한데 이런 게 있네요. 소량의 접착제. 일반적인 것이라 출처를 추적할 수는 없습니다."

"모자를 버리기 전에 롤러나 테이프로 미량증거물을 제거했을 거야."

라임은 얼굴을 찌푸리며 말했다. 522가 하는 어떤 행동도 이제 놀랍지 않았다. 쿠퍼가 말을 이었다.

"다른 현장. 무덤가에서는 섬유가 나왔습니다. 지난 범행에 사용한 밧줄과 비슷한 겁니다."

"좋아. 뭐지?"

쿠퍼는 시료를 준비해 실험해보았다. 잠시 후 그가 말했다.

"두 가지군요. 가장 흔한 건 비활성 결정 상태의 나프탈렌입니다."

"방충제군."

예전에 독살사건 때 다룬 적이 있었다. 하지만 요즘은 대부분 좀 더 안전한 물질로 대체되었다.

"오래된 물건이겠군. 아니면 외국에서 생산되었거나. 소비자 제품 안전 기준이 덜 엄격한 곳도 많아."

"이런 것도 있네요."

쿠퍼가 컴퓨터 화면을 가리켰다. 화면에 나타난 물질은 $Na(C_6H_{11}NHSO_2O)$이었다.

"레시틴, 카나우바 왁스, 시트러스산과 결합되어 있습니다."

"그건 또 뭐야?"

라임은 내뱉었다. 쿠퍼는 데이터베이스를 참조하며 대답했다.

"시클라멘산나트륨이군요."

"아, 인공 감미료?"

"맞습니다."

쿠퍼가 내용을 읽었다.

"30년 전 FDA에서 금지되었다. 아직도 논란이 많지만, 1970년대 이후 이를 이용해 제조된 제품은 없다."

증거물 보드에 적힌 항목 몇 개에 연달아 눈길을 주면서, 라임의 사고도 몇 단계 비약했다.

"낡은 마분지, 곰팡이, 마른 담배. 인형 머리카락? 오래된 소다수? 방충제 상자? 이런 게 다 모인 곳이 도대체 어디지? 골동품상 근처에 살고 있나? 그 위층에?"

그들은 분석을 계속했다. 미량의 황화인(黃化燐)─성냥의 주재료다. 좀 더 많은 무역센터의 먼지. 표범무늬 백합이라고도 불리는 디펜바키아 잎─흔히 집 안에서 키우는 식물이다.

기타 증거물 중에는 노란색 법률용지 섬유가 있었다. 염료 색깔의 편차로 미루어볼 때 서로 다른 두 가지 종류였다. 그러나 출처를 추적할 수 있을 만큼 특징적인 것은 아니었다. 주화 수집가를 살해하는 데 사용했던 칼에서 발견한 매운 물질도 있었다. 이번에는 알갱이와 색깔을 정확히 관찰할 수 있을 정도로 많은 분량이었다.

"카옌 후추군요."

쿠퍼가 말하자 셀리토가 중얼거렸다.

"예전에는 저런 게 나오면 범인이 라틴계 주거 지역에 산다는 걸 알 수 있었지. 하지만 요즘은 어딜 가나 살사와 핫소스가 있어. 호울 푸드(Whole Food)부터 세븐일레븐까지."

남은 유일한 단서는 살해현장 근처 새로 판 구덩이 흙에 찍힌 족적이었다. 현장에서 출구를 향해 달려간 것으로 판단되므로 522의 족적이라고 생각할 수 있었다.

정전기로 뜬 족적을 신발 밑창 데이터베이스와 대조해보니 522의 신발은 사이즈 11의 낡은 스케처스였다. 특별히 세련된 신발이라기보다 노동자와 하이커들이 주로 신는 실용적인 모델이었다.

색스가 전화를 받는 동안, 라임은 톰에게 자신이 불러주는 대로 차트에 적으라고 지시했다. 그리고 화이트보드를 응시했다. 수사를 시작할 때보다는 양이 훨씬 많았다. 그러나 여전히 별다른 단서는 눈에 띄지 않았다.

미확인 용의자 522 프로파일
- 남성
- 흡연자이거나 흡연자와 함께 거주, 혹은 흡연자와 일하거나 담배가 있는 환경에서 지냄
- 아이가 있거나 아이 근처에 거주, 혹은 아이 근처에서 일하거나 장난감이 있는 환경에서 지냄
- 미술, 주화에 관심이 있다?
- 백인, 혹은 연한 피부색
- 보통 체격
- 힘이 셈-피해자의 목을 조를 수 있을 만큼
- 음성 변조 장치를 사용함
- 컴퓨터를 잘 다룸: 아워월드에 대해 알고 있음. 다른 인맥 네트워크 사이트는?
- 피해자의 기념품을 보관함. 사디스트?
- 주거지/직장의 일부는 어둡고 축축한 곳
- 맨해튼 다운타운, 혹은 그 근처에 산다?
- 스낵 푸드/핫소스를 먹음
- 골동품상 근처에 산다?
- 사이즈 11 스케처스 작업용 운동화를 신음

연출되지 않은 증거
- 먼지
- 낡은 마분지
- 인형 머리카락, BASF B35 나일론 6
- 태리턴 담배회사의 담배
- 태리턴이 아닌 오래된 담배, 상표는 알 수 없음
- 스타키보트리스 카르타룸 곰팡이
- 세계무역센터 잔해에서 나온 먼지, 맨해튼 다운타운에 주거지/직장이 있을 가능성
- 스낵 푸드/카옌 후추
- 표범무늬 백합 잎(실내용 식물)
- 미량의 법률용지, 두 가지 종류, 노란색
- 사이즈 11 스케처스 작업용 운동화의 족적

31 수집 강박증

"시간 내주셔서 감사합니다, 마크."

젊고 날씬한 감찰과 차장 휘트콤은 선선히 미소를 지었다. 9시 30분이 넘었는데도 이렇게 늦게까지 일하는 것을 보니 자기 직업을 정말 좋아하는 모양이었다. 한데 나도 아직 업무 중이군. 풀라스키는 문득 그 사실을 깨달았다.

"또 살인이라고요? 같은 사람 짓입니까?"

"거의 확실합니다."

휘트콤은 눈살을 찌푸렸다.

"맙소사. 유감입니다. 언제요?"

"세 시간 전에요."

그들은 스털링의 사무실보다 훨씬 아늑한 그리고 지저분해서 오히려 편안한 휘트콤의 사무실에 있었다. 휘트콤이 메모 중이던 법률용지를 옆으로 밀어놓고 의자를 가리켰다. 풀라스키는 자리에 앉으며 책상 위의 가족사진과 벽에 걸린 멋진 그림, 졸업장, 자격증 등을 둘러보았다. 짓궂은 학생 같은 캐설과 길레스피가 없다는 사실이 너무나 기뻤다.

"부인이십니까?"

"여동생입니다."

휘트콤이 미소를 지었다. 하지만 풀라스키는 이런 표정이 무엇을 뜻하는지 알고 있었다. 입에 담기 힘든 이야기라는 뜻이다. 죽었나?

아니, 정답은 다른 쪽이었다.

"저는 이혼했습니다. 여기가 워낙 바쁘다보니 가정을 돌보기 힘들더군요."

그러고는 팔을 휘둘렀다. SSD를 가리키는 듯했다.

"하지만 이건 중요한 업무죠. 아주 중요합니다."

"그렇겠지요."

풀라스키는 앤드루 스털링과 연락하는 데 실패한 뒤 휘트콤에게 전화를 했고, 휘트콤은 용의자 중에서 묘지 관리인이 살해당한 시각에 사무실을 비운 사람이 누구인지 확인할 수 있도록 그날 근무 기록부를 넘겨주겠다고 했다.

"여기 커피가 있는데."

책상 위에는 은쟁반과 도자기 컵 두 개가 있었다.

"커피를 어떻게 드시는지 기억이 나서요."

"고맙습니다."

휘트콤이 커피를 따랐다.

풀라스키는 커피 맛을 보았다. 좋았다. 나중에 형편이 좀 나아지면 카푸치노 메이커를 사는 것이 풀라스키의 소원이었다. 그는 커피를 좋아했다.

"매일 밤늦게까지 일하십니까?"

"자주요. 어느 업계나 정부 규제가 강하지만, 정보업계는 아무도 자기가 원하는 걸 잘 모른다는 게 문제입니다. 예를 들어, 주정부는 운전면허 정보를 팔아서 많은 돈을 벌 수 있습니다. 어떤 주는 시민들이 들고 일어나서 금지됐죠. 하지만 어떤 주에서는 거리낄 것 없는 합법입니다."

휘트콤은 말을 이었다.

"어떤 주에서는 회사가 해킹을 당하면 누구의 정보가 도난당했는지, 어떤 종류의 정보인지 고객들에게 알려야 합니다. 하지만 어떤 주에서는 재무 관련 정보일 때만 알릴 의무가 있지요. 아예 알릴 의무가 없는 주도 있고요. 엉망입니다. 우리는 그런 사정을 훤히 알고 있어야 하지요."

보안 침해 생각을 하니, SSD의 컴퓨터 빈 공간 데이터를 훔친 데 대한 죄책감이 가슴을 찔렀다. 파일을 다운로드할 때 휘트콤은 그와 함께 있었다. 혹시 스털링이 알게 되면 휘트콤이 책임을 지게 되지는 않을까?

"자, 여기 있습니다."

휘트콤이 20페이지 정도 되는 그날의 근무기록부를 내밀었다.

풀라스키는 기록부를 훑어보며 용의자의 이름을 찾았다. 우선 미구엘 아브레라가 퇴근한 시각을 확인했다. 오후 5시가 약간 지난 시각이었다. 스털링이라는 이름이 눈에 띄는 순간, 심장이 땅으로 떨어지는 것 같았다. 마치 미구엘을 미행하기라도 한 것처럼 바로 뒤따라 나갔던 것이다…. 하지만 다음 순간, 풀라스키는 자신이 잘못 보았다는 것을 깨달았다. 뒤따라 나간 것은 사장의 아들 앤디 스털링이었다. CEO는 더 일찍, 4시경에 사무실을 나갔다가 30분 전에 돌아왔다. 사업상 식사나 술자리가 있었던 것 같았다.

기록부를 제대로 읽지 않았다는 사실에 다시금 스스로에게 화가 치밀었다. 거의 비슷한 시간대라는 것만 보고, 당장 링컨 라임에게 전화를 하려고 생각했던 것이다. 얼마나 한심해 보였을까? 잘 생각해. 풀라스키는 화가 나서 스스로를 꾸짖었다.

다른 용의자 파룩 마메다—화를 냈던 야간 담당 기술자—는 살인이 발생한 시각에 SSD에 있었다. 기술이사 웨인 길레스피는 아브레라보다 30분 먼저 나갔다가 6시쯤 회사에 돌아와 몇 시간 더 있었다. 풀라스키는 재수 없는 인간의 혐의가 완전히 벗겨진 것을 보고 약간 실망했다. 다른 용의자들은 모두 미구엘을 묘지까지 미행하거나, 먼저 가서 기다릴 수 있을 정도의 시간대에 회사를 비웠다. 아니, 대부분의 직원이 사무실 밖에 나가 있었다. 숀 캐설은 오후 내내 외출했다가 30분 전에 돌아왔다.

"도움이 되십니까?"

휘트콤이 물었다.

"약간. 제가 가져가도 되겠습니까?"

"네, 그러십시오."

"고맙습니다."

풀라스키는 서류를 접어 주머니에 넣었다.

"아, 형하고 이야기를 했는데, 다음 달 뉴욕에 온다는군요. 어떠실지 모르겠지만, 형을 만나보시면 어떨까요? 그쪽 형제분이 같이 나오셔도 좋고요. 서로 경찰 이야기를 나눌 수 있을 겁니다."

휘트콤은 이렇게 말하고 문득 경찰끼리 그런 이야기를 하고 싶겠느냐고 생각했는지 당황한 미소를 지었다. 그렇지 않아. 풀라스키는 말해주고 싶었다. 경찰은 경찰 이야기를 좋아한다.

"사건이 해결되면 말입니다. 어, 경찰은 뭐라고 하더라?"

"수사 종결."

"종결. 그 텔레비전 프로그램처럼. 〈더 클로저〉. 네…. 수사가 종결되면. 혹시 용의자와 맥주를 마시는 건 안 됩니까?"

"당신은 용의자도 아닙니다, 마크."

풀라스키는 웃었다.

"하지만 네, 사건이 끝날 때까지 기다리는 게 좋겠군요. 우리 형도 올 수 있는지 물어보죠."

"마크."

등 뒤에서 부드러운 목소리가 들렸다.

풀라스키가 돌아보니, 검은 바지와 흰 셔츠 차림의 스털링이 소매를 걷어붙인 채 서 있었다. 유쾌한 미소.

"풀라스키 경관님, 너무 자주 오시니, 이거 직원 명단에 넣어야 할 것 같습니다."

쑥스러운 듯한 미소.

"전화를 드렸습니다. 음성사서함으로 넘어가더군요."

"그래요?"

CEO는 미간을 찌푸렸다. 녹색 눈에 알겠다는 듯한 표정이 떠올랐다.

"맞습니다. 마틴이 오늘 일찍 퇴근해서요. 뭐 도와드릴 일이라도?"

풀라스키가 근무기록부 이야기를 하려고 하는데, 휘트콤이 먼저 끼어들었다.

"살인사건이 또 발생했답니다."

"맙소사. 그래요? 같은 사람이?"

풀라스키는 자신이 실수했다는 것을 깨달았다. 음성사서함으로 넘어갔다 해도 앤드루 스털링과 먼저 통화하지 않은 것은 어리석은 짓이었다. 스털링이 범인이라거나 뭔가 숨기려 했다고 생각한 것도 아닌데. 그저 정보를 얼른 얻고 싶었을 뿐이다. 솔직히 캐설이나 길레스피와 마주치는 걸 피하고 싶은 마음도 있었다. 경영진에게 가서 근무기록부를 달라고 했다면 틀림없이 마주쳤을 것이다.

지금 풀라스키는 앤드루 스털링이 아닌 인물에게서 SSD에 관한 정보를 얻고 있는 셈이었다. 그것도 대놓고. 범죄는 아닐지라도 결례에 속했다.

스털링이 자신의 이런 불편한 기색을 읽었을지 궁금했다. 풀라스키는 말했다.

"그렇게 생각하고 있습니다. 범인은 원래 SSD 직원을 노렸지만, 대신 지나가던 사람을 죽인 것 같습니다."

"어떤 직원을?"

"미구엘 아브레라."

스털링은 즉각 누구인지 알아차렸다.

"관리부에 있는. 그 사람은 괜찮습니까?"

"괜찮습니다. 약간 충격을 받았지만, 괜찮습니다."

"왜 그 사람을 노렸을까요? 그 사람이 뭘 안다고 생각하십니까?"

"그건 모르겠습니다."

"언제 발생했습니까?"

"오늘 밤 6시. 6시 30분경."

스털링의 눈가에 희미한 주름이 생겼다.

"방법이 하나 있습니다. 용의자들의 근무기록부를 찾아보는 겁니다, 경관님. 그러면 알리바이가 있는 사람을 가려낼 수 있을 겁니다."

"저는…."

"제가 처리하겠습니다, 앤드루. 인력관리부에 요청하지요."

휘트콤이 얼른 컴퓨터 앞에 앉으며 말한 다음 풀라스키를 보았다.

"오래 걸리지 않을 겁니다."

"그래. 나오면 나한테도 알려주게나."

"알겠습니다, 앤드루."

CEO는 가까이 다가와서 풀라스키의 눈을 똑바로 쳐다보았다. 그리고 굳게 악수를 했다.

"다음에 또 뵙겠습니다, 경관님."

스털링이 나간 뒤, 풀라스키가 말했다.

"고맙습니다. 사장님한테 먼저 물어봤어야 하는데."

"네, 맞습니다. 전 먼저 물어보신 줄 알았어요. 앤드루는 뭐든 상황을 모르고 있는 걸 아주 싫어하거든요. 정보만 있으면, 설사 나쁜 소식이라 해도 행복해하는 사람입니다. 경관님은 앤드루 스털링의 이성적인 측면만 보셨지요. 비이성적인 측면도 겉으로는 그리 달라 보이지 않습니다만, 분명 있습니다."

"괜히 당신이 피해를 보는 건 아니겠지요?"

웃음.

"사장님이 이야기하기 한 시간 전에 내가 먼저 근무기록부를 건 넸다는 걸 알게 되지만 않으면요."

휘트콤과 함께 엘리베이터로 걸어가다 풀라스키는 뒤를 돌아보았다. 복도 끝에서 앤드루 스털링이 고개를 숙인 채 숀 캐설과 이야기하고 있었다. 세일즈담당 이사가 고개를 끄덕였다. 순간, 풀라스키는 심장이 덜컥 내려앉았다. 그때 스털링이 이야기를 끝냈는지 자리를 떴다. 캐설이 돌아서서 검은색 천으로 안경을 닦으며 풀라스키를 정면으로 쳐다보았다. 그러곤 인사의 뜻으로 미소를 지었다. 갑자기 풀라스키와 맞닥뜨렸는데도 조금도 놀라지 않는 표정이었다.

엘리베이터가 도착했음을 알리는 벨이 울리자 휘트콤이 풀라스키에게 어서 타라는 손짓을 했다.

라임의 실험실 전화가 울렸다. 론 풀라스키가 용의자의 소재에 관해 SSD에서 알아낸 사항을 보고했다. 색스는 그 정보를 들으며 용의자 차트에 옮겨 적었다.

살해 시각에 사무실에 있었던 사람은 둘뿐이었다. 마메다와 길레스피.

"나머지 다섯 명은 모두 가능성이 있다는 뜻이군."

라임은 중얼거렸다. 풀라스키가 말했다.

"회사는 사실상 텅 비어 있었습니다. 늦은 시간이라 사람이 많지 않았습니다."

"그럴 필요가 없지. 컴퓨터가 일을 다 해주니까."

색스가 말했다. 라임은 풀라스키에게 이제 집으로 돌아가도 좋다고 일렀다. 그러고는 머리받이에 머리를 기대고 보드를 응시했다.

- 앤드루 스털링, 사장, CEO
  - 알리바이: 롱아일랜드, 아들이 확인해줌
- 숀 캐설, 세일즈 및 마케팅 이사
  - 알리바이 없음
- 웨인 길레스피, 기술담당 이사
  - 알리바이 없음

- 묘지 관리인 살인사건 알리바이 있음(근무기록부에 따르면 사무실에 있었음)
- 새뮤얼 브락튼, 감찰과장
  - 알리바이: 호텔 기록상 워싱턴에 체류 중인 사실이 확인됨
- 피터 알론조-켐퍼, 인력관리 이사
- 알리바이: 아내와 함께 있었음. 아내가 확인(편향적?)
- 스티븐 슈레더, 기술 서비스 및 지원 관리자, 주간
  - 근무기록부에 따르면 사무실에 있었음
- 파룩 마메다, 기술 서비스 및 지원 관리자, 야간
  - 알리바이 없음
  - 묘지 관리인 살인사건 알리바이 있음(근무기록부에 따르면 사무실에 있었음)
- SSD 고객(?)
  - 뉴욕시경 컴퓨터범죄과에서 목록을 기다리는 중
- 앤드루 스털링이 고용한 용의자(?)

한데 522가 과연 이 중 한 사람일까? 라임은 다시 한 번 의문을 제기했다. 색스가 말했던 데이터 마이닝에서의 '노이즈' 개념이 떠올랐다. 저 이름들은 혹시 노이즈가 아닐까? 주의를 진실이 아닌 다른 곳으로 돌리기 위한?

라임은 TDX 휠체어를 능숙하게 돌려 화이트보드 쪽으로 향했다. 뭔가 마음에 걸렸다. 뭐지?

"링컨…."

"쉿."

읽었던 것, 아니면 들었던 뭔가가 있다. 아니, 사건이다. 오래전의. 기억 바로 저편에서 뭔가가 맴돌았다. 답답했다. 귀가 간지러워서 긁고 싶을 때처럼.

쿠퍼가 자신을 쳐다보고 있는 것이 느껴졌다. 이것 역시 짜증스러웠다. 그는 눈을 감았다.

거의….

그래!

"뭐죠?"

생각이 입 밖으로 나온 모양이다.

"알아냈어. 톰, 자네, 대중문화에 관심 있지?"

"그건 또 무슨 뜻입니까?"

"잡지, 신문 같은 것 보잖아. 광고도 보고. 태리턴 담배가 아직도

만들어지나?"

"난 담배 안 피웁니다. 한 번도 피워본 적 없어요."

"담배를 바꾸느니 싸우겠다."

셀리토가 말했다.

"뭐야?"

"1960년대 광고 문구야. 눈이 피렇게 밍든 사람이 나오는 거."

"기억 안 나."

"우리 아버지가 태리턴을 피웠거든."

"아직도 만들어지나? 내가 궁금한 건 그거야."

"모르지. 잘 보이진 않던데."

"바로 그거야. 우리가 발견한 다른 담배도 오래된 거였어. 흡연자이든 아니든, 그자가 담배를 수집한다는 가정을 할 수 있지."

"담배. 무슨 수집이 그래?"

"아니, 담배뿐만이 아니야. 인공 감미료가 들어간 옛날 소다수. 캔이나 병이겠지. 방충제, 성냥, 인형 머리카락 그리고 스타키보트리스 카르타룸 곰팡이, 무역센터의 먼지. 범인은 다운타운에 있는 게 아니야. 그냥 오랫동안 청소를 안 했을 뿐이야…."

음산한 웃음.

"최근에는 무슨 수집에 몰두하고 있을까? 데이터야. 522는 수집에 탐닉해…. 물건을 쟁여놓는다고."

"뭐?"

"물건을 모은다고. 절대 버리지 않고. 그래서 오래된 것들이 이렇게 많이 나오는 거야."

"음, 그런 이야기 들어본 적 있어. 특이한 취미지. 오싹해."

라임은 수집 강박증을 가진 사람이 책 더미에 깔려 죽은—정확히 말하면 움직일 수가 없어서 이틀 뒤 내부 장기 손상으로 사망했다—현장을 수색한 적이 있었다. 라임은 사인이 '쾌적하지 않다'고 적었다. 이런 정신질환을 깊이 연구한 적은 없었지만, 수집 강박이 있는 사람에게 상담을 제공하고 본인과 이웃을 강박적인 행동으로부터 보호하는 것을 목적으로 하는 특별 상담소가 있다는 것도 알고 있었다.

"우리 전속 정신과 의사한테 전화를 해보지."

"테리 도빈스?"

"수집 강박 특별 상담소에 아는 사람이 있을지도 몰라. 확인해보고 이리로 오라고 해."

쿠퍼가 대꾸했다.

"이 시간에요? 10시가 넘었습니다."

라임은 굳이 대꾸할 필요를 느끼지 못했다. 우리도 안 자고 있는데, 다른 사람은 그러면 안 돼? 눈빛만으로도 의미 전달은 충분했다.

32 정서 장애

링컨 라임은 새롭게 활력을 얻었다.

톰이 다시 음식을 만들어주었다. 보통은 먹는 데 그리 즐거움을 느끼지 못했지만, 오늘은 톰이 직접 구운 빵으로 만든 치킨 클럽샌드위치를 맛있게 먹었다.

"제임스 비어드 조리법입니다."

톰이 말했지만, 라임이 유명한 셰프이자 요리책 저자의 이름을 알 리가 없었다. 셀리토도 샌드위치 하나를 씹어 삼키고 집으로 가면서 한 개 더 챙겼다("참치보다 나은데." 셀리토는 이렇게 평가했다). 멜 쿠퍼는 그레타에게 가르쳐주겠다며 조리법을 알려달라고 했다.

색스는 컴퓨터 앞에 앉아 이메일을 보내고 있었다. 라임이 뭐하는 거냐고 물어보려는 순간, 초인종이 울렸다.

잠시 후, 톰이 라임과 오래전부터 알고 지낸 뉴욕시경 행동심리학자 테리 도빈스를 실험실로 데려왔다. 처음 만났을 때보다—사고로 인해 온몸이 마비된 직후의 끔찍한 시간 동안, 도빈스는 하루에 몇 시간이고 라임 곁을 지켜주었다—조금 더 머리가 벗겨지고 배도 조금 더 나온 모습이었다. 여전히 라임이 기억하는 명민한 눈빛 그대로였고, 상대를 평가하지 않는 미소는 사람을 편안하게 해주는 힘을 지니고 있었다. 라임은 심리 프로파일링에 대해서는 회의적이고 법과학을 선호했지만, 도빈스가 때로 라임이 뒤쫓는 범인에 대해 탁월하고 유용한 통찰력을 제시한다는 점은 인정했다.

도빈스는 일동에게 인사를 한 뒤, 톰이 건넨 음식을 거절하고 대신 커피를 받아들었다. 그리고 라임의 휠체어 옆 의자에 앉았다.

"수집 강박은 잘 생각했어. 나도 자네 생각에 동의해. 우선, 특별 상담소에 연락했더니 뉴욕 시내에 있는 수집 강박증 환자를 찾아주더군. 숫자는 그리 많지 않고, 범인은 그중에 없을 확률이 높아. 강간도 있었다고 해서 여성은 배제했어. 남성 중에는 나이가 많거나 성기능 장애가 있는 사람이 많아. 온전한 사람은 둘뿐인데 각각 스태튼 아일랜드와 브롱크스에 살고, 살인이 발생한 시점에 사회복지사나 식구와 함께 있었어."

라임은 놀라지 않았다. 522는 자신의 흔적을 남길 만큼 어리석지 않다. 그러나 최소한 작은 실마리라도 기대했던 라임은 막다른 골목에 부딪히자 오만상을 썼다.

도빈스는 웃지 않을 수 없었다. 오래전 두 사람이 상담했던 문제가 바로 이것이었기 때문이다. 라임은 개인적인 분노나 좌절감을 표현하는 데 익숙하지 못했다. 그러나 업무적인 분노나 좌절감에 한해서라면 표현의 대가였다.

"하지만 몇 가지 도움이 될 만한 점을 알려줄 수는 있어. 자, 수집 강박에 대해 말해보지. 이건 강박 장애의 한 형태야. 자신이 감정적으로 맞설 수 없는 갈등이나 긴장감에 직면했을 때 나타나지. 한 가지 행동에 집중하는 것이 그 아래 깔린 문제를 바라보는 것보다 훨씬 쉽거든. 손을 씻거나 숫자를 세는 것도 강박 장애의 증상이야. 수집도 마찬가지고."

도빈스는 말을 이었다.

"물건을 수집하는 사람 자체가 위험한 경우는 드물어. 건강 관련 문제가 있긴 하지만—동물이나 곤충에 의한 감염이라든지, 곰팡이, 혹은 화재 위험이라든지—본질적으로 수집 강박 환자는 그냥 혼자 있고 싶어 하는 거야. 할 수만 있다면 자기가 수집한 물건에 둘러싸여서 절대 밖에 나가지 않고도 살아갈걸. 하지만 이 친구는, 음, 특이한 부류야. 자기애와 반사회적 성격, 수집 강박이 혼합된 형태지. 믿기 원하는 게 있으면—이 경우는 수집할 수 있는 주화나 회화, 성적 만족감이지—꼭 얻어야 해. 절대적으로. 원하는 것을 얻고 소장품을 보호할 수만 있다면 살인은 아무것도 아니야. 아니, 살인이 마음을 진정시켜준다고까지 말할 수 있어. 살아 있는 인간은 그에게 스트레스를 줘. 그를 실망시키고, 그를 버리지. 하지만 생명이 없는 물건은—신문, 담배 케이스, 캔디, 심지어 시체—고이 모셔놓을 수 있어. 절대 그를 배신하지 않거든. …자네는 그자를 그렇게 만든 어린 시절의 경험에 대해서는 관심이 없겠지?"

"별로요, 테리."

색스가 말하며 라임을 향해 웃었다. 라임은 고개를 저었다.

"첫째, 그자는 공간이 필요할 거야. 아주 많이. 뉴욕의 부동산 시세를 감안해볼 때, 아주 재력이 풍부하거나 부자야. 수집 강박증 환자는 크고 오래된 집이나 타운하우스에 사는 경향이 있어. 셋집에서는 절대 안 살아. 자기가 사는 공간에 집주인이 들어올 수 있는 권리가 있다는 걸 참지 못하거든. 창문은 검정색으로 칠하거나 테이프로 막아. 바깥세상을 차단해야 하니까."

"얼마나 넓은 집?"

색스가 물었다.

"방, 방, 방 또 방."

"SSD 직원들은 돈이 많겠지. 임원들."

라임이 말했다.

"자, 이렇게 활동이 왕성한 것으로 보아, 범인은 두 개의 삶을 살고 있을 거야. 하나는 '비밀의 삶', 다른 하나는 '겉보기 삶'이라고 부르지. 수집품을 손에 넣고 유지하려면 실제 세상으로 나가야만 해. 그러니 외면은 그럴듯하게 꾸미고 있을 거야. 집을 따로 하나 더 갖고 있거나, 집의 일부는 정상적으로 보이게 해놨겠지. 아, 그 자는 비밀 공간에 있는 걸 더 좋아해. 하지만 거기에만 있으면 사람들이 이상하다는 걸 눈치채겠지. 그러니까 자기 정도의 사회경제적 위치에 있는 사람이 가질 만한 주거 공간도 마련했을 거야. 두 주거 공간은 연결되어 있거나 근처에 있을 거야. 1층은 평범하지만 2층에 소장품을 보관한다든지. 혹은 지하실일 수도 있고. 그자의 인격상, 외면적으로는 진정한 자신의 모습과 거의 반대되는 역할을 연기하고 있을 거야. 진정한 522의 인격이 오만하고 속이 좁다면, 외면적으로 보이는 522는 신중하고, 침착하고, 성숙하고, 정중하겠지."

"외양을 회사원으로 꾸밀 수도 있나?"

"아, 쉬워. 그 역할을 아주, 아주 잘 수행하고 있을 거야. 그래야만 하니까. 그 점이 화가 나고 원망스럽겠지. 하지만 그러지 않으면 보물이 위험에 처할 수 있다는 것도 알지. 그것만은 받아들일 수가 없는 거야."

도빈스가 차트를 훑어보더니 고개를 끄덕였다.

"아, 자식이 있을까, 라는 의문을 가졌군? 내 생각에는 정말 없을 것 같아. 그냥 장난감만 수집하겠지. 이것도 그의 어린 시절과 관련이 있어. 그리고 미혼일 거야. 수집 강박증 환자 중에서 결혼한 예는 거의 없거든. 수집에 대한 집착은 너무나 강렬해. 자신의 시간이나 공간을 다른 사람과 나누고 싶지 않은 거야. 솔직히 그런 사람을 참아줄 정도로 상호 의존적인 배우자를 찾기도 힘들고. 음, 담배하고 성냥? 그자는 담배하고 성냥을 수집하지만, 담배를 피울 거라고는 생각하지 않아. 대부분의 수집 강박증 환자는 엄청난 양의 종이와 잡지를 소장하고 있어. 가연성 물질이지. 범인은 어리석지 않아. 자신의 소장품을 훼손할 수도 있으니 화재의 위험을 감수하지는 않을 거야. 최소한 소방관이 출동해도 비밀스러운 삶이 드러나잖아. 또한 주화나 미술 작품 자체에는 특별한 관심이 없을 거야. 그저 수집 그 자체에 집착할 뿐이지. 무엇을 수집하느냐 하는 것은 부차적인 문제야."

"그럼 골동품상 근처에 살지는 않겠군."

도빈스는 웃었다.

"그가 사는 집을 골동품상이라고 불러야 할걸. 물론 고객이 없는… 음, 더 생각나는 건 없어. 단지, 범인이 얼마나 위험한지는 알려주고 싶어. 자네가 이야기한 대로라면, 경찰은 이미 그자의 계획을 여러 번 방해했어. 범인은 분노로 가득 차 있는 상태야. 수집 활동에 방해되는 사람이라면 누구든지, 두 번 생각해보지도 않고 죽일 거야. 그 점은 정말 강조하고 싶어."

그들은 도빈스에게 고맙다고 인사했다. 도빈스는 그들의 행운을 빌며 실험실을 나섰다. 색스는 도빈스의 설명에 따라 용의자 프로파일을 수정했다.

미확인 용의자 522 프로파일
- 남성
- 비흡연자일 가능성이 높음
- 아내와 아이가 없을 가능성이 높음
- 백인, 혹은 연한 피부색
- 보통 체격
- 힘이 셈–피해자의 목을 조를 수 있을 만큼
- 음성 변조 장치를 사용함
- 컴퓨터를 잘 다룸: 아워월드에 대해 알고 있음. 다른 인맥 네트워크 사이트는?
- 피해자의 기념품을 보관함. 사디스트?
- 주거지/직장의 일부는 어둡고 축축한 곳
- 스낵 푸드/핫소스를 먹음
- 사이즈 11 스케처스 작업용 운동화를 신음
- 물건을 모음. 수집 강박증
- '비밀스러운 삶'과 '겉보기 삶'을 갖고 있음
- 겉으로 드러나는 인격은 진정한 자아와 정반대일 것임
- 주거지: 셋집에서 살지 않음. 정상적인 공간과 비밀스러운 공간, 둘로 분리된 주거 공간을 가지고 있음
- 창문은 막았거나 칠을 했을 것임
- 수집 활동이나 수집품에 위협이 가해지면 폭력적인 행동을 보일 수도 있음

"도움이 됐습니까?"

쿠퍼가 물었다. 라임은 어깨만 으쓱했다.

"어떻게 생각해, 색스? SSD에서 만나본 모든 사람이 다 가능성

은 있지 않나?"

색스는 어깨를 으쓱했다.

"길레스피가 가장 가까운 것 같아요. 어딜 보나 이상했어요. 하지만 가장 교활한 건 캐설이에요. 겉모습을 잘 꾸며낸다는 점에서. 알론조-켐퍼는 결혼했으니 테리 말대로라면 용의선상에서 빠지고요. 기술자들은 나 대신 론이 만났어요."

기계음이 울리며 화면에 발신자 번호 창이 떴다. 론 셀리토가 집에서 건 전화였다. 아직도 아까 라임과 함께 작업한 '전문가 계획' 때문에 일을 하고 있는 모양이었다.

"명령, 전화 받아. ···론, 잘돼가?"

"다 됐어, 링컨."

"어디지?"

"11시 뉴스를 봐. 알게 될 거야. 난 이만 자야겠어."

라임은 전화를 끊고 실험실 구석에 있는 텔레비전을 켰다.

멜 쿠퍼가 작별 인사를 한 뒤 서류가방을 챙기고 있는데 컴퓨터에서 소리가 났다. 쿠퍼는 화면을 보았다.

"아멜리아, 당신 앞으로 이메일이 왔어요."

색스는 컴퓨터 쪽으로 가서 의자에 앉았다. 라임이 물었다.

"콜로라도 주경찰이야? 고든 문제 때문에?"

색스는 아무 말도 하지 않았다. 하지만 라임은 그녀가 긴 문서를 읽으면서 한쪽 눈썹을 추켜세우는 것을 보았다. 손가락이 한 갈래로 묶은 긴 빨강 머리 사이로 들어가더니 두피를 긁기 시작했다.

"뭐야?"

"가봐야겠어요."

색스는 얼른 자리에서 일어섰다.

"색스? 왜 그래?"

"사건과 상관없는 일이에요. 필요하면 전화하세요."

이 말과 함께 색스는 최근 즐겨 사용하는 라벤더 비누 향처럼 미묘한 수수께끼만 구름처럼 남기고 문을 나섰다.

522 사건은 빠르게 전개되었다.

하지만 경찰도 해결해야 할 개인사는 늘 있게 마련이다.

지금 색스가 자기 집에서 그리 멀지 않은 브루클린의 한 작은 집 앞에 불편하게 서 있는 것도 그 때문이었다. 밤공기는 쾌적했다. 라일락과 지푸라기 향을 풍기는 잔잔한 산들바람이 주위를 맴돌고 있었다. 지금 하려는 일을 하지 않고 그냥 도로변이나 집 앞 계단에 앉아 있으면 좋을 것 같았다.

그러나 해야만 하는 일이었다.

아, 정말 싫다.

팸 윌러비가 문간에 나타났다. 운동복 차림에 머리를 뒤로 묶은 채 이 집에서 키우는 다른 십대 보호 아동과 이야기하고 있었다. 아이들의 얼굴에는 십대 소녀들에게서 화장처럼 자주 볼 수 있는, 비밀스럽지만 순진한 표정이 감돌고 있었다. 개 두 마리가 발치에서 뛰어놀았다. 작은 하바네즈종 잭슨, 그리고 팸의 집에서 키우는 훨씬 덩치 크고 똑같이 털이 복슬복슬한 브리아드종 코즈믹 카우보이였다.

색스는 이따금 팸을 여기서 만나 같이 극장이나 스타벅스, 아이스크림 가게 같은 곳에 가곤 했다. 팸의 얼굴은 색스를 보면 늘 환히 밝아졌다.

하지만 오늘 밤은 그렇지 않았다.

색스는 차에서 내려 뜨거운 후드에 몸을 기댔다. 팸이 잭슨을 안고 다가왔다. 다른 소녀는 색스에게 손을 흔든 뒤 코즈믹 카우보이와 함께 집 안으로 들어갔다.

"이렇게 늦게 와서 미안해."

"괜찮아요."

조심스러운 목소리였다.

"숙제는?"

"숙제가 그렇죠 뭐. 좋은 것도 있고, 싫은 것도 있고."

사실이었다. 색스의 하루도 마찬가지였다.

색스는 개를 토닥여주었다. 팸은 개를 마치 자기 것이라는 듯 꼭 껴안고 있었다. 팸은 자기 물건에 대해 이런 태도를 자주 보였다. 다른 사람이 책이나 쇼핑 봉투를 들어주겠다고 해도 거절하곤 했다. 아마 살아오면서 너무나 많은 것을 빼앗겼기 때문에, 자기 소유에 유난히 집착하는 것 같았다.

"그런데 무슨 일이에요?"

부드럽게 화제를 이끌어낼 방법이 생각나지 않았다.

"네 친구하고 이야기를 해봤어."

"제 친구?"

"스튜어트."

"뭐라구요?"

은행잎 사이로 조각 난 가로등 불빛이 팸의 착잡한 얼굴을 비췄다.

"안 할 수가 없었어."

"말도 안 돼요."

"팸…. 난 네가 걱정됐어. 경찰에 있는 보안담당 친구한테 그 사람에 대해 조사해달라고 부탁했어."

"무슨 소리예요!"

"무슨 비밀이 없는 사람인지 꼭 알고 싶었어."

"아멜리아한테 그럴 권리는 없어요!"

"맞아. 그런데도 했어. 그리고 방금 이메일이 왔어."

위장이 뒤틀리는 것 같았다. 살인마와 맞서는 것, 시속 270킬로미터로 질주하는 것…. 그런 것들은 아무것도 아니었다. 지금은 모든 용기가 다 사라진 것 같았다.

"그래서, 살인범이래요? 연쇄살인범? 테러리스트?"

팸이 쏘아붙였다. 색스는 망설였다. 팸의 팔을 잡고 싶었다. 하지만 그렇게 하지 않았다.

"아니, 팸. 그게 아니라… 결혼한 사람이야."

색스는 흔들리는 불빛 속에서 팸의 눈이 깜빡이는 걸 보았다.

"그 사람이… 결혼했다고요?"

"유감이구나. 그 사람 부인도 선생님이래. 롱아일랜드의 사립학교. 아이도 둘이나 있어."

"아냐! 틀렸어요!"

팸은 쥐가 날 정도로 주먹을 꽉 쥐었다. 눈에는 분노가 가득 찼지만 생각보다 많이 놀라지는 않았다. 기억을 더듬고 있는 것 같았다. 스튜어트가 집전화가 없다며 휴대전화 번호만 가르쳐줬든지, 어쩌면 보통 쓰는 이메일 주소 말고 특별한 이메일 주소를 이용해 달라고 부탁했을지도 모른다.

우리 집은 엉망진창이야. 너한테 보여주기 민망하구나. 난 선생님이잖아. 선생님들은 정신이 없어…. 가정부를 들여야 하는데….

팸이 불쑥 말했다.

"실수예요. 다른 사람이랑 착각한 거예요."

"방금 그 사람을 만나고 오는 길이야. 내가 물어보니까, 그렇다고 했어."

"그럴 리가 없어요! 거짓말이야!"

팸의 눈이 불타는 듯했다. 소녀의 얼굴에 스친 차가운 미소가 색스의 심장을 깊숙이 파고들었다.

"엄마가 했던 짓이랑 똑같아! 엄마는 내가 무슨 일을 못하게 막고 싶으면 늘 거짓말을 했어! 지금처럼."

"팸. 난 절대…."

"다들 나한테서 빼앗아가기만 해! 이젠 절대 안 돼! 난 그 사람을 사랑하고, 그 사람도 날 사랑해. 나한테서 그 사람을 빼앗아갈 수는 없어!"

팸은 홱 돌아서서 개를 겨드랑이에 단단히 낀 채 집으로 향했다.

색스는 목이 막혔다.

"팸! 안 돼. 팸⋯."

안으로 들어가기 전에, 팸은 머리카락을 날리며 쇠처럼 뻣뻣한 자세로 다시 뒤를 돌아보았다. 집 안에서 흘러나오는 불빛 때문에 팸의 얼굴이 보이지 않는 게 차라리 다행이었다. 분명 그 얼굴에 떠올라 있을 증오를 직접 눈으로 확인할 자신이 없었다.

공동묘지의 난장판이 아직도 불처럼 속을 태웠다.

미구엘 5465는 죽었어야 한다. 경찰이 관찰할 수 있도록 벨벳 수집 판에 핀으로 찍어놓았어야 한다. 그랬다면 그들은 수사 종료를 선언하고 모든 일이 잘 풀렸을 것이다.

하지만 그는 죽지 않았다. 나비는 도망쳤다. 이제 다시는 가짜 자살을 연출할 수 없다. 그들은 나에 대해 뭔가 알아냈을 것이다. 더 많은 정보를 수집했을 것이다⋯.

그들이 싫다 그들이 싫다 그들이 싫다⋯.

당장이라도 면도칼을 들고 뛰쳐나가서⋯.

진정하자. 침착하자. 하지만 세월이 흐를수록 그러기가 점점 더 어려워진다.

나는 오늘 저녁에 예정했던 몇몇 트랜잭션을 취소했다—원래는 자살을 축하할 생각이었다. 나는 벽장으로 들어간다. 보물에 둘러싸여 있으면 도움이 된다. 나는 향기로운 공간을 돌아다니며 몇 가지 물건을 만져본다. 지난 한 해 동안 여러 트랜잭션을 통해 수집한 기념품. 마른 피부와 손톱, 머리카락을 뺨에 대고 그 감촉을 느끼고 있으면 너무나 위안이 된다.

하지만 피곤하다. 나는 하비 프레스콧의 그림 앞에 앉아 올려다본다. 가족들이 이쪽을 바라본다. 대부분의 초상화가 그렇듯이 내가 어디로 움직이든 그들의 시선은 나를 따라온다.

위안이 된다. 섬뜩하기도 하다.

내가 그의 작품을 이렇게 사랑하는 이유 중 하나는 저들이 새로이 창조되었기 때문일 것이다. 그들에게는 그들을 괴롭히고, 불안하게 만들고, 밤새 깨어 있게 하고, 길거리로 몰아내 보물과 기념품을 수집하게 하는 기억이 없다.

아, 기억….

다섯 살 되던 해 6월. 아버지는 나를 앉힌 뒤 불 붙이지 않은 담배를 도로 집어넣고 내가 부모님의 자식이 아니라고 말한다. "우리는 너를 간절히 원했기 때문에 이 집에 데려왔다. 생물학적인 아들은 아니지만, 우리는 널 사랑한다. 이해하겠지…." 아니, 이해 못한다. 나는 멍하니 그를 쳐다본다. 어머니는 젖은 손으로 클리넥스를 비틀고 있다. 그녀는 나를 직접 낳은 아들처럼 사랑한다고 말한다. 아니, 그보다 더 사랑한다고. 하지만 나는 그녀가 왜 그래야 하는지 이해 못한다. 거짓말처럼 들린다.

아버지는 두 번째 직장으로 출근한다. 어머니는 다른 아이들을 돌보러 간다. 나는 생각에 잠긴다. 뭔가 빼앗긴 기분이다. 하지만 그게 무엇인지는 알 수가 없다. 창밖을 내다본다. 여기서 바라보는 경치는 아름답다. 산맥과 녹색, 차가운 바람. 하지만 나는 내 방이 좋아서 그리로 향한다.

일곱 살 되던 해 8월. 아버지와 어머니가 싸웠다. 우리 중 가장 나이 많은 리디아는 울고 있다. 가지 마 가지 마 가지 마…. 나는 최악의 상황에 대비해서 물건을 비축한다. 먹을 것과 동전…. 사람들은 동전을 잃어버려도 찾지 않는다. 그 무엇도 내가 동전을 수집하는 것을 막을 수는 없다. 반짝이는, 혹은 빛바랜 구리 동전 134달러. 벽장 안 상자에 감춘다….

일곱 살 되던 해 11월. 한 달 동안 다른 곳으로 갔던 아버지가 돌아온다. "벌기 힘든 달러를 긁어모으러 갔다 왔다." 아버지는 그런 말을 많이 한다(그런 말을 들을 때마다 리디아와 나는 미소를 짓는다). 그는 다른 아이들은 어디 있느냐고 묻는다. 어머니는 혼자 모두 다 돌볼 수는 없다고 말한다. "숫자를 세어봐. 도대체 무슨 생각을 하는 거야? 전화기 들고 시청에 전화해."

"당신은 여기 없었잖아." 어머니는 운다.

리디아와 나는 어리둥절하지만, 좋지 않은 일이라는 것은 알고 있다.

내 벽장에는 1페니 동전으로 252달러, 토마토 33캔, 다른 채소 18캔, 좋아하지는 않지만 그냥 갖고 있는 스파게티오 12개가 들어 있다. 중요한 것은 그뿐이다.

아홉 살 되던 해 10월. 보호 아동이 더 들어온다. 지금은 모두 아홉 명이다. 리디아와 나도 돕는다. 그녀는 열네 살이고, 어린애들을 어떻게 돌보아야 하는지 잘 안다. 리디아는 여자애들에게 인형을 사주라고 아버지에게 부탁한다—리디아 자신은 그런 걸 가진적이 없기 때문에 그걸 중요하게 생각한다—아버지는 그 따위에 돈을 쓰면 시에서 준 돈을 어떻게 모을 수 있겠느냐고 말한다.

열 살 되던 해 5월. 나는 학교에서 돌아온다. 큰마음을 먹고 동전을 얼마 꺼내 리디아에게 줄 인형을 산다. 빨리 리디아의 반응을 보고 싶다. 하지만 벽장을 열어두는 실수를 저질렀다. 아버지가 안에 들어가서 상자를 뜯고 있다. 동전은 죽은 병사들처럼 전장에 널려 있다. 아버지는 자기 주머니를 채우고 상자를 가져간다. "훔친 것을 가져가는 것이다." 나는 울면서 내가 찾은 돈이라고 말한다. "좋아." 아버지는 의기양양하게 말한다. "이번에는 내가 찾았으니 내 것 아니니…. 안 그래? 이래도 할 말 있어? 없지? 이야, 거의 500달러나 되는군." 그러곤 귀 뒤에서 담배를 뽑아든다.

누가 내 물건을, 내 병사들을, 내 인형들을, 내 돈을 가져가는 것이 어떤 기분인지 알고 싶은가? 입을 닫고 코를 막아봐라. 그런 느낌이다. 오래 지속되면 끔찍한 일이 생긴다.

열한 살 되던 해 10월. 리디아가 떠났다. 편지도 없이. 인형은 가져가지 않았다. 소년원에서 열네 살 된 제이슨이 온다. 어느 날 밤 제이슨이 내 방에 들어온다. 그리고 내 침대를 원한다(내 침대는 뽀송뽀송하고, 제이슨의 침대는 눅눅하다). 나는 그 애의 눅눅한 침대에서 잔다. 한 달 내내. 아버지에게 불평한다. 아버지는 입 닥치라고 말한다. 그들은 돈이 필요하고, ED 아이들 때문에 보너스가 들어온다고 말한다. 제이슨이나…. 아버지는 말을 멈춘다. 나도 그렇다는 뜻일까? ED가 무슨 뜻인지는 모른다. 아직은.

열두 살 되던 해 1월. 빨간 불빛이 번뜩인다. 어머니가 흐느끼고, 다른 보호 아동도 흐느끼고 있다. 소방수는 아버지의 팔에 난 화상은 고통스럽겠지만 다행히 매트리스에 묻은 라이터 기름에 불이 빨리 붙지 않았다고 말한다. 가솔린이었다면 죽었을 것이다. 검은 눈썹에 검은 눈동자를 가진 제이슨이 끌려 나가며 라이터 기름과 성냥이 자기 가방에 어떻게 들어갔는지 모른다고 외친다. 내가 한 짓이 아니야, 내가 아니야! 우리 학교 교실에 산 채로 불탄 사람들의 사진을 붙여놓은 것도 내가 한 짓이 아니야.

아버지는 어머니에게 고함을 지른다. 당신이 한 짓을 봐!

보너스를 원한 건 당신이잖아요! 어머니도 외친다.

ED 보너스.

정서 장애(Emotionally Disturbed). 드디어 그게 무슨 뜻인지 나는 알아냈다.

기억, 기억…. 아, 할 수만 있다면 기꺼이 내놓고 싶은, 쓰레기통에 처박아버리고 싶은 소장품도 있다.

나는 말없는 가족, 프레스콧의 가족을 올려다보며 미소 짓는다. 그런 다음 돌아서서 당면한 문제로 향한다. 그들.

이제 한결 침착해졌고, 초조함도 누그러졌다. 침대에 누운 아버지처럼, 경찰에 끌려가던 제이슨 스트링펠로처럼, 트랜잭션의 절정에서 울부짖던 열여섯 자리 숫자들처럼, 나를 뒤쫓는 자들—그들—또한 곧 죽어 먼지가 될 것이라고 확신한다. 그리고 나는 이 차원 평면 속의 가족과 이곳 벽장 안의 보물들과 함께 행복하게 하루하루 살아갈 것이다.

내 병사들, 내 데이터가 출전 준비를 마쳤다. 나는 바펜 SS 부대에게 침입자를 물리치라고 명령했던 베를린 벙커 안의 히틀러와 같다.

오후 11시가 거의 되어간다. 뉴스를 봐야 할 시간이다. 공동묘지 살인사건에 대해 그들이 아는 것이 무엇이고 모르는 것이 무엇인지 알아야 한다. 텔레비전으로 향한다.

시청에서 라이브로 중계되는 화면이 나온다. 위엄 있는 외모를 갖춘 부시장 론 스코트가 최근 발생한 강간살인사건과 오늘 저녁 퀸스의 한 공동묘지에서 발생한 살인사건을 수사할 특수수사팀을 조직했으며 두 사건이 서로 연관이 있는 것으로 보인다고 밝힌다.

스코트는 또한 뉴욕시경의 경감 조셉 맬로이라는 사람이 '사건을 좀 더 구체적으로 설명할 것'이라고 말한다.

하지만 그의 설명은 전혀 구체적이지 않다. 경감은 뉴욕 시내에서 20만 명 정도가 비슷해 보일 것 같은 범인의 합성사진을 공개한다.

백인, 혹은 연한 피부색? 아, 헛소리.

그가 시민들에게 조심하라고 당부한다.

"우리는 범인이 피해자의 경계심을 늦추고 가까이 접근하기 위해 명의 도용 기술을 이용했다고 보고 있습니다."

그는 계속해서 모르는 사람이 자기 구매 기록이나 은행계좌, 휴가 계획, 교통 법규 위반 등의 정보, 즉 '우리가 흔히 신경 쓰지 않는 사소한 일들'을 알고 있으면 경계하라고 말한다.

뉴욕 시 당국은 카네기 멜론 대학의 정보관리 및 보안 전문가를 초빙했다. 칼튼 솜스 교수가 며칠 동안 수사진과 협력하고 명의 도용 문제에 대해 조언할 예정이라고 했다. 그리고 당국은 그것이 범인을 검거하는 최선의 방법임을 믿는다고 했다.

머리가 헝클어진 솜스는 전형적인 중서부 소도시 출신 학자 같은 외모다. 어색한 미소, 약간 삐딱한 정장, 약간 얼룩진 안경, 좌우 비대칭인 눈빛이 모든 걸 말해준다. 저 결혼반지는 얼마나 닳았을까? 상당히 많이. 틀림없다. 젊은 나이에 결혼한 사람처럼 보인다.

솜스는 아무 말 없이 긴장한 짐승처럼 기자와 카메라를 바라본다. 맬로이 경감이 말을 잇는다.

"명의 도용이 증가하고 그 위험이 점차 심각해지는 오늘날, 우리는 뉴욕 시민을 지키는 임무를 성실히 수행하고자 합니다."

기자가 끼어들어서 부시장과 경감, 긴장한 교수에게 3학년 학생이나 던질 듯한 질문을 퍼붓는다. 맬로이는 대체로 답변을 거부한다. "수사가 진행 중이다."라는 말이 그의 방패다.

부시장 론 스코트는 뉴욕은 안전하며 당국은 시민을 보호하기 위한 모든 조처를 다하고 있다고 강조한다. 기자회견은 갑자기 끝난다.

화면은 일반 뉴스로 넘어간다. 텍사스의 오염된 채소, 미주리 주에서 홍수에 휩쓸린 트럭 후드 위의 여자. 감기에 걸린 대통령.

나는 텔레비전을 끄고 어둑어둑한 벽장 안에 앉아서 이 새로운 트랜잭션을 어떻게 처리하는 것이 가장 좋을지 생각에 잠긴다.

한 가지 생각이 떠오른다. 너무나 뻔한 일이라 믿기지 않는다. 하지만 놀라지 마시라. 칼튼 솜스가 투숙한 호텔을 찾아내는 데는 겨우 전화 세 통으로—경찰 본부 근처에 있는 호텔에 차례로 전화를 걸었다—충분했다.

제4부

아멜리아 7303

5 월 2 4 일 화 요 일

물론 특정한 순간 내가 감시당하고 있는지 아닌지 알아낼 방법은 없었다.
사상경찰이 얼마나 자주, 혹은 어떤 시스템을 통해 특정 개인의
전화를 도청하고 있는지는 추측할 수밖에 없었다.
모든 사람을 항상 감시하고 있을 가능성도 배제할 수 없었다.

— 조지 오웰 《1984》

33 컴퓨터 전문가

아멜리아 색스는 일찍 도착했다.

하지만 링컨 라임은 뉴욕과 영국에서 진행 중인 작전 때문에 깊이 잠들 수가 없어서 더 일찍 깨어 있었다. 사촌 아서와 삼촌 헨리에 대한 악몽도 꾸었다.

색스는 운동실에서 그를 찾았다. 톰이 일렉트롤로직 자전거로 8킬로미터를 달린 라임을 TDX 휠체어에 옮겨 태우고 있었다. 신체 기능을 향상시키고, 언젠가 지금의 생활을 유지시켜주는 기계장치를 떼어낼 수 있게 될지도 모를 날을 대비해 근육을 단련하는 운동이었다. 색스가 톰의 일을 떠맡자 조수는 아침을 준비하러 아래층으로 내려갔다. 많은 사람이 불쾌하다고 생각할 수 있는 아침 일과를 색스가 돕는 것에 라임도 이미 오래전부터 익숙해졌다. 그게 두 사람 관계에서는 전환점이 되었다.

색스가 브루클린의 자기 집에서 밤을 보냈기 때문에 라임은 522 수사 진척 상황을 간단히 알려주었다. 하지만 색스는 정신이 다른 곳에 팔려 있는 기색이 역력했다. 라임이 이유를 묻자 색스는 천천히 대답했다.

"팸 때문에요."

색스는 팸의 남자 친구가 알고 보니 예전에 팸을 가르치던 선생님이었다고 털어놓았다. 그것도 결혼한.

"저런."

라임은 눈살을 찌푸렸다.

"팸이 안됐군."

스튜어트를 협박해서 손을 떼게 만들라는 것이 라임의 즉각적인 반응이었다.

"자넨 경찰 배지가 있잖아. 그걸 꺼내. 당장 도망칠걸. 원한다면 내가 전화해줄 수도 있어."

하지만 그건 이 문제를 해결하는 올바른 방법이 아닌 것 같았다.

"내가 너무 고압적으로 나가거나 그 사람을 신고하면, 팸이 나한테서 멀어질 것 같아요. 그렇다고 아무런 조처도 취하지 않으면 팸이 상처받을 게 뻔하니. 아, 그 남자의 아기라도 갖고 싶다고 하면 어떡하지?"

색스는 엄지손가락에 손톱을 박았다가 다시 멈췄다.

"내가 팸의 엄마였다면 달랐을 텐데. 어떻게 해결해야 할지 방법을 알 수 있었을 텐데."

"그럴까?"

라임이 물었다. 색스는 잠시 생각해보더니 웃으며 인정했다.

"네. 아닐지도 모르죠. … 부모 노릇이라니. 애들이 태어날 때 사용안내서가 딸려오면 얼마나 좋을까."

그들은 침실에서 아침을 먹었다. 색스가 라임에게 먹여주었다. 응접실이나 아래층 실험실도 마찬가지였지만, 침실 역시 오래전 색스가 처음 보았을 때보다 훨씬 아늑해졌다. 당시 이 방은 삭막했고, 유일한 장식물이라고는 두 사람이 함께 수사를 하게 된 최초의 사건 때문에 화이트보드 대용으로 뒷면이 앞으로 나오게 붙인 포스터뿐이었다. 지금 그 포스터는 뒤집어져 있고, 대신 다른 포스터가 붙어 있었다. 라임이 좋아하는 인상파 풍경화, 조지 인니스, 에드워드 호퍼 같은 화가의 우울한 도시 풍경화들이었다. 색스는 라임의 휠체어 옆에 앉아서 최근 운동 능력과 감각을 어느 정도 되찾은 그의 오른손을 잡았다. 라임은 그녀의 손가락 끝을 느낄 수 있었다. 하지만 그것은 신경이 정상적으로 작동하는 목이나 얼굴에 느끼는 압력보다는 한두 단계 뒤떨어진 묘한 감각이있다. 마치 피부 위에 물방울이 떨어지는 듯한 느낌이었다. 라임은 손가락을 그녀의 손으로 좀 더 가까이 가져갔다. 그리고 그녀의 반응을 느꼈다. 침묵. 하지만 색스의 표정을 통해 그녀가 팸에 대해 이야기하고 싶어 한다는 것을 느꼈다. 그는 아무 말 없이 기다렸다. 창틀에는 암컷의 덩치가 더 큰 송골매 한 쌍이 신경을 바짝 곤두세운 채 앉아 있었다. 팽팽하게 긴장한 근육은 언제나 만반의 준비를 갖추고 있었다. 매는 낮에 사냥을 했고, 먹여 키워야 할 새끼들도 있었다.

"라임?"

"왜?"

"아직 전화 안 했죠?"

"누구한테?"

"당신 사촌."

아, 팸 얘기가 아니었군. 색스가 아서 라임에 대해 생각할 거라고는 미처 짐작 못했다.

"안 했어."

"그거 알아요? 나는 당신한테 사촌이 있다는 것도 몰랐어요."

"한 번도 말 안 했나?"

"네. 삼촌 헨리와 숙모 폴라 이야기는 했는데, 아서 얘기는 말 안 했어요. 왜 그랬죠?"

"우린 일하느라 바빴잖아. 잡담할 시간이 없었지."

라임은 웃었다. 하지만 색스는 웃지 않았다.

말해야 하나? 라임은 고민했다. 처음에는 말하지 말아야 한다고 생각했다. 설명을 하다보면 자기연민이 풍길 것이다. 링컨 라임에게 그것은 독약과도 같았다. 그래도 색스는 어느 정도 알 권리가 있다. 사랑이란 그런 것이다. 서로 다른 인간이라는 두 원의 교집합에는 숨겨서는 안 되는 어떤 기본적인 감정들이 있다―기분, 사랑, 두려움, 분노 등등. 그게 계약의 조건이다.

그래서 라임은 털어놓았다.

아드리아나와 아서에 대해서, 살을 에일 정도로 춥던 과학경시대회와 그 이후의 거짓말들에 대해서, 쑥스러운 코르벳 현장감식과 약혼 선물로 주려고 했던 핵개발 시대의 콘크리트 덩어리에 대해서. 색스는 고개를 끄덕였고, 라임은 속으로 웃었다. 색스가 무슨 생각을 하는지 알았기 때문이다. 그게 뭐가 대단한 일이지? 십대 시절의 사랑 이야기, 조금의 이중생활, 조금 마음 아픈 실연. 개인적인 상처의 범주 안에서는 상당히 작은 것에 속한다. 그렇게 사소한 일들이 어떻게 그토록 깊은 우정을 망가뜨렸을까?

당신 둘은 형제처럼 지냈잖아요….

"하지만 주디 말로는, 그 뒤에도 블레인과 같이 찾아가고 그랬다면서요? 그랬다면 잘 해결된 것 같은데."

"아, 그럼. 그랬지. 고등학교 시절 풋사랑일 뿐이잖아. 아드리아나는 예뻤어. … 사실 키 큰 빨강 머리였지."

색스는 웃었다.

"어쨌든 우정을 희생시킬 정도의 가치는 없었어."

"그럼 무슨 사연이 더 있는 거군요."

라임은 잠시 아무 말도 하지 않았다. 그러다 마침내 입을 열었다.

"사고를 당하기 얼마 전 보스턴에 갔었어."

라임은 빨대로 커피를 빨아 마셨다.

"법과학 관련 국제학회에서 발표할 게 있었지. 발표를 마친 뒤 바에 갔어. 한 여자가 다가왔지. MIT에서 퇴임한 교수였는데, 내 성을 듣고 생각났다는 거야. 오래전 중서부 출신의 한 학생을 가르친 적이 있다면서. 이름이 아서 라임이라고. 내 친척이냐고 묻더군. 사촌이라고 말했지. 교수는 아서가 했던 재미있는 일을 이야기해줬어. 지원서에 에세이 대신 과학 논문을 써냈는데, 탁월하더라는 거야. 독창적이고, 자료도 풍부하고, 엄격하고. 아, 과학자들에게 칭찬을 하고 싶으면 연구가 '엄격하다'고 하는 게 좋아, 색스."

라임은 잠시 침묵을 지켰다.

"어쨌든 교수는 아서에게 논문을 다듬어서 저널에 기고하라고 격려했대. 하지만 아서는 그러지 않았대. 이후 연락이 끊겼는데, 해당 분야에서 연구를 계속하고 있는지 궁금하다고 했어. 나도 궁금했어. 교수에게 무슨 주제였느냐고 물었지. 교수는 제목까지 기억하고 있더군. '특정 나노 입자의 생물학적 영향.' 그런데 색스, 그건 내가 쓴 거였어."

"당신이?"

"내가 과학경시대회 프로젝트를 위해 썼던 논문이었어. 주 경시대회 2등상을 받았지. 상당히 독창적인 논문이었다구."

"아서가 그걸 훔친 거예요?"

"응."

지금도, 그 오랜 시간이 지난 뒤에도, 가슴속에서 분노가 울렁거렸다.

"한데 그뿐만이 아니야."

"계속해보세요."

"학회가 끝난 뒤에도 교수의 말이 머릿속에서 지워지지 않았어. 난 MIT 입학사정 부서에 연락했어. 모든 지원서를 마이크로필름에 담아 보관하고 있더군. 그곳에서 내 지원서를 다시 보내줬어. 그런데 뭔가 이상했어. 지원서 자체는 내가 보낸 그대로였어. 내 서명도 있고. 한데 학교에서 보낸 것들, 진학상담실에서 보낸 것들은 전부 바뀌어 있었어. 아서가 내 고등학교 성적증명서를 구해서 바꾼 거야. A를 지우고 B를 적었더군. 추천장 내용도 냉정하게 위조했고.

형식적인 편지처럼 보이게. 아마 자신이 자기 선생님한테 받은 편지였겠지. 삼촌 헨리의 추천장은 아예 들어가 있지도 않았어."

"누락시킨 거예요?"

"내 에세이도 '내가 MIT에 가고 싶은 이유'인지 뭔지 시시한 내용으로 바뀌어 있었어. 일부러 맞춤법도 틀리게 쓰고."

"세상에."

색스는 라임의 손을 더 세게 쥐었다.

"아드리아나가 상담실에서 일했다면서요? 그녀가 도와줬군요."

"아니. 처음에는 그렇게 생각했는데, 연락처를 알아내서 전화해 봤어."

라임은 차갑게 웃었다.

"서로 사는 이야기, 결혼 이야기, 그쪽 아이들 이야기, 일 이야기를 나눴어. 옛날이야기도. 내가 왜 그런 식으로 관계를 정리했는지 궁금하다고 했어. 난 당신이 아서하고 사귀기로 한 줄 알았다고 대답했지."

아드리아나는 라임의 말에 놀랐다. 그리고 아서의 대학지원서를 도와줬던 것뿐이라고 설명했다. 아서는 그냥 학교에 대해 묻고 에세이나 추천서 샘플을 보러 대여섯 번 상담실에 찾아온 것뿐이었다고. 자기를 담당하는 상담사가 형편없다, 정말 좋은 학교에 들어가고 싶다면서. 하지만 아무에게도, 특히 라임에게는 절대 말하지 말아달라고 했다. 도움을 받는 게 민망하다면서. 그래서 몇 번 몰래 밖에서 만난 적이 있었다. 아드리아나는 아서의 부탁대로 라임에게 거짓말을 한 것에 대해 여전히 죄책감을 느끼고 있었다.

"아드리아나가 화장실에 가거나 복사하러 잠깐 자리를 비웠을 때 당신 서류를 훔쳐낸 거군요."

"맞아."

아서는 평생 한 번도 남을 다치게 해본 적이 없는 사람이에요. 그럴 수가 없는 사람이라고요….

틀렸어, 주디.

"전적으로 확신해요?"

색스가 물었다.

"그래. 전화를 끊고 나서 곧장 아서와 통화했으니까."

라임은 그날의 대화를 거의 단어 하나하나까지 기억했다.

"왜 그랬지, 아서? 이유를 말해줘."

인사도 없이 대뜸 물었다.

잠시 침묵. 아서의 숨소리.

오랜 시간이 흘렀지만, 아서는 라임이 무슨 이야기를 하려는 건지 곧바로 알아챘다. 라임이 어떻게 알게 되었는지는 관심이 없었다. 사실을 부정하거나, 모른다고 잡아떼거나, 결백을 호소하려고 하지도 않았다.

아서의 반응은 오히려 공격적이었다. 그는 화난 목소리로 소리쳤다.

"좋아. 대답을 알고 싶어, 링컨? 말해주지. 크리스마스 상품."

라임은 어리둥절해서 물었다.

"상품?"

"고등학교 3학년 크리스마스 파티 퀴즈 대회 때 우리 아버지가 너한테 준 상품 말이야."

"콘크리트? 스태그 필드 스타디움 조각?"

라임은 혼란스러워서 미간을 찌푸렸다.

"도대체 무슨 소리야?"

극소수의 사람들에게나 의미가 있는 기념품을 받는다는 것 외에 다른 의미가 있었던 것 같았다.

"그건 내가 받아야 했어!"

아서는 자신이 피해자라는 듯 고래고래 소리쳤다.

"아버지는 핵개발 계획 담당자 이름을 따서 내 이름을 지었어. 난 아버지가 그 기념물을 갖고 있다는 걸 알고 있었어. 고등학교나 대학교를 졸업하면 나한테 주려 했던 거라고. 내 졸업 선물로 줄 거였단 말이야! 난 오랫동안 그게 갖고 싶었어!"

라임은 할 말을 잃었다. 다 큰 어른들이 마치 만화책이나 사탕 한 알 훔친 걸 가지고 다투는 어린아이처럼 구는 꼴이었다.

"아버지는 나에게 중요한 물건을 다른 사람한테 줬어. 너한테."

목소리가 갈라졌다. 우는 걸까?

"아서, 난 퀴즈 몇 개에 대답했을 뿐이야. 그건 게임이었다고."

"게임? …그게 무슨 게임이야? 크리스마스이브였어! 캐럴이나 부르고 〈멋진 인생〉이나 보고 그러는 날 아닌가? 한데 아버지는 아니었어. 아버지는 명절을 무슨 학교 교실처럼 만들었지! 당황스러웠어! 따분했어. 하지만 위대한 교수님한테 아무도 뭐라고 말할 용기가 없었지."

"맙소사, 아서. 그건 내 잘못이 아니잖아! 난 상품을 탔을 뿐이야. 너한테서 훔친 게 아니었다고!"

잔인한 웃음.

"아니야? 흠, 링컨. 어쩌면 네가 훔친 거라는 생각 해본 적 없어?"

"뭐?"

"생각해봐! 어쩌면… 내 아버지를."

아서는 심호흡을 하며 잠시 말을 끊었다.

"도대체 무슨 소릴 하는 거야?"

"넌 아버지를 훔쳤어! 내가 왜 육상경기에 참가하지 않았는지 생각해본 적 없어? 네가 이길 게 뻔했기 때문이야. 학업은? 아버지의 둘째아들은 너였어. 내가 아니라. 시카고 대학에서 아버지 강의를 들은 것도 너였고, 아버지 연구를 도운 것도 너였어."

"미친 소리…. 삼촌은 너한테도 들으러 오라고 했잖아. 분명 그랬어."

"한 번 갔으면 충분해. 날 지목해서 울고 싶어질 때까지 쪼아대더군."

"헨리는 모든 사람한테 반대질문을 했어, 아서. 그분이 그렇게 탁월했던 것도 그 때문이었다고. 상대로 하여금 생각하게 하고, 올바른 대답을 얻을 때까지 밀어붙이는 분이었어."

"하지만 아무리 해도 올바른 대답이 안 나오는 사람도 있잖아. 난 잘했어. 하지만 탁월하지는 못했지. 헨리 라임의 아들은 탁월해야 해. 한데 아버지는 상관없었어. 네가 있었으니까. 로버트가 유럽으로 가고, 마리가 캘리포니아로 떠났을 때도, 아버지는 날 원하지 않았어. 널 원했다구!"

둘째아들….

"난 그런 대접을 해달라고 부탁한 적 없어. 널 밀어낸 건 내가 아니야."

"아니야? 아, 언제나 결백하시군. 정말 네가 게임을 한 게 아니라고? 내가 없을 때도 주말마다 우리 집에 놀러온 게 우연이었다고? 육상대회에 우리 아버지를 초대하지 않았어? 초대했잖아. 대답해봐. 우리 아버지하고 네 아버지 중에서 네가 진짜 아버지였으면 했던 사람이 누구야? 네 아버지가 널 그렇게 칭찬한 적 있어? 관객석에서 너한테 휘파람을 불어준 적 있어? 인정한다는 듯이 널 보면서 눈썹을 추켜세운 적 있어?"

"정말 말도 안 되는 소리야. 네가 네 아버지하고 문제가 있는데, 그렇다고 날 방해해? 나도 MIT에 갈 수 있었어. 한데 네가 망쳐놨어! 내 인생 전체가 그것 때문에 변했어. 너만 아니었으면 모든 게 달라졌을 거야."

"흠, 너도 마찬가지야, 링컨. 나도 똑같은 말을 할 수 있다고…."

거친 웃음.

"네 아버지에 대해 노력해봤어? 너 같은 아들을 둔다는 게, 자기보다 백배는 영리한 아들을 둔다는 게 네 아버지에게 어떤 기분이었을지 생각해봤어? 늘 삼촌하고만 어울리느라 집을 비우는 게 어떤 기분일지? 테디한테 기회나 줘봤어?"

순간 라임은 수화기를 쾅 하고 내려놓았다. 두 사람이 서로 이야기한 것은 그때가 마지막이었다. 몇 달 뒤 라임은 범죄현장에서 사고를 당했다.

모든 게 달라졌을 거야….

라임이 모두 털어놓자 색스는 말했다.

"당신이 다치고 난 뒤 한 번도 찾아오지 않은 게 그 때문이었군요."

라임은 고개를 끄덕였다.

"당시, 사고 뒤에 침대에 누워 있으니, 아서가 지원서를 조작하지만 않았다면 MIT에 입학하고 보스턴 대학에서 대학원 과정을 밟거나, 보스턴 경찰에 들어가거나, 그러다 뉴욕에 오거나 했을 거라는 생각밖에 들지 않았어. 어떤 경우든 지하철 현장에 가지는 않았을 거라고…."

라임은 말꼬리를 흐렸다.

"나비효과네요. 과거의 사소한 사건 하나가 미래를 크게 바꾼다."

라임은 다시 고개를 끄덕였다. 색스는 이런 사연을 공감하고 이해하는 마음으로 들으면서도 좀 더 거시적인 결론에 대한 질문을 삼갈 줄 아는 사람이었다. 어느 쪽을 선택할 것인가. 걸을 수 있는 정상적인 삶을 사는 것이 좋은가, 장애인으로 살아가는 것이, 어쩌면 그 때문에 훨씬 좋은 법과학자가 되는 것이 그리고… 그녀의 동반자로 함께 살아가는 것이 좋은가.

아멜리아 색스는 그런 부류의 여자였다.

라임은 희미한 미소를 지었다.

"재미있는 건, 색스…."

"그의 말에 다른 뭐가 있었나요?"

"내 아버지는 한 번도 날 특별히 주목하지 않았던 것 같아. 삼촌이 했던 것처럼 나한테 어려운 질문을 던지지도 않았지. 사실, 나 자신도 헨리 삼촌의 아들 같다는 느낌이 들었어. 그게 좋았고."

라임은 어쩌면, 무의식적으로는, 자신이 활달하고 에너지가 충만한 헨리 라임의 삶을 추구했었는지도 모른다는 사실을 깨달았다.

아버지의 수줍음 때문에 당황스러웠던 여러 가지 기억도 머릿속에 떠올랐다.

"하지만 그게 아서가 한 일을 정당화하지는 못해요."

"물론이야."

"그건 그렇지만 그래도…."

"오래전에 있었던 일이다, 지나간 일은 잊어라, 물 흐르듯 흘려보내라, 이런 말을 하려는 거지?"

"그 비슷한 거죠."

색스는 미소를 지었다.

"아서가 당신 안부를 물었다고 했잖아요. 화해의 손길을 내민 거라고요. 용서해요."

당신 둘은 형제처럼 지냈잖아요….

라임은 움직이지 않는 자기 몸을 내려다보았다. 그리고 다시 색스에게 시선을 돌리며 부드럽게 말했다.

"내가 그의 결백을 증명할 거야. 그를 감옥에서 빼내줄 거야. 그에게 인생을 되돌려줄 거야."

"그건 다른 문제예요, 라임."

"그럴지도 모르지. 하지만 그게 내가 할 수 있는 최선이야."

색스는 다시 뭐라고 반박하려 했다. 하지만 그때 전화벨이 울리고 화면에 론 셀리토의 전화번호가 떴다. 아서 라임과 그의 배신에 대한 생각은 순간 뇌리에서 사라졌다.

"명령, 전화 받아. …론, 어떻게 됐어?"

"아, 링컨. 우리의 컴퓨터 전문가가 오는 중이야."

한 남자가 고개를 끄덕이며 워터 스트리트 호텔을 나섰다. 눈에 익은 얼굴이라고 도어맨은 생각했다.

남자도 마주 고개를 끄덕였다.

남자는 휴대전화로 통화를 하다가 문간에서 멈췄다. 사람들이 그의 옆을 지나갔다. 아내와 통화하는 것 같았다. 그러다 어조가 바뀌었다.

"패티, 우리 아가…."

딸이군. 잠시 축구 경기에 대해 대화를 나누는가 싶더니 다시 아내가 전화를 넘겨받았는지, 좀 더 어른스러운, 하지만 역시 애정 어린 말투로 변했다.

남자가 어떤 부류에 속하는지 도어맨은 알고 있었다. 결혼한 지 15년은 된 사람이다. 가족에 충실하고, 가슴에서 우러나온 소박한 선물을 한 아름 안고 얼른 집에 돌아가고 싶은 사람. 일부 고객들과는 다른 유형이었다. 결혼반지를 끼고 들어왔다가 반지를 뺀 채 저녁식사를 하러 나가는 사업가들. 혹은 몸 좋은 동료와 함께 술에 취해 비틀거리며 엘리베이터를 타는 여자들(이런 경우는 반지도 빼지 않는다. 그럴 필요가 없으니까).

도어맨이라면 누구나 알아볼 수 있는 것들이었다. 책을 쓰라면 쓸 수도 있다.

한데 한 가지 의문이 떠나지 않았다. 왜 이렇게 낯익어 보이지?

그때 남자가 웃으며 말했다.

"날 봤어? 거기 뉴스에도 나왔어?"

날 봤어? 텔레비전에 나오는 유명인인가?

잠깐, 잠깐. 생각날 것도 같은데….

아, 알겠다. 어젯밤 텔레비전 뉴스에 나왔구나. 그래. 무슨 교수인가, 박사인가 했던 사람이다. 이름이 솜스라고 했던가. 어떤 훌륭한 대학교에서 온 컴퓨터 전문가. 론 스코트, 부시장인가 뭔가 하는 사람이 이야기하던 사람. 일요일에 있었던 강간살해사건과 그 외 다른 범죄 수사를 도우러 왔다는 그 사람이었다.

그때 교수의 얼굴이 굳어졌다.

"아, 여보. 걱정 마. 괜찮을 거야."

남자는 전화를 끊고 주위를 둘러보았다. 도어맨이 말을 걸었다.

"선생님, 텔레비전에서 봤습니다."

교수는 쑥스러운 듯 미소를 지었다.

"그래요?"

관심의 대상이 된 게 민망한 것 같았다.

"경찰 본부까지 가는 길 좀 가르쳐주시겠습니까?"

"바로 저깁니다. 다섯 블록 정도. 시청 옆이죠. 쉽게 찾으실 수 있습니다."

"감사합니다."

"행운을 빕니다."

리무진이 다가왔다. 유명인사와 이야기를 나눈 것이 기분 좋았다. 나중에 아내한테 자랑해야지.

그때 누군가가 등을 아플 정도로 밀치더니 호텔 문을 나섰다. 뒤도 돌아보지 않고, 사과도 하지 않았다.

재수 없는 놈. 도어맨은 고개를 숙인 채 교수와 같은 방향으로 걸음을 재촉하는 남자를 보며 생각했다. 하지만 아무 말도 하지 않았다. 아무리 무례해도 참아야 한다. 손님일 수도 있고, 손님의 친구일 수도 있고, 다음 주에 다시 손님으로 찾아올 수도 있으니까. 어쩌면 직원을 테스트하러 온 본사 임원일 수도 있다.

그냥 참고 입을 다물어라. 그게 규칙이었다.

리무진이 멈춰 서는 순간, 텔레비전에 나온 교수와 무례한 자식은 머릿속에서 사라졌다. 도어맨은 자동차 문을 열었다. 자동차에서 내리는 손님의 부드러운 가슴골이 훤히 내려다보였다. 팁보다 이게 나았다. 물론 여자가 팁을 주지 않을 거라는 사실은 100퍼센트 확실했다.

책을 쓸 수도 있다.

34 미끼

죽음은 단순하다.

나는 사람들이 그것을 복잡하게 만드는 이유를 알 수 없다. 영화만 봐도 그렇다. 스릴러 영화 팬은 아니지만, 어느 정도는 봤다. 열여섯 자리 숫자와 데이트를 하러 나가면 지루함을 덜어보려고, 보통 사람 같은 겉모습을 유지하려고, 혹은 나중에 어차피 죽일 생각이기 때문에 극장에 간다. 말을 많이 할 필요가 없으니 저녁을 먹는 것보다는 낫다. 그럴 때 나는 영화를 보면서 생각한다. 사람을 죽이는 데 도대체 무엇 때문에 저렇게 복잡한 방법을 고안해내는 걸까?

그냥 다가가서 30초 안에 망치로 때려죽이지 않고, 뭐하러 전선과 전자제품과 정교한 무기와 플롯을 사용할까?

단순하게. 효율적으로. 실수 없이.

경찰은 영리하다(얄궂은 것은 많은 경찰이 SSD와 이너서클의 도움을 받는다는 사실이다). 계획이 복잡할수록 저들이 나를 뒤쫓는 데 이용할 수 있는 단서를, 목격자를 남길 가능성이 높다.

오늘 내가 로어맨해튼 거리를 따라 미행하고 있는 열여섯 자리 숫자에 대한 계획은 단순함 그 자체다.

어제 공동묘지에서의 실패는 이미 과거의 일. 나는 기대감에 넘친다. 나는 임무를 수행하는 중이며, 부상으로 소장품까지 하나 더 얻을 수 있다.

목표물을 따라가면서, 열여섯 자리 숫자들을 오른쪽, 왼쪽으로 피한다. 아, 저들을 보라…. 맥박이 빨라진다. 저 열여섯 자리 숫자들 자체가 각자의 과거를 한데 모은 수집품이라는 생각에 심장이 고동친다. 인간이 이해할 수 있는 이상의 정보. 결국에는 유전자 또한 우리의 신체와 수천 년을 거슬러 올라가는 유전적 역사의 데이터베이스에 지나지 않는다. 유전자를 하드 드라이브에 꽂으면 얼마나 많은 데이터를 추출할 수 있을까? 그것과 비교하면 이너서 클조차 코모도어 64(1982년부터 1994년까지 미국에서 생산된 초창기 퍼스널 컴퓨터-옮긴이)에 지나지 않는다.

황홀하다….

하지만 일단은 눈앞에 있는 임무에 집중하자. 오늘 아침 스태튼 아일랜드나 브루클린의 자기 아파트에서 자신감을 발산하기 위해 찍어 발랐을, 하지만 싸구려 색정(色情)만 흐르는 향수 냄새를 풍기는 젊은 열여섯 자리 숫자 옆을 지난다. 나는 살갗에 닿는 권총의 편안한 감촉을 느끼며 목표물에 좀 더 가까이 다가간다. 지식은 힘이지만, 그 못지않게 효율적인 다른 것들도 있다.

"이봐, 교수. 활동이 시작됐어."

"알겠어."

론 셀리토, 론 풀라스키 그리고 대여섯 명의 기동대원들이 앉아 있는 감시 차량 안의 스피커에서 롤랜드 벨의 음성이 흘러나왔다.

가끔 라임 그리고 셀리토와 함께 일하는 뉴욕시경 형사 벨은 워터 스트리트 호텔에서 경찰 본부 쪽으로 가고 있었다. 늘 입던 청바지와 편안한 셔츠, 스포츠코트 대신 가상의 교수 칼튼 솜스 역할을 하느라 구겨진 정장 차림이었다.

"낚싯대에 미끼를 매다는 거지."

벨은 느긋한 노스캐롤라이나 억양으로 이렇게 말하며 옷을 추슬 렀다. 그리고 옷깃에 단, 눈에 띄지 않는 마이크에 대고 이렇게 말 했다.

"얼마나 떨어졌지?"

"15미터 뒤에 있어."

"음."

벨은 링컨 라임이 짠 '전문가 계획'의 핵심이었다. 522를 점점 더 잘 이해하게 된 것이 이번 계획을 탄생시켰다.

"범인은 우리의 컴퓨터 함정에 걸려들지는 않지만, 정보를 얻고 싶어서 안달이 나 있어. 난 알아. 다른 종류의 함정이 필요해. 기자 회견을 열어서 그자를 넓은 장소로 유인하자고. 경찰이 전문가를 고 용했다는 걸 발표하고, 언더커버 경찰을 대신 무대에 올리는 거야."

"그자가 텔레비전을 볼까?"

"그럼. 묘지에서 그런 사건도 있었으니만큼, 우리가 사건을 어떻 게 다루는지 알아내려고 언론을 확인할 거야."

셀리토와 라임은 그동안 522 사건과 아무런 관계도 없던 사람이 필요했다. 롤랜드 벨이라면 다른 업무가 있지 않는 한 언제나 흔쾌 히 나서줄 터였다. 그런 뒤 라임은 몇 번 강의를 했던 카네기 멜론 대학의 한 친구에게 연락했다. 그 친구에게 522에 대해 알려주자 첨단기술 관련 연구로 유명한 대학 당국은 돕겠다고 약속했다. 웹 마스터는 학교 홈페이지에 칼튼 솜스 박사라는 이름을 올렸다.

로드니 차닉은 솜스의 가짜 이력서를 만들어 10여 군데의 과학 웹사이트에 보내고, 솜스의 홈페이지도 그럴듯하게 만들었다. 셀 리토는 워터 스트리트 호텔에 교수 이름으로 객실을 예약하고, 기 자회견을 열고, 522가 이번 미끼를 물기만을 기다렸다.

522는 걸려들었다.

방금 워터 스트리트 호텔을 나선 벨은 거짓으로 그럴듯하게 통화하는 척하며 사방이 탁 트인 곳에서 522의 주의를 끌 만큼 한참 동안 멈춰 섰다. 벨이 호텔을 나선 뒤 곧이어 한 남자가 뒤따라 나오더니 뒤를 밟는 모습이 감시카메라에 잡혔다.

"SSD에서 본 얼굴인가? 용의자 명단에 있는 사람이야?"

셀리토가 옆에 앉아서 모니터를 쳐다보고 있는 풀라스키에게 물었다. 네 명의 사복경찰이 벨과 한 블록 떨어진 곳에 대기하고 있었다. 그중 두 사람은 비디오카메라를 감추고 있었다.

그러나 거리가 혼잡해 범인의 얼굴을 똑똑히 잡는 것은 어려웠다.

"기술자 중 한 사람인 것 같기도 하고. 이상하네요. 앤드루 스털링 같기도 한데요. 아니, 그냥 걸음걸이가 비슷한 것 같기도 하고. 잘 모르겠습니다. 죄송합니다."

셀리토는 더운 밴 안에서 땀을 비 오듯 흘렸다. 그가 얼굴을 닦더니 앞으로 몸을 내밀며 마이크에 대고 말했다.

"좋아, 교수. 522가 움직이고 있어. 자네 등 뒤 12미터 정도. 어두운 색 정장, 어두운 색 넥타이야. 서류가방을 들고 있어. 걸음걸이를 보니 총을 갖고 있는 것 같아."

거리에서 몇 년 일한 대부분의 경찰은 용의자가 총을 소지하고 있을 때의 자세와 걷는 패턴의 차이를 알아볼 수 있다.

"물었군."

말수 적은 벨이 간단하게 답했다. 권총 두 자루를 찬 그는 양손으로 총을 쏠 수 있었다. 셀리토가 중얼거렸다.

"휴. 잘돼야 할 텐데. 좋아, 롤랜드. 오른쪽으로 돌아."

"음."

라임과 셀리토는 522가 길거리에서 교수를 쏘지는 않을 거라고 믿었다. 그를 죽여서 얻을 게 무엇인가? 라임은 솜스를 유괴해서 경찰이 어디까지 알고 있는지 알아낸 뒤 나중에 죽이거나, 수사를 돕지 못하게 그와 그의 가족을 협박하는 것이 범인의 의도라고 생각했다. 그러므로 벨로 하여금 일반인의 시선이 미치지 않는 장소로 빠져서 522가 따라오게 한 다음 검거하는 것이 오늘의 작전이었다. 셀리토는 적절한 공사 현장을 물색해놓았다. 외부인이 출입하지 못하도록 폐쇄된 긴 보도는 경찰 본부로 가는 지름길이기도 했다—벨은 '폐쇄' 표지판을 무시하고 보도로 들어가 바깥에서 보이지 않도록 10미터가량 걸어간다. 그리고 검거팀이 도로 끝에 숨어 있다가 522가 나타나면 출동한다.

벨은 모퉁이를 돈 다음 현장을 막고 있는 테이프를 넘어 먼지 쌓인 보도를 걷기 시작했다. 공사용 드릴과 말뚝 박는 기계의 굉음이 벨의 민감한 마이크를 통해 밴 안을 가득 채웠다.

셀리토 옆에 있는 경찰이 스위치를 올리자 다른 카메라의 화면이 떴다.

"자네가 화면에 잡혀, 롤랜드. 보고 있나, 링컨?"

"아니, 론. '유명인사와 함께 춤을'이 시작됐군. 다음 순서는 제인 폰다와 미키 루니야."

"'스타와 함께 춤을'이야, 링컨."

라임의 목소리가 밴 안에 지지직거렸다.

"522도 따라 돌았나? 혹시 포기하는 거 아냐? …제발 …제발."

셀리토는 마우스를 옮겨 더블클릭했다. 분리된 화면에 수색 및 감시팀의 비디오카메라에 찍힌 다른 영상이 떴다. 이쪽은 각도가 달랐다. 보도를 걷는 벨의 등이 카메라에서 멀어지고 있었다. 벨은 평범한 행인처럼 건설 현장을 호기심 어린 눈으로 흘끗 쳐다보았다. 잠시 후, 522가 벨의 등 뒤에서 나타났다. 그 역시 거리를 유지하며 주위를 둘러보았다. 하지만 현장 노동자들에게는 관심이 없는 게 분명했다. 목격자나 경찰이 없는지 확인하고 있었다.

이윽고 522가 조금 망설이는가 싶더니 다시 한 번 주위를 둘러보았다. 그리고 간격을 좁히기 시작했다.

"좋아, 모두 준비해."

셀리토가 연락했다.

"범인이 자네한테 다가가고 있어, 롤랜드. 5초 뒤에는 자네가 화면에서 사라지니까 조심해. 들리나?"

"그래."

벨이 느긋하게 대꾸했다. 마치 버드와이저를 따라 마실 잔이 필요하냐고 묻는 바텐더에게 대답하는 말투였다.

35 납치

롤랜드 벨은 말투처럼 침착할 수는 없었다.

두 아이의 홀아버지, 교외의 좋은 집, 조만간 청혼할 단계까지 와 있는 노스캐롤라이나의 여자 친구…. 언더커버 작전에서 미끼 역할이 주어졌을 때, 이런 개인적인 일들은 부정적인 요소로 작용하는 경향이 있다.

그래도 벨은 이번 임무를 맡지 않을 수 없었다. 특히 522 같은 강간살인범. 벨이 너무도 혐오하는 범죄 유형은 더욱더 그랬다. 솔직히 이런 작전에서 얻을 수 있는 쾌감도 무시할 수 없었다.

"모두 각자 어울리는 자리를 찾아가게 마련이다."

아버지는 종종 말씀하셨다. 제자리에 놓지 않은 공구 얘기가 아니었다는 것을 깨달은 순간, 소년은 이 철학을 자기 인생의 지침으로 받아들였다.

재킷 단추는 풀려 있고, 손은 언제든지 가장 아끼는 이탈리아 최고의 권총을 뽑아 겨냥해 쏠 준비가 되어 있었다. 론 셀리토가 더이상 농담을 하지 않는 것이 반가웠다. 범인이 다가오는 발소리를 들어야 하는데, 안 그래도 말뚝 박는 기계의 소음이 상당히 요란했던 것이다. 그래도 정신을 집중하니, 등 뒤 보도에서 신발 끄는 소리가 들렸다.

10미터까지만 다가와라.

벨은 저 앞에 검거팀이 있다는 것을 알고 있었다. 하지만 도로가 급히 휘어져 있어 서로를 볼 수 없는 상태였다. 사격을 할 때 후방에 사람이 없고 행인에게 위험을 초래하지 않는 상황이 되면 작전을 곧바로 시작할 계획이었다. 이쪽은 아직 큰길과 건설 현장에서 부분적으로 눈에 띈다. 그들은 벨이 기동대에 접근할 때까지 범인이 공격하지 않을 거라는 데 도박을 걸고 있었다. 하지만 522는 예상보다 빨리 거리를 좁혀오는 것 같았다.

벨은 범인이 몇 분이라도 시간을 끌어주기만을 기도했다. 여기서 총격이 발생하면 많은 행인과 건설 인부가 위험에 처할 수도 있다.

하지만 두 가지 소리가 동시에 들리는 순간, 작전상의 논리는 머릿속에서 증발해버렸다. 이쪽으로 뛰어오는 522의 발소리가 들림과 동시에 두 여자가 경쾌하게 스페인어로 이야기를 나누며 벨 바로 오른쪽 건물 뒤쪽에서 나타난 것이다. 한 사람은 유모차를 밀고 있었다. 기동대가 도로를 봉쇄했지만, 뒷문이 이쪽으로 나 있는 건물의 관리인들에게 미리 알리는 것을 잊어버린 모양이었다.

벨은 뒤를 돌아보았다. 여자들은 벨과 522 사이로 걸어오고, 522는 형사를 쳐다보며 달려오고 있었다. 범인의 손에는 권총이 들려 있었다.

"문제가 생겼다! 사이에 민간인이 끼어들었다. 용의자는 무장했다! 반복한다. 범인은 무장했다! 작전 개시!"

벨은 베레타를 향해 손을 뻗었다. 순간, 여자 하나가 522를 보더니 비명을 지르며 뒤로 물러섰다. 벨은 여자와 부딪쳐 바닥에 무릎을 꿇었다. 총이 보도 위에 떨어졌다. 범인이 어리둥절한 표정으로 잠시 얼어붙었다. 대학교수가 왜 총을 가지고 있는지 궁금한 듯했다. 그러다 얼른 정신을 차리고 벨을 겨누었다. 벨은 두 번째 총을 향해 손을 뻗었다.

"멈춰! 움직이지 마!"

522가 외쳤다.

벨은 두 손을 들어 올릴 수밖에 없었다. 셀리토의 목소리가 이어폰에서 흘러나왔다.

"첫 팀이 30초 뒤에 도착한다, 롤랜드."

522는 아무 말 없이 있다가 여자들에게 고함을 쳤다. 그러자 여자들이 도망쳤다. 그리고 벨의 가슴에 총을 겨눈 채 다가오기 시작했다.

30초. 벨은 숨을 몰아쉬며 생각했다.

차라리 평생이라고 하는 게 나을 것이다.

경찰 본부 주차장에서 걸어 나오는 조셉 맬로이 경감은 롤랜드 벨이 개입한 작전에 대해 아무것도 듣지 못했기 때문에 짜증이 나 있었다. 셀리토와 라임이 범인을 잡기 위해 전력을 다하고 있다는 것은 알고 있었다. 그래서 가짜 기자회견에도 마지못해 동의했다. 하지만 이건 정말 도를 넘어선 짓이었다. 작전이 실패할 경우 어떤 파장이 미칠지 짐작조차 할 수 없었다.

뭐, 성공해도 파장은 있겠지. 시정부의 최우선 법칙 중 하나는 이것이다— 언론을 건드리지 마라. 특히 뉴욕에서는.

휴대전화를 꺼내려고 주머니에 손을 넣는데, 뭔가가 등을 건드렸다. 집요하게, 의도적으로. 권총이었다.

안 돼, 안 돼.

심장이 요란하게 고동치기 시작했다.

그때 침착한 목소리가 들려왔다.

"돌아서지 마, 경감. 돌아서면 내 얼굴을 보게 되고, 그러면 당신은 죽는다. 알겠나?"

교육 수준이 높은 말투였다.

무슨 이유에서인지, 의외였다.

"잠깐."

"알겠나?"

"알겠다. 하지만…."

"다음 모퉁이에서 오른쪽 골목으로 돌아서 계속 가."

"하지만…."

"이 총에는 소음기가 없어. 하지만 총구가 네 몸 가까이 있기 때문에 아무도 어디서 소리가 났는지 모를 거고, 네가 바닥에 쓰러지기도 전에 난 사라질 거야. 총알은 널 뚫고 지나갈 테고, 저렇게 인파가 많으니 다른 사람도 틀림없이 다치겠지. 그건 싫을 거야."

"당신 누구요?"

"알잖아."

조셉 맬로이는 평생 경찰에 몸담은 사람이었다. 마약에 중독된 강도에게 아내가 살해당한 뒤로 경찰 일은 단순한 직업 이상의 존재가 되었다. 그것은 강박증이었다. 지금은 비록 행정을 담당하는 간부였지만, 아직도 오래전 미드타운 사우스 거리에서 단련한 본능은 남아 있었다. 그는 즉시 알아챘다.

"522군."

"뭐?"

침착하자. 평정을 잃지 말자. 평정을 잃지만 않으면, 주도권은 이쪽에 있다.

"일요일에 그 여자를 죽이고, 어젯밤 공동묘지에서 관리인을 살해한 범인."

"522가 무슨 뜻이야?"

"경찰 내부에서 널 부르는 말이다. 미확인 용의자 522호."

사실 관계 몇 가지를 알려주자. 긴장을 풀게 하자. 대화를 나누자.

살인범은 짤막한 웃음소리를 냈다.

"숫자? 흥미롭군. 자, 오른쪽으로 돌아."

음, 날 해칠 생각이었다면 벌써 죽였을 것이다. 그냥 뭔가 알고 싶은 게 있거나 협상 도구로 날 납치하려는 것이다. 긴장을 풀자. 날 죽이지 않으려는 의도는 분명하다. 자신의 얼굴도 보여주지 않는다. 좋아, 론 셀리토가 이자를 '모든 것을 아는 사나이'로 부른다고 했던가? 그래, 내가 이용할 만한 정보를 알아내자.

대화를 나누다보면 빠져나갈 방법이 생길지도 모른다.

경계심을 늦추어 맨손으로 이자를 죽일 수 있을 만큼 가까이 다가갈 수도 있다.

조 맬로이는 정신적으로나 육체적으로나 충분히 그럴 수 있는 사람이었다.

잠시 걷던 522는 골목 안에서 멈추라고 지시했다. 그러곤 맬로이의 머리에 스타킹 모자를 씌우고 눈을 가렸다. 좋아. 엄청난 안도감. 이자의 얼굴을 보지 않는 한 나는 살 수 있다. 두 손이 테이프로 묶이고, 몸수색을 당했다. 단단한 손이 어깨를 잡더니 앞으로 밀어 자동차 트렁크 안에 집어넣었다.

맬로이는 다리를 구부린 채 숨 막히는 더위와 좁은 공간에 갇혀 어디론가 실려 갔다. 소형차다. 좋아. 기억하자. 석유 냄새가 안 나고 서스펜션(자동차에서 차체의 무게를 받쳐주는 장치-옮긴이)이 좋다. 기억하자. 가죽 냄새. 기억하자. 맬로이는 자동차가 모퉁이를 돌 때마다 방향을 가늠하려고 애썼지만, 불가능했다. 소리에 주의를 기울였다. 도로의 소음. 드릴 소리. 별다른 것은 없다. 갈매기 소리와 뱃고동 소리. 음, 이걸로 정확한 위치를 알 수 있을까? 맨해튼은 섬이다. 뭔가 유용한 걸 알아내! …잠깐. 이 차의 파워스티어링 벨트가 시끄럽군. 이건 쓸모 있다. 기억해두자.

20분 뒤, 자동차가 멈췄다. 커다란 차고 문이 우르릉거리며 닫히는 소리가 들렸다. 바퀴나 연결 부위가 삐걱거리는 소리. 트렁크가 열리는 순간, 맬로이는 깜짝 놀라 짧게 비명을 질렀다. 곰팡이 냄새 가득한 차가운 공기가 엄습했다. 숨을 몰아쉬었다. 스타킹 모자의 축축한 섬유를 통해 폐 깊숙이 산소를 들이마셨다.

"나와."

"이야기하고 싶은 게 있다. 나는 경감인데….”

"당신이 누군지는 알아."

"나는 경찰서 내에서 힘을 갖고 있어.”

맬로이는 만족스러웠다. 목소리는 침착했다. 이성적으로 들렸다.

"같이 이야기를 해보면 좋은 해결 방법이 나올 거야.”

"이쪽으로 와.”

522는 맬로이를 부축해 매끄러운 바닥에 내려서게 했다.

그리고 의자에 앉혔다.

"불만이 많겠지. 하지만 내가 도와줄 수 있어. 왜 이러는지, 왜 이런 범죄를 저지르는지 말해봐."

침묵. 이제 뭘 하려는 걸까? 몸으로 싸울 기회가 있을까? 맬로이는 생각했다. 계속 이런 식으로 설득해야 하나? 지금쯤 경찰도 자신이 납치됐다는 걸 알았을 것이다. 셀리토와 라임이 무슨 일이 일어났는지 밝혀낼지도 모른다.

그때 무슨 소리가 들렸다.

뭐지?

딸깍 소리가 몇 번 나더니, 약한 전자음이 흘러나왔다. 테이프 녹음기를 시험하는 것 같았다.

다른 소리. 공구 같은 것을 한데 모으는지, 쇠와 쇠 부딪히는 소리가 났다.

마지막으로 콘크리트에 긁히는 불쾌한 쇳소리가 났다. 살인범이 의자를 당겨 맬로이와 무릎이 닿을 정도로 가까이 앉았다.

36 올가미

현상금 사냥꾼.

그들이 잡은 것은 빌어먹을 현상금 사냥꾼이었다.

아니, 그자가 정정해준 대로 말하면 '부채 회수 대행업자'였다.

"도대체 어떻게 된 거야?"

링컨 라임이 물었다.

"확인 중이야."

론 셀리토는 덥고 먼지 자욱한 건설 현장 옆에 서서 대답했다. 롤랜드 벨을 미행한 남자는 수갑을 찬 채 앉아 있었다.

사실상 체포한 것은 아니었다. 잘못한 게 전혀 없었다. 그는 권총 소지 면허증을 갖고 있었고, 수배 중인 범죄자라고 생각한 사람을 한 시민으로서 잡으려 했던 것뿐이었다. 하지만 잔뜩 화가 난 셀리토는 그에게 수갑을 채우라고 명령했다.

롤랜드 벨은 522가 인근 다른 곳에서 목격되었는지 전화로 확인했다. 하지만 검거팀 중 아무도 범인의 얼마 되지 않는 프로파일에 들어맞는 사람을 보지 못했다고 했다.

"**팀북투**(아주 멀리 떨어진 곳. 아프리카 말리 북부에 있는 지명에서 유래—옮긴이)에라도 있나보군."

벨은 셀리토에게 느릿느릿 말한 뒤 전화를 끊었다.

"이보세요….”

현상금 사냥꾼이 도로가에 쭈그리고 앉아서 입을 열었다.

"입 닥쳐.”

덩치 큰 형사는 세 번, 아니 네 번째로 호통을 쳤다. 그러곤 다시 라임과 통화를 계속했다.

"이자는 롤랜드를 미행했고, 마치 해치려는 것처럼 다가왔어. 한데 알고 보니 수배자를 잡으려고 했던 것 같아. 롤랜드가 윌리엄 프랭클린이라는 사람인 줄 알았대. 비슷하게 생기긴 했어. 프랭클린이란 작자하고 롤랜드 말이야. 프랭클린. 브루클린 거주, 흉기 폭행, 불법 총기 소지로 재판 날짜가 잡혔는데 출석하지 않았대. 이자의 대행회사에서 6개월 동안 프랭클린을 쫓고 있었대.”

"전부 522가 꾸민 거야. 프랭클린이라는 자의 정보를 시스템에서 찾아낸 다음 수사를 혼란시키려고 대행업자를 보낸 거라고.”

"알아, 링컨.”

"뭔가 도움이 될 만한 걸 본 사람은 전혀 없어? 우리를 몰래 지켜본 사람이라든지?”

"없어. 롤랜드가 방금 모든 기동대원한테 확인해봤어.”

침묵. 라임은 물었다.

"범인이 함정이란 걸 어떻게 알았을까?”

하지만 가장 중요한 문제는 그게 아니었다. 가장 간절히 해답을 얻고 싶은 질문은 바로 이것이었다.

"그자가 대체 지금 무슨 짓을 꾸미고 있는 거지?”

저들은 나를 멍청하다고 생각했을까?

내가 의심하지 않을 거라고 생각했을까?

이미 저들은 지식 서비스 제공자에 대해 알고 있다. 과거의 행동과 다른 사람들의 행동에 근거해 열여섯 자리 숫자들이 어떻게 행동할 것인지 예측하는 기법에 대해서. 이런 개념은 아주, 아주 오랫동안 내 삶의 일부였다. 내가 X라는 행동을 하면 옆집 사람이 어떻게 반응할까? Y라는 행동을 하면 어떻게 반응할까? 웃으면서 차로 데려다주면 여자는 어떤 행동을 할까? 침묵을 지키고 주머니에 손을 넣은 채 뭔가를 찾고 있다면?

나는 저들이 내게 관심을 갖게 된 순간부터 저들의 트랜잭션을 연구해왔다. 분류하고, 저들을 분석했다. 저들도 때로는 탁월했다. 예를 들어 저들이 꾸민 함정, 그러니까 SSD 직원과 고객들에게 수사에 대해 알리고, 나로 하여금 마이라 9834 사건에 관한 뉴욕시경 파일을 찾아보도록 한 것이 그렇다. 거의 그럴 뻔했다. 검색어를 치고 엔터키를 누르려는 순간, 뭔가 이상하다는 생각이 들었다. 이제 나는 내가 옳았다는 것을 알게 되었다.

기자회견? 아, 그 트랜잭션은 애초부터 냄새가 났다. 예측 가능한 기존 행동양식에 거의 들어맞지 않았기 때문이다. 아니, 경찰과 시정부가 그 늦은 밤에 기자들을 만나? 기자회견 석상에 오른 사람들의 조합도 어딘가 미심쩍었다.

물론 실제일 수도 있었다. 최고의 퍼지 논리와 행동 예측 알고리듬도 때로 오류를 범한다. 하지만 내 의도는 좀 더 자세히 조사해보자는 것이었다. 우연하게라도, 그들과 직접 말을 나눌 수는 없다.

그래서 대신 내가 가장 잘하는 일을 했다.

나는 벽장을, 내 비밀의 창문을 통해 소리 없는 데이터를 들여다보았다. 기자회견장에 나온 사람들에 대한 정보를 찾았다. 부시장 론 스코트 그리고 조셉 맬로이 경감—나에 대한 수사를 지휘하는 인물.

그리고 세 번째 인물. 칼튼 솜스 교수.

한데… 그렇지 않았다.

그자는 미끼 역할을 담당한 경찰이었다.

검색 엔진을 돌려보니 카네기 멜론 대학 웹사이트와 본인의 웹사이트에 솜스 교수의 이름이 있기는 했다. 이력서 역시 찾기 편리하게 다른 여러 사이트에 올라와 있었다.

하지만 문서의 코딩을 열어서 메타데이터를 살펴보는 데는 몇 초밖에 걸리지 않았다. 엉터리 교수에 대한 모든 정보는 어제 작성해 업로드한 것이었다.

저들이 나를 멍청하다고 생각하나?

시간만 넉넉했다면, 그 경찰이 정확히 누구였는지도 알아낼 수 있었을 것이다. 방송사 웹사이트 자료실에 가서, 기자회견 동영상을 찾아 그 남자의 얼굴을 정지시켜놓고, 생체 측정 스캔을 할 수도 있었다. 그 사진을 뉴욕 자동차등록국 기록, 경찰 및 FBI 직원 사진과 대조하면 진짜 신원이 나왔을 것이다.

하지만 그러려면 불필요한 작업을 많이 해야 한다. 그자가 누구인지는 관심이 없었다. 내게 필요한 것은 경찰을 혼란시키는 것, 작전에 대해 믿을 만한 정보를 줄 수 있는 맬로이 경감의 위치를 찾아낼 시간을 버는 것이었다.

나는 칼튼 솜스 역할을 맡은 경찰과 대략 비슷한 특징을—삼십대 백인 남자—갖고 있는 사람에 대한 체포영장을 쉽게 찾아냈다. 그런 다음 보석(保釋) 보증인에게 전화를 걸어 수배자를 아는 사람인데 워터 스트리트 호텔에서 그자를 보았다고 신고하는 건 너무나 쉬운 일이다. 나는 그의 인상착의를 설명하고 얼른 전화를 끊었다.

나는 맬로이 경감이 매일 오전 7시 48분에서 9시 02분 사이에 렉서스를 주차시키는 경찰 본부 근처 주차장에서 기다렸다(자동차 매매상의 데이터에 따르면 오일 교환과 휠 로테이션을 해야 할 시기가 훨씬 지났다).

그리고 정확히 8시 35분에 적과 조우했다.

그런 다음 납치. 웨스트사이드의 한 창고로 자동차를 몰고 간 뒤, 금속을 효과적으로 활용해 존경스러울 정도로 용감한 데이터베이스에서 메모리 덤프를 실행했다. 결국 나를 추적하는 모든 열여섯 자리 숫자의 정체, '그들'과 끈으로 묶여 있는 몇몇 인물, '그들'이 사건을 어떻게 수사하고 있는지 모두 다 알아냈다. 나는 소장품 하나를 완성할 때 느끼는 뭐라 형언할 수 없는, 성적인 만족감보다 더한 감정을 느끼고 있다.

어떤 정보는 특히 유용했다(예를 들어, 라임이라는 이름. 내가 왜 이런 곤경에 처했는지 알려주는 열쇠다).

내 병사들이 곧 폴란드로, 라인란트로 진격할 것이다….

한데 희망했던 대로, 소장품에 추가할 한 가지 물건도 얻었다. 가장 마음에 드는 것 중 하나. 벽장으로 돌아갈 때까지 기다려야 하지만, 참을 수가 없다. 나는 테이프 녹음기를 찾아 되감은 후 재생 버튼을 누른다.

행복한 우연의 일치. 맬로이 경감의 비명소리가 크레셴도로 치닫는 정확한 순간이 흘러나온다. 어지간한 나조차 소름이 끼친다.

그는 뒤숭숭한 악몽으로 가득 찬 선잠에서 깨어났다. 올가미에 조였던 목도 안팎으로 아팠지만, 입 안이 말라 따끔거리는 것이 더욱 고통스러웠다.

아서 라임은 창문이 없는 지저분한 병실을 둘러보았다. '묘지' 안의 병원 독방이었다. 구치소 독방이나 거의 살해당할 뻔한 그 끔찍한 휴게실과 다를 것이 없었다.

남자 간호사인지 잡역부인지가 병실로 들어오더니 빈 침대를 확인하고 뭔가를 적었다.

"실례합니다. 의사를 만날 수 있을까요?"

아서는 쉰 목소리로 물었다. 간호사가 이쪽을 보았다. 덩치 큰 흑인이었다. 순간 앤트윈 존슨이 제복을 훔쳐 입고 못 다한 일을 마무리하러 왔나 싶어 공포가 엄습했다.

한데 아니, 다른 사람이었다. 눈빛은 역시 차가웠다. 남자가 바닥에 떨어진 물 자국이라도 확인하듯 아서를 힐끗 쳐다본 뒤 다시 시선을 돌렸다. 그러고는 말없이 병실을 나갔다.

30분이 지났다. 아서는 잠들었다 깨기를 반복했다.

그때 문이 다시 열렸다. 올려다보니 다른 환자가 실려 들어왔다. 맹장염이군. 아서는 추측했다. 수술이 끝나고 회복 중이다. 남자 간호사가 그를 침대에 눕히고 물 잔을 건넸다.

"마시지 마. 입만 헹궈."

하지만 남자는 물을 마셨다.

"아니, 그러지 말라고…."

남자가 물을 토해냈다.

"젠장."

간호사는 종이수건 한 움큼을 던져주고 나갔다.

아서는 문에 달린 창을 통해 밖을 내다보았다. 두 사람이 문밖에 서 있었다. 한 사람은 라틴계, 한 사람은 흑인이었다. 흑인이 아서 쪽을 정면으로 쳐다보더니 옆 사람에게 뭐라고 속삭였다. 라틴계도 안을 흘끗 들여다보았다.

자세와 표정으로 미루어보건대 마약쟁이 믹 덕분에 목숨을 건진 죄수에 대한 단순한 호기심은 아닌 것 같은 느낌이 들었다.

아니, 그들은 아서의 얼굴을 익히려는 듯 뚫어지게 쳐다보고 있었다. 왜?

저들도 날 죽이려는 걸까?

두려움이 엄습했다. 저들이 날 죽이는 건 시간문제다.

아서는 눈을 감았다. 하지만 잠을 자서는 안 된다는 생각이 들었다. 도저히 그럴 수가 없었다. 잠들면 덮칠 것이다. 눈을 감으면 덮칠 것이다. 매 순간 모든 것, 모든 사람에게 주의를 완전히 집중하지 않으면 덮칠 것이다.

그것은 극한의 고통이었다. 주디는 링컨이 자신의 결백을 입증할 단서를 찾을지도 모른다고 했다. 하지만 그게 무엇인지는 몰랐다. 그래서 아서는 사촌이 그저 낙관적인 이야기를 해준 것인지, 정말 엉뚱한 사람을 체포했다는 구체적인 증거를 찾은 것인지 알 수가 없었다. 이 모호한 희망에 분통이 터졌다. 주디와 이야기하기 전만 해도 살아 있는 지옥과 임박한 죽음 앞에서 체념한 상태였다.

난 널 도와주려는 거야. 젠장. 어차피 한두 달이면 네 손으로 하게 될걸. …그러니까 반항하지 마….

자유를 얻을 수 있을지도 모른다고 생각하니, 체념이 공포로 변했다. 한 가닥 실낱같은 희망을 빼앗길지도 모른다.

심장이 미친 듯이 고동치기 시작했다.

아서는 호출 단추를 움켜잡았다. 한 번 눌렀다. 다시 눌렀다.

응답이 없었다. 잠시 후, 다른 한 쌍의 눈이 창가에 나타났다. 의사의 눈은 아니었다. 아까 봤던 재소자 중 한 사람일까? 알 수 없었다. 그 눈이 똑바로 아서를 쳐다보았다.

전류처럼 등골을 따라 흐르는 공포를 억누르려고 애쓰며, 아서는 호출 단추를 다시 오랫동안 눌렀다.

그래도 응답이 없었다.

유리창 밖의 눈이 한 번 깜빡이더니 사라졌다.

37 반격

"메타데이터."

뉴욕시경 컴퓨터범죄과의 로드니 차닉이 스피커폰을 통해 링컨 라임에게 '전문가'가 언더커버 경찰이라는 사실을 522가 어떻게 알아냈을지 설명해주었다.

색스는 팔짱을 낀 채 옆에 서서 손가락으로 소매를 잡아 뜯으며 '프라이버시 나우'의 캘빈 게디스에게서 들은 것을 라임에게 일깨워주었다.

"데이터에 대한 데이터. 문서 안에 포함되어 있는."

"맞아요."

차닉이 색스의 말을 듣고 맞장구쳤다.

"아마 우리가 지난밤에 이력서를 만들었다는 걸 알아차렸을 겁니다."

"젠장."

라임은 중얼거렸다. 하긴, 모든 걸 생각할 수는 없는 법이다. 한데 지금 우리는 모든 것을 아는 사나이에 맞서 싸워야 한다. 범인을 함정에 빠뜨릴 수도 있었던 계획은 수포로 돌아갔다. 벌써 두 번째다.

게다가 이쪽의 패까지 알려주고 말았다. 우리가 범인의 자살 위장 작전에 대해 알아냈듯이 범인은 우리가 어떻게 움직이는지 알아내고 앞으로 세울 작전을 대비한 방어책도 마련할 것이다.

지식은 힘이다….

차닉이 덧붙였다.

"카네기 멜론 대학에다 오늘 아침 그쪽 웹사이트에 접속한 모든 사람의 주소를 추적해달라고 했습니다. 뉴욕 시내에서 총 여섯 건이 있었지만, 모두 공공 단말기라 사용자는 추적할 수 없었고요. 둘은 유럽의 프록시를 거쳤는데, 제가 아는 서버지만 협조는 안 해줄 겁니다."

당연하지.

"론이 SSD에서 갖고 온 빈 공간 파일에 정보가 좀 있는데, 시간이 걸릴 겁니다. 왜 그러냐면…."

차닉은 기술적인 설명은 피하기로 마음먹은 것 같았다.

"…아주 뒤죽박죽이 된 상태거든요. 하지만 조각들을 조금 맞춰봤더니, 개인 통합 자료를 조합해서 다운로드받은 사람이 분명히 있긴 있는 것 같습니다. 님(nym)도 알아냈어요. '님'이란 가명이나 코드명을 말하는데, '러너보이(Runnerboy)'였습니다. 지금까지 알아낸 건 이게 답니다."

"누군지 짚이는 데는 없나? 직원인지, 고객인지, 해커인지?"

"아뇨. FBI에 있는 친구한테 전화를 걸어 그쪽에서 갖고 있는 님과 이메일 주소 데이터베이스를 확인해달라고 했는데, 러너보이가 총 800개 있었습니다. 뉴욕 지역에는 없고요. 나중에 정보가 좀 더 나올 겁니다."

라임은 톰에게 러너보이라는 이름을 용의자 명단에 적으라고 지시했다.

"SSD에 확인해봐야겠군. 그 이름을 아는 사람이 있는지. 시디의 고객 명단은?"

"사람을 시켜서 수동으로 살펴보는 중입니다. 제가 쓴 프로그램으로는 한계가 있거든요. 변수가 너무 많아요. 서로 다른 소비자 제품, 지하철 요금 카드, 이지패스 등등. 대부분의 회사는 피해자의 특정 정보만 다운로드받았는데, 통계적으로 아직 용의자로 지목할 만한 곳은 떠오르지 않네요."

"좋아."

라임은 전화를 끊었다.

"우린 노력했어요, 라임."

색스가 말했다. 노력했다⋯. 라임은 한쪽 눈썹을 추켜세웠다. 그건 아무 의미도 없다는 뜻이었다.

전화벨이 울리고, 발신자 번호에 셀리토라는 이름이 떴다.

"명령, 전화 받아. ⋯론, 무슨⋯."

"링컨."

뭔가 이상했다. 비록 스피커폰을 통해서였지만, 셀리토의 음성은 공허하고, 목소리는 떨리고 있었다.

"또 피해자가 나왔어?"

셀리토는 헛기침을 했다.

"그자가 우리 쪽 사람을 죽였어."

라임은 놀라서 색스를 쳐다보았다. 색스는 팔짱을 풀며 자기도 모르게 몸을 전화 쪽으로 내밀었다.

"누구? 말해봐."

"조 맬로이."

"안 돼⋯."

색스가 속삭이듯 말했다.

라임은 눈을 감았다. 머리가 휠체어 머리받이에 힘없이 떨어졌다.

"그래, 맞아. 전부 함정이었어, 론. 모두 522가 계획한 거야."

목소리가 낮아졌다.

"얼마나 안 좋아?"

"무슨 뜻이에요?"

색스가 물었다. 라임은 부드러운 목소리로 말했다.

"그자는 맬로이를 그냥 죽이지 않았어. 그렇지?"

셀리토가 떨리는 목소리를 억지로 짜냈다.

"그래, 링컨. 맞아."

색스가 날카롭게 물었다.

"말해줘요. 무슨 소리예요?"

라임은 색스의 눈을 쳐다보았다. 끔찍한 예감에 색스의 눈이 커졌다.

"522가 이 모든 함정을 판 이유는 정보를 원했기 때문이야. 그자는 정보를 얻기 위해 조를 고문했어."

"맙소사."

"맞지, 론?"

덩치 큰 형사는 한숨을 쉬고 헛기침을 했다.

"그래, 아주 안 좋다고 할 수 있어. 도구를 사용했어. 흘린 피의 양으로 미루어볼 때, 조는 아주 오래 버텼어. 개새끼는 총으로 마무리했고."

색스의 얼굴이 분노로 벌겋게 달아올랐다. 글록 권총의 손잡이를 움켜쥐더니 이를 악물었다.

"조한테 애들이 있나요?"

라임은 몇 년 전 경감의 아내가 살해당했다는 사실을 기억해냈다. 셀리토가 대답했다.

"캘리포니아에 딸이 있어. 내가 벌써 연락했어."

"괜찮으세요?"

"아니, 안 괜찮아."

셀리토의 목소리가 다시 갈라졌다. 라임은 그가 이만큼 괴로워하는 목소리를 들어본 적이 없었다.

라임이 522 수사 관련 사항에 대해 보고하는 것을 '잊었을 때'

조 맬로이가 한 말이 들리는 듯했다. 경감은 셀리토와 라임이 자신에게 솔직히 털어놓지 않았음에도 사소한 불만 따윈 접고 522 수사를 지원해주었다.

자존심보다 경찰 본연의 임무가 먼저였다.

한데 522는 단지 정보를 얻기 위해 그를 고문하고 죽였다. 빌어먹을 정보….

하지만 라임은 자신의 내면 어딘가에 늘 존재하는 돌 같은 심장을 끌어냈다. 그의 이런 초연함에 대해 어떤 이는 영혼이 손상됐기 때문이라고 말했지만, 라임은 그것이 자신의 일을 더 잘할 수 있게 도와준다고 믿었다. 라임은 단호하게 말했다.

"좋아, 이게 무슨 뜻인지 자네도 알겠지?"

"네?"

색스가 반문했다.

"범인은 전쟁을 선포한 거야."

"전쟁?"

이번에는 셀리토가 물었다.

"우리한테. 나는 절대 잠적하지 않겠다. 도망가지 않겠다. 어디 맛 좀 봐라. 이렇게 말하고 있는 거야. 반격하고 있는 거라고. 그리고 자기가 이길 수 있다고 생각해. 경찰 간부를 죽여? 이건 그자가 전선(戰線)을 그은 거야. 그자는 지금 우리에 대해 모든 걸 알고 있어."

"조가 말을 안 했을 수도 있잖아요."

색스가 말했다.

"아니, 말했어. 온 힘을 다해 버텼겠지만, 결국에는 말했을 거야."

라임은 경감이 정보를 주지 않기 위해 안간힘을 쓰면서 견뎌냈을 그 모든 고통을 상상조차 하기 싫었다.

"그의 잘못이 아니야…. 하지만 이젠 우리 모두가 위험한 상황이야."

"본부에 보고해야 해. 간부들은 어디서 뭐가 잘못됐는지 알고 싶어 해. 애당초 그 계획도 그리 탐탁해하지 않았고."

셀리토가 말했다.

"그랬겠지. 조는 어디서 발견됐지?"

"창고. 첼시."

"창고…. 수집가에게 딱 좋은 곳이군. 그 장소와 522가 연관이 있을까? 거기서 일한다든지? 522의 편안한 신발 기억나지? 아니면 그냥 데이터를 조회하다가 우연히 찾아낸 곳일까? 난 이 모든 질문에 대한 해답을 찾아야겠어."

쿠퍼가 대답했다.

"제가 확인해보라고 하겠습니다. 셀리토가 자세한 주소를 알려줬습니다."

"현장 수색도 해."

라임이 쳐다보자 색스는 고개를 끄덕였다.

형사가 전화를 끊자 라임이 물었다.

"풀라스키는 어디 있지?"

"롤랜드 벨 작전 현장에서 돌아오는 중이에요."

"SSD에 전화해서 맬로이가 살해당한 시각에 모든 용의자들이 어디 있었는지 알아봐. 몇몇은 사무실에 있었겠지. 자리를 비운 사람이 누군지 알고 싶어. 그 러너보이란 놈에 대해서도. 스털링이 도움이 될까?"

"아, 그럼요."

색스는 스털링이 수사 내내 대단히 협조적이었다고 말했다. 그리고 스피커폰 버튼을 누르고 전화를 걸었다.

비서가 전화를 받자 색스는 신원을 밝혔다.

"안녕하십니까, 색스 형사님. 제레미입니다. 무엇을 도와드릴까요?"

"스털링 씨와 통화를 해야겠습니다."

"지금은 통화하실 수 없는데요."

"아주 중요한 일입니다. 또 살인사건이 발생했어요. 경찰이 죽었습니다."

"네, 뉴스에서 들었습니다. 정말 유감입니다. 잠깐만 기다리십시오. 지금 막 마틴이 들어오네요."

낮은 목소리로 이야기를 나누는 소리가 들리더니, 다른 음성이 스피커에서 흘러나왔다.

"색스 형사님, 마틴입니다. 살인사건은 정말 유감입니다. 하지만 스털링 씨는 지금 안 계십니다."

"정말 중요한 일로 드릴 말씀이 있어요."

비서는 침착하게 말했다.

"제가 그렇게 전해드리겠습니다."

"마크 휘트콤이나 톰 오데이는요?"

"잠깐만 기다리십시오."

한참 동안 침묵이 흐르더니, 젊은 비서의 목소리가 들렸다.

"마크도 사무실을 비웠습니다. 톰은 회의 중이고요. 메시지를 남겨두겠습니다. 아, 다른 전화가 왔군요, 색스 형사님. 이만 끊어야겠습니다. 경감님 일은 정말 유감입니다."

"앞으로도 오랜 세월 강변에서 강변으로 건너갈 모든 그대들이 내게는, 내 상념 속에서는 그대들이 상상할 수 없을 정도로 신기하다."

이스트 강이 내려다보이는 벤치에 앉아 있는 팸 윌러비는 가슴이 두근거리고 손바닥이 축축해졌다.

팸은 뉴저지를 비추는 햇살에 눈부시게 빛나는 스튜어트 에버렛을 돌아보았다. 파란 셔츠, 청바지, 스포츠코트, 어깨에 둘러멘 가죽 가방. 갈색 머리카락이 이마 위에 흐트러진 소년 같은 얼굴, 금방이라도 미소를 지을 것 같은 얇은 입술.

"안녕하세요."

팸은 경쾌하게 말했다. 팸은 스스로에게 화가 나 있던 터라 좀 더 딱딱한 목소리를 내고 싶었다.

"안녕."

스튜어트는 북쪽에 있는 브루클린 브리지의 교각을 바라보았다.

"풀턴 스트리트."

"그 시? 나도 알아요. '브루클린 페리를 타고' 잖아요."

월트 휘트먼의 시집 《풀잎》에 실린 작품이다. 스튜어트 에버렛이 수업 시간에 자기가 가장 좋아하는 시라고 했을 때, 팸은 비싼 판형으로 그 책을 샀다. 책이 두 사람을 더욱 가까이 연결시켜주는 것 같은 기분이 들었다.

"수업 시간에 소개하지는 않았는데. 알고 있구나?"

팸은 아무 말도 하지 않았다.

"앉아도 될까?"

팸은 고개를 끄덕였다.

두 사람은 조용히 앉아 있었다. 그의 향수 냄새가 났다. 아내가 사준 것인지 궁금했다.

"친구한테 들었겠군."

"네."

"그 여자분 참 좋더구나. 처음 전화했을 때는 날 잡아갈 줄 알았는데."

팸의 주름살이 펴지고 얼굴에 미소가 떠올랐다. 스튜어트는 말을 이었다.

"지금 상황을 좋아하지는 않았어. 하지만 괜찮았어. 널 아끼려고 그런 거니까."

"아멜리아는 최고예요."

"경찰이라는 게 믿기지 않았어."

내 남자 친구 뒷조사를 한 경찰이지. 모르는 게 차라리 나았을 거야. 팸은 생각했다. 너무 많은 걸 알면 구질구질해지니까.

스튜어트가 팸의 손을 잡았다. 순간 뿌리치려던 충동이 사라졌다.

"우리 툭 터놓고 이야기해보자."

팸은 먼 곳만 바라보고 있었다. 스튜어트의 졸린 듯한 눈꺼풀 아래 갈색 눈동자를 바라보는 것은 그리 좋은 생각이 아닌 것 같았다. 팸은 강물과 저 너머 항구를 바라보았다. 여객선이 아직 오가고 있었지만, 대부분의 배는 개인 요트이거나 짐을 나르는 운반선이었다. 팸은 자주 이곳 강가에 앉아 배를 바라보곤 했다. 중서부 깊숙한 오지 지하세계에서 광적인 어머니와 우익 광신도들 틈에 끼여 자라는 동안 강과 바다를 동경하게 되었다. 강과 바다는 넓고 자유롭고 쉼 없이 움직인다. 그런 생각을 하고 있으면 마음이 편안해졌다.

"솔직하지 못했어. 나도 알아. 하지만 아내하고의 관계는 별로야. 우린 같이 잠도 자지 않아. 오래전부터 그랬어."

이럴 때 처음 한다는 소리가 이거야? 팸은 생각했다. 결혼했다는 사실에만 충격을 받았을 뿐 섹스에 대해서는 생각해본 적도 없었다.

스튜어트가 말을 이었다.

"난 너하고 사랑에 빠지고 싶지 않았어. 처음에는 친구 사이라고 생각했어. 하지만 넌 다른 사람들과 달랐어. 내 안의 뭔가에 불을 붙여주었지. 넌 물론 아름다워. 하지만 넌 음, 넌 휘트먼과 같아. 판에 박히지 않고, 시적이고. 너 나름의 방식대로 시인이야."

"아이들도 있잖아요."

팸은 이렇게 말하지 않을 수 없었다. 잠시 망설임.

"그래. 하지만 너도 좋아할 거야. 존은 여덟 살이야. 키아라는 중학생. 열한 살이고. 아주 좋은 애들이지. 메리와 내가 아직 함께 살고 있는 유일한 이유는 아이들 때문이야."

이름이 메리였군. 궁금했었다.

스튜어트가 팸의 손을 꽉 잡았다.

"팸, 난 널 보낼 수 없어."

팸은 그에게 몸을 기댔다. 팔에 와 닿는 팔의 편안한 감촉을 느꼈다. 애프터셰이브를 사준 사람이 누구인지 생각하지 않고 기분 좋은 그의 체취를 맡았다. 그리고 생각했다. 어차피 조만간 이야기할 생각이었을 거야.

"일주일쯤 뒤에 말할 생각이었어. 정말이야. 용기가 필요했을 뿐이야."

스튜어트의 손이 떨리는 게 느껴졌다.

"아이들의 얼굴을 보고 있으면, 도저히 가정을 깰 수는 없다는 생각이 들어. 한데 또 네가 생각나면…. 넌 내가 만난 사람들 중에서 가장 멋져…. 난 정말 오랫동안 외로웠어."

"하지만 명절은요? 난 추수감사절이나 크리스마스에 당신과 함께 뭔가를 하고 싶어요."

"연휴 중 하루는 빠져나올 수 있을 거야. 최소한 하루 중 얼마라도. 그냥 미리 계획만 세우면 돼."

스튜어트는 고개를 숙였다.

"중요한 건 이거야. 난 너 없이는 살 수가 없어. 네가 조금만 기다려준다면 어떻게든 방법이 생길 거야."

팸은 두 사람이 함께 보낸 어느 날 밤을 떠올렸다. 아무도 모르는 비밀스러운 밤이었다. 아멜리아가 라임의 집에 있었기 때문에 팸과 스튜어트 단둘이 그녀의 집에서 지낼 수 있었다. 마술 같은 밤이었다. 인생의 모든 밤이 그날 밤과 같으면 얼마나 좋을까. 팸은 간절히 원했다.

팸은 스튜어트의 손을 더 세게 쥐었다. 그가 속삭였다.

"널 놓칠 수는 없어."

그러곤 벤치에 앉은 채 가까이 다가왔다. 조금씩, 조금씩 서로의 몸이 가까워질 때마다 더욱 편안한 기분이 들었다. 팸은 스튜어트에 대한 시를 쓴 적도 있었다. 두 사람의 이끌림을 우주에 작용하는 기본적인 힘 중 하나인 중력에 비유한 시였다.

팸은 머리를 그의 어깨에 기댔다.

"다시는 너한테 아무것도 속이지 않겠다고 약속할게. 하지만 제발… 날 계속 만나줘."

두 사람이 함께 보낸 멋진 시간들, 다른 사람들의 눈에는 무의미해 보일 그 시간들이 떠올랐다.

그때만 한 시간은 없었다.

마치 따뜻한 물이 상처를 감싸고 아픔을 씻어주는 것 같은 안락함.

도망 다니며 살던 시절, 팸과 어머니는 '너희들을 위해서'라며 모녀를 때리고, 야단치거나 입을 막을 때 외에는 아내나 자식과 한 마디도 나누지 않던 비열한 남자들과 함께 살았다.

스튜어트는 그런 괴물들과 같은 우주에 속하는 남자가 아니었다.

스튜어트가 속삭였다.

"조금만 시간을 줘. 다 잘될 거야. 약속해. 우린 예전처럼 만날 수 있을 거야. …아, 이러면 되겠구나. 너 여행하고 싶지? 다음 달 몬트리올에서 시 학회가 있어. 같이 비행기 타고 가서 호텔 방을 잡 자. 너도 학회에 참석하고. 자유롭게 저녁을 함께 보내는 거야."

"아, 사랑해요."

팸은 그의 얼굴 쪽으로 상체를 기울였다.

"당신이 왜 나한테 그 이야기를 안 했는지 이해해요."

스튜어트는 팸을 꼭 껴안고 목에 키스했다.

"팸, 나는 정말…."

순간, 팸은 물러나 앉아 책가방을 마치 방패처럼 가슴 앞에 껴안 았다.

"하지만 안 돼요, 스튜어트."

"뭐?"

심장이 그 어느 때보다 빠르게 뛰었다.

"이혼하고 나면 나한테 전화해요. 그때 만나요. 하지만 그전까지 는 안 돼요. 더 이상 만날 수 없어요."

아멜리아 색스도 이럴 때 이런 말을 했을 것이다. 울지 않고 아멜 리아처럼 행동할 수 있을까? 아멜리아라면 절대 울지 않을 거야. 절대로.

팸은 억지 미소를 지으며 아픔을 억누르기 위해 애썼다. 안락감은 외로움과 두려움에 밀려 순식간에 사라졌다. 온기는 얼음 조각처럼 얼어붙었다.

"팸, 넌 나한테 전부야."

"하지만 당신은 내게 뭐죠, 스튜어트? 당신은 내게 전부가 될 수 없잖아요. 난 그 이하는 받아들일 수 없어요."

팸은 애써 평정한 목소리로 자신에게 다짐하듯 말했다.

"당신이 이혼하면 나도 당신 곁으로 갈게요. …할 수 있어요?"

스튜어트는 유혹적인 눈을 내리깔았다. 그리고 속삭이는 목소리.

"알았어."

"당장?"

"지금 당장은 안 돼. 복잡한 문제야."

"아니, 스튜어트. 정말, 정말 간단한 문제예요."

팸은 일어섰다.

"혹시 다시는 못 볼지도 모르니까, 잘사세요."

팸은 근처에 있는 아멜리아의 타운하우스 쪽을 향해 걸음을 옮기기 시작했다.

그래, 아멜리아라면 울지 않을 거야. 하지만 팸은 더 이상 눈물을 참을 수가 없었다. 뒤를 돌아보면, 방금 무슨 일을 했는지 생각하면 약해질 것만 같아서, 눈물만 줄줄 흘리며 똑바로 걸어갔다.

38 침입자

멜 쿠퍼가 미간을 찌푸렸다.

"창고? 조가 살해당한? 어느 출판사에서 재활용 종이를 저장하고 있지만, 몇 달 동안 사실상 사용한 적이 없습니다. 소유자가 확실하지 않은 게 이상하네요."

"무슨 뜻이야?"

"기업 자료를 모두 찾아봤습니다. 창고는 세 회사에 임대되어 있고, 소유주는 델라웨어의 한 기업입니다. 이 회사는 또 뉴욕의 두 기업이 소유하고 있고요. 거슬러 올라가면 진짜 소유주는 말레이시아에 있는 것 같습니다."

하지만 522는 그 사실을 알았고, 피해자를 그곳에서 고문해도 안전하다는 사실을 알았다. 어떻게? 모든 것을 알고 있는 사나이니까.

그때 연구실 전화가 울렸다. 라임은 발신자 번호를 보았다. 522 사건에는 안 좋은 소식뿐이니, 제발 이번에는 좋은 소식이기를.

"롱허스트 경감님."

"라임 형사님. 상황을 전해주려고 전화 드렸습니다. 상당히 생산적이었어요."

롱허스트의 목소리에 흔치 않은 흥분이 깃들어 있었다. 그녀는 수사팀의 프랑스 보안요원 데스투른이 버밍엄으로 달려가서 시 외곽 웨스트 브롬위치의 한 무슬림 공동체에 있는 알제리인들과 접촉했다고 설명했다. 한 미국인이 싱가포르로 여행하기 위해 북아프리카를 통과할 수 있는 여권과 통과증을 의뢰한 모양이었다. 미국인은 거액의 계약금을 지불했고, 알제리인들은 다음 날 저녁까지 서류를 준비해주기로 약속했다. 그 미국인은 여권을 받자마자 런던으로 향했다. 일을 마치기 위해.

"좋습니다."

라임은 킬킬 웃으며 말했다.

"로건이 이미 거기 있다는 뜻이군요. 안 그렇습니까? 런던에요."

"거의 확실해요. 내일 굿라이트 목사의 대역이 MI5 정보원과 만나는 장소에서 저격을 시도하려는 거죠."

"바로 그겁니다."

리처드 로건은 수사팀의 주의를 버밍엄으로 집중시키기 위해 여행 서류를 주문하고 거액의 돈을 지불한 다음, 굿라이트 목사를 살해하는 임무를 완수하기 위해 런던으로 급히 달려간 것이다.

"대니 크루거 쪽 사람들은 뭐라고 합니까?"

"그를 프랑스로 낚아채기 위해 남쪽 해안에 배가 대기 중일 거래요."

낚아챈다…. 마음에 드는 표현이었다. 이쪽 경찰은 그런 식으로 말하지 않는다.

라임은 맨체스터 근처의 안전가옥에 대해 다시 생각해보았다. 그리고 런던에 있는 굿라이트 목사의 NGO에서 일어난 불법 침입사건. 직접 고해상도 비디오로 어느 한쪽이라도 수색을 했다면 다른 정보가 눈에 띄지 않았을까? 범인이 정확히 언제, 어디서 공격할 생각인지 좀 더 구체적으로 알려줄 수 있는 미세한 단서라도? 그런 단서가 있었다 해도, 지금쯤은 사라졌을 것이다. 그들이 올바른 판단을 내린 거라고 믿는 수밖에 없었다.

"저격 예상 지점에는 어느 정도 병력이 배치됐습니까?"

"경찰 열 명입니다. 모두 사복 차림이거나 변장을 하고 있어요."

롱허스트는 대니 크루거와 프랑스 정보요원 그리고 다른 기동대 한 팀이 버밍엄에서 '은근히 눈에 띄게' 활동 중이라고 덧붙였다. 또 목사가 실제로 숨어 있는 곳에도 경호 인력을 보강했다고 말했다. 범인이 그 장소를 알아냈다는 증거는 없지만, 조금의 위험도 있어서는 안 된다.

"곧 뭔가 알게 될 거예요, 형사님."

전화를 끊자마자 컴퓨터가 울렸다.

'라임 아저씨?'

화면에 글이 떴다. 그리고 작은 창이 열렸다. 웹캠을 통해 아멜리아 색스의 거실이 보였다. 키보드 앞에 앉아서 메시지를 보내고 있는 팸의 모습도 보였다.

라임은 음성인식 시스템을 통해 문자를 보냈다.

'안녕 팸 잘 이써니?'

빌어먹을 컴퓨터. 정말 로드니 차닉에게 새 시스템을 깔아달라고 해야 할 것 같다.

하지만 팸은 라임의 메시지를 쉽게 이해했다.

'좋아요. 어떻게 지내세요?'

'잘 지내.'

'아멜리아 있어요?'

'아니. 지금 수사 중이야.'

':-(쳇. 이야기할 게 있어서 전화를 했는데, 안 받아요.'

'머 도아줄 이른….'

젠장. 라임은 한숨을 쉬고, 다시 문자를 보냈다.

'뭐 도와줄 일은 없니?'

'아뇨, 고마워요.'

팸은 잠시 침묵하다 휴대전화를 흘끗 보았다. 그리고 다시 컴퓨터를 바라보며 키보드를 쳤다.

'레이첼 전화예요. 좀 있다 다시 올게요.'

팸은 웹캠을 켜놓은 채 돌아앉아서 휴대전화에 대고 말하기 시작했다. 무릎에 올려놓은 커다란 책가방을 뒤지더니 교과서 한 권을 펼치고 안에서 쪽지를 꺼냈다. 읽어주는 것 같았다.

화이트보드를 향해 돌아앉으려던 라임은 문득 웹캠 창을 다시 보았다.

뭔가 달랐다.

라임은 미간을 찌푸리며 휠체어를 컴퓨터 쪽으로 좀 더 가까이 움직였다.

색스의 타운하우스 안에 누군가 다른 사람이 있는 것 같았다. 그런가? 확실히 알아보기는 힘들었지만, 눈을 가늘게 뜨고 자세히 보니 맞았다. 팸에게서 겨우 6미터 정도 떨어진 어두운 복도에 한 남자가 숨어 있었다.

라임은 머리를 최대한 앞으로 죽 내밀었다. 얼굴을 모자로 가린 침입자였다. 손에 뭔가 들고 있었다. 총? 칼?

"톰!"

조수는 못 들은 모양이었다. 마침 쓰레기통을 비우러 나가고 없었다.

"명령, 색스에게 전화. 집."

이번에는 다행히 음성인식장치가 정확히 지시를 수행했다.

팸이 컴퓨터 옆에 있는 전화기로 흘끗 눈길을 주는 것이 보였다. 하지만 전화벨을 무시했다. 자기 집이 아니기 때문이다. 음성사서함이 메시지를 받을 때까지 기다리려는 것이다. 그러곤 휴대전화로 통화를 계속했다.

남자가 복도를 빠져나왔다. 모자챙으로 가린 얼굴이 똑바로 팸을 쳐다보고 있었다.

"명령, 인스턴트 메신저."

화면에 창이 떴다.

"명령, 타이프: '팸 느낌표.' 명령, 전송."

'패므 느끼표.'

빌어먹을!

"명령, 타이프. '팸 위험해 어서 나가.' 명령, 전송."

이번 메시지는 거의 비슷하게 전송되었다.

팸, 읽어라, 제발! 라임은 소리 없이 빌었다. 화면을 봐!

하지만 아이는 대화에 푹 빠져 있었다. 표정은 아까처럼 태평스럽지 않았다. 심각한 화제인 모양이다.

라임은 911로 전화를 걸었다. 교환원은 경찰차가 5분 안에 타운하우스에 도착할 거라고 말했다. 하지만 침입자는 아무것도 모르는 팸과 겨우 몇 초 거리에 있었다.

라임은 그자가 522라고 확신했다. 그자는 수사팀 모두에 대한 정보를 얻기 위해 맬로이를 고문했다. 그리고 아멜리아 색스를 제일 먼저 죽이려 한다. 하지만 그것은 색스가 아니었다. 죄 없는 소녀였다.

심장이 쿵쾅거렸다. 격심한 두통이 찾아왔다. 머리가 욱신거렸다. 라임은 다시 전화를 걸었다. 신호음이 네 번 울렸다.

"안녕하세요, 아멜리아입니다. 삐 소리가 울리면 용건을 남겨주세요."

라임은 다시 시도했다.

"명령, 타이프. '팸 나한테 전화해 마침표. 링컨 마침표.'"

전화가 연결되면 뭐라고 말하지? 색스의 집에 총이 있을 것이다. 하지만 라임은 총이 어디 있는지 몰랐다. 팸은 운동신경이 좋은 소녀다. 침입자는 그 애보다 그다지 덩치가 큰 것 같지는 않았다. 하지만 무기를 갖고 있을 것이다. 게다가 팸이 미처 깨닫기도 전에 목에 올가미를 걸거나 칼로 등을 찌를 수도 있다.

그 모든 일이 눈앞에서 벌어질 것이다.

마침내 팸이 컴퓨터 쪽으로 돌아앉았다. 메시지를 보려는 것 같았다.

좋아, 화면을 봐.

순간, 방바닥을 길게 가로지르는 그림자가 보였다. 살인범이 접근하고 있는 걸까?

팸은 여전히 통화를 계속하면서 화면이 아닌 키보드만 쳐다보고 있었다.

화면을 봐! 라임은 소리 없이 외쳤다.

제발! 메시지 좀 보라고!

그러나 요즘 애들이 다 그렇듯이 팸은 타이핑을 정확하게 하기 위해 화면을 볼 필요가 없는 아이였다. 팸은 휴대전화를 뺨과 어깨 사이에 끼우더니 키보드를 힐끗 쳐다보며 자판을 빠르게 두드리기 시작했다.

'가봐야겠어요. 안녕, 라임 아저씨. 다음에 봐요 :-)'

그리고 화면이 검게 변했다.

현장 수색용 타이벡 점프슈트와 외과 의사용 수술모, 장화 차림의 아멜리아 색스는 마음이 불편했다. 폐쇄공포증이 엄습했고, 젖은 종이와 피, 땀 냄새가 코를 찌르는 창고 안의 공기를 들이마시려니 속이 메슥거렸다.

조셉 맬로이와 잘 아는 사이는 아니었다. 하지만 그는 셀리토의 표현대로 '우리 쪽 사람'이었다. 522가 원하는 정보를 얻기 위해 그에게 한 짓은 경악스러웠다. 색스는 현장 수색을 거의 마치고 증거물 봉투를 밖으로 날랐다. 디젤 연료 냄새가 풍기는 바깥 공기에 무한한 감사의 마음이 일었다.

아버지의 목소리가 계속 들리는 것 같았다. 어린 시절, 부모님 침실을 살짝 들여다본 색스는 제복 차림으로 눈물을 닦고 있는 아버지를 본 적이 있었다. 그 장면은 충격이었다. 아버지가 우는 것을 한 번도 본 적이 없었기 때문이다. 아버지는 딸에게 들어오라고 손짓했다. 허먼 색스는 언제나 딸에게 솔직한 아버지였다. 그는 딸을 침대 옆 의자에 앉힌 다음 친구인 동료 경찰이 도둑을 잡으려다 총에 맞아 죽었다고 털어놓았다.

"에이미, 경찰은 모두가 한 가족이야. 아내와 자식보다 더 오랜 시간을 함께 지내는 사람들이지. 경찰 중 누군가가 죽을 때마다 나 자신의 일부가 죽는 거란다. 순찰 경관이든, 간부든 상관없이 우린 모두 가족이고, 누군가를 잃는다는 것은 가족을 잃는 것과 같은 고통이야."

지금 색스는 아버지가 말했던 고통을 느끼고 있었다. 마음속 깊은 곳에서부터.

"끝났어."

색스는 긴급출동차량 옆에 서 있는 현장감식요원에게 말했다. 현장은 색스 혼자 수색했지만, 퀸스에서 나온 감식반원들도 사진과 비디오를 찍고 2차 현장—범인의 진입로와 탈출로로 여겨지는 곳—을 수색했다.

그리고 법의국에서 나온 의사와 동료들에게 고개를 끄덕였다.

"자, 이제 시체안치소로 데려가요."

두꺼운 녹색 장갑과 점프슈트 차림의 남자들이 안으로 들어갔다. 라임의 연구실로 가져갈 증거물을 우유 상자 안에 넣던 색스는 잠시 손을 멈췄다.

누군가가 쳐다보고 있었다.

사람이 없는 골목 안쪽에서 쇠 부딪히는 소리가 들렸다. 콘크리트, 쇠, 혹은 유리 같은 것에 부딪히는 소리. 얼른 골목을 들여다보았다. 버려진 공장의 무너진 창고 문 옆으로 누군가가 숨는 것을 본 것 같았다.

꼼꼼하게 수색하되 등 뒤를 조심해.

공동묘지 현장에서 범인이 경찰모를 쓰고 지켜보던 일이 떠올랐다. 그때 느꼈던 불안감이 다시금 엄습했다. 색스는 증거물 봉투를 내려놓고 권총을 손에 댄 채 골목 안으로 들어갔다. 아무도 보이지 않았다.

피해망상.

"형사님?"

감식반원 하나가 불렀다.

색스는 계속 걸음을 옮겼다. 지저분한 창문 너머… 혹시 사람 얼굴인가?

"형사님!"

"곧 갈게."

색스의 목소리에 짜증이 섞였다. 감식반원이 말했다.

"죄송합니다만, 연락이 와서요. 라임 형사님입니다."

현장 수색을 할 때 색스는 정신을 집중하기 위해 늘 휴대전화를 꺼두었다.

"내가 곧 전화한다고 해."

"형사님, 팸이라는 사람 때문이랍니다. 형사님 타운하우스에서 사고가 있었답니다. 빨리 가보셔야 할 것 같아요."

39 감시탑

색스는 무릎의 통증도 의식하지 못한 채 빠른 걸음으로 들어섰다. 문간에 서 있는 경찰에게 인사도 하지 않고 옆을 지나쳤다.

"어디지?"

한 경찰이 거실 쪽을 가리켰다. 색스는 서둘러 거실로 들어갔다. 팸은 소파에 앉아 있었다. 창백한 얼굴로 색스를 올려다보았다. 색스는 팸 옆에 앉았다.

"괜찮아?"

"괜찮아요. 그냥 조금 놀란 것뿐이에요."

"다치진 않았어? 안아도 돼?"

팸이 웃자 색스는 그 애의 몸에 팔을 둘러 와락 껴안았다.

"무슨 일인데?"

"누군가가 들어왔어요. 집 안에 나랑 같이 있었어요. 라임 아저씨가 웹캠을 통해 내 뒤에 사람이 서 있는 걸 봤어요. 계속 전화를 하셨는데, 다섯 번쯤 벨이 울렸을 때 겨우 받았더니 소리를 크게 지르면서 빨리 밖으로 나가라고 하셨어요."

"그래서 나갔어?"

"아뇨. 주방으로 뛰어가서 칼을 가져왔어요. 열 받았거든요. 그 사람은 도망쳤어요."

색스는 브루클린 관할 지구대 형사를 보았다. 땅딸막한 흑인 형사가 묵직한 바리톤 음성으로 말했다.

"여기 도착했을 때는 아무도 없었습니다. 이웃들도 목격한 게 없고요."

그렇다면 조 맬로이가 살해당한 창고 현장에서 범인을 봤다고 생각한 건 그냥 내 상상이었군. 아이들이나 주정뱅이가 경찰이 뭘 하는지 궁금해서 기웃거린 것이리라. 522는 맬로이를 죽인 뒤 여기로 왔다. 파일이나 증거를 찾기 위해서, 아니면 나를 죽이기 위해서.

색스는 형사와 팸을 데리고 타운하우스를 둘러보았다. 책상을 샅샅이 뒤진 흔적이 있었다. 하지만 없어진 것은 없는 듯했다.

"스튜어트일지도 모른다고 생각했어요."

팸이 숨을 들이쉬었다.

"헤어졌거든요."

"그래?"

팸이 고개를 끄덕였다.

"잘했어. 그런데 그 사람이 아니었어?"

"아니었어요. 다른 옷을 입었고, 몸집도 스튜어트하고 달랐어요. 네, 그 사람이 개자식이긴 하지만, 남의 집에 몰래 침입하고 그럴 사람은 아니에요."

"얼굴은 봤니?"

"아뇨. 자세히 보기 전에 달아났어요."

팸이 본 것은 옷차림뿐이었다.

흑인 형사는 침입자가 남성이고 백인, 혹은 연한 피부색의 흑인이나 라틴계, 보통 체격, 청바지와 진청색 체크무늬 스포츠 재킷 차림이었다는 팸의 진술을 들려주었다. 형사는 웹캠에 대한 이야기를 듣고 라임에게도 연락을 해봤지만, 라임 역시 희미한 형체 정도밖에는 본 것이 없다고 했다.

경찰은 범인이 침입한 창문을 발견했다. 집에 경보장치가 있었지만, 팸이 들어오면서 해제시켰다고 했다.

색스는 집 안을 둘러보았다. 맬로이의 끔찍한 죽음으로 인한 분노와 슬픔이 가시고, 대신 공동묘지와 맬로이가 죽은 창고, SSD… 아니, 사실상 522를 수사하기 시작한 이후 어딜 가나 느꼈던 것과 같은 불편함과 범인에게 항상 노출되어 있다는 불안감이 엄습했다. 드리온의 집 현장에서도 마찬가지였다. 지금 이 순간에도 날 쳐다보고 있는 건 아닐까?

창밖에서 뭔가 움직이는 것이 언뜻 보였다. 불빛이 흔들렸다…. 유리창이 햇빛을 희미하게 반사했다. 흔들리는 나뭇잎일까?

혹 522는 아닐까?

"아멜리아?"

팸도 불안한 듯 주위를 둘러보며 나지막이 색스를 불렀다.

"괜찮아요?"

이 말에 색스는 다시 현실로 돌아왔다. 일을 해야 한다. 빨리. 살인범이 여기 왔었다. 그것도 얼마 전에. 젠장. 뭐든 도움이 될 만한 정보를 찾아내야 해.

"그래, 팸. 괜찮아."

지구대에서 나온 순찰 경관이 물었다.

"형사님, 감식반을 불러서 수색하게 할까요?"

"괜찮아."

색스는 팸을 한 번 쳐다보고 단호한 미소를 지었다.

"내가 직접 하지."

색스는 자동차 트렁크 안에서 휴대용 현장감식 장비를 가져와 팸과 함께 수색을 시작했다. 아니, 수색은 색스가 하고 팸은 현장 반경 밖에 서서 범인이 있던 장소를 정확히 알려주었다. 목소리는 불안정했지만, 팸은 냉정하고 능률적이었다.

주방으로 뛰어가서 칼을 가져왔어요.

팸이 있었기 때문에 색스는 순찰 경관에게 범인이 도망친 정원을 지키라고 말해두었다. 하지만 걱정이 완전히 가시지는 않았다. 목표물을 정탐하고, 그들에 대한 모든 정보를 알아낸 뒤 접근하는 522의 무시무시한 능력 때문이었다. 얼른 현장을 수색하고 팸과 함께 집을 나가고 싶었다.

색스는 팸의 말에 따라 범인이 지나간 장소를 수색했다. 하지만 타운하우스 안에서는 증거가 전혀 나오지 않았다. 장갑을 끼고 침입했던지, 지문이 묻을 만한 표면을 전혀 만지지 않은 것 같았다. 접착 롤러에도 외부에서 묻은 미량증거물은 전혀 나오지 않았다.

"어디로 해서 나갔지?"

"보여드릴게요."

팸이 색스의 얼굴을 보았다. 색스의 표정에 자신을 더 이상 위험에 노출시키고 싶어 하지 않는 기색이 역력했던 모양이다.

"그냥 말로 하는 것보다 낫잖아요."

색스는 고개를 끄덕였다. 두 사람은 정원으로 나갔다. 색스는 주위를 조심스럽게 둘러보고 순찰 경관에게 물었다.

"눈에 띈 건 없나?"

"없습니다. 하지만 누가 보고 있다고 생각하면, 정말 그런 사람이 눈에 띄게 마련이지요."

"그렇지."

순찰 경관은 골목 건너편에 일렬로 늘어선 어둑어둑한 창문, 이어서 진달래와 회양목이 우거진 덤불 쪽을 엄지손가락으로 가리켰다.

"저기는 살펴봤습니다. 아무것도 없었습니다만, 계속 살펴보겠습니다."

"고마워."

팸은 522가 도망친 쪽으로 색스를 데려갔다. 색스는 수색을 시작했다.

"아멜리아?"

"응?"

"내가 정말 못되게 굴었죠? 어제 말이에요. 난 정말… 절망적인, 그런 심정이었거든요. 놀랐고…. 음, 그러니까, 하고 싶은 말은… 죄송해요."

"넌 잘 참았어."

"별로 그런 것 같지 않아요."

"사랑은 사람을 이상하게 만들지, 팸."

팸은 웃었다.

"나중에 이야기하자. 상황을 봐서 오늘 밤이나. 저녁 먹으면서."

"그래요."

색스는 522가 아직 이곳에 있다는 불안감을 떨쳐버리려 애쓰며 수색을 계속했다. 하지만 노력에도 불구하고 수색은 그다지 성과가 없었다. 바닥은 주로 자갈이었고, 족적은 범인이 정원에서 골목으로 나갈 때 지나간 대문 옆에서 단 하나가 나왔을 뿐이다. 그것도 한쪽 발의 발가락 부분이어서 — 범인이 뛰었다는 얘기다 — 법과학적으로는 무용지물이었다. 방금 생긴 타이어 자국도 없었다.

정원으로 돌아오는데, 땅을 뒤덮고 있는 담쟁이와 협죽도 넝쿨 사이에서 뭔가 흰 것이 눈에 띄었다. 522가 잠긴 대문을 뛰어넘을 때 주머니에서 흘린 것일 수도 있다.

"뭐가 있어요?"

"그런 것 같아."

색스는 집게로 작은 종잇조각을 주웠다. 타운하우스로 들어간 색스는 간이 관찰대를 차리고 사각형 종이를 관찰했다. 우선 닌히드린을 뿌린 뒤 고글을 쓰고 가변광을 쏘았다. 지문이 나타나지 않아 실망스러웠다.

"도움이 되는 거예요?"

팸이 물었다.

"그럴 수도 있어. 범인이 어디에 사는지 알려주진 않지만, 증거란 게 보통 그래. 증거 하나만 보고 범인을 알아낼 수 있다면…."

색스는 웃으며 덧붙였다.

"링컨이나 나 같은 사람이 필요 없겠지. 안 그래? 가서 잘 살펴봐야겠다."

색스는 공구함에서 드릴을 꺼내 부서진 창문에 다시 못을 박았다. 자물쇠를 잠그고 경보장치의 전원을 올렸다.

아까 라임에게 팸은 괜찮다고 알려주었다. 하지만 새로 나타난 단서에 대해서도 알려주고 싶었다. 휴대전화를 꺼내 버튼을 누르려던 색스는 도로변에 우뚝 서서 주위를 둘러보았다.

"왜 그래요, 아멜리아?"

색스는 휴대전화를 다시 넣었다.

"내 차."

카마로가 없었다. 다시 긴장감이 밀려왔다. 손을 글록 손잡이 쪽으로 가져가며 도로 양옆을 둘러보았다. 522가 여기 있나? 그자가 차를 훔쳐간 걸까?

경관이 정원에서 나왔다. 색스는 본 사람이 있느냐고 물었다.

"그 차요? 오래된 거? 형사님 찹니까?"

"그래. 범인이 훔쳐갔을지도 몰라."

"저런, 형사님. 견인된 것 같은데요. 형사님 차라는 걸 알았다면, 제가 뭐라고 했을 텐데."

견인? 뉴욕시경 통행증을 대시보드에 올려놓는 것을 잊어버린 모양이었다.

두 사람은 팸의 낡은 혼다 시빅을 타고 관할 지구대로 향했다. 색스와 알고 지내는 사무 경찰도 소식을 들어 알고 있었다.

"안녕, 아멜리아. 인근을 정말 샅샅이 뒤졌어요. 하지만 범인을 본 사람이 없대요."

"비니, 내 차가 없어졌어. 우리 집 길 건너 소화전 옆에 있었는데."

"경찰 공용차?"

"아니."

"그 오래된 셰비?"

"응."

"아, 저런. 속상하겠네요."

"누가 견인해 갔다고 했어. 대시보드에 공무수행 카드를 안 올려놓은 것 같아."

"그래도 자동차 번호를 확인하면 차주를 알 수 있었을 텐데. 참, 더럽게 일 못하네. 아, 죄송해요."

팸은 방금 얼결에 내뱉은 말이 실수라는 듯 착하게 미소를 지었다.

색스는 경장에게 자동차 번호를 알려주었다. 경장은 몇 군데 전화를 걸며 컴퓨터를 확인했다.

"어, 주차법규 위반이 아닌데요? 잠깐만요."

그러곤 다른 곳으로 다시 전화를 걸었다.

개자식. 그 차가 없으면 안 된다고. 집에서 찾아낸 단서를 얼른 확인하러 가고 싶었다. 하지만 비니가 얼굴을 찡그리는 것을 보자 답답함은 걱정으로 변했다.

"그래요? …알겠습니다. 어디로 갔죠? …네? 음, 알게 되면 곧장 전화 주세요."

그는 전화를 끊었다.

"뭐지?"

"카마로, 혹시 대출 같은 거 했어요?"

"대출? 아니."

"이상하네요. 압류가 들어갔어요."

"압류를 했다고?"

"저쪽 말로는 할부금이 6개월 밀렸다는데요."

"비니. 그 차는 1969년식이야. 우리 아버지가 1970년대에 현금 주고 샀다구. 한 번도 담보 들어간 적 없어. 대출해준 곳이 어디래?"

"모른대요. 확인해보고 연락 주기로 했어요. 어디로 가져갔는지도 알아봐줄 거예요."

"빌어먹을, 하필 지금 이런 때. 여기 혹시 차 있어?"

"아뇨, 없어요."

색스는 고맙다는 인사를 하고 밖으로 나왔다. 팸도 옆에서 나란히 걸었다.

"차에 흠집 하나라도 나봐라. 다들 목을 날려줄 테니까."

색스는 중얼거렸다. 혹시 이번 일의 배후도 522일까? 놀랄 일은 아니지만, 도대체 어떻게 이런 일을 꾸밀 수 있는 건지 상상할 수가 없었다. 범인이 얼마나 가까이 접근했는지, 자신에 대해 얼마나 많은 정보를 얻어낼 수 있을지, 새삼 불안감이 엄습했다.

모든 것을 알고 있는 사나이….

색스는 팸에게 물었다.

"네 시빅을 빌려도 되겠니?"

"그러세요. 나는 레이첼 집에 내려주실래요? 같이 숙제를 하기로 했어요."

"이렇게 하면 어떨까? 저기 지구대 경찰한테 널 시내로 태워다주라고 내가 부탁할게."

"왜요?"

"그자는 나에 대해 너무 많은 걸 알고 있어. 우린 조금 떨어져 있는 게 안전할 것 같아."

색스는 다시 지구대로 들어가 팸을 태워달라고 부탁했다. 다시 밖으로 나온 색스는 보도 양옆을 돌아보았다. 누가 지켜보는 기미는 없었다.

길 건너 창문 안에서 뭔가가 움직이는 것 같아 얼른 시선을 들었다. 순간 SSD 로고가 떠올랐다. 감시탑에 난 창. 밖을 내다본 사람은 나이 많은 여자였지만, 색스의 등골에는 다시 식은땀이 흘렀다. 색스는 서둘러 팸의 차로 다가가 시동을 걸었다.

40 저격수

한순간 전기가 끊기면서 시스템이 모두 꺼졌다. 타운하우스는 어둠에 휩싸였다.

"도대체 무슨 일이야?"

라임이 소리쳤다. 톰이 대답했다.

"전기가 나갔어요."

"그건 나도 알아. 이유를 묻는 거잖아."

"가스크로마토그래프를 돌리지도 않았는데."

멜 쿠퍼가 변명하듯 말했다. 그러곤 이웃집 전기도 나갔는지 확인해보려는 듯 밖을 내다보았다. 하지만 아직 해가 지지 않아 콘에드 전기회사 탓인지는 알 수 없었다.

"지금 전기가 나가면 안 돼. 빌어먹을. 누가 어떻게 해봐!"

라임, 셀리토, 풀라스키, 쿠퍼는 어둑어둑하고 조용한 연구실 안에 그대로 있고, 톰은 복도로 나가 휴대전화로 통화를 했다. 곧 전기회사 사람이 연결된 것 같았다.

"그럴 리가 없습니다. 온라인으로 요금을 내는데요, 매달. 한 번도 빠진 적 없습니다. 영수증도 있고요. …음, 그건 컴퓨터에 있는

데. 지금 전기가 나가서 온라인으로 확인을 못하잖아요. …수표가 취소된 건… 다시 한 번 말씀드리지만, 전기가 나갔는데 어떻게 컴퓨터를 켭니까? …복사하는 집은 어디 있는지 모르겠습니다."

"그놈 짓이야."

라임이 말했다.

"522? 그놈이 이 집 전기를 내렸다고?"

"그래. 그자는 나에 대해서, 내가 어디 사는지 알아냈어. 맬로이가 말한 게 분명해. 여기가 수사본부라고."

음산한 침묵이 감돌았다. 라임의 머릿속에 가장 먼저 떠오른 생각은 상대의 공격에 자신이 철저한 무방비 상태라는 사실이었다. 자신이 의지하는 장비는 이제 무용지물이고 통신 수단도, 문을 잠그거나 열 수 있는 방법도, 환경제어장치를 사용할 수도 없었다. 정전이 계속되고 톰이 휠체어 배터리를 충전하지 못하면 전혀 움직일 수 없는 상황에 빠진다.

마지막으로 이렇게까지 무방비 상태가 되어본 게 언제인지 기억조차 나지 않았다. 다른 사람들이 주위에 있다는 사실도 걱정을 덜어주지 못했다. 522는 모든 사람에게, 어디서나 위협적인 존재다.

또 한 가지 의문이 떠올랐다. 정전은 단순히 주의를 다른 곳으로 돌리기 위한 작전일까, 아니면 본격적인 공격을 알리는 서막일까?

"다들 긴장해. 그자가 우리를 공격할 수도 있어."

라임이 말했다. 풀라스키가 창밖을 내다보았다. 쿠퍼도 마찬가지였다.

셀리토는 다운타운으로 전화를 걸어 상황을 설명했다. 그러곤 눈동자를 굴리더니—셀리토는 감정 표현을 자제하는 사람이 아니었다—마지막으로 말했다.

"음, 상관없어. 무슨 수단을 동원하든. 이 개자식은 살인마야. 전기가 없으면 우리는 아무것도 할 수 없다고. …고마워."

"톰, 잘 해결됐어?"

"아뇨."

톰이 불쑥 대꾸했다.

"젠장."

그때 라임의 머리에 뭔가가 떠올랐다.

"론, 롤랜드 벨한테 전화해. 보호가 필요하다고. 522는 팸을 노렸고, 아멜리아도 노렸어."

그러곤 검은 모니터를 턱으로 가리켰다.

"그자는 우리에 대해 알고 있어. 아멜리아의 어머니 집에 경찰을 보내. 팸의 집에도. 풀라스키의 집, 멜의 어머니 집, 자네 집도 마찬가지야, 론."

"그렇게까지 위험하다고 생각…."

셀리토는 묻다 말고 고개를 저었다.

"내가 무슨 소리를 하는 거지? 당연히 위험하지."

셀리토는 모든 사람의 주소와 전화번호를 알아낸 다음 벨에게 경찰을 보내라고 전화했다. 전화를 끊은 뒤, 셀리토가 말했다.

"몇 시간 걸리겠지만, 그렇게 해준다고 했어."

문을 두드리는 요란한 소리가 정적을 깨뜨렸다. 톰이 전화를 움켜쥔 채 문으로 향했다. 라임이 외쳤다.

"잠깐!"

톰이 그 자리에 우뚝 섰다.

"풀라스키하고 같이 가."

톰이 풀라스키의 엉덩이 쪽에 있는 권총을 턱으로 가리키며 말했다.

"그러죠."

두 사람은 복도로 나갔다. 나지막이 대화를 나누는 목소리가 들렸다. 잠시 후 짧은 머리, 표정 없는 얼굴을 한 정장 차림의 두 남자가 타운하우스로 들어와 호기심 어린 눈으로 주위를 둘러보았다. 처음에는 라임의 몸, 이어서 연구실을 둘러보더니 과학 장비가 많다는 사실 때문인지, 전기가 나가서인지, 양쪽 다인지 놀란 표정을 지었다.

"셀리토 경위를 찾고 있습니다. 여기 계시다고 들었는데요?"

"나요. 누구요?"

상대는 배지를 보여주고 직급과 이름을 밝혔다. 둘 다 뉴욕시경 경사로, 내사과 소속이었다. 둘 중 나이 많은 쪽이 말했다.

"경위님의 배지와 총을 압수하러 왔습니다. 내사 결과가 확정되었다는 것을 알려드립니다."

"미안한데, 무슨 소리야?"

"정식으로 정직 처분을 받으셨습니다. 지금 체포하지는 않겠습니다. 하지만 개인 변호사든, 경찰조합 변호사든, 변호사를 만나보실 것을 권합니다."

"도대체 무슨 일이야?"

젊은 경찰이 얼굴을 찌푸렸다.

"약물 검사 말씀입니다."

"뭐?"

"저희한테 부정하셔도 소용없습니다. 저희는 배지와 총을 회수하고, 용의자에게 정직 처분 사실을 통보하는 실무자일 뿐입니다."

"무슨 검사라고?"

나이 많은 쪽이 젊은 쪽을 보았다. 이런 일은 한 번도 없었던 모양이다.

당연하지. 뭔지 몰라도 522가 꾸며낸 걸 테니까. 라임은 생각했다.

"형사님, 그렇게 모르는 척하실 필요는…."

"내가 연기를 하는 것처럼 보여?"

"음, 정직 명령서에 따르면, 형사님은 지난주 약물 검사를 받으셨습니다. 그 결과가 방금 나왔는데, 체내에서 상당량의 마약이 검출되었습니다. 헤로인, 코카인, 환각제."

"난 내 부서의 다른 사람들하고 똑같이 약물 검사를 받았어. 양성으로 나올 리가 없어. 난 빌어먹을 약 같은 건 안 하니까. 약은 입에도 대본 적이 없다고. …아, 젠장."

셀리토는 얼굴을 찌푸리며 내뱉었다. 그러곤 SSD 광고 책자를 손가락으로 가리키며 덧붙였다.

"약물 검사를 하는 회사와 신원 조회를 하는 회사도 SSD 고객이야. 그 자식이 시스템에 들어가서 내 파일에 손을 댔어. 조작된 결과라고."

"그런 일은 아주 힘들 텐데요."

"하지만 그랬다고."

"음, 형사님이나 변호사가 심리 때 그렇게 방어하시면 되겠군요. 저희는 일단 배지와 총을 가져가야 합니다. 서류는 여기 있습니다. 문제를 일으키지 않았으면 좋겠습니다. 안 그래도 곤란한 상황인데, 문제가 커지면 형사님에게도 불리할 겁니다."

"젠장."

구깃구깃한 옷차림의 덩치 큰 셀리토는 구식 리볼버와 배지를 넘겨주었다.

"빌어먹을 서류나 이리 줘."

셀리토는 젊은 경찰의 손에서 명령서를 낚아챘다. 나이 많은 경찰이 확인증을 써서 셀리토에게 넘겨주었다. 그리고 총에서 실탄을 뺀 뒤, 총과 실탄을 두꺼운 봉투에 넣었다.

"감사합니다, 형사님. 좋은 하루 되십시오."

그들이 나간 뒤, 셀리토는 내사과장에게 전화를 걸었다. 과장은 외출 중이었다. 셀리토는 메시지를 남겼다. 그런 다음 소속 부서에도 전화를 걸었다. 다른 형사들과 셀리토의 일을 돕는 강력반 소속 비서 역시 소식을 들은 모양이었다.

"헛소리라는 건 나도 알아. 뭘 어쨌다고? …아, 대단하군. 상황을 알게 되면 다시 전화하지."

셀리토는 전화기가 부서져라 플립을 닫았다. 그러곤 한쪽 눈썹을 추켜세웠다.

"내 책상 물건도 모조리 압수했다는군."

풀라스키가 물었다.

"이런 놈하고 어떻게 싸우죠?"

그때 로드니 차닉에게서 셀리토의 휴대전화로 전화가 걸려왔다. 셀리토는 스피커에 휴대전화를 연결했다.

"거기 일반전화는 왜 안 돼요?"

"개새끼가 전기를 끊었어. 지금 해결 중이야. 그쪽은?"

"시디의 SSD 고객 명단 말입니다. 뭔가 나왔어요. 매번 살인사건이 발생했을 때마다 그 전날 피해자와 대역에 대한 데이터를 뽑아간 고객이 하나 있습니다."

"누구?"

"이름은 로버트 카펜터."

라임이 말했다.

"좋아. 잘했어. 어떤 사람이지?"

"제가 아는 건 스프레드시트에 적혀 있는 것뿐이에요. 미드타운에 회사를 갖고 있습니다. 어소시에이티드 웨어하우징."

창고업? 라임은 조 맬로이가 살해당한 장소를 떠올렸다. 관계가 있을까?

"주소는?"

차닉이 주소를 불러주었다.

전화를 끊은 뒤, 라임은 얼굴을 찌푸리고 있는 풀라스키를 보았다. 젊은 경찰이 말했다.

"SSD에서 그 사람을 본 것 같습니다."

"누구?"

"카펜터요. 어제 갔을 때. 키 크고 머리가 벗겨진 남자였습니다. 스털링과 회의 중이었는데, 표정이 밝지 않았습니다."

"밝지 않아? 그건 무슨 뜻이야?"

"글쎄요. 그냥 흔히 쓰는 표현인데요."

"도움이 안 돼. 멜, 카펜터란 사람에 대해 조사해봐."

쿠퍼는 휴대전화로 경찰 본부에 전화를 걸었다. 잠시 통화하더니 빛이 들어오는 창가 쪽으로 가서 메모를 했다. 그리고 전화를 끊었다.

"'흥미롭다'는 단어는 싫어하실 것 같습니다만, 사실이 그렇습니다. 전국범죄정보센터(NCIC)와 뉴욕시경 데이터베이스에서 검색 결과가 나왔는데요, 로버트 카펜터, 어퍼이스트사이드 거주, 미혼. 그리고 들어보세요. 전과가 있습니다. 신용카드 사기와 수표 위조. 워터베리에서 6개월 실형을 살았습니다. 기업사기사건으로 체포당한 적도 있군요. 무혐의로 풀려났습니다만, FBI가 체포하려 하자 펄펄 뛰면서 요원에게 주먹을 휘두르려 했답니다. 혐의는 풀렸습니다만, 정서 장애에 대해 상담을 권고받았습니다."

"정서 장애?"

라임은 고개를 끄덕였다.

"그리고 창고업을 한다…. 수집 강박증 환자가 할 만한 일이군. 좋아. 풀라스키, 아멜리아의 타운하우스에 침입자가 들어왔을 때 이 카펜터라는 사람이 어디 있었는지 알아봐."

"알겠습니다."

풀라스키가 휴대전화를 뽑는데, 마침 전화가 걸려왔다. 그는 발신자 번호를 보았다.

"아, 여보. …뭐? …아니, 제니. 진정하고…."

아, 또…. 링컨 라임은 이번에도 522가 공격을 한 것이라고 직감했다.

"뭐? 당신 지금 어디 있어? …진정해. 그냥 착오야."

신참의 목소리가 떨렸다.

"전부 다 잘될 거야. …주소 알려줘. …알았어. 바로 갈게."

풀라스키는 전화를 끊고 눈을 질끈 감았다.

"가봐야겠습니다."

"무슨 일이야?"

"제니가 체포됐대요. INS에."

"이민국?"

"국토안보국 요주의 인물 목록에 들어갔답니다. 안보에 위협이 되는 불법 체류자라고요."

"제니가…."

"우린 증조부 때부터 미국 시민입니다."

풀라스키가 쏘아붙였다. 젊은 경찰의 눈이 분노로 이글거렸다.

"맙소사. 브래드는 외할머니 댁에 가 있지만, 제니는 아기와 함께 있다고요. 구치소로 데려간답니다. 아기를 빼앗을지도 몰라요. 만약 그렇게 되면…. 아."

절망감이 얼굴에 가득 찼다.

"가봐야겠습니다."

풀라스키의 눈을 보니 그 무엇도 지금 이 순간 아내 곁으로 가는 걸 막을 수 없을 것 같았다.

"좋아. 가봐. 행운을 비네."

젊은이는 문을 뛰쳐나갔다.

라임은 잠시 눈을 감았다.

"저격수처럼 우리를 하나하나 제거하고 있군."

그러곤 얼굴을 찌푸리며 덧붙였다.

"최소한 색스는 곧 여기로 오겠지. 색스한테 카펜터에 대해 알아보라고 하면 돼."

그때 또다시 문 두드리는 소리가 들렸다. 라임은 놀라서 눈을 번쩍 떴다. 이번에는 뭐지?

하지만 이번엔 522의 공격이 아니었다.

퀸스 감식 본부에서 나온 요원 두 사람이 색스가 타운하우스로 달려가기 전에 맡긴 커다란 우유 상자를 들고 들어왔다. 맬로이 살해현장의 증거물일 것이다.

"안녕하십니까, 형사님. 초인종이 안 되더군요."

한 사람이 주위를 둘러보았다.

"불도 꺼져 있네요."

"우리도 잘 알고 있어."

라임은 차갑게 말했다.

"어쨌든 여기 있습니다."

경찰들이 떠난 뒤, 멜 쿠퍼가 상자를 관찰대 위에 놓고 증거물과 현장 사진이 담긴 색스의 디지털 카메라를 꺼냈다.

"참, 도움이 많이도 되겠군."

라임은 컴퓨터와 검은색 화면을 턱으로 가리키며 삐딱하게 중얼 거렸다.

"메모리칩을 햇빛에다 비춰봐."

라임은 증거물 자체를 훑어보았다. 족적, 나뭇잎 몇 개, 덕트 테이프, 미량증거물 봉투. 최대한 빨리 관찰해야 한다. 이것은 연출된 증거가 아니므로 522의 소재에 대해 진정한 단서를 제공해줄지도 모른다. 하지만 이것들을 분석하고 데이터베이스를 검색할 장비가 없다면, 봉투는 무용지물에 지나지 않는다.

"톰, 전기는?"

라임이 소리치자 톰이 어둑어둑한 복도에서 대답했다.

"아직 기다리는 중입니다."

나쁜 생각인지도 모른다는 것은 알고 있었다. 하지만 자제할 수가 없었다.

론 풀라스키의 자제력을 빼앗는다는 것은 어지간한 일로는 불가능했다.

그는 분노에 휩싸여 있었다. 그가 지금껏 느껴본 그 어떤 감정보다 강했다. 경찰에 들어오면서, 가끔 얻어맞고 협박당하는 것 정도는 각오했다. 하지만 자신의 업무가 제니는 물론 아이들까지 위험에 처하게 할 줄은 상상조차 해본 적이 없었다.

그래서 규정에 충실하게 정도를 걷는 대신 자기 손으로 이 일을 직접 해결하기 위해 나섰다. 링컨 라임과 셀리토 형사, 심지어 조언자인 아멜리아 색스에게도 비밀로 한 채. 그들이 안다면 마땅치 않게 생각하겠지만, 풀라스키는 필사적이었다.

퀸스의 이민국 구치소로 가는 길에 마크 휘트콤에게 전화를 걸었다.

"아, 론. 어떻게 돼갑니까? …당황한 목소리군요. 숨도 차고."

"문제가 생겼습니다, 마크. 부탁입니다. 도움이 필요해요. 내 아내가 불법 체류자로 몰렸습니다. 여권은 위조된 것이고, 국가 안보에 위협적인 존재랍니다. 말도 안 되는 소리예요."

"시민권자 아닙니까?"

"몇 세대 전부터 미국에 살았습니다. 마크, 우리가 쫓는 범인이 당신 회사 시스템에 들어간 것 같아요. 형사 한 사람은 약물 검사에 걸렸고… 이번에는 제니를 체포하게 만들었습니다. 그런 짓을 하는 것이 가능한가요?"

"요주의 인물 명단에 있는 사람과 파일을 바꿔치기 해놓고 신고했을 겁니다. …이봐요, 내가 이민국에 아는 사람이 있습니다. 이야기를 해드리죠. 어디십니까?"

"퀸스 구치소로 가는 길입니다."

"20분 뒤 밖에서 만납시다."

"아, 고맙습니다. 휴, 정말 어떻게 해야 할지 모르겠어요."

"걱정 마세요, 론. 잘될 겁니다."

이민국 구치소 앞. 론 풀라스키는 '이민국은 국토안보국에서 운영한다.'는 내용이 적혀 있는 임시 간판 옆에서 휘트콤을 기다리며 서성거렸다. 불법 체류자에 대해 보도하는 텔레비전 뉴스에서 본 겁에 질린 사람들의 얼굴이 떠올랐다.

지금 아내는 무슨 일을 겪고 있을까? 며칠이나 몇 주씩 부조리한 관료주의 체제 안에서 시달리게 되는 건 아닐까? 풀라스키는 고함을 지르고 싶었다.

진정해. 영리하게 처리해. 아멜리아 색스는 늘 그렇게 말했다.

영리하게 처리해.

이윽고 풀라스키는 마크 휘트콤이 빠른 걸음으로 다가오는 것을 보았다. 얼굴에는 다급하고 걱정스러운 표정이 역력했다. 정확히 그가 무슨 도움을 줄지는 알 수 없었지만, 정부와 협조하는 감찰과에서 일하는 만큼 국토안보국 안의 연줄을 통해 최소한 문제가 공시적으로 해결될 때끼지 아내와 아이들이 풀려날 수 있도록 해줄 수 있을 것 같았다.

휘트콤이 숨을 몰아쉬며 다가왔다.

"상황은 좀 알아봤습니까?"

"10분 전에 전화했습니다. 지금 안에 있답니다. 난 아무 말 안 하고 당신만 기다리고 있었습니다."

"괜찮으세요?"

"아뇨. 정말 급합니다, 마크. 이렇게 와줘서 고마워요."

"그래요."

감찰차장은 진심에서 우러나오는 목소리로 말했다.

"괜찮을 겁니다, 론. 걱정 마세요. 내가 어떻게 할 수 있을 겁니다."

그러곤 풀라스키의 눈을 올려다보았다. SSD 감찰차장은 앤드루 스털링보다 키가 약간 더 컸다.

"한데… 제니를 저기서 빼내는 게 당신한테는 중요한 일이죠?"

"그럼요, 마크. 이건 악몽이에요."

"좋습니다. 이쪽으로 오세요."

휘트콤은 풀라스키를 데리고 건물 모퉁이를 돌아 골목으로 들어갔다.

"한 가지 부탁이 있어요, 론."

휘트콤이 속삭이듯 말했다.

"말씀하세요. 제가 할 수 있는 일이라면 뭐든지."

"정말입니까?"

그답지 않게 나직하고 침착한 목소리였다. 휘트콤의 눈이 날카롭게 빛났다. 풀라스키가 전에 보지 못한 눈빛이었다.

"아시겠지만, 때로는 론, 올바르지 않다고 생각되는 일을 해야만 할 때도 있습니다. 다 최선의 결과를 위해서 하는 일이지만."

"무슨 소립니까?"

"내가 부인을 꺼내드리면, 당신은 스스로 옳지 않다고 생각되는 일을 하셔야 할지도 모릅니다."

풀라스키는 대답하지 않았다. 머리가 혼란스러웠다. 무슨 말을 하려는 거지?

"론, 이번 사건을 그냥 넘어가주셨으면 합니다."

"사건?"

"살인사건 수사요."

"넘어가요? 무슨 뜻인지?"

"수사를 중단하라고요."

휘트콤이 주위를 둘러보며 속삭였다.

"방해하라는 겁니다. 증거물을 없애요. 가짜 단서도 던져주고. SSD 말고 다른 방향으로 유도해주세요."

"이해가 안 되는군요, 마크. 농담하는 겁니까?"

"아뇨, 론. 정말 진지하게 하는 이야깁니다. 이번 수사는 중단되어야 합니다. 당신이 그렇게 해주세요."

"전 못합니다."

"아뇨, 할 수 있어요. 제니를 정말 저기서 빼내고 싶다면."

그러곤 구치소 쪽을 턱으로 가리켰다.

아, 이런…. 이자가 522다. 휘트콤이 살인범이었어! 자기 상관 샘 브락튼의 패스코드로 이너서클에 들어간 거야!

풀라스키는 본능적으로 총을 향해 손을 뻗었다.

하지만 총을 먼저 빼든 것은 휘트콤이었다. 그의 손에는 어느새 검은색 권총이 들려 있었다.

"아니, 론. 그래서는 해결이 안 나지."

휘트콤은 손을 뻗어 풀라스키의 권총을 뺏은 뒤 자기 허리춤에 찔러 넣었다.

어떻게 이처럼 끔찍한 오판을 저지를 수 있지? 머리 부상 때문인가? 그냥 멍청해서? 휘트콤의 우정은 연기일 뿐이었어. 충격도 충격이었지만, 마음의 상처도 컸다. 커피를 가져다주고, 캐설과 길레스피 앞에서 나를 방어해주고, 함께 어울리자고 제의하고, 근무기록표를 확보하는 일도 도와주고…. 그 모든 것이 경찰인 나를 이용하기 위한 계략이었어.

"전부 다 거짓말이었군. 그래요, 마크? 퀸스에서 자라지도 않았죠? 경찰 형도 없고?"

"둘 다 아니야."

휘트콤의 표정이 어두워졌다.

"이성적으로 설득하고 싶었는데, 론, 협조를 안 해주는군. 빌어먹을! 도와주면 좋잖아! 나한테 왜 이런 짓을 하게 만드는 거야!"

살인범은 풀라스키를 끌고 골목 깊숙이 들어갔다.

41 마지막 퍼즐

아멜리아 색스는 시끄럽고 반응 속도가 느린 일본 엔진에 짜증을 내며 도심의 자동차 사이를 누비고 있었다.

얼음 만드는 기계 소리 같군. 마력도 그 정도밖에 안 돼.

라임에게 두 번 전화를 했지만 두 번 다 음성사서함으로 넘어갔다. 이런 일은 드물었다. 라임이 집을 비우는 일은, 당연한 얘기지만, 그리 많지 않았기 때문이다. 경찰 본부에서도 뭔가 이상한 일이 벌어지고 있었다. 론 셀리토의 사무실 전화는 고장이었다. 게다가 셀리토도, 론 풀라스키도 휴대전화를 받지 않았다.

이것도 522의 짓일까?

이럴수록 더욱 서둘러 타운하우스에서 발견한 단서를 분석해야한다. 이번에는 확실한 단서라고 색스는 믿었다. 어쩌면 이번 사건을 해결하는 데 필요한 최후의 단서, 잃어버린 퍼즐의 마지막 조각인지도 모른다.

멀지 않은 곳에 목적지가 보였다. 카마로가 어떻게 되었는지 알고있기에—추측대로 522가 그렇게 한 거라면—팸의 차까지 그런 위험에 빠뜨리고 싶지는 않았다. 색스는 한 블록을 돌다가 맨해튼에서 극히 드문 현상, 즉 비어 있는 합법적인 주차 공간을 찾아냈다.

좋았어!

어쩌면 좋은 징조인지도 모른다.

"왜 이런 짓을 하는 겁니까?"

론 풀라스키는 인적 없는 퀸스의 골목 안에서 마크 휘트콤에게 나직이 말했다.

하지만 살인범은 그를 무시했다.

"내 말 잘 들어."

"우린 친구라고 생각했는데."

"음, 모든 사람이 사실이 아닌 생각들을 하지. 그게 인생이야."

휘트콤이 헛기침을 했다. 초조하고 불안해 보였다. 범인이 경찰 수사로 압박감을 받고 있기 때문에 무모한 짓을 할 거라고 했던 색스의 말이 떠올랐다. 그 때문에 더욱 위험해질 거라고.

풀라스키는 숨을 가쁘게 몰아쉬었다.

휘트콤이 주위를 얼른 돌아보더니 젊은 경찰 쪽으로 돌아섰다. 총을 잡고 있는 자세에 안정감이 있었다. 분명 잘 다룰 줄도 알 것이다.

"내 말 듣고 있어?"

"빌어먹을. 듣고 있어요."

"이번 수사가 더 진행되어서는 안 돼. 이제 중단해야 할 때야."

"중단해요? 난 순찰과라고요. 내가 뭘 어떻게 중단합니까?"

"말했잖아. 방해하라고. 증거물을 분실해. 수사를 다른 방향으로 이끌란 말이야."

"그럴 수는 없습니다."

풀라스키는 도전적으로 내뱉었다.

그러자 휘트콤이 거의 혐오스럽다는 듯 고개를 저었다.

"아니, 하게 될 거야. 네가 마음먹기에 따라서 쉽게 갈 수도 있고, 어려운 길로 돌아갈 수도 있어, 론.”

“내 아내는요? 아내를 저기서 빼내줄 수 있어요?”

“난 내가 원하는 건 뭐든지 할 수 있어.”

모든 것을 알고 있는 사나이….

젊은 경찰은 눈을 감고 어린 시절에 그랬던 것처럼 이를 갈았다. 그리고 제니가 갇혀 있는 건물을 보았다.

제니. 마이라 와인버그와 꼭 닮은 여자.

론 풀라스키는 그 일을 하기로 했다. 끔찍하고, 어리석었지만, 선택의 여지가 없었다. 막다른 골목이었다. 고개를 숙인 채 말했다.

“좋습니다.”

“할 거야?”

“한다고 했잖아요.”

“잘 생각했어, 론. 아주 잘 생각한 거야.”

“하지만 약속해주세요.”

풀라스키는 아주 잠깐 망설이며 휘트콤의 등 뒤로 눈길을 힐끗 주고는 다시 그를 보았다.

“제니하고 아이가 오늘 바로 풀려날 수 있게 해주십시오.”

풀라스키의 시선을 느낀 휘트콤이 뒤를 돌아보았다. 순간, 총구가 아주 약간 틀어졌다.

작전이 통하자 풀라스키는 신속하게 행동을 개시했다. 왼손으로 휘트콤의 총을 쳐내고 다리를 재빨리 들어 발목에 찬 소형 리볼버를 뽑았다. 아멜리아 색스가 항상 가지고 다니라고 충고한 총이었다.

살인범은 욕을 퍼부으며 뒤로 물러서려 했다. 하지만 풀라스키는 총을 단단히 쥐고 휘트콤의 얼굴을 향해 휘둘렀다. 코뼈가 내려앉았다.

휘트콤이 비명을 질렀다. 피가 흘러내렸다. 풀라스키는 쓰러진 휘트콤에게서 권총을 빼앗았지만 꽉 쥐지는 못했다. 검은색 권총이 땅에 떨어졌다. 두 남자는 한데 엉켜 뒹굴기 시작했다. 총은 아스팔트에 떨어졌지만 다행히 발사되지는 않았다. 충격과 분노에 사로잡힌 휘트콤은 눈을 커다랗게 뜨고 풀라스키를 벽으로 밀어붙였다.

"안 돼, 안 돼!"

휘트콤이 머리로 박치기를 했다. 오래전 곤봉으로 이마를 맞았던 끔찍한 기억이 떠올랐다. 풀라스키는 반사적으로 몸을 움츠렸다. 그 틈을 타서 휘트콤이 풀라스키의 권총을 위로 밀쳐내고, 반대쪽 손으로 글록을 빼들며 머리를 겨누었다.

이제 끝이다. 풀라스키의 입에서 짧은 기도문이 흘러나왔다. 천국까지 가져갈 아내와 아이들의 생생한 영상이 머릿속을 스쳤다.

마침내 전기가 들어왔다. 쿠퍼와 라임은 신속하게 조 맬로이 살인사건의 증거물을 분석하는 일에 착수했다. 연구실에는 두 사람뿐이었다. 론 셀리토는 정직 처분을 취소하기 위해 다운타운에 가 있었다.

현장 사진으로는 별다른 추론을 할 수도 없고, 증거물 또한 그다지 도움이 되지 않았다. 이전에 찾았던 것과 동일한 족적은 분명 522의 것이었다. 나뭇잎 조각은 집 안에서 키우는 식물이었다. 고무나무와 아글라오네마, 혹은 중국상록수라고 불리는 식물이었다. 미량증거물은 출처를 알 수 없는 흙, 이번에도 무역센터의 먼지, 커피메이트로 판명된 흰 가루였다. 덕트 테이프는 일반적인 것이었다. 출처도 알 수 없었다.

라임은 증거물에 묻은 피의 양을 보고 놀랐다. 경감에 대한 셀리토의 묘사가 떠올랐다.

그는 십자군이야….

냉철한 정신을 유지해야 한다고 마음을 다잡았지만, 맬로이의 잔혹한 죽음이 라임을 심란하게 했다. 분노가 더욱 뜨겁게 타올랐다. 불안감도 마찬가지였다. 톰이 모든 문과 창문을 잠그고 보안 카메라를 켜두었다는 것을 알면서도 마치 522가 지금 이 순간 이쪽을 들여다보고 있는 것 같아 몇 번이고 창밖을 내다보았다.

조셉 맬로이 살인사건
- 사이즈 11 스케처스 작업용 운동화
- 집 안에서 키우는 식물: 고무나무와 아글라오네마−중국상록수
- 흙, 출처는 알 수 없음
- 무역센터의 먼지
- 커피메이트
- 덕트 테이프, 일반적인 것 출처는 알 수 없음

"식물과 커피메이트를 연출되지 않은 증거물 차트에 올려, 멜."

화이트보드로 다가간 쿠퍼는 마커로 라임이 말한 것을 적었다.

"별로 없군. 젠장. 별로 없어."

그때 문득 라임이 눈을 깜빡였다. 다시 문 두드리는 소리가 들렸기 때문이다. 톰이 현관으로 나갔다. 쿠퍼는 화이트보드에서 물러나 엉덩이에 찬 가느다란 권총으로 손을 가져갔다.

하지만 손님은 522가 아니었다. 뉴욕시경의 허버트 글렌 경정. 꼿꼿한 자세를 가진 중년 남성이었다. 정장은 값싼 것이었지만, 신발에서는 완벽한 윤기가 흘렀다. 등 뒤 복도에서 여러 사람의 목소리가 들렸다.

글렌이 자기소개를 한 뒤 말했다.

"당신과 함께 일하는 경찰에 대해 소식을 전하러 왔습니다."

셀리토? 색스? 무슨 일이지?

글렌은 평정하게 말을 이었다.

"이름은 론 풀라스키. 함께 일하시지요?"

아, 안 돼.

신참….

풀라스키는 죽고, 그의 아내는 아기와 함께 관료주의의 늪에 빠져 구치소에 들어가 있다. 제니는 어떻게 하지?

"무슨 일인지 말해요!"

글렌이 뒤를 돌아보더니 다른 두 사람에게 들어오라고 손짓했다. 검은색 정장 차림에 머리가 희끗희끗한 남자와 옷차림은 비슷하지만 좀 더 키가 작고 젊은 남자였다. 젊은 쪽은 코에 커다란 붕대를 감고 있었다. 경정은 그들을 SSD 직원 새뮤얼 브락튼과 마크 휘트콤이라고 소개했다. 브락튼. 용의자 명단에 있던 이름이다. 하지만 강간살인사건에는 알리바이가 있었다. 휘트콤은 그 밑에 있는 감찰과 직원이었다.

"풀라스키에 대해 말하라니까요!"

글렌 경정이 말을 이었다.

"유감이지만…."

그때 경정의 휴대전화가 울렸다. 경정은 전화를 받았다. 글렌은 브락튼과 휘트콤 쪽으로 시선을 둔 채 낮은 음성으로 통화를 했다. 이윽고 그가 전화를 끊었다.

"론 풀라스키가 어떻게 됐는지 말해요. 빨리!"

초인종이 울리더니, 톰과 멜 쿠퍼가 두 사람을 연구실로 안내했다. 한 사람은 FBI 신분증을 목에 두른 덩치 큰 남자였고, 다른 한 사람은 수갑을 찬 풀라스키였다.

브락튼이 의자를 가리키자 FBI 요원이 풀라스키를 자리에 앉혔다. 풀라스키는 먼지투성이였다. 옷은 구깃구깃하고 보기에도 눈에 띄게 충격을 받은 상태였다. 몸에 피가 묻어 있었지만, 다치지는 않은 것 같았다. 휘트콤 역시 자리에 앉아서 조심스럽게 코를 만졌다. 그는 누구와도 시선을 마주치지 않았다.

새뮤얼 브락튼이 신분증을 꺼내 보여주었다.

"저는 미국 국토안보국 감찰과 소속 요원입니다. 마크는 내 조수고요. 당신 경찰이 연방요원을 폭행했습니다."

"자기 신분을 밝히지도 않고 총으로 날 위협했습니다. 저자가…."

감찰과? 라임은 들어본 적이 없었다. 하지만 복잡한 국토안보국

조직 안에서는 온갖 부서가 디트로이트 자동차 브랜드처럼 생겼다가 사라진다.

"SSD에 계시다고 들었는데요?"

"SSD에도 사무실이 있지만, 연방정부 소속 직원입니다."

한데 풀라스키는 뭘 하다 잡힌 거야? 안도감이 가시고 짜증이 밀려왔다.

신참이 입을 열려 하자 브락튼이 그의 말을 막았다. 하지만 라임은 회색 정장 차림의 남자를 향해 단호하게 말했다.

"아니, 들어봅시다."

브락튼은 갈등하는 듯했다. 하지만 눈빛에는 풀라스키든 누구든 무슨 말을 해도 자신에게는 전혀 영향을 주지 못할 거라는 자신감이 감돌았다. 이윽고 그가 고개를 끄덕였다.

신참은 라임에게 제니를 이민국 구치소에서 빼낼 수 있을까 싶어 휘트콤을 만난 이야기를 했다. 휘트콤이 수사를 방해하라고 부탁하더니 거절하자 총을 빼들고 협박했다는 것이었다. 풀라스키는 예비 총으로 휘트콤의 얼굴을 때렸고, 두 사람은 몸싸움을 벌였다.

라임은 브락튼과 글렌에게 물었다.

"왜 수사에 개입하시는 겁니까?"

브락튼은 그제야 라임이 장애인이라는 것을 알아챈 듯했지만, 즉시 그 사실을 무시했다. 그리고 침착한 바리톤 음성으로 말했다.

"우리는 미묘한 방식으로 노력했습니다. 풀라스키 경관이 동의했다면 채찍을 휘두르지 않아도 됐을 텐데…. 이번 사건은 많은 사람들 머리를 아프게 하고 있습니다. 일주일 내내 의회와 법무부에 약속이 있었는데, 모두 취소하고 이쪽 진행 상황만 쫓아다녀야 했습니다. …좋아요, 비밀을 전제로 말씀드리죠. 모두 약속하십니까?"

라임은 동의했다. 쿠퍼와 풀라스키도 고개를 끄덕였다.

"감찰과는 테러리스트의 잠재적 목표가 될 수 있는 사기업에 대해 위험 분석과 보안을 제공하고 있습니다. 미국 내 기간산업 분야의 대기업들 말입니다. 정유회사, 항공사, 은행, SSD 같은 데이터 마이너 등. 우리는 이들 회사에 요원을 상주시킵니다."

색스는 브락튼이 워싱턴에서 많은 시간을 보낸다고 말했다. 그 이유를 이제야 알 수 있었다.

"그럼 왜 거짓말을 했습니까? 왜 SSD 직원이라고 했냐고요?"

풀라스키가 불쑥 말했다. 라임은 그가 이렇게 화난 것을 본 적이 없었다. 풀라스키는 분노에 떨고 있었다.

"우리는 조용히 일해야 합니다. 송유관과 제약회사, 식료품업자가 왜 테러리스트의 주요 표적인지는 이해하실 겁니다. 음, SSD의 정보가 있으면 어떤 일을 할 수 있는지 생각해볼까요? 그들의 컴퓨터가 고장 나면 이 나라 경제가 휘청거릴 겁니다. 암살범이 이너서 클에서 대기업 임원이나 정치가의 소재, 기타 개인 정보를 알아내면 어떻게 될까요?"

"론 셀리토의 약물 테스트 결과도 그쪽에서 바꾼 겁니까?"

"아뇨. 그건 여러분의 용의자 522가 했을 겁니다. 풀라스키의 아내를 체포하게 한 것도."

글렌 경정이 말했다. 풀라스키가 끼어들었다.

"그런데 수사를 왜 중단시키려고 합니까? 그자가 얼마나 위험한지 모르시겠습니까?"

풀라스키는 마크 휘트콤을 향해 말했지만, 감찰차장은 대답이 없었다. 바닥만 쳐다볼 뿐이었다. 글렌이 설명했다.

"우리가 확보한 프로파일로 볼 때 그자는 국외자(局外者)입니다."

"뭐요?"

"이례적인 경우라는 거죠. 재발할 가능성이 없는 사건입니다. SSD가 상황 분석을 했습니다. 프로파일과 예측 모델에 따르면, 이런 종류의 반사회적 범인은 곧 포화 상태에 이르게 됩니다. 자진해서 범행을 그만둘 겁니다. 그냥 사라질 겁니다."

"안 그렇잖습니까. 네?"

브락튼이 대답했다.

"아직은 그렇죠. 하지만 그럴 겁니다. 프로그램은 틀리는 법이 없습니다."

"한 사람이라도 더 살해당했다면, 프로그램은 틀린 겁니다."

"현실적으로 생각합시다. 이건 균형 문제입니다. 우리는 SSD가 테러리스트에게 얼마나 귀중한 표적인지 사람들에게 알릴 수가 없습니다. 국토안보국의 감찰과에 대해서도 공개할 수가 없고요. SSD와 감찰과는 최대한 비밀에 부쳐야 합니다. 한데 살인사건 수사가 진행되면 양쪽 다 크게 주목을 받게 되겠지요."

글렌이 덧붙였다.

"통상적인 단서를 추적하고 싶다면 그렇게 하십시오, 라임. 법과학, 추론, 다 좋습니다. 하지만 SSD는 빼주십시오. 기자회견은 엄청난 실수였습니다."

"시장실에서 론 스코트하고 이야기를 했고, 조 맬로이하고도 상의했습니다. 둘 다 동의했고요."

"음, 확인해야 할 사람들을 거치지 않은 게 문제라는 겁니다. 그 때문에 SSD와 우리의 관계가 위험해졌습니다. 앤드루 스털링은 우리에게 더 이상 컴퓨터 지원을 해줄 의무가 없게 됐습니다."

마치 스털링과 SSD의 심기를 건드릴까 두려워하던 신발회사 사장 같은 말투였다. 브락튼이 덧붙였다.

"자, 결론적으로 말해서, 범인은 SSD에서 정보를 가져가지 않은 겁니다. 이것 한마디면 됩니다."

"조셉 맬로이가 SSD와 이너서클 때문에 살해당한 걸 알고 있습니까?"

글렌의 얼굴이 굳어졌다. 그가 한숨을 내쉬고 말했다

"그건 유감입니다. 대단히 유감이에요. 수사 도중 살해당하다니. 비극입니다. 하지만 경찰 업무란 게 원래 그런 거 아닙니까."

원래 그런 거 아닙니까….

브락튼이 말했다.

"SSD는 더 이상 수사 대상이 아닙니다. 이해하시겠습니까?"

싸늘한 끄덕임.

글렌이 FBI 요원에게 손짓을 했다.

"이제 풀어주게."

요원이 풀라스키의 수갑을 풀어주었다. 풀라스키는 손목을 문지르며 일어섰다. 라임이 말했다.

"셀리토를 복직시켜주시죠. 풀라스키의 아내도 풀어주고."

글렌이 브락튼을 쳐다보았다. 브락튼은 고개를 저었다.

"이 시점에서 그렇게 한다는 것은 데이터 마이닝 정보와 SSD가 범죄에 관련되었다는 것을 인정하는 것이 됩니다. 당분간은 이대로 두고 봐야 합니다."

"말도 안 돼. 론 셀리토가 평생 약을 입에도 안 댄 사람이라는 건 당신도 잘 알 텐데."

글렌이 대답했다.

"그렇다면 심리에서 결백이 밝혀지겠죠. 절차대로 흘러가도록 두는 게 좋겠습니다."

"안 돼, 빌어먹을! 범인이 시스템에 넣어둔 그 정보 때문에… 론은 이미 범죄자가 됐소. 제니 풀라스키도 마찬가지고. 전부 다 전과자로 기록되었단 말이야!"

경정은 침착하게 말했다.

"당분간은 그렇게 둘 수밖에 없습니다."

이윽고 연방요원들과 글렌은 문으로 향했다.

"어이, 마크."

풀라스키가 불쑥 입을 열었다. 휘트콤이 뒤를 돌아보았다.

"유감이야."

연방요원은 그의 사과에 놀란 듯 눈을 깜빡이며 붕대 감은 코를 만졌다. 풀라스키는 말을 이었다.

"네놈 코만 부순 게 유감이라고. 꺼져, 배신자 새끼."

흠, 신참도 배짱은 좀 있군 그래.

그들이 나간 뒤, 풀라스키는 아내에게 전화를 걸었지만 통화할 수가 없었다. 화가 난 듯 전화기 플립을 닫으며 말했다.

"링컨, 저 사람들이 뭐라고 하든지 난 상관없습니다. 그냥 이대로 수사를 접을 수는 없어요."

"걱정 마. 우린 계속할 거니까. 이봐, 날 해고할 수는 없잖아. 난 민간인이라고. 자네하고 멜은 해고할 수 있겠지만."

"음, 저는…."

멜이 인상을 찌푸렸다.

"긴장 풀어, 멜. 사람들은 잘 모르겠지만, 나도 유머 감각은 있는 사람이야. 아무도 모를 거야. 여기 이 신참이 연방요원을 구타하고 돌아다니지만 않으면. 좋아, 로버트 카펜터, SSD 고객. 이자를 찾아내. 당장."

42 차가운 눈동자

그래, 내가 '522'로군.

나는 그들이 왜 그 숫자를 택했는지 궁금했다. 마이라 9834는 내 522번째 피해자가 아니다(근사한 생각인데!). 피해자의 주소에도 이 숫자는 들어 있지 않다. …잠깐, 날짜. 그렇지. 마이라는 지난 일요일, 5월의 22번째 날에 죽었어. 그들이 나를 쫓기 시작한 것이 그때지.

그렇다면 '그들'에게 나는 숫자다. 내게 그들이 숫자인 것처럼. 황공하다. 나는 지금 대부분의 연구를 마치고 내 벽장 안에 있다. 퇴근 시간이다. 사람들은 집으로, 식당으로, 친구들을 만나러 가고 있다. 데이터가 대단한 것은 바로 이런 점이다. 데이터는 절대 잠들지 않는다. 내 병사들은 내가 선택한 어떤 시각, 어떤 장소, 어떤 인간에게든 공습을 퍼부을 수 있다.

지금 프레스콧의 가족과 나는 공습을 시작하기 전 잠깐 함께 시간을 보내고 있다. 경찰은 곧 나의 적들과 그들 가족의 집을 지키기 시작할 것이다…. 그러나 그들은 내 무기의 본질을 이해하지 못한다. 불쌍한 조셉 맬로이는 내게 일거리를 풍부하게 주고 갔다.

예를 들어 이 로렌조 형사, 아니, 론 셀리토(본명을 숨기기 위해 아주 애를 썼더군) 형사는 정직되었지만 이것으로 끝난 것이 아니다. 몇 년 전 검거 과정에서 범인이 총에 맞아 사망한 불행한 사건…. 용의자가 사실은 총을 가지고 있지 않았다는 새로운 증거가 나타날 것이다. 증인이 거짓말을 한 것이다. 죽은 소년의 어머니가 그 소식을 듣는다. 나는 몇몇 우익 웹사이트에 그의 이름으로 인종차별적인 편지 몇 통을 보낼 것이다. 그리고 앨 목사를 개입시킨다. 이건 장례식을 알리는 종소리와 같다. 불쌍한 론은 실형을 살게 될지도 모른다.

셀리토와 엮인 사람들도 살펴보았다. 나는 그의 첫 아내가 낳은 십대 아들을 위해서도 뭔가 만들어낼 생각이다. 마약 복용 혐의 같은 걸로. 부전자전이라고나 할까. 귀가 솔깃한 이야기다.

그 폴란드계 친구 풀라스키. 음, 아내가 불법 체류자나 테러리스트가 아니라는 점은 국토안보국에 납득시킬 수 있을지 모른다. 그러나 아이의 출생 기록이 사라지고 1년 전 병원에서 신생아를 잃어버린 다른 부부가 자기들이 잃어버린 아이가 풀라스키의 아이라고 나서면 깜짝 놀라지 않을까? 아이는 문제가 해결될 동안 최소한 몇 달은 아동보호소 신세를 져야 할 것이다. 그렇게 되면 아이는 지울 수 없는 상처를 입는다(이 점은 개인적으로 너무나 잘 알고 있다).

마지막으로 아멜리아 7303과 이 링컨 라임. 음, 기분이 나쁘니까, 다음 달 심장 수술을 하기로 되어 있는 로즈 색스가 의료보험을 잃게 해주지. 사기사건으로. 아멜리아 7303은 차 때문에 열이 받아 있겠지. 하지만 진짜 나쁜 소식이 아직 남아 있어. 무절제한 신용카드 빚. 20만 달러 정도. 거의 고리대금 수준의 이자율과 함께.

하지만 이것도 시작에 불과하다. 아멜리아의 전 남자 친구는 약탈, 폭행, 절도, 갈취로 유죄 판결을 받았다. 새로운 증인이 그 사건에 아멜리아도 관련되어 있다는 익명의 이메일을 보낸다. 어머니의 집 차고에는 내가 내사과에 신고하기 전 심어둔 장물이 숨겨져 있을 것이다.

공소 시효 때문에 재판까지 가지는 않겠지만, 언론에서 떠들면 평판은 망가진다. 고맙다, 언론의 자유. 신이시여, 미국을 축복하소서….

죽음은 추적자의 속도를 늦출 수 있는 종류의 트랜잭션이지만, 생명과 관계없는 전략도 그 못지않게 효과적일 수 있고, 내게는 훨씬 더 우아하다.

그리고 이 링컨 라임은…. 흠, 이건 흥미로운 상황이다. 물론, 그의 사촌을 선택한 것은 나의 실수였다. 한데 아서 3480과 엮인 모든 사람을 다 확인했지만 사촌에 대한 정보는 나오지 않았다. 이상하다. 혈연관계인데 10년 동안 전혀 교류가 없다니.

나는 짐승의 잠을 깨우는 실수를 범했다. 그는 내가 지금껏 만난 최고의 적수다. 그는 내가 드리온 6832의 집으로 가는 길을 막았다. 현장을 급습했다. 이건 이제까지 아무도 하지 못한 일이다. 맬로이가 숨을 헐떡이며 토해낸 바에 따르면, 그가 조금씩 점점 다가오고 있다.

하지만 물론 이것에 대한 계획도 있다. 지금은 이너서클에 접속할 수 없지만—지금은 조심해야 한다—신문기사나 기타 데이터 원만 가지고도 충분한 자료를 얻을 수 있다. 문제는 물리적 생활이 이미 상당 부분 파괴되어 있는 라임 같은 사람의 생명을 어떻게 빼앗느냐 하는 점이다. 마침내 한 가지 해결책이 떠오른다. 그렇게 남에게 의존해야 하는 생활이라면 그와 엮인 누군가를 없애면 된다. 라임의 조수 톰 레스턴을 다음 목표물로 삼자. 그 젊은이가 죽으면—그것도 특별히 불쾌한 방식으로—라임은 충격에서 절대 헤어나지 못할 것이다. 수사는 시들해질 것이다. 아무도 링컨 라임처럼 나를 뒤쫓지는 못할 것이다.

톰을 내 차 트렁크에 넣고 다른 창고로 간다. 거기서 크루시우스 브러더스 면도칼로 느긋하게 해치운다. 처음부터 끝까지 테이프에 담아서 라임에게 이메일로 보낸다. 열정적인 범죄학자인 만큼 그는 그 끔찍한 테이프를 꼼꼼히 들여다보며 단서를 찾지 않을 수 없을 것이다. 거듭거듭 반복해서 보아야 할 것이다.

분명 수사를 더 이상 지속할 수 없을 정도로 타격을 받을 것이다. 인생 전체가 망가질지도 모른다.

나는 벽장 제3번 방으로 가서 비디오카메라를 찾는다. 배터리는 근처에 있다. 제2번 방에서 낡은 상자 안에 든 크루시우스를 챙긴다. 칼날에는 말라붙은 갈색 핏자국이 묻어 있다. 낸시 3470. 2년 전에 묻은 피다(법원은 얼마 전 범인 제이슨 4971의 최종 항소를 기각했다. 증거가 조작되었다는 그의 주장은 아마 변호사조차도 한심하다고 생각했을 것이다).

면도날은 둔하다. 낸시 3470의 갈비뼈에서 저항이 느껴졌던 게 기억난다. 예상보다 더 오래 몸부림을 쳤다. 상관없다. 여덟 개의 연삭숫돌 중 하나를 쓰고 가죽숫돌로 마무리하면 준비는 끝이다.

사냥에서 오는 아드레날린이 아멜리아 색스의 온몸에 퍼졌다.

정원의 증거물을 추적해 구불구불한 길을 지났지만, 이번 임무는 생산적일 거라는 직감이 있었다. 색스는 팸의 자동차를 길가에 세우고, 522의 신원에 대해 최종 단서를 줄 수 있을 것으로 생각되는 여섯 명 중 다음 사람의 집으로 급히 향했다.

두 명은 소득이 없었다. 세 번째가 해답일까? 도시를 이렇게 차로 누비고 있으니 마치 죽음을 담보로 한 보물찾기 같다는 생각이 들었다.

이제 저녁이었다. 색스는 가로등 아래에서 주소를 확인한 뒤 현관 앞 계단을 올라갔다. 초인종을 막 누르려는데 뭔가가 신경을 건드리기 시작했다.

색스는 우뚝 멈췄다.

하루 종일 느꼈던 피해망상일까? 누군가가 지켜보고 있다는?

색스는 얼른 주위를 둘러보았다. 거리를 지나는 몇몇 남녀…. 근처에 있는 집과 작은 가게의 창문들…. 하지만 위험해 보이는 사람은 없었다. 아무도 자신에게 주의를 기울이는 것 같지 않았다.

색스는 다시 초인종을 누르려다 손을 내렸다.

뭔가 이상하다….

뭐지?

순간 색스는 알 수 있었다. 누가 쳐다보는 게 아니었다. 아까부터 자꾸 신경이 쓰인 것은 향이었다. 색스는 문득 그 향의 정체를 알아차렸다. 곰팡이. 지금 자신이 서 있는 타운하우스 문 앞에서 곰팡이 냄새가 흘러나오고 있었다.

우연일까?

색스는 소리 없이 계단을 내려왔다. 그리고 집 옆을 돌아 코블스톤이 깔린 골목으로 들어갔다. 건물은 아주 컸다. 정면에서 보면 폭이 좁았지만, 안쪽으로는 꽤 깊었다. 그녀는 골목 안으로 깊숙이 들어가 한 창문 앞에 멈춰 섰다. 창문은 신문으로 가려져 있었다. 건물 측면을 살폈다. 역시 모두 가려져 있었다. 테리 도빈스의 말이 떠올랐다.

창문은 검정색으로 칠하거나 테이프로 막아. 바깥세상을 차단해야 하니까….

여기에 온 것은 단순히 정보를 얻기 위해서였다. 522의 집일 리가 없다. 실마리가 서로 들어맞지 않는다. 하지만 이제 그녀는 단서가 틀렸다는 것을 깨달았다. 이곳이야말로 살인범의 집이다.

전화기를 향해 손을 뻗은 순간, 갑자기 등 뒤 코블스톤 위를 달리는 다급한 발소리가 들렸다. 색스는 눈을 커다랗게 뜨고 전화기 대신 총으로 손을 뻗으며 휙 돌아섰다. 하지만 미처 글록 손잡이에 손이 닿기도 전에 상대가 세게 달려들었다. 색스는 타운하우스 측면 벽에 몸을 부딪쳤다. 충격으로 무릎을 꿇었다.

숨을 몰아쉬며 고개를 든 색스는 살인범의 차가운 눈동자를 보았다. 손에 쥔 얼룩진 면도칼이 그녀의 목을 향해 내려왔다.

43 익스펙테이션

"명령, 색스에게 전화."

하지만 전화는 음성사서함으로 넘어갔다.

"젠장, 대체 어디 있는 거야? 찾아내…. 풀라스키?"

라임은 휠체어를 풀라스키 쪽으로 돌렸다. 그는 통화 중이었다.

"카펜터는 어떻게 됐어?"

풀라스키는 한 손을 들어 보였다. 그리고 전화를 끊었다.

"겨우 비서와 연락이 됐습니다. 카펜터는 일이 있어서 일찍 퇴근했답니다. 지금쯤 집에 도착했을 겁니다."

"거기로 사람을 보내. 당장."

멜 쿠퍼는 색스에게 문자를 보냈다. 그래도 응답이 없었다.

"안 되는데요."

전화를 몇 통 더 건 뒤 다시 보고했다.

"없습니다. 연락이 안 돼요."

"522가 색스의 전화를 끊은 것 아닐까? 전기처럼?"

"아뇨. 번호는 살아 있답니다. 그냥 장비 불통입니다. 부서졌든지, 배터리를 뺐든지."

"뭐? 확실해?"

마음 한구석의 두려움이 뭉게뭉게 커지기 시작했다.

초인종이 울렸다. 톰이 현관으로 나갔다.

셔츠 자락이 절반은 삐져나오고 얼굴은 땀투성이가 된 론 셀리토가 방으로 들어왔다.

"정직 처분에 대해서는 아무것도 못해준대. 그게 절차라니. 약물검사를 다시 받아도 내사과에서 수사를 할 때까지는 유효하다는 거야. 빌어먹을 컴퓨터. 퍼블릭슈어에 전화도 해봤어. 검토 중이래. 그게 무슨 뜻인지는 자네도 알 거야."

그러고는 풀라스키를 건너다보았다.

"자네 아내는?"

"아직 구치소에 있습니다."

"빌어먹을."

"거기다 한 술 더 떴어."

라임은 셀리토에게 브락튼, 휘트콤, 글렌 그리고 국토안보국 감찰과에서 찾아온 일에 대해 말해주었다.

"젠장. 처음 듣는 소린데."

"수사를 중단하래. 최소한 SSD가 관련된 부분은. 그런데 한 가지 문제가 또 생겼어. 아멜리아가 사라졌어."

"뭐야?"

"그런 것 같아. 타운하우스에 간 뒤로 행방이 묘연해. 전화도 없고…. 아, 젠장. 전원도 나가고, 전화도 불통이고. 음성사서함을 확인해봐. 아멜리아가 전화했을지도 몰라."

쿠퍼는 번호를 눌렀다. 색스가 소식을 남겼다. 무슨 단서를 추적하는 중이라고만 했을 뿐 다른 말은 없었다. 라임이 전화를 하면 설명하겠다고 했다.

라임은 답답해서 눈을 질끈 감았다.

단서라….

어디로? 용의자한테 갔겠지. 라임은 차트를 응시했다.

- 앤드루 스털링, 사장, CEO
  - 알리바이: 롱아일랜드, 아들이 확인해 줌
- 숀 캐설, 세일즈 및 마케팅 이사
  - 알리바이 없음
- 웨인 길레스피, 기술담당 이사
  - 알리바이 없음
  - 묘지 관리인 살인사건 알리바이 있음(근무기록부에 따르면 사무실에 있었음)
- 새뮤얼 브락튼, 감찰과장
  - 알리바이: 호텔 기록상 워싱턴에 체류 중인 사실이 확인됨
- 피터 알론조-켐퍼, 인력관리 이사
  - 알리바이: 아내와 함께 있었음. 아내가 확인(편향적?)

- 스티븐 슈래더, 기술 서비스 및 지원 관리자, 주간
  - 근무기록부에 따르면 사무실에 있었음
- 파룩 마메다, 기술 서비스 및 지원 관리자, 야간
  - 알리바이 없음
  - 묘지 관리인 살인사건 알리바이 있음(근무기록부에 따르면 사무실에 있었음)
- SSD 고객(?)
  - 로버트 카펜터(?)
- 앤드루 스털링이 고용한 용의자(?)
- 러너보이?

그 단서라는 게 이 중 하나일까?

"론, 가서 카펜터를 확인해봐."

"가서 뭐라고 해? 안녕하시오. 난 지금은 경찰이 아니라서 당신이 대답해야 할 의무는 없지만 좋은 사람이니까 질문 좀 해도 되겠소? 이렇게 말할까?"

"그래, 론. 그렇게 해."

셀리토가 쿠퍼 쪽으로 돌아서며 말했다.

"멜, 자네 배지 좀 줘."

"제 배지요?"

쿠퍼는 소심하게 물었다. 셀리토가 내뱉었다.

"흠집 안 나게 쓸 테니까 걱정 마."

"저도 정직될까봐 더 겁나는데요."

"그럼 동지가 된 걸 환영해야지."

셀리토는 배지를 받아들고 풀라스키에게서 카펜터의 주소를 받았다.

"상황은 전화로 알려줄게."

"론, 조심해. 522는 막다른 골목에 몰렸다고 느끼고 있어. 결사적으로 반격할 거야. 명심해. 그자는….."

"모든 걸 아는 개새끼지."

셀리토는 성큼성큼 연구실을 나섰다. 라임이 고개를 돌리니 풀라스키가 차트를 응시하고 있었다.

"형사님."

"뭐야?"

"한 가지 생각이 났는데요."

그리고 용의자의 이름이 적힌 화이트보드를 가리켰다.

"앤드루 스털링의 알리바이 말입니다. 스털링은 자기가 롱아일랜드에 있을 때 자기 아들은 웨스트체스터에서 하이킹을 했다고 했습니다. 시외에서 아들에게 전화했고, 통화 내역에서 시간도 확인됐지요. 그 점은 맞습니다."

"한데?"

"한데 스털링은 자기 아들이 기차를 타고 웨스트체스터로 갔다고 했습니다. 그런데 앤디하고 이야기를 해보니 차를 타고 갔다고 하더군요."

풀라스키는 고개를 가우뚱했다.

"또 있습니다. 묘지 관리인이 살해된 날의 근무기록부를 확인했을 때 앤디의 이름이 있었습니다. 건물 관리인 미구엘 아브레라를 뒤따라 나갔더군요. 거의 몇 초 차이로요. 그때는 앤디가 용의자가 아니라고 생각했기 때문에 깊이 생각하지 않았습니다."

"하지만 아들은 이너서클에 접속할 수가 없잖아."

쿠퍼가 용의자 차트를 턱으로 가리키며 말했다.

"아버지 말로는 그렇죠. 하지만….."

풀라스키는 고개를 저었다.

"앤드루 스털링이 워낙 협조적이었기 때문에 우리는 그가 하는 말을 액면 그대로 다 믿었습니다. 그는 용의자 명단에 있는 사람 외에는 아무도 접근 권한이 없다고 했죠. 그의 말 외에는 그 사실을 증명할 근거가 없습니다. 이너서클에 접속할 수 있는 사람과 없는 사람을 확인해보지 않았다, 이겁니다."

쿠퍼가 말했다.

"앤디가 패스코드를 얻기 위해 아버지의 전자수첩이나 컴퓨터를 뒤졌을지도 모르겠군."

"아주 좋아, 풀라스키. 멜, 이제 자네가 우두머리야. 앤디 스털링의 집으로 기동대를 보내."

익스펙테이션 같은 탁월한 인공 지능으로 돌린 최고의 예측 분석도 항상 맞아떨어질 수는 없다.

지금 5미터 앞에서 정신을 잃고 수갑을 찬 채 앉아 있는 아멜리아 7303이 내 집 문 앞에 나타나리라고 도대체 누가 생각이나 했을까?

행운이었다. 톰을 생체 해부하기 위해 막 집을 나서려는 순간, 나는 창문을 통해 아멜리아를 보았다. 내 인생은 늘 이런 식인 것 같다. 끝없는 초조함과 행운을 맞바꾸는.

나는 침착하게 상황을 정리한다. 그래, 경찰 친구들은 날 의심하지 않는다. 아멜리아 7303이 여기에 온 것은 단지 주머니에 있던 합성사진과 용의자 명단을 내게 확인하기 위해서였다. 맨 위 두 사람의 이름은 X 자로 지워져 있다. 나는 불운을 뜻하는 숫자 3번이다. 누군가가 분명 이 여자에 대해 물으러 올 것이다. 오면 이렇게 대답하자. 네, 합성사진을 보여주러 왔었습니다. 그러면 끝이다.

나는 전원을 끈 여자의 전자기기를 적당한 상자에 넣는다. 톰 레스턴이 몸부림치는 최후의 순간을 녹음할 때 이 전화를 쓸까 생각해보기도 했다. 훌륭한 대칭. 우아함 그 자체다. 하지만 아니, 이 여자는 흔적도 없이 사라져야 한다. 내 지하실에서, 캐롤라인 8630과 피오나 4892 옆에서 잠들게 될 것이다.

흔적도 없이 사라질 것이다.

아주 깔끔하지는 않지만 ─ 경찰은 시체 확인하는 걸 좋아한다 ─ 어쨌든 내게는 좋은 일이다.

이번에는 적절한 기념품을 챙기겠다. 아멜리아 7303의 손톱 정도가 아닌.

44 워치타워

"그래, 어떻게 된 거야?"

라임은 풀라스키에게 물었다.

신참은 5킬로미터 떨어진 맨해튼 어퍼이스트사이드의 앤드루 스털링 주니어의 타운하우스에 있었다.

"들어가봤어? 색스는 안에 있어?"

"앤디는 아닌 것 같습니다."

"아닌 것 같아, 확실히 아닌 거야?"

"아닙니다."

"설명해봐."

앤디 스털링이 일요일의 행적에 대해 거짓말을 한 것은 맞았다. 하지만 강간살인범이라는 정체를 은폐하기 위한 것은 아니었다. 그는 아버지에게 기차를 타고 웨스트체스터에 하이킹을 하러 갔다고 했지만, 사실은 차를 타고 갔었다. 풀라스키에게 말할 때는 깜빡 잊고 사실대로 말한 것이었다.

당황한 젊은이는 기동대원 두 명과 풀라스키 앞에서 아버지에게 기차를 타고 갔다고 거짓말한 이유를 설명했다. 운전면허증이 없었기 때문이다.

운전면허는 함께 간 남자 친구가 가지고 있었다. 세계 최고의 선구적 정보 전달자 앤드루 스털링은 자기 아들이 동성애자라는 사실을 몰랐고, 젊은이는 아버지에게 차마 그 사실을 말할 용기가 없었다.

앤디의 남자 친구에게 전화를 해보니 살인 발생 시각에 함께 있었다고 확인해주었다. 이지패스 서비스센터에도 요금소를 통과한 기록이 남아 있었다.

"빌어먹을. 알았어. 이리 돌아와, 풀라스키."

"네."

먼지 쌓인 보도를 걸으며 론 셀리토는 젠장, 쿠퍼의 총도 가지고 올 걸, 하고 후회했다. 물론 배지를 빌리는 것도 정직감이지만 총을 빌리는 것은 차원이 다른 문제다. 내사과에서 알게 되면 별로 안 좋은 정도가 아니라 최악의 상황으로 치닫게 될 것이다.

약물 혐의가 벗겨진다 해도 정직 처분이 정당화될 수 있다.

약물이라니. 젠장.

셀리토는 주소지를 찾아냈다. 카펜터의 집은 어퍼이스트사이드의 조용한 동네에 있는 타운하우스였다. 불은 켜져 있었지만, 사람은 보이지 않았다. 셀리토는 현관으로 다가가서 초인종을 눌렀다.

안에서 무슨 소리가 들린 것 같았다. 발소리. 문소리.

그러다 한참 동안 아무 소리도 나지 않았다.

셀리토는 본능적으로 총을 차고 다니던 곳으로 손을 뻗었다.

젠장.

마침내 옆 창문 커튼이 열렸다가 다시 닫혔다. 문이 열렸다. 안에는 머리를 빗어 넘긴 탄탄한 체구의 남자가 서 있었다. 남자가 불법 금배지를 쳐다보았다. 반신반의하는 눈빛이었다.

"카펜터 씨…."

이 말이 끝나자마자 반신반의하던 눈빛은 사라지고 남자의 얼굴이 분노로 일그러졌다. 남자가 소리쳤다.

"빌어먹을, 빌어먹을!"

론 셀리토는 오랫동안 범인과 몸싸움을 벌인 적이 없었다. 상대는 자신을 쉽게 때려눕히고 목을 딸 수 있을 정도로 덩치가 컸다. 도대체 왜 쿠퍼의 총을 빌려오지 않았을까? 나중에 무슨 일이 일어나든.

하지만 남자가 분노한 대상은 셀리토가 아니었다.

묘하게도, 그 대상은 SSD의 우두머리였다.

"그 개새끼 앤드루 스털링이 한 짓이지? 안 그래? 그자가 당신한테 전화를 했나? 그 시끄러운 살인사건에 내가 연루됐다고 했겠지. 아, 하느님, 이제 어떻게 하지? 이미 내 이름도 시스템에 입력됐고 워치타워가 전국 각지의 온갖 명단에 올려놨겠지. 아, 맙소사. SSD와 얽히다니, 이런 바보짓이 있나."

셀리토의 걱정은 수그러들었다. 배지를 넣고 남자에게 밖으로 나오라고 부탁했다. 남자는 그렇게 했다.

"내 말이 맞지? 앤드루가 배후에 있지?"

카펜터는 이를 악물고 물었다.

셀리토는 질문에 대답하지 않고 맬로이가 살해당한 시각에 어디 있었는지 물었다.

카펜터는 기억을 더듬었다.

"회의에 참석했소."

그러곤 자진해서 시내 대형 은행의 몇몇 임원 이름과 전화번호를 댔다.

"일요일 오후에는?"

"친구와 함께 여러 사람을 초대했소. 브런치로."

쉽게 입증할 수 있는 알리바이였다.

셀리토는 라임에게 상황을 알려주기 위해 전화를 걸었다. 전화를 받은 쿠퍼가 알리바이를 확인하겠다고 말했다. 전화를 끊은 다음, 형사는 다시 흥분해 있는 카펜터를 향해 돌아섰다.

"그자는 내가 같이 사업을 한 상대 중에서 가장 복수심이 많은 새끼요."

셀리토는 카펜터라는 이름이 SSD에서 나온 것은 사실이라고 말했다. 그 소식에 카펜터는 잠시 눈을 감았다. 분노가 점점 잦아들면서 절망으로 바뀌는 듯했다.

"그자가 나에 대해 뭐라고 했소?"

"당신이 살해 직전 피해자에 대한 정보를 다운로드받은 것 같던데. 지난 몇 달간 발생한 여러 건의 살인사건에서 말이오."

"앤드루가 화를 내면 그런 일이 생기지. 복수를 하는 거요. 한데 이 정도까지⋯."

남자가 문득 미간을 찌푸렸다.

"지난 몇 달간? 그 다운로드, 가장 최근 있었던 게 언제요?"

"지난 2주간."

"음, 그렇다면 나는 아니오. 나는 3월 초부터 워치타워 시스템에 접속할 수 없게 됐으니까."

"접속할 수 없다고요?"

카펜터는 고개를 끄덕였다.

"앤드루가 내 계정을 막았소."

셀리토의 전화기가 울렸다. 쿠퍼였다. 쿠퍼는 최소한 두 사람이 카펜터의 소재를 확인해주었다고 말했다. 셀리토는 쿠퍼에게 로드니 차닉에게 전화해서 풀라스키가 받은 시디의 자료와 대조하라고 지시했다. 전화를 끊은 다음 셀리토는 카펜터에게 말했다.

"계정은 왜 막힌 거요?"

"나는 데이터 창고회사를 경영하고 있는데⋯."

"데이터 창고회사?"

"SSD 같은 회사가 정보를 처리하듯이, 우리는 정보를 저장하는 회사요."

"물건을 쌓아놓는 창고 말고?"

"그렇소. 전부 컴퓨터 안에 저장합니다. 뉴저지와 펜실베이니아에 있는 서버에서. 어쨌든 나는… 음, 난 앤드루 스털링에게 유혹을 당했소. 성공과 돈. 나도 데이터 마이닝을 시작하고 싶었소. SSD처럼. 저장만 하지 않고. SSD의 영향력이 그다지 강하지 않은 몇몇 틈새시장도 만들 생각이었소. 경쟁하자는 것도 아니었고, 불법적인 일을 하려는 것도 아니었소."

자신이 한 일을 정당화하려는 카펜터의 목소리는 필사적이었다.

"그냥 푼돈밖에 안 되는 사업이었소. 한데 스털링이 그걸 알아내고 날 이너서클과 워치타워에서 차단한 거요. 날 고소하겠다고 협박했소. 난 협상하려고 노력했지만, 오늘 스털링은 결국 날 해고했소. 아니, 계약을 파기했다는 뜻이오. 하지만 난 잘못한 일이 없소."

목소리가 갈라졌다.

"그냥 사업이었을 뿐인데…."

"당신을 범인으로 보이게 하려고 스털링이 파일을 바꾸었다고 생각하는 거요?"

"SSD의 누군가가 틀림없이 그렇게 했을 거요."

그러니까 어쨌든 카펜터는 용의자가 아니군. 셀리토는 생각했다. 빌어먹을, 시간 낭비야.

"더 이상 질문은 없소. 그럼 이만."

하지만 카펜터는 마음이 바뀐 모양이었다. 분노가 완전히 사라지고, 두려움 같기도 하고 필사적인 몸부림 같기도 한 표정이 뒤따랐다.

"잠깐, 경관님, 오해하지는 마시오. 너무 급하게 이야기한 것 같은데, 앤드루의 짓이라는 건 아니오. 내가 미쳤었던 것 같소. 그냥 너무 당황한 나머지. 그 사람한테 이야기하지 않을 거지요? 그렇지요?"

형사는 그의 집에서 멀어지며 뒤를 돌아보았다. 카펜터는 당장 울음이라도 터뜨릴 것 같은 표정이었다.

또 한 사람의 용의자가 결백하다는 것이 밝혀졌다.

첫 번째는 앤디 스틸링, 두 번째는 로버트 카펜터. 연구실로 돌아온 셀리토는 곧바로 로드니 차닉에게 전화를 걸었고, 차닉은 어디서 뭐가 잘못된 것인지 알아보겠다고 대답했다. 그리고 10분 뒤 연락이 왔다. 차닉이 가장 먼저 한 말은 이랬다.

"음, 실수를 했습니다."

라임은 한숨을 쉬었다.

"말해봐."

"네. 카펜터가 피해자와 대역을 추적하는 데 필요한 정보를 얻을 수 있을 만큼 충분한 명단을 다운로드받은 건 사실입니다. 하지만 그건 2년 동안 죽 해온 일이었어요. 모두 합법적인 마케팅 전략의 일환이었고요. 그런데 3월 초 이후로는 기록이 전혀 없어요."

"자네가 범행 직전에 정보를 다운로드받았다고 했잖아."

"스프레드시트에는 그렇게 적혀 있었습니다. 그런데 메타데이터를 보니, SSD의 누군가가 날짜를 바꿨어요. 예를 들어, 당신 사촌에 대한 정보는 2년 전에 받은 거였어요."

"그렇다면 SSD의 누군가가 혐의를 카펜터에게 돌리려고 한 거군."

"맞아요."

"그렇다면 중요한 질문은 이거야. 도대체 누가 날짜를 바꿨을까? 그자가 바로 522야."

그러자 차닉이 말했다.

"메타데이터에는 다른 정보가 없어요. 관리자와 루트 접근 기록은…."

"그냥 없다고만 해. 간단히 말해서, 그렇단 이야기지?"

"맞아요."

"확실해?"

"확실해요."

"고마워."

라임은 짧게 내뱉었다. 두 사람은 전화를 끊었다.

아들은 제외됐다. 카펜터도 제외됐다….

어디 있지, 색스?

라임은 퍼뜩 놀랐다. 하마터면 성이 아닌 이름으로 그녀를 부를 뻔했기 때문이다. 두 사람 사이에는 서로를 지칭할 때 성만 쓴다는 암묵적인 규칙이 있었다. 안 그러면 액운이 따른다는 믿음을 갖고 있었다. 그러나 이보다 더 운이 없을 수도 있을까.

"링컨."

셀리토가 용의자 명단이 적힌 보드를 가리키며 말했다.

"지금으로서는 저 사람들을 하나하나 확인해보는 것밖에 별다른 생각이 떠오르지 않아. 지금 당장."

"음, 그걸 어떻게 하자고, 론? 경정은 이번 수사가 존재하는 것조차 바라지 않고 있어. 우리가 그런 일을 할…"

순간, 라임의 목소리가 잦아들었다. 시선은 522의 프로파일과 증거물 차트를 뚫어지게 쳐다보고 있었다.

그의 눈이 다시 옆쪽 독서대에 놓인 사촌 아서의 통합 개인 자료로 향했다.

생활양식

- 문서 1A. 소비자 제품 취향
- 문서 1B. 소비자 서비스 취향
- 문서 1C. 여행
- 문서 1D. 의료
- 문서 1E. 여가 시간 취향

재정/교육/직업

- 문서 2A. 교육 이력
- 문서 2B. 고용 이력/수입
- 문서 2C. 신용 기록/현재 실태와 등급
- 문서 2D. 업무용 제품 및 서비스 취향

정부/법률

- 문서 3A. 주민 정보
- 문서 3B. 유권자 등록
- 문서 3C. 법률 이력
- 문서 3D. 전과
- 문서 3E. 감찰 내역
- 문서 3F. 이민 및 현지화

라임은 문서를 몇 번 빠르게 읽었다. 그런 다음 증거물 보드에 테이프로 붙여놓은 다른 자료도 보았다. 뭔가 이상했다.

라임은 차닉에게 다시 전화를 걸었다.

"로드니, 말해봐. 30페이지짜리 문서라면 하드디스크에서 얼마나 많은 저장 공간을 차지하지? 여기 있는 SSD 개인 통합 자료 같은 거 말이야."

"흠, 개인 통합 자료요? 텍스트만 들어 있는 거죠?"

"그래."

"데이터베이스에 있으면 압축된 상태니까… 최대 25킬로바이트 정도."

"상당히 작은 양이지?"

"그럼요. 데이터 저장이 허리케인이라면 그건 방귀 수준이죠."

라임은 이 대답에 눈동자를 굴렸다.

"한 가지 질문이 더 있어."

"말씀하세요."

머리가 욱신거렸다. 돌로 된 벽에 부딪힐 때 입 안에 난 상처에서 피 냄새가 났다. 살인범은 면도칼을 목에 대고 총을 빼앗은 뒤, 색스를 질질 끌고 지하실 문을 지나 타운하우스 '정면' 쪽으로 난 가파른 계단을 올라갔다. 집 정면은 SSD의 흑백 실내장식을 연상케 하는 현대적이고 황량한 공간이었다.

범인은 그런 뒤 거실 뒤쪽으로 난 문 안으로 들어갔다.

알고 보니, 묘하게도 벽장이었다. 그는 찌든 냄새가 나는 옷가지를 밀어젖히고 뒷벽에 난 다른 문을 열더니 색스를 안으로 끌고 들어가서 호출기, 전자수첩, 휴대전화, 열쇠, 바지 뒷주머니에 있는 스위치블레이드 칼을 빼앗았다. 그러곤 높이 쌓인 신문 더미 사이에 있는 라디에이터에 그녀를 기대놓고 녹슨 쇠파이프에 수갑을 채웠다. 주위를 둘러보니, 수집가의 천국이었다. 방 안은 어둑어둑하고, 곰팡내와 오래된 냄새, 중고 물건의 냄새가 풍겼다. 색스는 지금껏 이렇게 많은 쓰레기와 물건이 쌓여 있는 공간을 본 적이 없었다. 살인범은 넓고 복잡한 책상 위에 색스의 장비를 모두 올려놓았다. 그리고 그녀의 스위치블레이드로 전자 장비를 분해하기 시작했다. 그는 꼼꼼하게 작업하며 마치 시체의 장기를 해부하듯 빼낸 물건 하나하나를 느긋하게 감상했다.

지금 범인은 책상 앞에서 키보드를 두드리고 있었다. 주변에는 엄청난 신문지 더미, 탑처럼 쌓아 올린 접은 종이봉투 더미, 성냥 박스, 유리제품, '담배'·'단추'·'클립' 등의 표시가 붙은 상자, 1960년대와 1970년대의 오래된 캔과 음식 상자, 세제, 기타 수많은 용기로 가득 차 있었다.

하지만 색스는 그런 물건에 관심이 없었다. 범인이 자신들을 어떻게 속였는지 의아하기만 했다. 522는 용의자 중 한 명이 아니었다. 오만한 임원, 기술진, 고객, 해커, 사업을 선전하기 위해 고용한 앤드루 스털링의 청부업자, 그 모두가 범인이 아니었다.

그러나 범인이 SSD 직원이라는 것은 맞았다.

이렇게 명백한 가능성을 왜 생각해보지 않았을까?

522는 월요일에 색스를 데이터 보관실로 데려간 경비였다. 명찰이 기억났다. 존. 성은 롤린스였다. 지난 월요일, SSD 로비 보안검색대에서 색스와 풀라스키가 도착하는 것을 보고 얼른 자진해서 스털링의 사무실까지 데려다주겠다고 나섰을 것이다. 그런 다음 방문한 까닭을 알아내려고 계속 근처를 맴돌았다. 어쩌면 그들이 온다는 것을 미리 알고 그날 아침 근무를 맡았을지도 모른다.

모든 것을 알고 있는 사나이….

그날 그가 자유롭게 회사 내부를 안내했을 때, 경비가 모든 보관실과 입고센터에 출입할 수 있는 권한을 가지고 있다는 것을 눈치챘어야 했다. 일단 보관실로 들어가면 이너서클에 접속하는 패스코드가 필요 없다는 사실도 기억이 났다. 데이터가 들어 있는 디스크를 그가 어떻게 외부로 빼냈는지는 아직 알 수 없지만—데이터보관실에서 나갈 때는 경비도 신체검사를 받았다—어떤 방법으로든 빼냈을 것이다.

색스는 머리의 통증을 잠재워보려고 눈을 가늘게 떴다. 아픔은 여전했다. 고개를 들어 보니 책상 앞 벽에 그림 한 점이 걸려 있었다. 포토리얼리즘풍으로 그린 한 가족의 초상화였다. 그래. 앨리스 샌더슨을 죽이고 결백한 아서 라임에게 죄를 뒤집어씌운 뒤 빼앗은 하비 프레스콧의 그림이었다.

마침내 어둠침침한 불빛에 적응이 된 색스는 범인을 돌아보았다. SSD를 안내할 때는 그에게 주의를 기울이지 않았다. 하지만 이제 색스는 그를 분명히 볼 수 있었다. 마르고 창백한, 별다른 특징은 없지만 잘생긴 얼굴. 공허한 눈빛은 빠르게 움직였고, 손가락은 아주 길었으며, 팔은 힘이 셌다.

범인은 색스가 자신을 관찰하는 것을 알아차린 듯했다. 그가 고개를 돌려 굶주린 눈으로 그녀를 훑어보았다. 그런 다음 다시 컴퓨터 쪽으로 돌아앉더니 맹렬하게 자판을 두드렸다. 대부분 부서지거나 글자가 닳아 없어진 수십 개의 다른 키보드가 바닥에 무더기로 쌓여 있었다. 아무에게도 쓸모가 없는 물건들이었다. 그러나 522는 그 물건들을 버릴 수 없었을 것이다. 정확하고 꼼꼼한 글씨로 가득 찬 수천 개의 노란 법률용지가 그를 둘러싸고 있었다. 현장에서 발견된 바로 그 종잇조각의 출처였다.

곰팡이와 세탁하지 않은 옷가지, 속옷 냄새가 코를 찔렀다. 범인은 악취에 워낙 익숙해서 느끼지 못하는 듯했다. 어쩌면 즐기는 건지도 모른다.

색스는 눈을 감고 신문지 더미에 머리를 기댔다. 총도 없고, 무력했다. …이제 어떻게 해야 할까? 라임에게 어디로 가는지 좀 더 자세히 메시지를 남기지 않은 자신에 대해 분노가 치솟았다.

무력감.

그때 한 가지 문구가 머릿속에 떠올랐다. 522 사건의 슬로건과 나름없는 문장. 지식은 힘이다.

정보를 얻자, 젠장. 그에 대한 정보를 알아내자. 무기로 사용할 수 있는 정보.

생각해!

SSD 경비 존 롤린스…. 색스에게는 아무런 의미도 없는 이름이었다. 수사 과정에서 한 번도 용의선상에 떠오르지 않았다. 그는 SSD와 이번 범행들 그리고 데이터와 어떤 관계가 있을까?

색스는 주위의 어둑어둑한 방을 둘러보았다. 엄청난 쓰레기 더미가 그녀를 압도했다.

노이즈….

집중해. 한 번에 하나씩만.

그때 반대쪽 벽에 있는 뭔가가 주의를 끌었다. 범인의 소장품 중하나, 스키 리조트 리프트 사용권 무더기였다.

베일, 코퍼 마운틴, 브레킨리지, 비버 크릭.

정말 그럴까?

좋아. 도박을 해볼 만한 가치가 있다.

색스는 자신 있는 음성으로 말했다.

"피터, 우리 이야기 좀 해."

그 이름을 듣더니, 범인이 눈을 깜빡이며 그녀를 돌아보았다. 순간 그의 눈에 믿을 수 없다는 듯한 빛이 스쳤다. 마치 뺨을 한 대 맞기라도 한 것 같았다.

색스가 옳았다. 존 롤린스는 가짜 신원이었다. 그는 바로 피터 고든, 살해당한… 아니, 오래전 자기가 일하던 콜로라도의 회사를 SSD가 인수했을 때 죽은 척했던 그 유명한 데이터 사냥꾼이었다.

"당신이 가짜로 죽은 척했던 수법이 궁금해. 유전자는? 그건 어떻게 조작했지?"

범인이 타이핑을 멈추고 프레스콧의 그림을 올려다보았다. 그리고 마침내 입을 열었다.

"데이터는 참 재미있지 않나? 사람들은 의심도 하지 않고 데이터를 믿지."

그러곤 색스를 돌아보았다.

"컴퓨터 안에 있으면 사실이라고 생각해. 더구나 종교와도 같은 유전자 감식 결과라면, 틀림없는 사실이라고 믿어버리지. 더 이상 묻지 않고. 그걸로 끝이야."

"당신, 피터 고든은 실종됐었어. 경찰이 당신 자전거와 당신 옷을 입고 있는 부패한 시체를 찾아냈지. 짐승이 뜯어먹은 뒤라 별로 남은 게 없었겠지? 그들은 당신 집에서 머리카락과 타액 표본을 채취했어. 그래, 유전자 대조. 의심할 수가 없었지. 당신은 죽었어. 그러나 당신 욕실에 있던 머리카락이나 타액은 당신 것이 아니었지? 당신이 죽인 남자. 당신은 그 남자의 머리카락을 가져다가 욕실에 남겨둔 거야. 당신 칫솔로 이도 닦고. 그렇지?"

"질레트 면도기에 피도 약간 묻혔어. 너희 경찰은 피를 좋아하잖아. 안 그래?"

"당신이 죽인 남자는 누구지?"

"캘리포니아 출신 젊은 애. 70번 고속도로에서 히치하이크했어."

이자를 불안하게 만들자. 정보야말로 내가 가진 유일한 무기다. 사용해!

"하지만 우리는 당신이 왜 그런 짓을 했는지 아직 밝혀내지 못했어, 피터. SSD의 로키마운틴 데이터 회사 인수를 방해하려고 그랬나? 아니면 다른 이유가 있었나?"

"방해해?"

그는 놀랍다는 듯 속삭였다.

"당신들은 전혀 모르는군. 안 그래? 앤드루 스털링과 SSD 사람들이 로키마운틴에 와서 우리 회사를 인수하겠다고 했을 때, 나는 그 사람과 그 회사에 대해 찾을 수 있는 모든 정보를 긁어모았어. 정말 숨이 막힐 정도더군! 앤드루 스털링은 신이야. 그는 데이터의 미래, 즉 이 사회의 미래야. 미처 존재할 기라고 상상조차 못했던 데이터를 찾아내서 그걸 총처럼, 약처럼, 성수처럼 사용할 수 있어. 나는 그가 하는 일의 일부가 되고 싶었어."

"하지만 당신은 SSD의 데이터 사냥꾼이 될 수 없었어. 당신이 계획했던 대로 안 된 거지. 당신의 독특한 수집벽 때문에. 당신이 사는 방식 때문에."

색스는 쓰레기로 가득 찬 방을 턱으로 가리켰다.

그의 얼굴이 어두워지고 동공이 커졌다.

"난 SSD의 일부가 되고 싶었어. 내가 안 그랬다고 생각하나? 아, 갈 수도 있었던 길들! 하지만 나에게 주어진 카드는 그게 아니었어."

그러곤 입을 다물더니 주위의 소장품을 손으로 휘 가리켰다.

"이런 식으로 살아가는 게 내가 선택한 길이었다고 생각해? 내가 좋아해서 이런다고 생각해?"

목소리가 갈라지기 시작했다. 숨을 몰아쉬며 희미한 미소를 지었다.

"아니, 내 인생은 감시망을 벗어나 있어야 해. 그게 내가 살아갈 수 있는 유일한 길이야. 감시망을. 벗어나. 있어야. 한다고."

"그래서 죽은 것처럼 하고 남의 신원을 훔쳤군. 죽은 사람의 이름과 사회보장번호로."

다시 감정이 사라졌다.

"아이였지. 그래. 조너선 롤린스. 세 살. 콜로라도 스프링스. 새 신원을 얻는 건 쉬워. 생존주의자들은 늘 그렇게 해. 그런 주제를 다룬 책도 있어…"

희미한 미소.

"카드 말고 현금으로만 사면 돼."

"당신은 경비 일을 얻었어. 하지만 SSD에서 당신을 알아본 사람은 없었니?"

"없었어. 데이터 마이닝 업계의 놀라운 점이지. 자신의 '벽장'이라는 프라이버시 밖으로 나가지 않고도 데이터를 모을 수 있어."

문득 그의 목소리가 잦아들었다. 방금 색스가 한 말이 찜찜해서 생각에 잠긴 것 같았다. 경찰이 정말 롤린스와 피터 고든이 동일 인물이라는 것을 알아낼 정도로 가까이 추적해온 것일까? 위험을 감수할 수 없다는 결론을 내린 것 같았다. 고든은 팸의 자동차 열쇠를 집어 들었다. 숨기고 싶을 것이다. 범인은 열쇠고리를 살폈다.

"싸구려군. RFID도 없어. 하지만 요즘은 모두 자동차 번호판을 스캔해. 어디 세워놨지?"

"말해줄 것 같아?"

범인은 어깨를 으쓱하고 방을 나섰다.

약간의 지식을 긁어모아 무기로 사용한 색스의 전략은 적중했다. 큰 도움이 된 것은 아니지만, 최소한 조금이나마 시간을 벌 수 있었다.

계획했던 것을 실행하는 데 충분한 시간이 있을까? 바지 주머니 깊숙이 들어 있는 수갑 열쇠를 꺼내야 하는데.

45 추적

"들어보세요. 내 파트너가 실종됐습니다. 파일을 좀 찾아보셨으면 합니다."

라임은 고해상도 비디오 링크를 통해 앤드루 스털링과 이야기하고 있었다.

SSD 사장은 '그레이 록'의 금욕적인 사무실에 돌아와 있었다. 단순한 나무의자로 보이는 것 위에 완벽하게 꼿꼿한 자세로 앉아 있는 모습이 우습게도 휠체어에 뻣뻣하게 앉아 있는 라임의 자세를 연상시켰다. 스털링은 부드러운 목소리로 말했다.

"샘 브락튼이 말씀드렸을 텐데요. 글렌 경장도."

불편한 기색은 전혀 없었다. 얼굴에는 유쾌한 미소를 띠고 있었지만, 감정이란 것이 전혀 담겨 있지 않은 목소리였다.

"내 파트너의 개인 통합 자료를 보고 싶습니다. 당신이 만났던 형사, 아멜리아 색스. 통합 자료 전체요."

"무슨 뜻입니까? 전체라니요, 라임 경감님?"

스털링은 일반인에게 잘 알려져 있지 않은 라임의 정식 직급을 입에 담았다.

"무슨 뜻인지 잘 아시지 않습니까."

"모릅니다."

"3E번. 감찰 내역을 보고 싶습니다."

다시 망설임.

"왜요? 그건 별것 아닌데요. 전문 기관에서 취합하는 정보이고, 사생활보호법에도 자유롭습니다."

스털링은 거짓말을 하고 있었다. 캘리포니아 수사국의 캐스린 댄스는 인간의 신체언어를 읽고 의사소통 방식을 분석하는 기법을 라임에게 알려준 적이 있었다. 대답하기 전에 망설이는 것은 그럴듯한, 하지만 거짓된 대답을 만들어내고 있다는 의미다. 즉 기만적인 의도를 나타낸다. 진실을 말할 때는 빨리 대답한다. 조작할 것이 없다는 뜻이다.

"그럼, 왜 보여주지 못한다는 겁니까?"

"그럴 이유가 없으니까요. …전혀 도움이 안 될 겁니다."

거짓말.

스털링의 녹색 눈동자는 여전히 침착했다. 문득 그의 시선이 옆으로 향했다. 론 풀라스키가 화면에 나타났기 때문이리라. 젊은 경찰은 방금 연구실에 들어와 라임 뒤에 서 있었다.

"그럼, 이 질문에 대답해보시죠."

"네?"

"저는 방금 뉴욕시경 컴퓨터 전문가와 통화를 했습니다. 내 사촌의 SSD 개인 통합 자료 용량이 얼마나 되는지 물어봤지요."

"그래서요?"

"30페이지짜리 텍스트 문서는 25킬로바이트 정도라더군요."

"파트너 되시는 분의 신변은 저도 몹시 걱정이 됩니다만…."

"왠지 믿기지 않는군요. 어쨌든 제 말을 들어보세요."

한쪽 눈썹을 추켜세운 것이 스털링의 유일한 반응이었다.

"일반적인 통합 문서의 용량은 25킬로바이트입니다. 한데 SSD 안

내 책자를 보니 500페타바이트 이상의 데이터베이스를 보유하고 있다면서요. 그건 대부분의 사람이 감히 상상조차 못할 규모입니다."

스털링은 대답이 없었다.

"통합 문서의 평균 용량이 25킬로바이트라면, 지구상 모든 인간에 대한 데이터베이스는 넉넉히 잡아 1500억 킬로바이트 정도입니다. 하지만 이너서클에는 500조 킬로바이트 이상의 정보가 들어 있지요. 이너서클 하드 드라이브 나머지 공간에는 뭐가 있는 겁니까, 스털링 씨?"

다시 망설임.

"음, 여러 가지 정보입니다. …그래픽, 사진, 이런 것들이 엄청난 공간을 잡아먹지요. 관리상 발생하는 데이터 같은 것도 있고요."

거짓말.

"그럼, 감찰 내역 데이터 같은 걸 보유하는 이유는 뭡니까? 누가 어떤 규칙을 지켜야 한다는 뜻이죠?"

"모든 사람의 파일이 관련 법규를 준수하고 있는지 확인해야지요."

"스털링, 파일이 5분 안에 내 컴퓨터로 들어오지 않으면, 난 당신이 강간살인에 SSD 정보를 이용한 범죄자를 방조했다는 내용을 당장 〈타임스〉에 제보하겠습니다. 워싱턴의 감찰과 사람들도 그런 기사가 공개되면 더 이상 당신을 보호해주지 못할 겁니다. 1면에 실리겠지요. 보증합니다."

스털링은 자신 있는 얼굴로 웃음을 터뜨릴 뿐이었다.

"그런 일은 없을 겁니다. 자, 경감님, 이만 끊어야겠습니다."

"스털링…."

화면이 검게 변했다.

라임은 답답해서 눈을 감았다. 휠체어를 증거물 차트와 용의자 명단이 적혀 있는 화이트보드 앞으로 끌고 갔다. 그리고 톰과 색스의 필체를 응시했다. 빨리 흘려 쓴 글씨도 있고, 꼼꼼하게 적은 글씨도 있었다.

하지만 아무런 해답도 나오지 않았다.

어디 있지, 색스?

라임은 색스가 위험을 즐긴다는 걸 알고 있었다. 그럼에도 그녀가 종종 이끌리곤 하는 위험한 상황들을 피해 가라고 조언하는 경우는 없었다. 그러나 이번만은 지원 병력도 없이 빌어먹을 단서를 찾아 나섰다는 데 분통이 터졌다.

"링컨?"

론 풀라스키가 나지막이 불렀다. 고개를 들어 보니 마이라 와인버그의 시체 사진을 바라보는 젊은 경찰의 눈빛이 그답지 않게 차가웠다.

"뭐야?"

풀라스키가 라임을 돌아보았다.

"한 가지 생각이 있습니다."

코에 붕대를 감은 얼굴이 고해상도 스크린을 가득 채웠다.

"당신도 이너서클 접근 권한을 가지고 있지요?"

론 풀라스키는 차가운 목소리로 마크 휘트콤에게 물었다.

"당신은 권한이 없다고 했지만, 사실은 갖고 있을 겁니다."

감찰차장은 한숨을 내쉬고 마침내 말했다.

"맞습니다."

웹캠을 통해 잠시 눈을 마주친 그는 다시 시선을 피했다.

"마크, 문제가 생겼습니다. 당신이 우릴 도와줘야 합니다."

풀라스키는 색스가 실종되었다는 사실과 감찰 내역 파일이 그녀가 어디 있는지 알아내는 데 도움이 될지도 모른다는 점을 설명했다.

"그 안에는 무슨 내용이 들어 있습니까?"

"감찰 내역?"

마크 휘트콤은 속삭이듯 말했다.

"거기에 접근하는 건 완전 금지입니다. 그런 일이 알려지면 나는 교도소에 갈 수도 있어요. 스털링의 반응은… 교도소보다 더 무서울 겁니다."

풀라스키가 쏘아붙였다.

"당신이 우리한테 솔직하지 않아서 사람들이 죽었어요."

그리고 좀 더 부드러운 목소리로 덧붙였다.

"우린 정의의 편에 선 사람들입니다, 마크. 도와주세요. 다른 사람들이 더 이상 다치게 하지 맙시다. 제발."

풀라스키는 더 이상 말하지 않고 침묵을 지켰다.

잘했어, 신참. 라임은 생각했다. 이번만은 부조종사 자리에 앉아 있는 것만으로도 충분히 만족스러웠다.

휘트콤이 얼굴을 찡그렸다. 그리고 주위를 둘러보고 천장을 올려다보았다. 도청장치나 감시 카메라가 걱정되는 걸까? 라임은 생각했다. 그런 것 같았다. 다시 입을 여는 그의 목소리는 체념과 다급함으로 가득 차 있었다.

"적어요. 시간이 별로 없습니다."

"멜! 이리 와! SSD 시스템에 들어간다. 이너서클."

"우리가요? 어, 좋은 생각이 아닌 것 같은데요. 처음에는 론이 내 배지를 빼앗아가더니 이젠 이런 짓까지 하라니."

쿠퍼는 그러면서도 라임 옆의 컴퓨터로 얼른 다가왔다. 휘트콤이 웹사이트 주소를 불러주었고, 쿠퍼는 그걸 받아 적었다. 화면에 SSD의 보안 서버에 접속한다는 메시지가 떴다. 휘트콤은 쿠퍼에게 임시 사용자명을 불러준 뒤, 잠시 망설이다 무작위적인 문자열로 구성된 긴 패스코드 세 개를 알려주었다.

"화면 중앙의 상자 안에 있는 암호 해독 파일을 다운로드받은 뒤에 '실행' 명령을 누르세요."

쿠퍼는 그대로 했다. 잠시 후, 다른 화면이 떴다.

환영합니다, NGHF235, (1) 원하는 대상의 16자리 SSD 코드, 혹은 (2) 원하는 대상의 국적과 여권 번호, 혹은 (3) 원하는 대상의 이름과 현주소, 사회보장번호, 전화번호 하나를 입력하세요.

"당신이 원하는 사람의 정보를 입력하십시오."
라임은 색스의 정보를 불러주었다. 화면에 안내문이 떴다.

3E. 감찰 내역 문서에 접근하시겠습니까? 네, 아니오.

쿠퍼가 '네'를 클릭하자 다시 패스코드 입력창이 떴다.
휘트콤이 다시 천장을 힐끗 보더니 물었다.
"준비됐어요?"
뭔가 대단한 일이라도 일어날 것 같은 목소리.
"준비됐습니다."
휘트콤은 또 하나의 열여섯 자리 패스코드를 알려주었다. 쿠퍼는 키보드를 두드리고 엔터키를 눌렀다.
텍스트가 컴퓨터 화면을 가득 채우기 시작하자 라임은 속삭이듯 탄성을 질렀다.
"이런, 세상에."
여간한 일로는 링컨 라임이란 사람을 놀라게 할 수 없었다.

공개 금지

A-18 이상의 권한을 부여받지 않은 사람이 이 자료를 소지하는 것은 연방법을 위반하는 행위이므로 주의할 것

자료 3E. 감찰 내역

SSD 대상 번호: 7303-4490-7831-3478
이름: 아멜리아 H. 색스
페이지: 478

차례

원하는 자료명을 클릭하세요.
주의: 자료에 접속하는 데는 5분 정도의
시간이 소요될 수 있습니다.

프로파일
- 이름/가명/별명/님(Nym)/애칭
- 사회보장번호
- 현재 주소
- 현재 주소지의 위성사진
- 이전 주소
- 국적
- 인종
- 가계의 역사
- 원 국적
- 신체적 묘사/독특한 특징
- 생체 측정 자료
  사진
  비디오
  지문
  족적
  망막 스캔
  홍채 스캔
  걸음걸이 프로파일
  얼굴 스캔
  음성 패턴
- 신체 조직 견본
- 병력
- 가입 정당
- 전문 단체
- 사교 단체
- 종교 단체
- 군
  입대/제대
  국방성 평가
  주방위군 평가
  무기 시스템 교육
- 기부
  정치
  종교
  의료
  자선
  공영 방송국 PBS/NPB

기타
- 심리/ 정신과 병력

- 마이어스:브릭스 성격 유형
- 성적 취향 유형
- 취미/관심
- 클럽/사교 단체

대상과 엮인 인물
- 배우자
- 성적인 관계
- 자녀
- 부모
- 형제자매
- 조부모(친가)
- 조부모(외가)
- 기타 혈연, 생존
- 기타 혈연, 사망
- 결혼, 혹은 끈으로 얽힌 친척
- 이웃
  현재
  지난 5년간(자료실, 접속이 지연될 수
  있음)
- 동료, 고객, 기타
  현재
  지난 5년간(자료실, 접속이 지연될 수
  있음)
- 지인
  실생활
  온라인
- 관심 인물(PEOI)

재정
- 고용
  현재
  분류
  급여 이력
  결근일/결근 이유
  해고/실업 급여
  표창/징계
  인권법 제7장 차별 관련 사건
  직업안전건강관리국 관련 사건
  기타 이력
- 고용—과거(자료실, 접속이 지연될 수
  있음)
  분류
  급여 이력
  결근일/결근 이유
  해고/실업 급여
  표창/징계

인권법 제7장 차별 관련 사건
직업안전건강관리국 관련 사건
기타 이력
- 수입-현재
국세청 신고
미신고
외국
- 수입-과거
국세청 신고
미신고
외국
- 현재 소유 자산
부동산
자동차와 배
은행 계좌/유가증권
보험
기타
- 자산, 과거 12개월, 특이한 취득 및 처분
부동산
자동차와 배
은행 계좌/유가증권
보험
기타
- 자산, 과거 5년, 특이한 취득 및 처분
(자료실, 접속이 지연될 수 있음)
부동산
자동차와 배
은행 계좌/유가증권
보험
기타
- 신용 거래/등급
- 금융 거래, 미국 내 기관
오늘
과거 7일
과거 30일
과거 1년
과거 5년간(자료실, 접속이 지연될 수
있음)
- 금융 거래, 외국 기관
오늘
과거 7일
과거 30일
과거 1년
과거 5년간(자료실, 접속이 지연될 수
있음)
- 금융 거래, 하왈라(Hawala) 및 기타
현금 거래, 미국 및 해외

오늘
과거 7일
과거 30일
과거 1년
과거 5년간(자료실, 접속이 지연될 수
있음)

통신
- 현재 전화번호
휴대전화
일반전화
위성전화
- 과거 12개월간의 전화번호
휴대전화
일반전화
위성전화
- 과거 5년간의 전화번호(자료실, 접속
이 지연될 수 있음)
휴대전화
일반전화
위성전화
- 팩스 번호
- 호출기 번호
- 수신/발신 전화/호출 내역
- 휴대전화/PDA
과거 30일
과거 1년간(자료실, 접속이 지연될 수
있음)
- 수신/발신 전화/호출/팩스 내역
- 일반전화
과거 30일
과거 5년간(자료실, 접속이 지연될 수
있음)
- 수신/발신 전화/호출/팩스 내역-위성
전화
과거 30일
과거 5년간(자료실, 접속이 지연될 수
있음)
- 도청/감청
대외정보감시법(FISA)
전화 이용 상황 기록장치
도청법 제3장
기타, 영장
기타, 부가
- 웹 기반 통화 내역
- 인터넷 서비스 공급자, 현재
- 인터넷 서비스 공급자, 과거 12개월

- 인터넷 서비스 공급자, 과거 5년(자료실, 접속이 지연될 수 있음)
- 좋아하는 곳/즐겨찾기한 웹 사이트
- 이메일 주소
  현재
  과거
- 이메일 내역, 작년
  TC/PIP 내역
  발신 메일
  수신 메일
  내용(열람을 위해서는 영장이 필요)
- 이메일 내역, 지난 5년(자료실, 접속이 지연될 수 있음)
  TC/PIP 내역
  발신 메일
  수신 메일
  내용(열람을 위해서는 영장이 필요)
- 웹 사이트, 현재
  개인
  직업
- 웹 사이트, 지난 5년(자료실, 접속이 지연될 수 있음)
  개인
  직업
- 블로그, 라이프로그, 웹사이트(POI 텍스트는 부록을 참조)
- 인맥 웹사이트 회원(마이스페이스, 페이스북, 아워월드, 기타)(POI 텍스트는 부록을 참조)
- 아바타/기타 온라인 캐릭터
- 메일링 리스트
- 이메일 계정의 '친구'
- 인터넷 채팅 참여
- 웹 브라우징과 검색 엔진 검색어/검색 결과
- 키보드 숙달 정도
- 검색 엔진 문법, 구문, 구두법
- 우편배달 서비스 이용 내역
- 사서함
- 우체국 특송우편/등기우편/배달증명우편

생활양식
- 오늘 구매
  신변 보호 관련 물건 및 제품
  의류
  자동차 및 자동차 관련

음식
주류
가정용품
전자제품
기타
- 과거 7일간 구매
  신변 보호 관련 물건 및 제품
  의류
  자동차 및 자동차 관련
  음식
  주류
  가정용품
  전자제품
  기타
- 과거 30일간 구매
  신변 보호 관련 물건 및 제품
  의류
  자동차 및 자동차 관련
  음식
  주류
  가정용품
  전자제품
  기타
- 과거 1년간 구매(자료실, 접속이 지연될 수 있음)
  신변 보호 관련 물건 및 제품
  의류
  자동차 및 자동차 관련
  음식
  주류
  가정용품
  전자제품
  기타
- 온라인으로 구매한 책/잡지
  추리/반전
  기타
- 소매점에서 구매한 책/잡지
  π추리/반전
  기타
- 도서관에서 대출한 책/잡지
  추리/반전
  기타
- 공항/항공사 직원이 목격한 책/잡지
  추리/반전
  기타
- 기타 도서 관련 활동
- 결혼식/출산/결혼기념일 선물 내역

- 극장용 영화
- 과거 30일간 케이블 텔레비전 프로그램/유료 프로그램 시청
- 과거 1년간 케이블 텔레비전 프로그램/유료 프로그램 시청(자료실, 접속이 지연될 수 있음)
- 회원제 라디오 청취
- 여행
  자동차
    본인 차량
    렌털
  공공교통
  택시/리무진
  버스
  기차
  비행기, 상업용
    국내
    해외
  비행기, 개인
    국내
    해외
  교통안전국 보안 검색
  비행 금지 고객 명단 등록
- 관심 지역 출입
  지역
    모스크(mosque)
  기타 – 국내
    모스크
  기타 – 해외
- 여행 제한국 입국 및 경유: 쿠바, 우간다, 리비아, 남예멘, 라이베리아, 가나, 수단, 콩고민주공화국, 인도네시아, 팔레스타인 지역, 시리아, 이라크, 이란, 이집트, 사우디아라비아, 요르단, 파키스탄, 에리트레아, 아프가니스탄, 체첸, 소말리아, 수단, 나이지리아, 필리핀, 북한, 아제르바이잔, 칠레

대상의 지역적 위치
- GPS 장비(오늘의 모든 위치)
  차량
  휴대용
  휴대전화
- GPS 장비(과거 7일간의 모든 위치)
  차량
  휴대용
  휴대전화

- GPS 장비(과거 30일간의 모든 위치)
  차량
  휴대용
  휴대전화
- GPS 장비(과거 1년간의 모든 위치)(자료실, 접속이 지연될 수 있음)
  차량
  휴대용
  휴대전화
- 생체 측정 관찰
  오늘
  과거 7일
  과거 30일
  과거 1년(자료실, 접속이 지연될 수 있음)
- RFID 기록, 고속도로 요금소 판독기
  오늘
  과거 7일
  과거 30일
  과거 1년(자료실, 접속이 지연될 수 있음)
- RFID 기록, 고속도로 요금소 판독기
  오늘
  과거 7일
  과거 30일
  과거 1년(자료실, 접속이 지연될 수 있음)
- 교통법규 위반 사진/비디오
- CCTV 사진/비디오
- 영장 발부된 감시 카메라 사진/비디오
- 부가 감시 카메라 사진/비디오
- 개인 금융 거래 위치
  오늘
  과거 7일
  과거 30일
  과거 1년(자료실, 접속이 지연될 수 있음)
- 휴대전화/PDA/무선통신 위치
  오늘
  과거 7일
  과거 30일
  과거 1년(자료실, 접속이 지연될 수 있음)
- 보안 거점 접근 사례
  오늘
  과거 7일
  과거 30일
  과거 1년(자료실, 접속이 지연될 수 있음)

법률
- 형사사건 – 국내
  구금/신문

체포
유죄 확정
• 형사사건 – 해외
구금/신문
체포
유죄 확정
• 요주의 인물
• 감시
• 민사소송
• 금지 명령
• 내부 고발 전력

기타 개인자료
• 연방수사국
• 중앙정보국

• 국토안보국
• 국가정찰국
• 국립경찰발전기구
• 미국 군정보 당국
　육군
　해군
　공군
　해병대
• 주 및 지방 경찰 정보과

위협 평가
• 보안 위협 평가
　민간 부문
　공공 부문

위 내용은 단순한 목차였다. 아멜리아 색스의 개인 통합 자료는 500페이지에 가까웠다.

라임은 목록을 스크롤해보고 여러 항목을 클릭해보았다. 내용은 숲처럼 **빽빽**했다. 그는 속삭이듯 말했다.

"SSD가 이런 정보를 가지고 있다고? 미국 내 모든 개인에 대해?"

휘트콤이 말했다.

"아닙니다. 5세 이하의 아동에 대한 정보는 당연히 거의 없죠. 성인의 경우에도 격차가 큽니다. 하지만 SSD는 할 수 있는 한 최선을 다합니다. 매일 내용을 개선하고 있지요."

개선?

풀라스키는 멜 쿠퍼가 다운로드한 홍보 책자를 턱으로 가리키며 물었다.

"총 4억 명?"

"맞습니다. 점점 불어나고 있죠."

"시간 단위로 업데이트되는 겁니까?"

라임이 물었다.

"보통은 실시간 단위입니다."

"그렇다면 당신네 정부기관 말입니다, 감찰과… 결국 데이터를 지키려고 있는 곳이 아니군요. 이용하려는 거지. 안 그래요? 테러리스트를 색출하기 위해?"

휘트콤은 잠시 입을 다물었다. 하지만 무엇인지는 몰라도 A-18 권한을 가지지 않은 사람에게 이미 자료를 보냈으니, 조금 더 밝힌다고 해서 상황이 더 나빠지지는 않을 거라고 생각한 듯했다.

"맞습니다. 테러리스트뿐만이 아닙니다. 다른 범죄자도 포함됩니다. SSD는 예측 소프트웨어를 이용해 누가, 언제, 어떻게 범행을 저지를지 알아냅니다. 경찰 간부와 정보기관이 입수하는 정보의 많은 부분이 익명의 시민 제보 형태로 들어가지요. 사실상 소설입니다. 워치타워와 이너서클이 창작한. 때로 보상금을 받기도 하는데, 그것도 정부에 도로 보내서 사용하게 합니다."

이번에는 멜 쿠퍼가 물었다.

"하지만 당신들은 정부기관인데, 왜 민간 기업에 그런 일을 맡기는 겁니까? 직접 하지 않고?"

"민간 기업을 이용하지 않을 수 없습니다. 9·11 이후 국방부도 직접 시도를 했습니다. 통합정보인식프로그램이라고 해서. 전직 국가안보 보좌관 존 포인덱스터와 SAIC 이사가 운영했지요. 하지만 사생활보호법 침해로 폐기되었습니다. 사람들은 너무 빅브라더 같다고 생각했지요. 하지만 SSD는 정부와 같은 법적 규제에 묶여 있지 않습니다."

휘트콤은 냉소적으로 웃었다.

"게다가 내가 몸담은 곳이기는 하지만 워싱턴은 그렇게 재주가 뛰어나지도 못합니다. SSD야말로 그렇죠. 앤드루 스털링의 사전에서 가장 중요한 두 단어는 '지식'과 '효율성'입니다. 이 두 가지를 앤드루 이상 잘 결합하는 사람은 없지요."

"불법이 아니라고요?"

멜 쿠퍼가 물었다. 휘트콤은 인정했다.

"애매한 부분이 있기는 합니다."

"이게 우리에게 도움이 될까요? 제가 알고 싶은 건 그뿐입니다."

"어쩌면."

"어떻게요?"

"오늘 날짜에 해당하는 색스 형사의 위치 정보를 확인해보겠습니다. 제가 직접 검색하죠."

휘트콤은 키보드를 두드리기 시작했다.

"화면 아래쪽 상자에서 제가 검색한 결과를 볼 수 있을 겁니다."

"얼마나 걸립니까?"

부리진 코 때문에 코 막힌 웃음소리가 흘러나왔다.

"별로 오래 안 걸립니다. 상당히 빨라요."

미처 말을 끝내기도 전에 글자가 화면을 채웠다.

위치 정보
대상7303-4490-7831-3478

검색 시간: 과거 4시간

- 16:32. 전화 통화. 대상자의 휴대전화에서 대상 5732-4887-3360-4759(링컨 헨리 라임, 관련인)의 일반전화로. 52초. 대상의 위치는 뉴욕, 브루클린, 집.

- 17:23. 생체 측정 자료. CCTV, 뉴욕시경 84번 지구대, 뉴욕, 브루클린. 95% 일치.

- 17:23. 생체 측정 자료. 대상 3865-6453-9902-7221(파멜라 D. 윌러비, 관련인). CCTV, 뉴욕시경 84번 지구대, 뉴욕, 브루클린. 92.4% 일치.

- 17:40. 전화 통화. 대상자의 휴대전화에서 대상 5732-4887-3360-4759(링컨 헨리 라임, 관련인)의 일반전화로. 12초.

- 18:27. RFID 스캔. 맨해튼 스타일 부티크 신용카드, 웨스트 8번가 9번지. 구매 기록 없음.

- 18:41. 생체 측정 자료. CCTV, 프레스코 디스카운트 가스&오일, 웨스트 14번가 546번지. 제7번 펌프, 혼다 시빅, 뉴욕 자동차 번호 MDH459, 차주는 3865-6453-9902-7221(파멜라 D. 윌러비, 관련인).

- 18:46. 신용카드 구매, 프레스코 디스카운트 가스&오일, 웨스트 14번가 546번지. 제7번 펌프. 14.6갤런. 일반 품질 등급. 43.86달러.

- 19:01. 자동차 번호판 스캔. CCTV, 아메리카 애버뉴와 23번가 교차 지점. 혼다 시빅 MDH459. 북쪽 방향 차선.
- 19:03. 전화 통화. 대상자의 휴대전화에서 대상 5732-4887-3360-4759(링컨 헨리 라임, 관련인)의 일반전화로. 대상의 위치는 아메리카 애버뉴와 28번가 교차 지점. 14초.
- 19:07. RFID 스캔. 어소시에이티드 크레디트 유니언 신용카드. 아메리카 애버뉴와 34번가 교차 지점. 4초. 구매 기록 없음.

"좋아, 색스는 팸의 차를 타고 있어. 왜 그랬지? 자기 차는?"

"자동차 번호가 어떻게 됩니까?"

휘트콤이 묻고는 알아서 답했다.

"됐습니다. 그냥 코드 번호만 입력해보면 되니까. 어디 보자⋯."

창이 뜨고, 색스의 카마로가 압류 처분되어 집 앞에서 견인되었다는 보고가 나왔다. 어느 보관소에 가 있는지에 대한 정보는 없었다. 라임은 속삭였다.

"522가 한 짓이야. 틀림없어. 자네 아내처럼, 풀라스키. 여기 전기도 그렇고. 그자는 모든 방법을 동원해 우리 모두를 공격하고 있어."

휘트콤이 키보드를 두드리자 자동차 정보 대신 위치 정보를 표시한 지도가 떴다. 색스의 동선은 브루클린에서 미드타운으로 향하고 있었다. 하지만 거기서 위치 추적은 끊겼다.

"마지막 건은 뭡니까? RFID 스캔."

라임이 물었다. 휘트콤이 대답했다.

"어떤 가게에서 신용카드의 칩을 읽은 겁니다. 아주 짧은 시간에. 아마 차에 타고 있는 동안이었을 겁니다. 이렇게 짧은 시간 동안 읽었다면, 걸음걸이로는 너무 빨리 지나친 거거든요."

"북쪽으로 계속 갔을까?"

라임은 중얼거리고 생각에 잠겼다.

"우리가 가진 정보는 여기까집니다. 아마 곧 업데이트될 겁니다."

"34번 스트리트를 타고 웨스트사이드 고속도로로 갔을지도 모릅니다. 북쪽. 시외로요."

멜 쿠퍼의 추측을 듣고 휘트콤이 말했다.

"그곳에 요금소가 설치된 다리가 있습니다. 다리를 건너게 되면 자동차 번호판이 찍힐 겁니다. 자동차 주인 팸 윌러비는 이지패스가 없군요. 있었다면 이너서클이 알려줬을 겁니다."

라임의 지시에 따라 멜 쿠퍼는—지금으로서는 가장 직급이 높은 경찰이었다—팸의 자동차 번호와 차종에 대해 긴급차량수배 명령을 내렸다.

라임은 브루클린의 지구대에 전화를 걸었다. 하지만 거기서는 색스의 카마로가 정말 견인되었다는 사실만 확인했을 뿐이다. 색스와 팸은 그곳에 들렀다 곧 나갔는데, 어디로 가는지는 이야기하지 않았다고 했다. 라임은 팸의 휴대전화로 전화를 걸었다. 팸은 여자친구와 함께 시내에 있었다. 팸은 색스가 브루클린의 집에 강도가 든 뒤 단서를 찾았지만, 그게 어떤 단서인지, 어디로 가는지는 말해주지 않았다고 했다.

라임은 전화를 끊었다. 휘트콤이 말했다.

"위치 정보와 기타 모든 정보를 FORT, 즉 관계 구성 프로그램에 돌린 뒤 익스펙테이션에 넣어봅시다. 이건 예측 소프트웨어죠. 어디로 갔는지 알아낼 방법이 있다면, 이것뿐입니다."

휘트콤은 다시 천장을 쳐다보았다. 얼굴을 찡그렸다. 그러곤 일어나서 문으로 향했다. 그가 문을 잠근 뒤 손잡이 밑에 나무의자를 받쳐놓는 것이 보였다. 이어 컴퓨터 앞에 앉으며 희미한 미소를 지었다. 그리고 키보드를 두드리기 시작했다.

"마크?"

풀라스키가 불렀다.

"네?"

"고맙습니다. 이번에는 진심이에요."

46 기동대

물론, 인생은 투쟁이다.

내 우상 앤드루 스털링과 나에게는 데이터에 대한 열정이라는 공통점이 있다. 우리 둘 다 데이터의 수수께끼, 매력, 엄청난 힘을 알고 있다. 그러나 그의 영역에 들어서기 전만 해도, 나는 나의 이상을 세계 각지에 전파하기 위해 데이터를 어디까지 무기로 이용할 수 있는지 알지 못했다.

불멸의 영혼….

앤드루와 워치타워에 유혹되기 전까지만 해도 데이터베이스 관리의 표준인 SQL을 사랑했다. 안 그랬던 사람이 있을까? 그 힘과 우아함은 매혹적이었다. 나는 앤드루 덕분에—간접적으로나마—데이터의 세계를 완전히 이해하게 되었다. 복도에서 나를 만나면 그는 유쾌하게 고개를 끄덕여주거나 주말 안부를 묻는 정도였지만, 가슴에 붙은 명찰을 보지 않고도 내 이름을 알았다(얼마나 황홀할 정도로 탁월한 두뇌를 지녔는지). SSD가 텅 비어 있는 새벽 2시경, 그의 사무실, 그의 의자에 앉아 책등을 위로 한 책을 읽으며 그의 존재를 느꼈던 늦은 밤들을 기억한다. 그의 책장에는 현학적이고 어리석은,

직장인을 위한 자기성찰 관련 서적은 단 한 권도 없고 더 넓은 시야를 열어주는 책들만 가득 꽂혀 있다. 권력과 지정학적 영역을 확장하는 방법에 관한 책, 1800년대 영토확장주의를 주창하던 미국, 제3제국 치하의 유럽, 로마제국 치하의 지중해, 가톨릭 교회와 이슬람이 지배하던 세계(그들 모두가 정보의 예리한 힘을 인식하고 있었다).

아, 앤드루의 말을 엿듣고, 그가 쓴 메모와 편지를 음미하고, 그가 작업 중인 책을 읽으며 배울 수 있었던 모든 것들.

"실수는 노이즈다. 노이즈는 오염이다. 오염은 제거되어야 한다."

"승리한 자만이 관대할 수 있다."

"약한 자만이 타협한다."

"문제에 대한 해결책을 찾거나 그것을 문제로 인식하는 것을 그만두라."

"우리는 싸우기 위해 태어났다."

"이해하는 자가 승리한다. 아는 자가 이해한다."

내가 하려는 일을 앤드루가 안다면 어떻게 생각할지 궁금하다. 틀림없이 기뻐할 것이라고 믿는다.

이제 그들과의 전투를 위해 앞으로 나아간다.

나의 집 근처 거리에서 열쇠고리를 다시 누른다. 마침내 작은 경적 소리가 삑 하고 울린다.

어디 보자, 어디 보자…. 아, 여기 있군. 이 쓰레기를 봐. 혼다 시빅. 분명 빌린 차다. 아멜리아 7303의 차는 지금 압류차량보관소에 있으니까—상당히 자랑스러운 업적이다. 전에는 한 번도 시도해 본 적이 없는.

나의 상념은 아름다운 빨강 머리 쪽으로 흐른다. 혹시 그녀가 '저들'이 알아낸 사실에 대해 허풍을 친 게 아닐까? 피터 고든에 대해? 지식의 우스운 점이 이런 것이다. 진실과 거짓말 사이에는 백짓장만큼의 차이밖에 없다. 하지만 위험을 감수할 수는 없다. 차를 숨겨야 한다.

생각이 다시 그녀에게로 향한다.

거친 눈빛, 빨강 머리, 그 몸…. 더 이상 참지 못할 것 같다.

기념품….

자동차를 얼른 살펴본다. 책, 잡지, 클리넥스, 빈 비타민 워터 병, 스타벅스 냅킨, 고무 밑창이 너덜거리는 러닝슈즈, 뒷자리의 〈세븐틴〉 잡지, 시에 관한 교과서…. 일본 기술의 세계에 이렇게 멋진 물건들을 들여놓은 자동차 주인은 누굴까? 등록증을 보니 파멜라 윌러비다.

이너서클에서 그녀에 대한 정보를 좀 더 얻은 다음에 찾아가야겠다. 어떻게 생겼을까? 찾아갈 만한 가치가 있는지 자동차등록국에서 꼭 알아봐야지.

차는 문제없이 시동이 걸린다. 다른 운전자들이 불쾌해할지도 모르니 조심스럽게 차를 움직인다. 지금 소란을 피울 수는 없다.

반 블록. 골목 안으로 들어간다.

미스 팸은 무슨 음악을 좋아할까? 록, 얼터너티브, 힙합, 토크쇼, NPR. 단축 번호는 대단히 많은 정보를 담고 있다.

벌써 팸 윌러비와의 트랜잭션 계획이 머릿속에 떠오른다. 서로 알고 지내는 법. 우리는 아멜리아 7303의 추도식에서 만난다(시체가 없으면 장례식도 없다). 나는 위로의 말을 전한다. 전에 수사하던 사건에서 아멜리아를 만난 적이 있다. 정말 좋은 사람이었다. 아, 울지 마라. 괜찮다. 다음에 한 번 만나자. 아멜리아가 내게 했던 모든 이야기를 해주겠다. 그녀의 아버지에 대해서. 할아버지가 미국 땅에 오게 된 재미있는 사연에 대해서(그녀가 정보를 캐러 온다는 소식을 처음 들었을 때, 개인 통합 자료를 찾아보았다. 정말 재미있는 사연이었다). 우리는 좋은 친구 사이였다. 마음이 너무나 아프다…. 커피 어떠니? 스타벅스 좋아하니? 난 매일 저녁 센트럴 파크를 달린 뒤에 늘 스타벅스에 들른다. 설마, 너도?

우린 정말 공통점이 많은 것 같다.

아, 팸을 생각하고 있자니 또 그 느낌이 온다. 얼마나 못생겼을까?

그녀를 차 트렁크에 넣으려면 좀 기다려야 할 것이다⋯. 우선 톰 레스턴부터 처리해야 한다. 다른 몇 가지 일도 있고. 최소한 오늘 밤 내겐 아멜리아 7303이 있다.

나는 자동차를 차고로 몰고 가서 안에 넣는다. 번호판을 바꿀 때까지 여기 두었다가 크로톤 저수지 바닥에 가라앉힌다. 하지만 지금은 그 생각을 할 여유가 없다. 사무실에서 유난히 힘든 하루를 보낸 남편을 기다리는 아내처럼 벽장 안에서 나를 기다리고 있는 빨강 머리 친구와의 트랜잭션을 구상하느라 피곤하니까.

'죄송합니다. 지금으로서는 예측 결과를 도출할 수 없습니다. 데이터를 추가로 입력하고 다시 요청해주십시오.'

세계 최대의 데이터베이스에서 나온 자료로도, 아멜리아 색스의 모든 일상을 빛의 속도로 검색하는 첨단 소프트웨어로도, 예측 프로그램을 돌릴 수가 없었다.

"유감입니다."

마크 휘트콤은 코를 문지르며 말했다. 고해상도 영상회의 시스템을 통해 코의 부상 정도가 상당히 선명하게 보였다. 부상은 심했다. 론 풀라스키가 제대로 친 모양이었다.

젊은이는 코를 훌쩍이며 말을 이었다.

"자료가 충분하지 않습니다. 입력 내용이 풍부해야 결과도 그만큼 좋아지거든요. 행동 패턴에는 최고입니다. 전에 가지 않았던 곳엘 간다든지, 전에는 이러한 경로로 간 적이 없다든지 하는 것밖에 말해줄 수 없습니다."

범인의 집으로 곧장 갔겠지. 라임은 답답한 마음으로 생각했다.

도대체 어디 있지?

"잠깐만 기다리십시오. 업데이트가 되고 있네요⋯."

화면이 깜빡이더니 변했다. 휘트콤이 외쳤다.

"찾았습니다! RFID 태그가 20분 전에 인식됐습니다."

"어디지?"

라임은 속삭였다. 휘트콤이 화면에 위치를 띄웠다. 어퍼이스트사이드의 조용한 동네였다.

"상점에서 두 번 읽혔군요. 첫 번째 RFID 스캔은 2초간, 두 번째는 약간 길게, 8초간 인식됐습니다. 주소를 확인하느라 잠시 멈춘 것 같습니다."

"당장 보 하우먼한테 연락해!"

라임은 외쳤다.

풀라스키가 단축 번호를 누르자 잠시 후 ESU 대장의 목소리가 흘러나왔다.

"보, 아멜리아에 대한 단서를 찾았어. 522를 추적하다 사라졌는데, 컴퓨터 감시 시스템에서 소재를 알아냈어. 20분 전에 이스트 88번가 642번지 근처를 지났어."

"10분 내로 가지, 링컨. 인질 상황인가?"

"내가 보기에는 그런 것 같아. 뭔가 알게 되면 전화해줘."

두 사람은 전화를 끊었다.

라임은 음성사서함에 남긴 색스의 메시지를 떠올렸다. 미세한 디지털 데이터가 유난히 연약하게 느껴졌다.

머릿속에서 완벽한 음성이 들리는 것 같았다.

단서를 찾았어요. 좋은 단서예요, 라임. 전화해요.

이것이 두 사람이 나눈 마지막 통신이 아니기를 바랄 뿐이었다.

보 하우먼의 ESU A팀은 어퍼이스트사이드의 커다란 타운하우스 정문 근처에 서 있었다. MP-5, 검은색 머신건을 든 전신 방탄복 차림의 경찰 네 명이었다. 그들은 창문에서 시야가 확보되는 위치를 조심스럽게 피했다.

평생 군과 경찰에 몸담아온 하우먼도 이런 사건은 본 적이 없었다. 링컨 라임은 휴대전화도, 도청장치도, GPS 위치추적기도 아닌, 무슨 컴퓨터 프로그램을 이용해 이 지역까지 아멜리아 색스를 추적했다. 어쩌면 이것이 경찰 수사의 미래인 듯했다.

그 장치는 기동대가 지금 있는 정확한 위치, 그러니까 개인 소유의 집 주소까지 알려주지는 않았다. 그러나 컴퓨터에 기록된 상점에서 한 여자가 멈췄다가 길을 건너 이 타운하우스로 가는 것을 목격한 사람이 있었다.

색스가 522라고 불리는 범인에게 붙잡혀 있다고 예측되는 곳이었다.

이윽고 집 뒤쪽의 기동대 B팀에게서 연락이 왔다.

"여기는 B팀, A팀 나와라. 현재 위치에서 대기 중이다. 아무것도 보이지 않는다. 몇 층에 있나?"

"모른다. 그냥 침투해서 수색한다. 신속하게 움직여라. 인질이 오랫동안 안에 있었다. 내가 초인종을 누를 테니까, 범인이 문으로 나오면 침투한다."

"알겠다."

"여기는 C팀. 삼사 분 후에 지붕에 도착한다."

"서둘러!"

하우먼이 소리쳤다.

"알겠습니다."

하우먼은 오랫동안 아멜리아 색스와 같이 일했다. 그녀는 하우먼 밑에서 근무한 대부분의 남자보다 배짱이 좋았다. 자신이 색스를 좋아하는지는 알 수 없었지만—그녀는 고집이 세고 무뚝뚝한 데다 물러서야 할 때도 자기주장을 관철할 때가 많았다—존중하는 것은 분명한 사실이었다.

절대 522 같은 강간범에게 당하게 내버려둘 수는 없었다. 그는 사무용 정장을 입은—노크했을 때 범인이 문구멍으로 내다봐도 정체가 드러나지 않도록 하기 위함이다—기동대 형사에게 포치로 접근하라고 턱짓으로 명령했다. 일단 문이 열리면 타운하우스 정면 벽 앞에 쪼그리고 있던 대원들이 일제히 달려들어 범인을 덮칠 것이다. 정장 차림의 대원이 재킷 단추를 끄르며 고개를 끄덕였다.

"빌어먹을."

하우먼은 집 뒤쪽에 있는 팀에게 초조하게 무전을 보냈다.

"준비됐나?"

47 공포

문이 열렸다. 냄새 나고 갑갑한 방 안으로 살인범이 들어오는 발소리가 들렸다.

아멜리아 색스는 아픈 무릎을 구부린 채 쭈그리고 앉아 바지 앞주머니에서 수갑 열쇠를 빼내려고 애쓰는 중이었다. 하지만 높다랗게 쌓인 신문지 더미에 둘러싸여 있어 앞주머니에 손이 닿을 만큼 몸을 돌릴 수가 없었다. 옷 위로는 열쇠가 만져지고 모양도 느껴졌지만 손가락이 주머니에 닿지 않았다.

속이 타서 미칠 지경이었다.

다시 발소리.

어디지, 어디지?

다시 한 번 열쇠를 향해 손을 뻗었다. 거의 닿을 뻔했지만 여전히 모자랐다.

그때 발소리가 가까이 다가왔다. 색스는 포기했다.

좋아. 이제 싸울 시간이다. 색스는 그의 눈을, 욕망을, 굶주림을 읽고 있었다. 어느 순간이든 달려들 것이라는 사실도 알고 있었다. 등 뒤로 수갑이 채워졌고 아까 몸싸움을 할 때 다친 어깨와 얼굴이 심하게 아픈 상황에서 어떻게 싸울지는 알 수 없었다. 단지 그 개자식이 한 번 건드릴 때마다 어떻게든 되갚아줄 생각이었다.

한데, 어디 있지?

발소리가 멈췄다.

어디 있지? 방의 구조를 알 수가 없었다. 그녀를 끌고 들어온 복도는 폭이 60센티미터 정도였고, 양쪽으로 곰팡내 나는 신문지가 천장까지 쌓여 있었다. 책상과 쓰레기 더미, 잡지 더미도 보였다.

이리 와, 어디 한 번 덮쳐봐.

난 준비됐다. 무서운 척 움츠릴 것이다. 강간범에게 중요한 것은 오로지 지배하고 싶은 욕구다. 내가 두려워하는 것을 보면 의기양양해서 주의력이 흩어질 것이다. 가까이 다가오면 목덜미를 물어뜯는다. 꽉 깨물고 무슨 일이 있어도 놓지 않겠다. 나는….

그때 폭탄 터지는 것 같은 소리가 나며 뭔가가 색스를 덮쳤다.

색스는 바닥에 쓰러져 움직일 수가 없었다.

아픔에 겨워 신음했다.

잠시 후, 색스는 무슨 일이 일어났는지 깨달았다. 색스가 맞서 싸울 거라는 것을 예측하고 범인이 높이 쌓아둔 신문지 더미를 그녀 쪽으로 민 것이다.

다리와 손을 꼼짝달싹할 수 없었다. 가슴, 어깨, 머리가 완전히 노출되었다. 그녀는 악취를 풍기는 엄청난 신문지 더미에 깔려 있었다.

폐쇄공포증이 몰려왔다. 형용할 수 없는 공포였다. 색스는 숨을 내쉬며 짧게 고함을 질렀다. 공포를 억누르기 위해 안간힘을 썼다.

피터 고든이 통로 끝에서 모습을 드러냈다. 한 손에는 면도칼을, 다른 한 손에는 테이프 녹음기를 들고 있었다. 범인이 색스를 찬찬히 관찰했다.

"제발."

색스는 신음했다. 두려운 척했다기보다 실제 상황이었다. 범인이 속삭였다.

"넌 사랑스러워."

범인의 목소리가 때마침 울린 초인종 소리에 묻혔다. 타운하우스 바깥쪽은 물론 이 안쪽에서도 벨소리가 울렸다.

고든은 우뚝 멈춰 섰다.

그때 초인종이 다시 울렸다.

고든은 책상으로 다가가더니 키보드를 두드리고 컴퓨터 화면을 들여다보았다. 아마 손님의 얼굴을 찍는 보안 카메라일 것이다. 그가 미간을 씨푸렸다.

갈등하는 듯했다. 그러곤 색스를 돌아보더니 조심스럽게 면도칼을 접어 뒷주머니에 넣었다.

벽장문으로 다가간 고든은 이내 밖으로 나갔다. 그의 등 뒤에서 걸쇠 걸리는 소리가 들렸다. 색스의 손이 바지주머니 안의 작은 쇳덩어리를 향해 다시 한 번 꾸물꾸물 다가가기 시작했다.

"링컨."

보 하우먼의 목소리가 멀리 느껴졌다.

라임이 속삭였다.

"말해."

"색스가 아니었어."

"뭐?"

"그 컴퓨터 프로그램에 찍힌 위치는 맞았어. 한데 아멜리아가 아니야."

하우먼은 색스가 오늘 밤 '개인적인 이야기'를 하면서 같이 저녁을 먹을 테니까 먹을 것을 사놓으라며 팸 윌러비에게 신용카드를 주었다고 설명했다.

"시스템에 읽힌 건 그거야. 팸이 가게에 가서 유리창 너머로 물건 구경을 하느라 멈췄던 거야. 여긴 팸의 친구네 집이야. 같이 숙제를 하고 있었어."

라임은 눈을 감았다.

"아, 고마워, 보. 해산해도 좋아. 이제 우리가 할 수 있는 건 기다리는 것뿐이군."

"유감입니다, 링컨."

론 풀라스키가 말했다.

라임은 고개만 끄덕였다.

라임의 시선은 색스가 검은 안전 헬멧을 쓴 채 좁은 나스카 포드 자동차에 앉아 있는 벽난로 위의 사진으로 향했다. 그 옆에는 둘이 같이 찍은 사진도 있었다. 라임은 휠체어 위에, 색스는 그를 껴안고 있었다.

사진을 차마 볼 수가 없었다. 그의 시선이 다시 화이트보드로 향했다.

미확인 용의자 522 프로파일

- 남성
- 비흡연자일 가능성이 높음
- 아내와 아이가 없을 가능성이 높음
- 백인, 혹은 연한 피부색
- 보통 체격
- 힘이 셈―피해자의 목을 조를 수 있을 만큼
- 음성 변조 장치를 사용함
- 컴퓨터를 잘 다룸: 아워월드에 대해 알고 있음. 다른 인맥 네트워크 사이트는?
- 피해자의 기념품을 보관함. 사디스트?
- 주거지/직장의 일부는 어둡고 축축한 곳
- 스낵 푸드/핫소스를 믹음
- 사이즈 11 스케처스 작업용 운동화를 신음
- 물건을 모음. 수집 강박증
- '비밀스러운 삶'과 '겉보기 삶'을 갖고 있음
- 겉으로 드러나는 인격은 진정한 자아와 정반대일 것임
- 주거지: 셋집에서 살지 않음. 정상적인 공간과 비밀스러운 공간, 둘로 분리된 주거 공간을 가지고 있음
- 창문은 막았거나 칠을 했을 것임
- 수집 활동이나 수집품에 위협이 가해지면 폭력적인 행동을 보일 수도 있음

연출되지 않은 증거

- 먼지
- 낡은 마분지
- 인형 머리카락, BASF B35 나일론 6
- 태리턴 담배회사의 담배
- 태리턴이 아닌 오래된 담배, 상표는 알 수 없음
- 스타키보트리스 카르타룸 곰팡이
- 세계무역센터 잔해에서 나온 먼지, 맨해튼 다운타운에 주거지/직장이 있을 가능성
- 스낵 푸드/카옌 후추
- 표범무늬 백합 잎(실내용 식물)
- 미량의 법률용지, 두 가지 종류, 노란색
- 사이즈 11 스케처스 작업용 운동화의 족적
- 집 안에서 키우는 식물의 잎: 고무나무와 아글라오네마-중국 상록수
- 커피메이트

어디 있지, 색스? 어디 있어?

라임은 최면에 걸린 사람처럼 차트를 바라보며 말해달라고 빌었
다. 하지만 이 빈약한 사실들은 이너서클 데이터가 SSD 컴퓨터에
게 주었던 것처럼 별다른 깨달음을 라임에게 주지 못했다.

죄송합니다. 지금으로서는 예측 결과를 도출할 수 없습니다….

48 하느님과 욥

이웃.

손님은 웨스트 91번가 697번지에 사는 이웃이라고 했다. 방금 퇴근한 길이란다. 집으로 물건이 오기로 되어 있었는데, 도착하지 않았단다. 가게에서는 679번지, 내 주소로 배달되었을지도 모른다고 했다. 숫자를 잘못 읽어서.

나는 미간을 찡그리며 아무것도 배달되지 않았다고 설명한다. 다시 가게에 연락해보라고. 아멜리아 7303과의 밀회를 방해한 그자의 목을 따버리고 싶지만, 나는 안타깝다는 듯 미소만 짓는다.

그는 방해해서 미안하다고 한다. 당신도 좋은 하루 되세요. 도로 공사가 끝나서 다행입니다. 안 그래요….

나는 다시 아멜리아에 대해 생각한다. 그러나 현관문을 닫는 순간 심장이 내려앉는다. 전화, 총, 최루가스, 칼, 모든 장비를 빼앗을 때 수갑 열쇠를 깜박 잊었다. 열쇠는 그녀의 주머니 안에 있을 것이다.

이웃이 내 주의력을 흩트렸다. 어디 사는지 알고 있으니 대가를 치르게 해주겠다. 하지만 일단은 주머니에서 면도칼을 꺼내며 벽장으로 황급히 되돌아간다. 서둘러! 안에서 뭘 하고 있을까? '저들'에게 전화로 어디 있는지 알리고 있을까?

그녀가 내게서 모든 걸 빼앗으려 한다! 밉다. 정말 밉다….

고든이 없는 동안 유일하게 진척된 일은 공포를 억제했다는 것뿐이었다.

색스는 필사적으로 열쇠에 손을 뻗으려고 발버둥 쳤다. 하지만 팔과 다리가 엄청난 신문 더미에 깔려 주머니 안으로 손을 집어넣을 수 있게 엉덩이를 움직일 수조차 없었다.

폐쇄공포증은 물러갔지만 아픔이 급속히 그 자리를 대신했다. 구부러진 다리에서는 쥐가 났고, 육중한 신문 뭉치의 모서리가 등을 찔렀다.

손님이 구세주가 되어줄지도 모른다는 희망은 사라졌다. 은신처의 문이 다시 열렸다. 고든의 발소리가 들렸다. 잠시 후, 위를 올려다보니 고든이 자신을 내려다보고 있었다. 고든은 산처럼 쌓인 신문지 옆을 돌아 눈을 가늘게 뜨고 수갑이 잠겨 있는지 확인했다.

그러곤 안도감에 미소를 지었다.

"그래, 내가 522번이란 말이지."

색스는 고개를 끄덕였다. 그들만의 호칭을 범인이 어떻게 알아냈는지 궁금했다. 아마 맬로이 경감을 고문해서 알아냈을 것이다. 분노가 더욱 치솟았다.

"나는 뭔가 연관성 있는 숫자가 더 좋아. 대부분의 숫자들은 그냥 무작위지. 인생에는 무작위성이 너무나 많아. 네가 날 뒤쫓기 시작한 날짜잖아. 안 그래? 522. 의미가 있어. 그래서 마음에 들어."

"자수하면 거래를 할 수 있어."

"거래를 해?"

고든은 다 안다는 듯 음침한 웃음을 터뜨렸다.

"나 같은 사람하고 무슨 거래를 한다는 거야? 모두 사전에 계획된 살인이었어. 난 평생 감옥에서 못 나와."

고든은 잠시 사라졌다가 비닐 방수포를 가져와 바닥에 깔았다.

색스는 핏자국이 갈색으로 말라붙은 방수포를 보았다. 심장이 쿵쿵거렸다. 테리 도빈스가 수집 강박증 환자에 대해 이야기했던 내용이 떠올랐다. 고든은 자기 수집품에 그녀의 피가 묻을까봐 걱정하고 있는 것이다.

고든은 테이프 녹음기를 그리 높지 않은, 겨우 1미터 정도밖에 쌓여 있지 않은 종이 뭉치 위에 놓았다. 맨 위의 신문은 어제 나온 〈뉴욕타임스〉였다. 왼쪽 상단 구석에 3529라는 숫자가 정확히 적혀 있었다.

무슨 짓을 하든, 너도 똑같이 고통을 겪게 될 거야. 이빨이든, 무릎이든, 발이든, 뭐든 사용할 거야. 너도 아주 아플 거다. 가까이 다가오게 하자. 나약하게 보여. 무력하게.

가까이 다가오게 해.

"제발! 아파…. 다리를 움직일 수가 없어. 좀 펴게 해줘."

"안 돼. 날 가까이 다가오게 한 다음 목을 물어뜯으려고 그런 소리 하는 거잖아."

정확했다.

"아냐…. 제발!"

"아멜리아 7303…. 내가 너에 대한 정보를 안 찾아봤을 것 같아? 너와 론 4285가 SSD에 왔을 때, 보관실에 들어가 네 자료를 찾아봤어. 기록을 보니, 잘 알겠더군. 한데 그들은 널 좋아해. 경찰들 말이야. 두려워하기도 하고. 넌 독립적이고, 요주의 인물이야. 차도 빨리 몰고, 총도 잘 쏘고, 현장감식 전문가고. 한데 지난 2년간 기동대 작전에도 다섯 번이나 참여했더군. 그러니 너한테 접근할 때는 단단히 경계를 하는 게 옳지 않겠어?"

범인이 주절거리는 소리는 거의 듣지 않았다. 얼른 와. 색스는 생각했다. 가까이 오라고. 오란 말이야!

고든이 옆으로 물러나더니 테이저 전기충격총을 가지고 왔다.

아, 안 돼….

당연하다. 직업이 경비이니 온갖 무기를 갖고 있을 것이다. 이 정도 거리에서는 빗나갈 리가 없다. 총의 안전장치를 풀고 앞으로 나섰다. 그러더니 문득 멈춰 서서 고개를 갸우뚱했다.

색스 역시 무슨 소리를 들었다. 물소리?

아니, 유리 깨지는 소리였다. 멀리서 유리창 같은 것이 부서지는 소리.

고든이 미간을 찌푸렸다. 그러곤 벽장 통로로 이어지는 문 쪽으로 한 걸음 다가섰다. 순간, 문이 벌컥 열리고, 고든은 뒤로 나동그라졌다.

짧은 쇠지레를 손에 든 사람이 방 안으로 돌진하더니, 어둠에 적응하려는 듯 눈을 깜빡였다.

바닥에 쓰러지면서 테이저를 떨어뜨린 고든이 얼굴을 찌푸린 채 무릎을 짚고 몸을 일으키며 총을 향해 손을 뻗었다. 그때 침입자가 쇠지레를 힘껏 휘둘러 고든의 팔을 내려쳤다. 뼈 부러지는 소리가 들리고, 살인범이 비명을 질렀다.

"안 돼!"

고든은 고통에 겨워 눈물이 글썽이는 눈을 가늘게 뜨고 상대를 바라보았다.

침입자가 외쳤다.

"지금도 네놈이 신인 것 같으냐, 이 개자식아!"

그 사람은 바로 로버트 조겐슨, 의사, 그 지저분한 호텔에 거주하던 명의 도용 피해자였다. 조겐슨이 쇠지레를 두 손으로 단단히 붙잡고 범인의 목과 어깨를 눌렀다. 고든의 머리가 바닥에 부딪쳤다. 눈동자가 뒤로 넘어가고, 몸이 천천히 늘어졌다.

색스는 너무 놀라 눈을 깜빡이며 의사를 쳐다보았다.

그가 누구냐고? 하느님이지. 나는 욥이고….

"괜찮소?"

조겐슨이 색스 앞으로 다가오며 물었다.

"종이 좀 치워줘요. 이 수갑도 풀어서 범인한테 채우고. 빨리! 열쇠는 내 주머니에 있어요."

조겐슨은 무릎을 꿇고 신문지를 치우기 시작했다. 색스가 물었다.

"어떻게 들어왔어요?"

조겐슨은 어퍼이스트사이드의 싸구려 호텔에서 만났을 때처럼 이글거리는 눈을 커다랗게 뜨고 있었다.

"당신이 날 만나러 온 뒤부터 계속 당신 뒤를 밟았어. 거리에서 노숙을 했지. 당신이 날 저놈에게 이끌어줄 거라는 걸 알고 있었거든."

그러곤 가쁜 숨을 몰아쉬며 아직도 움직이지 못하는 고든 쪽으로 턱짓을 했다.

조겐슨은 엄청난 양의 신문지를 들어 올려 옆으로 내던졌다.

"날 미행하던 게 당신이었군요. 공동묘지, 웨스트사이드의 창고."

"나였어. 그래. 오늘은 창고에서 당신 아파트, 경찰서 그리고 미드타운의 그 회색 사무실 건물까지 따라갔어. 마지막으로 여기. 당신이 골목으로 들어가는 걸 봤는데, 나오질 않더군. 무슨 일인지 궁금했지. 현관문을 두드렸더니 저자가 나오더군. 난 이웃 사람인데 소포를 찾는다고 말했어. 집 안을 슬쩍 들여다봤어. 당신이 없더군. 그래서 돌아서는 척하는 순간, 저자가 면도칼을 들고 거실 문으로 들어가는 걸 봤어."

"저 사람이 당신을 못 알아봤어요?"

조겐슨은 쓸쓸한 웃음을 지으며 턱수염을 잡아당겼다.

"아마 내 운전면허증 사진만 봤겠지. 열심히 면도하던 시절에, 이발할 돈이 있던 시절에 찍은 사진…. 젠장, 무겁군."

"서둘러요."

"나한테는 당신이 저자를 찾을 수 있는 최고의 희망이었어. 체포해야 한다는 건 알고 있지만, 우선 나한테 잠깐만 시간을 줘. 그래야 해! 저놈이 나한테 준 그 많은 고통을 모조리 갚아주겠어.”

다리에 감각이 돌아오기 시작했다. 색스는 고든이 쓰러져 있는 쪽을 바라보았다.

“앞주머니… 열쇠에 손이 닿아요?”

“아직. 좀 더 치워야겠어.”

신문 뭉치가 계속 바닥에 흩어졌다. 헤드라인 하나가 눈에 들어왔다. 정전으로 인한 폭동 사태, 수백만 달러 피해 초래. 또 다른 헤드라인 하나. 인질 사태 진전 없음. 테헤란: 거래는 없다

마침내 색스는 신문 더미에서 몸을 빼냈다. 수갑을 찬 채 욱신거리는 다리로 힘겹게 일어섰다. 다른 종이 더미에 비틀거리며 몸을 기댄 뒤 조겐슨 쪽으로 돌아섰다.

“수갑 열쇠. 빨리.”

조겐슨은 주머니에 손을 집어넣어 열쇠를 찾은 다음 그녀의 등 뒤로 손을 뻗었다. 희미한 찰칵 소리와 함께 한쪽 수갑이 풀렸다. 그제야 똑바로 설 수 있었다. 색스는 열쇠를 받으려고 돌아섰다.

“빨리요. 어서….”

그때 귀가 멀듯한 총성이 울렸다. 총알이—피터 고든이 색스의 총으로 발사한—조겐슨의 등을 꿰뚫었다. 동시에 색스의 손과 얼굴에 피와 살점이 튀었다.

조겐슨은 비명을 지르며 색스 위로 쓰러졌다. 덩달아 뒤로 넘어진 덕분에 두 번째 총알은 색스의 어깨를 몇 센티미터 차이로 빗나가 벽에 박혔다.

49 위기일발

선택의 여지가 없었다. 공격해야 했다. 즉각. 아멜리아 색스는 잔뜩 웅크린 채 피를 흘리고 있는 고든 쪽으로 몸을 날렸다. 그리고 바닥에 떨어진 테이저 총을 집어 든 다음 발사했다.

테이저의 침은 총알만큼 빠르지 못했다. 고든은 뒤로 넘어지며 침을 피했다. 순간, 색스는 조겐슨의 쇠지레를 집어 들고 달려들었다. 고든이 한쪽 무릎으로 몸을 일으켰다. 색스가 3미터 앞까지 접근해 쇠지레를 던지는 순간, 고든이 색스를 향해 곧바로 한 발을 쏘았다. 총알이 아메리칸 방탄조끼에 맞았다. 통증은 극심했지만 총알은 명치를 빗나갔다. 명치에 맞았다면 순간적으로 숨이 막혀 몸을 움직이지 못했을 것이다.

한편, 색스가 던진 쇠지레는 고든의 얼굴로 그대로 날아가서 명중했다. 고든이 비명을 질렀다. 하지만 쓰러지지 않고, 총도 여전히 단단히 쥐고 있었다. 색스는 도망칠 수 있는 유일한 방향, 왼쪽으로 돌아서서 음침한 공간을 가득 채운 물건들 사이를 달리기 시작했다.

'미로' 라는 말 외에는 달리 표현할 길이 없었다. 수집품 사이의 좁은 통로. 머리빗, 장난감(인형도 많았다—초기의 범행현장에서 발견한 인형 머리카락은 아마 여기서 묻었으리라), 꼼꼼하게 말아 쓴 낡은 치약 튜브, 화장품, 머그잔, 종이봉투, 옷, 신발, 빈 음식 깡통, 열쇠, 펜, 공구, 잡지, 책…. 평생 이렇게 많은 쓰레기는 본 적이 없었다.

대부분의 불은 꺼져 있었지만 희미한 전구 몇 개가 누런 빛의 장막을 드리우고 있었다. 거리의 가로등 불빛이 유리창을 막은 지저분한 블라인드와 신문지를 뚫고 희미하게 비쳤다. 창문은 모두 창살로 막혀 있었다. 색스는 겹겹이 쌓인 그릇과 엄청나게 큰 옷핀 통에 부딪쳐 몇 번이나 넘어질 뻔했다.

조심해, 조심해….

넘어지면 죽을 수도 있어.

배에 맞은 총격 때문에 금방이라도 구역질이 올라올 것 같았다. 색스가 천장까지 쌓여 있는 〈내셔널 지오그래픽〉 두 무더기 사이를 돌아 몸을 숨기는 순간, 부러진 팔과 얼굴에 쇠지레를 맞은 아픔으로 인상을 잔뜩 찌그린 고든이 12미터 떨어진 곳에서 모퉁이를 돌아 왼손으로 두 번 총을 쏘았다. 두 발 모두 빗나갔다. 색스는 팔꿈치로 반들거리는 잡지 무더기를 통로 쪽으로 밀었다. 통로가 완전히 막혔다. 색스는 다시 허겁지겁 도망쳤다. 총성이 두 번 더 들렸다.

지금까지 모두 일곱 발을 쏘았다—색스는 항상 총알을 세는 버릇이 있었다. 하지만 고든이 갖고 있는 총은 아직 여덟 발을 더 쏠 수 있는 글록이었다. 창살이 없는 유리창이라도 있으면 몸을 날릴 생각으로 출구를 찾았다. 그러나 타운하우스 이쪽 편에는 빠져나갈 길이 전혀 없었다. 벽은 온통 도자기 인형과 소품으로 가득 찬 장식장이었다. 고든이 뭐라 중얼거리며 미친 듯이 잡지를 발로 차내는 소리가 들렸다.

잡지 무더기 위로 내민 고든의 얼굴이 보였다. 하지만 비닐 코팅된 잡지의 표지는 얼음처럼 미끄러웠다. 고든은 연이어 미끄러지며 부러진 팔로 몸을 지탱했다. 그때마다 고통에 겨운 비명을 질렀다. 마침내 고든이 잡지 더미 꼭대기로 올라왔다. 하지만 미처 총을 들어 올리기도 전에 놀라서 얼어붙었다.

"안 돼, 제발, 안 돼!"

색스는 골동품 꽃병과 도자기 인형이 가득 찬 장식장에 양손을 짚고 있었다.

"안 돼, 만지지 마. 제발!"

수집 강박증 환자에게 수집품을 잃는다는 게 어떤 것인지 설명해 준 테리 도빈스의 말이 떠오른 덕분이었다.

"총을 이쪽으로 던져. 빨리, 피터!"

순순히 따를 것이라고 믿지는 않았다. 하지만 장식장에 있는 물건을 잃을지도 모른다는 공포에 직면하자 고든은 갈등했다.

지식은 힘이다.

"안 돼, 안 돼, 제발…."

가련한 속삭임.

그때 고든의 눈빛이 변했다. 한순간, 눈동자가 검은 점으로 변했다. 색스는 고든이 총을 쏠 것이라고 직감했다.

색스는 장식장을 반대쪽으로 밀었다. 도자기 깨치는 소리가 피터 고든의 음산하고 원초적인 비명을 집어 삼켰다.

흉측한 도자기 인형과 컵, 접시 따위가 들어 있는 장식장 두 개를 더 넘어뜨렸다.

"총을 던지지 않으면 이 안의 물건을 전부 다 부숴버릴 거야!"

하지만 고든은 자제력을 완전히 잃은 상태였다.

"죽여버리겠어 죽여버리겠어 죽여버리겠어…."

두 번 더 총을 발사했지만, 색스는 이미 몸을 숨긴 뒤였다. 〈내셔널 지오그래픽〉 무더기를 완전히 넘어오면 곧장 달려올 것이다, 색스는 위치를 분석했다. 그녀는 공간을 둥글게 돌아 앞쪽으로 난 벽장문 쪽에 있었고, 그는 아직 타운하우스 뒤쪽에 있었다.

하지만 안전하게 문까지 가려면, 지금 고든이 장식장과 깨진 도

자기 조각 사이에서 발버둥치고 있는—소리로 판단할 때—통로 앞을 지나야 한다. 상대도 이쪽의 상황을 알고 있을까? 벽장문 쪽으로 달려가기 위해 자기가 있는 통로를 가로지를 거라는 사실을 알고 총을 겨눈 채 기다리고 있는 건 아닐까?

혹시 막힌 길을 우회해서 내가 모르는 통로로 몰래 다가오는 건 아닐까?

어둑어둑한 방 안에 삐걱거리는 소리가 울려 퍼졌다. 고든의 발소리? 오래된 나무를 밟는 소리?

공포가 스멀스멀 피어올랐다. 색스는 휙 돌아섰다. 고든은 보이지 않았다. 움직여야 한다. 빨리. 가자! 지금! 색스는 소리 없이 깊은 숨을 한 번 들이쉬고 무릎의 통증을 물리친 뒤 자세를 낮추고 통로를 가로막은 잡지 무더기 바로 앞을 재빨리 지나갔다.

총성은 없었다.

고든은 그곳에 없었다. 색스는 얼른 멈춰서 등을 벽에 기대고 호흡을 진정시키려고 애썼다.

조용히, 조용히….

젠장. 어디야, 어디야, 어디야? 이 신발 상자 통로? 이 토마토 캔통로? 이 깔끔하게 갠 옷가지 통로?

다시 삐걱거리는 소리가 들렸다. 어디서 나는지 알 수가 없었다.

바람 같은, 숨결 같은 희미한 소리.

마침내 색스는 결단을 내렸다. 그냥 달리자. 지금! 앞문을 향해 돌진하는 거야!

고든이 등 뒤에 있지 않기만을, 혹은 다른 비밀 통로를 통해 앞문에 이미 가 있지 않기만을 바라야지.

가자!

색스는 벽을 박차고 계곡처럼 양옆으로 높이 치솟은 책, 유리제품, 그림, 전선, 전자제품, 캔들 사이의 통로를 달렸다. 올바른 길로 가고 있는 걸까?

맞았다. 앞에 노란 법률용지로 둘러싸인 고든의 책상이 나왔다. 로버트 조겐슨이 바닥에 쓰러져 있었다. 더 빨리! 서둘러! 책상 위의 전화기는 무시하자. 색스는 911로 전화를 할까 잠시 고민하다 속으로 중얼거렸다.

나가자. 지금 나가야 해.

벽장문을 향해 달렸다.

가까워질수록 공포는 더욱 커졌다. 언제라도 총성이 들릴 것만 같았다.

이제 겨우 6미터….

어쩌면 고든은 그녀가 뒤쪽에 숨어 있다고 생각하는지도 모른다. 산산조각 난 소중한 도자기 때문에 비탄에 젖어 무릎을 꿇고 있는지도 모른다.

3미터.

모퉁이를 돌아 고든의 피가 흥건한 쇠지레를 집어 들기 위해 잠시 멈췄다.

아니, 문밖으로 나가자.

그때 색스는 헉 하고 멈춰 섰다.

바로 눈앞에, 벽장문에서 새어든 빛을 배경으로 고든의 실루엣이 보였다. 다른 통로를 통해 여기까지 온 모양이었다. 색스는 절망적인 심정으로 묵직한 쇠지레를 들어 올렸다.

다행히 고든은 이쪽을 보지 않고 있었다. 하지만 그가 이쪽으로 돌아서서 바닥에 무릎을 꿇고 총을 들어 올리는 순간, 눈에 띄지 않았다는 희망은 사라져버렸다. 아버지의 모습이, 링컨 라임의 모습이 머릿속을 가득 채웠다.

저기 있군, 아멜리아 7303. 선명하게 보인다.

수백 점의 보물을 박살내버린 여자, 내게서 모든 것을 **빼앗으**려는 여자, 미래의 모든 트랜잭션을 **빼앗**고 내 벽장을 세상에 노출시키려는 여자. 저 여자와 즐길 시간은 없다. 비명을 녹음할 시간도 없다. 저 여자는 지금 죽어야 한다. 지금.

밉다 밉다 밉다 밉다 밉다 밉다 밉다 밉다 밉다 밉다 밉다 밉다 밉다

그 누구도 내게서 아무것도 빼앗아가지 못한다. 다시는.

조준, 발사.

아멜리아 색스는 눈앞에서 총이 발사되는 순간, 뒤로 몸을 날렸다. 다시 총성. 두 번 더.

바닥에 쓰러지는 순간, 팔로 머리를 감쌌다. 처음에는 아무 감각도 없었다. 하지만 차츰 통증이 느껴졌다.

죽는구나…. 이렇게 죽는구나.

한데 아픔은 바닥에 세게 부딪히는 순간 관절염을 앓는 무릎에서 느껴지는 것이지, 총에 맞았다고 생각된 곳에서 느껴지는 것이 아니었다. 손으로 얼굴을, 목을 더듬었다. 상처도, 피도 없었다. 이 정도 거리에서 빗나갔을 리가 없는데.

그런데 빗나갔다.

그때 고든이 이쪽을 향해 달려오기 시작했다. 색스는 차가운 눈빛과 강철처럼 긴장한 근육으로 쇠지레를 움켜쥐었다.

하지만 고든은 색스를 쳐다보지도 않고 옆을 지나쳤다.

뭐지? 색스는 얼굴을 찌푸리며 천천히 일어섰다. 지금은 열린 벽장문에서 빛이 비치지 않아 범인의 실루엣을 선명하게 볼 수 있었다. 그 사람은 고든이 아니라 평소 알고 지내던 근처 20번 지구대 소속 형사 존 하비슨이었다. 형사는 안정된 손으로 글록을 겨냥한 채 방금 자신이 쏘아 죽인 남자의 시체 쪽으로 조심스럽게 다가갔다.

색스는 그제야 깨달았다. 피터 고든이 뒤쪽으로 소리 없이 접근해 그녀의 등을 쏘려는 순간이었다. 색스의 뒤를 쫓던 고든이 벽장문간에서 무릎을 꿇고 있던 하비슨을 미처 보지 못한 것이다.

"아멜리아, 괜찮아?"

형사가 물었다.

"네. 괜찮아요."

"다른 공범은?"

"없는 것 같아요."

색스는 일어나서 형사 곁으로 나갔다. 발사한 총알은 모두 목표물을 맞혔다. 그중 하나는 고든의 이마에 정통으로 맞았다. 상처는 어마어마했다. 책상 위에 놓인 프레스콧의 〈미국의 가족〉에 피와 뇌수가 튀어 있었다.

하비슨은 전투 무공과 주요 마약상을 검거한 실적으로 여러 번 훈장을 받은 사십대의 열정적인 남자였다. 그는 기괴한 실내 풍경에는 전혀 주의를 기울이지 않은 채 완벽하게 프로다운 태도로 현장의 안전을 확보하고 있었다. 고든의 피 묻은 손에서 글록을 수거해 주머니에 총과 탄창을 집어넣었다. 기적적인 부활이 일어날 리 없는 상황이었지만, 테이저도 안전하게 옆으로 밀쳐놓았다.

"존."

색스는 살인범의 망가진 몸을 보며 속삭였다.

"어떻게, 어떻게 날 찾았어요?"

"이 주소지에서 폭행사건이 일어나고 있으니 근처에 있는 경찰은 누구든지 출동하라는 무전이 들어왔어. 마침 내가 마약사건 때문에 한 블록 떨어진 곳에 있었지."

그러곤 색스를 보며 말을 이었다.

"당신과 함께 일하는 그 사람이 무전을 보냈더군."

"누구?"

"라임. 링컨 라임."

"아."

그리 놀라운 일은 아니었지만, 궁금한 게 더욱 많아졌다.

그때 희미하게 헐떡이는 소리가 들렸다. 두 사람은 돌아섰다. 조겐슨에게서 난 소리였다. 색스는 허리를 굽혔다.

"구급차를 불러요. 아직 살아 있어요."

색스는 조겐슨의 총상 부위를 압박했다.

하비슨이 무전기를 꺼내 구급대를 불렀다.

잠시 후, ESU 기동대원 두 명이 총을 빼든 채 황급히 들어왔다. 색스가 지시했다.

"범인은 죽었어. 공범은 없는 것 같아. 하지만 만약을 위해서 집 안 전체를 수색해."

"알겠습니다."

기동대원 하나가 하비슨과 함께 물건으로 가득 찬 복도를 둘러보기 시작했다. 다른 한 명은 잠시 그대로 선 채 색스에게 물었다.

"진짜 으스스한 집이군요. 이런 곳 보신 적 있습니까, 형사님?"

잡담이나 나눌 기분은 아니었다.

"붕대나 수건을 가져와. 젠장, 이렇게 온갖 물건이 다 있으니 구급상자도 틀림없이 어딘가 대여섯 개는 처박혀 있겠지. 출혈을 막을 게 필요해. 빨리!"

제5부

모든 것을 알고 있는 사나이

5월 25일 수요일

눈에 띄지 않는 발자국들이 시민의 사생활과 품위를 조금씩 잠식해가고 있다.
개별적으로 볼 때 그 발자국 하나하나는 큰 의미가 없을지도 모른다.
그러나 전체를 바라보면 지금껏 우리가 경험했던 그 어떤 것과도
다른 사회가 모습을 드러내고 있다.
—정부가 개인 생활의 비밀스러운 영역까지 침범할 수 있는 사회이다.

- 대법원 판사 윌리엄 O. 더글러스

50 또 다른 범죄

"그래, 컴퓨터의 도움을 받았어."

링컨 라임은 인정했다.

이너서클, 워치타워 데이터베이스 관리 프로그램과 그 외 SSD의 프로그램을 가리키는 말이었다. 하지만 그는 목소리를 높였다.

"하지만 대부분은 증거물 덕택이었어. 컴퓨터는 대략의 방향만 알려줬어. 그뿐이야. 거기서부터는 우리가 한 거야."

자정을 훌쩍 넘긴 시각이었다. 라임은 연구실 안에서 옆에 앉아 있는 색스와 풀라스키에게 말하고 있었다. 색스는 522의 타운하우스에서 돌아왔고, 구급대원은 로버트 조겐슨이 목숨을 건질 것 같다고 보고했다. 총알이 주요 장기와 혈관을 피한 덕분이었다. 그는 지금 컬럼비아 장로병원의 집중치료실에 있었다.

라임은 색스가 SSD 경비의 타운하우스에 있다는 것을 추리해낸 과정을 계속해서 설명했다. 엄청난 감찰 자료에 대해서도 말했다. 멜 쿠퍼가 컴퓨터에 자료를 띄워주었다. 색스는 그 안에 든 어마어마한 자료에 질린 얼굴로 화면을 훑어보았다. 보고 있는 동안에도 업데이트될 때마다 화면이 깜빡였다. 색스는 속삭였다.

"모든 걸 알고 있군요. 내겐 단 하나의 비밀도 없어요."

라임은 색스가 브루클린의 지구대를 떠난 뒤, 시스템을 통해 위치를 추적한 방법도 설명했다.

"하지만 컴퓨터가 알려준 건 자네가 움직인 대략의 방향뿐이었어. 목적지는 알 수 없었지. 난 지도를 계속 바라보다 자네가 SSD 쪽으로 향하고 있다는 걸 깨달았어. 그쪽 컴퓨터도 이건 알아내지 못했다고. 전화를 걸었더니 로비의 경비원이 자네가 30분 정도 직원들에 대해 묻고는 돌아갔다고 했어. 그 뒤에는 어디로 갔는지 전혀 몰랐지."

색스는 자신이 단서를 쫓아 SSD로 가게 된 경위를 설명했다. 그녀의 타운하우스에 침입했던 남자가 흘린 종이가 회사 옆 커피숍의 영수증이었기 때문이다.

"범인은 분명 SSD의 직원이거나 회사와 관련이 있는 사람이라고 생각했죠. 팸이 침입자의 옷차림을 설명해줬어요. 파란 재킷, 청바지, 모자. 난 어쩌면 경비가 오늘 그런 옷을 입었던 직원이 누구인지 알 수도 있겠다고 생각했어요. 근무 중이던 경비가 그런 사람은 기억나지 않는다고 해서, 비번인 경비들의 전화번호와 주소를 달라고 했죠. 그리고 하나씩 탐문하기 시작했어요."

색스는 얼굴을 찡그렸다.

"522가 그중 한 사람일 거라는 생각은 꿈에도 못 했어요. 당신은 어떻게 경비라는 걸 알아냈죠, 라임?"

"음, 난 자네가 직원을 찾고 있다는 걸 알았어. 한데 용의자일까, 다른 사람일까? 빌어먹을 컴퓨터는 전혀 도움이 안 돼서 다시 증거물을 보기 시작했지. 범인은 평범한 작업용 운동화를 신고 커피메이트 가루를 묻힌 채 다니는 사람이야. 힘도 세고. 회사 하위직 중 육체노동에 종사하는 사람이라는 뜻 아닐까? 우편실이나 배달원, 관리인? 그때 카옌 후추가 생각났어."

"페퍼 스프레이."

색스는 한숨을 내쉬며 덧붙였다.

"음식이 아니었군."

"맞아. 경비가 주로 사용하는 무기지. 음성변조기는? 보안 장비를 판매하는 가게에서 팔지. 그래서 난 SSD 보안과장에게 전화를 걸었지. 톰 오데이."

"우리도 민니봤어요."

색스는 풀라스키 쪽을 턱으로 가리켰다.

"그 사람이 많은 경비가 시간제로 근무한다는 사실을 알려줬어. 522가 사무실 밖에서 취미생활을 즐길 시간이 많다는 뜻이지. 다른 증거물에 대해서도 오데이에게 물어봤어. 나뭇잎 조각은 경비 전용 휴게실에 있는 식물일 가능성이 높았어. 우유가 아니라 커피메이트도 비치되어 있고. 난 테리 도빈스가 말해준 수집 강박증 환자의 특징을 경비과장에게 알려주고, 경비 중 미혼에 아이가 없는 직원의 명단을 뽑아달라고 했어. 그런 다음 지난 두 달 동안 살인이 발생한 시각과 근무기록부를 대조해달라고 했지."

"그래서 당시 사무실에 없던 사람을 찾아냈군요. 존 롤린스, 본명은 피터 고든."

"아니. 존 롤린스는 범행이 발생할 때마다 사무실에 있었어."

"사무실에 있었다구요?"

"겉으로는. 사무실 관리 시스템에 들어가 알리바이가 생기도록 근무기록부를 바꿔놓은 거야. 로드니 차닉이 메타데이터를 확인했더니 역시 그자가 범인이었어. 그래서 경찰에 연락했지."

"한데 라임, 난 522가 개인 통합 자료를 어떻게 얻었는지 모르겠어요. 그자는 모든 데이터 보관실에 들어갈 권한을 갖고 있지만, 나올 때는 경비까지 몸수색을 다 하거든요. 온라인으로 이너서클에 접속할 권한은 없었고요."

"맞아. 그게 유일한 의문이었어. 하지만 그건 팸 윌러비한테 고맙다고 해야 해. 팸이 도와줘서 알아냈거든."

"팸이? 어떻게요?"

"팸이 인맥 쌓기 사이트 아워월드 사진은 아무도 다운로드받을 수 없기 때문에 아이들은 그냥 화면을 사진으로 찍는다고 했지?"

걱정 마세요, 라임 아저씨. 눈에 보이는 해답을 놓치는 일은 자주 있잖아요….

"난 522도 그렇게 정보를 얻었다는 걸 깨달았어. 수천 페이지나 되는 자료를 굳이 다운로드받을 필요는 없었겠지. 피해자와 대역들에 대해 필요한 정보만 복사했겠지. 밤늦게, 데이터 보관실에 홀로 남아서. 우리가 찾은 노란 종잇조각 기억나? 보안검색내의 엑스레이나 금속탐지기에는 종이가 감지되지 않아. 아무도 생각조차 못했던 일이지."

색스는 비밀의 방 책상 주변에 노란 법률용지가 수천 장이나 있었다고 말했다.

그때 론 셀리토가 다운타운에서 돌아왔다.

"그 개새끼는 죽었지만, 내 이름은 아직도 빌어먹을 마약쟁이로 시스템에 등록돼 있어. 다들 한다는 말이 이것뿐이야. 조처 중입니다."

하지만 좋은 소식도 있었다. 522가 증거를 조작한 것으로 밝혀진 모든 사건을 지방검사가 재수사하기로 했다는 소식이었다. 아서 라임은 즉시 석방될 예정이고, 다른 사람들도 곧 석방 여부를 검토해 다음 달 안으로 풀려날 것 같다고 했다.

셀리토가 덧붙였다.

"522가 살던 타운하우스에 가봤어."

어퍼웨스트사이드의 집은 시세가 수천만 달러는 될 것 같았다. 경비원으로 일한 피터 고든이 어떻게 그런 집을 살 수 있었는지 의문이었다. 하지만 형사는 곧 해답을 알아냈다.

"그자는 주인이 아니었어. 소유주는 피오나 맥밀런이라는 여든 아홉 살 된 과부인데, 가까운 친척도 없는 여자야. 아직도 그 여자가 세금과 각종 요금을 내고 있더군. 한 번도 밀린 적이 없었어. 그런데 재미있는 건 지난 5년 동안 그 여자를 본 사람이 아무도 없다는 거야."

"SSD가 뉴욕으로 옮길 때쯤이군."

"아마 522가 신원을 도용하는 데 필요한 모든 정보를 알아낸 뒤에 죽였을 거야. 내일 시체 수색을 시작하기로 했어. 차고부터 시작해서 지하실까지."

셀리토가 덧붙였다.

"그리고 조 맬로이의 추도식을 준비하는 중이야. 토요일에 열려. 혹시 오고 싶으면 와."

"당연하지."

라임이 말했다. 색스가 라임의 손에 손을 얹으며 말했다.

"순찰 경관이든 간부든 상관없이 우린 모두 가족이고, 누군가를 잃는다는 것은 가족을 잃는 것과 같은 고통이죠."

"당신 아버지? 그분이 했을 만한 이야기군."

그때 복도에서 로드니 차닉의 목소리가 들렸다.

"하, 너무 늦었네. 죄송해요. 방금 수사가 끝났다는 소식을 들었어요."

차닉이 톰과 함께 연구실로 들어왔다. 손에는 출력물 한 다발을 들고 있었다.

"너무 늦다니?"

"메인프레임이 풀라스키가 훔쳐온 빈 공간 안의 파일 조합을 끝냈거든요. 아니, 훔친 게 아니라 빌렸다고 해야지. 그걸 보여드리려고 가져오는 길에 범인이 죽었다는 소식을 들었어요. 이제 필요 없으시겠네요."

"그래도 궁금해. 뭐가 나왔는데?"

차닉은 출력물 여러 장을 라임에게 보여주었다. 도무지 알아볼 수 없는 내용이었다. 단어, 숫자, 기호 그리고 중간중간 널찍한 공간이 있었다.

"난 그리스어(Greek)는 못 읽어."

"하, 그거 재미있는데요. 외계어(Geek)를 못 읽는다니."

라임은 굳이 정정하지 않았다.

"요점이 뭐야?"

"러너보이가, 제가 전에 찾았던 님 말입니다, 이너서클에서 몰래 많은 정보를 다운로드받은 뒤 흔적을 지웠어요. 하지만 그건 피해자나 522 사건과 관련된 인물에 대한 정보가 아니었어요."

"이름은? 러너보이의 이름은 알아냈어?"

색스가 물었다.

"네. 숀 캐설이라는 사람입니다."

색스는 눈을 감고 중얼거렸다.

"러너보이…. 철인3종경기 훈련을 한다고 했었지. 미처 생각을 못했군."

세일즈담당 이사이자 용의자 중 한 명이었지. 라임은 생각했다. 이 소식을 들은 풀라스키의 반응이 유독 눈에 띄었다. 풀라스키는 놀란 듯 눈을 깜빡이더니 색스를 향해 한쪽 눈썹을 추켜세우며 그럴 줄 알았다는 듯 희미하지만 어두운 미소를 보냈다. SSD에 가는 걸 싫어하던 풀라스키의 모습, 엑셀을 모른다며 당황하던 모습이 떠올랐다. 풀라스키와 캐설 사이에 무슨 갈등이 있었다면 그 이유가 설명된다.

풀라스키가 물었다.

"캐설이 무슨 짓을 했죠?"

차닉이 출력물을 넘기며 대답했다.

"정확히는 모르겠어요."

그러곤 손을 멈추더니 어깨를 으쓱하며 풀라스키에게 출력물을 넘겼다.

"보고 싶으면 보세요. 이게 그 사람이 접속한 자료예요."

풀라스키는 고개를 저었다.

"모르는 사람들인데."

그러곤 몇 사람의 이름을 소리 내어 읽기 시작했다. 그때 갑자기 라임이 소리쳤다.

"잠깐! 마지막 사람. 이름이 뭐라고?"

"디엔코…. 여기, 한 번 더 나오네요. 블라디미르 디엔코. 아는 사람입니까?"

"젠장."

셀리토가 내뱉었다.

디엔코. 러시아 조직범죄의 피고인. 증인과 증거물 부족으로 기각된 사건의 주인공이었다. 라임이 말했다.

"그 사람 바로 앞의 이름은?"

"알렉스 카라코프."

디엔코에게 불리한 증언을 하기로 되어 있던, 가명으로 활약하던 정보원이었다. 디엔코의 재판이 열리기 2주 전에 실종되었다. 사망한 것으로 추정되었지만 디엔코 일당이 어떻게 그를 죽였는지는 아무도 알아내지 못했다. 셀리토가 풀라스키에게서 종이를 빼앗아 들고 넘기기 시작했다.

"맙소사, 링컨. 주소, 현금 인출 기록, 자동차등록증, 통화 기록. 전부 청부살인범이 접근할 때 필요할 만한 정보들이야…. 아, 이걸 봐, 케빈 맥도널드."

"자네가 수사한 조직범죄 사건의 피고 아니었어?"

"그래. 헬스 키친. 무기 거래. 살인 모의. 마약 밀매 및 갈취. 이 자도 달아났어."

"멜, 그 명단에 있는 모든 이름을 우리 시스템에서 검색해봐."

로드니 차닉이 조합한 파일에서 찾아낸 여덟 명의 이름 가운데 여섯 명은 지난 석 달 동안 있었던 형사사건의 피고였다. 여섯 명 모두 무죄로 풀려났거나 마지막 순간에 증인이나 증거물과 관련된 예상치 못한 문제로 혐의를 벗었다.

라임은 웃었다.

"이거 횡재했는걸(serendipitous)."

"네?"

풀라스키가 물었다.

"사전 한 권 사, 신참."

신참은 한숨을 쉬고 참을성 있게 말했다.

"무슨 뜻인지는 몰라도, 링컨, 제가 사용하고 싶은 단어는 아닌 것 같습니다."

링컨을 포함해 방 안의 모든 사람이 웃음을 터뜨렸다.

"론, 자네한테 당했군. 뭔가 아주 흥미로운 것을 우연히 마주쳤다는 뜻이야. 뉴욕시경은 퍼블릭슈어를 통해서 SSD 서버에 파일을 저장하고 있지. 캐설은 수사 관련 정보를 빼내서 피고인에게 팔고, 모든 흔적을 지우고 있는 거야."

"딱 그런 짓을 할 만한 사람이에요. 안 그래, 론?"

색스가 말했다. 젊은 경찰이 덧붙였다.

"아닐지도 모른다는 생각이 전혀 안 듭니다. 잠깐… 우리한테 고객 시디를 준 것도 캐설이었는데. 로버트 카펜터를 지목한 것도."

"그렇지."

라임은 고개를 끄덕였다.

"그자는 카펜터에게 혐의가 가도록 데이터를 조작했어. 수사 방향이 SSD에서 다른 쪽으로 흘러가도록. 522 사건 때문이 아니었어. 누군가가 파일을 보고 자신이 경찰 기록을 빼돌려 팔고 있다는 걸 알아낼까봐 그랬던 거야. SSD와 경쟁하려 했던 사람보다 더 좋은 희생양이 어디 있겠어?"

셀리토가 차닉에게 물었다.

"SSD에서 개입한 다른 사람은 없나?"

"제가 알아낸 바로는 없어요. 캐설뿐이에요."

라임은 풀라스키를 쳐다보았다. 풀라스키는 증거물 차트를 응시하고 있었다. 눈에는 오늘 아침 라임이 보았던 것과 같은 차갑고 날카로운 빛이 떠올라 있었다.

"이봐, 신참. 자네가 하고 싶어?"

"뭘 말씀입니까?"

"캐설 사건 수사."

젊은 경찰은 생각에 잠겼다. 그러곤 문득 어깨에서 힘을 죽 빼더니 웃으며 말했다.

"아뇨, 무슨 말씀을."

"자네도 할 수 있어."

"그건 압니다. 단지… 처음 단독 수사를 맡는 거라면, 스스로 올바른 이유에서 수사를 하고 있다는 걸 확신할 수 있어야 한다고 생각합니다."

"말 잘했어, 신참."

셀리토가 말하며 커피 잔을 젊은이 쪽으로 들어 보였다.

"자네한텐 희망이 있군…. 좋아. 이왕 정직됐으니, 레이첼이 제발 좀 하라고 들볶던 집안일이나 해야겠군."

덩치 큰 형사는 눅눅한 쿠키 하나를 집어 들고 문으로 향했다.

"좋은 밤 되게, 다들."

차닉이 파일과 디스크를 모아 테이블 위에 놓았다. 톰이 대리인 자격으로 증거물 카드에 서명했다.

"21세기에 합류하실 생각이 있으면 연락 주세요, 형사님."

차닉은 마지막으로 한마디를 던지며 컴퓨터 쪽을 턱으로 가리키곤 떠났다.

그때 라임의 전화가 울렸다. 당분간 휴대전화를 사용할 수 없게 된 색스에게 걸려온 전화였다. 색스와 통화하는 얘기를 들어보니 브루클린 지구대인 것 같았다. 멀지 않은 주차장에서 색스의 차가 발견되었다는 소식인 듯했다.

색스는 피터 고든의 타운하우스 뒤쪽 차고에서 발견된 시빅을 타고 함께 주차장으로 가자고 팸과 약속을 잡은 다음, 잠잘 준비를 하러 위층으로 올라갔다. 쿠퍼와 풀라스키도 떠났다.

라임은 부시장 론 스코트에게 522의 범행 수법을 알리고, 그자가 다른 사람에게 뒤집어씌운 다른 범행을 더 찾아보라고 조언하는 편지를 썼다. 고든의 타운하우스에서 다른 증거물도 나올 것이다. 하지만 그 정도로 엄청난 범행현장을 수색하려면 업무량이 얼마나 많을지 상상도 못할 지경이었다.

라임은 이메일을 작성해 보냈다. 아랫사람이 몰래 데이터를 팔고 있었나는 것을 알게 되면 앤드루 스털링은 과연 어떤 반응을 보일까. 이런 생각을 하고 있는데, 전화가 울렸다. 발신자는 모르는 번호였다.

"명령, 전화 받아."

딸깍.

"여보세요."

"링컨, 주디 라임이에요."

"아, 안녕하세요, 주디."

"들으셨는지 모르겠네요. 혐의가 기각됐어요. 아서는 풀려났고요."

"벌써요? 아직 절차가 진행 중인 걸로 알고 있었는데. 시간이 좀 더 걸릴 줄 알았습니다."

"뭐라고 말씀드려야 할지 모르겠어요, 링컨. 그냥… 감사해요."

"네."

"잠깐만 기다리세요."

손으로 가린 저쪽 수화기 너머로 나직한 목소리가 들려왔다. 아이들에게 말하고 있는 것 같았다. 이름이 뭐였더라?

그때 목소리가 흘러나왔다.

"링컨?"

몇 년 동안 듣지 못한 사촌의 음성이 얼마나 익숙하게 들리는지, 신기했다.

"음, 아서, 안녕."

"다운타운에 있어. 방금 석방됐어. 모든 혐의가 벗겨졌어."

"잘됐군."

얼마나 어색한가.

"뭐라고 말해야 할지 모르겠어. 고마워. 정말 고마워."

"그래."

"오랫동안… 내가 진작 전화를 했어야 하는데. 난 그냥….."

"괜찮아."

도대체 무슨 뜻이지? 라임은 생각했다. 그의 인생에서 사촌이 없었던 것은 좋지도 않고, 나쁘지도 않았다. 라임은 건성으로 대답했다. 전화를 끊고 싶었다.

"나한테 이렇게까지 해줄 이유가 없었을 텐데."

"혼란이 좀 있었어. 특이한 상황이었고."

역시 아무런 의미도 없는 대답이었다. 자신이 왜 대화를 분석하고 있는지도 알 수 없었다. 아마 일종의 방어기제일 것이다—이 생각 역시 다른 생각과 마찬가지로 따분했다. 그저 끊고 싶었다.

"구치소에서 그런 일을 당했는데, 괜찮아?"

"심각하지는 않아. 무서웠지만, 그 친구가 제때 날 구해줬어. 벽에서 내려오는 걸 도와줬지."

"다행이군."

침묵.

"음, 다시 말하지만 고마워, 링컨. 날 위해 이렇게까지 해줄 사람은 많지 않아."

"일이 잘 풀려서 기뻐."

"언제 한 번 만나자. 너랑 나랑 주디. 네 친구도. 이름이 뭐였더라?"

"아멜리아."

"언제 한 번 만나자."

오랜 침묵. 아서가 말을 이었다.

"이제 끊어야겠어. 아이들이 기다리고 있으니, 집에 가봐야 해. 잘 지내."

"너도…. 명령, 전화 끊어."

라임은 시선을 사촌의 SSD 자료 쪽으로 옮겼다.

또 다른 아들….

라임은 그들이 '만나지' 않을 거라는 사실을 알고 있었다. 이제 끝이군. 그는 생각했다. 처음에는 마음이 심란했다―전화가 끊기는 딸깍 소리와 함께, 어떤 가능성이 완전히 사라진 느낌이었다. 하지만 링컨 라임은 이것이 지난 사흘간 있었던 모든 사건의 논리적 귀결이라는 결론을 내렸다.

SSD의 로고가 떠올랐다. 두 사람은 오랜 세월이 흐른 뒤 우연히 다시 만났다. 하지만 그것이 마치 잠긴 창문을 사이에 두고 여전히 서로 분리된 상태에서 만난 것처럼 느껴졌다. 서로 몇 마디 말을 나누었지만, 두 사람 사이의 접촉은 그뿐이었다. 이제 서로 다른 세계로 돌아갈 시간이었다.

51 의문의 남자

오전 11시, 아멜리아 색스는 브루클린의 한 누추한 주차장에 서서 눈물을 애써 삼켰다.

총에 맞아본 적도 있고, 근무 중 사람을 죽여본 적도 있고, 긴박한 인질구출 작전에서도 자기 의지를 관철시켰던 여자가 지금은 비탄에 젖어 돌처럼 굳어 있었다.

검지손가락으로 피가 배일 때까지 엄지손톱을 파헤쳤다. 그녀는 문득 손가락을 내려다보았다. 진홍색 핏자국이 눈에 띄었지만 손을 멈추지 않았다. 그럴 수가 없었다.

그들은 색스가 사랑하는 1969년식 시보레 카마로 SS를 찾아냈다.

하지만 경찰도 그 차가 단순히 밀린 대출금 때문에 압류된 게 아니라 부품상에 팔렸다는 것은 미처 모르고 있었다. 색스와 펨은 스콜세지 영화나 〈소프라노스〉 촬영장 같은 분위기의 압류차량보관소에 있었다. 그곳은 오래된 기름 냄새와 쓰레기를 태우는 불길에서 뭉게뭉게 피어오르는 연기로 자욱한 쓰레기장이었다. 요란하고 거친 갈매기들이 시체를 노리는 흰 독수리처럼 근처를 맴돌고 있었다. 새떼가 놀라 도망치도록 총을 꺼내서 탄창이 빌 때까지 허공을 향해 쏴버리고 싶었다.

　십대 시절부터 함께했던 차에서 남아 있는 것이라고는 우그러진 사각형 쇳덩이뿐이었다. 차는 아버지에게서 물려받은 가장 소중한 세 가지 유산 중 하나였다. 나머지 둘은 강인한 성격과 경찰 업무에 대한 사랑이었다.

　"서류도 있습니다. 다 절차대로 한 거라고요."

　관리소장이 색스의 차를 형체를 알아볼 수 없는 쇳덩어리로 만들어버린 서류를 찜찜한 얼굴로 펄럭거리고 있었다.

　'재활용품으로 판매.' 그건 자동차 부속을 팔고 나머지는 고철상에 넘긴다는 뜻이었다. 당연히 바보짓이었다. 사우스브롱크스의 부품 시장에서 41년 된 소형차 부속을 팔아봤자 돈이 되지는 않는다. 그러나 이번 사건을 수사하며 뼈저리게 배운 사실이지만, 관계 기관의 컴퓨터가 지시하면 그대로 따라야 한다.

　"죄송합니다, 아가씨."

　"이분은 경찰이에요. 형사라고요."

　팸 윌러비가 쏘아붙였다.

　"아."

　파급 효과가 어디까지 미칠 수 있는지 생각해보니, 더욱 찜찜한 모양이었다.

　"죄송합니다, 형사님."

　그래도 남자는 절차상 문제가 없는 서류라는 방패를 쥐고 있었다. 그다지 미안해하지도 않았다. 남자는 옆에 서서 잠시 몸을 까딱거리다 어슬렁어슬렁 멀어졌다.

　지금 가슴을 죄어오는 아픔은 어젯밤 9밀리 총탄을 맞아 배에 생긴 푸르스름한 멍보다 훨씬 더했다.

　"괜찮아요?"

　팸이 물었다.

　"아니."

"아멜리아는 원래 잘 안 놀라잖아요."

그래, 맞아. 색스는 생각했다. 한데 지금은 놀랐어.

아이는 색스를 약간 얌전하게 본뜨듯 붉게 부분 염색한 머리카락을 손가락으로 꼬았다. 그리고 흉하게 우그러져서 비슷하게 생긴 다른 덩어리 대여섯 개와 나란히 놓인 가로 90센티미터, 세로 120센티미터 크기의 쇳덩이를 다시 한 번 바라보았다.

색스는 온갖 추억이 스쳤다. 십대 시절, 아버지와 함께 토요일 오후의 작은 차고 안에서 카뷰레터나 클러치를 고치던 모습. 그들이 차고로 도망친 것은 두 가지 이유에서였다―함께 기계를 만지는 것이 즐거워서 그리고 어머니의 잔소리를 피하기 위해서.

"갭은?"

아버지는 장난스럽게 딸을 시험했다.

"플러그는 0.35."

"잘했어, 에이미."

다른 기억도 떠올랐다. 대학 첫 해의 데이트. 색스는 C. T.라는 남자와 브루클린의 버거 가게에서 만났다. 두 사람은 서로 상대의 차를 보고 놀랐다. 색스는 카마로를―당시에는 노란 바탕에 새까만 줄무늬가 그려져 있었다―C. T.는 혼다 850을 몰고 있었다.

버거와 소다수는 순식간에 테이블에서 사라졌다. 겨우 몇 킬로미터 떨어진 곳에 방치된 활주로가 있었으니, 자동차 경주는 피할 수 없었다.

1.5톤이나 나가는 색스의 차 무게 때문에 출발은 C. T.가 빨랐다. 하지만 색스의 커다란 차는 1킬로미터도 채 지나지 않아 그를 따라잡았고―C. T.는 조심스러웠지만 색스는 달랐다―커브에서 드리프트로 들어가서 도착 지점까지 줄곧 선두를 유지했다.

최고의 추억으로 남아 있는 드라이브는 함께 첫 번째 사건을 해결한 뒤, 링컨 라임을 옆자리에 태웠던 때였다. 활짝 열린 창문, 울부짖는 바람 소리. 색스는 라임의 손을 함께 쥐고 기어를 바꿨다.

바람 소리 너머로 라임이 외치던 소리가 떠올랐다.

　나도 느낄 수 있는 것 같아. 나도 느낄 수 있어!

　그런 차가 사라져버렸다.

　미안합니다, 아가씨….

　팸이 폐차장을 둘러싼 흙더미를 내려갔다.

　"어디 가니?"

　"거기로 가면 안 돼, 아가씨."

　주인이 사무실 밖에서 철도 신호기처럼 서류를 흔들었다.

　"팸!"

　하지만 팸은 아랑곳하지 않았다. 금속 덩어리 쪽으로 다가가더니 주위의 땅을 팠다. 그리고 열심히 뭔가를 잡아 당겨 끄집어내더니 돌아왔다.

　"여기요, 아멜리아."

　시보레 로고가 붙어 있는 경적 버튼이었다.

　색스는 눈물이 울컥 치밀어 올랐지만 억지로 참았다.

　"고마워, 팸. 자, 이제 가자."

　어퍼웨스트사이드로 돌아간 그들은 마음을 달래기 위해 아이스크림을 먹었다. 색스는 미리 학교에다 팸이 오늘 결석한다고 말해두었다. 스튜어트 에버렛을 만나게 하고 싶지 않았던 것이다. 아이도 물론 좋아했다.

　과연 그 선생이 만나지 말자는 말을 고분고분 받아들일까. 팸과 함께 도리토스와 땅콩버터를 먹으며 밤늦게까지 보았던 싸구려 영화—〈스크림〉이나 〈13일의 금요일〉—도 그렇지만, 색스는 옛 남자 친구가 공포영화의 살인마처럼 때로 무덤에서도 되살아난다는 것을 알고 있었다.

　사랑은 사람을 이상하게 만들지….

　아이스크림을 다 먹은 팸이 배를 두드렸다.

　"정말 이게 필요했어요."

그러곤 문득 한숨을 쉬며 내뱉었다.

"난 어쩌면 그렇게 어리석었을까?"

으스스할 정도로 어른스러운 표정을 짓는 팸을 보면서, 아멜리아 색스는 가면을 쓴 범인의 무덤 위에 마지막 흙이 뿌려졌다는 것을 알 수 있었다.

배스킨라빈스를 나선 두 사람은 몇 블록 떨어진 라임의 타운하우스를 향해 걸으며 색스가 오랫동안 알고 지낸 여자 경찰도 불러서 여자들끼리 오붓하게 저녁을 보내자는 계획을 세웠다. 색스가 팸에게 물었다.

"영화 볼까, 연극 볼까?"

"아, 연극…. 아멜리아, 오프브로드웨이 연극은 언제 오프오프브로드웨이 연극이 돼요?"

"좋은 질문이네. 구글에서 찾아보자."

"그리고 브로드웨이에는 극장이 없는데, 왜 브로드웨이 연극이라고 할까요?"

"그렇지. '브로드웨이 근처' 연극이라고 해야지. 아니면 '브로드웨이에서 길모퉁이를 돌아간' 연극이라고 하든가."

그들은 동서 방향으로 난 도로를 따라 센트럴 파크 웨스트로 향했다. 색스는 문득 근처에 있는 행인 한 사람을 의식했다. 두 사람 등 뒤에서 길을 건너더니 마치 미행하듯이 이쪽으로 오고 있었다.

하지만 색스는 경계심을 풀었다. 찜찜한 이 기분은 522 사건으로 인한 피해망상 때문이리라.

긴장을 풀자. 범인은 죽었다.

색스는 뒤도 돌아보지 않았다.

하지만 팸은 돌아보았다.

그러더니 갑자기 날카롭게 외쳤다.

"그 사람이에요, 아멜리아!"

"누구?"

"아멜리아의 타운하우스에 침입했던 남자. 그 사람이에요!"

색스는 홱 돌아섰다. 파란 체크무늬 재킷과 야구 모자를 쓴 남자였다. 남자는 이쪽으로 빠르게 다가오고 있었다.

색스는 총을 찾아 엉덩이를 더듬었다.

총은 없었다.

안 돼, 안 돼….

피터 고든이 빼앗아 사용했기 때문에 색스의 글록은 기타 증거물과 함께 퀸스의 감식 본부에 가 있었다. 미처 다운타운으로 가서 새 총을 발급해달라고 신청할 겨를이 없었다.

색스는 남자의 얼굴을 알아보고 문득 얼어붙었다. 캘빈 게디스. 프라이버시 나우의 직원이었다. 이해할 수가 없었다. 수사가 잘못됐나? 게디스와 522가 함께 살인을 저질렀을까?

남자는 이제 겨우 몇 미터 앞에 와 있었다. 게디스와 팸 사이를 막아서는 것밖에 방법이 없었다. 색스는 게디스가 가까이 다가서며 재킷 자락 안에 손을 집어넣는 것을 보고 주먹을 단단히 움켜쥐었다.

52 거래

초인종이 울렸다. 톰이 현관으로 나갔다.

현관 복도에서 격한 대화가 오갔다. 남자의 화난 목소리. 고함 소리.

라임은 얼굴을 찌푸리며 론 풀라스키를 보았다. 풀라스키는 총집에서 총을 꺼내 장전했다. 전문가 못지않은 솜씨였다. 아멜리아 색스는 역시 훌륭한 멘토다.

"톰?"

라임이 불렀다. 대답이 없었다.

잠시 후, 문간에 야구 모자와 청바지, 보기 흉한 체크무늬 재킷 차림의 남자가 나타났다. 남자는 풀라스키가 자기에게 총을 겨누고 있는 것을 보고 소스라치게 놀랐다.

"안 돼! 기다려요!"

그러곤 한 손을 들며 몸을 숙였다.

그때 톰과 색스, 팸이 남자의 등 뒤에서 나타났다. 색스가 총을 들고 있는 풀라스키에게 말했다.

"아냐, 아냐, 론. 괜찮아…. 이 사람은 캘빈 게디스야."

누군지 기억해내는 데 한참이나 걸렸다. 아, 맞아. 프라이버시 나우에 있는, 피터 고든에 대한 정보를 준 사람이군.

"무슨 일이야?"

"내 집에 침입했던 건 이 사람이었어요. 522가 아니라."

색스가 대답했다. 팸이 고개를 끄덕여 그 사실을 확인해주었다.

게디스가 라임에게 다가오더니 재킷 주머니에서 파란색으로 철한 서류를 꺼냈다.

"뉴욕 주 민사소송절차법에 따라 게디스 대 SSD 재판 관련 소환장을 전하러 왔습니다."

그러곤 서류를 내밀었다.

"나도 받았어요."

색스도 똑같은 서류를 들어 보였다.

"이걸로 내가 뭘 해야 하는 겁니까?"

라임은 여전히 서류를 내밀고 있는 게디스에게 물었다.

게디스는 얼굴을 찡그리더니 휠체어를 내려다보고, 그제야 라임의 상태를 알아차렸다.

"아, 저는….."

"이 사람이 저의 대리인입니다."

라임이 고갯짓을 하자 톰이 서류를 받았다. 게디스가 다시 입을 열었다.

"저는….."

"제가 읽어봐도 되겠죠?"

라임은 비꼬듯 물으며 톰에게 고개를 끄덕였다.

톰은 서류를 소리 내어 읽었다. 라임이 갖고 있는 SSD 및 그 회사의 감찰과 그리고 SSD와 정부 조직이 연계되었다는 증거와 관련된 모든 서류 그리고 컴퓨터 파일, 쪽지, 기타 정보를 요청하는 소환장이었다.

"아멜리아가 제게 감찰과에 대해 이야기해주었습니다."

게디스는 색스 쪽을 가리키며 말을 이었다.

"말이 안 됩니다. 뭔가 수상합니다. 뭔가 대단한 이익이 걸려 있지 않은 이상, 앤드루 스털링이 사생활 문제와 관련해 자진해서 정부와 협력할 리가 없죠. 기를 쓰고 싸울 사람인데요. 그래서 더욱 수상합니다. 감찰과는 뭔가 다른 목적 때문에 만들어진 것입니다. 무슨 목적인지는 모르지만. 그걸 알아내려는 겁니다."

그러고는 사생활 보호에 관한 연방법 및 주법에 의거해 시민의 프라이버시에 대한 다양한 관습법 및 헌법적 권리 침해를 다루는 소송이라고 설명했다.

감찰 관련 개인 통합 자료를 보면 게디스와 그의 변호인이 즐거운 충격에 빠지겠군. 라임은 생각했다. 그중 하나가 지금 게디스에게서 채 3미터도 떨어지지 않은 컴퓨터 안에 들어 있었다. 색스가 실종되었을 때 앤드루 스털링은 도와달라는 라임의 요청을 거절했다. 그것 때문이라도 라임은 자료를 넘겨줄 작정이었다.

언론에 감찰과의 활동이 알려지면 SSD와 워싱턴, 어느 쪽이 더 큰 타격을 입을지 궁금했다.

거의 비슷할걸. 라임은 생각했다.

그때 색스가 말했다.

"물론 게디스 씨는 본인한테 걸려 있는 다른 소송도 같이 진행해야 해요."

그리고 게디스에게 어두운 눈빛을 보냈다. SSD 관련 정보를 찾기 위해 자신의 브루클린 집에 침입한 일을 두고 하는 말이었다. 색스는 침입자가 SSD와 관련됐다는 단서를 제공한 커피숍 영수증을 떨어뜨린 사람이 우습게도 522가 아니라 게디스였다고 설명했다. 게디스는 스털링과 다른 직원 및 고객들이 SSD에 드나드는 것을 몰래 감시하기 위해 미드타운의 커피숍에 자주 들렀던 것이다.

게디스는 열띤 음성으로 말했다.

"나는 SSD를 막기 위해서 필요하다면 무슨 일이든 할 겁니다. 나한테 무슨 일이 생기든 상관없어요. 개인의 권리를 되찾을 수만 있다면 기꺼이 희생양이 되겠습니다."

도덕적 용기는 가상하지만 그럴듯한 대사가 더 있는지 들어봐야겠군. 라임은 생각했다.

게디스는 이어서 SSD와 다른 데이터 마이너들의 거미줄 같은 정보망, 미국 내 사생활의 죽음, 민주주의의 위기에 대해 강의를 늘어놓기 시작했다.

"알겠습니다. 서류는 받았습니다."

라임은 지루한 장광설을 끊었다.

"우리 변호사와 이야기를 해보고 모든 절차가 완벽하다고 판단되면 기한까지 꼭 보내도록 하겠습니다."

그때 초인종이 울렸다. 한 번, 두 번. 요란한 노크 소리가 뒤를 이었다. 라임이 말했다.

"아, 젠장. 무슨 뉴욕 중앙역도 아니고…. 이번에는 또 뭐야?"

톰이 문으로 나갔다. 그리고 잠시 후 검은 정장과 흰 셔츠 차림에 키가 작고 자신감을 풍기는 남자를 데리고 돌아왔다.

"라임 경감님."

라임은 휠체어를 돌려 앤드루 스털링과 마주보았다. 침착한 녹색 눈빛은 라임의 상태를 보고도 전혀 놀란 기색이 없었다. 라임 자신의 감찰 자료 안에 사고와 그 이후의 생활이 상당히 자세하게 들어 있을 것이고, 스털링은 여기로 오기 전에 그 자료를 꼼꼼히 읽어보았을 것이다.

"색스 형사님, 풀라스키 경관님."

스털링은 두 사람에게 인사한 뒤, 라임을 다시 돌아보았다.

스털링 뒤에는 SSD 감찰과장 샘 브락튼과 보수적인 옷차림을 한 다른 남자 둘이 서 있었다. 머리도 깔끔했다. 국회 보좌관이나 대기업 중간 관리자 같은 인상이었지만, 변호사라고 해도 놀라지 않을 것 같았다.

"안녕, 캘빈."

브락튼이 말하고, 게디스를 피곤하다는 듯 쳐다보았다. 게디스가 그를 노려보았다.

스털링은 부드러운 목소리로 말했다.

"우리는 마크 휘트콤이 한 일을 알아냈습니다."

작은 키였지만 생기 있는 눈빛, 완벽하게 꼿꼿한 자세, 침착한 목소리 탓인지 실제로 보니 위압감이 있었다.

"일단은 해고했습니다."

"올바른 일을 했다는 이유로?"

풀라스키가 쏘아붙였다. 스털링의 얼굴에는 아무런 감정도 드러나지 않았다.

"일이 여기서 끝나지 않아 저도 유감입니다."

그러곤 브락튼에게 고갯짓을 했다. 브락튼이 두 남자 중 한 사람에게 말했다. 변호사인 듯했다.

"드리게."

변호사가 파란색으로 철한 서류를 내밀었다.

"또야?"

라임은 두 번째 서류를 턱으로 가리키며 말했다.

"이걸 다 읽으라니. 누구 시간 있나?"

라임은 522 사건을 해결하고 아멜리아 색스가 안전해서 여전히 기분이 좋았다.

속편은 게디스에게 컴퓨터와 디스크, 자료, 기타 감찰 업무와 관련된 어떤 자료도 넘겨주어서는 안 된다는 법원 명령서였다. 보유하고 있는 관련 자료를 모두 정부에 넘기라는 명령도 있었다.

변호사 한 사람이 말했다.

"이행하지 않을 시에는 민법 및 형법상 처벌을 받게 됩니다."

샘 브락튼이 말했다.

"우린 가능한 한 모든 배상을 받아낼 겁니다."

"이럴 수는 없어."

563

게디스가 화를 내며 말했다. 눈동자는 번들거렸고, 검은 얼굴은 땀에 젖었다.

스털링은 라임의 연구실에 있는 컴퓨터를 세어보았다. 모두 열두 대였다.

"마크가 보낸 감찰 자료는 어디 있습니까, 경감님?"

"잃어버렸습니다."

"복사본은 있습니까?"

라임은 미소를 지었다.

"자료는 항상 백업하라. 그리고 분리된, 안전한 곳에 보관하라. 다른 장소에. 이게 새천년의 메시지 아니었습니까?"

브락튼이 말했다.

"모든 것을 압수하고, 당신이 데이터를 업로드한 모든 서버를 수색하라는 영장을 받아올 수도 있습니다."

"하지만 그러려면 시간과 돈이 들겠지요. 그 사이에 무슨 일이 생길지 누가 알지요? 이메일이나 봉투가 언론에 전달된다든지. 물론 사고로. 하지만 있을 수도 있는 일이지요."

"모든 사람에게 아주 힘든 시기입니다, 라임 씨. 게임을 할 기분은 아닙니다."

스털링이 말했다. 라임은 평정하게 대구했다.

"우리도 게임을 하는 게 아닙니다. 협상을 하고 있는 거지요."

CEO는 처음으로 진심에서 우러난 듯한 미소를 보였다. 자기 영역으로 넘어온 것이다. 그는 라임 옆으로 의자를 끌고 가 앉았다.

"원하는 게 뭡니까?"

"모든 걸 드리겠습니다. 재판도, 언론 개입도 없이."

"안 돼!"

게디스가 격분했다.

"어떻게 저들에게 굴복할 수가 있어?"

라임은 운동가를 스털링 못지않게 태연히 무시하고 말을 이었다.

"당신이 내 동료들의 전과를 지워준다면 말입니다."

그러곤 셀리토의 약물 검사 결과와 풀라스키의 아내에 대해 설명했다.

"가능합니다."

스털링은 그 정도야 텔레비전 볼륨을 줄이는 것보다 쉽다는 투로 대답했다. 색스가 말했다.

"로버트 조겐슨의 인생도 바로잡아야 해요."

색스는 522가 그의 인생을 어떻게 파괴했는지 설명했다.

"자세한 내용을 알려주시면 내가 처리하겠습니다. 그의 기록도 깨끗해질 겁니다."

"좋습니다. 모든 게 정리되면 원하시는 걸 드리죠. 감찰 활동에 관한 서류 한 장, 파일 하나도 다른 사람이 못 보도록. 약속합니다."

"안 돼. 싸워야 해!"

게디스가 라임을 향해 외쳤다.

"저들에게 맞서지 않으면 모든 사람이 패배하는 거요!"

스털링은 게디스를 돌아보더니 속삭임과 거의 다르지 않을 만큼 낮은 목소리로 말했다.

"캘빈, 이걸 알아야 해. 난 9월 11일 무역센터에서 좋은 친구 세 명을 잃었어. 다른 네 명은 심한 화상을 입었지. 그들의 인생은 절대 예전처럼 돌아오지 않아. 국가는 수천 명의 무고한 시민을 잃었어. 하지만 우리 회사는 비행기 납치범들을 찾아낼 수 있는 기술과 그들이 앞으로 무슨 짓을 저지를지 알아낼 수 있는 예측 프로그램을 가지고 있었어. 우리가, 내가 그 모든 비극을 막을 수도 있었지. 그렇게 하지 않은 것을 나는 매일 후회한다네."

그러곤 고개를 젓고 말을 이었다.

"아, 캘빈, 자네와 자네의 그 흑백논리는 정말…. 모르겠나? SSD가 그래서 있는 거야. 자네와 자네 여자 친구가 침대에서 하는 일이 마음에 들지 않는다는 이유로 사상경찰이 한밤중에 자네 집 문을 박차고 들어가게 하려는 것도, 스탈린에 관한 책이나 코란을 샀다 거나 대통령을 비판했다는 이유로 체포하려는 것도 아니야. SSD의 임무는 자네가 자유롭고 안전하게 가정의 프라이버시를 즐기고, 원하는 모든 것을 사고, 읽고, 말할 수 있도록 보장하려는 거야. 자네가 타임스퀘어에서 자살폭탄 테러범 때문에 죽는다면 보호해야 할 사생활 자체가 없어지는 것 아닌가."

"설교는 집어치워, 앤드루!"

게디스가 소리쳤다. 브락튼이 말했다.

"캘빈, 조용히 물러나지 않으면 자넨 상당히 골치 아픈 일에 휘말릴 거야."

게디스가 차갑게 웃으며 말했다.

"이미 이 세상은 골치 아픈 일 투성이야. 용감한 신세계에 오신 걸 환영하네…."

그러곤 돌아서서 방을 뛰쳐나갔다. 현관문이 쾅 닫혔다.

브락튼이 말했다.

"이해해주셔서 감사합니다, 링컨. 앤드루 스털링은 아주 좋은 일을 하고 있습니다. 그 때문에 우리 모두가 더 안전한 거고요."

"그 말을 들으니 기분이 좋군요."

브락튼은 라임의 말에 숨은 반어법을 전혀 눈치채지 못했다. 하지만 앤드루 스털링은 달랐다. 어쨌든 모든 것을 아는 사나이니까. 하지만 그는 유머와 자신감 있는 미소로 응답했다. 마치 지금 당장은 사람들이 이해 못할지라도 언젠가는 알게 되리라는 듯.

"안녕히 계십시오, 색스 형사님, 경감님. 아, 그리고 당신도, 풀라스키 경관."

그러곤 젊은 경찰을 짓궂게 쳐다보며 말했다.

"복도에 있던 당신 모습이 그리울지 모르겠군요. 하지만 시간을 내서 컴퓨터 기술을 연마하고 싶으시다면, 우리 회의실은 언제나 당신한테 열려 있을 겁니다."

"음, 저는⋯."

앤드루 스털링은 풀라스키에게 윙크하고 돌아섰다. 그렇게 그와 그의 일행은 타운하우스를 떠났다.

신참이 물었다.

"알았을까요? 하드 드라이브에 대해서?"

라임은 어깨민 으쓱했다. 색스가 말했다.

"라임, 물론 법원 명령은 합법적인 것이겠지만, SSD 때문에 이 모든 일을 겪고도 왜 그렇게 빨리 굴복한 거죠? 휴, 저 감찰 문서는⋯ 저런 정보가 있다는 건 정말 기분이 나빠요."

"법원 명령은 법원 명령이고, 색스, 우리가 할 수 있는 일은 없어."

색스는 문득 라임을 가만히 쳐다보았다. 눈빛에 어른거리는 장난기를 읽은 모양이었다.

"뭐죠?"

라임이 톰에게 말했다.

"자네의 아름다운 테너 목소리로 그 명령서를 다시 읽어줘. 우리의 SSD 친구가 방금 놓고 간 명령서."

톰이 명령서를 읽었다.

라임은 고개를 끄덕였다.

"좋아⋯. 라틴어 경구가 하나 생각나는데, 톰, 뭔지 맞혀보겠나?"

"아, 객실에 앉아 고전이나 보면서 이 집에서 빈둥거리는 시간을 감안하면 당연히 맞혀야겠습니다만, 링컨, 생각이 안 나는데요?"

"라틴어⋯. 정말 대단한 언어지. 존경스러울 만한 정확성. 다섯 가지 어형 변화와 그렇게 놀라운 동사 변화를 보여주는 언어가 또 어디 있을까? ⋯ 음, 내가 말하고 싶은 경구는 '인클루시스 우니스, 엑스쿨루시스 알테리우스(Inclusis unis, exclusis alterius)' 야. 뜻은, 하나의 범주를 포함시키는 것은 관련된 다른 범주를 자동적으로 제외하는 것이다. 혼란스럽나?"

"별로요. 혼란스럽기 위해서는 주의를 기울이고 있어야 하지 않겠습니까."

"탁월한 반격이군, 톰. 하지만 한 가지 예를 들어주지. 자네가 국회의원인데, '날고기는 국내로 수입하지 못한다.' 라는 법안을 쓰고 있다고 해봐. 이런 특정 단어를 사용함으로써 자네는 자동적으로 통조림 상태나 조리된 상태의 고기 수입을 허가하게 되는 거야. 무슨 뜻인지 알겠나?"

"미라빌레 딕투(Mirabile dictu: '놀랍다' 는 뜻의 라틴어-옮긴이)."

론 풀라스키가 말했다. 라임은 진심으로 놀랐다.

"이런, 라틴어 사용자가 있군."

풀라스키가 웃었다.

"몇 년 배웠습니다. 고등학교 때. 성가대 합창단을 하다보면 주워듣는 말도 있고요."

"그래서 하려는 말이 뭐죠, 라임?"

색스가 물었다.

"브락튼의 법원 명령서는 프라이버시 나우에 감찰과에 대한 정보를 주는 행위만 금지하고 있어. 하지만 게디스가 부탁한 것은 SSD에 대해 우리가 가진 모든 것이지. 그러므로—에르고(ergo: '그러므로' 라는 뜻의 라틴어-옮긴이)—감찰과만 빼고 SSD에 대한 모든 것은 공개해도 괜찮다는 뜻이야. 캐설이 디엔코에게 팔아넘긴 파일은 퍼블릭슈어의 일부지. 감찰과가 아니라."

풀라스키가 웃었다. 하지만 색스는 미간을 찌푸렸다.

"다른 법원 영장을 다시 받아올 텐데요."

"글쎄. 자기들을 위해 일하는 데이터업체 내부인이 중요한 사건 정보를 팔아넘기고 있었다는 걸 알면 뉴욕시경과 FBI는 뭐라고 할까? 이번만은 간부들도 우리 편이 될 거라는 느낌이 오는데."

이 생각은 또 다른 생각으로 이어졌다. 결론은 놀라웠다.

"잠깐, 잠깐, 잠깐…. 구치소에서 내 사촌을 공격했던 남자 말이야. 앤트원 존슨?"

"그 사람은 왜요?"

색스가 물었다.

"그자가 아서를 죽이려 했다는 게 도저히 이해되지 않았는데, 심지어 주디 라임도 그렇게 이야기했거든. 론 말로는 그자가 주 구치소에 임시로 수감된 연방 피고인이라고 했어. 감찰과의 누군가가 그자와 거래를 한 게 아닐까? 아서가 자신에 대한 소비자 정보를 누군가가 범행에 사용하기 위해 빼냈다는 걸 눈치챘는지 어떤지 알아보기 위해 보냈을 수도 있어. 만약 아서가 그 사실을 알고 있다면 죽이라고 했겠지. 형량을 단축해준다는 조건으로."

"정부에서요, 라임? 증인을 제거하려 했다고요? 그건 너무 피해망상 아니에요?"

"500페이지짜리 개인 정보, 책에 삽입된 칩, 뉴욕 시내 길모퉁이마다 붙어 있는 CCTV 이야기야, 색스…. 하지만 좋아, 정부는 이 정도로 의심하고 넘어가지. SSD의 누군가가 존슨과 접촉했을 수도 있어. 어쨌든 캘빈 게디스에게 모든 정보를 주자고. 원하는 대로 마음껏 물어뜯으라고 해. 모든 사람의 전과 기록이 말소될 때까지만 기다렸다가. 일주일 정도."

론 풀라스키는 작별 인사를 하고 아내와 어린 딸을 만나기 위해 연구실을 떠났다.

색스는 라임에게 다가가 허리를 굽히고 입술에 키스했다. 그리고 문득 배를 만지며 얼굴을 찌푸렸다.

"괜찮아?"

"오늘 밤에 보여줄게요, 라임."

그러곤 유혹적으로 속삭였다.

"9밀리 총탄이 상당히 재미있는 멍을 남겼거든요."

"섹시해?"

"로르샤흐 검사에 쓰이는 보라색 그림이 에로틱하다고 느낀다면."

"솔직히 난 그래."

색스는 미묘한 미소를 보낸 뒤, 복도로 나가서 팸을 불렀다. 팸은 객실에서 책을 읽고 있었다.

"자, 이리 와. 쇼핑하러 가자."

"좋아요. 뭐 사러요?"

"차. 차 없으면 못 살아."

"신난다. 무슨 차 살 거예요? 프리어스 진짜 좋던데."

라임과 색스는 둘 다 웃음을 터뜨렸다. 팸이 의아한 듯 미소를 지었다. 색스는 자신이 상당히 환경 친화적이지만 에너지 효율은 자기의 환경 사랑에 포함되지 않는다고 설명했다.

"우린 머슬(muscle) 카를 살 거야."

"그게 뭐예요?"

"곧 알게 될 거야."

색스는 인터넷에서 다운로드받은 자동차 목록을 들어 보였다.

"새 차를 살 거예요?"

"새 차는 절대, 절대 안 돼."

"왜요?"

"요즘 차는 그냥 바퀴 달린 컴퓨터에 불과해. 난 전자기기는 필요 없어. 기계가 필요해. 컴퓨터를 만지면 손에 그리스(grease)가 안 묻잖아."

"그리스?"

"너도 그리스를 좋아하게 될 거야. 너도 상당히 그리스 유형의 인간이거든."

"그래요?"

이유는 몰라도 기분은 좋은 모양이었다.

"틀림없어. 가자. 나중에 봐요, 라임."

53 형제

전화가 따르릉 울렸다.

링컨 라임은 옆에 있는 컴퓨터 스크린을 올려다보았다. 발신자 번호가 44로 떴다. 마침내. 왔구나.

"명령. 전화 받아."

"라임 형사님."

흠잡을 데 없는 영국 억양. 롱허스트의 알토 음성은 감정을 드러내는 법이 없었다.

"말씀하십시오."

망설임.

"정말 유감입니다."

라임은 눈을 감았다. 안 돼, 안 돼, 안 돼….

롱허스트는 말을 이었다.

"아직 공식 발표는 안 했지만, 언론에서 보도하기 전에 먼저 말씀드리고 싶어서요."

결국 살인범이 성공했군.

"죽었습니까? 굿라이트 목사?"

"아, 아니에요. 그분은 무사합니다."

"그런데…."

"하지만 리처드 로건은 자기가 의도한 목표를 달성했어요."

"달성했다면…."

라임의 목소리가 흐려졌다. 여러 개의 조각이 하나로 합쳐지기 시작했다. 의도한 목표….

"아, 이런…. 그가 정말로 노린 게 누굽니까?"

"대니 크루거. 무기상이요. 죽었어요. 그의 부하 두 사람도."

"아, 그렇군요. 알겠습니다."

롱허스트는 말을 이었다.

"대니가 손을 씻고 나오자 남아프리카, 소말리아, 시리아의 카르텔은 그가 살려두기에는 너무 위험인물이라고 판단했나봐요. 양심의 가책을 느낀 무기상의 존재가 불안해진 거죠. 그들은 로건에게 살해청부를 했어요. 하지만 런던에 있는 대니의 보안 조직이 워낙 철저해서 어떻게든 그를 밖으로 끌어내야 했던 거예요."

목사는 주의 분산용일 뿐이었군. 범인 자신이 굿라이트 목사에 대한 살인 명령이 떨어졌다는 소문을 퍼뜨린 것이다. 그래서 영국과 미국 정보기관이 목사를 살리기 위해 대니에게 도움을 청하도록 만들었다.

"설상가상으로 로건은 대니의 파일을 모두 훔쳐갔어요. 모든 인맥, 그의 밑에서 일했던 모든 사람들. 정보원, 변심할 가능성이 있는 군벌, 용병, 비행사, 자금원 등등. 증인으로 나설 수도 있었던 사람들이 이제 모두 숨을 겁니다. 아예 살해당하지 않는다면 말이죠. 20여 건의 형사사건이 기각될 거예요."

"도대체 어떻게 그런 짓을 한 겁니까?"

롱허스트는 한숨을 쉬었다.

"로건은 프랑스 정보요원 데스투른으로 변장하고 있었어요."

애당초 닭장 속에 여우가 들어와 있었군.

"진짜 프랑스 요원이 해저 터널을 이용해 오는 길에 죽이고 시체를 묻었거나 바다에 버린 것 같아요. 탁월한 솜씨라고 해야겠죠. 그는 프랑스 요원의 생활과 조직에 대해 모든 걸 알고 있었어요. 완벽한 프랑스어를 했고요, 영어도 완벽한 프랑스 억양으로 했습니다. 숙어까지도 제대로였어요."

롱허스트는 말을 이었다.

"몇 시간 전 런던 법원 앞 작전 지역에 한 남자가 나타났어요. 로건이 소포를 배달하라고 보낸 사람이었죠. 토트넘 특송우편 직원인데, 그곳 근무복이 회색 제복이죠. 우리가 찾았던 섬유 기억하세요? 범인은 전에 한 번 배달해줬던 운전사를 특별히 지목해서 일을 부탁했대요. 그 직원이 금발 머리였어요."

"염색약."

"맞아요. 믿을 만한 사람이라고. 그래서 일을 맡기고 싶다고 했대요. 모두들 작전 구역 안에 들어온 금발 머리를 추적하고, 공범을 찾고, 시선 회피용으로 폭탄이 터지지 않을까 걱정하는 사이에 버밍엄 쪽 사람들의 보안이 느슨해졌어요. 로건은 대니의 보안요원 대부분이 샴페인 바에 내려가 술을 마시는 동안 뒤뱅 호텔로 찾아가서 대니의 객실 문을 두드렸어요. 그리고 총격을 시작했죠. 그 덤덤탄으로요. 상처가 끔찍했어요. 대니와 부하 두 명이 즉사했어요."

라임은 눈을 감았다.

"위조 통행증 이야기도 거짓말이었군요."

"다 주의 분산용이었어요. … 현장은 피바다예요. 프랑스 요원들 쪽은 제 전화에 대답도 없네요. … 생각조차 하기 싫어요."

내가 수사에 계속 매달려서 맨체스터 외곽 현장을 고해상도 비디오로 직접 수색했다면 어떻게 되었을까. 범인의 진짜 계획을 알려줄 뭔가를 찾았을까? 버밍엄의 증거 역시 연출된 것이라는 점을 알아차렸을까? 방을 빌린 사람이—그렇게도 잡고 싶었던 사람이—프랑스 정보국 요원으로 변장했다는 결론을 내리게 해줄 만한 뭔가가 나왔을까? 런던의 NGO 사무실 침입 사건 역시 직접 보았다면 단서가 나오지 않았을까?

"리처드 로건이라는 이름은?"

라임이 물었다.

"완벽한 가명이에요. 다른 사람의 신원을 훔쳤어요. 그자한테는 놀라울 정도로 쉬운 모양이에요."

"그럴 겁니다."

라임은 씁쓸하게 답했다. 롱허스트가 말을 이었다.

"한 가지 특이한 게 있어요, 형사님. 토트넘 배달 직원이 작전 구역으로 배달한 봉투 말인데요."

"…제 앞으로 보낸 거겠지요."

"아, 네."

"혹시 손목시계나 다른 종류의 시계 아니었습니까?"

롱허스트는 믿기지 않는다는 듯 픽 웃었다.

"상당히 호화로운 탁상용 시계예요. 빅토리아풍의. 어떻게 아셨죠?"

"그냥 직감입니다."

"우리 폭발물팀이 확인했습니다. 안전해요."

"아뇨, 폭발물이 아니라…. 경감님, 비닐로 밀봉해서 특송우편으로 보내주십시오. 수사가 끝나면 보고서도 보고 싶습니다."

"알겠습니다."

"그리고 제 파트너…."

"색스 형사."

"맞습니다. 그녀가 모든 관련자를 비디오로 심문할 겁니다."

"등장인물 목록을 만들어드리죠."

화나고 낙담한 기분에도 불구하고, 라임은 그 표현에 미소를 짓지 않을 수 없었다. 그는 영국 사람들이 좋았다.

"같이 일하게 되어서 영광이었습니다, 형사님."

"저도 마찬가지였습니다, 경감님."

라임은 전화를 끊고 한숨을 쉬었다.

빅토리아풍 시계.

라임은 벽난로 위를 바라보았다. 그 위에는 낡고 상당히 값비싼 브레게 주머니시계, 같은 살인범에게서 받은 선물이 놓여 있었다. 그리 오래지 않은 얼마 전, 아주 추웠던 12월의 어느 날 범인이 라임의 손에서 빠져나간 직후 집으로 배달된 선물이었다.

"톰, 스카치 좀 부탁해."

"무슨 문제라도?"

"그런 거 없어. 아침 시간도 아니고, 스카치를 마시고 싶어. 운동도 당당히 끝냈고. 자네도 성경 말씀이 곧 법이라고 생각하고 절대 금주를 실천하는 침례교도는 아니잖아. 도대체 왜 무슨 문제가 있다고 생각하는 거야?"

"부탁한다고 말씀하시니까 그렇죠."

"웃기는군. 오늘은 머리가 좀 돌아가는데."

"늘 노력합니다."

그러다 미간을 찡그리며 라임을 바라보았다. 표정에서 뭔가를 읽은 모양이었다. 톰은 부드럽게 물었다.

"더블로요?"

"더블이면 좋지."

라임의 입에서 영국 억양이 흘러나왔다.

조수는 커다란 텀블러에 글렌모렌지를 따르고 라임의 입에 빨대를 대주었다.

"같이 마실까?"

톰이 눈을 깜빡이더니 웃었다.

"다음에요."

라임의 기억에, 조수에게 술을 권한 것은 이번이 처음이었다.

라임은 진한 향이 나는 위스키를 마시며 주머니시계를 응시했다. 범인이 시계와 함께 보냈던 편지가 떠올랐다. 라임은 이미 오래전에 그 편지를 다 외우고 있었다.

친애하는 라임 씨.

당신이 편지를 받을 때쯤 나는 이미 먼 곳에 가 있을 거요. 수상식 참석자 중 아무도 다친 사람이 없다는 소식은 물론 들었소. 당신이 내 계획을 미리 알아냈다는 결론을 내렸소. 그래서 샬럿의 호텔로 가는 시각을 늦춰서 경찰들이 오는 것을 확인할 수 있었지. 그 여자의 딸도 구했을 테지. 나도 기뻐. 아이한테는 그 부부보다 더 나은 부모를 찾아줘야 할 테니까.

어쨌든 축하하오. 나는 계획이 완벽하다고 생각했지만, 내 생각이 틀렸던 모양이오. 주머니시계는 브레게요. 내가 본 수많은 시계 중에서도 가장 아끼던 시계지. 1800년대 초반에 제작되었고 루비 실린더형 탈진기(escapement: 톱니의 회전 운동을 일정한 간격으로 끊어주는 장비-옮긴이) 영구 달력, 충격흡수장치 등의 기능이 있소. 지난 일련의 사건에 비추어 달의 위상 변화 창도 잘 감상하시길. 이만 한 시계는 세상에 거의 없소. 존경의 뜻에서 이 시계를 당신에게 선물로 드리겠소. 이제껏 내 일을 가로막은 자는 아무도 없었으니까. 당신은 최고의 경찰이오(나와 어깨를 나란히 한다고 말씀드리고 싶지만, 그건 사실이 아니지. 어쨌든 날 잡지는 못했으니까). 태엽을 늘 잘 감아두시오(부드럽게). 다시 만나게 될 때까지 브레게가 시간을 세어줄 거요.

충고 하나: 내가 당신이라면 그 1초 1초를 소중하게 사용하겠소.

— 시계공

당신 솜씨는 좋아. 라임은 살인범에게 조용히 말을 건넸다.

하지만 나도 솜씨가 좋거든. 다음번에는 게임을 끝내자고.

문득 상념이 끊겼다. 라임은 시계에서 시선을 돌리고 창밖을 바라보았다. 뭔가가 그의 시선을 사로잡았다.

캐주얼한 옷차림을 한 남자가 길 건너 보도에서 서성거리고 있었다. 라임은 휠체어를 창가로 옮기고 밖을 내다보며 위스키를 한 모금 더 마셨다. 센트럴 파크를 둘러싼 석조 벽 앞 검은 벤치 옆에 한 남자가 서서 주머니에 두 손을 찌른 채 타운하우스를 바라보고 있었다. 커다란 창문 안에서 누군가가 자신을 바라보고 있다는 사실은 모르는 듯했다.

남자는 라임의 사촌, 아서 라임이었다.

남자는 발길을 떼고 길을 건너려 했다. 그러다 문득 멈췄다. 그리고 다시 공원으로 돌아가 타운하우스가 마주보이는 벤치에 앉았다. 옆에는 러닝슈트 차림으로 물을 마시고 아이팟을 들으며 발을 까딱거리는 여자가 앉아 있었다. 아서는 주머니에서 종이 한 장을 꺼내 들여다보더니 다시 집어넣었다. 시선이 다시 타운하우스로 향했다.

신기하군. 꼭 나를 보는 것 같아. 라임은 생각했다. 그 오랜 우정과 결별의 세월 속에서도 전혀 깨닫지 못한 사실이었다.

무슨 이유에서인지 갑자기 10년 전 사촌이 했던 말이 머리를 가득 채웠다.

네 아버지에 대해 노력해봤어? 너 같은 아들을 둔다는 게, 자기보다 백배는 영리한 아들을 둔다는 게 네 아버지에게 어떤 기분이었을지 생각해봤어? 늘 삼촌하고만 어울리느라 집을 비우는 게 어떤 기분일지? 테디한테 기회나 줘봤어?

라임은 외쳤다.

"톰!"

대답이 없었다. 더 크게 불렀다. 조수가 물었다.

"왜요? 벌써 스카치 다 드셨습니까?"

"필요한 게 있어. 지하실에서."

"지하실이요?"

"방금 말했잖아. 거기 오래된 상자가 몇 개 있을 거야. 겉에 '일리노이'라고 적힌 거."

"아, 그거요? 링컨, 서른 개는 되잖습니까."

"어쨌든."

"몇 개는 아니지요."

"그걸 열어보고 뭘 좀 찾아줘."

"뭘요?"

"작은 플라스틱 상자 안에 든 콘크리트 조각. 가로 세로가 2.5센티미터 정도 되는."

"콘크리트요?"

"누구한테 선물로 주려고 해."

"음, 크리스마스에 '제' 양말에는 과연 뭐가 들어 있을지 궁금해서 못 기다리겠는데요. 언제쯤…."

"빨리. 부탁해."

한숨. 톰은 사라졌다.

라임은 타운하우스 현관문을 응시하고 있는 사촌을 계속 바라보았다. 하지만 아서는 꿈쩍도 하지 않았다.

라임은 스카치를 길게 한 모금 마셨다.

다시 쳐다보았을 때, 공원 벤치는 비어 있었다.

갑자기 아서가 없어진 것을 본 라임은 깜짝 놀랐다—마음도 아팠다. 재빨리 가능한 한 창문 가까이 휠체어를 움직였다.

저만치 자동차를 이리저리 피하며 타운하우스로 다가오는 아서가 보였다.

길고 긴 정적. 마침내 초인종이 울렸다.

"명령."

라임은 자신의 든든한 컴퓨터를 향해 얼른 말했다.

"현관 문 열어."

〈끝〉

'용감한 신세계'에 대한 캘빈 게디스의 생각은 물론 유토피아 사회에서의 인간 아이덴티티의 말살을 다룬 올더스 헉슬리의 1932년작 미래소설의 제목에서 참조한 것이다. 이 책의 진중함은 조지 오웰의 《1984》 못지 않다.

이 책을 위해 참조한 사이트들은 아래와 같다.

전자 프라이버시 정보 센터(EPIC.org)

글로벌 인터넷 자유 캠페인(www.gilc.org)

자유의 방어(www.indefenseoffreedom.org)

인터넷 자유 표현 동맹(http://ifea.net)

프라이버시 연합(http://privacycoalition.org)

프라이버시 인터내셔널(www.privacyinternational.org)

프라이버시(www.privacy.org)

전자 프런티어 재단(www.eff.org)

본문에서는 로버트 오해로 주니어의 《숨을 곳은 없다》에서 몇 부분의 경구를 인용하였는데, 이 책 역시 독자 여러분들이 즐길 수 있는 멋진 책이다.

작품의 임팩트 때문에 약간의 무기력함을 느낄 수도 있지만.

아멜리아 색스와 팸 윌러비의 관계에 대해 궁금해할 독자분이 있으실 것 같은데 이들은 《본 컬렉터》에서 첫 만남을 가졌으며 《콜드 문》에도 그들의 관계가 나온다. 같은 맥락으로 《콜드 문》에서 링컨 라임과 롱허스트 형사가 잡으려 애썼던 살인자 역시 이 책에 등장한다.

아, 그리고 언제나 확실히 본인의 신원을 지키길.

만약 그러지 못한다면, 당신을 노릴 사람들이 아주 많아질 테니까.

제프리 디버

인터넷을 쓰다 보면 솔깃한 경품을 내걸고 회원 가입을 유도하는 사이트들이 있다. 잘못 가입했다가는 개인 휴대전화나 이메일로 온갖 스팸 문자와 메일이 날아오게 되는 이런 경품행사의 목적이 소비자 개인정보 빼내기라는 것은 많은 사람들이 이미 알고 있다. 하지만 기업들이 홍보를 위해 구축하는 이런 데이터베이스는 과연 어느 정도의 규모일까? 기업에서는 나의 소비 성향에 대해 얼마나 자세히 알고 있을까? 혹시 누군가 악의를 품은 사람이 나의 개인정보를 손에 넣을 가능성은 없을까?

런던시경 및 인터폴과 협조하여 전 세계를 무대로 활동하는 무기 밀매범 수사에 전념하고 있는 링컨에게 뜻밖의 손님이 찾아온다. 학창시절 친형제처럼 지냈지만 어른이 되면서 관계가 소원해진 사촌 아서의 부인 주디는 과학자인 사촌이 살인 혐의로 감옥에 들어가 있다는 소식을 전해준다. 아서의 수사기록을 찾아 본 링컨은 누군가 주도면밀하게 남의 신원을 도용하여 범행을 저지르고 있다는 사실을 알아내며, 동일범이 과거에 비슷한 범죄를 계속 저질러왔다는 것도 밝혀낸다. 스토킹을 한 것도 아닌데 범인은 어떻게 자신과 아무 관계없는 사람들의 사생활을 마치 손바닥 읽듯이 환히 내려다보고 있을까? 해답은 바로 소비자 정보를 수집해서 기업에 공급하는 컴퓨터 데이터베이스였다.

링컨 라임 시리즈 8번째 작품인 《브로큰 윈도》는 현대인이 어느새 익숙해져버린 개인정보 수집이 범죄에 악용될 때 어떻게 사용될 수 있는지를 디버 특유의 연쇄살인 사건의 소재로 다루고 있다. 본서에서 묘사되는 데이터 마이닝 회사의 개인정보 규모는 실로 어마어마하다. 따로 떼어놓고 보면 별것 아닌 것처럼 보이는 은행 현금 인출내역, 신용카드 거래나 대형마트 구매 등 전산 처리되는 기록들을 누군가 한데 묶어서 개인별로 열람할 수 있다는 가능성은 상상만으로도 소름이 끼칠 정도다. 범인 522는 이 정보를 빼어내서, 디버의 손에서 태어난 살인마답게 극도로 영리하고 복잡한 연쇄 살인극을 꾸며낸다.

불독 같은 형사 셀리토, 영원한 신참 풀라스키, 심리분석가 도빈스 등 수수께끼를 풀어가는 것은 시리즈에서 단골로 등장했던 조연들이지만, 스토리는 새로운 인물들을 중심으로 전개되고 있다. 특히 디버는 링컨 라임의 과거에서 여러 캐릭터를 빌려온다. 경쟁심이 강한 사촌 아서와 그의 아버지, 라임 사이의 관계, 첫사랑과 아서의 관계를 의심해서 과학수사 기법으로 사촌의 차를 수색하는 장면 같은 것들은 우리가 이미 링컨이라는 캐릭터를 잘 알고 있기 때문에 유머러스하게 다가온다. 《본 컬렉터》에서 등장했던 팸 윌러비는 사춘기 소녀로 성장하여 아멜리아 색스의 골치를 아프게 하는 한편, 링컨과 아멜리아가 범인을 추적하는 데 결정적인 단서를 제공한다. 전작에 비해 엎치락뒤치락하는 반전의 묘미는 적지만, 개성이 뚜렷한 여러 캐릭터들이 각자 펼쳐가는 플롯을 거침없이 한데 엮어내는 수법은 역시 디버라고 하지 않을 수 없다. 결말에는 독자들에게 익숙한 의외의 인물이 깜짝 등장해서 링컨 라임에게 패배를 안긴다. '링컨 라임 시리즈'에서 라임이 패배하는 첫 사례인지도 모르겠다.

옮긴이 **유소영**

링컨 라임 시리즈 VOL. 8

브로큰 윈도

1판 1쇄 발행 2010년 6월 14일
1판 5쇄 발행 2014년 12월 17일

지은이 제프리 디버
옮긴이 유소영

발행인 양원석
본부장 송명주
편집장 김지아
편집담당 이준환
해외저작권 황지현, 지소연
제작 문태일, 김수진
영업마케팅 김경만, 정재만, 곽희은, 임충진, 이영인, 장현기, 김민수,
　　　　　임우열, 윤기봉, 송기현, 우지연, 정미진, 이선미, 최경민

펴낸 곳 ㈜알에이치코리아
주소 서울시 금천구 가산디지털2로 53, 20층 (가산동, 한라시그마밸리)
편집문의 02-6443-8847　구입문의 02-6443-8838
홈페이지 http://rhk.co.kr
등록 2004년 1월 15일 제2-3726호

ISBN 978-89-255-3921-8 (03840)

RHK 는 랜덤하우스코리아의 새 이름입니다.